어린왕자와 깊이 만나는 즐거움

어린왕자와 깊이 만나는 즐거움

2014년 11월 3일 초판 1쇄 인쇄
2014년 11월 17일 초판 5쇄 발행

지은이 | 최복현
펴낸이 | 이춘원
펴낸곳 | 책이있는마을
편 집 | 이지예
디자인 | 미담
기획 마케팅 | 강영길
관 리 | 정영석

주 소 | 경기도 고양시 일산동구 장항2동 753 청원레이크빌 311호
전 화 | (031) 911-8017
팩 스 | (031) 911-8018
이메일 | bookvillage1@naver.com

등록일 | 1997년 12월 26일
등록번호 | 제10-1532호

잘못된 책은 구입하신 서점에서 교환해 드립니다.
ISBN 978-89-5639-217-2 (03800)

이 도서의 국립중앙도서관 출판예정도서목록(CIP)은 서지정보유통지원시스템 홈페이지
(http://seoji.nl.go.kr)와 국가자료공동목록시스템(http://www.nl.go.kr/kolisnet)에서
이용하실 수 있습니다.(CIP제어번호: CIP2014028411)

최복현 시인이 〈어린왕자〉를 사랑한
30년의 완결판

어린왕자와
깊이 만나는 즐거움

최복현 지음

책이있는마을

〈어린왕자〉 원작보다
더 아름다운 글을 만나는 기쁨

순수한 마음의 작가 생텍쥐페리의 분신인 어린왕자를 만나면서 무척 기뻤어요. 그 기쁨을 어린왕자를 사랑하는 이들과 공유하고 싶었어요. 이 친구, 나의 예쁘고 해맑은 친구를 여러분과 함께 만나고 싶었어요. 어린왕자와 대화를 나누면서 무척이나 설레고 기뻤어요. 내가 그랬듯이 독자들도 어린왕자의 진솔하고 소박한 친구가 되었으면 해요. 어린왕자를 만나면서 잃어버린 동심을 되찾고, 어린왕자가 살고 있을 하늘의 별을 쳐다보는 아름다운 삶의 여유를 가졌으면 좋겠어요.

〈어린왕자〉, 전 세계인의 사랑을 받고 있는 이 작품은 언제, 어느 연령 때, 어떤 상황에서 읽느냐에 따라 사뭇 그 느낌이 다르게 다가오죠. 읽는 이마다 느낌이 다르고, 해석하는 이마다 그 해석이 다른, 신비한 책, 이제 함께 떠날 여행을 통해 어린왕자를 더 사랑하게 되었으면 좋겠어요.

우리들이 사랑하는 〈어린왕자〉의 작가인 생텍쥐페리가 태어난 해는 1900년이에요. 그가 실종된 것은 1944년 7월 31일, 그 때를 죽은 해로 추정하면, 그가 이 세상을 떠난 지도 어언 반세기가 지난 셈이에요.

생텍쥐페리가 〈어린왕자〉와 같은 불후의 명작을 쓸 수 있었다면 그건 아마도 그의 직업에 대한 열정 때문이었을 거예요. 그는 비행사였기에 하늘에서 이 땅을 내려다보는 행운을 갖게 되었어요. 세상은 어느 환경, 어느 위치에서 보느냐에 따라 다르게 보이니까요. 세상이란 땅에서 볼 때와 하늘에서 내려다볼 때 아주 다르거든요. 생텍쥐페리, 그가 본 세상은 조감도예요. 조감도(鳥瞰圖)란 말 그대로 새가 하늘에서 내려다 본 그림이지요. 해서 영어로도 a bird's-eye view로 적어요. 그는 비행기라는 날개를 달고 새가 되어 이 세상을 보았어요. 그렇게 보니 아주 대단한 것 같은 거대한 건물도 하늘에서 보면 그저 하나의 점에 불과했어요. 그 대단히 넓은 중국이란 땅과 미국의 애리조나도 거의 붙어 있어서 구분조차 힘들었어요. 땅에서 보면 애리조나에서 보이지도 않던 중국이 말이에요. 세상이란 그렇게 보면 아주 보잘 것 없는데도 사람들은 아주 대단한 것인 양 그 세상에서 북적거리며, 시샘하며 다투잖아요. 하늘에서 보니 그런 생각이 들겠지요.

그가 어려서부터 비행사가 되려는 꿈이나 계획을 가지고 있었던 것은 아니었어요. 물론 어렸을 적, 그러니까 12세 때 이런 말을 하곤 했었어요.

"만일 내가 비행 자전거를 창안하고, 그걸 타고 하늘을 날면 군중들은 '생텍스 만세!'라고 함성을 지를 거야."

그는 이런 엉뚱한 면이 있었어요. 호기심도 많았고요. 그런데 그는 모든 학과 성적에서 우수한 편은 아니었어요. 적응하지 못한 과목도 더러 있었어요. 그의 가족들은 그를 가리켜 '태양왕'이라고 부르곤 했는데, 그가 금발 머리였기 때문이에요. 그의 친구들은 그를 '삐끄 라 륀느'라는 별명으로 불렀는데, 굳이 해석하면 '달 찌르기', 요컨대 코가 뾰족하여 '피노키오 코'라는 의미였을 거예요.

그는 성격이 밝았고, 약간은 멍해 보이고, 순진한 아이였어요. 어려서부터 호기심이 가득한 아이로 여섯 살 때는 간단한 시를 쓰는 재능을 보였고, 틈틈이 간단한 그림 정도는 그렸어요. 그러다가 고등학교를 졸업한 후에는 미술 학교 강의를 청강했어요. 후일 그가 어린왕자를 직접 그리게 된 건 이때 배운 그림 덕분이었어요.

사실 콘래드가 해양을 주제로 쓴 최초의 소설가라면, 하늘 소설, 우주 소설의 최초의 작가는 생텍쥐페리라 해도 되겠지요. 그는 비행기로 공간 이동을 하는 소설들을 썼으니까요. 이를테면 〈남방 우편기〉나 〈전시 조종사〉, 게다가 어린왕자는 새들을 이용한 기구를 이용하여 별나라 여행까지 하잖아요. 생텍쥐페리 이전의 작가 중 플로베르는 그의 소설에서 마차로 공간 이동을 하는 것으로 썼어요. 에밀 졸라는 기차를 공간의 이동으로 삼았고요. 콘래드는 배였고요. 생텍쥐페리는 비행기였어요. 기구를 공간의 이동으로 삼았으니 획기적인 일이었어요. 20세기! 19세기까지만 해도 하늘에서 아래를 내려다보는 문학은 없었으니까요. 생텍쥐페리로부터 조감도로 이 지상을 바라보는 문학이 탄생한 거예요.

20세기는 참으로 놀라운 세기였어요. 상상으로만, 꿈으로만 여겼던, 하늘을 날아다니는 꿈을 실현했어요. 인간이 새처럼 하늘을 날아오르는 것이 현실이 된 세기였어요. 그런 세기를 열며 태어난 생텍쥐페리는 조종사로서의 운명, 하늘을 여는 문학가의 운명을 안고 태어난 셈이에요. 인간을 대지에 꽁꽁 묶어 놓았던 운명을 벗어나 인간은 드디어 하늘로 날아오르고, 우주를 향한 토대를 마련했어요.

생텍쥐페리는 비행기를 타고 무려 10년간 리오 델 오로의 상공과 안데스 산맥 위를 비행했어요. 그는 직업을 통해서 모든 사물을 보고, 그 의미를 파악했어요. 그가 첫 비행을 시작한 스페인 - 카사블랑카 - 리오 - 안데스 - 다카르 - 남미 간의 비행은 항로를 개척하기 위한 위험한 비행이었어요. 항로 개척 시대, 모험가의 시대였으니 말이에요. 콘래드처럼 그도 행동주의 작가를 원했어요. 때문에 그에게 직업은 사명이었고 직분 그 자체였어요. 그는 직업을 통해 드디어 어린왕자라는 현자를 이 땅에 태어나게 했던 거예요.

그는 개척자 시대에 그 위험천만한 비행을 하며, 삶에 대한 두려움과 경외, 그리고 꿈을 가졌어요. 또한 밤 비행에서 하늘의 별은 그의 중요한 길잡이였어요. 어려웠던 만큼 그는 별의 아름다움과 소중함을 느꼈어요. 그리고 사막에의 불시착으로 인한 두려움과 공포, 인적 없는 곳에서의 인간에 대한 그리움, 그런 행운들 덕분에 어린왕자를 만났어요. 늘 떠돌아야 하는 직업의 세계에서 가족에 대한 그리움, 그의 직업을 이해 못 하는 아내를 통해 장미나무를 연상해냈을 테지요. 패전에 시달리는 조국을 바라보며 그는 말을 잃은 채, 세상에 대해

'왜'라고 묻는 어린왕자의 뒤로 숨어 버리고 싶었을 거예요.

생텍쥐페리, 그는 진정 하늘의 왕자가 되었어요. 그는 이제 하늘을 나는 그 꿈을 실현하는 비행사가 되었어요. 27세의 나이에 남방 우편기의 조종사가 되어 하늘을 나는 왕자가 되었어요. 그는 이제 땅 위에서 걷고, 뛰며, 돌아다니면서 세상의 평면 또는 측면만을 보고 살아가는 기어 다니는 동물들의 눈으로 세상을 보는 것이 아니라, 그야말로 하늘의 새가 되어 위에서 아래를 보는 조감도를 완성했어요. 그의 문학이 다른 작가들의 문학보다 뛰어난 점은 평면 문학이나 측면 문학이 아닌 입체적인 시각의 문학이라는 점이에요.

참 멋진 작가 생텍쥐페리는 사실 어른들이 원하는 공부에서는 낙제생이었어요. 그는 원했던 해군 사관 시험에서 낙방한 것을 계기로 비행사라는 직업을 가졌어요. 그 직업의 세계는 오히려 그를 위대한 작가가 될 수 있는 터전을 마련해 주었어요. 그는 어느 직업에 종사하느냐보다 자기 재능을 얼마나 발휘하고 어떤 생각으로 살아 내느냐에 달려 있다는 것을 몸소 보여 주었어요.

생텍쥐페리, 그는 세계의 여러 곳을 두루 다녔던 콘래드를 동경했어요. 하지만 해군사관이 되는 시험에서 낙방하고 비행사가 되었어요. 그가 만일 비행사라는 직업을 갖지 않았더라면, 지리에 관한 관심도, 별에 대한 관심도 갖지 않았을 거예요. 밤하늘에 빛나는 별은 비행사에게는 그 방향을 잡는 좌표가 되니까요. 당시는 우편배달용 비행기에서 내려다 봐야 하는 비행사들에게 지리란 아주 중요했어요.

1903년 라이트 형제가 첫 비행에 성공한 이후로 많은 젊은이들은 하늘을 나는 꿈에 열광했어요. 그 희귀한 일에 종사한다는 것만으로도 그는 위대한 스타 대접을 받았을 테니까요. 1909년, 프랑스인 루이 블레리오는 비행기로 영불해협 횡단에 성공하자, 생텍쥐페리도 이때부터 비행기에 관심을 가졌고, 그가 르망에 있는 학교에 다닐 때 라이트 형제가 그 곳을 방문하여 영웅 대접을 받은 일도 있었어요. 그 사건은 호기심 많은 그의 열정을 불러일으키기에 충분했어요. 또한 그가 살고 있던 생 모리스에서 6킬로미터 떨어진 곳에 비행장이 있었는데, 비행기라는 그 신기한 보물을 직접 눈으로 볼 수 있다는 사실만으로도 엄청나게 기뻤어요.

그는 여름 방학이면 집으로 돌아가 누이동생을 자전거에 태우고는 날마다 비행장으로 그 비행기들을 보러가곤 했어요. 결국 1912년, 그 비행장의 정비사들의 눈에 띄어 비행기와 부품들을 직접 손으로 만져보는 행운을 얻었어요.

그것이 인연이 되어, 21세가 되었을 때 병역 의무를 위해 스트라스부르의 제2항공연대에 입대했어요. 공군이라고 비행기 조종을 배우는 것이 아니듯이 그도 마찬가지였어요. 하지만 그는 비행기 조종의 길을 찾아 나섰어요. 어머니를 졸라 주변에 아파트를 마련하고, 군대 생활 중에 남는 시간을 이용해 민간 유람비행회사에 돈을 내고 비행 조종을 배웠어요.

어느 날, 엉뚱한 면이 있었던 그는 교관의 허락 없이 혼자서 비행기를 조종하여 하늘로 날아올랐는데 조종 훈련을 받은 시간이 너무 짧았던 탓에, 하늘로 날아오르는 것은 배웠지만 착륙하는 법을 배우지 않았다는 것을 한참 날아오르고 나서야 깨달았어요. 결국 비행기를 망가트리는 사고를 저질렀지만 그해 연말 조종 면허를 따서 1922년 1월 남프랑스 이스틀에 있는 훈련소에 파견되어 훈련을 받고 군용 비행기 면허를 취득했어요. 이제 그는 해군사관이 아닌 공군 사관 후보생으로 순조로운 비행사의 길을 가는 듯 했지만 부르제 비행장에서 비행 시행 도중 실수로 인해 지상에 충돌하는 사고를 일으키는 바람에 머리가 깨지는 부상을 입고 혼수상태에 빠졌다가 기적적으로 살아나는 불운을 겪고 제대했어요.

그러다 1939년 9월, 2차 대전이 발발하자 공군 대위로 소집되어 전투에 참여했어요. 그러고는 1940년 8월, 동원 해제되었지만 독일 점령 하에 있던 조국에 머물 수가 없어 미국으로 망명했어요. 뉴욕에 자리 잡은 후 미국의 원조를 호소하는 운동을 전개하며 집필 활동을 계속하여 여러 작품을 발표했고, 이 책들은 미국과 프랑스에 동시 출판되었지만 독일군에 의해 판매금지 처분을 받고 비밀리에 유포되었지요.

그즈음 그는 뉴욕의 어느 식당에서 무료함을 달래려고 종이 위에 뭔가의 그림을 그리고 있었는데, 그것이 출판사 사장의 눈에 띄었어요. 그는 생텍쥐페리에게 관심을 보이며 "무슨 그림인가요?"라고 물었어요. 그러자 그는 "내 머릿속에는 이런 아이가 살고 있지요."라고 대답했지요. 그 출판사 사장은 그에게 "크리스마스용으로 어린이들을 위한 작품을 써 주시지요."라고 즉석에서 제안을 했어요. 그러자 생텍쥐페리는 그 제의를 그 자리에서 흔쾌히 받아들였어요. 그렇게 해서 우리의 〈어린왕자〉는 탄생의 조짐을 보이게 된 거예요. 하지만 그해 크리스마스 때까지 그 작품은 완성이 되지 못했어요.

1942년 11월, 영미 연합군은 북아프리카 상륙 작전을 단행하고, 독일은 프랑스를 점령하기 위한 전격적인 작전에 돌입했어요. 이러저러한 연유로 그는 작품을 완성하지 못하다가 그 이듬해인 4월에야 그의 글과 그림을 출판사로 보냈어요. 결국 1943년 4월에야 〈어린왕자〉는 그의 모국이 아닌 미국의 히치콕출판사에서 탄생했고, 그 후 종군을 위해 북아프리카를 떠나는 중에 〈어린왕자〉의 초판본을 받아보는 기쁨을 얻었어요. 그 다음 해 그는 어린왕자를 따라 별나라로 떠나고 말았어요.

그는 세상에 존재하는 모든 것들에 대해 하나하나에 의미부여를 할 줄 아는, 삶을 사랑하는 사람이었고 맑고 투명한, 감정이 풍부한 천부적인 작가였어요. 어린왕자가 아름다운 건 작가 자신의 삶이 어린왕자의 언어 속에 용해돼 있기 때문이에요. 그래서 어린왕자는 작가 자신이고, 작가 자신 또한 어린왕자 그 자체라고 할 수 있어요. 그 또한 어린왕자처럼 사막에서 뱀에게 물려 빈껍데기는 놓아둔 채 이 땅을 떠나갔어요. 그는 어린왕자를 통해 전 세계의 아이들의 마음에 꿈을 심어 주었고 별을 심어 주었어요. 그리고 영원히 우리들의 마음속에 숨 쉬며, 우리 이후에 오게 될, 영혼이 아름다운 이들의 영혼 속에 또 숨 쉬게 될 거예요.

〈어린왕자〉가 명작 중에 명작이라 할 수 있는 것은 책을 읽을 때마다 다른 의미로 다가오기 때문이에요. 〈어린왕자〉 속에는 우리 삶의 모습들이 용해되어 있어요. 허풍쟁이, 과대망상증의 권력가, 주판만 두드리는 사업가, 약장수, 점등인 등등, 이 땅에 존재하는 여러 부류의 군상들의 이야기가 들어 있어요. 그리고 사랑의 의미와 사랑하는 법이 들어 있어요. 죽음의 의미 같은 소중한 의미가 무엇인지 우리에게 대답을 줘요. 어린왕자는 우리에게 삶을, 사랑을, 우정을, 미움을, 질투를, 죽음을 가르쳐 줘요.

그리고 이 책에서 우리의 주목을 끄는 것은 어린왕자와 함께 장미지요. 어린왕자가 자신의 별에 두고 온 장미와 여러 꽃들, 작가 자신의 여인들과 그의 아내 콘수엘로는 바로 장미라 할 수 있어요. 어린왕자를 때로는 성가시게 하고 때로는 그립게 하는 어여쁜 장미는 그의 아내 콘수엘로란 말이지요. 장미와의 불화로 자기 별을 떠난 어린왕자는 이제 여우에게 진정한 사랑의 의미와 사랑하는 법을 배우는 것처럼, 작가 자신은 직업의 세계에서 수많은 사람들을 만나면서 아내와의 진정한 사랑을 깨달아요. 그리고 어린왕자가 정해진 1년이란 기간을 여행하고 자기 별로 돌아가듯이 그도 그렇게 사라져요.

생텍쥐페리는 마치 어린왕자처럼 어느 날 자기 아내에게 이렇게 말해요.

"산의 푸름을 바라보려면 산으로 오르는 오솔길에서 잠시 벗어나 산마루를 올려다보아야 하는 것처럼 사랑을 잘 간직하기 위해서는 사랑에도 휴가가 필요하다."

그는 그렇게 말하고 아내와 1년간의 별거를 하기로 해요. 그러니까 어린왕자는 곧 작가이고, 작가는 곧 어린왕자란 말이지요. 이 둘의 관계는 이렇게 나타낼 수 있어요. 어쩜 아주 딱 들어맞아요.

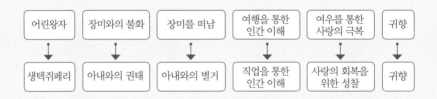

그러니까 작가는 헤어져 있던 아내와 다시 합치고 싶은 마음이 간절했던 거예요. 그런 간절한 마음에서 〈어린왕자〉 집필을 하는 데 많은 영감을 얻었고, 아내에 대한 그리움, 독일의 압제를 당하고 있는 조국에 대한 안타까움, 그것이 그에게 많은 생각을 갖게 해 주었어요. 아직도 나치의 점령 하에 있는 모국 프랑스, 〈어린왕자〉에는 모국에 대한 그리움, 그곳의 사람들에 대한 그리움들이 배어 있어요.

어떻게 보면 세상사라는 것이 수많은 우연들이 만나 위대한 일들을 이루어내는 것 같아요. 이렇게 해서 그 위대한 어린왕자는 우리에게 다가왔어요. 프랑스어로 '르 쁘띠 프랭스(Le petit prince)', 형용사 'petit'는 사전적으로 '작은'이라는 의미로 많이 쓰여요. 물론 '꼬마'라는 의미도 가지고 있어요. 그렇게 보면 오히려 '작은 왕자', '꼬마 왕자'라는 의미를 작가는 더 원했을지도 몰라요. 물론 '어린'이란 의미도 있는 형용사이긴 해요.

〈어린왕자〉는 그의 인생을 정리하는 결정판이라고 할 수 있어요. 그가 이제껏 썼던 작품들의 모든 사상이나 그의 철학이 고스란히 이 한 권 안에 밀도 있게 집약된 그의 작품의 결정판이라고 할 만하죠. 그래서 이 책은 읽는 이들에게 늘 새로운 느낌을 주는 거예요.

〈어린왕자〉, 이 책은 전 세계에 영원한 고전으로 읽혀지고 있어요. 1943년 미국에서 처음으로 발간된 이래, 1946년에는 작가의 모국 프랑스에서 발간되었으며, 지금까지 160여 개 언어로 번역되면서 성경에 이어 전 세계적으로 가장 많이 읽히는 책이에요.

수억의 지구인이 읽은 아름다운 이야기가 된 〈어린왕자〉는 우리나라에서도 연간 수만 부가 팔려나가고 있어요. 뿐만 아니라 미국에서도 매년 10만 부 이상이 팔리고 있으며, 프랑스에서도 매년 수십만 부, 독일에서도 이제까지 800만 부 이상이 팔렸다고 해요.

이런 명성을 얻게 된 〈어린왕자〉를 사랑하는 사람들이 많이 늘어나면서 1987년에 러시아의 한 우주 과학자는 별을 하나 발견했는데, 그는 그 별에다가 '생텍쥐페리의 별'이라는 칭호를 주기도 했어요. 프랑스의 50프랑 지폐의 한 면에는 작가의 초상화가 크게 그려져 있고, 세계지도, 어린왕자, 날고 있는 비행기, 코끼리를 삼킨 모자 모양의 보아 뱀 그림이 들어 있고 다른 한 면에는 착륙해 있는 비행기, 어린왕자, 어린왕자의 별이 함께 그려져 있어요. 지금은 프랑스도 유로화를 쓰기 때문에 이제는 통용되지 않지만 말이에요.

생텍쥐페리는 덩치는 곰만큼이나 큰 어른이었지만 유난히 아이들을 좋아했고, 늘 순진무구함을 잃지 않은 영원한 소년 같은 성품을 소유한 어른이었어요. 그래서 그는 어린이를 닮은, 적어도 어린 시절의 그 순진무구함을 잃지 않은 어린이의 품성을 간직한 친구에게 이 책을 바쳤어요. 그가 헌사에서 밝힌 대로 이 책은 실상 어린이를 위해 쓴 것 같지만, 헌사는 어른에게 바치고 있어요. 헌사는 그의 친구 레옹 베르트에게 부여했던 것이었어요.

〈어린왕자〉를 읽다 보면 만나겠지만, "나는 이 이야기를 동화 같은 식으로 이야기하고 싶었어요. '옛날에 어떤 왕자가 살고 있었지요. 그 왕자는 자기보다 좀 클까 말까 한 별을 집으로 삼고 있었지요.'라고 말하고 싶었어요."라고 적었어요. 그는 당 시대를 살고 있는 어른들에게 그리고 그 후에 살게 될 어른들에게 이 책을 읽히고 싶어 했던 거예요. 아이들은 그렇게 말하지 않아도 맑은 마음의 눈을 가지고 있어서 보이지 않는 것도 볼 수가 있지만 어른이 되어갈수록 세상에 오염된 마음의 눈은 이제 보이는 것밖에는 보지 못하며, 그 이상을 볼 수 없어요.

〈어린왕자〉에는 눈에 보이는 것만 보아서는 알 수 없는 많은 이야기들이 숨어 있어요. 이미 어른의 탈을 쓰고 있으므로 편향된 시각을 갖고 있는 우리 어른들이 보지 못하는 그 무엇, 그것을 알 수 있는 어른. 이제 우리도 그 대열에 동참하려면 그런 어른, 아이를 이해해야 해요. 아이의 마음을 닮은 어른이 되려면, 때로는 육안을 감고 조용히 마음의 눈, 영혼의 눈으로 세상을 바라보아야 해요. 참으로 그런 어른이 많았으면 좋겠어요.

1.
〈어린왕자〉의 상징들 속에
감춰진 비의들

. . . .

별을 보면 기분이 좋아져요. 어릴 적 아련한 추억들도 그

별에서 묻어나고요. 혼자 가만히 밤하늘의 별을 바라보

면 참 고운 생각들이 가물거리는 별들처럼 가물가물 살

아서 와요. 그러니 별은 우리들의 꿈이요, 추억이요, 노

래지요. 〈어린왕자〉엔 세 종류의 별이 소개돼요. 하나

는 어린왕자가 살았던, 이를테면 어린왕자가 길들인 장

미 한 송이가 살고 있는 별이에요. 보이지 않는 별, 지금

의 몸으로는 갈 수 없지만 잘 찾으면 돌아갈 수 있는 별,

장미가 기다리고 있어서 아름다운 별이에요.

어린왕자와 장미가 살고 있는 아름다운 별의 비밀

별을 보면 기분이 좋아져요. 어릴 적 아련한 추억들도 그 별에서 묻어나고요. 혼자 가만히 밤하늘의 별을 바라보면 참 고운 생각들이 가물거리는 별들처럼 가물가물 살아서 와요. 그러니 별은 우리들의 꿈이요, 추억이요, 노래지요.

〈어린왕자〉엔 세 종류의 별이 소개돼요. 하나는 어린왕자가 살았던, 이를테면 어린왕자가 길들인 장미 한 송이가 살고 있는 별이에요. 보이지 않는 별, 지금의 몸으로는 갈 수 없지만 잘 찾으면 돌아갈 수 있는 별, 장미가 기다리고 있어서 아름다운 별이에요. 사랑하는 사람, 길들인 사람, 그래서 정겨운 사람들이 살고 있다면 그 장소란 아주 아름답고 언제든 그리운 곳이잖아요.

다음에는 어린왕자가 여행하면서 방문하는 6개의 별이 있어요. 그 별엔 모두 어른만 한 명씩 살고 있어요. 그다지 생산적이지 않고, 융통성도 없고, 자기 아집만 있는 어른들이 살고 있는 별들, 그래서 남을 이해할 줄 모르는 어른들이 살고 있는 별들이에요. 각기 다른 성격의 어른들, 각기 다른 직업을 가진 어른들이에요. 이들은 어른이란 공통점을 가져 다른 어른들과 마찬가지로 편견에 사로잡혀서 그 이상의 무엇을 볼 줄 모르는 이들이에요. 그러니 어린왕자가 배울 거라곤 없는 참 이상한 사람들이 살고 있는 별들이지요.

세 번째 종류의 별은 그 별들 모두를 합친 것보다 큰 별, 즉 지구란 말이지요. 어린왕자는 지구란 별에 와서도 어른들밖에는 만나지 못해요. 더구나 사막에 떨어지는 바람에 사람다운 사람을 만나지 못하지요. 그래도 자신의 처지를 긍정적으로 본 한 송이 꽃, 사람의 몸을 벗게 하여 가볍게 만들어 주는 노란 독사, 진정한 관계의 미학을 알려 준 여우를 만난 건 다행이었어요. 게다가 진정으로 어린왕자를 이해하려 애쓰고, 그의 친구가 되어 준 비행사를 만난 건 행운이었지요. 지구란 별은 어린왕자에게 보다 넓은 삶의 의미를 배우게 해 주었으니, 이제 자기 별로 돌아갈 명분을 깨닫게 해 주었으니 참 의미 있는 별이지요. 다양한 경험을 통해 진정으로 장미를 사랑하는 법을 배울 수 있었으니까요.

이렇게 어린왕자와 연관된 세 종류의 별들을 따라와 봤어요. 첫 번째 별은 어린왕자의 집이자 고향이에요. 다시 돌아가야 할 별, 그리운 존재인 사랑하는 장미가 기다리고 있는 별이에요. 그러니까 그 별은 생텍쥐페리가 두고 온 나라 프랑스의 상징이에요. 아내가 기다리고 있고, 어머니와 동생들의 추억을 담고 있는 곳이에요.

두 번째 별들은 어린왕자가 다른 세상을 보는 체험의 별들이에요. 그러니까 생텍쥐페리에겐 직업의 세계이며 집을 떠나 만나는 세상이에요. 보다 성숙한 삶을 위한 과정이지요.

세 번째 별, 지구는 어린왕자가 돌아갈 명분을 찾은 별이에요. 아주 다양한 체험, 삶의 깨달음을 얻은 별이에요. 그는 마지막 별 지구에서 현자 여우를 만나 진정한 사랑을 배워요. 그리고 자신이 떠나온 별로 돌아갈 명분이기도 한 진정한 사랑을 깨달아요. 그리고 길들인 것엔 책임이 반드시 따른다는 것을 깨달아요. 그건 명분이 아니었어요. 어떤 구실로 집을 나왔든, 길들인 사람과 헤어졌든 그게 중요한 게 아니라 문제는 자신에게 있었던 거예요. 그걸 깨달았으니 이제는 돌아가야겠지요. 어린왕자가 장미에게로 돌아갈 시도를 하듯 생텍쥐페리 역시 아내를 그리워해요. 그리고 아내에게 다시 돌아갈 생각을 한 거예요. 하지만 현실은 그렇지 못했어요. 생텍쥐페리의 조국 프랑스는 독일에 점령당하고 있었으니까요. 해서 생텍쥐페리는 자존심이나 체면 따위는 따지지 않고 아내를 미국으로 불렀어요.

그제야 두 사람은 같은 집에서 살면서 그 위대한 〈어린왕자〉를 집필하게 되었어요. 그러니까 어린왕자의 별들과 생텍쥐페리의 별들의 모습이 아주 밀접하다는 걸 알 수 있지요. 상징적인 의미였어요. 별은 아름다워요. 그 별엔 길들인 장미가 살아 있으니까 별의 속성이 아름다움인 거예요. 길들인 것엔 책임이 있다니까 그 속성을 알아 봐요. 사랑과 책임 그리고 아름다운 관계를 생각해보았으면 해요.

어린왕자는 지구란 별에 와서도 유감스럽게도 어른들밖에는 만나지 못해요. 더구나 사막에 떨어지는 바람에 사람다운 사람을 만나지 못하고 말아요. 어린왕자는 피상적인 것들만 보고 만 거예요. 운이 좋게도 자기의 장미를 닮은 꽃들을 발견하긴 했지만 그것도 어린왕자에게 큰 위안은 주지 못했어요. 어린왕자와 별, 그것은 어떤 의미가 있을까요? 일단 어린왕자는 아름다움의 대상으로 별을 보았어요. 고가, 사막 그리고 별이 아름다운 건 보이지 않거나 보이지 않는 그 무엇을 감추고 있어서래요. 이것들의 공통점은 아름다움의 대상이에요.

고가란 오랜 세월을 보낸 집이기에 그만큼 많은 사연을 감추고 있겠지요. 그 흘러온 세월만큼 차곡차곡 쌓인 이야기들 말이에요. 젊은 어머니보다 할머니가 구수한 옛날이야기를 많이 감추고 있듯이 말이에요. 요컨대 보이지 않는 그 무엇, 그건 추억일 수도 있고, 그 안에 숨겨진 그 무엇일 수도 있어요. 무엇이나 속이 없는 것은 없으니까요. 고가가 아름다운 건 오랜 세월동안 쌓인 사람들의 이야기가 숨어 있고, 거기에 살았던 시간들의 추억이 숨겨져 있기 때문이에요. 실제가 아니어도 그 어딘가에 보물이 숨겨져 있을 수도 있고요.

사막은 광활하게 펼쳐지는 모래밭, 그것이 어디서 끝날지, 그 끝엔 무엇이 있을지 짐작조차 못하게 하니까 많은 상상을 가능하게 하고, 오아시스는 쉽게 발견되지 않지만 어딘가에 숨어 있다고 생각하니 그게 참 아름다운 것이고요. 별은요. 하늘에 무수한 별들 모두가 전부 닮아서 구분이 어려워요. 특히 어린왕자의 별이 아름답지요. 그 별엔 어린왕자가 길들인 장미가 있으니까요. 딱 꼬집어 알 수 없는 것들, 그래서 상상을 자극하여 눈으로는 볼 수 없고, 마음으로만 볼 수 있으니까 아름답다고요. 보이지 않는 걸 볼 수 있다면 그건 마음밖에 없고, 마음으로 보는 건 바로 마음에 달려 있으니까요. 보이지 않는 건 아름답다 생각하고 보면 아름다워요. 따라서 이것들은 아름다움을 상징하고 있어요.

다음으로 어린왕자의 별은 아주 작다는 것이지요. 작으니까 보기 힘든 것이고요. 따라서 지금 어린왕자와 함께 있을 때는 별다른 의미가 없어요. 물론 어린왕자에겐 아주 대단한 의미를 주지만요. 그 별엔 어린왕자가 길들인 것들만 있으니, 비행사에겐 별 의미가 없어요. 하지만 어린왕자가 이제 돌아간단 말이지요. 그러면 어린왕자를 길들인 건 비행사고, 어린왕자와의 추억을 기억할 사람도 비행사예요. 그런데 어린왕자가 이제 옆에 없으니까 어린왕자가 그리우면 제일 먼저 어린왕자가 있을 그 별을 찾겠지요.

그런 데다 그 별은 너무 작아 볼 수도 없어요. 해서 비슷한 별들엔 어린왕자가 살고 있거니 하고 올려다보는 것이고요. 그러면 그 별들 하나하나에서 어린왕자와의 추억이 별빛을 타고 내려오겠지요. 그래서 별들 모두가 아름답게 보이는 거예요. 별을 바라보는 마음만으로도 설레고 기쁠 테지요. 보이는 별이 아름다운 게 아니라 그 별에 부여한 그 의미가 그 별을 아름답게 하는 거예요. 별이 아름다운 건 그 안에 맺어진 관계들이 숨어 있어서예요. 장미와 어린왕자를 이어 주는 아름다운 관계가 있고, 그 관계를 잇는 대화며, 마음 씀씀이며, 배려가 있으니까요. 별 그 자체가 아름다운 게 아니라 그 안에 쌓인 사연들이 아름답게 해 준다는 것이지요.

생텍쥐페리가 주인인 별, 그의 별은 그의 비행기가 아니었을까요? 생텍쥐페리는 〈남방 우편기〉에서 비행기의 번호를 612호라고 밝힌 적이 있어요. 그러면 〈어린왕자〉의 별은 작가 생텍쥐페리의 비행기라고 생각할 수 있겠지요. 어린왕자의 별은 어린왕자의 집이고, 비행사의 집은 비행기인 셈이란 말이지요. 밤하늘로 날아가는 비행기가 생텍쥐페리의 별이라고요. 참 낭만적인 별이군요. 우리도 마찬가지로 아름다운 별을 가질 수 있어요. 사람 그 자체가 아름다운 게 아니라 보이지 않는 그 무엇, 그에게 부여한 의미가 아름답게 하듯이 누군가와 함께 쌓은 추억들이 있는 별, 우리는 모두 그런 관계의 별, 추억의 별을 갖고 있고, 우리는 모두 그 별의 주인이에요.

어린왕자의 모습이 슬픈 이유

어른들에게 어린왕자의 모습이 어떠냐고 물었어요. 그러자 어른들은 한결같이 "어린왕자는 참 예쁘죠."라고 대답하는 거예요. 정말 어린왕자 모습이 예쁘냐고요? 어린왕자를 자세히 봐 주세요. 물론 예쁘긴 하네요. 하지만 어린왕자를 들여다보고 있노라면 어색한 모습이 보이기 시작해요. 화자는 나름 가장 잘 그린 그림이라고 강조했어요. 그럼에도 영 어색해요. 그 어색함 때문에 조금은 슬퍼요.

왜냐고요? 예, 예쁘긴 하죠. 어깨에 달린 별도 노란 것이 예쁘지요. 별 생각 없이 바라보면 어린왕자는 예뻐요. 망토 색깔도 녹색과 노란색이 잘 어울리고, 노란 머리며, 어깨 위에 노란 별이며, 신고 있는 신발하며 참 잘 어울려요. 모델이 좋아서 그럴까 싶기도 해요. 하지만 그 예쁨 속에 감춰진 슬품이 배어 나와요. 저렇게 어리고 귀여운 어린왕자가 왜 그토록 위험한 칼을 뽑아 들고 있느냐고요. 어린왕자가 워낙 선하게 생겼고, 귀여우니까, 예쁘니까 그냥 넘어가는 것이지요. 잘 보면 그 칼을 들고 있는 모습이 너무 마음 아파요. 누군가와 싸우려는 모습 같잖아요.

그뿐인가요. 망토를 봐요. 초록색에 노란색이 잘 어울린다고요? 하지만 좀 더 자세히 보면 군복 색을 닮았어요. 어깨에 달린 별은 어떻고요. 예쁘긴 하죠. 그럼에도 그 예쁜 별에서도 쓸쓸함이 배어 나와요. 마치 군인들이 차는 견장 같으니까요. 그뿐인가요. 장화는 어떻고요. 군화를 닮았어요. 마음이 아려 와요. 저 그림, 어린왕자의 모습은 너무 슬퍼요. 저렇게 어린왕자가 전쟁터에 나가기라도 할 듯한 모습의 옷을 입고 견장을 차고 군화를 신고 게다가 칼까지 들고 있으니까요.

왜일까요? 어린왕자는 생텍쥐페리의 마음을 고스란히 보여 주고 있기 때문이에요. 이 그림을 그릴 때 생텍쥐페리는 미국에 망명 중이었어요. 그의 조국은 독일의 점령 하에 있었고요. 비록 혼자의 힘은 어린왕자처럼 약하지만 당장이라도 미운 독일군을 몰아내고 싶은 심정이었어요. 그 의도였든, 무의식이었든, 생텍쥐페리가 이 그림을 그릴 때 어린왕자의 손엔 이미 칼이 들려져 있었지 뭐예요. 게다가 견장을 달고 예쁘고 귀여운 빨간 구두 대신 군화 비슷한 장화를 신기고 말았지요. 예쁜 모습으로 둔갑했지만 견장까지 달고요. 정말 명령 없이도 출격할 수 있다면 생텍쥐페리는 비행기를 몰고 그의 조국을 구하기 위해 달려들었을지도 몰라요.

생텍쥐페리는 그만큼 조국을 사랑했어요. 말로만 사랑하는 정치인이 아니었어요. 어떤 쪽이 유리한지 기웃거리는 약삭빠른 그런 사람도 아니었어요. 그는 아주 순수하고 우직하고 그냥 솔직담백하게 조국을 사랑했어요. 할 수만 있다면 언론에 호소하고요. 방송에 나가서 연합군이 참전할 것을 호소하고요. 군용기를 몰 연령이 이미 지난 터라 자격이 없었음에도 사

1. 《어린왕자》의 상징들 속에 감춰진 비의들

정사정해서 정찰기를 몰고 나갔을 정도로 나라를 위해 몸을 던질 각오가 되어 있었어요. 그런 애절한 마음, 조국을 사랑하는 그 쓰라린 마음이 어린왕자의 그림 속에 그대로 담겼잖아요. 그래도 어린왕자가 마냥 예쁜 그림이란 말인가요.

다시 찬란한 태양이 빛나는 새날이에요. 생각을 해 보자고요. 우리나라를 말이에요. 나라 사랑한다 말들은 잘하는데 그 속내를 알고 나면 그저 말뿐인 사람들, 저만 옳다고 외쳐대는 정치하는 이들, 사회 지도자들을 보라고요. 어린왕자의 모습과 그들의 얼굴이 겹쳐지네요. 그러니까 한편으로는 마음이 더 아려요. 어린왕자처럼 말없이 나라를 사랑하는, 아니 생텍쥐페리처럼 말보다 행동으로 나라 사랑을 보여 주는 이들이 많아졌으면 좋겠어요.

어린왕자와 장미 그리고 5000송이의 장미?

〈어린왕자〉 중 가장 기억에 남는 것이 뭐냐고 독자들에게 물으면 대부분 장미와 여우라고 대답하지요. 그만큼 〈어린왕자〉에서 장미가 차지하는 위치는 크기 때문이에요. 또한 〈어린왕자〉의 전체적인 내용을 요약하면 '장미와 어린왕자의 만남 – 둘의 사랑과 길들임 – 갈등 또는 권태 – 어린왕자의 떠남과 장미의 기다림 – 관계의 회복 방법을 깨달음 – 재회를 원함'이라 할 수 있지요. 요컨대 〈어린왕자〉의 주인공은 어린왕자이고, 어린왕자의 욕망은 장미를 사랑하는 것이라 할 수 있어요. 그럼에도 사랑하는 법을 제대로 몰랐던 어린왕자가 드디어 장미를 사랑하는 법을 깨닫고 장미에게 돌아가려는 과정의 이야기지요.

모자, 상자, 별, 어른들, 바오밥나무, 사막 등은 이 둘의 사랑 이야기를 받쳐 주는 역할을 하게 하려고 등장시킨 것이고요. 이들을 통해 한결같이 보여 주려는 것은 결국 보이지 않는 것이 중요한데 사람들은 그 진실을 잊고 보이는 것만 보고 그것을 판단한다는 것이지요. 어린왕자 역시 장미의 보이는 면만 판단했고, 그 때문에 장미와 멀어졌다는 것이고요. 여우에게 사랑하는 지혜를 배우고 나서야, 자신의 부족한 점을 깨닫고 장미의 보이지 않는 면을 볼 줄 알게 되었다는 것, 그래서 그 사랑을 회복할 수 있게 되었다는 것이지요.

어린왕자의 순진 때문이든, 장미의 심술이든, 장미는 어린왕자를 괴롭게 했어요. 그 심술꾸러기 장미, 그 장미의 상징은 누구일까요? 이를테면 어린왕자가 생텍쥐페리의 모습이라면 장미는 누구겠냐는 것이지요. 그 장미란 바로 생텍쥐페리의 아내인 콘수엘로와 그의 첫사랑이었던 빌모랑이겠지요. 그를 사랑했거나 그의 인생과 밀접한 관계를 맺었던 여인들이라는 것이지요. 그러니까 생텍쥐페리는 아내나 연인과 그다지 즐거운 날들을 많이 보내지 못했다, 그녀들은 그를 괴롭게 하고 고독하게 만들었다, 그렇게 결론 내릴 수 있겠지요.

생텍쥐페리는 첫사랑에 실패하면서 첫사랑 그녀는 거짓말쟁이로, 아내는 자신을 성가시게 구는 존재로 취급했어요. 심지어 아내와 함께 지낸 날보다 떨어져 지낸 날이 많았어요. 물론 그렇게 헤어져 있다가 그가 〈어린왕자〉를 집필할 당시엔 아내를 미국으로 불러다 함께 지냈지만 그는 아내에 대한 불만으로 살았던 날이 많았어요. 그런 점이 〈어린왕자〉에서 장미를 아주 성가시고, 잔소리 많고, 오만한 꽃으로 그리게 만든 것이지요. 그것이 장미의 비밀이에요.

하지만 어린왕자는 그 모든 것이 장미 때문이 아니라 바로 자기가 너무 장미를 몰랐기 때문이란 것을 깨달아요. 모든 게 바로 자기 때문이란 걸 말이에요. 사실 어그러진 관계의 그 속내를 들여다보면 모든 잘못의 근원은 나에게 있어요. 단지 그것을 남에게 전가하고 싶은 무의식이 나를 그렇게 만드는 것이라고요. 그러니까 나 먼저 반성을 해야 해요.

어린왕자와 한 송이 장미가 생텍쥐페리와 콘수엘로라면, 어린왕자와 5000송이의 장미는 생텍쥐페리와 여인들이란 등식이 성립하네요. 그 장미들 때문에 한 송이 장미가 짜증난 것이라면, 그의 아내는 남편의 다른 여자들 때문에 성격이 날카로워진 것은 아닐까요.

자! 그리고 장미와 화산은 어떤 관계가 있을까요?

아주 작은 별이 있어요. 어쩜 사랑스럽고 정겨운 별이었을 거예요. 그 별엔 그 별에 잘 어울리는 작고 예쁘고 귀여운 장미가 있었어요. 그 반면에 어울리지 않게 화산이 세 개나 있었다는 거예요. 참 이상하지 않나요?

그 작고 예쁜 별에, 아름답고 귀여운 장미가 사는 별에 화산이 있다니요. 때로는 심술을 부릴지도 모르는, 그 별을 아주 재투성이로 만들지 모르는 화산이 셋이나 있다니 말이지요. 그 세 개의 화산 중 하나는 뭔가를 끓일 수 있도록 그릇을 올려놓았어요. 다른 하나는 그냥 타오르도록 내버려두었고, 하나는 불이 꺼져 있어요. 그렇다고 아주 꺼진 게 아니라 언제 타오를지 모르는 휴화산이에요.

어린왕자는 그 별을 떠나면서 화산 하나엔 그릇을 올려놓아 물을 끓이게 두었고, 또 다른 하나는 정성스럽게 청소를 해 주었어요. 그리고 언제 타오를지 모르는 화산 하나도 깨끗이 청소를 해 주었어요. 화산이란 청소만 잘해 주면 폭발할 일이 없기 때문이라는 거예요. 별, 조용한 별에 화산이라! 감이 안 오나요? 그러면 별을 어떤 여인의 몸이라고 생각해 봐요. 그리고 그 화산 세 개의 그림을 잘 봐요. 마치 누워 있는 여성의 모습이란 연상이 안 드나요? 아름다운 여성의 가슴과 그리고 중요한 부분이라면요. 좀 비약

일 수 있지만 프로이트라면 용감하게 설명했을 거예요.

아무튼 화산은 하나의 욕망을 상징한다고 할 수 있어요. 타오르는 욕망, 그 욕망을 잘 다스려 주지 않으면 언제 무슨 일이 일어날지 몰라요. 마치 화산이 폭발하듯이 말이에요. 불타고 있는 화산들이 타오르는 욕망이라면, 쉬고 있는 화산은 언제 타오를지 모르는 잠재적인 열정이라고 할 수 있겠지요. 그 열정이라는 욕망은 장미의 욕망이란 말이에요. 그렇게 갈구하는 장미를 남겨 두고 그 별을 떠나는 어린왕자, 참 매정한 사람이지요. 장미의 입장에선 얼마나 원망스럽고 밉겠어요. 비록 자신이 괴롭히긴 했더라도 장미만 남겨 두고 떠난다니요.

어린왕자는 막상 떠나려다 뒤돌아 봐요. 혼자 남을 장미가 욕망을 자중하지 못하고 무슨 일이라도 벌이면, 너무 외롭다고 엉뚱한 화풀이라도 하면, 그 별에는 큰 재난이 일어나겠지요. 그건 생각만 해도 끔찍한 일이에요. 어린왕자는 언젠가 다시 그 별에 돌아와야 하는데 말이에요. 그때에도 별에는 여전히 장미가 예쁘게 단장하고 있어야 하고, 화산들은 조용히 제 할 일을 하면서 타오르고 있어야 하니까요. 어린왕자는 좀 이기적이었던 거예요. 그래서 어린왕자는 별을 떠나기 전에 정성스럽게 화산들을 청소했어요. 장미를 위해서도, 자신을 위해서도 그건 당연한 일이니까요. 다시 돌아올 거라면 말이지요.

사람과 사람 사이, 맺기도 어렵지만 그 사이를 메우기도 어렵고, 그 사이를 벌리기란 더 어려워요. 서로를 위해 도움이 되도록 맺고 메우다 벌어지기란 어렵다는 말이에요. 그 과정에 불협화음 없이 아름다우려면 말이에요. 그러니까 만남에도, 사이를 메움에도, 사이를 벌림에도 지혜가 필요해요. 서로가 서로의 상처가 되지 않는, 서로가 서로에게 아픔을 주지 않는 관계의 미학, 그건 상대를 위해 세심한 관심을 갖고 배려를 해야 해요. 비록 가식이라도 그럴 필요가 있다니까요.

어린왕자의 별에 화산이라!

그 화산은 어떻게 탄생했을까요? 비행사의 아내 콘수엘로는 중남미 엘살바도르란 나라의 산살바도르 출신이에요. 그녀의 나라 엘살바도르는 화산이 제법 있는 나라였어요. 어려서부터 그녀는 그 화산이 타오르는 모습을 보면서 자랐어요. 그 모습을 보는 아이에게 화산은 두려움보다는 마냥 신비로운 대상이었지요. 그녀는 그 어린 시절의 추억을 떠올려 마치 동화를 들려주듯이 남편에게 자기 나라의 화산들 이야기를 종종 해 주곤 했어요. 원래 천진난만하고 무엇에나 호기심이 많았던 생텍쥐페리는 마치 동화의 나라에 있는 것처럼 그녀의 이야기에 귀를 기울였어요.

아내의 이야기를 마냥 신기하게 듣곤 했던 생텍쥐페리는 〈어린왕자〉를 집필하면서 그걸 떠올린 것이지요. 장미를 아내로 표현하려니 당연히 장미의 집은 그의 별이 되었고, 그 별에 화산이 있다면 당연히 아내의 집엔 화산이 있는 것이고요. 그의 머리에는 화산이란 이미지가 곱게 각인되었던 거고요. 화산을 떠올리면, 화산 이야기를 조곤조곤 해 주던 아내의 모습이 떠올라, 화산들과 아내의 그리운 얼굴이 겹쳐져 보였겠지요. 화산을 보면 아내가, 아내를 보면 화산이 연상되었던 거예요. 그래서 비행사는 어린왕자의 별에 화산을 선사해 준 셈이네요.

이렇게 하여 화산은 아내의 형상이 된 거예요. 그렇게 보면 별에 있는 화산의 이미지란 아내의 영향을 받은 거란 말이 맞겠지요. 생텍쥐페리라면 충분히 그렇게 연결시키고도 남는 비유법의 대가니까요. 그의 작품, 그의 한 문장 한 문장이 시적인 의미를 갖게 된 건 바로 그런 상상력을 통한 비유 덕분이니까요. 생텍쥐페리는 그의 작품 곳곳에서 사물이나 자연 현상을 표현할 때, 있는 그대로 표현하는 것이 아니라 상징을 부여하여 비유법을 잘 쓰고 있거든요. 먹구름을 그냥 먹구름으로 표현하지 않고 비행기를 집어삼키려는 용으로 표현하는 것만 봐도 그는 천생 시인이라니까요.

그렇게 하여 그는 그 화산을 아내의 욕망의 모습, 아내의 성격을 상징적으로 보여 주었던 거예요. 때로는 뜨겁게 타오르는 열정의 아내, 때로는 꺼진 화산처럼 냉랭한 모습으로 다가오던 아내의 모습 말이지요. 이제 어린왕자가 화산이 솟는 장미의 별로 돌아가듯이 비행사도 화산의 나라 아내에게 돌아가겠지요. 그러면 장미가 어린왕자에게 열정을 갖고 있는 것처럼, 비행사의 아내도 비행사에게 열정을 가지고 있어야겠지요. 그 열정을 살려 주려면, 그 사랑을 유지하려면, 떠나면서도 사랑을 확인하고 가야겠지요. 그런데 비행사는 그렇게 못 하고 일시적인 감정으로 집을 나선 거예요. 그래서 지금 그것을 후회하고 있잖아요. 바보처럼, 순진한 건 그래서 꼭 좋은 건 아니라고요. 까다로운 사람을 사랑할 줄 알아야 했어요. 어린왕자처럼.

별에 세 개의 화산! 비행사의 입장으로만 이야기해 보자고요. 지금 타오르는 화산이란 아내의 열정 중에 아주 유용한 사랑의 열정이다, 비행사와 아내의 열렬한 사랑을 의미한다, 이렇게 말이에요. 또 하나의 화산은 타오르긴 하나 그걸 달래주지 못하는 비행사 때문에 불만에 쌓인 열정이라 해두자고요. 실제로 비행사는 친구들과 이야기하기를 좋아하고, 게다가 늘 하늘을 날아야 했으니 아내 입장에선 그럴 만도 하지요. 그러니 나머지 하나는 남편에 대해 냉랭하게 식어버린 열정이라 할 수 있겠지요. 지금 그런 상황에 있는 아내의 세 가지 본질을 잘 돌봐 주지 않으면 더는 참지 못할 수도 있다는 말이지요.

그러니까 우리 모두는 길들인 것에 책임이 있어요. 그 열정을 혼자 애써 참게 해선 안 돼요. 그 열정의 소리들을 들어 주어야 해요. 그 열정이란 욕망의 소리들 말이에요. 갈구하거나 식어 버린 그 열정의 욕망을 관리해 줘야 한다고요. 다른 존재를 향해서가 아니라 바로 나 자신을 향한 열정이 유지되도록 말이에요. 지금 살아 있을 때 그걸 잘 살려야 해요. 그러니 구구하게 말하지 않을게요. 이 대목을 잘 새겨 두면 후회하지 않을 테니까요.

1. 〈어린왕자〉의 상징들 속에 감춰진 비의들

"그는 꺼진 화산도 똑같이 청소했어요. 청소만 잘 되어 있으면 화산은 폭발하는 일 없이 조용히 규칙적으로 불타오르게 마련이거든요. 화산 폭발은 굴뚝의 불길과도 같은 거예요."

어린왕자와 장미를 화해하게 한 현자 여우

〈어린왕자〉를 읽은 이들에게 가장 기억에 남는, 인상적인 게 뭐냐고 물으면 대부분 여우 또는 장미라고 대답하지요. 그래서 여기에서는 어린왕자와 여우의 관계를 알아보려고 해요. 생텍쥐페리가 리비아 사막에 불시착했을 때 사막에서 실제로 만난 페네크를 〈어린왕자〉에 초대한 것이라는 걸 여러분은 알고 있지요.

녀석은 현재의 삶은 물론 미래의 삶까지 계산하여 자기 식량을 보호할 줄 아는 슬기로운 녀석이었어요. 짝짓기를 하는 달팽이들을 살려 두고 홀로 있는 달팽이만 잡아먹음으로써 미래의 식량을 보호하면서 살아가는 아주 지혜로운 녀석이라고요.

비행사에게 신선한 충격을 준 그 사막의 여우 페네크, 그 여우는 이번엔 현자로 찾아와 어린왕자에게 지혜를 주었어요. 어린왕자에게 별에 두고 온 장미를 사랑하는 방법을, 아니 지혜를 가르쳐 주었어요. 권태롭고 짜증도 나고 실망하여 떠나 왔던 어린왕자는 마침 외롭고 슬펐거든요. 외로우니까 자기 별에 두고 온 장미와 닮은 장미들, 많은 장미들을 만나 외로움을 달래려고 했어요. 그런데 아무리 그 장미들을 만나도 왠지 외로움은 지속되었어요. 그런 차에 어린왕자는 운이 좋게도 여우를 만난 거예요. 아주 현명한,

지혜로운 여우를 말이에요. 어린왕자는 집으로 돌아갈 생각보다 여우를 친구 삼아 지내고 싶었어요.

여우를 만날수록 여우는 기꺼이 그의 친구가 되어 주면서 그에게 진정한 사랑 법을 가르쳤어요. 그제야 어린왕자는 깨달은 것이지요. 자신이 아직 장미를 그리워하고 있다는 걸, 사랑하고 있다는 걸, 장미가 자신을 번거롭게 하고 짜증을 냈던 건 자기를 싫어서가 아니라 사랑의 다른 표현이었다는 걸 깨달은 거예요. 깨닫고 나니까 어린왕자는 돌아갈 명분을 찾는다는 건, 그런 구실을 마련한다는 건 치사스러운 일이라는 걸 알았어요. 사랑하는데 그런 자존심이니 체면이니 무슨 상관이냐고요. 그저 마음으로 다가가면 되는 것인데 말이에요. 어린왕자에게 자기 별로 돌아갈 마음을 갖게 해 준 현자가 바로 여우예요.

여우의 가르침 덕분에 어린왕자는 자기 별로 돌아갈 결심을 해요. 자, 그러면 비행사로 하여금 아내에게 돌아갈, 집에 돌아갈 명분을 만들어 주었거나 가르침을 준 현자는 누구일까요? 어린왕자에게 여우가 있듯이 말이에요. 어린왕자는 장미를 떠나 왔듯이, 비행사는 자기 아내를 떠나 왔잖아요. 그리고 이제 어린왕자가 장미에게로 돌아갔다면 비행사도 아내에게 돌아가야겠지요. 아하, 그러고 보니 어린왕자와 비행사는 비슷한 운명이네요. 이를테면 어린왕자는 비행사고, 비행사는 어린왕자인 셈이니까, 결국 생텍쥐페리는 〈어린왕자〉를 통해 자신의 이야기를 하고 있네요.

어린왕자가 장미에게 돌아갔듯이 아내와 한동안 별거하던 생텍쥐페리도 아내에게 돌아갔어요. 조국 프랑스는 독일 점령 하에 있었기에 생텍쥐페리는 아내를 미국으로 불러냈어요. 그래서 아주 오랜만에 재회를 한 거예요. 마치 어린왕자가 장미에게 돌아갔듯이 말이에요. 그러니까 생텍쥐페리에게도 여우와 같은 현자가 있었다는 말이 되는 거예요. 생텍쥐페리에게 있어서 현자란 다름 아닌 자아 성찰이었어요. 그에게 아내를 진정으로 사랑하는 법을 가르쳐 준 존재는 외부에 있었던 게 아니라 내면에 있었어요. 비행사라는 직업의 세계에서 그는 성찰을 통해 인간에 대한 사랑, 공동체를 위한 사랑, 아내에 대한 사랑을 깨달은 거예요.

그의 삶은 늘 생과 사를 넘나드는 연속이었어요. 죽음 앞에 섰을 때, 그리고 그 죽음의 고비를 넘겼을 때, 그렇게 생사를 넘나드는 삶 속에서 많은 성찰을 했어요. 그 상황에서 자신을 들여다보면서 자신이 얼마나 유치한 아이 같았는지, 철부지였는지를 깨달았어요. 이처럼 진정한 삶의 현자, 진정한 사랑을 가르쳐 주는 현자는 외부에 있는 게 아니라 그의 마음에 있었어요.

그러면 우리의 현자는? 현자는 저절로 나오는 것이 아니라 진지한 자기 성찰을 할 때 안에서 걸어 나와 지혜를 주는 거예요. 그러니까 아주 겸손한 마음으로 여러분의 마음의 소리에 귀를 기울여 봐요. 아주 소중한 삶의 지혜를 담뿍 안겨 줄 테니까요. 그러면 여러분도 어린왕자처럼 사랑할 수 있을 거예요. 미웠던 사람들, 짜증나게 했던 사람들을 말이에요. 사랑이 여러분을 행복한 세상으로 인도할 거예요.

사람보다 지혜로운 여우?

작은 도랑에서는 고무 함지를 타고도 전혀 두렵지 않아요. 오히려 그 정도면 제법 물놀이를 즐길 만큼 크다고 할 수 있어요. 하지만 좀 더 깊은 강에 가면 그런 고무 함지를 탄다는 건 무모한 일이에요. 그걸 타려면 겁부터 나요. 목숨을 담보로 한 일이니까요. 그럼에도 그 고무 함지를 타고 넓은 강으로 나가야 하는 상황이라면 어떨까요? 그것은 절망 중에 절망이지요. 생텍쥐페리와 프레보가 그런 상황에 처했어요. 생텍쥐페리는 그 사막에서의 상황, 마실 물이라곤 동이 난 상황, 어디로 가야 할지도 모르는 상황이 마치 카누를 타고 대양에 나가는 것과 같은 기분이었어요.

그 상황에서도 생존 본능은 있어 몇몇 구멍에 덫을 놓아두고 한 밤을 보냈어요. 아침이 되어 그 덫을 보러 갔지만 걸린 게 아무것도 없었어요. 실망하며 돌아서려다 그 아침에 눈이 번쩍 뜨이는 광경을 보았어요. 바로 토끼만큼 작은 놈인데 귀는 제법 큰 낯선 짐승을 만난 거예요. 사막에서 생명이 있는 것, 움직이는 것을 본다는 것은 참 신기한 일이었겠지요. 바로 사막에 살고 있는 페네크란 여우였지요.

요 귀여운 녀석은 깡충거리며 뛰어가요. 그 녀석의 발자국을 따라가요. 녀석이 음식을 먹는 곳이 있어요. 수프 그릇 크기의 작은 관목들이 있어요. 그 작은 나무들은 100여 미터쯤 떨어져 여기 저기 있어요. 그 관목 줄기에는 금빛 달팽이들이 달려 있고요.

녀석은 열심히 부지런히 배를 채우러 나무를 옮겨 다녔어요. 녀석이 멈추지 않고 지나치는 나무가 있네요. 가까이 가기는 하지만 그냥 바라만 보고 지나치는 나무 말이에요. 여우는 그렇게 아침 식사를 하는데 100여 그루 가량을 옮겨 다닌 후에야 식사를 마쳤어요. 그러니 아침 식사를 위해 꽤나 시간을 소비하는 것이지요. 얼핏 보면 아침 식사를 즐기거나 아침 식사를 놀이 삼아 하는 것 같았어요. 그건 그들의 생존전략이었어요. 혼자 있는 달팽이만 잡아먹는 거였죠. 짝짓기를 하는 달팽이들을 잡아먹으면 배를 채우기는 쉬울 테지요. 그럼에도 굳이 한 마리만 떨어져 있는 달팽이를 잡아먹는 건 미래의 식량을 비축해 두기 위해서였죠. 두 마리씩 짝짓기 하는 달팽이들은 내일이나 모레, 그 이후의 식량을 예비하는 일이니까요. 기특하리만치 똑똑하고 생각이 있는 놈이지요.

생각 없는 동물이라면, 아니 생각 없는 인간이라면 일단 배부터 채우려 할 테지요. 그런데 이 여우는 웬만한 인간들보다 더 현명한 거예요. 이들을 발견한 생텍쥐페리는 그 발자국을 따라 그의 굴 앞에 갔어요. 하지만 여우는 더는 나오지 않았어요. 낯선 존재의 등장이기 때문이었죠. 길들여진 존재라면 여우는 자유롭게 굴 밖으로 나왔겠지요. 그 귀여운 여우, 그리고 그 여우의 지혜로운 모습, 그것을 본 생텍쥐페리는 6년 후, 이 여우를 〈어린왕자〉에 등장시키면서 진정으로 사랑하는 법을 가르치는 사랑의 멘토로 그를 초대한 거예요. 이 여우와의 민남이 그 여우의 파트너로 어울릴 법한 어린 왕자를 떠올리게 한 것일지도 모르지요.

어떤 이들은 하루를 살아도 영원히 살 것처럼 사는 이들이 있어요. 어떤 이들은 그 하루밖에 살 날이 없는 것처럼 살고 있어요. 어떤 삶이 현명할까요? 지나치게 미래 지향적이면 현실을 무시하기 쉽지요. 그렇다고 현재만을 생각하면 방종에 빠질 수도 있고요. 미래에 대한 지나친 생각은 자신을 구속하게 만들고, 지나치게 현재 지향적이면 세상을 아무렇게 살게 만들어요. 미래도 현재도 그 어느 것도 무시할 수는 없어요. 어떤 삶이 현명할지 생각해 보자고요.

"내 비밀은 이거야. 길들인 것에 책임이 있어."

이 문장은 비록 짧지만 이 문장 속에는 진한 슬픔이 담겨 있어요. 삶과 죽음의 고비를 넘나들던 그의 친구 기요메의 잔혹한 아픔을 담고 있어요. 기요메는 안데스 산맥 위를 비행하다 그만 추락한 거예요. 그래서 등산용 피켈도, 로프도, 식량도 없이 고도가 4,500미터나 되는 협곡을 기어오르거나, 깎아지른 듯한 암벽을 따라 전진해야 했어요. 그러다 보니 온몸에 상처가 생겨 피가 흘렀고요. 게다가 영하 40도를 넘나드는 혹독한 추위를 고스란히 맞이해야 했어요. 그럼에도 그런 온갖 고통을 무릅쓰고 걸어서 살아남는 기적을 보인 거예요.

"생명을 계속 이어가도록 해 주는 것, 그건 오직 걸음을 내딛는 거야. 한 걸음 한 걸음 언제나 다시 시작되는 바로 그 똑같은 발걸음 말이지. 내가 해낸 일들은, 단언컨대 그 어떤 짐승도 결코 그 일을 한 적이 없을 거야."라고 그는 나중에 살아 나와서 그 말을 했어요.

인간을 다른 동물보다 위대한 존재로 만들어 주는 것, 그것은 책임감이란 것을 몸소 보여준 거예요. 내가 길들인 것에 대한 책임을 지는 것, 〈어린왕자〉에서 현자 여우가 진정으로 사랑하는 법을 가르쳐 주고 난 뒤, 마지막으로 진정한 사랑의 정곡을 찌르며 알려준 말, 길들인 것에 책임을 져야 한다는 것, 그 말 속에는 기요메의 죽음을 넘나들던 고백이 담겨 있었던 것이지요. 그래서 이 문장은 더 빛나고 가슴 아린 문장이에요.

작가 생텍쥐페리의 동료 기요메, 한겨울에 안데스 산맥을 횡단하던 중 실종되었던 친구, 생텍쥐페리와 동료들은 그를 찾으려 각자 비행기를 타고 5일 동안 그 첩첩산중을 수색했지만 아무 것도 발견하지 못했어요. 고도 7000미터에 이르는 봉우리들로 가득 들어찬 그 엄청난 산맥 모두를 탐사할 수는 없었어요. 결국 5일 만에 수색을 포기하고, 그를 죽은 것으로 간주하지요.

처음엔 살겠다고 걷다가 죽음에 임박하자 자기가 길들인 가족을 위해 걸었어요. 심리적으로 가족 모두를 업고, 가족과 함께 죽기 위해 걸었어요. 살

1. 〈어린왕자〉의 상징들 속에 감춰진 비의들

기 위한 걸음이 아니라 죽기 위한 걸음이었어요. 살기 위한 걸음을 멈추고 죽을 자리를 찾아가는 거예요. 가족에게, 길들인 사람들에게 자기 책임을 다하기 위해 기꺼이 죽기 위해 걸어야 했던 기요메, 살기를 포기하고 가족이나 길들인 사람들을 위해 죽을 각오를 한 거예요. 왜냐하면 자신이 죽고 나면 실종 처리가 아닌 사망자로 처리되어 보험금이라도 가족에게 받게 할 생각을 했기 때문이었어요. 실종 되면 가족이 보험금을 타는 데 4년을 기다려야 하니까요. 반면 시체가 발견되면 곧바로 사망자 처리가 된다는 보험법 때문에 그는 가족을 위해 죽기로 각오했던 거예요.

그는 기왕 죽을 것이라면 죽은 다음에 빨리 발견되게 하려고 했던 거예요. 그래서 그는 살기 위한 방향을 포기하고, 길들인 사람들에 대한 책임을 위해, 시체가 잘 발견될 수 있는 언덕 위 바위를 향해 오르기 시작했어요. 삶을 위한 걸음이 아니라 죽음을 위한 걸음, 그 심정은 어떠했을까요? 7일째로 들어서던 날, 두 번째 횡단을 기다리며 생텍쥐페리가 멘도자의 한 식당에서 점심을 먹고 있을 때, 놀라운 소식이 들려 왔어요.

"기요메…… 살았어!"

그 두 마디와 함께 죽은 줄로만 알았던 기요메의 생환 소식을 알았어요. 생텍쥐페리는 기요메의 그 생환 사건을 〈어린왕자〉 속에 단 한 문장으로 정리해 놓았으니 "내 비밀은 이거야. 길들인 것에 책임이 있어."예요.

인간이 위대한 점, 다른 동물보다 위대한 점, 그것은 인간은 책임을 질 줄 아는 존재이기 때문이에요. 그 책임은 자신에 대한 책임, 자기가 지금 맡고 있는 업무에 대한 책임, 희망을 품고 있는 동료들, 길들인 가족과 같은 존재들에 대한 책임이에요. 기요메는 그렇게 자기가 길들인 사람들의 고통과 기쁨에 대한 책임, 살아 있는 자들이 새로 지어 놓은 것에 대한 책임, 그 작업의 진행에 따른 사람들의 운명에 대한 책임을 느끼며 얼음 밭을 걸었다는 것이지요. 사람으로 존재한다는 것은 책임을 지는 일이기 때문이에요. 이에

"내 비밀은 이거야. 사랑은 길들인 것에 책임을 지는 일이야."라는 명문장을 남길 수 있었어요.

뱀이 어린왕자를 만나러 온 까닭?

〈어린왕자〉에는 두 종류의 뱀이 등장하죠. 제1장에는 보아 뱀, 코끼리를 삼키고 있는 중인 보아 뱀이 나와요. 그리고 〈어린왕자〉가 끝날 때쯤엔 노란 독사가 나타나요. 보아 뱀은 서술자가 그림책에서 보았다는 뱀, 노란 독사는 어린왕자가 지구에서 만나는 뱀이에요. 보아 뱀은 착한 코끼리를 삼키는 좋지 않은 뱀으로, 노란 독사는 어린왕자를 그의 별, 사랑하는 장미가 기다리는 별로 데려다주는 고마운 뱀으로 소개하고 있어요.

그런데 이 책의 앞부분에 왜 보아 뱀이 제일 먼저 등장할까요? 이 책도 일종의 소설이에요. 물론 성인 동화라고 해도 맞는 말이고요. 따라서 보아 뱀을 그린 그림은 복선이라 할 수 있어요. 주제가 무엇인지를 암시해 주고 있는 내용이란 의미지요. 화자는 그 그림을 어른들에게 보여 주며 이것이 무엇이냐 물어요. 그럼 여지없이 어른들은 모두 모자라고 대답한다는 거예요. 어른들은 왜 모자라고 대답할까요? 당연히 "모자처럼 생겼으니까 모자라고 대답하지." 라고 여러분은 대답하겠지요.

하지만 어른들이 모자를 한 번도 본 적이 없다면, 모자라는 단어를 아예 모른다면 그 그림을 보여 주는 화자에게 모자라고 대답할까요? 아니, 그렇게 대답할 수 있을까요? 그때엔 어른들은 언제가 본 적이 있는 비슷한 그무엇을 지칭하며 그것이라고 대답할 테지요. 어른들은 자신의 경험으로, 자

신이 본 것으로, 자신이 아는 것으로 대답할 수밖에 없거든요. 그뿐인가요, 그 안에 감추어진 것은 아예 생각할 줄도 몰라요.

그러니까 이 책의 앞부분에 보아 뱀 그림을 제시한 것은 사람들이 가진 편견에 대한 작가의 비아냥거림이라고 할 수 있는 복선이에요.

여기서 드러나는 뱀은 우선 세 가지를 상징하고 있어요. 프랑스를 삼켜버린 강한 독일을 상징한다고 볼 수도 있으며, 인간을 유혹하여 인간으로 하여금 낙원을 잃게 만든 유혹자로서의 뱀을 상징한다고 볼 수 있어요.

창세기에 등장하는 뱀은 이브를 유혹하여 결국 인간을 타락시키고, 인간이 에덴동산 밖으로 쫓겨나게 만들었어요. 이는 뱀이 인간을 통째로 삼켜버린 것이나 다름없어요. 뱀이 개구리를 통째로 삼키듯이 말이에요. 그렇게 해서 인간은 뱀을 따라 지상으로 유배당하고 만 거죠.

뱀의 본래 속성은 허물을 벗는 존재예요. 허물이란 몸에 붙어 있을 때는 몸의 일부분이지만 벗고 나면 아무런 쓸모없는 껍데기에 불과해요. 우리의 육체라는 것도 이러한 껍데기와 같아요. 우리의 몸이 아름답고 강해 보이는 것은 우리 속에 영혼이 있기 때문이에요. 그래서 '중요한 것은 눈에 보이는 것이 아니라 감추어져 있는 것'이란 의미예요. 그러니까 어린왕자도 자기 별로 되돌아 갈 때 보이는 것, 즉 몸까지 끌고 갈 필요가 없어요. 보이지 않는 영혼만 가져가면 되는 거예요. 그러니까 보아 뱀이 전면에 나선 것은 일종의 복선이라고 할 수 있어요.

어린왕자가 이 땅에 왔다가 1년이 되는 그 날에 자신의 고향별로 돌아갈 때 노란 독사의 힘을 빌려요. 우리의 본향은 이 무거운 몸으로 갈 수 있는 곳이 아니라, 이 몸을 다 벗어 놓고 가벼운 상태가 되어 돌아가야 하는 것처럼, 우리 인간도 언젠가는 허물을 벗어야 해요.

이 책에 나오는 두 가지 뱀 중 큰 뱀은 악한 존재로, 인간을 망하게 하거나 삼켜 버리는 존재예요.

보아 뱀은 남아메리카 대륙이나 마다가스카르 지방에서 볼 수 있는 엄청나게 큰 구렁이예요. 큰놈은 무려 4미터의 길이를 자랑해요. 우리는 성경을 읽어가면서 하나의 뱀을 만나지요. 그 뱀은 최초의 사람 아담과 이브를 유혹하여 하나님의 명령을 어기게 만드는 악마의 상징으로 등장해요.

"뱀이 여자에게 이르되 너희가 결코 죽지 아니하리라 .너희가 그것을 먹는 날에는 너희 눈이 밝아 하나님과 같이 되어 선악을 알 줄을 하나님이 아심이니라."(창세기 3 : 4-5)

이 말을 들은 인간은 하나님과 같이 되려는 욕심으로 선악과를 먹고 낙원에서 쫓겨나죠. 이 원죄의 상징인 뱀 사건은 인류 초기에 등장해요. 어린왕자에 등장하는 이 뱀도 악의 상징으로 그려진 것이겠지요.

작은 뱀은 이로운 존재로 묘사되고 있어요. 이는 인간을 이롭게 하는 뱀, 즉 인간을 부활하게 하거나 소생하게 하는 뱀이에요. 인간을 소생시키는 뱀의 이미지로는 구약 성서에 나오는 놋 뱀을 들 수 있어요. 성서에서 그 모티브를 차용한 것 같지 않나요? 〈구약성서〉 민수기 21장 4-9절에서 하나님과 모세를 원망하던 백성들이 불 뱀들에게 물려 죽어갈 때에 모세는 놋 뱀을 만들어 장대에 달아 이를 쳐다 본 자들을 살아나게 해요.

"여호와께서 이르시되 불 뱀을 만들어 장대 위에 달아 물린 자마다 그것을 보면 살리라. 모세가 놋 뱀을 만들어 장대 위에 다니 뱀에게 물린 자마다 놋 뱀을 쳐다본즉 살더라."

1. 〈어린왕자〉의 상징들 속에 감춰진 비의들

이 놋 뱀의 의미는 그 후에 구세주로 오신 예수 그리스도의 십자가를 상징하거든요. 어린왕자의 후반부에 나오는 그 노란 뱀과 이 놋 뱀의 이야기는 맞닿아 있다고 볼 수 있어요.

어른들의 닫힌 세계와 6이라는 숫자의 비밀

어린왕자를 열면 보아 뱀 그림이 우선 등장해요. 이 책에는 47개의 그림이 들어 있어요. 그리고 각 그림마다에는 작가가 의도하는 이야기가 녹아들어 있고요. 특히 그의 그림 47개 중 어린왕자가 등장하는 그림은 23개로 이루어져 있어요.

우리가 이 책을 열면서 놓치지 말아야 할 숫자가 있다면 6이라는 숫자예요. 그는 순수한 상태의 나이를 여섯 살로 보고 있어요. 작가가 의도하는 6이라는 숫자는 어른의 세계에 본격적으로 관심을 갖는 '미운 일곱 살'이 되기 이전인 순수함을 고이 간직한 나이를 뜻해요.

그림을 그렸다는 나이도 6이고, 보아 뱀이 소화를 시키는 개월 수도 6이에요. 또한 어린왕자의 별도 612호, 6과 그 배수예요. 그가 방문한 별의 수도 6개의 별이며 일곱 번째 별인 지구에 와서 그의 여행을 마쳐요.

6이라는 나이는 그야말로 순수의 눈으로 세상을 볼 수 있는 마지막 보루인 셈이에요. 진정으로 보이지 않는 것을 볼 수 있다는 믿음을 가진 나이며, 어른과 아이의 심리적 경계의 나이예요. 즉 아이들의 나라가 마음으로 보는 나라라면, 어른들의 나라는 수치나 현실적인 눈으로 보는 나라예요. 요컨대 진정한 순수란 나이의 경계가 중요한 것이 아니라 예민한 감수성과 풍부한 상상력을 가졌느냐와 수치로만 세상을 보느냐예요. 그 의미에서 레옹 베르트는 전자에 속하는 어른이었어요.

어른들의 나라 〈닫힌 나라〉	아이들의 나라 〈열린 나라〉
• 눈으로 본다 • 수치로 따진다 • 겉모습만 본다	• 마음으로 본다 • 예민한 감수성이 있다 • 풍부한 상상력을 가졌다

어린이의 나라는 무한한 공간을 갖지요. 어린이가 만나는 곳은 모두 놀이의 공간이 되고 상상의 공간이 돼요. 하지만 어른이 되면서 사람들은 그 열림의 세계를 스스로 닫고, 자기 안의 세계에만 안주하려 하죠.

전 과거	과거	현재
라몰 성 어린 시절(6세)	사하라 사막 1935년 (6년 전)	뉴욕 센트럴 파크 〈어린왕자〉 집필(1941)

그는 어린 시절 오래된 성에서 살았어요. 그 오래된 성은 아이들에게는 상상의 공간이었어요. 어른들이 보기에는 거추장스러운 것들이 아이들에게는 놀이 도구였고, 숨바꼭질의 장소가 되었어요. 그만큼 허름한 성에는 아이들이 숨을 곳이 많아서 추억이 많이 서려 있어요. 그는 그곳에서 자라났어요. 그 오래된 성에는 곳곳에 파충류나 곤충들이 있어서 놀이의 대상이었고, 아이들로서는 신기의 대상이기도 했어요.

우리는 어린왕자를 만나기 전에 작가 자신이 아이가 아닌 어른에게 헌사를 바친 점을 눈여겨보아야 해요. 〈어린왕자〉를 읽어가면서 우리는 이원적인 대립을 생각할 수 있어요. 어른을 닮은 큰 것과, 아이를 닮은 작은 것의 대립관계예요.

큰 것	어른, 보아 뱀, 바오밥나무, 호랑이 → 독일
작은 것	아이, 노란 뱀, 장미나무, 여우 → 프랑스
중립적인 것	코끼리 → 미국 또는 연합군

큰 것은 해를 끼치거나 공격적인 것들로 이루어져 있으며, 작은 것은 약하거나, 보호를 받거나 타인에게 유익을 주는 존재들이에요. 중립적인 관계에 있는 것들은 이들 간의 대립관계를 융화시키는 역할을 해요.

힌두교에서는 지구를 떠받치는 동물이 코끼리이며, 그 코끼리를 떠받치는 것이 거북이에요. 그러니 여기서는 코끼리의 존재는 지구의 평화를 유지하는 평화 유지군, 즉 연합군이라고 볼 수 있어요. 어린 장미를 먹어 치우는 것을 방지하기 위해서는 그 힘을 능가할 수 있는 코끼리가 필요하듯이, 지금 조국 프랑스를 침공하여 거의 삼키기 일보 직전인 독일을 견제하기 위해서는 미국이나 연합군의 힘이 필요했던 시대적인 상황이 그려져 있어요.

1인칭으로 시작되는 〈어린왕자〉, 이는 자기 체험임을 강조하면서 이야기가 단순히 허구의 이야기가 아니라 사실의 이야기라고 말하고 싶은 작가의 의도가 들어 있어요. 따라서 이 책은 아이들을 위한 동화가 아니라 오히려 어른을 위한, 어른을 향한 인간성 회복을 원했던 작가의 의도를 보여주어요. 구체적인 것처럼 보이는 어렸을 적 경험, 그리고 책이라는 매개물은 실제의 이야기를 시작하는 형식을 띠고 있어요.

어른들은 겉모습만 보고 지레짐작으로 그 안의 것을 싸잡아 판단해 버린다는 거예요. 작가는 이러한 생각을 이 작품의 끝까지 가져가요. 이 책의 주제가 심안법, 즉 중요한 것은 마음으로 보아야만 보이는데, 어른들은 마음으로 보지 않고 세상의 눈으로만 본다는 것이지요.

자신의 알량한 지식의 눈으로만 보려 하고, 피상적으로 보이는 대로만 보려 하고, 이렇게 저렇게 갖게 된 경험으로만 보려고 하는 편견에 빠져 있단 말이에요. 따라서 정작 중요한 것을 보지 못하고 말아요. 정말 우리는 정작 중요한 것을 보지 못하고 있지는 않을까요? 지식의 편견, 피상적인 것에 대한 선입견, 여유가 없어서 슬쩍 보는 가벼움 때문에 정말 봐야만 하는 것을 못 보고 있지는 않느냐고요.

여러분이 가진 지식을, 여러분이 가진 정보를, 여러분이 살면서 느껴왔던 느낌을, 여러분이 겪었던 경험을 모두 내려놓고, 그저 순수한 상태에서, 그 순수의 눈으로 세상을, 사람을, 옆에 있는 이웃들을, 내가 사랑하는 사람을 찬찬히 들여다보아요. 그렇게 봐야만 보아야 할 그 무엇, 정말로 중요한 그 무엇, 우리 삶의 본질, 더불어 살면서 나눠야 할 중요한 그 무엇을 발견할 수 있어요.

"중요한 것은 눈으로 볼 수 없어. 마음으로 보아야 하는 거야."

편견을 버려야 발견할 수 있는 상징의 의미

'아하! 그랬구나.'

책을 읽는 중에 깨달음이 오면 속으로 그렇게 말하죠. 뭔가의 발견, 그 작품의 숨겨진 의미를 발견하는 일은 참 즐겁지요. 특히 작가가 깔아 놓은 복선을 알아차릴 때면 무척 즐거워요. 처음엔 그것이 복선인 줄 모르고 지나가요. 그러다 나중에 뒤쪽에서 그것이 복선이었음을 알았을 때 '아하, 그랬구나.'라고 말하는 거예요. 그렇게 복선을 찾는 연습을 하면 나중엔 뒤까지 읽지 않아도 저것이 복선이라는 것을 눈치챌 수 있지요. 그래서 책 읽기도

1. 〈어린왕자〉의 상징들 속에 감춰진 비의들

제대로 읽는 연습이 필요해요. 제대로 쓴 소설은 복선이 잘 깔려 있어요. 아무나 눈치챌 수는 없지만 복선은 있어요. 복선은 소설에 보다 의미와 가치를 부여하는 장치이기 때문이에요.

〈어린왕자〉는 1장을 열면서 보아 뱀 이야기부터 시작해요. 이어서 보아 뱀이 코끼리를 삼키는 그림을 보여줍니다. 보아 뱀의 겉으로 코끼리는 보이지 않아요. 코끼리는 보아 뱀 속에 숨겨져 있기 때문이에요. 그 모습을 보니 모자와 흡사하긴 해요. 그 그림을 어른들에게 무엇이냐고 물으면, 어른들은 당연히 '모자'라고 대답해요. 그러면 '나'는 그 대답이 참 이상한 거예요. 분명 '나'는 보아 뱀이 코끼리를 삼키는 그림을 그렸는데 말이에요.

왜 어른들은 그걸 모자라고 대답할까요? 만일 어른들이 모자라는 걸 한 번도 본 적이 없다면, 모자라는 단어조차 모른다면, 어른들은 모자라고 대답했을까요? 어른들이 그 그림을 모자라고 대답한 것은 어른들은 그와 유사한 모자를 본 적이 있고, 모자라는 단어를 알고, 그런 사전 지식에 대한 편견 때문에 그렇게 볼 수밖에 없어요. 그런 기존의 지식이 있기 때문에, 기존에 가진 그 지식의 편견 때문에 어른들은 그 모습을 모자라고 대답한 거예요. 이처럼 지식이란 편리하긴 하지만 때로는 그 이상을 보지 못하게 만들어요. 그러니까 보다 많이, 보다 넓게 보려면 기존의 정보를 이용하지 않고 보려는 노력을 해야 해요.

내 안에 있는 정보, 이미 자리 잡은 정보는 시행착오를 줄여주는 힘이 있으며, 보다 편리하게 무슨 일이든 할 수 있는 힘, 보다 쉽게 무슨 일이든 처리할 수 있는 힘을 주거든요. 그런 긍정적인 측면이 있지만 그 사전 정보란 더 이상의 발전적인, 생산적인, 창의적인, 상상적인 정보를 새롭게 입력하는 것을 방해해요. 따라서 보다 많은 것을 얻으려면, 보다 넓게 보려면 기존의 정보를, 지식을 내려놓고 그 무엇을 보아야 해요.

보다 책을 생산적으로 읽으려면 기존의 정보나 지식을 없다 생각하고 새로운 마음으로 읽어야 해요. 그 선입견이 우리의 폭넓은 생각을 방해하기 때문이에요. 세상을 보는 눈도, 사람을 보는 눈도 마찬가지예요. 지금 내가 가진 정보나 지식이 그 사람을 이미 평가해 놓고 규정해 놓고 보게 만들어요. 혹 우리는 누군가를 볼 때 이미 가진 편견으로 그 사람을 규정해 놓고 보고 있지는 않나요? 다른 사람이 규정해 놓은 것처럼 그 사람이 나쁘거나 좋거나 한 것이 아니라 그 반대일 수 있어요. 그 누구를 보든 순수한 자신만의 눈으로 볼 수 있어야 해요.

"중요한 것은 눈으로 볼 수 없어. 마음으로 보아야 하는 거야!"

여우의 가르침 중 이 책을 읽은 이들이 가장 기억을 잘하고 있는 "중요한 것은 눈으로 볼 수 없어. 마음으로 보아야 하는 거야."라는 문장이 있어요. '왜 중요한 것은 눈으로 볼 수 없다고 한 걸까요. 이 책은 그 이유를 여럿 제시하고 있어요. 여러 이유를 한 단어로 굳이 말한다면 편견이라 할 수 있어요. 겉모습을 보고 지레짐작으로 판단하는 편견 때문에 정작 중요한 것을 놓치고 있다는 의미지요.

생텍쥐페리는 〈인간의 대지〉에서 "완전이란 더 이상 덧붙일 것이 없을 때가 아니라 아무것도 떼어 낼 것이 없을 때이다."라고 했어요. 그래요. 떼어 낼 것이 더는 없는 것, 그렇게 남은 것, 그것은 바로 본질적인 것이지요. 더이상 떼어 내면 아무짝에도 쓸모가 없을 테니까요. 모든 것에 그 본질은 당연히 있고요. 겉모습을 다 벗겨내고 남은 것이 본질이며 중요한 것이지요. 그런데 그 본질적인 것이 사실은 겉모습에 숨겨져 있으니 우리는 그걸 볼수 없어요.

비행기를 예로 들어보자고요. 비행기의 목적은 하늘을 나는 것이니, 그목적을 수행하는 데 꼭 필요한, 다시 말해 비행기가 날아갈 수 있는 것만 빼고 다 떼어 내 보자고요. 화려한 동체부터 시작하여 비행기의 본체를 감싸

1. 〈어린왕자〉의 상징들 속에 감춰진 비의들

던 것들을 하나씩 버려 봐요. 그러면 남는 것은 기관과 최소한의 것만 남을 테지요. 그것만으로도 비행기가 날아간다면 본질만 남은 것이지요. 결국 비행기에서 가장 중요한 건 기관을 둘러싸고 있던, 달리 말해 포장하고 있던 것들이 아니라, 포장을 둘러싸고 있던 것을 모두 떼어 내고 남은 기관이란 결론이 나와요. 그런데 우리는 비행기를 볼 때 기관은 전혀 생각도 안 하죠. 단지 겉모습만 보고 항공사를 확인하고 크고 작음, 화려함과 초라함만 보거나 판단해요.

사람도 마찬가지예요. 그 사람의 학벌, 부, 명예, 옷차림, 집, 차의 종류 등 그가 소유했거나 누리고 있는 것, 그의 배경만 보고 그 사람을 판단할 뿐, 그런 것들에 가려진 그 사람의 진실을 보려고도 하지 않아요. 그렇게 중요한 그 무엇은 그런 피상적인 것들 아래 감추어져 있는데도 말이지요. 때문에 현자 여우는 우리에게 "중요한 것은 눈으로 볼 수 없어. 마음으로 보아야 하는 거야."라고 말하면서 보이지 않는 것이 중요하다는 걸 깨우쳐 줘요.

사람과 사람 사이에서 가장 중요한 것은 상대의 진실을 발견하는 일이에요. 겉모습은 가끔 우리를 속이고 우리를 슬프게 하지만 진실은 늘 우리를 편안하게 하고 기쁘게 하거든요. 그 진실을 찾아야 해요. 그러려면 그 사람의 겉모습을 다 떼어 내고 그 사람의 알맹이를 보아야 하겠지요.

"중요한 것은 눈으로 볼 수 없어. 마음으로 보아야 하는 거야."

심안법, 중요한 것은 눈으로 볼 수 없다?

코끼리를 삼키는 중인 보아 뱀, 이 그림은 보이지 않는 것을 볼 수 있는 동심의 세계를 동경하고 있어요. 보이지 않는 것이 아름답다는 것이지요. 사실 보이는 모든 것은 보이지 않는 것을 추구하는 하나의 수단에 불과하기 때문이에요. 보이지 않는 것을 볼 수 있다는 믿음, "보이는 것이 중요한 것이 아니라 보이지 않는 것이 중요하다."라는 그의 명제, 즉 '중요한 것은 눈으로 볼 수 없는 거야'라는 그의 명제는 우연히 정립된 것이 아니라, 여러 과정을 거쳐 〈어린왕자〉에서 완결되었어요.

그는 보들레르의 시에 심취했어요. 보들레르는 아름다움을 정의할 때, "나는 세상에서 아름답다고 하는 것은 다 가서 보았다. 하지만 이 세상 어디에도 아름다움은 남아 있지 않았다. 남아 있다면 죽음밖에는 없다. 죽음이란 누가 갔다 와서 알려주는 것도 아니고 가볼 수도 없으므로, 미지의 세계로 남아 있는 죽음만이 아름답다."라는 거예요. 그는 죽음을 '아름다운 여행'으로 표현하는 시를 여러 편 쓰기도 했어요. 아마도 생텍쥐페리는 보들레르의 작품을 접하면서 보이지 않는 것이 중요하다는 것을 생각했고, 그것을 어린왕자에서 구체화하려 한 것 같아요.

첫 번째 단계, 보들레르의 시 '창문들'은 "열린 창문을 통해 안을 보는 사람은 결코 닫힌 창문을 통해 안을 보는 사람만큼 많은 것을 보지 못한다"로 시작해요. 이것이 생텍쥐페리가 보이지 않는 것의 중요성을 인식하는 첫 단계라고 볼 수 있어요. 한번 읽어볼까요?

창문들

사를 보들레르

열려 있는 창문을 통해 밖에서 보는 사람은 닫혀 있는 창을 보고 있는 만큼은 결코 많은 것을 보지 못합니다.

촛불로 밝혀진 창보다 더 심오하고, 더 신비롭고, 더 풍요롭고, 더 어둡고, 더 빛나는 물건은 없습니다. 햇빛에서 볼 수 있는 것은 유리창 뒤에서 일어나는 것보다 늘 흥미롭지 못합니다.

검거나 빛나는 그 구멍 속에서 인생은 살고, 인생은 꿈꾸고 인생은 고통을 겪습니다.

지붕의 물결 너머로 나는 성숙하고, 이미 주름지고, 가엾고, 무엇인가 쪽으로 항상 몸을 굽히고 있는 여인, 한 번도 외출한 적이 없는 어느 여인을 알아보았습니다.

그녀의 얼굴, 그녀의 옷, 그녀의 몸짓, 아주 보잘것없는 것을 가지고 나는 그 여인의 이야기를, 아니 차라리 그녀의 전설을 재구성합니다. 가끔 나는 울면서 그녀의 이야기를 생각한답니다.

만일 그 이야기가 어느 불쌍한 노인의 이야기였더라면 나는 그 노인의 이야기를 아주 쉽게 재구성했었을 텐데요. 그리고 나는 나 자신과 다른 사람으로 살았고, 고통을 겪었다는 데 대해 자랑스러워하며 잠자리에 듭니다.

아마도 당신은 나에게 이렇게 말하겠지요.

"넌 이 전설이 사실이라고 확신하니?" 현실이 나를 살아 있도록 도와주며 내가 존재하며 내가 나 자신이라는 것을 느끼도록 도와준다면 내 밖에 자리 잡고 있는 현실이야 무슨 상관이랴?

이 시에서 시인은 열려 있어서 확실히 볼 수 있는 모습은 더 이상 아름다움을 간직하지 못한다고 말하지요. 차라리 뒤에는 촛불이 켜져 있고, 창에는 커튼이 쳐져 있어요. 그 창가에 서 있는 사람의 실루엣, 그 실루엣은 묘한 분위기를 연출한다는 것이지요. 확연히 알 수 없는 실루엣, 그것은 상상으로밖에 볼 수 없어요. 그러니까 그 모습은 자기 세계에서 맘껏 볼 수 있으니 많은 것을 상상할 수 있고, 아름답게 바라볼 수도 있지요. 여기서 생텍쥐페리의 심안법은 출발하지 않았을까요?

두 번째 단계, 기요메에게 비행에 대한 조언을 들을 때라고 볼 수 있어요. 생텍쥐페리가 첫 비행을 하기 전날 기요메를 찾아가서 설레는 마음과 두려운 마음이 교차하는 자신의 마음을 고백하고 그에게 비행요령을 조언해 달라고 했어요.

기요메가 가르쳐준 것들은 참으로 이상했다. 그는 내게 스페인에 대해 가르쳐주지는 않고 대신 스페인을 나의 친구로 만들어주었다. 스페인의 호수나 산맥에 대한 설명이나 인구분포도에 관해서도, 어떤 가축들이 자라고 있는지 또한 설명해 주지 않았다.

그는 내게 항구도시 가디스에 대해서는 언급하지 않은 채, 가디스 근처의 들판 가장자리에 자라는 오렌지나무 세 그루에 대해서만 말해 주었다.

"그 나무들을 조심해. 네 지도에도 그것을 꼭 표시해 두고."

그 후부터 내 지도에 이 오렌지나무 세 그루가 시에라네바다 산맥보다도 더 큰 자리를 차지하게 되었다. 그는 내게 스페인 남부의 로르카에 대해 설명하는 대신 로르카 근처에 있는 어떤 평범한 농가 이야기만 해 주었다. 사람이 살고 있는 농가 말이다. 그리고 그 농가의 바깥주인과 아내의 이야기도 들려주었다. 그러니까 우리에게는 1,500킬로미터나 떨어진 공간에 자리 잡고 있는 이 부부가 이루 말할 수 없는 중요성을 띠게 된 것이다. 산비탈에 잘 자리 잡은 그들 부부의 농가는 바다의 등대지기처럼 별들이 반짝이는 하늘 밑에서 사람들을 구조할 준비를 갖추고 있는 것이다.

이렇게 우리는 상상도 할 수 없는 먼 거리에서 이 세상 모든 지리학자들이 미처 발견하지 못한 것들을 알아낸 것이다. 지리학자들은 큰 도시들에 물을 제공하는 에브르 강에만 흥미를 갖고 있다. 그들은 모트릴 서쪽 풀밭 밑에 숨어서 서른 그루가량의 꽃나무를 키우는 개울에 대해서는 관심을 기울이지 않는다.

"그 개울을 조심하게. 그놈이 우리 비상 착륙장을 못쓰게 만들거든. 그것도 너의 지도에 그려 넣으라고."

아! 나는 뱀 모양의 그 개울을 잊지 못할 것이다. 그 개울이 하는 일이라고는 조용한 속삭임으로 겨우 개구리 몇 마리를 유혹하는 것이 고작이었지만, 그러나 그 녀석은 줄곧 한쪽 눈을 뜨고 잠을 청했다. 그 녀석은 비상 착륙장의 낙원에서 풀밭 아래 길게 누운 채로, 그곳으로부터 2천 킬로미터 떨어진 곳에서 나의 동정을 살피고 있었다. 그 녀석은 기회만 생기면 나를 불기둥으로 변하게 할 것이다.

또 저 산비탈에서는 서른 마리의 양이 나와의 싸움을 위해 공격할 준비를 갖추고 있었다.

"넌 그 풀밭이 비어 있다고 생각할 거야. 그런데 서른 마리의 양이 갑자기 바퀴 밑으로 우르르 달려드는 일이 틀림없이 생긴단 말이지."

나는 그 믿겨지지 않는 위협들에 대해 들으며 명랑한 웃음으로 화답했다.

그렇게 조금씩 내 지도상의 스페인은 전등불 밑에서 차츰 동화의 나라가 되어갔다. 나는 대피소와 함정들에 십자표시를 해두었다. 그리고 농가와 농부, 서른 마리의 양,

1. 《어린왕자》의 상징들 속에 감춰진 비의들

지리학자들이 소홀히 다루었던 개울도 표시해 두었다. 또 양치기 처녀의 정확한 자리도 표시해 두었다.

기요메는 그에게 지도에 나와 있지 않은 몇 가지, 즉 오두막집과, 양떼들, 나무들을 지도에 표시하도록 알려주었어요. 그들에게 있어서 그곳은 중간 기착지는 아니지만 가끔은 쉬어가야 하는 곳이기도 해요. 지도에는 없지만 기요메가 지적하는 그런 것들을 간과했다가 착륙하려면 갑자기 나무를 만나 추락할 수도 있고, 양떼들의 양털에 바퀴라도 끼면 비행기는 여지없이 추락할 수 있어요. 그러니 학교에서 배우지 않은 것, 지도에 나와 있지 않은 것이 더 중요한 경우가 있어요. 이 아름다운 비의, 겉으로는 드러나지 않지만 기요메의 속에 간직된 그 경험지도, 그의 풍부한 경험이라는 지식이야말로 그 무엇보다 중요하잖아요.

세 번째 단계, 사막에 추락하여 생사를 넘나들 때 체험한 일이에요. 생텍쥐페리와 프레보, 그들 앞에 나타나는 생생한 모습들, 그것은 간절히 바라는 꿈의 허상들이었어요. 신기루였죠. 가까이 다가가 만지려 하면 여지없이 사라지는 허상들, '눈에는 보이지만 실재하지 않는 것'이 신기루잖아요. 그들에게 그것은 아무 쓸모가 없는 거잖아요. 그들에게 중요한 건 물이나 사람이나 음식이나 마을이겠지요. 그런데 그런 신기루라니요.

아무리 눈을 씻고 찾아도 보이지 않지만 어딘가에 숨어서 사막을 아름답게 하는 것이 있으니, 그야말로 오아시스예요. 그러므로 오아시스란 '보이지는 않지만 어딘가에 존재하는 것'으로 정의할 수 있어요. 그러니 "사막이 아름다운 건 어딘가에 우물을 감추고 있기" 때문이에요.

그래서 중요한 것을 보지 못하는 어른들을 그는 맘껏 비웃어요. 어린왕자가 살고 있다는 별을 발견한 터키의 천문학자, 그가 터키식 복장이었다는

이유만으로 그의 위대한 발견은 묵살되죠. 하지만 동등한 옷차림으로 그가 다시 발표를 했을 때, 사람들은 그의 발견을 인정해요. 내용, 즉 보이지 않는 것은 변하지 않았는데 어른들은 편견으로 본 거예요. 중요한 것은 본질적인 것과 동의어로 쓰여요. 본질적인 것이 중요한데도, 어른들은 부수적인 것으로 판단해요. 그래서 중요한 것을 놓치고 말아요.

　이렇게 보이지 않는 것의 중요성을 그는 모자 그림을 통해 화두를 던졌어요. 그러고는 이내 그 그림을 이해하는 사람을 찾다가 드디어 어린왕자를 만났어요. 그렇게 하여 현자인 여우를 통해 "중요한 것은 눈으로 볼 수 없어"라는 명제를 찾아낸 것이지요.

〈어린왕자〉의 내용은 시종일관 보이지 않는 것이 중요하다는 것을 강조하죠. 책을 많이 읽기는 하지만 그 의미 파악을 제대로 하지 못하는, 책읽기에 둔한 사람이라도 〈어린왕자〉를 읽으면 그 중심내용이 '중요한 것은 감춰져서 겉으로는 보이지 않는다'는 것쯤은 모두 알고 있을 거예요. 그런데 이쯤에서 멈춰 보자고요. 여기에, 어린왕자와 처음 만난 비행사가 대화를 나누고 있지요. 그러면서 비행사는 어린왕자의 비밀 하나를 알게 돼요. 어린왕자는 아주 작은 별에서 왔다는 것이지요. 아, 그랬구나, 그래서 어린왕자는 작은 양을 그려달라고 했고, 구멍 세 개 뚫린 상자를 원했구나 하고 알게되지요.

어린왕자는 비행사의 보물을 보고 신기해해요. 비행사의 보물이란 뭐가 있겠어요. 비행기지요. 비행기, 그건 참 대단한 물건이거든요. 그런데 왜 갑자기 비행기 이야기를 하느냐고요? 비행기야말로 이 책에서 아주 중요한 키워드니까요. 정말 중요한 것이 무엇인지를 알려주는 보물, 진정 중요한 것을 발견하는 방법이 무엇인지를 알려주는 보물 중의 보물이에요. 물론 비행기란 비행사에게는 발이며 날개니까 중요하지요. 그럼에도 그보다 더 중요한 의미는 우리가 잃어버린 진실, 우리가 잊고 있는 진실을 가르쳐 주는 보물이기 때문이에요.

비행기를 가만 들여다보세요. 겉보기엔 단순하지만 그 안은 아주 복잡한 구조로 되어 있어요. 겉으론 아름다움 그 자체인 여자, 겉은 단순하지만 여자의 속은 아주 복잡한 것처럼 비행기도 겉과 속이 아주 달라요. 비행기나 여자나 겉이 중요한 것이 아니라 속이 중요한 것이지요. 여자의 마음, 비행기의 기관은 비슷한 의미를 갖고 있으니까요. 비행기를 움직이려면 모터 기관이 잘 돌아야 하는 것처럼. 여자도 겉을 움직여봤자 안 움직여요. 여자의 속, 즉 마음을 움직여야 하거든요. 그렇게 중요한 것은 늘 숨겨져 있다니까요. 그럼에도 우리는 늘 겉만 관찰하다가 실수하거나, 낭패를 보고 슬퍼할 때가, 후회할 때가 많지요. 마찬가지로 어린왕자의 장미는 겉보기와 달리 속내는 아주 복잡하여 이해하기 힘들었으니까요. 그게 어린왕자를 힘들게 했어요.

생텍쥐페리는 〈인간의 대지〉에서 이렇게 말해요. "완전이란 아무것도 덧붙일 것이 없는 것을 의미하지 않는다. 더 이상 떼어 낼 것이 없을 때를 말한다."라고요. 그러면서 한 마디 덧붙이죠. "비행기란 얼마나 훌륭한 분석의 도구인가"라고요. 비행기, 그것은 발전의 한계에 다다르면 진정한 모습을 감추고 말기 때문이에요. 사람들, 특히 어른들은 비행기를 볼 때 비행기의 겉모습만 보고 판단해요. 좋은 비행기인지, 질이 떨어지는 비행기인지를요. 하지만 비행기를 분석해 보자고요. 모두 떼어 내고 중요한 모터 기관만 있으면, 균형을 잡아주는 날개만 있으면 비행기는 날 수 있어요.

하지만 비행기를 보면서 그 속을 생각하는 사람은 없지요. 마치 장미를 보는 어린왕자처럼, 아름다운 여자를 보는 어느 남자처럼. 그러니까 사람들은 진실을 잊고 있는 것이지요.

비행기의 중요한 것은 화려한 동체 속에 숨어 있어요. 여자의 중요한 것은 아름다운 외모 속에 숨어 있어요. 장미의 진실은 가시 속에 감춰져 있어요. 어린왕자는 장미의 진가를 잘 몰랐던 거예요. 그래서 어린왕자는 장미의 곁을 훌쩍 떠나왔지요. 그러곤 지금 그리워하고 있는 모습이라니…… 그 사람의 중요한 것, 진실은 학벌이란, 배경이란, 외모란, 권력이란, 명예란 겉모습에 가려져 있어요. 이러한 편견을 벗어던지고 상대의 정말 중요한 것을 살며시 들여다보아야 해요.

실제로 중요한 것은 잘 드러나지 않아요. 우리가 몸을 움직이며 왕성한 활동을 할 수 있는 건 보이는 것의 작용인 듯하지만 결국 보이지 않는 마음의 움직임이에요. 그럼에도 우리는 보이는 것에만 더 관심을 가져요.

보이지 않는 행복도 마찬가지예요. 사랑도 그렇고요. 우리는 무엇을 볼

1. 〈어린왕자〉의 상징들 속에 감춰진 비의들

때 피상적으로 볼 때가 많아요. 겉만 보고 판단해요. 사실 겉보다는 속이 더 중요해요. 포장보다는 알맹이가 좋아야 해요. 겉모습은 우리에게 선입관을 갖게 하며, 그것이 우리의 판단기준이 되곤 해요. 그걸 작가는 경계하라는 거예요. 그럼에도 어른들은 눈으로만 세상을 보려 한다고요. 전혀 상상을 하려 하지 않으며 보이는 세계만을 받아들이려 한다는 것이지요. 실제로는 보이지 않는 세계가 더 큰 것임에도 어른들은 상상을 잊고 살아요. 그러니 그들에게 넓게 열린 세상을 보여 주기 위해서는 일일이 설명을 해 주어야만 하고요. 그러니까 때로는 피상적인 것보다는 사고를 통해, 상상을 통해 더 많은 것을 볼 수 있어요. 특히 마음은 보이는 것이 아니라, 보이지는 않지만 분명 실재하고 있어요.

아이들은 상상의 눈으로 보이지 않는 걸 잘도 보는데, 어른이 되면서 겉모습만 보게 되는 걸까요? 아이들보다 더 많이 보고, 더 많이 배우고, 더 몸집도 커졌지만, 우리는 어른이 될수록 세상에 오염되어 순수를 잃어가고 있어요. 우리는 우리 자신을 좁은 틀 속에 가두면서 살아가고 있어요. 어른들은 너무 현실적인 것, 살아가는 데 도움이 되는 것만 추구해요. 그리고 아이들에게 그것을 강요해요.

우리는 뭔가에 대해 깊이 생각해 보고 그 해답을 찾으려 하지를 않아요. 이해하려는 노력을 하지 않아요. 보이지 않는 것을 볼 수 있는 사람은 아이들이거나, 적어도 그 동심을 잃지 않고 살아가는 순수한 어른, 즉 아이를 닮은 어른만이 누릴 수 있는 특권이며, 그것은 마음의 눈으로 세상을 보는 심안법이에요. 어느 신학자가 말했어요. "믿음은 종달새의 알 속에서 종달새의 노랫소리를 듣는 것이다." 우리의 사랑도, 행복도 눈으로 볼 수 있는 것이 아니라 마음으로 보고 느끼는 거예요.

2.
사막이
아름다운 이유

"사막이 아름다운 건 어딘가에 우물을 감추고 있어서야."

사막은 비어 있어요. 아무것도 없는 것 같아요. 하지만

어딘가에는 생명체가 살고 있어요. 그 생명체가 살 수 있

다는 건 사막 어딘가에 물이 있다는 것이지요. 물이 없이

살 수 있는 생명체라곤 아무것도 없으니까요. 물의 소중

함을 모르고 살다가 정말 갈증을 느끼지만 물이 없다고

생각해 봐요. 그러면 물이 얼마나 소중하고 아름다운지

알게 될 거예요. 그야말로 그때에 물이란 생명을 담보하

는 것이니까요.

사막을 아름답게 해 주는 비밀들,
눈에 보이지 않는 오아시스가 아름답게 해 주는 사막?

"사막이 아름다운 건 어딘가에 우물을 감추고 있어서야."

사막은 비어 있어요. 아무것도 없는 것 같아요. 하지만 어딘가에는 생명체가 살고 있어요. 그 생명체가 살 수 있다는 건 사막 어딘가에 물이 있다는 것이지요. 물이 없이 살 수 있는 생명체라곤 아무것도 없으니까요. 물의 소중함을 모르고 살다가 정말 갈증을 느끼지만 물이 없다고 생각해 봐요. 그러면 물이 얼마나 소중하고 아름다운지 알게 될 거예요. 그야말로 그때에 물이란 생명을 담보하는 것이니까요.

"오늘 우리는 갈증을 겪어 보았다. 그리고 우리가 알고 있던 그 우물이 넓게 빛나고 있는 것을 오늘에야 비로소 발견하게 될 것이다. 눈에 보이지 않는 여인이 온 집안을 즐겁게 해 주는 것과 같다. 우물도 사랑과 같이 멀리 뻗칠 수가 있다."

갈증을 겪어 보지 못했다면 생텍쥐페리는 사막의 아름다움, 오아시스의 아름다움을 그다지 절감하지 못했을 거예요. 사막의 오아시스, 그것은 마치 집안에 숨어 있는 여인과 같은 아름다움의 대상이에요. 한 여인, 아름다운 여인, 그래서 사랑하는 여인이 있다면 그 집은 아름다워요. 그저 바라보는 것만으로 그 집은 정겹고, 그 집 앞을 지나가는 것만으로도 설레요. 이와 마찬가지로 그 사막에 오아시스가 있다는 믿음이 사막을 아름답게 해 주는 거예요.

그러니까 사막이 아름다운 건 어딘가에 우물이 있기 때문이라고, 집안이 아름다운 건 어딘가에 여인의 손길이 머물러 있기 때문이라고, 그 무엇이 아름답다면 무언가를 감추고 있어서라고 말하자고요. 사하라, 사하라 사막이 아름다운 건 이렇게 여인을 닮은 우물, 보이지 않는 우물이 숨겨져 있어서예요. 오아시스, 그건 상황에 따라 생명 그 자체며 종교 그 자체니까요.

"사하라, 그것이 나타나는 것은 바로 우리 마음속이다. 사하라에 접근하는 것은 결코 오아시스를 방문하는 것이 아니며, 하나의 샘물을 우리 종교로 삼는 것이다."

금처럼 귀한 물, 심한 갈증으로 죽어가는 사람에겐 신앙 그 자체인 물, 삭막한 들판을 초록의 세상으로 바꾸어주는 물, 물은 생명 그 자체이며, 감히 종교라고 말할 수 있어요. 사람들을 모여들게 하고, 사람들을 움직이게 하는 물은 신성 그 자체예요. 사람은 어디서든 물이 있는 곳을 찾으려 하고, 그 물이 있는 곳으로 모여들어요. 이렇게 사람을 모이게도 하고 찾아 헤매게도 하는 물, 물이야말로 사랑이며 생명이며 신앙 그 자체예요.

"물! 물, 너는 맛도 빛깔도 향기도 없다. 너는 정의할 수가 없다. 너를 알지도 못하면서 너를 맛본다. 너는 생명에 필요한 것이 아니다. 너는 생명 그 자체. 너는 관능으로는 설명하지 못하는 쾌락을 우리 속 깊이 파고들게 한다. 우리가 단념했던 모든 권리가 너와 함께 우리 안으로 다시 들어온다. 말라붙었던 우리들 마음의 모든 샘물이 네 은총에 의해 우리 안에서 다시 솟아난다. 너는 세상에 있는 것 중에 가장 위대한 재물이요, 대지의 뱃속에서 그렇게까지 순결한 너는 가장 섬세한 것이기도 하다."

이토록 아름다운 물, 물은 무색무취일 때 가장 신성하고 아름다워요. 만일 물에 마그네슘이 섞여 있다면, 그리고 그 물밖에 다른 물이 일체 없다면 사람은 그 샘 위에서 죽을 수 있어요. 짠물이 엄청 많은 바다 한가운데에서 물을 애타게 찾다가 죽을 수도 있어요. 물이 신성하고 아름다운 건 다른 것과 섞이지 않을 때이며, 변질되지 않았을 때예요. 아주 갈증을 심하게 느끼는 사람에게 그런 무색무취의 물이 행복을 가져다주는 거예요.

누군가 아름다워 보이는 사람이 있다면 그에겐 샘물 같은 무엇이 있어서예요. 그걸 진실이라고 불러요. 사람이 아름다운 건 진실이란 오아시스를 감추고 있어서예요. 사람을 피상적으로 보지 말고 그런 오아시스를 사람에게서 찾아내야 해요. 사람은 누구나 그런 오아시스를 감추고 있다니까요. 그래서 사람을 길들여야 해요. 그 진실을 찾기 위해서요. 누군가의 진실과 나의 진실이 만날 때 아름다움을 발견한다는 설레고 행복한 마음이 일렁이겠지요. 사람은 사막처럼 아름다워요.

"사막이 아름다운 건 어딘가에 우물을 감추고 있어서예요."

사막, 이 책의 주 무대는 사막이에요. 사막은 생텍쥐페리의 삶에서 아주 중요한 부분을 차지하고 있으니까요. 그의 진한 체험의 공간이기 때문이에요. 여기 〈어린왕자〉에서 그는 6년 전 사막에 떨어졌을 때의 이야기라고 밝히듯이, 실제로 생텍쥐페리가 〈어린왕자〉를 집필하기 시작한 해가 1941년이고, 그가 사막에 불시착했던 해가 1935년이에요. 그러니까 사막은 작가 자신의 체험 공간이에요. 그래서 생생한 기억을 되살리고 상상을 보태어 작품의 주요 공간으로 사막을 설정한 것이지요.

사막, 마실 물도 없는 사막, 뜨거운 열사의 사막, 샘을 찾으려 하나 아무리 둘러보아도 샘은 보이지 않고 햇살만이 뜨겁게 내리쬐는 고통의 사막이에요. 목이 말라 죽을 지경인데 어디로 가야 할지 알 수 없고, 도움을 청하려 해도 사람의 그림자조차 없어요. 그저 반갑게 그를 맞이하는 사람들, 건물들, 샘물, 하지만 진짜인가 하고 다가가면 사라지고 없는 신기루예요. 그러니 얼마나 두렵고 힘들었겠어요. 물론 〈어린왕자〉에서는 비행사 혼자 나오지만 실제 경험에선 기관사 프레보와 함께였긴 해요. 비록 둘이었지만 죽음에 대한 두려움, 침을 말려서 말도 안 나오게 만드는 사막의 열기에 얼마나 힘들고 두려웠겠어요.

그 체험으로 이 작품에 사막의 에피소드들이 들어온 거예요. 뾰족한 산정상에 올라가서 소리 질러 보기, 귀여운 여우를 만나기, 우물을 찾아다니기 등, 그가 사막에 불시착한 체험이 없었다면 상상할 수도 없는 일이었을 테지요. 사막은 그에게 많은 사색과 많은 성찰을 하게 해 주었고, 인간의 소중함을 발견하게 해 주었던 거예요. 덕분에 그는 보다 깊이 있는 작품을 쓸수 있었어요. 자신의 아내를 다시 돌아보는 계기가 되었어요. 그래서 장미에 대한 이야기가 많이 언급되는 것이겠지요.

자, 이제 사막을 보고 느꼈을 작가의 생각을 훔쳐보자고요. 문학을 하는 사람, 이를테면 시인은 그 무엇을 보면 그 무엇을 봄과 동시에 자기 내면에 그 무엇을 견주어 보거든요. 그걸 비유라고 하지요. 지금 그 무엇을 보고 있어요. 그러자 어떤 특별한 느낌이 와요. 지금은 없지만 기억 속에서 그 느낌과 유사한 그 무엇이 떠올라요. 지금 보고 있는 것과 지금은 보이지 않는 그 무엇의 속성이 닮은 거예요. 그래서 이번엔 그 둘을 서로 연결하는 거예요. 이럴 때 내면의 기억에만 있어 보이지 않는 것을 원관념이라 하고, 지금 보고 있는 것을 보조관념이라고 해요. 내면에 있는 거야 자신만 알고 있으니 원관념이지요. 보고 있는 것은 다른 이들도 볼 수 있는 것들이니 보조관념이고요. 그러니까 어린왕자의 사막은 보조관념이고, 작가가 기억하는 사막을 닮은 공간이 원관념이에요.

하지만 작가는 사막과 대비되는 자기만의 공간을 표현하지 않아요. 이렇게 감추어 두고 있는, 다시 말해 원관념을 감춘 것을 상징이라고 해요. 환유라고도 하고요. 그러니까 그 기억 속의 공간은 작가 자신만이 알고 있는 것이지요. 그래서 제시된 공간과 유사한 점을 추측하면 작가의 원관념을 우리

2. 사막이 아름다운 이유

도 짐작할 수 있어요. 사막의 물은 우리 삶의 무엇과 유사할지, 아무도 없는 사막은 우리 삶의 무엇과 유사할지를 생각해 보라고요. 그러면 작가의 의도를 조금씩 나름 파악할 수 있겠지요.

여기서 말하는 사막이란 공간은 실제의 사막과 연결된 현대의 사막이라 할 수 있어요. 아무리 불러도 대답하는 이 없는 사막, 그건 바로 우리 사는 세상이잖아요. 사람은 많아도 길들여지지 않았으니 말을 걸 사람도 없는 이 아파트, 아무리 사람들로 밀리고 밀려도 아는 사람 없어 그저 입 다물고 가야 하는 전철 안, 심지어 길들인 사람들이 모여 사는 집 안까지도 사막화되어 가고 있어요. 우리 사는 곳은 어디나 사막이에요.

사막, 광활하게 펼쳐져서 어디 마음 하나 내려놓고 쉴 수 있을 그 누군가의 가슴도, 지친 몸을 기대어 의지할 수 있는 누군가의 어깨도 없는 이곳이 사막이라니까요. 그 사막, 그저 황사만 일어나는 삭막한 모래펄과 같은 우리 사는 세상을 살리려면 내가 먼저 나서야 해요. 내가 먼저 손 내밀고, 내가 먼저 말 걸며 그 누군가에게 먼저 다가가야 해요. 그러면 삭막한 들에 생명들이 자라면서 초록 세상이 되듯이 너와 내가 소통할 수 있는 그런 살만한 곳이 될 거예요.

〈어린왕자〉의 주 무대가 사막인 이유는 뭘까요?

생텍쥐페리, 그는 유독 사막에 대한 글에 애착이 많았어요. 사막이란 그 어느 공간보다도 진한 고독을 느낄 수 있는 곳이기 때문이죠. 일교차가 커서 밤이면 하늘에 쏟아부은 듯 반짝이는 수많은 별들로 한없이 아름답지만 한기가 느껴지는 곳이에요. 반면 낮이면 이글이글 타오르는 태양과 싸움을 해야 하는 곳이지요. 그 사막이 생텍쥐페리에게 어떤 의미가 있기에, 어떤 인연이 있기에 〈어린왕자〉 속에 제법 많은 비중을 차지하고 있는 걸까요?

생텍쥐페리는 사막에서 현자 여우를 만났고, 반면 격심한 고독을 만났으며, 죽음의 고비를 만났어요. 그는 사막에서 수많은 신기루를 만났고, 생명의 은인도 만났어요. 그에게 생사를 넘나드는 체험을 하게 한 사막은 그가 살아 있는 동안 거의 한시도 마음에서 떠나지 않은 공간이에요. 그는 그런 공허한 공간 안에 작품의 집을 지어 채워갔던 셈이지요.

실제로 그가 만난 사막은 불행한 사막이었어요. 프랑스 파리에서 사이공까지의 최고 비행기록을 당시엔 앙드레 자피가 가졌는데, 그 시간은 47시간의 대기록이었어요. 그 기록을 깨는 사람에게 15000프랑의 상금이 걸려 있었어요. 기한은 1936년 1월 1일까지였고요. 생텍쥐페리가 상금에 욕심이 있었던 것은 아니었어요. 다만 그는 그 기록을 깨고 싶었어요. 해서 동료 기관사 프레보와 함께 비행기록에 도전했던 것이지요.

드디어 1935년 1월 29일 일요일 아침 7시 7분 프레보와 함께 평소에 아끼던 비행기 시몽을 타고 부르제 공항에서 이륙했어요. 비행은 순조로웠어요. 그렇게 22시 30분에 벵가지를 지나 사이공을 향해 순조로운 비행을 하나 싶었는데 낯선 구름이 나타났어요. 그 안에서 어렵게 싸움을 벌이다 아주 아름다운 불빛을 만났어요. 아마도 등대인 듯, 나일 강쯤일까요. 그런 생각을 하며 기분 좋게 착륙을 시도하려는데, 아! 아니었어요. 그것은 신기루였어요.

그만 비행기는 땅바닥에 내동댕이쳐졌죠. 이륙한 지 4시간 15분, 그의 도전은 끝나고 그 대신 죽음과 싸워야 했어요. 다행히 살아남아 정신을 차려 보니 그곳은 리비아 사막이었어요. 등대인 줄 알았는데 등대가 아니었어요. 아주 거센 보아 뱀이 성이 나서 땅을 훑고 나가듯 생텍쥐페리가 탄 비행기는 땅을 온통 헤집으면서 요동을 치며 250미터나 나아갔어요. 그의 비행기 시몽은 그만 황량한 고원의 완만한 언덕을 수직으로 들이받은 거예요. 살았다는 생각을 할 겨를도 없이 그와 프레보는 화재를 막으려고 박살난 비행기에서 축전지를 떼어 냈어요.

"살아 있다는 게 이상한 일이네요."

그들은 살아났어요. 살았다는 건 기적이었어요. 그럼에도 기쁘지 않았어요. 살아날 가능성을 계산해 봅니다. 잃어버린 소중한 반지를 찾기라도 하듯 땅을 뒤지면서 우선 불씨라도 찾아봅니다. 사막의 밤, 살아날 희망이 있기라도 한 걸까요? 땅을 뒤져도 불씨조차 없었어요. 부서지고 남은 조종석에 올라 그런 희망을 품을 수 있는 증거들을 찾으려 애쓰지만 생명에 대한 힌트 또는 열쇠가 없었어요. 어디를 보아도, 어디를 더듬어도 풀 한 포기 발견할 수 없었어요. 이곳에서 민가에 가려면 족히 400킬로미터는 될 것 같았어요. 동으로 가든, 서로 가든, 남으로 가든, 북으로 가든 방향을 잡을 수 없는 사막, 어디로 가든 300킬로미터 이상을 벗어나야만 한다는 사막에 두 사람이 남았어요. 죽느냐 사느냐의 문제로 그 사막에서 생존의 싸움을 벌여야 했고, 그 사막에서 오아시스 대신 신기루와 싸워야 했어요.

나중에 그 사막에서의 생사를 넘나들던 그 아픈 기억과 고독의 기억이 〈어린왕자〉를 쓰게 했어요. 사막에서 살아남은 6년 후인 1941년, 〈어린왕자〉 집필에 들어갔어요. 그에게 그처럼 아름다운 작품을 쓰게 한 사막은 그에게 결코 아름다운 추억의 장소는 아니었어요. 하지만 그에겐 많은 사색을 가져다주었고 죽음 앞에선 사람이 할 수 있는 모든 생각을 할 수 있었으니까요. 물 한 모금 마시지 않고 그 열사의 사막에 노출되어 있으면, 19시간 만에 온몸에 수분이 모두 증발하여 명태처럼 죽고 만다는 사막, 그 끔찍한 사막에서 꼬박 사흘을 살아남았으니까요. 그는 〈어린왕자〉라는 멋진 작품을 심어 놓았지만 참 아픈 일이었던 셈이지요.

사막이 아름다운 건 희망이 남아 있기 때문이에요.

그럼에도 살아남을 수 있는 한 최선을 다해야 했어요. 무엇을 먼저 해야 할까 고민하던 생텍쥐페리는 우선 물을 생각했어요. 사막에서는 무엇보다도 필요한 것이 물이기 때문이지요. 그런데 문제는 연료 탱크도, 기름 탱크도 터졌어요. 물, 물 탱크 역시 온전할 리 없지요. 부서진 보온병들 밑바닥에 남아 있는 것들을 모으니 커피 0.5리터에 포도주 0.25리터밖에 없었어요. 먹을 거라곤 포도 조금하고 오렌지 한 개뿐이고요. 이걸로 얼마나 살아남을 수 있을까요?

이 사막의 햇볕이라면 대여섯 시간 걸으면 완전히 동이 나고 말겠지요. 다행히도 항로에서 벗어나지 않고 불시착했다면, 그리고 수색대가 이들을 찾으려 노력한다면 일주일 정도면 찾아낼 수 있을 거란 희망도 가져보았어요. 그런데 만일 항로에서 벗어나 있다면 이들을 애써 찾으려 할 때, 6개월은 걸려야 가능할 테니 그 생각하면 절망적이에요. 왜냐하면 이들을 찾는 방법은 비행기를 타고 3000미터 고도에서 찾아야 하기 때문이니까요. 이들의 존재는 사막이란 광활한 대지에 비하면 아주 작은 개미 한 마리에 불과하니까요.

이들에게 살아날 가능성은 하나의 꿈일 뿐이었어요. 꿈이니 그런 단어는 그야말로 사치스럽고, 입에 올리기조차 어려운 단어였어요. 그렇다고 그대로 앉아 죽을 수는 없잖아요. 살아 있는 한 기적을 믿어야 했어요. 수색대를 만날 확률은 희박해도 사람에겐 언제나 기적 같은 것, 운 같은 것, 그런 것도 때로는 있는 법이니까요. 그러기 위해선 살 수 있는 순간까지 살아남아야겠지요. 아주 가느다란, 아주 가냘픈, 아주 어렴풋한 구조의 기회, 그 기적이 행해지는 순간까지 생명을 최대한 늘려가야겠지요. 그러려면 무엇보다도 어딘가에 숨어 있을 오아시스부터 찾아내야 해요. 그것이 생명을 최대한 늘릴 수 있는 가장 기본이기 때문이지요. 이 절박한 상황, 물을 찾아야 하는 간절함, 그 아프고 아린 마음에서 나온 말이 "사막이 아름다운 건 어딘가에 우물을 감추고 있기 때문이야."라는 명문장이 아니겠어요.

삶의 어떤 부분에 절망의 벌레가 좀 먹고 있지는 않을까요? 절망이란 전염병, 부정이란 전염병에 걸리면 우리 정신은 순식간에 그 나락으로 떨어질 수 있어요. 그러니까 조금이라도 부정적인 생각이 나올 조짐이 있다면, 긍정의 마인드를 살려내야 해요. 오아시스, 삶의 희망인 오아시스를 발견하려 노력해야 해요.

인간의 사막에서 삶의 성패를 좌우하는 건 선택의 문제예요.

이리 갈까, 저리 갈까, 사막에서는 길이 없어요. 온통 모래로만 이루어져 있어요. 마냥 구조대를 기다릴 수만은 없어요. 생텍쥐페리와 기관사 프레보는 어디로 갈지 방향을 정했어요. 아마도 비행한 시간을 계산하면 나일 강은 넘어온 것 같았어요. 서쪽으로 가는 것이 타당할 것 같은데 영 기분이 안 내켜요. 북으로 가려니 바다로 향하는 길 같지만 일단 다음으로 미루었어요. 어디로, 어느 쪽으로 갈까요? 목표로 삼을 만한 그 무엇도 없는 열사의 사막, 도대체 어떤 것을 지표로 삼아 걸어가야 할까요?

어느 쪽으로 가든 희망은 제로라면, 그저 손바닥에 침을 튀겨서 침이 인도하는 방향으로 가야 할까요? 이들은 동북쪽으로 방향을 잡았어요. 희망은 없어도 살아 있으니 움직여 봐야 하니까요. 동북쪽, 그의 동료 기요메가 안데스 산맥에 추락했다가 걸어서 기적적으로 살아났던 그 방향이니까요. 아무리 둘러봐도 좌표를 잡을 것도 없고, 표식을 남길 만한 무엇이 없어요. 그들은 앞으로 나아가요. 오아시스를 찾든 사람을 찾든 이곳을 벗어날 수 있는 방법을 찾아야 하니까요. 해서 이들은 모래 위에 긴 줄을 남기며 전진해요. 돌아올 길을 표시해야 하기 때문이지요.

그들은 꼬박 다섯 시간을 걸었지만 여전히 모래뿐이었어요. 그런데 그들은 잊고 있었어요. 문득 돌아갈 길을 위해 표시를 남기는 일을 잊고 한참을 그렇게 걷기만 했던 것이지요. 그 흔적마저 찾지 못하면 죽음밖에 없어요. 그렇게 끊겼던 표시를 다시 찾아 잇고 나서 또 다시 앞으로 걸어가요. 더위가 밀려와요. 그 더위가 정신을 흐트러뜨리며 신기루를 데리고 나타나요. 큰 호수가 보여 다가가면 이내 호수는커녕 모래밖에 없어요. 눈에 닿은 것이라곤 모래로 이루어진 지평선뿐이고요.

족히 35킬로미터쯤 걸었을까. 아하, 보여요. 요새가 보이고, 이슬람교 교당의 첨탑이 보이고, 나란히 늘어선 교당의 부속건물이 보여요. 하지만 그 희망도 잠시, 그것들은 단순히 빛의 굴절로 이루어진 신기루에 불과해요. 희망이 있어서 걸은 건 아니지만 이제 다시 비행기가 난파된 곳으로 돌아가야 해요. 거기에 돌아가야 그나마 남겨놓은 몇 방울의 물을 마실 수 있어요. 그런데 지평선 너머로 또 보이네요. 신기루, 아니 진짜 도시, 어쩌면 달콤한 물일지도 몰라요. 안타까운 꿈을 버리고 비행기가 누워 있는 곳으로 그들은 돌아왔어요. 그렇게 하루가 갔어요. 아무 보람도 없는 하루, 대신 물방울이 하나도 없이 사라진 하루를 그렇게 보냈어요.

눈에는 보이지만 실제로는 존재하지 않는 헛것, 그것은 신기루, 지금 보이지는 않지만 어딘가에는 분명 존재하는 오아시스,

때로 아름다운 유혹은 우리를 사막과 같은 인생에서 우리를 회복불능 상태에 빠지게도 해요. 반면 끈질기게 찾아내는 우리의 꿈 오아시스는 순간은

2. 사막이 아름다운 이유

어려워도 긴 행복의 순간들을 가져다주고요.

때로 우리 삶도 아무런 방향을 잡을 수 없는 오리무중일 때가 있어요. 어디로 가야 할지 방향도 잡을 수 없고, 꼬이고 꼬인 문제를 아무리 풀려고 해도 얽히기만 할 때가 있어요. 그 때가 바로 우리 인생의 사막이에요. 그렇게 희망이 없는 상황에서도 살아 있는 존재는 움직여야 해요. 그 점이 다른 짐승과 우리가 다른 점이지요. 때로는 운에 맡기고 문제에 뛰어들어 깨져보기도 하고, 그 문제에 운을 걸어보는 것이 그대로 주저앉아 절망과 악수하는 것보다는 나은 거니까요.

삶의 선택, 선택하는 일은 갈등이에요. 어느 길을 선택하느냐에 따라 어느 하나를 포기해야 하니까요. 이것을 선택하든 저것을 선택하든 그 선택의 가치가 등가치 할수록 선택은 더 어렵죠. 여러 선택 중 하나만 월등한 가치가 있다면 그건 당연히 갈등이 아니에요.

그런데 이 사막엔 희망이란 없어요. 어쩌면 선택이 쉬울 수 있어요. 어느 것을 선택하든 결과는 운에 달려 있으니까요. 우리는 어떤 형식으로든 매순간 선택을 강요받고 있어요. 시간으로부터 삶의 조건으로부터 말이에요.

희망이라곤 없는 상황에서 우리는 어떤 선택을 해야 할까요? 살다 보면 그런 날 오지 말라는 법이 없지요. 그때에 우리는 다른 사람이 절망에서 벗어난 일을 어렴풋이 기억하며 그 방법을 답습하죠. 지금, 희망이란 없는 그 날을 피해 가려면, 아무런 좌표로 세울 것도 없는 상황을 오지 않게 하려면 당장 온당한 선택을 하며 살아야 해요. 우리는 지금 모래시계에서 빠져나오는 모래처럼 아주 천천히 미래를 선택하며, 미래를 만들어가기 때문이에요. 지금의 작은 발자국들이 나의 미래를 만들고 있는 중이라는 걸 진지하게 생각해 보아야 해요.

작은 희망의 끈으로 묶고 있는 인간의 사막을 생각해 봐요.

삶이 괴로워서 죽고 싶다면 모를까, 괴로워하면서도 살고 싶은 게 사람의 마음이지요. 그럼에도 살아갈 길이 없다면, 죽어야 한다면 삶은 더 두렵고 괴롭지요. 차라리 삶의 끈을 놓을 수 있다면 마음이 편할 터, 하지만 살고 싶으니 어딘가 메여 있는 거예요. 우리는 모두 삶을 포기하기 전에는 무엇엔가 묶여 있으며, 거기서 벗어나지 못해요. 그러다 모든 것을 포기할 때, 더 이상 잃을 것이 없을 때는 차라리 마음이 편안할 테지요.

아름다운 유혹, 신기루에 마음을 홀리며 40여 킬로미터를 걸은 하루 온몸이 나른하고 힘에 겨워요. 생텍쥐페리 일행은 더 이상은 앞으로 갈 수 없었어요. 아직은 살아날 희망이 있으니까요. 이들이 믿을 수 있는 기적이란 동료들의 탐색에 희망을 거는 일이었어요. 동료들이 그래도 볼 수 있는 표지라고는 빨갛고 하얀 항공표지뿐이지만요. 해서 그들은 아침에 떠났던 그 자리로 다시 돌아가야 해요. 동료들의 탐색, 그 드넓은 사막에서 그깟 항공표지란 아주 작은 표식에 불과하지만 그럼에도 그것이 유일한 구원의 기회이기 때문에 다시 돌아가야 해요. 하지만 갈등이 생겨요. 어쩌면 지금 가는 이 길은 생명으로 인도하는 길일지도 모르는데, 조금만 더 가면 사막의 끝일지도 모르는데 다시 발길을 돌려야 한다니 말이에요. 저어기 사람들이 사는 도시가 손짓하는데, 저기 오아시스가 있는 작은 숲이 있는데, 돌아가야 하다니요. 왜냐고요? 이제는 신기루에 속을 힘도 없으니까요.

돌아와 비행기 옆에 누웠어요. 60킬로미터 사막을 걸었어요. 물 한 모금 마시지 않고 걸었어요. 그들은 그 60킬로미터라는 끈에 잡혀 더는 앞으로 갈 수 없었어요. 그 희미한 구원을 희망하면서. 그 희망 속에서 꺼져가고 있을지 모르는 희미한 생명을 부여잡고 있으면 그리운 얼굴들이 떠올랐어요. 아내가 웃고, 친구들이 웃고, 동료들이 웃으며 말을 걸어왔어요. 그러다 정신을 차리면 사막 하늘엔 별들만 총총해요. 다시 아내가 눈물을 흘리고, 그들을 찾던 동료들이 애타게 불러요. 그런 반복 속에 자는 둥 마는 둥 하룻밤이 갔어요.

생텍쥐페리가 생명의 구원이란 가냘픈 희망의 끈에 매여 더 이상 멀리 가지 못하고 돌아오듯이 우리 또한 더는 벗어나지 못하게 하는, 더는 멀리 가지 못하게 하는 어떤 줄에 매여 있어요. 희망이 있나면 행복할 줄 알았어요. 다른 건 다 사라져도 희망만 있으면 세상은 살 만하다고 배워왔으니까요. 하지만 그 희망이 헛된 것이란 걸 깨닫는 데 얼마 걸리지 않고, 희망의 다른 이름은 절망이라는 것을 느낄 때 인생은 참 버겁고 힘겨운 거예요. 그 희망이 우리를 움직이지 못하게 잡고 있어요. 잘 가던 길을 멈추라 하고, 하고 싶은 일을 하지 말라 하고, 먹고 싶은 것을 먹지 말라고 해요. 종교란 이유, 도덕이란 이유, 양심이란 이유가 친척, 이웃, 친구라는 나 아닌 타인의 시선이 나를 줄로 잡아끌고 있어요. 희망이 우리를 구속하고 자유를 억압하고 있는 거예요. 왜냐하면 우리는 아직 살아갈 희망이 있기 때문이에요.

산다는 게 때로 힘겹고 슬플 때도 있지만, 그것은 살아 있음의 축복이라고, 놀라운 기적이라고 생각해야 아직도 나를 잡고 있는 줄이 있다는 것, 나를 구속하는 그 무엇이 있다는 것, 그 무엇인가를 의식하며 나를 돌아봐야 한다는 것, 그것을 다행이라 여기며 살아야 해요. 세상이란 혼자 살아갈 공간이 아니라 더불어 살아갈 공간이기에 어떤 형태의 구속이든 필연으로 받아들여야 해요.

그럼에도 한없이 인간이기를 포기하지 않으며, 그런 대로 사람다운 사람으로 살아갈 수 있다는 건 다행이에요. 다시 돌아와 구원의 희망인 비행기 잔해 옆에 누워서 절망을 씹어 삼키던 생텍쥐페리를 생각하면서, 우리 자신도 자신의 진정한 행복을 위한 끈의 길이를 조정해 보았으면 해요. 우리 삶의 비행기의 잔해, 추락한 비행기의 잔해 옆에서 우리는 어디까지 끈의 길이를 늘려야 할까요? 그 길이는 자기 합리화란 길이예요. 그 길이는 스스로 정한 길이고요. 그 길이를 적절히 자기 능력에 맞게 조정하여 괴로움이 아닌 행복한 삶을 살아야겠죠.

인생의 사막을 피하려면 어떻게 살아야 할까요?

사하라 사막, 습도는 40%지만, 생텍쥐페리가 생존싸움을 벌이는 리비아 사막의 습도는 18%라네요. 이 사막에 잘 훈련된 베두인들, 여행자들은 19시간 동안 물을 마시지 않고 19시간을 견딜 수 있대요. 20시간이 지나면 그들도 눈 속이 빛으로 환해지면서 죽음을 맞아들이기 시작해야 한대요. 이 상황, 동료들이 찾아오리란 기대도 이제는 접었어요. 어디에 있는지도 알 수 없는 상황, 그저 모래펄뿐인 열사의 사막, 이들이 가진 정보라면 3000킬로미터 반경 내에 있다는 끔찍한 절망의 정보뿐, 사막에 산재한 수많은 검은 점들 중 하나에 불과한 그들, 그리고 그들이 버려둔 비행기의 잔해뿐입니다. 그러니 누군들 그들을 찾아낼 수 있을까요?

절망적인 상황에서 서로는 말을 잃었어요. 마지막까지 '용기를 내자'라는 말을 꺼낸들 그건 그저 사치스러운 말이며, 아주 공허한 말일 뿐이니까요. 동료는 '차라리 권총으로 자살하자'는 눈치를 보였어요. 이 상황에서 무슨 말로 그를 위로하고, 어떤 것으로 마음을 달랠 수 있을까요. 다행이라면 다행이랄까, 생텍쥐페리와 프레보가 있는 그 시간, 동북풍이 불어서 이 두 사람의 생명을 연장해 주고 있어요.

이제는 방법이 없어요. 이제까지 혹시나 하고 기대했던 끈을 버리기로 했어요. 그들을 잡고 있던 비행기의 잔해를, 그리고 그들이 있다는 표식을 버렸어요. 무의미해진 지금 거기에 미련을 둘 일이 없으니까요. 아무리 계산해도 답이 나오지 않아요. 이제는 그저 죽을 때까지 걸어보는 거예요. 앞으로 곧장 걸어갔어요. 확률 때문에 좌로 갈까, 우로 갈까 돌아갈까, 그런 선택의 고민도 없어요. 어차피 죽음으로 향하는 길은 동일하니까요. 힘겹지만 희망을 포기했을 때가 때로는 더 마음이 편할 수 있어요.

고양이에게 쫓기던 생쥐가 피할 굴도 없고, 그저 딱딱한 시멘트로 포장된 코너에 몰려 그저 이빨을 내밀며 마지막 발악을 하는 수밖에 없을 때, 그 생쥐는 오히려 쫓길 때보다 그 때가 더 마음 편할지 몰라요.

생텍쥐페리노 그런 마음이 아닐까요? 이제 그들은 걸어가요. 그의 동료 기요메가 기적적으로 안데스 사막에서 살아남았을 때 걸었던 그 방향, 살기 위해 걸었던 방향과는 반대로 걸었다던 그 방향으로 그들도 걸었어요. 희망이란 짐이 무겁긴 하지만 그립겠지요. 희망을 놓아버렸으나 마음은 더 무거워요.

희망이 있어서 고민하는 밤들, 희망 때문에 고되더라도 참고 견디며 많은 모욕과 많은 고통을 참아내는 사람들, 하고 싶은 것 많아도 그 희망 때문에 달콤한 유혹도 나 몰라라 하는 사람들, 그렇게 희망은 사람들에게 하고 싶은 일도 못 하게 하지요. 고통도 참게 하고요. 많은 모욕도 견디게 해요. 그저 두고 보자, 때로는 복수심으로 이를 갈면서 그 날들을 곧잘 견디죠. 가만 생각하면 그것은 우리를 붙잡는 구속이었어요. 하지만 그런 모든 희망을 잃었을 때, 더 이상 할 수 있는 것이라곤 없는, 가냘픈 희망이라곤 없는 완전한 무의 상황에 이르면 그래도 그 시절의 고통이, 모욕이, 견딤이 그리울 거예요.

그렇게 생사를 넘나들던 지난한 삶, 생텍쥐페리는 그런 아픔과 고통, 고독이 있었기에 이토록 아름다운 〈어린왕자〉란 작품을 쓸 수 있었던 거예요. 사막, 우리 삶의 사막은 우리에게 멀지 않아요. 누구에게나 다가올 수 있어요. 삶의 사막을 맞닥뜨리지 않으려면 지금 자기 관리를 잘해야 해요. 우리에게 반갑게 찾아온 이 순간, 참 소중한 이 날들, 그 사막을 피하기 위하여 미리 무엇을 하며 살아야 할지 가만히 생각해 보는 시간을 5분이라도 가져보세요.

사막은 자아성찰을 가르쳤어요.

사람들이 그리워요. 사막에선 사람이 더더욱 그리워요. 불과 하루밖에 지나지 않았지만 사막에선 사람이 무척 그리워요. 이제 죽는다 생각하니 사람이 더 없이 그리워요. 그래서 사람을 만나러 떠나요. 그 사람! 너무 그리워 사람이 보여요. 그래서 그 사람을 불러요. 하지만 대답이 없네요. 저기 누군가 보여요.

생텍쥐페리와 기관사 프레보는 팔을 쳐들고 소리를 질러요. 그런데 손짓하던 그 사람, 그 사람은 검은 바위로 변하네요. 아! 그 바위는 신기루였어요. 그렇게 신기루에 속고 다시는 속지 말아야지 하면서 또 속아요. 신기루와의 싸움, 목마름과의 싸움, 허기와의 싸움, 고독과의 싸움, 다가오는 죽음과의 싸움, 그렇게 사막에서 악전고투를 벌이고 있는 생텍쥐페리, 그는 어떻게 살아날 수 있었을까요?

생텍쥐페리가 온갖 신기루에 속고 속으면서도 또 속아 넘어가듯이 우리도 삶에서 수많은 유혹을 만나요. 유혹 너머에 또 유혹이 있어요. 그게 삶이에요. 사막에서 사람이 그리운 생텍쥐페리, 그는 어떻게 살아남아 그 위대

한 〈어린왕자〉를 쓸 수 있었을까요? 〈어린왕자〉가 전 세계인의 끝없는 사랑을 받을 수 있는 이유는 작가가 그만큼 생사를 넘나들면서 깊어진 생각들이, 사색들이, 인간에 대한 성찰이 들어 있기 때문이에요.

끝없는 사막에도 희망은 살아 있었어요.

생텍쥐페리는 사막에서 사흘째 되는 날, 오렌지 반 쪽과 과자 반 개만 먹었어요. 이젠 먹을 것도 없어요. 마실 물이라곤 한 방울도 없어요. 지칠 대로 지쳐서 배고픔마저 느끼지 못해요. 갈증도 느끼지 못하고요. 입이 마르자 말도 나오지 않고 입에서 갈그랑거리는 소리만 나와요. 입에 침이 있어야 말이 나오는데 입에 침도 말랐어요. 물만 있으면 이 지독한 병을 고칠 수 있을 텐데, 지금 물 한 방울 없어요. 갈증은 점점 병이 되지만 한편으로는 욕망을 줄어들게 만들어요.

자리에 주저앉지만 다시 떠나야 해요. 죽을힘을 다해 500미터를 걷고 나서 또 주저앉지만 다시 안간힘을 다해 걸었어요. 이제 살아난다는 희망마저 희미해지는 중에 다시 걷습니다. 이제는 200미터도 못 가서 주저앉지요. 3일에 걸쳐 200킬로미터는 족히 걸었어요. 거의 먹지도 마시지도 못하고 사막에서 그만큼 걸었어요. 사람이 할 짓이 아니었어요. 이제 희망이 없어요. 절망도 없어요. 극한 상황에서는 희망도 절망도 무의미하니까요. 그냥 무의식적으로 걷는 거예요.

사막은 그에게서 모든 것을 말려버렸어요 그의 침을, 그의 희망을, 그의 절망을, 그의 생각을, 눈물의 샘마저 말려버렸어요. 그러다 희미한 가운데 희망이 샘솟았어요. 그것도 잠시 이내 절망이 찾아들었어요. 그렇게 일시적인 본능으로 오락가락하다 보면 살아 있는 사람인지 죽은 사람인지 알 수 없어요. 사람들의 발자국이 발견되고, 닭울음소리가 들려와요. 사막을 오가며 장사를 하는 베두인들이 보여요. 아, 살았구나! 그런데 아니었어요. 그것마저 환각, 신기루였어요.

베두인, 사막을 오가며 장사를 하는 사람들, 이제 그들에게 희망이란 그들밖에 없어요. 그들을 만날 수만 있다면, 그런데 정말 그들이 등장합니다. 생텍쥐페리와 기관사 프레보가 그들을 향해 팔을 벌립니다. 이번엔 맞겠지, 아니야, 신기루일 거야. 그런 생각을 하는 가운데, 이번 신기루는 쉽게 사라지지 않는 거예요. 그들은 실제입니다. 분명 장사꾼이에요. 베두인들, 낙타들, 분명 신기루가 아니에요. 두 사람이 소리를 질렀어요. 짐승처럼 죽어라고 울부짖지만 아주 모기만 한 소리일 뿐, 입이 말라 말이 나오지 않는 거예요.

더는 걸을 힘도 없어요. 목소리도 제대로 나오지 않아요. 그런데 저들은 그 속도로 그들을 보지 못하고 그냥 지나고 소리 대신 팔을 흔들어 댑니다. 이제 희망이란 저들이 그들을 향해 뒤를 돌아보는 일밖엔 없어요. 신이 저들을 돌아보게 할 수는 없을까요? 저들이 지나고 나면 다른 이가 올지, 온다한들 그들이 지쳐서 죽은 후가 될 수도 있는데. 이들은 어떻게 할까요? 이들은 어떻게 살아날 수 있을까요?

우리에게 기적이란 있을까요? 인간이 할 수 있는 위대한 일, 그것은 절망 속에서도 뭔가 살기 위한 몸부림을 하는 것, 절대로 포기하지 않는 걸 거예요. 모든 것이 다 말라비틀어진 상황에서도, 다 꺼진 불씨 앞에서도 그 불씨가 살아나든 살아나지 않든 상관없이 거기에 대고 입김을 불어넣는 일, 인간이 다른 동물보다 위대한 점은 그 점일 거예요. 그 상황을 절망이나 희망이라 부르지 않고, 끝까지 시도해 보는 존재, 그 존재가 다른 동물보다 나은 인간의 장점이거든요. 그것이 때로 기적이라고 우리가 부르는 것을 가져다 줘요. 기적은 우리에게 달려 있어요. 절망이란 병을 앓는 사람, 불씨 살리기를 멈춘 사람, 그 사람이 제일 불쌍하고 불행한 사람이에요.

죽음의 사막에서 신의 대리인을 만났어요.

바다에 빠진 사람이 지푸라기라도 잡고 싶어 하듯이 사람은 위급한 상황을 만나면 그 무엇에라도 의지하고 싶어 해요. 인간은 누구나 한계상황을 만나면 거기서 신을 찾지요. 두려운 상황에 처하면 신을 불러요. 인간은 그만큼 나약해요. 수많은 사람을 거느리고 있으며, 대단한 카리스마를 보여주는 사람도 한계상황에서는, 두려운 상황에서는 아주 나약한 사람이나 별 차이가 없어요. 가장 힘들 때 찾아주는 사람, 가장 갈급할 때 그 갈급함을 채워주는 사람, 때로 그런 사람이 신보다 고마운 거예요.

생텍쥐페리와 프레보를 구해 줄 사람이 저기 가고 있어요. 기적이었어요. 운이 좋게도 그 광활한 사막에서 생텍쥐페리가 그들을 만났어요. 그리 멀지 않은 곳에 구원자들이 그들을 구해줄 거예요. 한 모금의 물이라도 나누어 줄 거예요. 잃을 것이라고는 아무것도 없는 그들에게 두려울 것은 없어요. 강도를 만난들, 사기꾼을 만난들 더는 잃을 것이 없으니, 그저 만나는 이들이 곧 그의 동지이며, 친구이며, 이웃이며, 부모이며, 구원자인 셈이지요. 다만 그 베두인들이 자신을 돌아보지 않을까 그게 두려울 뿐이에요.

생텍쥐페리와 프레보는 입이 바싹 말랐어요. 그래서 갈그랑 소리만 날 뿐 말을 할 수가 없어요. 그럼에도 베두인들이 저만큼 멀어져 가는 거예요. 비탈진 모퉁이로 사라지려 해요. 앞에 간 사람은 이미 보이지 않아요. 단 한 사람, 뒤에서 가는 사람만이 희망이에요. 그가 돌아서서, 90도만 돌아서서 손을 흔드는 그들을 보면 살아날 수 있을지 몰라요. 베두인들이 그들을 발견한다는 것 외에 그들을 도와준다는 전제가 있어야 하기 때문이에요. 무심하게 사라지는 그들, 하지만 말을 할 수가 없어요.

침이 말라서예요. "입에 침이라도 바르고 거짓말을 하라."는 말이 있어요. 입만 있으면, 혀만 제대로 움직이면 말을 할 수 있을 거라고 생각하는 이들이 있을 테지만, 이러한 조건 외에도 우리가 말을 할 수 있는 건 입에 침이 충분히 있어서예요. 말을 하는 과정은 그리 단순하지 않아요. 우리 폐에서 공기가 만들어져야 하고, 그 공기가 우리 기관을 통해 입이나 코로 빠져나와야만 소리가 나요. 그러니까 온전히 말을 잘하려면 폐도 건강해야 하고, 기관지도 건강해야 하고, 구강과 비강도 건강해야 하고, 조음을 하는 치아와 입술도 건강해야 해요. 나오지 않는 목소리, 갑갑해도 달려가기는커녕 걸어갈 힘도 없어요. 소리를 지른다고 지르고, 손을 흔든다고 흔들지만 저들은 저만치 멀어져 가요. 방법이 있다면 다만, 다만 저들이 90도만 몸을 돌려서 우리의 생텍쥐페리를 돌아봐준다면 기적일 텐데……. 인간이 한 바퀴 팽그르르 도는 각도 360도, 그 4분의 1만 돌아본다면, 절반은 아니라도 반의 반이라도 돌아본다면, 그 순간 기적은 일어날 텐데. 하체는 아니라도 상체만 살짝 돌린다면, 아니 상체가 아니라도 머리만 살짝 돌려 보아만 준다면, 그건 기적일 텐데요. 그런데 베두인들이 그냥 갈지도 몰라요. 그들이 저기 가고 있어요. 무심하게도.

그들의 '살짝 회전'이 세상을 바꿀 수 있어요. 두 사람의 생명을 새로 살려내는 겁니다. 적어도 그 순간에 이들의 생명을 구해 주는 생명의 구세주인 셈이지요. 그 기적을 그는 지금 간절히 바라고 있어요. 그런데 그들이 저기 멀어져 가요. 이제 절망이다 싶어요. 그런데 정말 베두인들이, 거짓말같이 생텍스를 향해 살짝 고개를 돌렸어요. 그리고 다가와요. 이번엔 신기루가 아니에요. 신기루라도 좋아요. 어차피 죽을 것이면 신기루든 그 무엇이든 잠시나마 위안이 되고 즐거움을 준다면 그게 신기루라도 좋지요.

베두인들, 미래의 생명의 은인들이 다가와요. 두려움에 떨고 있던 베드로 일행에게 바다 위를 걸어오던 예수처럼, 베두인들이 절망의 깊은 바다에 빠져 있는 그들에게 다가와요. 근엄한 신의 모습으로, 아니 자애로운 신의 모습으로 이들에게 다가와요. 침이 없어 말을 할 수 없었던 이들, 만일 베두인들이 그냥 가버리고 말았다면 그들은 물이 없음을 얼마나 한탄했을까요? 물이 없어서 말을, 소리를 지를 수 없었으니까요.

이들은 죽을힘을 다해 생명의 신이 되어 멈춘 베두인을 향해 기고 넘어지며 다가가요. 베두인이 베푼 은혜, 그 은혜를 받아 마셔요. 생명의 신으로 베두인들이 다가온 거예요. 다가온 베두인들이, 아니 신들이 그들에게 가장 필요한 것을 주었어요. 향도 없고 색깔도 없는 무색무취의 그것, 하지만 지상에서 그 어느 것과도 바꿀 수 없는 그것을 그들에게 주었어요. 그것이야말로 그 순간 그들에겐 무엇보다 소중한 거예요. 그 소중한 것을 주는 존재, 가장 필요한 것을 주는 존재, 그야말로 그는 신의 대리인이에요.

신의 대리인들이 전해준 물, 생명을 주는 물, 물은 그 순간 지상에서 가장 아름답고 무엇과도 바꿀 수 없는 최고의 맛을 가졌어요. 그 소중한 물의 봉사, 그 순간엔 종족도, 형제도, 언어도, 그 무엇도 구별할 이유가 없어요. 그 순간엔 적도, 친구도 형제라는 분별이 무의미해요. 오직 구원자와 피구원자만 있을 뿐이에요. 생텍쥐페리와 프레보는 그렇게 살아났어요. 그리고 그들은 만났어요. 지상에서 가장 아름다운 사람들을, 지상에서 가장 훌륭한 사람들을, 지상에서 가장 다정한 사람들을, 지상에서 가장 착한 사람들을.

　가장 갈급한 부분을 채워 주는 사람, 가장 필요한 것을 제공하는 사람, 그 사람은 우리에게 가장 잊을 수 없는 친구로, 주인으로, 신의 대리인으로 남는 거예요. 꿀맛도, 세상 그 어느 맛으로도 그 물맛을 대신할 수 없습니다. 가장 아름다운, 가장 맛있는, 가장 시원한, 가장 달콤한 맛입니다. 물, 그들이 생명을 마십니다. 꺼져가던 생명이 물로 살아납니다. 그들의 생명을 구해준 물, 그들의 생명 그 자체인 물입니다. 그 물을 하사해 준 베두인, 베두인들은 바로 그들의 생명을 구해준 신, 사람이 되어 현현한 신입니다. 오, 생명의 신이시여! 오, 신이여!

　물, 물, 참 그리운 이름, 다시 잊을 수 없는, 한시도 잊을 수 없는, 지상 그 어느 말보다도 소중하고 정겹고 아름다운 이름이에요. 우리 몸의 대부분을 차지하고 있는 물, 물은 우리의 생명이에요. 물은 우리 생명의 필수 성분이에요. 맛도 없어요. 맛이 없으니까 그 무엇이 섞이느냐에 따라 맛이 그제야 결정돼요. 소신이라곤 없는 것 같은 물이 우리 생명엔 절대적이에요. 그러니 세상을 살리고 있는 사람들은 어쩌면 물처럼 평범한, 아주 평범한 사람들일 거예요.

  물은 빛깔도 없어요. 맛도 없고 빛깔도 없고 냄새도 없는 물, 해서 물은 그 무엇과도 잘 조화를 이룰 수 있어요. 자신을 버리고 다른 것을 받아들여 맛을 가지며, 향을 가지며, 빛깔을 가진 물, 그 물은 개성도 없고, 특징도 없지만 우리의 생명 그 자체예요. 지상에서 가장 맛이 있는 물을 마시고 싶다면 아주 죽을 만큼 갈급힌 순간을 만나야 해요. 쓸모없는 것 같으나 무엇보다도 소중한 물, 생명 자체인 물, 정말 아주 갈급하여, 아주 죽을 만큼 목이 말라본 사람만이 지상에서 가장 맛이 있는, 지상에서 가장 시원한, 세상 그 무엇보다 소중한, 세상 그 무엇과도 바꿀 수 없는 것이 물이란 걸 알지요. 빛깔도, 냄새도, 맛도 없는 물, 하지만 그 자체가 우리의 생명인 물, 물처럼 아무런 개성이 없지만 정말 때로 꼭 필요한 사람, 그런 사람을 생각해 보자고요. 물 같은 사람도 참 많아요. 물처럼 어느 쪽인지 알 수 없는 사람, 개성이라곤 없는 사람, 자기주장이라곤 없는 사람, 적어도 그런 무색무취의 사람들은 다른 이들에게 해를 끼치지는 않아요. 색깔이 뚜렷한 사람, 자기주장이 강한 사람이 세상을 변화시키고 세상을 이끌어가기도 하지만, 자칫 그런 이들이 세상을 어지럽히고 분란을 일으키기도 하는 거예요.

  지독한 죽음의 고비를 넘어선 생텍쥐페리, 그는 그로부터 6년 후 그 위대한 〈어린왕자〉의 집필에 들어갔고, 그 안에 이러한 소중한 체험들을 녹여냈어요. 우리는 누군가에게 소중한 그 무엇이 될 수 있을까요? 누군가에게 도움이 되는 삶이 무엇인지 생각해 보았으면 해요.

사막에는 지상에서 가장 맛이 있는, 가장 아름다운 물이 있어요.

3.
〈어린왕자〉를
어른이 읽어야 하는 이유

· · · · · · · ·

어린왕자에 관한 강의를 하는 중에 어느 분이 이런 질문

을 했어요. "한국에서 〈어린왕자〉와 같은 작품을 쓸 작가

는 없을까요?" 그때 나는 부정적으로 대답했어요. 일단

생택쥐페리는 세상을 하늘에서 내려다본 작가라는 점에

서 세상을 보는 시각이 다르다는 것과 그는 여러 번 죽음

의 고비를 넘겼다는 점을 강조했어요.

어린왕자에 관한 강의를 하는 중에 어느 분이 이런 질문을 했어요.

"한국에서 〈어린왕자〉와 같은 작품을 쓸 작가는 없을까요?"

그때 나는 부정적으로 대답했어요. 일단 생텍쥐페리는 세상을 하늘에서 내려다본 작가라는 점에서 세상을 보는 시각이 다르다는 것과 그는 여러 번 죽음의 고비를 넘겼다는 점을 강조했어요.

혹여 비행사인 작가가 있다면 가능할까요? 하지만 그것도 부정적이에요. 그 당시엔 비행기의 성능이 지금과 비교하면 형편없었으니까요. 게다가 비행 항로 개척 당시라서 조종사들은 항상 죽음을 각오하고, 위험한 비행을 해야 했고요. 비행기라야 고작 세 명 이상은 탈 수 없었던 시절, 주로 기관사 한 명과 함께 외로운 비행을 했던 시절, 수없이 죽음을 넘나들어야 했던 시절, 생텍쥐페리는 그 당시에 비행을 했어요. 여러 번 죽을 고비도 넘겼고요.

죽음 앞에 섰을 때의 생각의 필름 속도는 엄청 빨라요. 평소에는 느리던 생각의 속도는 아주 초고속으로 돌거든요. 생텍쥐페리의 문학은 그런 상황에서 탄생했어요. 하늘에서 내려다본 조감도 문학, 죽음 앞에 여러 번 이르러 깊어진 심오한 문학, 그러니 누가 그 문학을 흉낸들 내겠어요. 사람이란 아무리 천재라도 환경의 영향을 받을 수밖에 없으니까요.

생텍쥐페리는 1935년 비행기 사고로 리비아 사막에 추락했어요. 거기서 끔찍한 고통을 겪다가 기적적으로 살아남아 그로부터 6년 후에 〈어린왕자〉 작업에 들어갔어요. 출판사 사장을 식당에서 우연히 만났어요. 그 분이 크리스마스 선물용 어린이 도서를 만들자는 제언을 했지요. 하지만 생텍쥐페리는 자신의 깊어진 철학을 어린이용 책에 담아내기란 불가능했어요. 그렇게 쓰고는 싶었지만 어려웠어요. 라모트에게 삽화 부탁을 했지만 마음에 안 들었어요. 손수 그림을 그렸어요. 그럼에도 어린이용 도서는 무리였어요. 때문에 작업은 늦어졌어요. 결국 해를 넘겨 작품의 완성을 보았지만 처음 의도와는 달리 어른을 위한 동화가 되고 말았어요.

"물론 인생을 이해할 줄 아는 우리는 숫자 같은 것은 대수롭지 않게 여기지요. 나는 이 이야기를 동화식으로 시작하고 싶었어요. '옛날에 자기보다 조금 클까 말까 한 별에 어린왕자가 살고 있었어요. 그는 친구가 필요했어요. 그래서……' 이렇게 시작하고 싶었다니까요. 인생을 이해하는 사람들에겐 이런 식의 이야기가 훨씬 더 진실하게 느껴질 거예요. 왜냐하면 나는 사람들이 내 책을 가볍게 읽어버리는 것을 원치 않기 때문이에요."

그래요. 〈어린왕자〉는 어른을 위한 책이에요. 숫자에 관심이 많기 때문에, 겉모습에 관심이 많기 때문에, 저명한 사람에 관심이 많기 때문에, 정작 중요한 진실을 잃어버린 어른들을 위해 쓴 거예요. 사실 그는 순수한 아이들보다는 세상에 오염된 어른들, 순수를 잃은 어른들에게 말하고 싶었어요. 우리 인간에게 무엇보다도 소중한, 그 무엇과도 바꿀 수 없는 진실을 발견하라고 말하고 싶었어요. 순수를 잃어 진실에서 멀어진 어른들에게 순수를 가르쳐 주고 싶었어요.

많이 배우면 배울수록, 많이 살면 살수록 왜 우리는 진실에서 멀어져 가야만 하나요? 왜 더 불행 속으로 들어가고 있나요? 그게 안타까워서 작가는 어른들을 위해 심혈을 기울여 작품을 썼어요. 바로 〈어린왕자〉예요. 그리고 그는 이 책을 아이들이 아닌 그의 소중한 친구, 어른이면서 아이를 이해할 줄 아는 레옹 베르트에게 헌정했지요.

레옹 베르트에게

이 책을 한 어른에게 바친 데 대해 어린이들에게 용서를 빌어. 내겐 그럴 만한 중요한 이유가 있어. 이 어른이 내겐 이 세상에서 가장 좋은 친구라는 거야. 또 다른 이유가 있지. 이 어른은 모든 것을 어린이를 위한 책들까지도 이해할 줄 안다는 것이야. 세 번째 이유는 이 어른은 프랑스에서 살고 있는데 거기서 굶주리며 추위에 떨고 있다는 것이야. 이 어른에게 용기를 북돋워주어야 해. 이 모든 이유로도 충분하지 못하다면,

어른이 되기 전, 어린아이였을 때의 그에게 이 책을 바치고 싶어. 어른들도 처음엔 다 어린이였잖아(하지만 그걸 기억하는 어른들은 별로 없지). 그래서 나는 헌사를 이렇게 고치는 거야.

– 어린이였을 때의 레옹 베르트에게 –

아무나 이 책을 이해할 수 있는 것이 아니라, 석어노 어린아이와 같은 순수한 마음을 가지고 있고, 그 마음의 눈으로 세상을 볼 수 있는 영혼이 아름다운 사람이라야 이 책을 이해할 수 있다는 것이지요. 그래서 이 책은 레옹 베르트, 어린 시절에 머물러 있는 그 어른에게 바치는 책이 된 거예요. 그 어른, 레옹 베르트는 어린이를 위해 쓴 책을 이해할 수 있는 어른이니까요.

레옹 베르트는 생텍쥐페리에게 많지 않은 친구 중 한 사람이에요. 사람들은 만나면 정치, 경제, 문학, 또는 비즈니스 이야기를 나누지만 이 친구는 생텍쥐페리와 인간적인 이야기, 즉 삶의 이야기를 나눌 수 있는 어쩌면 그린 면에서는 유일한 친구였으니까요. 그의 말대로 우정이란 상점에서 살 수 있는 것이 아니잖아요. 포도주가 오랜 것일수록 가치가 있듯이, 우정이란 해를 거듭할수록 그 맛이 진해지는 것이 참다운 우정이니까요. 레옹 베르트야말로 생텍쥐페리가 자신의 가족들에게도 하지 못할 내면의 이야기, 내밀한 이야기라도 서슴없이 나눌 수 있는 그의 유일한 친구란 의미지요. 그가 아무리 많은 친구를 가졌다고 할지라도 그와 내면의 이야기를 나눌 수 있는 친구는 그밖에는 없었어요. 그래서인지 〈어린왕자〉 속에는 '하나 밖에 없는 장미', '유일한 쥐'가 등장하는 것은 아닐까요. 그래서 아마도 헌사를 그에게 쓴 것은 아닐까요?

1940년 독일의 프랑스 침공으로 단 6주 만에 파리를 점령당한 프랑스, 주전파와 휴전파의 대립에서는 휴전파를 이끄는 페탱 부수상이 주도권을 잡았지요. 그리고는 페탱이 수상에 취임해요. 페탱은 휴전을 선포하고, 임시 수도인 비시에 공화국 정부를 수립하지만 4년 후 이 정권은 히틀러가 이끄는 독일에 점령당하고 말아요. 그러면서 유태인 일제 검거 작전이 계속되었어요. 당시에 생텍쥐페리는 미국에 망명 중에 있었고, 그의 유태인 출신 친구인 레옹 베르트는 본국 프랑스의 어느 시골마을에 숨어 살고 있었어요. 작가 자신은 예비역 공군 장교로 군에 복귀하여 뉴욕과 롱아일랜드를 오가는 망명 생활 중이었어요. 이 고통 중에 있는, 유태인이라는 이유로 생존의 위협을 느끼는 어른인 레옹 베르트에게 이런 연유로 그는 헌사를 바쳤을 거예요.

사랑하는 사람의 목소리를 듣는 방법

어떤 목소리가 들려요. 사람이 사는 곳과는 아주 멀리 떨어진 곳에서의 사람 목소리, 그 목소리는 무척 반갑고, 소중해요. 생명체라곤 없는 사막에서 만난 사람의 목소리는 아주 갈급한 후에 맛보는 시원한 물맛처럼 정겹지요. 이렇게 〈어린왕자〉에서 사막에 불시착한 비행사는 어린왕자를 만나요. 그 어린왕자는 비행사에게 양 한 마리를 그려달라고 해요. 왜 하고 많은 동물들 중에, 식물도 있고 사람도 있고, 자연도 있는데 어린왕자는 하필이면 양 한 마리를 그려달라고 했을까요?

우선 어린왕자에게 필요한 건 양이라는 동물이고, 그것도 두 마리도 아니고 한 마리뿐이에요. 이 대화에서 어린왕자가 살고 있는 곳의 규모는 아주 작을 것이라는 것, 해서 그곳엔 양 한 마리밖에 기를 수 없다는 것을 알게 될 테지요. 그가 사는 곳의 상황은 그저 양 한 마리 간신히 기를 수 있는 풀의 양과 공간밖에 없다는 것이지요. 게다가 왜 양이냐고요? 어린왕자는 어리고 순수하고 도무지 다른 것들에게 화를 낼 줄 모르니까요. 그러니 어린왕자가 보호할 수 있고 친구로 삼을 수 있다면 그건 어리고 건강한 양이면 족하겠지요. 이 이야기를 통해 어린왕자의 별의 규모와 상황을 짐작할 수 있겠지요.

자신에게 어울리는 상대는 정말 스스로 잘 알아야 한다니까요. 공연히 우쭐대거나 괜한 욕심을 부려서 자기에게 어울리지 않는 상대를 만나면 골치 아픈 일만 생기고 다른 아무 일도 못한다니까요. 생각해 보자고요. 만일 좀 욕심을 내서 양 두 마리를 데려간다면, 아니면 감당할 수 없는 동물이나 식물이나 사람을 데려간다면, 이미 그가 길들여 놓은 장미는 아예 들여다 볼 여유조차 없겠지요. 어린왕자는 키가 작고 마음이 순수하고 여려서 그렇지 생각은 아주 깊은 아이니까요.

해서 어린왕자는 비행사가 늙은 양을 그려주어도, 뿔 달린 양을 그려주어도, 빙든 양을 그려주어도 싫다고 하는 거에요. 괜히 김딩힐 수도 없으면서 공연한 배짱을 부려봤자 자신도 상대도 상처만 입을 테니까요.

그만큼 서로의 관계는 신중해야 해요. 저 혼자 피해를 입거나 마음의 상처를 입는 게 아니라 서로 상처를 입는 것이니까요. 그러면 이제 알겠지요. 어린왕자에게 기관사가 그냥 구멍 세 개가 뻥뻥 뚫린 상자를 그려주자 어린왕자가 만족한 이유를요.

구멍 난 상자, 상자 안에 있는 양은 어린왕자가 다루기엔, 보살피기엔 아주 적격이지요. 양이 말썽을 부릴 수도 없을 테고요. 양을 잃을 염려도 없을 테고요. 게다가 그 상자 안에는 어린왕자가 마음대로, 상상하는 대로 원하는 양을 살게 할 수 있잖아요. 어쩌면 매일 먹을 것을 주지 않아도 되지요. 직접 만지지는 못해도 그 상자에 관심을 기울이면 그 안에서는 어린왕자가 원하는 양이 그에게 말을 걸겠지요. 그리고 아주 귀여운 목소리로 말을 걸 테고요. 어린왕자가 원하는 양을 마음대로 그 안에 살게 할 수 있으니 참 편리한 일이지요. 그 정도 크기라면 어디든 데려갈 수도 있으니 외로워서 석양이나 바라볼 일도 없을 거예요. 늘 함께할 수 있다, 참 좋은 일이지요. 사랑하는 사람과는……

마치 나중에 어린왕자가 아저씨에게 자기 별을 설명하는 장면과 겹치는 듯해요. 어린왕자가 떠난 뒤 아저씨는 슬플 거예요. 길들여졌으니까요. 하지만 어린왕자의 별은 너무 작아서 볼 수가 없죠. 어린왕자의 별이 어딘지 모르는 아저씨는 그저 하늘을 바라보며 하늘의 모든 별들 중 어린왕자가 살고 있는 별은 있다, 그 별들 중 하나에 어린왕자가 살고 있다, 그 생각만으로 아저씨는 기쁘니까, 어린왕자의 별을 닮은 그 모든 별을 사랑할 수 있는 것처럼, 그 별들을 바라보며 미소를 지을 수 있는 것처럼, 어린왕자는 세상의 모든 양을 상상하며, 그 상자를 바라보는 것만으로도 살짝 미소를 짓겠지요.

아, 이것도 복선이었군요. 상상으로 보는 세계란 참 아름다워요. 그러니 지금 외롭다고 외로워하지 마세요. 사랑하는 사람이 있다면, 사랑할 마음이 있다면, 그냥 상상으로 그 사람을 바라보세요. 그러면 그 사람은 살며시 다가와 당신의 어깨를 포근하게 감싸줄 테니까요. 상상 속에서 정다운 사람들을, 사랑하는 사람들을 불러내어 살짝 미소로 맞으며 하루를 시작하면 어떨까요? 당신의 그 순수한 마음이 여러분을, 다른 사람들을 행복하게 해 줄 거예요.

상대를 편안하고 자유롭게 해 주는 사랑

"잘됐어. 아저씨가 그려준 상자는 밤이면 양의 집으로 쓸 수도 있겠어요."
"물론이지. 그리고 너만 좋다면 낮에 양을 매어둘 수 있는 끈도 줄게. 말뚝도 주고."
그 제안은 어린왕자의 마음에 충격을 준 것 같았어요.
"묶어둔다고요? 참 이상한 생각이군요!"
"그렇지만 양을 묶어두지 않으면 아무 데나 돌아다니다가 길을 잃을 텐데……."

에릭 프롬은 사랑은 소유가 아니라 존재여야 한다고 말해요. 그런데 사람들은 일단 사랑을 시작하면 그 상대를 소유하고 싶어 해요. 사랑하니까, 소중하니까, 당연히 독차지하고 싶지요. 때문에 사람들은 사랑을 하면 자기도 모르게 상대를 서서히 구속하기 시작해요. 그러면 상대는 처음엔 사랑하니까 자기를 끔찍이도 생각해 주는 걸로, 보호해 주고 싶어 하는 걸로, 배려해 주는 걸로 생각해요. 그러다 어느 정도 익숙해지면 그걸 구속으로 느껴요.

상황은 전혀 바뀌지 않았어요. 사랑하는 방식도 그대로고요. 그럼에도 왜 그게 갑자기 구속으로 느껴질까요? 전과 달리 서로가 사랑하는 방식이 힘들고, 지나친 간섭으로 느껴져요. 혹 상대가 자신을 멀리하거나 의아해 하면서 갈등하기 시작할 수 있어요. 상황과 방식이 변하지 않아도, 생각이 바뀌면, 마음이 바뀌면 모든 것은 이미 변한 거예요. 그러니 사랑은 때로는 아주 조심스럽고 힘든 거예요. 그렇긴 해도 무엇보다도 사랑이란 구속이 되어선 안 돼요.

어린왕자는 비행사가 끈도 주고 밧줄을 매어둘 말뚝을 준다니까 의아해

해요. 왜냐고요. 어린왕자는, 사랑하는데 매어둘 정도로, 이를테면 구속할 정도로 상대를 못 미더워한다는 것은 상상도 못하니까요. 상대가 불편하도록 구속하고 행동을 제한하는 건, 그건 진정한 사랑이 아니니까요. 그렇게 믿음이 안 간다면 그런 사랑은 아예 시작부터 말아야 해요. 사랑하니까 관심을 갖는 거고, 그래서 보호하는 거라고요? 그건 자기 생각일 뿐, 상대가 받아들이지 않으면 그건 구속이에요.

아무 데나 돌아다닐까 봐, 상대를 자기 마음대로 할 수 없을까 봐 조바심 난다고요. 그런 걸 걱정할 거면, 사랑하지 말아야 해요. 정말 서로 사랑한다면 이미 둘 사이의 세계는 아주 좁혀져 있어요. 그러니까 멀리 갈 일도 없어요. 이미 둘은 좁은 세상에 스스로 들어올 각오를 하고 좁혀져 있어요. 마치 어린왕자의 별이 좁은 것처럼, 사랑이란 그런 거예요. 나라는 별, 내가 사는 별과 상대가 사는 별이 거리를 좁혀서 서로 붙어 있는 것이나 마찬가지예요. 따라서 서로의 공간이 상대의 공간 어느 지점까지로 넓혀졌지만, 전체적인 공간으로 따지면 아주 좁아진 것이나 마찬가지예요.

그러니 사랑을 하면 서로 멀리 가지 않아요. 때문에 사랑에 성공하는 사람들이 많은 거라고요. 사랑하면 멀리 가라고 해도 멀리 가지 않을 거고, 굳이 구속하지 않아도 저절로 가까이 있기를 즐길 테니까 걱정 없어요. 사랑은 고민하고 걱정하고 초조해하는 게 아니라니까요. 그저 상대를 마음으로 인정하면서 어디에 있든 무엇을 하든 든든한 믿음으로 빙그레 상대를 향하여 미소를 지어야 하는 거라니까요.

사랑하는 사람을 사랑이란 이름으로 구속한 건 아닐까, 못 미더워하며 걱정하고 염려한 건 아닌지, 그래서 그를 불편하게 한 건 아닌지 생각해 보자고요. 사랑은 믿음이 가고 편안하고 즐거워하는 거예요.

왜 우리는 마음보다 옷에만 신경 쓸까요?

코끼리를 삼킨 보아 뱀 그림을 모자로 알고 있는 어른들, 어른들은 알고 있는 만큼만 보려고 했어요. 그러니까 어른들은 그 그림을 보고 자기가 알고 있는 것, 본 적이 있는 것을 생각하고는 얼른 모자라고 대답해요. 아는 게 병이지요. 알고 있는 기존의 지식이 더 많은 것을 볼 수 없게 방해하고 말지요. 그러니까 아는 게 꼭 좋은 것만은 아니에요. 더는 보이지 않는 것을 볼 수 없게 만드니까요. 기왕 볼 바엔 많은 것을 볼 수 있으면 좋잖아요. 볼 만큼 다 보았다는 생각이 우리를 상상하지 못하게 만들어요. 그저 눈으로 볼 수 있는 것, 앞에 보이는 것만 보게 만들고 말아요. 실제로는 보이지 않는 것이 훨씬 많은데 말이에요. 눈에 보이지 않지만 그 보이지 않는 것이 훨씬 많거든요. 그런데 피상적으로 보이는 것으로 판단하면, 볼 수 있는 것, 또는 보아야 할 것을 다 볼 생각도 않고 지레 먼저 판단하여, 때로 심각한 오류에 빠지고 말아요.

어린왕자가 살고 있는 별은 아주 작아요. 때문에 그 별을 한 번 보기란 아주 어려워요. 터키의 유명한 천문학자가 그 별을 발견한 거예요. 그것을 보았다고 발표를 했는데, 분명히 보고 그것을 증명하여 발표했어요. 하지만 사람들은 그를, 그것을 믿지를 않아요. 사람들은, 아니 어른들은 그의 발표가 진실인지에 대한 관심조차 없어요. 그가 옷차림이 우스꽝스럽다는 것에만 관심이 있어요. 그러니 그의 말을 믿을 수 없는 거예요. 한눈에 봐도 저렇게 보잘것없어 보이는 사람이 그 대단한 걸 발견할 리가 없잖아요. 그러니 믿을 수 없지요. 일단 옷을 멋지게, 좋은 옷을 입었어야 했는데, 그 학자는 가난했거나 옷차림에 신경을 쓰지 않았거나 했겠지요. 그러니까 어른들을 설득하거나, 어른들 사이에서 살아가려면 그럴 듯하게 옷도 입고 꾸밀 줄도 알아야 해요. 어른들은 참 이상해요. 겉모습에만 관심이 있으니까요.

어른들은 편견을 가지고 세상을 보려 해요. 세상을 제대로 못 볼 때가 많아요. 정말 중요한 것을 먼저 보려고 해야 하는데, 중요한 것은 못 보고 부수적인 것만, 중요한 것을 둘러싸고 있는 것만 보려고 해요. 포장지가 아무리 화려해도 그 안에 싸인 물건이 형편없을 수도 있잖아요. 포장지가 그 안에 있는 물건, 또는 선물보다 비쌀 수는 없는 것 아니겠어요. 그럼에도 어른들은 선물 포장만 보고 판단을 해요. 포장지가 화려하면 그 안에 선물도 비쌀 거라고 생각하지요. 결국 선물의 가치는 포장보다 그 안에 있는 물건에 따라 정해지는 거잖아요. 그럼에도 어른들은 그 포장에 속아서 그 안을 못 보는 이들이 참 많아요. 포장은 초라해도 그 안에 아주 값비싼 보석이 들어 있을 수도 있잖아요. 아마 아주 비싼 물건을 코 묻은 종이로 싸서 거리에 버려두면 어른들은 그걸 그냥 쓰레기통에 던져 버리고 말 거예요. 참 아깝지요. 그러니까 어른들은 이상하다는 거예요. 아이라면 일단 그걸 풀어볼 거예요. 그리고 그 속을 확인해 볼 거고요.

정말 중요한 것은 포장 안에 감추어져 있어요. 학벌이라는 포장, 배경이라는 포장, 교양이라는 포장, 아양이라는 포장, 위선적인 친절이란 포장, 겉으로 드러난 그런 포장에 진실은 숨겨져 있어요. 그런데 어른들은 포장에 속아서 안을 잘 들여다보지 않고 있어요. 때문에 정말 중요한 것, 본질을 보지 못하는 거예요. 그러고도 그 대상을 다 아는 것으로, 다 본 것으로 생각하지요. 그래서 어른들은 비생산적이에요. 상대의 진실을 들여다보려면 상대의 겉모양과 배경을 보려 하면 안 돼요. 그 포장 안에, 그의 겉모습 안에, 그의 언어 이면에, 그의 행동 이면에 감추어진 그 사람의 진실을 보아야 해요. 그러려면 겉모습으로 판단하려는 생각을 우선 싹 비워야 해요.

터키의 독재자가 이번엔 모두 유럽식으로 옷을 입으라고 해요. 그러자 천문학자는 이전에 발견한 어린왕자의 별을 다시 발표했어요. 모두 같은 옷이라 천문학자의 옷도 더는 이상하지 않지요. 그러니까 이번에 어른들이 그의 발표를 믿는 것이었어요. 이럴 땐 독재자가 한몫한 거네요. 진실은 전에도 진실이었어요. 지금도 진실이고요. 진실은 변한 게 없잖아요. 단지 포장만 변한 거예요. 그럼에도 사람들은 그의 발표를 이번에 믿어주는 거예요. 참 이상하죠. 안은 그대로인데 겉이 변하니까 안의 것도 달리 보는 거예요. 그러니까 제대로 뭔가를 보지 못하고, 진가를 보지 못하고, 피상적인 것만 보다가 잘못 알고 나서 후회하는 어른들이지요. 어른들은 참 이상해요.

그 사람의 초라한 옷차림, 학벌, 어눌한 말투, 촌스러운 행동 때문에 그 사람을 무시한 적은 없지 않나요? 그런 편견을 버렸으면 해요. 때로는 우리가 그렇게 무시한 사람이 정말 훌륭하고 나중에 좋은 친구가 될 수 있다니까요.

어떤 질문을 하느냐에 따라 달라지는 삶

얼마나, 얼마만큼? 어른들은 수치를 좋아해요. 수치를 판단 기준으로 삼아요. 수치만 믿어요. 수치로 만족하고, 수치로 모든 것을 알아냈다고 생각해요. 그래서 어른들은 "그 아이는 나이가 몇이냐? 형제들은 몇이나 되지? 몸무게는 얼마나 되니? 그 애 아버진 한 달에 얼마나 번다든? 몇 평짜리 아파트에 산다냐?"라고 묻겠지요. 그리곤 어른들은 그 정도면 상대를 제대로 알아봤다고 생각하겠지요.

어른들은 살아오면서 수치에 익숙해져 있어요. 수치로 따지고 판단하는 데 익숙해져 있어요. 그런 어른들한테 친구를 소개하면서 "이 친구는 공놀이를 좋아해요. 책읽기도 좋아하고요. 목소리는 가늘고 부드러워요. 그리고 웃기도 잘하지요. 그뿐인가요. 강아지 기르는 것을 즐긴다니까요."라고 말하면 어른들은 이렇게 말할 거예요. "쓸데없는 소리 말고 가서 공부나 해. 그런 친구하고 자주 어울리면 공부에 방해나 된다. 참, 그런데 그 애의 ……?" 어른들더러 말줄임표를 채우라면 그건 뻔하지요. 어른들은 How much로 시작해서 하나씩 물어갈 거예요.

하지만 수치라는 것은 그 사람의 속내가 아니라 겉으로 드러난 것일 뿐이지요. 그러니 실제로 중요한 것과 중요하지 않은 것, 본질적인 것과 비본질적인 것으로 나누어 보면, 그런 질문으로 알 수 있는 건 실상 그 사람의 겉모습만 알 수 있을 뿐이에요. 정말로 그 사람을 제대로 알고 싶으면 그 사람이 무엇을 좋아하고 잘 먹는지, 어떤 친구들과 잘 어울리는지, 어떤 동물을 좋아하는지, 차라리 이런 것들을 알아보아야 해요. 그래야 그 사람의 속성이나 성격을 파악할 수 있는 것 아니겠어요. 평소 그가 좋아하는 것들, 즐기는 것들을 보면 그 사람의 성격을 파악할 수 있으니까요. 이런 물음들은 소위 'What ……?' 라고 묻는 것이지요. 그러니까 그 사람을 제대로 알려면 '얼마나 ……?'로 묻지 말고, '어떤 ……?'으로 질문을 해야 해요.

그런데 어른들은 그 중요한 것을 잊고 있어요. 본질적인 것을 잊고 살아요. 그와는 반대로 오히려 부수적인 것, 비본질적인 것에만 관심이 많아요. 그리고 그것을 알아내고는 그 사람을 잘 알고 있다고 생각해요. 그러니까 어른들은 몰라요. 세상을 살아오면서 점차 편견과 피상적인 것에 눈이 어두워져서 정작 중요한 무엇을 볼 수 없게 변해버렸다니까요. 편견, 피상적인 것은 보기엔 그럴 듯하죠. 이렇게 피상적인 것에 속아서 시행착오를 겪은 사람들은 참 많아요. 인류 최초의 여자, 이브도 겉보기에 아름다운 사과를 보고는 그것을 따먹고 말잖아요. 정말 그것을 먹으면 하나님처럼 지혜가 제 안에서 쑥쑥 자랄 줄 알았으니까요.

겉이란, 피상이란 곧잘 우리를 이렇게 속게 만든다니까요. 아주 인자한 얼굴이라고 믿었다가 사기를 당한 사람도 있어요. 아주 돈이 많은 사람인 줄 알았는데 알고 보니 겉만 화려한 사람인 경우도 많아요. 어른들은 이렇게 속을 줄 알면서도 얼마나 많은 것을 가진 사람인가를 보고 그 사람에게 접근하려고 해요. 왜 그럴까요? 어른들은 뭔가 반대급부를 바라기 때문이에요. 저 사람을 가까이 하면 뭔가 이익이 올 것 같은 마음이 들기 때문이지요. 그렇게 이기적인 마음, 수치로 뭔가를 얻으려는 생각이 사람을 잘못 판단하게 만든다니까요.

그 사람이 어떻게 행동하고 말할지, 그 사람의 속내는 어떻게 생겼는지는 겉모습을 보고는 잘 알 수 없어요. 그럼에도 우리는 알아야 하잖아요. 그것을 정말 알고 싶다면, 상대를 제대로 알고 싶다면 질문의 방식을 잘 선택해야 해요. 직접 대놓고 하는 '얼마냐'란 식의 수치로 묻지 말고, '어떤'으로 시작하는 질문을 던져야 해요. 그런 질문을 하고 그 사람의 대답을 잘 들어보면 그 사람의 속내를 조금씩 알 수 있어요. 그와는 반대로 수치로 물으면 그 사람의 배경은 알 수 있을 테지만 그 사람의 속내나 취향이나 성격을 알아내기 어려워요. 그러니까 질문도 잘 할 줄 아는 사람이 똑똑하거나 지혜로운 사람이라니까요.

이제까지 당신도 상대에 대한 수치에 관심이 많았을 거예요. 그런데 이젠 새로운 마음으로 주변에 있는 이들에게 '어떤'으로 시작되는 질문을 해 봐요. 그러면 이제까지보다 훨씬 더 상대에 대해 알아갈 수 있을 거예요. 질문을 어떻게 하느냐에 따라 학문의 길이 달라지고, 삶이 달라지거든요. 질문을 잘하는 방법을 생각했으면 좋겠어요.

살면서 우리에게 아주 소중한 것

　우리 인생에 정말 중요한 건 뭘까요? 우리 인간은 동물은 동물이되 특이한 동물이에요. 보통의 동물들에겐 공통적으로 우선 생존의 욕구가, 다음엔 종족보존의 욕구가 있어요. 그리고 그 이상은 있다고 할 수 없어요. 인간은 여타의 동물들과 달리 잉여 욕구가 있어요. 학자들이 이를 세분하여 자아실현, 영성의 욕구 등으로 이야기하지만 그냥 간단하게 다른 동물 그 이상의 욕구가 있단 의미지요. 우리에겐 동물 이상의 풍부한 감정이 있잖아요. 그게 아니라면 복잡한 감정을 가진 동물이잖아요. 해서 혼자서는 살 수 없어요. 외로움도 많이 타고요. 의식주 문제를 해결한들 그 이상의 뭔가를 하고 싶단 말이에요.

　하고 싶은 것들, 그것을 혼자 하기란 아주 싱거워요. 할 마음도 안 생기고요. 그런데 누군가 지켜보면 볼수록 더 하고 싶은 욕구가 생기다니 참 이상하지요. 일종의 과시욕이 있다고 할까요. 뭔가를 보여 주고 싶고, 뭔가를 보고 싶어 하는 욕구를 동시에 지닌 우리는 더불어 살아야만 해요. 여기서 중요한 것이 무엇인지를 생각하게 해요. 우리에게 중요하고 꼭 필요한 것, 그것은 친구라는 것이지요. 살면서 친구는 아주 소중해요. 그냥 친구라는 이름만 가진 친구가 아니라 진정한 친구요. 누구에게나 그런 진정한 친구 하나쯤은 반드시 필요한 거예요.

　이토록 소중한 친구는 돈을 주고 살 수가 없어요. 친구는 상점에서도, 시장에서도, 세상 그 어디서도 살 수가 없어요. 친구는 살 수 있는 물건이 아니니까요. 조금씩 알아가면서, 그와 조금씩 가까이 다가가면서. 아주 서서히 만들어가는 것이기 때문이에요. 포도주가 오랜 세월 그대로 한 자리에서 묵어갈수록 더 진한 향을 풍기며, 가치가 더 높아지는 것처럼 친구란 존재는 오래 사귈수록 그윽해지는 존재여야 해요. 친구는 어느 날 갑자기 생기는 게 아니니까, 단 시간 내에 만들어지는 게 아니니까, 돈을 주고도 살 수가 없으니까, 번지르르한 말로 사귈 수도 없으니까 친구는 소중한 거라고요.

> "내가 여기다 묘사하려는 것은 어린왕자를 잊지 않기 위해서예요. 친구를 잊어버린다는 것은 슬픈 일이에요. 모든 사람이 다 친구를 갖는 건 아니잖아요. 그를 잊는다면 나도 이제는 숫자에만 관심이 있는 어른처럼 되어버릴 수도 있어요."

친구를 사귈 때 숫자를 먼저 생각한다면 이미 진정한 친구를 만날 수 없어요. 그건 이름만 친구지요. 친구는 순수하게 가까워지는 관계여야 해요. 만나면 수치로 따지는 그런 질문과 대답이 오가는 관계가 아니라, 무엇이 어떠니 하는 식으로 질문을 주고받는, 이야기를 나누는 친구. '양 한 마리만 그려 줘'라는 식으로 순수하게 말을 건네는 친구. 그래야 우리는 그를 친구라고 자신 있게 말할 수 있어요. 순수하게 서로 익숙해지고 길들여지는 관계란 말이에요. 그런 친구를 얻기는 참 어렵죠. 그러니까 속내 이야기까지 서슴없이 나눌 수 있는 그런 친구를 갖는다는 건 행운이에요.

그런 친구는 아무나 가질 수 없어요. 그런 친구가 있다면 아주 소중히 여기며 잊지 않으려 노력해야 해요. 평생 그런 친구란 한두 명 만나는 것도 쉽지 않아요. 정말로 진실한 친구 말이에요. 생각해 보자고요. 숫자와는 전혀 관계없이 진실한 친구, 이런저런 계산 없이 가까운 친구, 정말 오래 사겨왔지만 변함없이 마음이 가는 친구, 그래서 마음을 서로 나눌 수 있는 친구가 지금 당장 있는지 생각해 보자고요. 만일 없다면 지금부터라도 그런 친구를 사귀어야 해요. 그렇다고 서둘러도 안 돼요. 진정한 친구란 아주 서서히 만들어지는 거니까요.

진정한 친구가 있다고 여겨지면 그 친구를 절대로 잊지 않으려 노력해야 해요. 정말 진정한 친구를 가진 사람은 많지 않으니까요. 여러분이 그런 친구를 가졌다면 인생에서 아주 중요한 것을 가진 셈이에요. 그러면 여러분은 세상에서 가장 행복한 사람이에요.

사소한 것을 중요한 것보다 더 신경 써야 하는 이유

사소한 것과 중요한 것, 이 두 가지는 서로 다른 것 같지요. 서로 반대말 같지요. 하지만 실제는 비슷한 말이에요. 왜냐고요? 그 사소한 것이든 중요한 것이든 출발은 같기 때문이에요. 상황에 따라 여기서 사소한 것이 저기서는 중요한 것일 수 있고, 여기서 중요한 것이 저기선 사소한 것일 수 있어요. 그러니까 그 무엇이 사소하다 그 무엇이 중요하다고 단정할 수 없단 말이지요. 사소한 것 같아서 방치했다가 큰일이 생길 수도 있어요. 반대로 중요하다고 생각하고 그 문제를 해결하려 무진 애를 썼는데 알고 보니 아무것도 아닐 수도 있다니까요.

시작은 같았어요. 아름다운 꽃을 피우는 장미란 씨앗도, 너무 커져서 그 작은 어린왕자의 별을 완전히 망칠 수 있는 바오밥나무도 시작은 같다고요. 씨앗의 크기는 대동소이해요. 그런데 그것들이 자라는 과정에서 아주 큰 차이를 보이는 거예요. 장미야 고작 커봐야 담장 하나 감쌀 수 있을 뿐이에요. 반면 바오밥나무는 클 만큼 크면 어린왕자의 별을 완전히 뿌리로 덮어서 옴짝달싹 못 하게 만든다니까요. 그러니까 씨앗일 때 아주 작을지라도 잘 살펴보아야 해요. 바오밥나무라면 아예 씨앗 자체를 없애야 한다니까요.

"씨앗들은 보이지 않아요. 씨앗들은 땅속 비밀스러운 곳에서 문득 깨어나고 싶을 때까지 잠을 자는 거예요. 그런 다음 씨앗은 기지개를 켜고는 태양을 향해 머뭇거리는 듯하다가 그 아름답고 연약한 새싹을 수줍은 듯이 내미는 거예요. 무나 장미나무의 어린싹이라면 마음껏 자라도록 내버려 두어도 괜찮아요. 그러나 나쁜 식물의 싹이라면 발견한 즉시 뽑아 버려야 해요. 그런데 어린왕자의 별에는 무서운 씨가 있었대요. 바로 바오밥나무의 씨였어요. 그 별의 흙엔 바오밥나무 씨 투성이었대요. 바오밥나무는 너무 늦게 손을 쓰면 그땐 정말 없애버릴 수 없잖아요. 나무가 온 별을 다 차지하고, 나무뿌리는 별 깊숙이 구멍을 뚫는 거예요. 게다가 별은 너무 작은데 바오밥나무가 너무 많으면 산산조각이 날지도 몰라요."

그런데 그 씨앗을 본들 알아볼 수가 없어요. 비슷비슷하게 생겼으니까요. 그게 뭐 대수라고 생각하고 내버려두었다가는 모든 것을 망칠 수 있으니 그냥 방치할 수도 없어요. 그러니까 그 두 씨앗이 비슷하다고 해도 잘 들여다보면, 분명 그 차이는 드러날 거예요. 따라서 잘 찾아보고, 생각해 보고, 판단해서 나쁜 씨라면 완전히 뽑아 버려야 해요. 그 순간을 놓치면 나중에 어떤 일이 벌어질지 몰라요. 물론 좋은 씨라면 그것을 싹이 나도록 잘 보살펴야 하고요.

우리 삶의 출발은, 사람들의 속은 다 비슷하단 의미지요. 다만 내가 어떻게, 어떤 출발을 하느냐에 따라 내 인생은 아주 달라질 수 있어요. 내 안에는 나쁜 씨도 있고, 좋은 씨도 있고, 이러저러한 씨도 있어요. 그 씨앗들 중 어느 것을 틔워내느냐에 따라 결과는 아주 달라요. 시작은 비슷하지만 결과가 달라지니까 삶의 시작과 씨앗이라는 것은 아주 중요해요. 그럼에도 씨앗 또는 그 무엇의 시작보다는 결과에만 관심을 기울이면, 그게 큰 실수인 거예요. 사소하니까 이쯤은 양심을 속여도 되겠지 하다 나중엔 걷잡을 수 없어져요. 아주 사소한 것에 대한 합리화가 나중엔 나 자신을 완전히 좀먹는 거예요. 처음엔 내가 양심을 속였을 뿐인데, 나중엔 양심이 나를 통째로 속이는 것이지요.

그러니까 사소한 것이 중요할 수 있다는 말이에요. 조금씩 새는 물은 그릇 자신도 모르거든요. 마찬가지로 조금씩 원칙에서 벗어나는 것쯤은 나 자신도 모르거든요. 그걸 조심해야 해요. 그렇지 않으면 새는 물은 그릇을 속이고, 새는 양심은 나를 속일 거니까요. 반면 물이 마구 새는 그릇이라면 어떤 수를 쓰든 그 구멍을 막을 거잖아요. 큰일이라면 그 일엔 온갖 신경을 다 쓸 거잖아요. 그러니까 오히려 큰일로 실수하는 일은 거의 없어요. 작은 게 가끔 우리를 속이고 망치게 만들어요. 처음부터 큰 것은 대비가 되는데, 아주 사소한 것, 작은 것이 커졌을 땐 늦어서 막을 방법이 없어요. 그러니까 여러분의 인생을 새게 만드는 틈은 없나 잘 생각해 보았으면 해요. 내일의 후회를 오늘 미리 차단하자는 것이지요.

잠깐의 방심이 부른 비극이 주는 교훈

어린왕자가 약간 게으름을 피웠나 봐요. 어린왕자의 별에 비극이 일어났지 뭐예요. 무슨 비극이냐고요. 바오밥나무의 비극이지요. 바오밥나무 씨앗은 아주 작아서 장미의 씨앗과 같다고 했잖아요. 그러니 안심하고 있었던 거예요. 그 작은 놈이 크면 얼마나 크겠느냐고요. 어린왕자가 주의를 기울이지 않는 동안 바오밥나무는 무럭무럭 자랐어요. 크게 자란 나무가 세 그루나 되었어요. 그 바오밥나무들은 뿌리만으로도 어린왕자의 별을 손으로

움켜쥐듯 완전히 덮어버린 거예요. 그러니 코끼리 한 부대가 필요했어요. 그 코끼리들이 달려가서 그 나무들을 싹 먹어버리게 해야 했으니까요.

그 별의 흙엔 바오밥나무 씨 투성이였대요. 바오밥나무는 너무 늦게 손을 쓰면 그땐 정말 없애버릴 수 없잖아요. 나무가 온 별을 다 차지하고, 나무뿌리는 별 깊숙이 구멍을 뚫는 거예요. 게다가 별은 너무 작은데 바오밥나무가 너무 많으면 산산조각이 날지도 몰라요.

어린왕자는 나중에 이런 말을 했어요.

"그건 규율의 문제예요. 아침 몸단장이 끝나면 별도 몸단장을 해 줘야 해요. 바오밥나무도 규칙적으로 뽑아야 해요. 아주 귀찮은 일이지만 그게 훨씬 쉬운 일이에요."

그리고 어느 날 어린왕자는 이 땅에 살고 있는 어린이들 머릿속에 깊이 새겨지도록 멋진 그림 하나를 그려 보라고 권했어요.

"언젠가 그 아이들이 여행을 하게 되면 이게 도움이 될 거예요. 이따금 일을 뒤로 미

뭐 두어도 별일 없을 수도 있어요, 하지만 바오밥나무의 경우라면 반드시 큰 재난이 일어나고 말아요. 난 게으름뱅이가 살고 있는 별 하나를 본 적이 있어요. 그런데 그는 작은 나무 세 그루를 소홀히 내버려둔 거예요……."

사실 그 비극의 씨앗이 싹트고 있다는 걸 어린왕자가 몰랐던 건 아니었어요. 그게 혹시나 좋은 씨일 줄 알았지요. 설마 그렇게까지 큰 나무 씨앗이라곤 생각조차 못한 거예요. 낯선 씨앗이라면, 처음에는 구분이 안 되었어도 자라면서 구분이 될 쯤엔 그걸 뽑아버렸어야 했어요. 그런데 장미는 아니라도 장미와는 다른 혹시나 좋은 것일까, 설마 나쁜 씨앗은 아니겠지 하고 방심했던 거예요. 그게 큰 실수였어요. 좀 더 주의를 기울였어야 했어요. 좀 더 분별할 줄 알고, 정확하게 판단할 줄 알았어야 했어요. 좋은 것이나 나쁜 것이나, 아름다운 것이나 추한 것이나 아주 작을 때는 모두 아름다워 보인다는 걸 알았어야 했어요.

어린아이나 새싹과 같은 세상에 갓 나온 것은 모두 아름다워 보이거든요. 시작은 비슷하지만 자라면서 그것들은 아주 달라져요. 그러니까 무엇을 보든 늘 게으름을 피우지 말고 잘 살펴보아야 해요. 그런데 순진한 어린왕자는 모두 자기와 같을 줄 안 거예요. 모두 자기처럼 순수하겠지, 남을 해치는 그런 존재는 없겠지 했던 거예요. 그런데 그 세 그루의 바오밥나무가 그의 별을 망치려는 것이지요. 그제야 어린왕자는 바오밥나무를 규칙적으로 뽑아야 한다는 것을, 일을 미뤄두어서는 위험할 수도 있다는 것을 깨달았어요.

또한 왜 바오밥나무 이야기가 나오는지 생각해 보자고요. 이 바오밥나무와 장미와는 어떻게 연결이 될까요? 무엇이나 주의를 기울이지 않으면, 나중엔 그것이 화근이 된다는 것이지요. 별에 있는 휴화산도 그냥 방심하고 있으면 휴식을 끝내고 터질지 모르고, 장미도 침묵하고 있다가 언제 분노를 발할지 모르고, 바오밥나무도 마찬가지로 그의 별을 망칠지 모르는 것은 마찬가지예요. 그러니까 세상 모든 것엔 모두 관리하는 데 정성을 기울여야 해요. 좀 귀찮고 번거롭더라도 말이에요. 그게 재난을 피하는 방법인데 어른들은 그걸 아는지 모르겠어요. 게으름을 피우다 일이 터지고 나서야 허둥대는 어른들을 보니까요.

그리고 어린왕자의 별에 세 그루의 바오밥나무, 그건 생텍쥐페리에겐 악의 상징이었어요. 그때 그의 조국을 침공한 독일을 비롯한 일본과 이탈리아를 말하는 것이었어요. 그 바오밥나무 세 그루와 같은 악의 상징인 동맹 3국이 프랑스를 괴롭히면서 깨트리려 하고 있었지요. 대단한 나라 프랑스는 설마 하다가 하루아침에 독일에게 점령당하고 말았어요. 한때의 방심이 부른 비극이었어요. 프랑스 혼자서는 꼼짝없이 당할 수밖에 없는 이 비극을 해결하려면 다른 나라의 도움이 꼭 필요했어요. 연합군의 지원이 필요했던 것이지요. 어린왕자의 별에는 코끼리 한 부대가 가서 바오밥나무를 먹어 치워야 했던 것처럼 말이에요. 그러니까 코끼리를 연합군으로, 바오밥나무 세 그루를 조국 프랑스를 침공한 3국 동맹으로 묘사한 것이 아닐까요. 실제로 생텍쥐페리는 언론에 연합군 지원의 필요를 호소하였고 자원해서 전투 조종사로 나서기도 했어요. 그는 정말로 나라사랑을 말로만이 아니라 몸으로 보여주었던 애국자였으니까요. 그의 작품에 그 마음이 드러나는 것은 당연하지요.

지금 할 일을 미뤄두는 일, 설마 하는 방심, 그건 비극을 부르는 일이에요. 그러니까 좀 더 부지런하게 주변을 정리하며 살아야 해요. 잠깐의 방심이 삽으로 막을 일을 가래로 막아도 막을 수 없는 일이 되고 마니까요. 이제 알겠지요. 사람도, 일도 항상 정성을 다하며 늘 관리해야 한다는 것을요. 그러니 미뤄 둔 일들을 하나하나 정리해 봐요. 혹 어떤 문제의 조짐은 없는지 검토해 보란 말이에요. 설마 하고 게으름을 피우다간 비극의 주인공이 될 수도 있으니까요. 사람과의 관계도 문제가 벌어질지 모르니까요.

4.
화성에서 온 어린왕자와
금성에서 온 장미가
공존하는 나라

가고 싶은데 갈 수 없다면, 가야 하는데 갈 수 없다면, 그

곳은 더 그립지요. 어린왕자는 뭔가 그리운 것 같아요,

누군가 그리운 것 같아요. 그리움이 넘치면 감상에 젖게

마련이에요. 우리는 다른 동물과 달리 진한 감정을 가진

사람이니까요. 낮에는 그리움을 잊고 살지만 저녁이면

그리움이 살아나요. 낮에는 그럭저럭 아픈 상처를, 아픈

몸을 견딜 만한데, 저녁이면 그 상처가 더 아린 것처럼,

몸은 더 쑤시고 아픈 것처럼, 그리움은 더 진해져요. 어

둠이 그늘진 곳에서 스멀거리면서 기어 나와 온 땅을 슬

며시 덮는 것처럼 그리움도 그렇거든요.

누군가 그리우면 해 지는 걸 봐요

가고 싶은데 갈 수 없다면, 가야 하는데 갈 수 없다면, 그곳은 더 그립지요. 어린왕자는 뭔가 그리운 것 같아요, 누군가 그리운 것 같아요. 그리움이 넘치면 감상에 젖게 마련이에요. 우리는 다른 동물과 달리 진한 감정을 가진 사람이니까요. 낮에는 그리움을 잊고 살지만 저녁이면 그리움이 살아나요. 낮에는 그럭저럭 아픈 상처를, 아픈 몸을 견딜 만한데, 저녁이면 그 상처가 더 아린 것처럼, 몸은 더 쑤시고 아픈 것처럼, 그리움은 더 진해져요. 어둠이 그늘진 곳에서 스멀거리면서 기어 나와 온 땅을 슬며시 덮는 것처럼 그리움도 그렇거든요.

어린왕자, 감상에 젖은, 슬픔에 젖은 어린왕자, 그 안에는 작가 생텍쥐페리가 숨 쉬고 있어요, 어린왕자는 그의 분신이니까요. 지금 조국 프랑스는 독일의 점령 하에 있어요. 그러니 그리워한들, 가고 싶은들 갈 수도 없어요. 가야 하지만, 가고 싶지만 갈 수가 없잖아요. 그러니 석양을 보며 그리워할 밖에요. 낮에는 바쁜 일로 잊고 살다가 저녁이면 살아나는 그리움, 그리움 속에는 조국 프랑스가, 그의 아내가, 그의 친구들이, 그의 추억들이 자리하고 있어요. 그 추억들이 그를 가끔은 미소 짓게 해요, 기쁘게 해요. 그 시간이 그가 조국을, 아내를, 추억들을 만날 수 있는 하루 중 가장 적당한 시간이니까요.

"나는 해 지는 것이 정말 좋아요. 해 지는 걸 보러 가요……."
그때 난 새로운 사실을 알게 되었지.

"기다려야 하는데……."

"기다린다고요? 뭘요?"

"해가 지기를 기다려야지."

처음에 너는 놀란 표정을 지었지. 그러더니 곧 네 자신의 잘못을 깨닫고는 웃었던 거야. 그리고 너는 내게 이렇게 말했지.

"나는 언제나 늘 내 별에 있는 것으로만 생각한다니까요!"

"사실이야. 누구나 그렇게 말들 하지. 미국이 정오라면 프랑스에서는 해가 지잖아. 단숨에 프랑스로 갈 수만 있다면 해 지는 것을 볼 수도 있지만 불행히도 프랑스는 너무 멀리 떨어져 있어. 그러나 그처럼 작은 너의 별에서는 의자를 몇 걸음 당겨 놓으면 되었지. 그래서 넌 네가 원할 때마다 해 지는 모습을 바라볼 수 있었을 테고……."

"어느 날 난 마흔네 번이나 해 지는 것을 보았어요!"

그리고 조금 후에 넌 이렇게 덧붙였지.

"아저씨도 알 거예요……. 누구나 슬픔에 잠기면 석양을 좋아하게 된다는 걸……."

"그럼 마흔네 번 석양을 본 날은 몹시 슬펐겠구나?"

어린왕자는 대답하지 않았어요.

어린왕자는 해 지는 것을 하루에 마흔네 번이나 보았대요. 그만큼 어린왕자는 그리움이 진했던 거예요. 아니 생텍쥐페리는 조국이 아내가 친구들이 그만큼 그리웠던 거예요. 매 순간 그 생각뿐이었다는 말이요. 하지만 갈수가 없었어요. 그래서 생텍쥐페리는 어린왕자의 그리움을 빌렸던 것이지요. 어린왕자의 별처럼 작은 곳이라면 해는 뜨자마자 곧 지니까 하루에 몇 번인들 못 보겠어요. 하루란 시간이 지구에 비해서는 아주 짧단 의미지요. 그만큼 생텍쥐페리는 그리움의 열병을 앓고 있는 거예요.

그런데 왜 해 지는 때면 그리움이 더하지요? 왜 고향생각이 더 나지요? 사람은 분위기의 동물이니까요. 감정에 좌우되는 동물이니까요. 누구나 아침이면 새로운 희망으로 시작하거나 뭔가 바쁘겠구나 하는 감정이 생겨요.

어떤 이는 자기반성을 하고, 어떤 이는 지친 몸을 얼른 자리에 눕히고요. 어떤 이는 그리움에 젖거나 사랑하는 이들을 떠올리는 여유를 갖지요.

생텍쥐페리, 그는 마흔네 해를 채 살지 못하고 떠났어요. 그가 석양을 마흔네 번이나 보았다더니 그 숫자를 살고 말았지요. 그러니까 사람은 자신도 모르는 예지능력이 있어요. 모르니까 다행일 수도 있고요. 무의식 또는 잠재의식이니까 본인인들 알 수 있나요. 그는 작품 속에다 그 이야기를 자성예언이라도 하는 듯 써 놓고 어린왕자의 별을 찾아 떠나고 말았지요. 갑자기 떠난 그를 대신해서 나는 그의 남은 이야기를 전하고 있고요. 혹시 알아요. 언젠가 나의 이 글들이 누군가에 의해 어린왕자에게, 생텍쥐페리에게 전해질지요.

자성예언, 여러분에겐 그런 것 없나요. 긍정적인 자성예언을 주문처럼 걸어 봐요. 그리고 잊고 있던 이들을 생각하는 시간도 가져 보아요. 우린 너무 많은 이들을 잊고 사는 것 같아요. 고마운 사람, 그리운 사람, 그리고……

장미의 가시가 중요하지 않다고요?

떠나보면 알아요. 떨어져 있어 봐야 알아요. 항상 같이 있으면 그 사람 언제나 내 사람이려니, 내 사랑이려니, 언제나 내 곁에 머물려니 그리 생각하지요. 때문에 그 사람이 내게 소중한 존재인지 생각해 본 적 없이 살아요. 우리는 가끔 정말 좋은 사람도 그리 보내 섭섭해 하고, 애태우고, 그리워해요. 그러니까 헤어져 있어 봐야 알아요. 그 사람이 내게 어떤 존재였는지, 내 삶에서 그 사람의 비중이 얼마나 되는지 그때서야 알아요. 그땐 이미 회복하기 어려운 관계에 있을지도 모르면서 말이에요. 있을 때 잘하란 말, 그냥 흘려들을 이야기가 아닌 것 같아요.

왜 그렇게 철딱서니 없이 굴었는지, 왜 그렇게 귀찮게 굴었는지 짜증이 나니까, 좀 떨어져 있으면서 그 관계를 다시 짚어보고 싶었던 〈어린왕자〉의 작가 생텍쥐페리가 어느 날 아내에게 이렇게 말했대요.

"산의 푸르름을 바라보려면 산으로 오르는 오솔길에서 잠시 벗어나 산마루를 올려다보아야 해요. 마찬가지로 우리의 사랑을 온전하게 유지하려면 사랑에도 휴가가 필요해요. 그러니 우리 1년만 떨어져 살아봐요."

그 1년이 결국 그들을 더 멀게 만들어 버렸듯이, 인연이란 한 번 걷어차면 다시 잇기 참 어려워요. 그러니 옆에 있을 때 차분하게 그 관계를 생각해 보아야 해요.

이유 없는 것 같은데 싸움을 걸어오거나, 퉁명스럽게 대하거나 좀 불편하게 하는 상대가 있다고요. 그걸 어린왕자는 가시라고 말하네요. 가시? 그게 뭐냐고요? 그걸 알기엔 많은 세월이 필요해요. 작가는 아내의 가시 때문에 멋진 말을 하고 집을 나갔고, 어린왕자는 장미의 그 가시 때문에 장미를 떠났어요. 그건 사랑이 아니라 심술이었으니까요. 하지만 떠나보니까, 떨어져 있어 보니까 그 가시는 심술이 아니었어요. 그건 언어였어요. 사랑한다는 표현이었다고요. 그런데 그걸 몰랐으니 어쩌지요. 그건 정말 간절한 관심의 표현이었으니까요.

여자들은 이렇게 가끔 내숭을 떨어요. 솔직하게 말하지 않고 돌려서 말해요. 때문에 그 말의 이면에 담은 뜻을 잘 파악해야 해요. 마치 난해한 시를 읽고 그 시를 해석하는 일만큼이나 여자의 언어, 특히 사랑하는 이의 언어는 해독하기 무척 어렵다고요. 그럼에도 사랑한다면 그런 언어쯤은 해독하려 노력해야지요. 어떻게 보면 그걸 알아내는 일이 세상 그 무엇보다 중요해요. 하지만 우리는 그 중요한 것을 잊고 살아요. 대신 다른 일에 바쁜 척

매달려요. 그게 문제라니까요.

"그러면 가시는 뭐에 쓰는 거예요?"

나는 그것을 모르고 있었어요. 나는 그때 내 기관에 너무 조여 있는 나사를 풀려 애쓰느라 온 정신을 거기에 쏟고 있었어요. 고장이 아주 심하다는 것을 알고 시작했기 때문에 나는 몹시 걱정하고 있었어요. 그리고 마실 물은 고갈되고 있었기 때문에 나는 최악의 경우를 염려하고 있었고요.

"가시는 어디에 쓰는 거냐고요?"

어린왕자는 일단 한번 질문을 던지면 결코 포기하는 법이 없어요. 나는 나사 때문에 화가 나 있었기 때문에 이런 식으로 아무렇게나 대답했어요.

"가시 그건 아무데도 쓸모없는 거야. 그건 꽃들이 공연한 심술을 부리는 거라고!"

"아!"

어린왕자는 잠시 잠자코 있더니 화가 난 듯이 나에게 이렇게 쏘아붙였어요.

"아저씨 말을 믿을 수 없어요! 꽃들은 약해요. 꽃들은 순진해요. 꽃들은 할 수 있는 데까지 자신들을 지키려는 거란 말이에요. 꽃들은 자기 가시가 무서운 줄 알고 있는 거예요……."

……

"그러니까 아저씨 그렇게 믿는 거야. 꽃들이……"

"아니야! 아니야! 난 아무것도 믿지 않아! 아무렇게나 대답한 거란 말이야. 나는, 나는 말이야, 중요한 일에 몰두하고 있단 말이야!"

그는 어리둥절해서 나를 쳐다보았어요.

"중요한 일이라고요!"

항상 나보다 약한 사람에 대한 배려를 잊지 말아야 했어요. 그 작은 심술이 자기 방어였다는 걸 알아야 했어요. 그런데 우리는 가끔 자신의 입장과 상황만 생각하기 때문에 상대의 그런 미묘한 언어나 몸짓을 대수롭지 않게 여기고 넘어가요. 그러다 문제는 걷잡을 수 없이 꼬이고 말지요. 정말 내게 중요한 것이 상대에겐 아무것도 아닐 수도 있어요. 상대가 중요하게 여기는 것은 나에겐 아주 하찮은 일일 수도 있고요. 그걸 잊지 않아야 했어요. 우리는 하늘의 별을 놀이 삼아 '저 별은 나의 별, 저 별은 너의 별' 이런 식으로 넘길 수 있어요. 하지만 하늘의 별은 밤 비행을 하는 비행사에겐 아주 중요한 길잡이가 되는 걸요.

하늘의 별은 예술가에겐 아주 기막힌 영감을 주기도 하고, 어느 작가에겐 아주 소중한 시의 소재가 되기도 해요. 단순한 행성이 아니라 어느 사람에겐 꿈이 되기도 해요. 중요한 것은 각자의 생각에 따라 다른 거예요. 때문에 지레짐작으로 상대의 마음을 판단하는 건 곤란해요. 그건 그가 지닌 자기보호를 위한 무기와 같은 가시를 부러뜨리는 폭력과도 같다니까요. 혹여 누군가에게 상처를 준 일이 없는지 생각해 봤으면 좋겠어요. 그 말을 하고 나니 참 부끄러워져요. 나는 얼마나 많은 사람들에게 말로 행동으로 상처를 주었을까?

장미는 왜 가시를 가졌을까?

　우리 삶에서 중요한 것이 뭘까요? 중요한 것을 알려면 어떻게 하면 될까요? 중요한 것을 알려면 우선 무엇부터 해야 하는지를 알아야 해요. 중요한 것은 나에게 가장 소중한 것이란 의미잖아요. 그리고 소중한 것이란 내가 사랑하는 것 또는 내가 좋아하는 것이란 의미고요. 그러니까 중요한 것을 알려면 우선 사랑할 줄 알아야 해요. 사랑해 본 적이 없는 사람에게 어떻게 중요한 것이 있겠어요. 따라서 세상에는 아무리 부정해도 사랑해 본 적이 없는 사람, 사랑한 적이 없는 사람은 없어요. 사랑은 곧 삶 자체라니까요. 우리는 모두 누군가의 사랑으로 만들어진 존재니까요.

　누군가를 사랑할 줄 모른다면, 세상에 있는 그 무엇 하나라도 사랑하는 것이 없다면, 그건 사람이 아니에요. 사람이든, 사물이든, 그 무엇을 사랑하지 않는다면, 그건 살아도 살아 있는 것이 아니에요. 그건 죽은 거예요. 살아 있는 모든 존재는 사랑해야 해요. 하다못해 사람이 아니라면 강아지라도 사랑하고, 지금 하고 있는 놀이라도 사랑하고, 지금 하고 있는 일이라도 사랑해야 해요. 그렇지 않다면 이기적인 존재에 불과하니까요. 인간은 그냥 먹고 사는 것으로 족하는 존재가 아니라 자기 삶에 가치와 의미를 부여하면서 살아야 하는 존재잖아요. 그러니까 사랑해야 해요. 그렇지 않으면 아주 이기적인 존재로 변할 테니까요. 사랑하며 살아야 해요.

　"나는 얼굴이 빨간 신사가 살고 있는 별을 알아요. 그 신사는 꽃향기를 한 번도 맡아 본 적이 없어요. 별 하나 바라본 적도 없고 말이에요. 그는 어느 누구 하나 사랑해 본 적도 없어요. 오직 계산 외에는 다른 아무것도 해 본 적이 없어요. 종일 아저씨처럼 이런 말만 되풀이 하는 거예요. '나는 중요한 사람이야! 나는 중요한 사람이라고!' 하고 오만을 떨면서요. 하지만 그건 사람이 아니에요. 버섯이에요!"

"뭐라고?"

"버섯이라고요!"

어린왕자는 이제 화가 나서 얼굴이 창백해졌어요.

"수백만 년 전부터 꽃들은 가시를 만들어 왔어요. 수백만 년 전부터 양도 그 꽃들을 먹어 왔고 말이에요. 그런데도 왜 꽃들은 아무 소용이 없는 가시를 만들려고 그토록 많은 고통을 겪는지 이해하는 것이 중요한 일이 아니란 말이에요? 양과 꽃들의 전쟁이 중요한 것이 아니란 말이지요? 그 뚱뚱하고 얼굴이 빨간 신사의 계산보다 더 중요하지 않단 말이지요? 그리고 내 별 외에는 어디에도 없는, 이 세상에 단 한 송이밖에 없는 꽃을 내가 알고 있다면, 그리고 어느 날 아침 조그만 양이 멋도 모르고 단숨에 그 꽃을 먹어 버릴 수도 있다는 게 중요한 일이 아니라고요!"

사랑하면 보여요. 나에게 중요한 것이 무엇인지가 보이고요. 상대에게 중요한 것이 무엇인지 보인다고요. 때문에 진정한 사랑 안에선 서로 다툼도 없고 오해도 없고 질투도 없고 분노도 없어요. 그 대신에 상대의 중요한 것, 소중한 것을 인정해 주는 거예요. 사랑을 모르니까, 사랑해 본 적이 없으니까, 뭔가를 계산하는 데만 신경을 쓰니까 중요한 것도 모르고, 사랑할 줄도 모르는 거예요. 사랑할 줄 모른다는 건 오만 때문이에요. 저 잘난 맛으로 사는 사람은 사랑의 진실을 모르거든요. 오만하면 보이는 게 없어요. 사랑은 겸손에서 나오는 선물이기든요.

누구나 중요한 그 무엇이 있어요. 사랑한다면 그것을 인정해야 하고요. 나의 중요한 것과 상대의 중요한 것은 다를 수밖에 없어요. 내가 중요하다고 그것을 상대에게 강요한다면 그건 사랑하는 사람이 할 일이 아니에요. 사랑한다면 상대의 약점을 보호해 주고, 상대가 중요하게 여기는 것을 보장해 주고, 상대의 장점을 키워 주려 노력해야 해요. 그래야 사랑할 자격이 있어요. 사랑이란 저절로 되는 게 아니거든요. 상대를 위해 자기를 낮추려고 노력하고, 상대를 이해하려 노력하고, 상대의 가시까지도 존중해야 해요. 그 가시가 찌르는 의미를 잘 파악해야 해요. 그러면 더는 가시는 나를 찌르기 위한 것이 아니라 나를 사랑한다는 표현으로 들려올 거예요. 단지 내가 그 표현을 알아차리지 못한 것이지요. 유난히 쌀쌀 맞은 사람을 잘 생각해 보자고요. 아마 그 사람은 여러분에게 더 관심이 있을 테니까요.

신비로운 눈물의 나라

세상엔 나와 다른 이성이 참 많아요. 지구의 절반 가까이 될 테니까요. 그렇게 많은들 서로 말을 섞는 사이가 아니라면, 마음을 터놓고 교류하는 사이가 아니라면, 서로 관심을 갖는 사이가 아니라면, 사실 그들은 나에게선 비어 있는 사람들이에요. 그들이 어디에 살든 어떤 생활을 하든 나에게 중요한 건 아니에요. 하지만 세상에 사랑하는 사람이 딱 한 사람뿐이라면 나의 온 신경은 거기에 가 있겠지요. 그리고 그 사람과 관련된 일이라면 그 일 하나하나 소중할 거고요. 그러니까 세상에 중요한 것은 각자의 관심에 달려 있어요. 각자가 부여하는 의미, 그 의미를 부여한 것이 가장 중요한 것이에요. 그러니 살면서 중요하게 생각하는 것이 없는 사람은 참 불쌍한 사람이에요.

아주 침울한 세상이어도 막상 내가 아주 사랑하는 사람, 세상에서 가장 사랑하는 사람, 단 하나밖에 없는 사랑하는 사람이 지금 바로 앞에 나타난다고 해 봐요. 그러면 벌써 내 눈은 아주 생기를 띄고, 내 입가엔 미소가 피어나고, 내 가슴은 두근거리고, 내 마음은 설레기 시작하고, 내 기분은 하늘로 날아오르는 풍선처럼 부풀어 오르겠지요. 갑자기 주변은 '침울'에서 '밝음'으로 확 바뀐 것 같을 테고요. 사랑은 이렇게 사람의 마음을 변하게 하고, 분위기를 달라지게 한다니까요. 사랑하면 그래서 중요한 것들이 생기고, 세상은 살 만하구나 하는 기분이 드는 거예요. 그러니까 사랑할 줄 모르는 사람은 아주 불쌍한 사람이지요.

"수백만이 넘는 수없이 많은 별들 속에 단 하나밖에 없는 꽃을 사랑하고 있는 사람은 그 별들을 바라보는 것만으로도 행복할 거예요. '저 하늘 어딘가에 내 꽃이 있겠지…….' 하고 생각하면서. 그런데 양이 그 꽃을 먹어 버리면 어떻게 되겠어요. 마치 모든 별들이 갑자기 사라져 버리는 것과 같을 거예요! 그런데도 그게 중요한 일이 아니란 말이냐고요!"

그는 더 이상 말을 하지 못했어요. 그는 갑자기 흐느껴 울기 시작했어요. 이미 밤이 되었어요. 나는 내 연장들을 내려놓았어요. 나는 정말로 망치도 나사도 목마름도 죽음도 아랑곳하지 않았어요. 어떤 별, 나의 별인 이 지구 위에 위로해 주어야 할 어린 왕자가 있으니까요! 나는 그를 팔로 감싸 안고는 달래주었어요. 나는 그에게 말했어요.

"네가 사랑하는 꽃은 이제 위험하지 않아……. 양의 입에 씌우도록 내가 입마개를 하나 그려 줄게……. 네 꽃을 위해 갑옷도 하나 그려 줄게……. 내가……."

무슨 말을 어떻게 해야 할지 알 수 없었어요. 나 자신이 아주 서툴게 느껴졌어요. 어떻게 그를 달래줄 수 있을지, 어떻게 그의 마음을 다시 붙잡을 수 있을지 나는 알 수 없었어요. 눈물의 나라는 그처럼 신비로웠어요.

사랑, 사랑하면 울어도 좋아요. 사랑으로 우는 울음은 아주 아름다워요. 그 눈물엔 진실이 들어 있으니까요. 그건 보여 주기 위한 눈물이 아니라고요. 정말 나 자신도 모르게 매우 기뻐서, 매우 감격에 겨워서 우는 것이니까요. 그렇게 흘리는 눈물은 마음마저 시원하게 해 주어요. 정말로 사랑하면 그 사람이 어디에 있든 생각하는 것만으로도, 그리워하는 것만으로도, 그가 있을 어딘가를 생각하는 것만으로도 가슴이 벅차올라 와요. 그리고 그와 관련된 모든 것, 이를테면 그가 가진 물건, 그가 있는 장소, 그를 둘러싼 환경, 모든 것들이 아주 중요한 의미로 다가와요. 사랑은 이렇게 비어 있는 것들, 죽어 있던 것들을 깨우고, 살려내고, 움직이게 해요.

내가 위로해 주어야 할 사람, 내가 보호해 주어야 할 사람, 내가 사랑할 사람이 있다면, 그 대상이 딱 한 사람이라면 내 온 관심은 거기에 있어요. 그리고 그 사람에게 어떤 문제가 생겼다면, 나는 무엇보다도 그 일에 매달리겠지요. 지금 내가 하던 일 모두를 내려놓고 그 일에 몰두하면서도 기쁠 거예요. 지금까지 중요하게 생각했던 일들은 뒤로 물러나고 그 순간 중요한 일은 그 사람에게 일어난 문제로 바뀌는 것이지요. 이처럼 사랑의 나라는 아주 신비로운 나라예요. 그리고 그 신비의 나라가 오래 지속되려면 무엇보다도 그 나라엔 진실의 씨앗을 충분히 뿌려두어야 해요. 중요한 섯은 언제나 진실과 묶여 있으니까요. 진실이 없다면 중요한 것처럼 보이는 것은 있을지라도 거기엔 실제로 중요한 것은 없어요. 그러니까 신비로운 사랑의 나라, 눈물의 나라에는 진실이란 성으로 둘러싸인 나라예요.

그러니까 진실, 감추어져 있을 수도 있는 그 진실을 찾아보아야 해요. 또한 진실한 눈물과 악어의 눈물도 비교해 보아야 해요.

마음의 키가 서로 맞아야 사랑이에요

우리는 세상을 살면서 수많은 사람을 만나요. 우리 삶의 터전이 바뀔 때마다 색다른 만남이 기다려요. 어릴 적엔 자연스럽게 동네 친구들을 만나고, 자라면서 학교 친구들을 만나고, 사회에 나와 직장 친구들을 만나고, 어떤 일에 관심을 가지면서 그 분야의 사람을 만나요. 그렇다고 만나는 사람들을 다 기억하려고도 않아요. 그들이 다 기억나지도 않고요. 기억할 이유가 없는 경우도 많아요. 그러다 우리는 간혹 누군가를 만나서 그 사람과 교분을 쌓기도 해요. 이렇게 우리가 만나는 사람들은 크게 두 가지예요. 내 삶에 의미를 부여하거나 내 삶에 영향을 미치는 사람, 그리고 만나기는 했으나 내 삶에 아무런 의미를 주지 못하는 사람으로 말이에요.

있어도 있는 게 아니고, 없어도 아쉽지 않은 그런 사람들은 나에게 영향을 미치지 않으니까 신경 쓸 일도 없고 편안해요. 하지만 그 사람들 중에 눈에 띄는 사람, 앞으로 관계를 지속했으면 하는 사람, 그런 사람을 만나면 그 사람을 대하는 마음가짐 자체가 달라져요. 그 사람에게 보다 더 마음을 쓰고, 관심을 갖게 돼요. 그렇게 사랑은 시작되는 거예요. 사랑이 시작되면 그 사람의 모두가 나에겐 아주 소중한 의미가 돼요. 그 사람의 손짓 하나에도 몸짓 하나에도 말 한 마디에도 나는 영향을 받아요. 그 사람의 기분에 따라 내 기분도 달라질 수 있어요. 어떻게 보면 사랑이란 번거로운 일이에요. 그런들 그게 번거롭다거나 귀찮다거나 싫다거나 하지 않아요. 이미 그 사람은 나에겐 아주 중요한 사람으로 자리 잡고 있는 걸요.

나는 곧 그 꽃에 더 많은 것을 알게 되었어요. 어린왕자의 별에는 아주 소박한 꽃들, 요컨대 꽃잎이라곤 하나밖에 없는 꽃들이 있었어요. 이 꽃들은 그다지 많은 자리를 차지하는 것도 아니고, 어느 누구에게도 방해가 되지 않았어요. 그것들은 어느 날 아침 풀밭에 나타났다가 저녁이 되면 조용히 사라지는 거예요. 그런데 어느 날 어디서 날아왔는지 알 수 없는 씨앗 하나가 싹을 틔웠던 거예요. 어린왕자는 다른 싹과 닮지 않은 이 어린 나무를 아주 가까이서 살펴보았어요. 어쩌면 새로운 종류의 바오밥나무인지도 모를 일이거든요. 이 어린 나무는 곧 성장을 멈추고 꽃을 피울 준비를 하기 시작했지요. 어린왕자는 커져가는 꽃망울을 지켜보며 곧 어떤 기적이 일어나리라고 예감했어요. 그러나 꽃은 초록빛 방에 숨어 계속 아름다움을 가꾸고 있었어요. 정성들여 자신의 색깔을 고르고 있었어요. 꽃은 천천히 옷을 입고 꽃잎을 하나하나 가다듬었지요. 그 꽃은 개양귀비 꽃처럼 구겨진 옷차림으로 외출하고 싶지 않았던 거예요. 아름다움이 가장 빛을 발할 때 모습을 드러내고 싶었던 거지요. 아, 정말! 멋들어진 꽃이었어요! 그 꽃의 신비로운 화장은 꽤 여러 날이 걸렸어요. 그리하여 어느 날 아침 바로 해가 뜰 무렵 그 꽃은 제 모습을 드러냈어요.

하고 많은 사람 중에 내 눈에 들어온 사람, 마음에 들어온 사람, 우리는 그 사람을 사랑하는 사람이라고 해요. 사람이라고 다 눈에 보이는 게 아니거든요. 마음에 울림을 주는 사람은 따로 있어요. 그 사람은 뭔가 달라 보이거든요. 그러니까 사랑이지요. 나는 그에게 정성을 다하고요. 그러면 상대도 나에게 정성을 다하겠지요. 좀 더 가까워지려 애를 쓸 테고요. 좀 더 멋있게 보이려 한다거나 예쁘게 보이려 애를 쓸 테지요. 사랑은 일방적이 아니라 상호적인 관계니까요. 아무런 관계도 아니었던 사람들이 만나 서로 사랑한다는 건 기적에 가까운 일이에요. 그렇게 많은 사람들이 지나갔지만 눈에 안 띄더니 내 눈에 유일하게 띈 사람이니까요.

어린왕자의 별에 있는 소박한 꽃들이 있었어요. 어린왕자는 그 꽃들에는 관심조차 없었어요. 그러니까 그 꽃들은 아주 조용히 있다가 소리 없이 어느 날 멀어져갔어요. 그런데 달리 보이는 꽃 하나가 그의 눈에 띈 거예요. 마음은 설레었죠. 그것이 바오밥나무라면 큰일인데, 다행이었어요. 바오밥나무는 한없이 성장하는데 이 꽃은 어느 순간 성장을 멈추는 거예요. 어린왕자가 다루기에 넉넉할 만큼의 키에서 성장을 멈춘 거예요. 그의 별, 아니 그의 삶을 망칠 수도 있는 큰 식물이 아니었어요. 자그마하고 아름다운 꽃이었어요. 그래서 다행이라고 했던 거예요. 어린왕자는 너무 큰 것은 감당할 수가 없거든요. 환경이 그러하니까요. 그 모습을 보노라니 마냥 즐거웠어요. 아주 신비로웠어요.

　아주 행복하게 하는 꽃이었어요. 자신을 곱게 가꾸는 데 열과 성을 다하는 존재였어요. 자기만의 색깔을 가지려 노력하는 멋쟁이, 꿈을 키우며 조용히 자신의 아름다움을 가꾸는 예쁜이, 자신의 아름다움을 보다 잘 표현하기 위한 열정을 가진 멋쟁이, 참 아름다운 존재였어요. 그러니 사랑할 수밖에요. 사랑이란 나보다 큰 사람이어선 곤란해요. 감당할 수 없다면 그건 사랑이 아니에요. 나를 주눅 들게 하고 뭔가 불안하다면, 그를 보면서 뭔가 콤플렉스가 있다면 그건 사랑이 아니에요. 사랑은 상호교감이지 숭배의 대상이거나 무시의 대상이 아니라니까요. 그래서 자신의 환경에 맞는, 자신의 이상에 맞는, 만만해 보이는 것도 아닌, 그렇다고 주눅들게 하지도 않는 사이여야 해요. 서로 동등하게 느껴져야 한다니까요. 마음의 키가 나에게 크지도 않고 작지도 않은 사람이어야 한다고요. 그래야 진정으로 사랑하는 관계예요.

　사람의 만남이란 기적에 가까운 일이에요. 어떤 인연으로 만났든 그건 아주 대단한 일이지요. 그러니까 어떤 상황에서, 어떻게 만났든 정성을 다해, 진실로 만나야 해요. 그러니까 그 사람들을 무시하지는 않았는지, 또는 지나치게 경외심을 가지고 애태우는 건 아닌지 생각해 봐요. 지금부터는 동등하다 생각하고 서로가 서로에게 자신 있고 확신이 있었으면 해요.

4. 화성에서 온 어린왕자와 금성에서 온 장미가 공존하는 나라

장미가 가진 가시는 뭘까요?

여자를 잘 아시나요? 어린왕자가 말하는 장미, 그 꽃은 여자를 상징하고 있으니까요.

그리스 신화를 보면 여자는 남자보다 한층 더 복잡한 존재로 그려져요. 우선 남자는 프로메테우스라는 신이 만들었어요. 단순하게요. 그 후에 제우스의 명령에 따라 헤파이스토스가 물과 진흙으로 여자를 아주 아름답고 우아하게 빚었어요. 여기에 헤르메스는 고운 목소리를 그 인간에게 주었어요. 게다가 여러 여신들이 참여하여 각자의 재능을 나누어 그녀에게 주었어요. 아테나는 지혜와 좋은 옷을, 아프로디테는 장신구와 빛나는 매력과 거짓말까지 주었어요.

이렇게 아주 다양한 재능을 주었으니, 그 뜻에 걸맞게 판도라라고 이름 지었어요. '온갖'이란 의미의 '판'과 '재능'이란 의미의 '도라'를 붙여서 이름을 지었어요. 그러니 여자는 남자에 비해 아주 복잡하게 만들어진 거예요. 그 모습이 여자의 본래 모습이란 걸 알면 대략 여자란 어떤 존재인지 짐작이 가겠지요. 그래서 여자는 아주 복잡해서 그 속을 알 수 없어요. 그러니 어린왕자가 장미에게 얼마나 곤혹스러웠을지, 아니 생텍쥐페리가 자기 아내에게 힘들어했을지 짐작이 가지요.

어린왕자는 장미가 네 개의 가시를 가지고 있다는 거예요. 그 네 개란 허영심이란 가시, 모순이란 가시, 기생성이란 가시, 자만심이란 가시예요. 그 가시들이 어린왕자가 장미에 가까이 접근하고, 그 속내를 알아내는 것을 방해하는 거예요. 예쁘게 단장하고도 맨얼굴이라며 화장을 서두르는 척하는 허영심이란 가시로 진실을 숨기고 있잖아요. 그뿐인가요. 해님과 같이 태어났다는 자만심의 가시를 갖고 있잖아요. 자신은 다른 풀들과는 다르다는 거지요. 우연의 일치였을 뿐인데 마치 자신을 태양의 딸로 착각한다니까요. 여자란 사랑을 받으면 그렇게 변할 수 있으니 조심해야 해요.

어느 날 아침 바로 해가 뜰 무렵 그 꽃은 제 모습을 드러냈어요. 그리고 그 꽃은 아주 꼼꼼하게 화장을 했음에도 불구하고 하품을 하며 이렇게 말했어요.

"아! 전 이제 겨우 잠에서 깼어났어요……. 미안해요……. 아직 머리도 엉망이고……."

그러나 어린왕자는 감탄을 억제할 수가 없었어요.

"당신은 정말 아름답군요."

꽃이 부드럽게 대답했어요.

"아, 뭘요? 그리고 전 해님과 함께 태어났어요……."

어린왕자는 그 꽃이 그다지 겸손하지 못하다는 걸 알아차렸어요. 그러나 그 꽃은 마음을 설레게 하는 꽃이었어요!

꽃은 이내 말을 이었어요.

"내 생각엔 아침식사 시간이 된 것 같아요. 제발 내 생각 좀 해 주셨으면 좋겠는데……."

그러자 어린왕자는 어쩔 줄 몰라 하며 시원한 물이 담긴 물뿌리개를 찾다가 꽃의 시중을 들었어요. 이렇게 그 꽃은 약간은 심술궂은 허영심으로 그를 몹시 괴롭혔던 거예요. 예를 들면 자기의 가시 네 개에 대해 이야기하면서 어린왕자에게 이런 말을 했어요.

"호랑이들이 발톱을 가지고 덤벼들지도 몰라요!"

어린왕자가 반박했어요.

"내 별에는 호랑이가 없어요. 그리고 호랑이들은 풀 따위는 먹지도 않아요."

장미는 어린왕자의 사랑을 받자 우쭐해졌어요. 어린왕자의 사랑을 독차지하게 되니까 장미는 변한 거예요. 전에는 겸손했는데 누군가의 사랑을 받는다고 생각하니까 오만해진 거예요. 정말 장미가 여자를 닮았나요? 생텍쥐페리는 〈어린왕자〉에 장미를 등장시켜서 자신이 평소 생각하던 여성의 모습을 표현하고 싶었던 거예요. 그러니 장미의 언행을 보면 여자의 언행을 이해할 수 있을 거란 말이지요. 장미는 화장을 그렇게 오래 하고도 맨 얼굴이라고 거짓말을 해요. 실제 속으로는 '내가 제일 예뻐' 그렇게 생각하고 있으면서 말예요.

그러곤 예쁘다, 아름답다 하니까 공주병이 생기는 걸 보라니까요. 해님과 함께 태어났다네요. 보통의 꽃과는 다르다, 이를테면 보통 여자와는 다른 특별한 존재라는 거예요. 그러니까 여자를 사랑하기란 무척 어려운 거라고요. 그럼에도 여자는 남자의 마음을 설레게 하는 걸 어떻게 하겠어요. 여자가 비록 약하지만 사랑에 빠지는 순간 나는 그녀의 종이 되고 마는 걸요. 어린왕자가 장미가 원하는 대로 물을 뿌려주는 수고를 하듯, 심술궂은 허영심을 채워주려고 시중을 들듯, 사랑한다면 그녀의 시중을 들어주고, 그녀의 심술미지도 들어주어야 해요.

장미를 사랑하려면 장미의 가시까지도 사랑할 수 있어야 해요. 마찬가지로 여자를 사랑하려면 여자가 가진 가시라는 허영심쯤은 이해하고 배려해야 해요. 그래요. 장미가 가진, 아니 여자가 가진 가시, 때로는 남자를 괴롭게 하는 가시 중 하나는 허영심이란 가시예요. 사랑을 받으면 오만해지면서 돋아나는 가시지요. 그 가시는 오만을 먹고 자라는 거예요. 그러니까 너무 추켜세우는 게 아니었어요. 자꾸 그렇게 대하면 장미는 허영의 가시를 키우게 되는 거예요.

게다가 장미는 모순적이었어요. 금방 들통 날 거짓말을 하고도 둘러대는 거예요. 호랑이가 무섭다며 심통을 부리는 장미에게 어린왕자는 이 별에는 호랑이가 살고 있지 않다고 말하자, 말을 바꿔요. 무섭다는 표현에 불과했다는 거예요. 사실 부서운 건 바람인데, 예를 들어 호랑이라고 했다는 거예요. 참 어렵지요. 직설법으로 말하면 금방 알아들을 텐데, 장미는 비유로, 상징으로 에둘러 말한 거예요. 직접 대놓고 말하지 않고 에둘러 표현한다니까요. 거꾸로 말하기도 하고요. 때로는 반어법으로 말하기도 하니 그걸 잘 새겨들어야 해요. 그것을 못 알아들으면 토라지잖아요. 그러니 그 속내를 낸들 어떻게 알겠어요. 모순이라고 할까, 거짓말이라고 할까, 그게 장미의 세 번째 가시예요.

이제 마지막으로 남은 하나의 가시는 기생성이에요. 어린왕자의 사랑을 알고 난 장미는 그것을 이용하려 해요. 이것도 해 달라, 저것도 해 달라면서 그냥 아무것도 하지 않고 의지하려고만 하는 거예요. 이런 가시들이 어린왕자를 어렵게 만들었어요. 도무지 무엇이 진실인지 알 수가 없게 만드는 거예요. 허영심으로, 앞뒤가 맞지 않는 모순으로, 이렇게 해 달라 저렇게 해 달라는 식의 까다로움으로, 세상에서 자기가 제일 잘났다는 식의 오만으로 진실을 감추고 있었어요. 그런 걸 보면 여자는 일부러 자기 속내를 감추고 싶어 하는 존재란 거예요. 이렇게 해서 장미는, 허영심, 자만심 그리고 거짓말이라는 모순성에다 기생성까지 네 개의 가시를 가졌다는 거예요.

"호랑이는 전혀 무서울 게 없지만 그래도 바람은 무서워요. 당신은 바람막이가 없으세요?"
'바람을 무서워하다니…… 그렇담 식물이 참 안 됐구나. 이 꽃은 정말 까다롭구나……' 하고 어린왕자는 깊이 생각했어요.
"저녁엔 유리덮개를 씌워줘요. 당신 별은 아주 추워요. 설비가 엉망이에요. 제가 떠나온 곳은……"
그러나 꽃은 거기서 말을 그만두었어요. 꽃은 씨의 모습으로 왔던 거예요. 그래서 다른 세계를 결코 알 리가 없는 거예요. 그런 뻔한 거짓말을 꾸며대다가 들킨 게 부끄러워서 꽃은 어린왕자에게 잘못을 뒤집어씌우려고 두세 번 기침을 했어요.
"바람막이는요?"

4. 화성에서 온 어린왕자와 금성에서 온 장미가 공존하는 나라

"막 찾으러 가려는 중이었는데 당신이 말을 걸었잖아요……."

그러자 꽃은 억지 기침을 하여 어린왕자를 후회하도록 만들었어요.

이렇게 해서 어린왕자는 사랑에서 우러나온 착한 마음에도 그 꽃을 곧 의심하게 되었던 거예요. 대수롭지 않은 말을 심각하게 받아들였어요.

그것은 그를 아주 불행하게 했어요.

양파를 까 본 적이 있나요? 양파는 까고 또 까도 다른 껍질이 연이어 나와요. 처음엔 구릿빛 껍질, 그 다음엔 하얀 껍질들이 연속적으로 나와요. 그렇게 다 까고 나면 무엇이 남던가요. 까고 나면, 양파는 아주 작은 부분만 남아요. 중심부분만 남는 것이지요. 실상 양파에서 가장 중요한 부분은 마지막에 남는 그 부분인데, 거기까지 까는 사람은 거의 없죠. 그 양파가 마치 여자의 마음 같다니까요. 그만큼 여자는 아주 복잡한 존재란 말이에요. 해서 어린왕자는 장미를 아주 복잡한 피조물이라고 하는 거예요. A very complex creature라고요.

장미는 도무지 속내를 알 수 없어요. 종잡을 수 없을 만큼 변덕스러워요. 게다가 잔소리를 해대요. 그러니까 그런 것들 속에 감추어진 진실을 알기란 무척 어려워요. 그만큼 까다로워요. 그 까다로움이 장미가 가진, 여자가 가진 복잡한 속내지요. 사랑이란 상대의 속내를 하나씩 알아가서, 상대의 진실을 알아내야 하는 거잖아요. 그걸 제대로 모르고 사랑하다가는 서로 상처를 입고 원치 않는 이별을 할 수도 있고, 다시는 마주치기도 싫은 사이가 될 수 있잖아요. 그러니까 미리 조금씩 알아가야 해요. 그런데 그 네 개의 가시 안에 진실을 감추고 있으니 어떻게 하란 말이냐고요.

장미는 초록의 방에서 아름다움을 가꾸고, 자기만의 색깔을 고르는 과정을 거쳤으니까요. 누구보다 특별한 존재가 되고 싶었으니까요. 그러니 그 비밀을 감추고 싶은 것이지요. 또한 모든 것을 알게 하면 나중엔 자신에 대한 신비로움이 남아 있을 것 같지 않잖아요. 그러면 상대가 실망해서, 또는 싫증을 느껴서 가버릴지도 모른다는 걱정 때문에 자신의 적나라한 진실은 감추고 싶었던 거예요. 때문에 아주 복잡하게 자신을 만들어야 했어요. 그것이 상대를 오래 붙잡아 둘 수 있는 방법이라고 여자는 생각하는 거예요. 그래서 여자란 아주 성급하게 다가서면 오히려 진실을 감추고 마는 거예요. 그런데 우리는 그 모습이 진실이라고 믿고 싶어 하고 믿기도 해요.

이렇게 복잡함 속에 감춰진 진실을 찾기란 참 어려운 일이에요. 그럼에도 오늘은 상대의 말 속에, 몸짓에, 모습에 감춰진 진실이 무엇일지 생각해 보았으면 좋겠어요.

남자와 여자의 표현방식의 근본적인 차이

어린왕자는 결국 장미의 가시 때문에 자기 별을 떠나기로 마음을 먹어요. 알고 보면 그건 가시가 아니었어요. 가시처럼 보였을 뿐이죠. 장미의 사랑 표현을 어린왕자는 잘 읽지 못했던 거예요. 그건 애정이었고, 관심이었는데 어린왕자는 오해했던 거예요. 장미의 표현방식을 어린왕자는 이해하지 못했던 거예요. 좀 더 장미의 말에 관심을 기울이고, 그 속내를 잘 알아차려야 했는데, 겉으로 드러난 말이나, 몸짓이나 표정으로만 판단하지 말아야 했어요. 그 저의가 무엇인지를 판단했어야 했어요. 그런데 어린왕자는 생각마저 순진하기만 했던 거예요.

남자의 언어와 여자의 언어, 남자의 표현방식과 여자의 표현방식엔 차이가 있어요. 아무리 유사한 것 같은 경우라도 뉘앙스의 차이가 있어요. 그러니까 남자는 여자의, 여자는 남자의 소통수단에 보다 신중해야 해요. 여자들은 남자에 비해 겉과 속이 다른 표현을 자주 써요. 항상 표상과 다른 이면을 감춘 표현을 써요. 이를테면 남자는 직설법을 잘 쓰지만 여자는 반어법이나 은유법을 써요. 그러니까 여자의 언어를 제대로 알아듣기란 어려워요. 여자는 그래서 참 까다로워요. 하지만 그 까다로움 뒤에는 아주 부드러운, 아주 아름다운 이면을 감추고 있으니 사랑하지 않을 수가 없어요.

그래요. 그러니까 장미도 잘못은 있어요. 순진하고 단순한 어린왕자에겐 저의를 가진 말보다는 직설적으로 말해야 했어요. 단순한 몸짓과 단순한 표정을 보여주어야 했어요. 그 순진한 어린왕자에게 의심을 갖게 한 건 실수였어요. 자신과 이해하는 방법이 다르다는 것을 알았어야 해요. 아무것도 아닌 일들, 대수롭지 않은 것들이었어요. 그런데 그걸로 어린왕자를 오해하게 만들었으니 그건 장미에게도 책임이 있었어요. 어린왕자는 아주 순진하고 단순하거든요. 모호한 장미의 말로 장미를 판단할 것이 아니라 드러난 행동으로 판단해야 했는데 어린왕자는 그만 그때까지 기다리지 못했던 거예요.

꽃은 억지 기침을 하여 어린왕자를 후회하도록 만들었어요. 이렇게 해서 어린왕자는 사랑에서 우러나온 착한 마음에도 그 꽃을 곧 의심하게 되었던 거예요. 대수롭지 않은 말을 심각하게 받아들였어요. 그것은 그를 아주 불행하게 했어요.

어느 날 그는 내게 속마음을 털어 놓았어요.

"꽃의 말을 듣지 말아야 했어요. 절대로 꽃들의 말을 들어서는 안 돼요. 그냥 바라보고 향기나 맡아야 해요. 내 꽃은 내 별을 향기롭게 해 주었는데도 나는 그걸 즐길 줄 몰랐던 거예요. 그 발톱 이야기만 해도 그래요. 내가 그렇게 화를 낼 것이 아니라 가엾게 여겼어야 하는 건데……."

그는 계속해서 자기의 속마음을 이야기했어요.

"그때 난 아무것도 알지 못했어요! 말이 아니라 행동을 보고 판단해야 했어요. 그 꽃은 나를 향기롭게 해 주고 내 마음을 맑게 해주었어요. 거기서 도망쳐 나오는 깃이 이니었어요! 그 가련한 속임수 뒤에 애정이 숨어 있는 걸 알아차려야 했어요. 꽃들은 아주 모순덩어리예요! 하지만 난 너무 어려서 꽃을 사랑할 줄 몰랐던 거예요."

남자는 항상 일을 저질러 놓고 후회하는 존재예요. 그러니까 여자는 남자를 판단이 느리다고, 잘 알아차리지 못한다고 너무 몰아세우면 안 돼요. 한참 지나야 여자의 본심을 알아차릴 수 있어요. 그러면서도 여자의 행동을 보기보다는 말에 더 신경을 쓰니까 서로 부대끼는 거예요. 남자가 듣기에 항상 수수께끼 같은 은유를 써서 말하는 여자, 그리고 그 여자의 말을 곧이곧대로 받아들이고 화를 내며 방방 뜨는 남자, 그러니까 화성에서 온 남자와 금성에서 온 여자인 셈이에요.

여자들은 남자들이 여자의 언어를 이해하기에, 표정을 알아보기에 얼마나 둔한지를 잘 몰라요. 남자는 조금이라도 생각해야 이해할 수 있는 말이나 문장조차도 있는 그대로 받아들인다는 걸, 그걸 신경을 써서 이해하라면, 이내 그런 글이라면 저만큼 던져버릴지도 모른다는 걸. 애초부터 남자는 본질적으로 아주 단순하게 만들어진 존재니까요. 그걸 여자는 이해해야 해요. 그리고 여자의 언어를 이해하지 못해 미처 챙겨주지 못한다 해도 용서해야 해요. 그렇게 생긴 걸 자꾸 남자 탓만 하면 남자는 그만 질려버릴지도 모르니까요.

가시 같은 장미의 말과 몸짓, 그 가련한 속임수, 그런 것들 뒤에 장미는 진정한 애정을 숨기고 있었어요. 그 별에는 어린왕자 뿐이잖아요. 하나뿐인 것은 그 누구도 소중히 여길 수밖에 없는 건 상식이에요. 그런데 어린왕자는 그것조차 모르고 있었어요. 어린왕자의 그런 모습을 보면 남자를 상징적으로 보여줘요. 알고 보면 남자란 아주 유치할 정도로 철딱서니 없는 것 같을 때가 많아요. 그러니 남자들을 대할 때는 표현이나 모순어법은 사용하지 말아야 해요. 그건 서로 피곤해지는 일이니까요. 나와는 다른 별에서 온 이

성과 나는 어떻게 하면 보다 소통을 잘 할 수 있을까를 생각해 보았으면 좋겠어요.

어린왕자가 장미를 떠나는 이유

어린왕자는 결국 장미만 남겨두고 별을 떠나요. 장미와의 문제가 그를 못 견디게 했어요. 그래서 장미를 떠나기로 했어요. 늘 함께 지내야 하는 꽃, 항상 부대끼며 붙어살아야 하는 장미, 항상 말을 섞으며 살아야 하는 장미, 그런데 그런 장미와 문제가 생겼어요. 그래서 삶은 생기를 잃었고요. 하루하루, 아니 순간순간이 괴로움의 연속이었어요. 그래서 어린왕자는 자기 별을 떠나기로 했어요. 한때는 사랑했지만, 떠나는 순간엔 사랑도 없어 보여요. 그러니 미련 없이 떠나기로 한 거예요. 장미란 단어를 사람으로 바꿔보면 딱 우리들 이야기지요.

또 가만히 생각해 보면서 어린왕자는 자신은 왕자라는 걸 깨달았어요. 언젠가 어른이 되면 왕이 될 사람이란 걸 안 거예요. 그러니 진정한 왕, 보다 훌륭한 왕이 되려면 장미 하나에 일희일비한다는 건 우스운 일이었어요. 그것도 떠나야 하는 이유가 될 수 있었어요. 보다 견문을 넓히고 지식을 쌓고 지혜도 얻어야 진정 훌륭한 왕이 될 수 있을 테니까요. 생텍쥐페리도 괴팍한 아내에게 "산의 푸름을 바라보려면 산으로 오르는 길에서 잠시 벗어나 산마루를 바라보아야 하듯이, 온전한 사랑을 유지하려면 사랑에도 휴가가 필요하다."라고 하면서 아내를 떠났다잖아요.

하지만 '떠날 때는 말없이' 떠나는 게 아니에요. 떠날 때 나시 돌아올 수

있다는 생각을 해야 해요. 지금은 미워도 시간이 지나면 달라질 수 있어요. 지금은 귀찮게 굴어도 떠나보면 아, 그게 사랑이었구나 하는 것을 깨달을 수 있어요. 그러니 떠날 때, 떠나기 전에 모든 걸 잘 정리해 두어야 해요. 다시 돌아오지 못하더라도 돌아올 것처럼 말예요. 그래야 나중에 좀 덜 쑥스럽게 다시 들어설 수 있을 테니까요.

4. 화성에서 온 어린왕자와 금성에서 온 장미가 공존하는 나라

나는 어린왕자가 철새 떼의 이동을 이용해서 별을 떠났으리라 생각했어요. 떠나는 날 아침 그는 별을 잘 정돈해 놓았어요. 그는 불 있는 화산을 정성스럽게 청소했지요. 그에겐 불이 있는 화산이 둘 있었어요. 그런데 그것들은 아침밥을 덥히기에 아주 편리했어요. 사화산도 하나 있었어요. 하지만 그가 "정말 모를 일이야."라고 말했듯이, 그래서 똑같이 소제했어요. 소제만 잘 되어 있으면 화산들은 폭발하는 일없이 조용히 규칙적으로 불타오르게 마련이거든요. 화산 폭발은 굴뚝의 불길과 같은 거예요. 물론 지구 위에 사는 우리들은 너무 작기 때문에 화산을 소제할 수가 없는 거예요. 그래서 우리는 화산 폭발 때문에 많은 곤란한 일을 겪게 되는 것이고요.

어린왕자는 새를 붙잡아 기구를 만들어 여행을 떠나요. 떠나기 전에 그는 정리를 해요. 다시 돌아왔을 때 그 별이 무사하기를 바라면서 말이에요. 불이 있는 화산, 그건 당장 그의 재산이에요. 그러니까 그걸 잘 정리하고 떠나야 나중에 돌아와서 지내기에 하등 문제가 없어요. 또한 껴져 있는 화산도 청소를 해요. 왜냐하면 그걸 청소 안 했다가는 언제 폭발할지 모르니까요. 이미 살아 있는 화산은 이용가능하게 되었으니 전혀 걱정이 없어요. 오히려 꺼져 있는 화산이 나중에 큰 화를 불러올 수 있어요.

때문에 보이지 않는 게 중요해요. 지금 보이는 화산보다는 보이지 않는 화산이 더 중요해요. 이미 보이는 화산은 파악이 되어서 화를 미연에 방지할 수 있도록 방책을 찾아 두었잖아요. 그런데 꺼져 있는 화산은 그 규모도, 그 성격도 알 수가 없어요. 그러니 대비책이 필요해요. 그것을 잘 청소해 놓으면 얼마간은 폭발하지 않고 기다려줄 테니까요. 화산은 여자를 닮았어요. 여자는 늘 뭔가를 말하고 싶어 해요. 그 말을 잘 들어주어야 해요. 그 말이 비록 격렬하더라도 잘 들어주고 다독여주면 큰일을 미연에 방지할 수 있어요.

그렇지 않고 그 화를 내는 것을, 폭발하는 것을 그냥 방치했다가는 큰일 나는 거예요. 큰 싸움이 된다니까요. 규칙적으로 잘 다독여 주면, 화산이 규칙적으로 조용히 타오르듯이 여자도 그렇단 말이에요. 그리고 여자가 말을 하지 않는다면, 표현을 멈추고 침묵을 지키고 있다면 그게 더 위험한 거예요. 정말 화가 나면 말을 안 할 걸요. 휴화산처럼 말이지요. 그러니까 사랑하는 사람의 침묵까지 잘 들어주어야 해요. 정상적으로 표현하게 해야 해요. 어린왕자의 장미가 까다로운 것처럼 여자는 참 까다로워요. 혹 누군가 침묵을 지키고 있는 사람이 있다면, 그 이야기를 들으려 노력해봤으면 좋겠어요.

좋은 사람을 잡아 두는 좋은 방법

단순히 말이 좀 안 통하고 귀찮게 구는 정도라면, 아주 밉지는 않은 그런 사람과 헤어지기로 마음먹을 때는 어떨까요? 후련한 것 같지만 막상 떠나려면 뭔가 알 수 없는 허전함이 찾아드는 건, 씁쓸한 마음이 생기는 건 당연한 일이지요. 깊이 있게 생각하고 현명한 판단을 내려야 한다는 생각은 늘 하면서도 정작 그렇게 살아가기란 쉽지 않으니까요. 그래서 사람들은 때로 원하지 않는 이별을 해요. 그렇게 이별하고 나면 다시 이어지기는 어려운 것인데도 말이에요.

그걸 알면서도 사람들은 그렇게 사소한 일로 헤어지기도 해요. 서로가 터놓지 못하는 그 무언가 때문이에요. 저 사람이 떠나는 나를 한 번 만류하면 나는 멈추어 돌아설 텐데, 아니 그냥 빈말이라도 남아 달라고 하면, 좀 과장을 해서라도 날 잡아주었으면 그대로 못 이기는 척 돌아설 텐데, 그렇지 않으니까 내친 김에 떠나는 사람이나, 그 마음을 헤아리지 못하는 사람이나, 아니

4. 화성에서 온 어린왕자와 금성에서 온 장미가 공존하는 나라

자존심 내세우지 말고 속으로는 그 철딱서니 없는 사람이라 생각하더라도 겉으로는 내색 않고 슬쩍 잡아주는 척하면 헤어짐이 없을 수도 있잖아요.

그런데 그 알량한 자존심 때문에 서로 상대가 먼저 그래주기를 기다리다 결국 찢어지고 말아요. 사람, 사람은 참 이상한 감정의 동물이라니까요. 어린왕자와 장미가 딱 그 꼴이지 뭐에요. 장미가 좀 더 적극적으로 잡아주었다면 어린왕자는 못 이기는 척 그냥 주저앉아서 장미 옆에 머물렀을 텐데, 어린왕자 좀 보라니까요. 자존심 때문에, 어린왕자라는 체면 때문에 속으로는 망설이면서 결국 떠나는 것 좀 보라니까요.

어린왕자는 좀 서글픈 마음으로 막 돋아난 바오밥나무의 싹들도 뽑았어요. 그는 다시 돌아올 수 없으리라 생각했던 거예요. 친숙한 그 모든 일들이 그날 아침엔 유난히도 정겹게 느껴졌어요. 그리고 마지막으로 꽃에 물을 주고, 유리덮개를 씌워 주려는 순간 그만 울고 싶어졌던 거예요.

"안녕."
어린왕자는 꽃에게 작별 인사를 했어요. 그러나 꽃은 대답이 없었어요.
"잘 있어."
그는 다시 말 했어요. 꽃은 기침을 했어요. 하지만 그것은 감기 때문이 아니었어요.
마침내 꽃이 말했어요.
"내가 어리석었어요. 용서해 줘요. 부디 행복해요."
어린왕자는 꽃이 나무라지 않는 것이 놀라웠어요. 유리덮개를 든 채 그는 멍하니 서 있었어요. 이렇게 부드럽고 침착하다니 도무지 이해할 수 없었어요.

일단 이별하면 다시 만나기는 참 어려워요. 그 후부터는 서로에겐 새로운 세상이 열리게 마련이에요. 그러면 가끔 잊고 살아요. 아니, 많이 잊고 살아요. 어쩌다 한 번 생각 날 때가 있겠지만 생각 나는 때보다는 잊을 때가 점점 늘어나겠지요. 사람이란 늘 환경에 지배를 받기 마련이니까요. 사랑할 때 영원히 사랑할 거란 맹세도, 눈에서 멀어지면 그 맹세도 점점 흐려지게 마련이에요. 떠나면서 잊지 않을 거라며, 다시 돌아올 거라며 약속을 한들, 그건 그때 그 마음일 뿐이에요. 떠나 보면 알아요. 헤어져 있어 보면 알아요. 그러니까 신중하게 떠나란 말이에요. 영 아니다 싶지 않다면, 속으로는 좋으면서도 단지 자존심 문제로 그런 상황이라면 여러분이 먼저 잡아야 해요.

먼저 자신의 속내를 털어놓는 사람, 자존심이 문제가 아니라 그 사람이 더 중요하다는 생각으로 먼저 져줄 줄 아는 사람, 아니 지는 척이라도 하는 사람, 그 사람이 진정한 용기가 있는 사람이고, 진정으로 강한 사람이에요. 그저 상대가 숙이고 들어오기를 기다리면서 자존심을 붙잡고 거드름 피우는 사람, 그 사람은 참 못난이라니까요. 그렇게 헤어진들 무엇이 남겠어요. 슬픔만, 결국 이별만 남고 말아요. 먼 훗날 그렇게 회상하겠지요. 그 사람은 참 좋은 사람이었다고, 그때 조금만 참았더라면, 자존심을 내려놓았더라면……

평소에 잘했으면 없을 일이 막상 닥치고 나면 후회도 남고 그래요. 그러니까 자존심 따위는 사랑하는 사이엔 없어야 해요. 서로 솔직하게 말해요. 그러면 오해란 놈은 올 수 없어요. 지금 옆에 있는 사람이 참 소중한 사람인데도 불구하고, 아직 알량한 자존심 때문에 말을 하지 않고 있다면 당신이 먼저 손을 내밀어 화해를 해봐요. 그런 사람이 참 멋진 사람이라니까요.

4. 화성에서 온 어린왕자와 금성에서 온 장미가 공존하는 나라

지금, 사랑 고백을 하기에 가장 적합한 시간

　모든 일에는 때가 있어요. 그때를 놓치면 모든 기회를 잃고 말아요. 무슨 일이든 때가 중요하기는 마찬가지예요. 공부를 하든, 사랑을 하든, 사업을 하든, 그 무엇을 하든 때가 있어요. 만일 그런 때를, 다시 말하면 적절한 시기를 놓치면 그 일을 해 내는 데에는 적시에 할 때보다 몇 배의 시간과 노력이, 몇 배의 열정과 에너지가 필요해요. 그런 일들 중에는 제때에 하는 것보다 몇 배의 돈이 더 들어갈 수도 있어요. 때문에 그 때를 놓치면 아쉬워 할 일, 후회할 일, 애석한 일들이 많아요. 그걸로 기회는 없어지니까요. 그러니까 무슨 일이든 제때에 해야 하는 거예요. 기회가 주어졌을 때 해야 하는 거예요.

　적당한 때는 언제일까요? 괜한 자존심이 불쑥 고개를 쳐들어 그 일을 망설이게 할 때, 갑자기 잘하던 일이 귀찮아질 때, 지금 하려는 일이 공연히 헛일이 아닐까 하는 생각이 들 때, 그럴 때가 사실은 그 일을 더 열정적으로 해 나가야 할 때거나 포기해야 할 때예요. 그 때가 바로 선택해야 하는 때란 말이지요. 그 순간이 지나면 후회할 일들이 일어나거나 포기하길 잘했다거나 둘 중 하나예요. 그러니까 그 순간이 지났다면 후회한들 아무 소용이 없어요. 그리고 아쉬워한다면 그 일에 대한 미련이 있다는 반증이니, 그건 여러분의 잘못 선택이겠지요.

　이미 지나간 걸 어떻게 하냐고요? 그럼에도 그 일이 자꾸 머리에 빙빙 돈다고요. 그러면 지금 당장 그 일을 해야 해요. 지금이 그때니까요. 다소 늦긴 했지만 지금이 바로 그 일을 해야 할 기회예요. 내일이면 늦어요. 놀이킬 수 없는 일은 아무리 후회한들 소용없어요. 늦었다고 생각한 그 순간 당장 뭔가를 해야 해요. 시간 중에 가장 중요한 건 지금이에요. 모든 시간은 지금의 부하들이에요. 바로 지금 해요. 그리고 그 다음엔 후회하지 않기, 아쉬워하지 않기예요.

지금부터는 지금이 가장 빠른 시간이에요. 무슨 일이든 지금 하지 않으면 끝이잖아요. 젊은 날에 못한 것이라 지금은 이미 늦다고요. 그러면 그건 그 일을 포기했다는 의미예요. 그럼에도 간직한 꿈이 있다면 살아 있을 동안 해봐야지요. 나이와 상관없이 뭔가를 하려고 마음먹은 순간, 그 때가 가장 이른 시간이고, 가장 적합한 때예요. 인생에서 늦은 때란 없어요. 있다면 주저하거나 망설일 때가 가장 늦은 때예요. 그러니까 그 무엇이든 괜찮아요. 하고 싶은 일이 있다면, 지금 해야 해요. 내일이면 늦어요.

"그래요, 난 당신을 사랑해요. 당신은 그걸 알아차리지 못했던 거예요. 내 잘못이에요. 그런 건 아무래도 괜찮아요. 하지만 당신도 나만큼이나 바보였어요. 부디 행복해요……. 그 유리덮개는 그냥 둬요, 이젠 필요 없어요."

"하지만 바람이……"

"감기가 그다지 심하진 않아요. 시원한 밤바람이 내 기분을 좋게 해줄 거예요. 난 꽃일 뿐인 걸요."

"하지만 짐승들이……"

"나비를 만나려면 벌레 두세 마리는 견뎌내야 해요. 나비는 무척 아름다운 것 같아요. 나비가 아니라면 누가 날 찾아오겠어요? 당신은 멀리 있을 테고요. 커다란 짐승은 무섭지 않아요. 나한텐 발톱이 있으니까요."

그러면서 꽃은 천진하게 가시 네 개를 보여주었어요. 그리고 덧붙여 말했어요.

"그렇게 꾸물거리지 말아요. 자꾸 신경이 쓰여요, 이미 떠나기로 마음먹었으니 어서 가란 말이에요."

꽃은 우는 모습을 보이고 싶지 않았던 거예요. 그만큼 자존심이 강한 꽃이었어요…….

4. 화성에서 온 어린왕자와 금성에서 온 장미가 공존하는 나라

장미는 어린왕자에게 솔직한 고백을 해요. 에둘러 말해도 못 알아듣는 순진한 어린왕자에게 더는 망설일 수도 없어요. 어린왕자는 곧 떠날 테니까요. 이미 떠나기로 마음먹은 걸 모르는 건 아니지만 지금 고백하지 않으면 고백할 기회가 없잖아요. 그러니 자존심이고 뭐고 잴 여유가 없어요. 직설법으로 이야기해야 해요. 그래서 장미는 용기를 내어, 자존심이고 뭐고, 남자니 여자니 따지지 않고 고백을 한 거예요. 고백조차 못 하고 보내는 당신이 바보라니까요.

늦었지만 고백을 했으니 다행이지요. 고백마저 못 하고 이별하면 그건 두고두고 후회할 일이잖아요. 아주 정성들여 써놓은 편지를 전하지 못한 것이나 마찬가지라니까요. 그러니까 장미는 자존심을 버리고, 고백을 한 거예요. 그래야만 나중에라도 어린왕자는 장미에게 돌아올 테니까요.

어린왕자가 결국 떠나리라는 걸 장미는 알아요. 어린왕자는 자기 체면을 생각해야 할 테니까요. 일단 짐을 꾸려놓았으니 단 얼마 동안이라도 그 짐을 들고 나서봐야 하는 것 아니겠어요. 장미는 이미 고백을 했으니 보여줄 건 다 보여준 거예요. 선택은 어린왕자에게 맡기는 거예요. 그래야만 나중에 어린왕자는 장미의 진가에 대해서 다시 되새김하겠지요.

남자는 그렇게 애 같다니까요. 그렇게 단순한 걸 알고, 화가 나도 흥분하지 않는다면, 남자를 다루기란 아주 간단할 수도 있을 거예요. 그게 자존심을 내세운 결과라니 사람은 참 어리석은 존재예요. 자존심과 후회나 아쉬움을 바꿨으니 말예요. 그 놈의 자존심만, 허영만 버렸다면 그렇게 아플 일이 없었을 텐데요. 고백을 하든, 일을 시작하든 지금 하라고요. 지금 당장 하지 않으면 후회할 일, 아쉬울 일 없나요? 자존심 따위는 개나 줘버리고 지금 해요. 당장 그 무엇이든……

5.
어린왕자와
이상한 어른들의 만남

:
:
:
:
:
:

견문, 봄으로써 얻을 수 있는 지식이나 지혜를 견문이라

하겠지요. 보는 만큼 정보라는 것, 아니면 지식이라는 것

을 얻을 수 있지요. 그렇다면 많이 보면 볼수록 많은 것

을 얻을 수 있다는 의미잖아요. 그래요. 많이 보는 것은

좋은 일이에요. 하지만 보는 데도 방법이 좋아야 해요.

같은 것을 보아도 어떤 이는 많은 지식과 지혜를 얻지만,

어떤 이는 별로 얻지 못하니까요. 그러니까 많이 읽는

것, 많이 보는 것에 앞서 효과적으로 보는 법, 효과적으

로 읽는 법을 배워두면 아주 경제적이에요. 아는 만큼 보

는 건 비경제적이에요. 그 이상을 보아야 해요.

보다 생산적으로 견문을 넓히는 방법

견문, 봄으로써 얻을 수 있는 지식이나 지혜를 견문이라 하겠지요. 보는 만큼 정보라는 것, 아니면 지식이라는 것을 얻을 수 있지요. 그렇다면 많이 보면 볼수록 많은 것을 얻을 수 있다는 의미잖아요. 그래요. 많이 보는 것은 좋은 일이에요. 하지만 보는 데도 방법이 좋아야 해요. 같은 것을 보아도 어떤 이는 많은 지식과 지혜를 얻지만, 어떤 이는 별로 얻지 못하니까요. 그러니까 많이 읽는 것, 많이 보는 것에 앞서 효과적으로 보는 법, 효과적으로 읽는 법을 배워두면 아주 경제적이에요. 아는 만큼 보는 건 비경제적이에요. 그 이상을 보아야 해요. 그렇게 하려면 알려고 해야 해요. 알려고 하는 만큼 그 이상을 볼 수 있으니까요.

그러면 효과적으로 볼 수 있는 방법은 뭘까요? 그야 무엇을 보든 거기에 대한 기초 지식이라도 확실히 알고 있어야겠지요. 밑천 없는 장사가 없듯이 밑천 없는 지식은 없어요. 우선 그것을 받아들이려는 마음가짐이 필요해요. 그 다음엔 그 마음가짐으로 받아들일 지식에 대한 기본개념을 배워야겠지요. 그쯤은 준비해야 지식을 담을 수 있다니까요. 아니, 그릇도 안 만들어놓고 어떻게 담겠다는 거예요. 지식을 담을 그릇 말예요. 기본기를 잘 갖춰야 그게 지식을 담을 수 있는 그릇이라니까요.

또한 무엇을 볼 것인지의 선택도 중요해요. 보면 볼수록 해로운 것도 있어요. 읽으면 읽을수록 도움은커녕 해롭게 하는 책들도 많아요. 들으면 들을수록 좋은 정보도 있지만 들으면 들을수록 헷갈리게 만드는 강의도 있어요. 무엇을 공부하든 제대로 골라서 보고, 제대로 골라서 읽고, 제대로 골라서 들을 수 있어야 해요. 이를테면 선택의 지혜와 들음의 지혜가 필요해요. 그릇된 지식이나 정보는 수정하는 시간까지 들 테니까 더욱 더 시간 낭비에요. 왜곡은 안 되어도, 별 신통치 않은 것을 보거나 듣거나 읽거나 하는 건 그냥 시간 낭비라고요.

그는 소행성 325, 326, 327, 328, 329, 330의 구역에 있었어요. 그래서 그는 거기에서 일자리도 찾아보고 견문을 넓히기 위해 그 별들을 방문하는 것으로 시작했어요.

장미를 떠난 어린왕자의 여행, 그건 홧김에 나온 여행이면서 견문을 넓히기 위한 여행이었어요. 훌륭한 왕이 되려는 잠재의식의 발산이었어요. 이를테면 그의 첫 프로젝트는 실패였어요. 여섯 별을 방문했지만 별 도움이 안되었어요. 별로 배울 게 없었어요. 이상한 사람들만 보았을 뿐이에요. 첫 별 325호에서 왕, 즉 정치가, 326호에서 연예인, 327호에서 중독자, 328호에서 사업가, 329호에서 공무원, 330호에서 학자를 만나요. 그들이 사는 별은 모두 어린왕자의 별보다 별로 크지 않은 고만고만한 별이에요. 게다가 혼자서만 살고 있어요. 그러니까 어린왕자는 선택을 제대로 못한 것이지요.

기왕이면 보다 큰 별을 선택해야 해요. 적어도 자신이 사는 세상보다는 좀 더 큰 곳에 가야 마음의 넓이라도 넓히지요. 그뿐인가요. 어린왕자는 고작 장미 하나 키우느라 고심했으니 보다 많은 사람과 섞여 사는 이들을 만나야 배울 점이 있어요. 그런데 이 별에 있는 이들은 혼자 살아요. 그러면서 갖출 형식은 다 갖춘 걸로, 제 구실을 제대로 하는 걸로 착각하는 이들이니 참 이상하지요. 참 웃기는 사람들이에요. 따라서 어린왕자는 이 별을 방문하는 것으로 여행을 끝낼 수 없었어요.

뭔가를 배우려면 보다 넓은 세상의 것, 보다 어려운 것, 보다 자신보다 높은 수준의 것을 보고 들어야 해요. 그저 안일하게 쉬운 것만 배우려고 하면,

5. 어린왕자와 이상한 어른들의 만남

들으려고 하면, 읽으려고 하면, 배울 게 별로 없어요. 그러니까 선택을 잘해야 해요. 지식을 더 얻으려면, 지금보다 어려운 지식의 세계, 지금보다 넓은 세계로 가야 해요. 그리고 거기에서 제대로 된 길잡이나 선생이나 책이나 도우미를 찾아야 해요. 한번 주변을 정리해 보세요. 생산적으로 공부하고 있는지, 생산적으로 살고 있는지 말이에요. 그리고 올바른 선택을 하라니까요.

정치인의 별, 어린왕자가 가르쳐 주는 정치인의 본질

장미와 헤어진 어린왕자, 자기 별을 떠난 어린왕자가 처음 방문한 별은 왕이 살고 있는 별이에요. 왕은 다름 아닌 정치인을 상징적으로 보여줘요. 이 사람의 말을 들어보면 정치인이 어떤 생각을 하고 있는지, 대중을 어떻게 보고 있는지를 알 수 있어요. 참 이상하죠. 아주 괜찮은 사람인 줄 알았는데 일단 정치에 발을 들여놓으면 사람이 딴판으로 바뀐 이들을 볼 수 있으니까요. 사람은 환경의 지배를 받는 동물인 탓이에요. 정치는 아무나 하는 게 아니에요. 때로는 냉혹하고, 때로는 뻔뻔하고, 때로는 자기합리화를 할 줄도 알아야 한다니까요.

그런 세계에 들어갈 사람을 우리는 정치인을 도덕의 기준으로 하니까 나중에 크게 실망하는 거예요. 첫 번째 별의 왕은 소박하고 위엄 있는 자리에 폼을 재고 앉아 있다가 "아! 신하가 한 사람 오는구나."라고 소리쳐요. 요즘 정치인이라면 "아! 내 한 표가 오는구나."라고 말하지 않을까요. 그들이 보는 방식은 아주 간단해요. 그냥 표로 보면 그걸로 끝나는 거니까요. 표가 필요할 때면 "아이고! 우리 국민" 하면서 깍듯이 대하겠지요. 그러다 자리에 앉고 나면 안하무인이지요. 정치인이란 참 단순하고 순박한 단세포 동물인가 봐요. 세상을 아주 간단하게, 또는 이분법으로 보면 되니까 어린왕자는 단순하다고 표현했을 거예요.

왕이 명령하는 모습을 볼까요. 어린왕자가 피곤해서 하품을 하지요. 그랬더니 또 하품을 해 보라는 거예요. 하품이 신기하다나요. 단순히 그 이유라니까요. 그게 나라를 다스리는 일과 무슨 연관이 있어요. 그렇게 아무런 관련이 없어도 그저 명령하려고 든다니까요. 그렇게 명령 한 마디하면 알아서 길 줄 알아요. 일단 큰소리 한 번 꽥 지르면 저 잘난 줄 안다니까요. 화려한 권력이란 환경에 둘러싸여서 그저 명령하길 좋아하는 거예요. 자리가 사람을 만든다는 말이 있는 것처럼, 그저 추켜세우면 자기가 대단한 사람인 줄 착각한다니까요. 그래서 자기 업무와 관련이 없는 일까지도 명령하려고 든다니까요. 왜냐고요? 왕은 본질적으로 자기 권위가 존중되는 걸 좋아하기 때문이에요. 불복종에 관용이란 있을 수 없어요. 그는 절대군주였어요. 그러나 왕은 선량했기 때문에 합리적인 명령을 내렸어요.

"짐이 만일 어느 장군에게 바닷새로 변하라고 명령을 내렸는데, 그 장군이 명령에 복종하지 않았다면, 그건 장군의 잘못이 아니라 짐의 잘못이니라."

그나마 여기 왕은 합리적이라잖아요. 정치인이 가져야 할 최소한은 합리적이라도 돼야 해요. 그런데 대부분의 정치인들은 합리적이지 않아요. 그저 목소리만 높이고, 자기가 최고인 양 국민 위에 군림하려 하니까 문제예요. 자기 주장이 관철이 안 되면 별의별 일들을 다 벌이지요. 그렇게 뭔가 일을 벌이고 큰소리치기 전에 자기 주장이, 자기 명령이 합리적인지를 먼저 보아야 할 텐데 말이에요. 그렇지 않으면 나중에 큰코다친다는 걸 몰라요. 자리가 지금은 영원할 것 같지만 인심이 언제 어떻게 변할지 그들은 모르나 봐요.

　우리도 편견을 가지고 정치인을 보아선 나라꼴이 안 된다니까요. 이런 인연, 서런 인언으로 자기편을 만들 필요가 없어요. 그런데 우리는 곧잘 자기편을 만드는 걸 좋아하죠. 그리고 나면 내 편은 아무리 나쁜 짓을 해도 잘한 걸로 치부해요. 반대로 내 편이 아닌 정치인은 아무리 예쁜 짓을 해도, 아주 좋은 말을 해도 받아들이지를 않는 거예요. 너희 편, 내 편을 따지니까 우리는 없는 거예요. 여러분은 정말 객관적인가 생각해 봐요. 그리고 무조건 누구는 좋다, 누구는 싫다 하는 식으로 생각하는 편견을 갖고 있지는 않는지요.

　나라사랑, 이 말은 참 좋게 들리는 말이에요. 통치자나 정치가는 누구보다 나라를 사랑하는 마음이 큰 것 같아요. 적어도 말로는 그렇다는 이야기지요. 그들은 늘 말을 할 때 국민을 내세우니까요. 누구보다 국민을 더 사랑하는 것 같다니까요. 나라에 어려운 일이 있으면 누구보다 먼저 목숨을 던져 나라를 구하려고 일어날 것 같다니까요. 이들은 모두 항상 입에 국민을 달고 살아요. 물론 그들이 말하는 국민은 전 국민은 아닌 것 같긴 해요. 우리는 동의한 적이 없이도 그들은 국민을 팔아요. 그들이 말하는 국민은 실제로는 자기 편 국민만 지칭하는 것이에요.

그래도 어린왕자가 만난 왕은 그 정도는 아닌 것 같아요. 우선 무엇이 온당한 명령인지는 알고 있으니까요. 물론 우리 정치인들도 온당한 게 뭔지 모를 리는 없어요. 단지 한 번 우겨보는 것이지요. 상대가 잘못되어야 내가 반사이익을 얻을 수 있을 테니까, 아닌 걸 알면서도 밀고 나가야 하잖아요. 그러니 그들도 마음으로는 좀 꺼림칙하긴 할 거에요. 하지만 어쩌겠요. 한 조직에 들어가면 옳든 그르든 조직논리에 따라야 할 테니까요. 그렇다고 그들을 이해하자는 건 아니고요. 적어도 '그 물은 그런 물이다', '그런 동네다'라는 건 어쩔 수 없는 것 같아요. 그들도 최소한 어린왕자가 만난 왕이라도 닮았으면 좋겠어요. 온당한 명령을 내릴 줄 알고 제 잘못을 인정할 줄 아는 용기라도 있었으면 좋겠어요.

그런 권력에 어린왕자는 감탄했어요. '내가 그런 권력을 가졌다면 얼마나 좋을까. 의자를 끌어당길 필요도 없이 하루에 마흔네 번이 아니라 일흔 두 번, 아니 백 번이라도, 아니 이백 번이라도 석양을 구경할 수 있을 텐데!' 그러자, 두고 온 작은 별이 마음속에 떠올라서 어린왕자는 조금 슬퍼졌어요. 그래서 그는 용기를 내어 왕에게 부탁을 했어요.

"저는 해 지는 것을 보고 싶어요……. 저에게 관용을 베풀어 주세요……. 해가 지도록 명령해 주세요……."

"짐이 만일 어느 장군에게 나비처럼 이 꽃 저 꽃으로 날아다니라든지, 아니면 비극을 한 편 쓰라든지, 바다 새로 변하라고 명령을 했을 때 그 장군이 그 명령을 수행하지 못했다면 짐과 장군 둘 중에 누가 잘못이겠는가?"

"폐하의 잘못이에요."

어린왕자는 단호하게 대답했어요.

137

5. 어린왕자와 이상한 어른들의 만남

"맞다, 누구에게나 그가 할 수 있는 것을 요구해야만 하느니라. 권위란 우선 이성에 근거를 두는 법이니라. 그대가 만일 그대의 백성들에게 바다에 빠지라고 명령을 한다면 백성들은 혁명을 일으킬 것이니라. 짐의 명령이 온당하기 때문에 짐은 복종을 요구할 권리가 있는 것이로다."

"그런데 제가 부탁한 석양은 어떻게 됐나요?"

일단 질문을 하면 절대로 잊어버리지 않는 어린왕자는 다시 물었어요.

"그대는 석양을 보게 될 것이니라. 짐이 그것을 요구하겠노라. 하지만 짐의 통치관에 따라 조건이 마련될 때까지 기다릴 것이니라."

권력을 가진 자들이 갖고자 하는 권위란 억지로 가질 수 있는 게 아니에요. 우선 온당한 명령을 내릴 줄 알고, 제 잘못을 인정할 줄 알아야 해요. 권위란 이성에 근거를 두는 것이기 때문이에요. 감성에 치우쳐서 제 명령에 따르지 않는다고 분노하기보다는 먼저 자기 명령이 온당한지, 자신의 처신이 온당한지를 돌아보아야 해요.

어린왕자에게 석양을 보게 해 주겠다는 약속을 해 놓고 때를 기다려달라고 말하잖아요. 사실 그건 자신이 해결할 수 있는 일이 아닌데도 왕은 약속을 한 거예요. 그러고는 때를 기다려야 한대요. 그런 일은 누군들 못하겠어요. 때가 되면 석양은 반드시 볼 수 있는 건데요. 그럼에도 가끔 우리는 그 말에 속을 수 있어요. 실제로 그 일을 마치 자신이 할 수 있는 일인 양, 자기가 한 것인 양 슬쩍 거짓말을 하는 거예요. 하지만 그걸 알아차리는 사람은 많지 않으니 문제예요.

정치라는 것은 아무리 좋게 보려 해도 좋게 보기가 어려워요. 어떻게든 모든 일을 자기합리화한다니까요. 그나마 하나밖에 없는 신하가 떠난다니까 할 일도 없는 직책을 맡기잖아요. 재판을 하라는 거예요. 그러고도 할 일이 없으니까 스스로에 대한 재판을 하라고요. 그것도 싫다고 떠나려니까 더는 잡을 수 없어서 잽싸게 대사로 임명하나네요. 역시 정치하는 사람은 임기응변에 능해요. 자칫 그들의 말에 빠져들면 그럴 듯해서 고개를 끄덕일 수밖에 없다니까요. 그러면서도 그들은 어떤 상황에서든 권위를 내려놓지를 않는다니까요.

그들도 참 피곤하긴 할 거예요. 명령을 내리면서도 온당한지 따져봐야 하니까요. 눈치를 잘 보다가 문제가 생길 듯싶으면 얼른 둘러치기 해서 자기 합리화를 해야 할 테니까요. 정치는 아무나 하는 게 아니란 이야기예요. 우리는 어디에선가는 통치자예요. 하다못해 가정에서든, 아니면 직장에서든, 그것도 아니라면 자신에게라도 말이에요. 권위와 명령, 우리 자신이 진정 온당한지, 이성에 근거를 둔 권위를 가지고 있는지 돌아봐야 해요.

연예인의 별, 어린왕자가 만난 연예인의 본래의 모습

"당신 없인 못 살아, 정말 못 살아."

보통 사람들이라면 사랑하는 사람이 없이는 못 산다고 말하겠지요. 사람은 누구나 뭔가를 채우며 살아요. 그것이 채워지지 않으면 공허해요. 삶의 의미와 가치를 찾지 못해요. 그러면 우울하고 세상 살맛 안 나요. 사람은 그 누구든, 그 무엇이든 사랑하지 않곤 살 수 없는 존재예요. 사랑한다! 그건 누군가에게, 그 무엇에게 마음을 준다는 의미니까 참 좋은 일이지요. 적어도 이기적이지 않다는 의미니까요. 그러니까 사랑하는 사람들은 행복한 거예요.

그런데 늘 빚지는 걸 좋아하는 사람들이 있어요. 받는 걸 좋아하는 사람들이지요. 사랑 받기 좋아하는 사람들이에요. 어린왕자는 그들을 가리켜 허영쟁이라고 해요. 이들은 받는 걸 좋아해요. 찬미를 받는 걸, 박수를 받는 걸, 사랑을 받는 걸 좋아해요. 그러다 찬미가 사라지면, 박수소리가 사라지면, 삶의 의미와 가치를 잃고 방황해요. 항상 받을 수 있을 줄 알았는데 그게 딱 그치는 거예요. 박수소리도, 찬미도, 칭찬의 말들도 받지 못하면, 얼마나 공허하겠어요. 그런 허영쟁이의 삶, 그건 어떤 사람들일까요. 가까이는 공주병 환자 또는 왕자병 환자예요.

　조금 더 눈을 들어보면… 아, 그러네요. 스타들이요. 연예인들이에요. 이들은 박수를, 찬미를, 사랑을 먹고살거든요. 그러니까 결국 받으면서 사는 사람들이에요. 그 기쁨을 잘 유지하기란 무척 어려운 거예요. 누군가를 사랑하고 싶어 하는 사람들은 마음이라도 주는 일이니까 마음대로 할 수 있잖아요. 하지만 다른 사람의 마음을 얻는다는 건 마음대로 할 수 없잖아요. 주려는 사람들의 마음과 그 손에 달려 있으니 말이지요. 그러니까 대단한 스타가 행복한 게 아니에요. 칭찬이나 박수를 얻기 좋아하는 사람은 편안할 수 없어요. 겉으로는 웃고 있어도 늘 불안하고 초조해요. 여러분도 초조하고 불안하다면 이런 성향의 허영쟁이는 아닌지 돌아보아야 해요.

"아! 아! 찬미자의 방문이로군!"
허영쟁이는 멀리서 어린왕자를 알아보자마자 이렇게 소리치는 거였어요. 허영쟁이들에겐 다른 사람들은 모두 찬미자로 보이기 때문이에요. 어린왕자가 이렇게 말했어요.
"안녕하세요. 아저씨는 이상한 모자를 쓰셨네요."
"답례를 하기 위해서야. 사람들이 나에게 박수갈채를 하면 답례를 하기 위해서. 불행하게도 여기를 지나가는 사람이 아무도 없어."
허영쟁이가 대답했어요.
"아, 그래요?"
어린왕자는 무슨 말인지 알아듣지도 못한 채 말했어요.
"두 손을 마주 쳐 보렴."

허영쟁이가 어린왕자에게 충고를 했어요. 어린왕자는 두 손을 마주 쳤어요. 허영쟁이는 공손히 모자를 벗어들고 답례를 했지요.

'이건 왕을 만났을 때보다 훨씬 재미있는데.'

어린왕자는 그렇게 생각했어요. 그래서 그는 다시 박수를 치기 시작했어요. 허영쟁이는 모자를 들어 올려 다시 답례를 시작했고요. 5분 동안 그 노릇을 하고 나니 어린왕자는 이 단조로운 놀이에 싫증이 났어요.

"그런데 모자를 떨어뜨리려면 어떻게 해야 하나요?"

어린왕자가 물었어요. 그러나 그 허영쟁이는 그 말을 듣지 못했어요. 허영쟁이는 칭찬하는 말밖에는 듣지 못해요.

어린왕자가 두 번째로 방문한 326호 별에는 허영쟁이가 살고 있었어요. 이들은 나르키소스처럼 자신만을 최고로 알아요. 그러니까 칭찬 듣고, 박수를 받고, 사랑을 받는 것만 좋아하죠. 누구를 닮았나요. 이 별은 결국 연예인의 별이에요. 연예인은 박수, 찬미, 칭찬을 먹고살아요. 그런데 이 좋은 것들이 사라지면 어떻겠어요. 어떻게 이런 일이 있을까 스스로를 의심하게 되는 거예요. 정말 살맛이 안 나는 거예요. 그 좋은 것들을 받지 못하면 우선 이건 뭔가 잘못된 거야, 이럴 리가 없어, 내가 잘못한 게 아니라 세상이 나를 못 알아보는 거라고. 이렇게 생각하겠지요.

이런 허영쟁이들의 무의식에는 오히려 공허한 구석이 있어요. 그 공허함을, 감추려는 발로로 스타가 되는 거예요. 그렇게 삶이란 무대에서 또는 누군가로부터 박수를 받는 사람은 자신의 부족함을 감추기 위해 자신의 다른 면을 더 드러내려 애쓰는 거예요. 혹 여러분도 '나는 잘났는데 세상이 나를 못 알아준다, 친구들이 몰라준다, 가족이 몰라준다.' 이런 생각을 하지는 않느냐고요. 이런 사람들은 나르키스트의 성향을 가진 사람들, 연예인들과 같아요. 사실 사람들의 찬미라는 건, 박수라는 건, 그들이 주는 응원이라는 건, 영원한 게 아니에요. 한여름 밤의 꿈보다 조금 길거나 그런 꿈이라고요.

실체도 없는 신기루처럼 금방 눈에 비쳤다가 사라지는 거라고요.

그러니까 지금 인기가 있다고, 지금 잘나간다고 우쭐대지 말아야 해요. 너무 들떠서도 안 되고요. 모든 건 한 순간이에요. 순간에 확 가버린다니까요. 명예도, 권력도, 인기도 한 순간이에요. 그러니까 항상 겸손해야 해요. 잘나가는 것 같을수록, 인기가 높아질수록 더욱 겸손해야 해요. 겉으로만 겸손한 게 아니라 속이 먼저 겸손해야 해요. 따라서 그런 좋은 것들이 사라질 날을 대비하며 살아야 해요. 그러면 언제 어디서고 삶의 의미와 가치를 자신에게 부여하며 살 수 있어요. 진정한 자신의 위치, 자신에 대한 객관적인 평가로 겸손의 여유를 찾아야 해요.

중독자의 별, 어린왕자가 만난 술 중독자의 부끄러운 현실

"한 번 보고 두 번 보고 자꾸만 보고 싶네."

이 노래는 미인을 보니 자꾸 보고 싶다는 말이지요. 보고 싶은 사람은 보고 또 봐도 좋으니까 좋은 거예요. 그런 거라면 아주 오래 그런 관계를 유지해야 해요. 그러니 그런 일은 참 좋은 일이지요. 자꾸 볼수록 좋으면 돼요. 그런 건 문제될 일이 별로 없어요. 오히려 자꾸만 보고 싶어지는 사람이 있다면 그건 행복한 일이에요. 그런 사람이 없다는 게 불행한 일이고요. 그러니까 누구나 자꾸 보고 싶은 사람 한두 사람쯤은 꼭 있어야 한다니까요.

그런데 문제는 보고 싶고 또 보고 싶은 게 사람이라면 괜찮은데, 다른 걸 자꾸 보고 싶다는 것, 자꾸 하고 싶다는 것, 그걸 안 하면 소위 '미치고 환장할' 것 같아 참을 수 없을 때는 문제가 된다는 말이지요. 안 하고는 못 견디는 것, 그것을 우리는 중독이라고 하지요. 중독은 아주 다양해요. 술, 담배, 마약, 이런 것에 중독되면 제대로 생활도 못 하고 아주 심각해져요. 적당하면 아주 생산적인데 지나쳐서 문제되는 중독도 있어요. 스마트폰, 컴퓨터, 게임 같은 것들 말이에요. 이런 중독들은 한번 맛을 들이면 거기서 벗어나기가 무척 어렵다고요. 그러니까 아주 심각해지기 전에 자제하려는 노력을 해야 해요.

물론 중독 중에는 괜찮은 중독도 있어요. 이를테면 운동이라든가, 독서라든가, 등산이라든가, 이런 것들은 지나쳐도 그다지 해롭지 않아요. 그런 중독은 괜찮아요. 그런 중독은 정신은 멀쩡하니까, 얼마든 자제하려면 할 수 있으니까 괜찮아요. 몸과 정신을 망치는 건 아니니까 좋은 거예요. 물론 지나치면 몸에 문제가 있긴 하지만 적어도 정신적으로는 얼마든 자신을 억제할 수 있으니 심각할 건 없어요. 그러니 기왕 중독에 빠지려면 몸에도, 마음에도 괜찮은 중독에 빠져야 하는 거예요.

다음 별에는 술꾼이 살고 있었어요. 이 별의 방문은 아주 짧았지만 어린왕자는 몹시 우울해졌어요. 어린왕자가 물었어요.

"거기서 뭘 하고 있나요?"

술꾼은 빈병 한 무더기와 술이 가득 찬 병 한 무더기를 앞에 놓고 말없이 앉아 있었어요.

"술을 마시고 있지."

술꾼은 침울한 표정으로 대답했어요.

"술을 왜 마셔요?"

어린왕자가 물었어요.

"잊기 위해서야."

"무엇을요?"

어린왕자는 어쩐지 측은한 생각이 들어서 물었어요.

"내가 부끄러운 놈이란 걸 잊기 위해서야."

술꾼은 고개를 떨어뜨리며 고백했어요.

"뭐가 부끄러운데요?"

어린왕자는 그를 도와주고 싶었어요.

"술 마신다는 게 부끄러워!"

어린왕자가 중독에 빠진 술꾼을 만났어요. 아! 이 사람은 술을 일삼아 마시는 게 문제라는 건 알고 있네요. 부끄러운 걸 알아요. 문제라는 걸 알아요. 하지만 그걸 제어할 수 없을 때, 때로는 거기서 벗어나려 노력해도 안 될 때, 그게 잘 안 되면 참 심각한 일이에요. 이미 중독이란 방 안에 갇혀 있는 셈이지요. 나약한 자신이 부끄럽지만, 이미 술병이 머리에 어른거리며 어서 오라고 불러요. 담배가 빙빙 돌면서 그윽한 담배향이 마음을 푹 적셔요. 게임이 아름다운 천사처럼 하얀 손짓으로 불러요. 그래서 견딜 수가 없어요.

중독에 빠진 사람들은 나름 다 이유가 있어요. 이유 없는 중독은 없어요. 술을 마시는 데도, 담배를 피우는 데도, 마약을 하는 데도 다 이유가 있잖아요. 그걸 하지 않으면 세상이 자신을 미치게 할 것 같고, 아니면 누군가에게 큰 피해라도 입히고 말 것 같아요. 이래선 안 되는데 하면서도, 이번에 한 번만, 딱 한 번만 하고 말렸는데, 그게 반복되는 거예요. 도저히 자신을 이길 수 없는 거예요. 그러니까 중독이란 아주 무서운 우리 마음속의 괴물이에요. 도저히 자신이 이길 수 없을 것 같은 괴물이라고요.

그럼에도 자신을 사랑한다면 거기서 빠져 나와야만 해요. 그래야 자신의 삶의 주인공이 될 수 있어요. 자기 삶을 책임질 수 있다고요. 신화 속 영웅들은 어려움을 헤치고, 자신의 운명까지도 개척하며, 그 운명을 깨트리잖아요. 그러니까 그들을 heros라고 하는 거예요. 그는 자신의 삶의 주인공이 되었기에 영웅인 거예요. 히어로는 자기 삶의 주인공이자 영웅이에요. 기왕 세상에 났으면 자기 삶의 주인공으로 살아야 해요. 자신을 옭아매는 중독이란 괴물을 물리치고 자기 삶의 주인공이 되어야 해요. 버려야 할 나쁜 습관, 빠져나와야 할 중독을 안고 있지 않은지 생각해 봤으면 좋겠어요.

사업가의 별, 어린왕자에게 배우는 장사꾼과 사업가의 차이

열등생과 우등생의 차이는 뭘까요. 첫째는 얼마나 집중을 잘하느냐, 둘째는 공부하는 요령이 좋으냐 하는 것에서 갈려요. 공부하겠다고 책을 펴놓은 시간은 많으나 성적은 영 오르지 않는 사람은 우선 집중력이 부족한 경우가 많아요. 공부하는 요령을 잘 안다면 당연히 집중도 잘할 수 있어요. 열등생과 우등생의 경우처럼 장사 또는 사업도 마찬가지예요. 보따리 장사라면 그다지 집중하지 않아도 그런 대로 꾸려갈 수 있어요. 하지만 사업을 하려면 자기 일에 집중이라고 할까, 열중할 줄 알아야 해요. 게다가 남다른 아이디어가 있어야 하고요.

어린왕자가 네 번째 별에서 만난 사람은 사업가예요. 장사꾼이 아니라 사업가예요. 일단 장사꾼보다 단위가 크잖아요. 그리고 일하는 모습을 보라니까요. 아주 열중이에요. 집중력이 보통이 아니란 말이지요. 무슨 일을 하든 일을 잘하는 사람은 뭔가 달라요. 그건 자기가 하는 일을 다른 그 무엇보다 중요하게 생각하는 거예요. 중요하게 생각하면 열중할 수 있고, 다른 건 생각도 안 나고 보이지도 않아요. 그러니까 저절로 열중할 수 있지요.

그런데 집중이 안 된다, 자꾸 다른 데 눈이 돌아간다, 자꾸 다른 생각이 난다 등 하는 일에 확신이 없다고요? 그게 문제라니까요. 뭔가 하려면 그 일이 안 될 거란 생각부터 버려야 하는 거잖아요. 그 일에 대한 간절함이 있어야 하는 거잖아요. 그러면 자연 집중이 될밖에요. 그러니까 무슨 일을 하든 일단 하려고 마음먹었으면 나중이란 단어는 버려야 해요. 일단 일을 시작했으면, 하기로 결정했으면, 나중에 대한 염려 따위는 버려야 한다는 마음을 가지고 해 보라니까요. 무슨 일이든 잘 할 수 있을 거예요. 간절해야, 모든 걸 거는 마음으로 임해야 집중할 수 있어요.

"나는 이 별에 54년간을 살아온 이래로 방해를 받은 적은 세 번밖에 없었어. 처음에는 22년 전이야. 어디서 날아들었는지 풍뎅이 한 마리가 떨어졌지. 그 놈이 요란한 소리를 내지르는 통에 덧셈이 네 군데나 틀렸지. 두 번째는 11년 전인데 신경통이 발작했기 때문이었어. 난 운동부족이야. 한가롭게 걸어 다닐 시간이 없단다. 나는, 나는 말이야, 중요한 사람이야. 세 번째는…… 바로 너야. 그러니까 아까 뭐라고 했더라. 오억 백만……"

"뭐가 억이고 백만이란 말이에요?"

조용해지긴 틀렸다는 걸 사업가는 깨달았어요.

"이따금 하늘에서 볼 수 있는 조그만 것들 말이야."

"파리떼들 말인가요?"

"천만에, 빤짝빤짝 빛나는 작은 것들 말이다."

"꿀벌들이요?"

"아니야, 금빛으로 반짝이는 조그만 것들 말이다. 게으름뱅이들은 그걸 쳐다보며 부질없는 몽상에 잠기지. 그러나 난 착실한 사람이야. 부질없는 몽상에 잠길 시간이 없단다."

"아! 별들 말이에요?"

"그래, 맞아, 별들 말이야."

"그럼 아저씬 별을 오억 개나 가지고 뭘 하는 거예요?"

"오억 일백육십이만 이천칠백삼십일이지. 나는 중요한 사람이야. 나는 정확해."

맞아요. 사업을 잘하는 사람, 공부를 잘하는 사람은 딴 생각을 안 해요. 지금 하고 있는 일만 생각한다니까요. 괜히 쓸모없는 생각과 몽상에나 빠져 있을 시간, 이걸 할까, 저걸 할까 망설일 시간이 없어야 해요. 물론 무슨 일을 하겠다고 결정하기 전에는 미래에 대한 조망도 해봐야지요. 하지만 일단 결정을 했으면 앞을 보고 달려요. 한 발을 일에 들여놓고 뒤를 돌아보면 될 일도 안 된다니까요. 그 정도로 자신이 없다면 아예 그런 선택을 하는 게 아니에요. 일단 시작을 했으면 두 발 다 집어넣고 거기서 죽든 살든 승부를 걸라고요. 그래야 우등생이에요. 그래야 사업가라니까요.

놀 땐 놀아요. 일할 땐 일하고요. 우리 모두는 자신의 삶의 사업가예요. 자신의 영역을 어떻게 개척해 나갈지를 결정하는 것이 자신의 삶의 사업가로서 해야 할 일이에요. 그 사업을 결정하고 해나가는 것은 모두 자신의 책임이에요.

그러니까 집중이 필요해요. 몽상에 빠지지도 말고, 다른 사람의 말에 너무 민감하지도 말고, 여기 저기 기웃거리지도 말고 지금 하는 그 일을 즐기란 말이에요. 여러분이 삶의 보따리 장사로 남을 것인지, 아니면 당신 삶의 훌륭한 사업가로 남을 것인지는 바로 그 미묘한 차이밖에 없어요. 여러분은 사업가라는 걸 잊어선 안 돼요. 그게 가장 중요해요. 여러분이 보따리 장사꾼인지, 사업가인지 자신을 점검하는 시간을 가져봤으면 해요.

어린왕자가 알려주는 사업을 잘하는 방법

사업을 해 본 사람도 많고, 사업 한 번쯤 해보고 싶어 하는 사람도 많지요. 하지만 사업에서 성공하는 사람은 많지 않아요. 운7 기3이란 말도 있지만, 적어도 사업기술이 사업 성공의 3을 차지하니까 어쨌든 사업수완이란 것은 사업가에게 꼭 필요한 거예요. 사업을 하는데 걸 맞는 사람, 이를테면 사업체질이 있다는 말이지요. 이러저러한 조건을 갖춘 다음, 사업을 하기로 한 이상 거기 매진한다는 각오를 해야 당연하고요. 또한 일단 시작을 하면 나중엔 어떻게 되든 그 일로 끝장을 보겠다는 야심찬 도전성신이 있어야겠지요.

어린왕자가 만난 이 사업가는 비교적 성공적인 사업가예요. 이 사업가는 계산이 빠른 사람이에요. 그 단위가 큰 숫자를 정확히 암기해 내는 능력을 보라니까요. 사람 알아보는 능력, 숫자 감각, 그거 아무나 가진 거 아니거든 요. 그렇게 오랜 동안 사업을 해왔으면서 방해를 받은 적이 세 번밖에 없다 잖아요. 그만큼 한눈팔지 않는 사람이란 의미예요.

게다가 자기 역할에 대해서, 분명한 개념을 알고 있고, 자기 철학을 가지 고 있단 말이지요. 물론 그 철학이 옳으냐 그르냐의 문제는 있지만요. 자신 은 수많은 별을 소유하고 있고, 왕은 그 별을 지배하고 있다잖아요. 적어도 통치자의 권리와 사업가의 권리를 구분할 줄 알잖아요. 사실 우리 사는 이 세상엔 권력자면서 사업가로 착각하는 사람, 사업가면서 권력자인 줄로 착 각하는 사람들도 많거든요. 이렇게 자기 자신을 제대로 알지 못하면 무슨 일을 하든 낭패를 보기 쉬워요. 더구나 사업이란 자기 능력을 충분히 파악 하고 시작해야 하는 일이에요. 그러니까 사업 아무나 하는 거 아니라고요.

"별을 어떻게 소유하는데요?"
"그것들은 누구의 것이지?"
사업가가 까다롭게 되물었어요.
"몰라요, 아무도 없지요."
"그러니까 그것들은 내 거야. 그걸 맨 처음 생각한 건 나니까 말이야."
"그걸로 다 되는 거예요?"
"물론이지, 누구의 것도 아닌 다이아몬드를 네가 발견했다면 그건 네 거야. 아무도 소 유하지 않은 섬 하나를 네가 봤다면 그건 네 섬이야. 어떤 아이디어를 네가 맨 처음 떠올렸다면 넌 특허를 낼 수 있어. 그 생각은 네 것이니까. 마찬가지야. 나보다 먼저 별을 갖겠다고 생각한 사람이 하나도 없으니까 별은 내 거야."
"그렇군요. 그렇지만 그걸로 뭘 할 건데요?"

어린왕자가 물었어요.

"난 그것들을 관리하지. 별을 세고 또 세는 거야. 어려운 일이지. 그러나 난 중요한 일을 하고 있는 착실한 사람이야!"

그러고 보니 이 사업가에겐 또 한 가지 사업가다운 면이 있네요. 아이디어가 멋지잖아요. 요즘은 특허라고 하는 것, 그렇게 오래 전에 쓴 작품인데, 사업가의 특허를 생각했다는 게 참 놀랍지요. 그야말로 이 세상은 아이디어의 싸움이잖아요. 누가 어떤 아이디어를 가졌느냐가 그 분야에서 소위 잘나가는 사람이 되는 거니까요. 글을 쓰는 작가에게 아이디어는 생명과도 같은 것이고요. 그뿐인가요. 무엇을 하든 아이디어는 꼭 필요해요. 그 아이디어는 생산적이고, 경제적이고, 효과적이고, 창의적으로 인도하는 것이니까요.

사업에는 더 말할 나위 없이 아이디어는 필수예요. 아이디어의 질에 따라 사업은 흥할 수도 있고 퇴보를 거듭할 수도 있어요. 아이디어의 신선도에 따라 사업의 흥망이 갈리기도 하고요. 무슨 일에든 신선한 아이디어, 그것 참 가치 있는 일이에요. 다른 사람이 발견하지 못한 것을 발견하는 일, 다른 사람이 시도하지 않은 것을 시도하는 일, 다른 사람이 미처 생각하지 못한 것을 생각해 내는 일, 그것이야 말로 신선한 아이디어예요. 그러니까 사업을 하고 싶다면 아이디어를 개발해야 해요.

사업을 한다는 것, 그건 아무나 할 수 있는 건 아니에요. 어린왕자가 만난 사업가처럼 첫째, 세상에 대한 계산을 잘 할 것. 둘째, 주변의 소음에도 불구하고 자기 일에 열중할 수 있는 집중력이 있을 것. 셋째, 자기 역할이 어디까지인지, 자기의 권한이 어디까지인지, 자기 영역이 어디까지인지를 잘 구분할 줄 알 것. 넷째, 남다른 아이디어를 찾을 수 있는 능력이 있을 것. 다섯째, 그 아이디어로 자신만의 고유한 영역을 만들어갈 깃. 이 다섯 가지를 갖추어야 해요. 사업을 하려면 이 기준에 맞는지 자신을 점검해 봐요. 우리는 세상 사는 동안 그 무언가를 하는 사업가예요. 자신의 재능과 열정, 생각을 팔고 사는 사업가예요. 자기 취향과 능력에 맞는 사업 종목이 무언지 생각해 봐야겠죠.

어린왕자에게 배우는 사업보다 이롭고 의미 있는 일

〈어린왕자〉, 이 책 역시 상징적인 것들이 많기 때문에 특히 왜라고 물으며 읽어야 해요. 그래야 보다 많은 것을 읽어낼 수 있어요. 어린왕자는 이 사업가의 별을 떠나면서 참 이상하다는 거예요. 얼핏 읽기에 여기 사업가는 제법 괜찮은 사업가 같아요. 그런데 어린왕자는 부정적으로 보고 있단 말이지요. 왜일까요? 사업가는 자신만의 독특한 아이디어로 별 하나씩 자기 것으로 삼아요. 어린왕자는 그렇게 해서 그걸로 무엇을 할 것인지 묻지요. 그러니까 이 사업가는 "난 그것들을 관리하지. 별을 세고 또 세는 거야. 어려운 일이지. 그러나 난 중요한 일을 하고 있는 착실한 사람이야!"라는 거예요.

사업가는 다른 보통 사람보다 어려운 일을 하고 있는 건 분명해요. 그러니까 중요한 사람이라는 자기 인식도 옳은 말이고요. 그럼에도 어린왕자는 이 사업가가 이상하다는 거예요. 사업가는 별을 모아 자기 것으로 삼을 줄만 알았지, 그것을 무엇에 사용해야 할지에 대한 자기 철학이 없었어요. 그러니 사업을 나름 잘한다지만 사업의 본질, 정작 중요한 것을 잊고 있는 거예요. 모을 줄만 알았지, 장부에 기록할 줄만 알았지, 그걸 모셔만 둔다는 것은 아주 비효율적이에요.

할 말이 아무리 많아도 말을 하지 않으면 그건 말이 아니에요. 쓸 거리는 많아도 글로 표현하지 않으면 그건 글이 아니잖아요. 사업이라는 것도 마찬가지예요. 돈이 아무리 많아도 그 돈을 쓰지 않으면 그건 돈이 아니에요. 돈을 벌기 위한 것이라면 돈이 밖으로 나와서 돌고 돌아야 하는 거예요. 무엇

5. 어린왕자와 이상한 어른들의 만남

이든 실제로 쓸모 있는 것이어야 해요. 언제나 추상적으로만 있어선 무의미하단 말이지요. 그렇게 모은 돈을 창고에만 박아 놓고 있으면 그건 사업이라 할 수 없어요. 그러니까 사업가는 사업의 기본을 모르고 있는 거예요. 정작 중요한 것을 알지도 못하면서 자신을 중요한 일을 하는 사람으로 착각하는 것이지요.

"난, 머플러가 있으면 그걸 목에 감고 다닐 수가 있어요. 난, 꽃이 있으면 그걸 꺾어 가지고 다닐 수가 있어요. 그러나 아저씨는 별을 딸 수가 없잖아요."

"없지. 그러나 은행에 맡겨 둘 수는 있어."

"그건 무슨 의미인데요?"

"작은 종이에 내가 가진 별들의 숫자를 적어서 서랍 속에 넣고 자물쇠를 채워둔다는 걸 의미하지."

"그것이 단가요?"

"그거면 충분하지!"

어린왕자는 생각했어요.

'그거 재미있군. 제법 시적이기도 하고. 하지만 아주 중요한 일은 아니야.'

어린왕자는 중요한 일이라는 것에 대해 어른들과는 다른 생각을 갖고 있었어요.

그는 다시 말했어요.

"내겐 날마다 물을 주는 꽃이 한 송이 있어요. 매주마다 청소를 하는 화산도 세 개 있고요.(내가 불 꺼진 화산을 청소한다는 걸 아무도 모를 거예요.) 화산한테도 이로운 거예요. 하지만 아저씨는 별한테 하나도 이로울 게 없네요."

사업가는 뭐라 입을 열려 했지만 대답할 말을 찾지 못했어요. 어린왕자는 그 별을 떠났어요.

'정말 어른들은 아주 이상해.'

여행을 계속하는 동안 어린왕자는 그렇게만 생각했어요."

우리가 돈을 버는 이유는 돈을 쓰기 위해서예요. 우리가 싱싱을 하는 이유는 상상을 통해 창의력을 기르려는 거예요. 모든 것은 안으로 들어갈 때, 가치를 갖는 것이 아니라 드디어 밖으로 표출될 때 가치를 갖는 거예요. 추상적으로 명목상으로만 있으면 자기만족은 될 수 있지만 그건 다른 데엔 별로 소용없어요. 아주 멋진 생각을 했다고 한들 그걸 마음으로 품고 있으면 그건 소용이 없는 거잖아요. 그것을 드디어 밖으로 끄집어내어 보여줄 수 있을 때 그건 가치를 갖는 거예요. 진정으로 자신에게도 남에게도 쓸모가 있는 것이고요.

사업이란 많이 기록해 두고, 많이 쌓아두는 것만으로 다 되는 것이 아니란 말이에요. 그건 소유가 아니라 교감이어야 해요. 서로에게 소용이 있어야 한다고요. 자신이 발견한 것, 또는 자신과 관계를 맺은 것이라면 그것을 모셔만 두는 것이 아니라 자신이 직접 보살필 수 있고, 보호할 수도 있어야 해요. 세상 모든 것의 지배자가 되려는 권력이나 그냥 감춰두는 것이나 자유롭지 못한 건 마찬가지니까요. 그렇게 해야 하는 것이 사업가의 일이라면 사업가가 되기보다는 사람답게 사는 게 훨씬 중요하고 의미 있는 일이라고요.

그러니 무엇이든 소유하는 것이라든가 지배하는 것이라든가, 그런 생각이 앞서면 그건 세상을 이롭게 하지 못해요. 상대를 소중하게 여기고 정성을 다해 주어야 해요. 어린왕자가 직접 꽃에 물을 주듯이, 꺼진 화산까지도 청소를 해 주듯이 직접 교감하고 소중히 여길 수 있어야 해요. 그런 마음으로 살아야 서로에게 이로운 거예요. 그러니까 살아 있는 모든 것은 모두 나와 같은 생각을 가지고 있으며, 감정을 가지고 있으며, 자유롭고 싶다는 것을 알아야 해요. 사랑이란 소유하는 것이 아니라 존재로 인정하는 일이니까요. 자신에게 이로운 일만 하려 하지 말고 서로에게 이로운 일을 하며 살아야 해요. 소유에 너무 집착하지 말고 서로 교감하며 살려 노력해야 해요. 사업가가 되기보다는 사람으로 사는 게 중요하고 의미가 있어요. 소유보다는 진정한 사랑이 훨씬 가치 있고 이로운 거라고요.

공직자의 별, 어린왕자가 만난 공무원의 모습과 의미

나중에 어른이 되면 왕이 될 어린왕자, 보다 멋진 왕이 되고 싶은 어린왕자는 세상 구경을 떠났어요. 그토록 정들었던 장미와 떨어져 오랜 여행을 했어요. 여행을 떠난 이후 네 개의 별을 여행하고, 다섯 번째 별을 방문하게 되었어요. 지금까지 구경한 별에선 그다지 배운 게 별로 없었어요. 그들 모두는 어린왕자의 기준으로 보았을 때 의미 없는 생활, 가치 없는 생활을 하는 이들이었으니까요. 어린왕자가 의미 있는 삶으로 치부하는 것은 누군가에게, 적어도 한 사람에게라도 이로운 일을 하는 것, 조금이라도 누군가에게 도움을 주는 것이었어요.

그런데 지금껏 방문한 별들에 사는 사람들은 오직 자기만을 위해 사는 이들이에요. 이를테면 이기적인 존재고요. 왕은 자기의 권위를 위해서만, 자기의 권력 유지를 위해서만 신경을 쓰잖아요. 그리고 모든 이들을 신하로만 생각하고 귀찮은 건 모두 다른 사람에게 맡기고 자기 자리만 지키는 데 전전긍긍하는 이기적인 존재예요. 허영쟁이는 오직 칭찬을 듣는 데만 신경을 쓸 뿐이고요. 술꾼은 술 마시는 데만 관심이 있어요. 장사꾼은 그저 재산을 모으고 감추어 두는 데만 신경을 쓰니까요. 다른 이들에겐 이로울 게 없는 이들이니까 어린왕자가 보기엔 버섯 같은 존재며 이상한 존재들이에요.

그에 비하면 어린왕자는 그래도 의미 있는 존재라고요. 장미를 위해 물을 뿌려주었으니까요. 장미에게 바람막이도 씌워주었으니까요. 장미의 불평도, 자랑도 심지어는 침묵까지 들어주려 애썼으니까요. 적어도 누군가에겐 이로움을 준 것이니까 어린왕자는 의미 있는 삶을 살았던 셈이에요. 어린왕자의 별에는 살아 있는 것이라곤 장미밖에 없었으니까 실상은 모든 것에 최선을 다해 주었으니까 어린왕자는 충분히 의미 있는 삶을 살았던 거예요. 그런데 이번에 만나는 점등인은 그나마 조금이라도 남에게 이로움을 주는 존재니까 어린왕자도 조금은 반가웠을 거예요.

다섯 번째 별은 아주 신기했어요. 이 별은 모든 별들 중에서 가장 작은 별이었어요. 점등인 한 사람이 앉을 만한 자리밖에 없었어요. 어린왕자는 하늘 어딘가에, 집도 없고 사람도 살지 않는 별 위에 가로등과 점등인이 무슨 소용이 있을까 이해할 수 없었어요. 그렇지만 그는 속으로 이렇게 생각했어요.
'이 사람도 불합리한 사람일지 몰라. 하지만 왕이나 허영쟁이나 사업가나 술꾼 같은 엉터리보다는 낫겠지. 적어도 그가 하는 일은 어떤 의미가 있어. 그가 가로등에 불을 켜면 별 하나 더, 또는 꽃 한 송이를 새로 태어나게 하는 것이나 같으니까. 그가 가로등을 끄면 꽃이나 별을 잠재우는 거고. 아주 멋진 일이야. 그러니까 정말로 유익한 일이고.'
그는 별에 도착하자 점등인에게 공손히 인사를 했어요.
"안녕하세요. 왜 방금 가로등을 껐지요?"
"명령이야. 안녕?"

의도적으로 남을 도와야겠다는 생각을 갖지는 못해도, 그저 묵묵히 자신의 일을 하는 사람, 그런 정도의 사람이라면 나름 도덕적인 삶을 사는 셈이에요. 자신이 원해서 하는 것은 아니어도 자신의 일이니까, 그 일을 하면 가치 있어요. 그렇게 살면 의식적으로 가치와 의미는 생각하지 않고 살아도 그 삶 자체가 누군가에게 도움이 되고 있는 사람이에요. 불을 켜는 일은 세상을 밝히는 일이고, 때에 맞춰 불을 끄면 세상 사람은 잠을 잘 수 있게 하는 일이니까요. 마땅히 해야 할 일을 하는 사람, 점등인, 그는 피상적으로는 내세울 것도 없는 사람인 것 같지요. 하지만 비록 명령에 따라 사는 삶이지만 그의 삶은 의미 있는 삶을 사는 거예요.

　앞에 나온 이들은 자율적임에도 가치 없는 삶을 사는데, 이 사람은 타율에 의해 살면서도, 아니 그렇기 때문에 조금은 가치 있는 거예요. 공적인 일이란 적어도 사회에 이익이 되는 거니까요. 자율이 주어지면 그 주어지는 만큼 사회적인 책임은 더 해야 하는 거예요. 타율적인 삶을 살아야 하는 사람에겐 그만큼 책임도 적고요. 최소한 명령에 따라 산다는 것을 전제로 한다면 말예요. 그러니까 어린왕자는 점등인을 다른 사람보다는 의미 있는 일을 한다고 여기는 것이지요. 자기를 내세울 생각도 없고, 그저 명령에 따라 움직이는 거예요. 요령도 부리지 않아요. 명령에 따라 그대로, 원칙대로 하는 것이지요. 점등인은 바로 공무원을 상징하고 있어요.

　사실 요즘 점등인 만큼 자기 일에 충실한 공무원도 많지 않으니까 문제가 되는 거라고요. 적어도 점등인처럼 자기 일에 충실한 사람, 가장 작고 보잘것없는 곳에 살아도 자기에게 주어진 일이니까 최선을 다하는 사람, 남에게 도움이 된다는 생각을 미치 못 헤도 그 일 자체에서 남에게 조금이라도 도움을 주는 사람, 그런 사람이 많아야 사회가 안녕한 거예요. 제 잘난 맛에 자기를 내세우려는 사람이 많으니까 사회는 어지러운 거라고요.

어린왕자가 알려주는 생활의 여유를 찾는 법

　'눈코 뜰 새 없이 바쁘다'는 말이 있지요. 요즘이 딱 그런 시대인 것 같아요. 모두들 바쁘게 움직여요. 출근 시간에 지하철 환승역 통로에 가 본 적이 있나요? 눈만 살아서 반짝거리면서 정신없이 오고 가시요. 다른 사람이 바

쁘니까 모두 덩달아 바쁜 것 같아요. 모든 것이 빨라졌어요. 대신 시간은 아주 절약되었지요. 서울에서 부산까지 여섯 시간이나 걸리던 것이 지금은 세 시간이면 갈 수 있는데 그 남아도는 시간은 어디로 간 걸까요?

시간은 절약이 안 되는 것이거든요. 그러니 모든 것이 빨라지는 세상처럼 점점 더 바빠지기만 하는 거예요. 자동화된 장치들이 우리 대신 일을 해 주니까 할 일은 줄어들어야 정상인데 할 일은 점점 더 많아지는 것 같고요. 그렇게 모든 것이 편리해지고, 표준화되고, 간소화되어 살기가 편해졌음에도 우리는 살기가 점점 힘들어요. 왜냐고요? 그만큼 우리의 욕망은 더 커지기 때문이에요. 그러니까 욕망을 좀 내려놓으면서 살아야 해요. 그러지 않으면 우리는 우리가 만들어 놓은 것들을 다스리는 주인이 아니라, 그것들에 지배당하는 노예로 살아야 해요.

"나는 너무 힘든 일을 하고 있단다. 예전엔 이치에 맞는 일이었지. 아침에 불을 끄고 저녁에 불을 켰으니까. 낮엔 쉴 시간도 있었고 밤엔 잠잘 시간도 있었고⋯⋯."

"그러면 그 뒤로 명령이 바뀌었나요?"

"명령이 바뀐 건 아니란다. 비극은 바로 그거야! 별은 해마다 점점 빨리 도는데 명령이 바뀌지 않는 거야!"

점등인이 말했어요.

"그래서요?"

어린왕자가 물었어요.

"그래서 지금은 별이 일 분에 한 바퀴씩 도니까 나는 단 일 초도 쉴 시간이 없는 거야. 일 분마다 한 번씩 켰다 껐다 하는 거야!"

"그거 신기하군요! 아저씨 별은 하루가 일 분이야!"

생텍쥐페리는 우리가 바빠질 것을 이미 알고 있었어요. 그러면 그에 맞춰 여유 있는 삶의 방식을 찾았어야 했는데 우리는 너무 철학이 없었어요. 그냥 열심히 모든 것을 간편하게 만들고, 빠르게 이동할 수 있게 만들며, 모든 것을 풍요롭게 만들 줄만 알았지, 그것들을 제대로 활용하고 이용할 줄 아는 건 제대로 생각하지 않았던 거예요. 그러니까 발전을 거듭할수록 우리는 점점 더 비극적인 삶을 살아야 한다니까요. 점등인처럼 자신을 돌아볼 여유조차 없다니까요.

"아저씨 별은 너무 작아서 성큼성큼 걷는 걸음으로 세 걸음이면 한 바퀴를 돌 수 있어요. 아저씨가 계속 햇빛 아래 있으려면 그만큼 천천히 걷기만 하면 되는 거예요. 아저씨가 쉬고 싶으면 걸으면 되는 거예요……. 그럼 아저씨가 원하는 만큼 낮이 길어질 거예요."

"나한테는 대단한 해결책은 아니구나."

점등인이 말했어요.

"내 평생에 하고 싶은 것은 잠을 자는 것이거든."

남이 하는 대로 따라만 가면, 남들이 한다고 나도 하려 하면, 할 일만 많아져요. 그건 자기 삶을 사는 게 아니에요. 자율적인 삶이 아니라고요. 남이 명령한다고 명령이 아니라 남의 시선을 의식하는 것, 남이 하는 걸 안 하면 불안해하는 것, 그게 명령에 따라 사는 거라니까요. 그러니까 마음의 여유를 찾으려면 우선 자율적인 인간이 되어야 해요. 자기 소신이 있어야 한단 말이지요.

가만 생각해 봐요. 정말 지금 하고 있는 일 모두가 중요한 일인지, 아니면 별로 의미 없는 일인데 남이 하니까 하는 일인지, 남의 시선을 의식해서 하는 일에 불과한지, 생각해 보라니까요. 하지 않아도 될 일은 과감히 내려놓아야 해요. 물론 남을 이롭게 하는 일이라면, 그것이 자의적이 아닌 강제적인 일이라도 괜찮아요. 그렇게 남에게도 나에게도 이로운 일이라면 그건 중요한 일로 치고요. 다른 일들 중에서 하지 않아도 될 일이 있다면 그 일부터 줄여 버려요. 우리는 시간의 노예가 아닌지 돌아보고, 시간의 주인이 되어 살겠다는 다짐을 하는 시간을 가져야 해요.

학자의 별, 어린왕자가 만난 탁상공론만 하는 학자의 의미

어린왕자는 이번엔 지리학자를 만나요. 지리학자는 학자를 상징하지요. 그러니까 이 별은 학자들의 별이에요. 그럼 학자들은 어떤 본성을 갖고 있나 만나볼까요. 이 사람은 중요한 일을 하고 있다고 말해요. 자신이 하는 일이 중요하다고 생각하는 건 바람직한 일이지요. 그런 마음이 없이 자신의 일을 하려면 얼마나 맥 빠지고 힘들겠어요. 자기 일에 의미를 부여하고, 자기 삶이 가치가 있다고 생각하는 사람은 그나마 행복할 가능성이 있어요. 자기 일이란 게 별 볼일 없다, 자기 삶은 참 가치 없다고 생각해 봐요. 세상이란 건 마치 우울한 사막을 건너는 것과 같을 테니까요. 그러니까 자기 일에 자부심을 갖는 건 우리 모두 본받아야 해요.

그래도 학자라면 엘리트니까 사는 모습은 그럴 듯한 건 당연해요. 다만 자리에 앉아서 정보를 기다리니까 문제라는 거예요. 자칫 잘못하면 곡학아세가 될 수 있으니까요. 그렇게 되면 아주 큰 문제가 생기고 말아요. 학자란 세상의 많은 이론들을 만들어내니까 영향력이 아주 크거든요. 어느 학문을 담당하느냐에 따라 정도의 차이가 있지만, 자칫 그릇된 이론을 만들어 내거나 위험한 이데올로기를 만들어내면 더 문제지요. 그 이론이나 사상은 알게 모르게 사람들의 머리를 파고 들어가 완전히 세뇌시켜 놓고 말아요. 세뇌당한 사람은 자신의 생각을 진리로 알고 자기 고집을 넘어 억지를 부릴 테니 사회가 아주 혼란스럽겠지요.

학자는 편견을 만들어낼 위험이 있으니까 책임이 아주 막중해요. 그런데 학자가 편견을 가지고 있다고 생각해 봐요. 그러면 그가 속한 사회는 아주 위험하지요. 우리의 마음은 한번 물들면 그 물이 잘 안 빠져요. 그러면 그 물은 다시 퍼져나갈 테고요. 영향력에 따라 퍼져나갈 범위를 생각해 봐요. 독버섯처럼 퍼져서 나중에는 살기조차 어려운 세상이 될 테지요. 그런 독버섯 같은 학자가 한 명이라도 있다면 문제예요. 그 독버섯을 먹을 사람은 분명 있을 테니까요. 독버섯일수록 더 아름다워 보이고 더 그럴 듯하니까 아주 위험해요.

"그럼 도시와 강과 사막은요?"
"그것도 난 알 수가 없단다."
지리학자가 말했어요.

"하지만 할아버진 지리학자라면서요!"

"그건 맞는 말이지. 하지만 난 탐험가는 아냐. 나는 이 별 탐험가를 하나도 못 만났어. 도시, 강, 산, 바다, 대양과 사막을 세러 다니는 게 지리학자가 아니거든. 지리학자는 너무나 중요한 사람이어서 돌아다닐 수가 없단다. 자기 책상을 떠나는 법이 없어. 서재에서 탐험가를 맞아들이지. 지리학자는 그들에게 질문을 하고 그 탐험담을 기록하는 거야. 그러다가 어떤 탐험가들 중 한 사람의 기억이 그에게 흥미가 있으면 지리학자는 그 탐험가의 도덕성을 조사하게끔 하는 거야."

"그건 왜요?"

"거짓말하는 탐험가는 지리책 속에서 큰 재난을 불러 올 수도 있기 때문이지. 술을 너무 많이 마시는 탐험가도 마찬가지고."

"그건 왜요?"

어린왕자가 물었어요.

"주정뱅이는 하나를 둘로 보기 때문이야. 그러면 지리학자는 산이 하나밖에 없는 곳인데도 둘이 있다고 기록할 테니까."

"품행이 나쁜 탐험가를 저도 한 사람 알고 있어요."

어린왕자가 말했어요.

"그럴 수 있지. 그래서 탐험가 품행이 좋은 것 같으면 우리는 그가 발견한 것들을 조사한단다."

"가 보나요?"

"아니야, 그건 너무나 복잡하지. 하지만 탐험가에게 증거물을 내놓으라고 요구하지. 예를 들어 큰 산을 발견했다고 하면 우리는 그에게 그 산의 큰 돌들을 가져오라고 요구한단다."

그럼에도 무책임한 학자들이 많아서 그게 문제예요. 정말 제대로 된 학자라면 직접 체험해 봐야 해요. 그런데 이 학자는 성과를 올리는 일에만 아주 민감해요. 그래서 새로운 정보가 있다고 생각하면 흥분하여 그것을 알아내려 하지요. 그러다 과욕 때문에 자칫 정보를 왜곡할 수도 있어요. 그러니까 학자는 항상 자신을 잘 돌아보고, 단련해야 해요. 앉아서 일을 하려면 정보를 제공하는 사람을 믿어야만 하잖아요. 물론 믿을 만한 사람인가 아닌가를 판단한다고는 해요. 하지만 자신의 기준이 옳지 않다면 그건 아무것도 아니잖아요. 왜곡된 시각을 가지고 있으면 제 눈으로 확인하고 또 확인해도 그건 마찬가지예요.

그러니까 학자는 무엇보다도 편견을 갖지 말아야 해요. 더구나 찬반으로 갈리는 그 무엇을 연구하는 학자라면 더 더욱 자신을 갈고닦아서 어느 한쪽에 줄을 대면 곤란해요. 아무리 자기 학식을 내세워도 그건 진실이 아니니까요. 오히려 편견의 시각은 무식보다 안 좋아요. 무식이란 적어도 남에게 큰 영향력을 미치지 않으니까 독버섯은 아니에요. 그런데 유식하고 저명해 보라고요. 그 영향력은 아주 커요. 그러니까 많이 배울수록, 자기 명성이 높아질수록 세상에 대한 책임을 더 크게 느끼고 신중해야 해요. 혹시 소영웅주의에 빠져서 편견에 사로잡혀 있지는 않은지 생각해 봐요. 여러분은 참 중요한 사람이니까요.

어린왕자에게 배우는 나에게 중요한 것

　우리 삶에 정말 중요한 것은 무엇일까요? 그 중요한 것이란 누구에게나 같은 것일까요? 어린왕자는 그게 궁금했어요. 그가 만나는 모든 사람들은 자신은 중요한 일을 하고 있으며, 중요한 사람이라고 말해요. 하지만 어린왕자가 보기엔 그것보다 중요한 것은 따로 있었어요. 어린왕자가 중요하게 생각하는 건 일단 서로 소통이 가능해야 하고요. 그 다음엔 적어도 누군가에게 의미가 있거나 이로워야 하는 것이었어요. 그러니까 중요한 것에 대한 어린왕자의 생각과 다른 사람들의 생각이 애당초 일치하지 않았어요.

　자신은 중요한 일을 하고 있다, 자신은 중요하다는 사람들, 그들이 하는 일은 자신의 명예에, 자신의 권력에, 자신의 사업에 도움이 될지 몰라도 다른 사람에겐 전혀 이익을 주는 것이 없었어요. 그러니 어린왕자가 보기엔 참 이상한 것이었어요. 어린왕자는 적어도 이기적인 삶보다는 남에게 조금이라도 이로운 삶을 사는 것, 가치 있는 일을 하며 사는 게 중요하다는 생각이었거든요. 세상은 혼자 사는 것보다는 더불어 사는 게 중요하거든요.

　"우리는 꽃 따위는 기록하지 않는단다."
　지리학자가 말했어요.
　"왜요! 내 별에서 제일 예쁜 건데!"
　"꽃은 덧없는 것이기 때문이야."
　"'덧없다'는 게 무슨 뜻인데요?"
　지리학자가 이렇게 대답했어요.

"지리학 책은 모든 책 중에서 가장 중요한 책이야. 절대로 유행에 뒤떨어져서는 안돼. 산이 자리를 옮기는 건 아주 드문 일이야. 큰 바다에 물이 마른다는 것도 아주 드문 일이고, 우리는 영원한 것들을 기록하는 거야.

"어린왕자가 말을 막았어요.

"하지만 꺼져 있던 화산이 다시 깨어날 수도 있잖아요? '덧없다'는 게 무슨 뜻인데요?"

지리학자가 말했어요.

"화산이 죽었건 살았건 상관없어. 그건 우리에겐 똑같은 거야. 중요한 것은 산이야. 산은 변하지 않는 거니까."

"그런데 '덧없다'는 것은 무슨 뜻이에요?"

한번 질문을 던지면 절대로 포기하지 않는 어린왕자는 다시 물었어요.

"그건 '머지않아 사라질 위험이 있다'는 뜻이야."

지리학자도 중요한 것만 기록한다고 말해요. 그가 생각하는 중요한 것이란 변하지 않는 것이에요. 하지만 변하지 않는 것이 일반인들에게 꼭 의미가 있는 건 아니잖아요. 오히려 잠시 있다 사라진다 해도 그것이 더 중요할 수 있잖아요. 지리학자는 친구, 이웃, 사람들을 전혀 기록하지 않겠지요. 그들은 곧 변할 거고 사라질 테니까요. 하지만 하루를 같이 보내도 사람에겐 사람이 가장 중요하잖아요. 어린왕자에겐 무엇보다 길들여진 장미, 자기가 정성을 들여 물도 주고 바람도 막아주며 보호해 주었던 장미가 중요한 것이고요. 따라서 어딘가에 기록되어 있지 않는 게 더 중요할 수도 있단 말이지요.

인간은 영원한 존재가 아니에요. 때문에 영원한 것만을 좋아하는 건, 그런 것만을 중요하게 생각하는 건 어울리지 않아요. 그렇게 살면 평생 행복할 수 없어요. 너무 원대하게 생각할 것이 아니라 가까이 있는 것과, 가까이 있는 사람들을 소중히 여기고, 관계를 맺어온 사람들을 소중히 여기며 살아야 해요. 그래야 행복해요. 행복이란 대단한 그 무엇에 있는 게 아니라 소박하게 생각하며 살아가는 일에 촘촘히 박혀 있어요. 그러니까 행복은 거창한 것이 아니라 사소한 것에도, 기록으로 남기지 않는 것에도 있는 거라고요.

"내 꽃이 머지않아 사라질 위험이 있다고요?"

"물론이지."

어린왕자는 생각했어요. '내 꽃은 덧없는 거구나. 그리고 내 꽃은 세상에 대항하여 자신을 보호하기 위해 네 개의 가시밖에 가진 것이 없고, 그런 꽃을 내 별에 혼자 남겨두었다니!'

이것이 처음으로 그가 후회한 순간이었어요. 그러나 그는 다시금 용기를 내었어요. 그리고 이렇게 물었어요.

"제가 어떤 곳을 방문하는 게 좋을지 조언 좀 해 주실래요?"

"지구란 별이 있어. 그 별은 평판이 좋거든……."

지리학자가 대답했어요. 그래서 어린왕자는 자기 꽃을 생각하며 길을 떠났어요.

지금 옆에 있는 사람을 가만히 바라보세요. 지금 그렇게 보지 않으면 다음엔 볼 수 있는 기회가 없을 수도 있어요. 지금 옆에 있는 사람에게 말을 걸어보세요. 지금 말을 나누지 않으면 다음엔 말을 나눌 기회가 없을 수도 있어요. 지금 옆에 있는 사람의 손을 살며시 잡고 온기를 느껴 보세요. 지금 느끼지 않으면 다시 기회가 없을 수도 있어요. 살아 있는 모든 것은 덧없는 것들이니까요. 덧없는 것들은 어느 순간 사라지면 그걸로 끝이고요. 살아 있는 것을 느낄 수 있을 때 느껴야 하고, 보호해 줄 수 있을 때 보호해 주어야 하고, 교감을 나눌 수 있을 때 교감을 나누어야 해요. 덧없는 것들이 영원히 변하지 않는 것보다 더 중요할 수 있으니까요.

사람은 참 약해요. 따라서 혼자 살기는 어렵고 더불어 살아야 해요. 때문에 우리는 서로 보호하고, 위로하고, 어깨를 의지하고, 말을 나누고, 온기를 나누며 살아야 해요. 그렇지 않으면 나중에 그 사람을 잃고 후회할 일이 생겨요. 사람도 덧없는 존재니까요. 있을 때 잘해줘야 하는 거라고요. 정말 여러분에게 중요한 사람이 누군지, 정말 중요한 것이 무엇인지 생각해 봐요. 너무 거창하고 원대한 중요한 것 말고요. 가까이 있는 중요한 사람 또는 지금 중요한 것이 무엇인지 생각해 보라니까요. 그러면 여러분은 참 쓸 만한 사람이고 괜찮은 사람이고 멋진 사람이에요.

어린왕자가 알려주는 '어떻게'와 '왜'의 가치 차이

사람의 마음은 참 요상하지요. 마음이 사람의 모든 것을 조종하니까 말이지요. 우리는 눈으로 세상을 보는 것 같지만 실은 마음으로 세상을 봐요. 같은 사람이어도, 사랑하는 순간에 그를 볼 때는 그의 모두는 다 좋아요. 그와 함께하는 모든 일들은 다 가치가 있고 의미가 있는 것 같아요. 반면 그를 미워할 때 그를 보면 그의 모두는 보기조차 싫어요. 그와 함께하는 시간이 너무 괴로워서 그 순간을 벗어나고 싶을 뿐이고요. 참 이상한 일이죠. 눈의 구조가 바뀐 건 분명 아니잖아요. 그 사이에 갑작스런 시력의 변화가 있었던 것도 아니고요. 그러니까 모든 것을 보는 것은 마음이라니까요.

듣는 것도 마찬가지예요. 좋을 땐 그 어느 말도 다 좋게 들려요. 진실이 담긴 충고, 따뜻한 위로의 말로 들려요. 그러다 싫어지면 같은 말도 비웃음으로, 무시당하는 말로, 지나친 간섭으로 들려오는 거예요. 그래서 우리는 무엇보다 마음을 잘 다스릴 줄 알아야 해요. 그렇지 않으면 우리는 진실을 볼 수 없어요. 우리는 그 진실을 잃었기 때문에 번덕스러워지는 거예요. 그래서 남을 제대로 보지 못하고 원망하고 오해하는 거예요.

어린왕자도 그러했어요. 장미가 건네는 말들이 전에는 아주 부드러운 시냇물 소리처럼 아름답게 들렸는데, 그 소리가 잔소리로 들려왔어요. 괜한 트집을 잡고 괜한 심술을 부리는 것 같았어요. 일부러 못살게 굴기로 작정을 한 것 같았어요. 그러자 전에는 아주 어여쁜 모습으로만 보이던 장미의 모습이 위선적이고 허영덩어리고 오직 자신을 괴롭히기 위해 생겨난 추한 모습으로 보였어요. 그래서 어린왕자는 장미와 함께 있는 일이 괴로웠던 거예요.

참 이상한 일이지요. 여전히 장미는 장미일 뿐인데 어떻게 고약한 장미로 변했을까요? 장미는 실제로 변한 건 아니었어요. 어린왕자의 마음이 변한 것이지요. 그것도 모르는 어린왕자는 장미를 두고 자기 별을 떠났어요. 하지만 떠난 지 오래지 않아 장미가 그리워졌어요. 생각을 깊이 했어야 했는데, 어린왕자는 장미가 싫어서 떠난 것만은 아니었어요. 보다 나은 왕이 되기 위해 견문을 넓혀야 한다는 명분이 있었어요. 사람이란 아주 사소한 여행이라도 나름의 명분이 아니면 핑곗거리라도 있어야 하잖아요.

그렇게 떠나온 어린왕자의 여행은 여섯 별을 방문하는 일정이었어요. 여섯 별을 여행했지만 어린왕자는 돌아갈 명분을 발견하지 못했어요. 어린왕자는 그 별들에서 만난 이들로부터 별로 건질 것이 없었어요. 그래요. 그들은 이기적인 존재들이었거든요. 이를테면 어떻게 하면 왕 노릇을 잘할까, 어떻게 하면 박수를 많이 받을까, 어떻게 하면 취할까, 어떻게 하면 명령에 잘 따를까, 어떻게 하면 소유를 늘릴까, 어떻게 하면 많은 지식을 축적할까, 그들은 그렇게 '어떻게'만 따지고 있었어요. 그러니 어린왕자가 그들에게 무엇을 배울 수 있겠어요.

이제 알겠지요. 어린왕자가 이들을 왜 이상한 어른들이라고 생각했는지요. 여섯 별에 사는 이들은 자신들이 하는 일에 대해 '어떻게'라는 방법만 생각했지, 그 일을 '왜 해야 하는지'에 관한 이유나 진정한 가치를 생각하지 않았던 거예요. '어떻게'란 생각은 피상적인 것만을 중요하게 생각하는 것이거든요. 그러니 어른들은 진실을 잃어버렸어요. 자신의 진실, 인간의 진실을 찾으려면 '왜'라고 물어야 해요. 그래야 그것에 심층적인 의미와 가치를 발견할 수 있어요. 그러니까 우리는 무슨 일을 하든 습관적으로 '왜'라고 물어야 해요.

그렇게 접근하는 것이 인문학이에요. 인문학은 왜냐고 묻는 데서 출발하는 학문이에요. 그렇게 아주 진지하게 그리고 조목조목 왜라고 물어야 그 무엇에 대한 진정한 의미를 발견할 수 있어요. 혹시 이제까지 '어떻게'에만 신경을 썼다면 이제는 왜냐고 물어봐요. 모든 일에. 그러면 좀 더 진지하고 남보다 가치 있는 삶을 발견할 수 있을 거예요.

6.
어린왕자와 떠나는
가치 있는 삶을 찾는 지구여행

'우물 안 개구리'란 말이 있지요. 사람은 환경의 영향을

굉장히 많이 받아요. 환경이 사람을 만든다고 할 수 있

어요. 아주 작은 별에 살고 있어서 좁은 지식과 좁은 생

각에서 벗어나지 못했던 어린왕자는 여행을 떠났잖아

요. 그런데 그가 방문한 별들이란 자신이 살고 있는 별보

다 조금 컸을 뿐이에요. 좀 다른 점이 있다면 자기가 살

던 별들과는 달리 그 별들엔 어른이 살고 있다는 점이었

어요. 하지만 그 어른들에게 배울 거라곤 별로 없었어요.

그들 모두 자신만 생각하고 자신의 일에만 관심 있는, 자

신의 이익만 추구하는 이상한 어른들이었으니까요.

공직자가 다른 사람들보다 중요한 이유

'우물 안 개구리'란 말이 있지요. 사람은 환경의 영향을 굉장히 많이 받아요. 환경이 사람을 만든다고 할 수 있어요. 아주 작은 별에 살고 있어서 좁은 지식과 좁은 생각에서 벗어나지 못했던 어린왕자는 여행을 떠났잖아요. 그런데 그가 방문한 별들이란 자신이 살고 있는 별보다 조금 컸을 뿐이에요. 좀 다른 점이 있다면 자기가 살던 별들과는 달리 그 별들엔 어른이 살고 있다는 점이었어요. 하지만 그 어른들에게 배울 거라곤 별로 없었어요. 그들 모두 자신만 생각하고 자신의 일에만 관심 있는, 자신의 이익만 추구하는 이상한 어른들이었으니까요. 때문에 어린왕자는 제대로 배울 수도, 별로 견문을 넓힐 수도 없었어요. 따라서 훌륭한 어른으로 성장하는 데 도움을 받지 못했어요. 장미를 다시 사랑하려면, 훌륭한 왕이 되려면 어른다운 어른이 되어야 하잖아요.

큰 고기는 큰물에서 놀아야 하는 것처럼, 사람도 마찬가지예요. 보다 넓은 세상에서 살아야 큰 사람이 될 수 있어요. 그렇지 않다면 큰 사람들 사이에서 부대끼며 살거나 큰 세상 사이에라도 끼어 살아야 해요. 큰물에서 놀아 본 물고기가 큰물을 만나면 자연스럽게 유영하는 것처럼 사람도 그렇다니까요. 자극을 받지 않으면 자꾸 퇴보하고 말아요. 자극을 자꾸 받아야 긴장을 하게 되고 보다 나은 삶을 살려 노력하게 되는 거예요. 그러니까 자기 안에 갇혀서 좁은 소견머리로 제 고집만 부리지 말란 말이에요. 비록 좁은 세상에 살아도 마음은 크게 가지란 말이에요.

생텍쥐페리가 살았던 시구도 제법 규모가 크네요. 이린왕자기 이제껏 방문한 별 모두 합쳐도 지구만큼 크지 않았으니까요. 〈어린왕자〉를 읽으면 마치 세계지도를 한눈에 보는 것 같지요. 어디가 동쪽인지, 어디가 서쪽인지, 어디가 해가 짧은지를 알 수 있잖아요. 지구의 구조를 이렇게 짧게 설명하다니요. 지구가 얼마나 큰지를 설명해 주고 있지요. 그 덕분에 어린왕자는 지구에서는 제대로 견문을 넓힐 수 있을 거고, 이제까지 미진했던 모든 것을 채울 수 있겠지요. 어린왕자가 이제까지 방문한 별에서 배운 건 공직자가 필요하다는 것인가 봐요. 점등인 이야기를 제일 많이 하고 있죠. 이들은 시간의 질서를 알려주는 이들이니까요. 이들의 신호에 따라 사람들, 동물들, 식물들이 움직이거나 움직임을 멈추거나 할 테니까요. 세상에도 개인에도 그만큼 순서와 같은 질서가 중요해요. 그게 순리니까요.

지구는 여간한 별이 아니에요! 이 별엔 왕이 111명(물론 흑인 왕도 포함해서), 지리학자가 7,000명, 상인 900,000명, 술꾼 7,500,000명, 허영쟁이 311,000,000명, 이를 테면 거의 20억 가량의 어른들이 살고 있어요.

전기가 발명되기 전까지 육대주를 통틀어 462,521명이나 되는 점등인들이 진정한 군대처럼 무리를 이루고 있었다고 이야기를 하면 여러분은 지구가 얼마나 큰 규모인지 상상할 수 있겠지요. 좀 멀리서 바라보면 정말 화려했어요. 그 군대 움직임은 오페라 발레단의 움직임 같았고요. 먼저 뉴질랜드와 오스트레일리아 점등인들이 등장했어요. 그들은 곧 등에 불을 붙이고 잠을 자러 갔어요. 그 다음에는 중국과 시베리아의 점등인들이 춤을 추며 들어왔어요. 그들 역시 무대 뒤로 사라졌어요. 그러자 이번엔 러시아와 인도의 점등인들의 차례예요. 이어서 아프리카와 유럽, 남아메리카와 북아메리카의 순서였어요. 그리고 그들은 무대에 들어서는 순서를 한 번도 헛갈리지 않았어요. 정말 굉장했어요.

단지 북극에 한 명뿐인 점등인과 남극에 한 명뿐인 점등인, 이 두 사람만이 한가롭고 태평하게 살고 있었어요. 그들은 일 년에 두 번만 일을 할 뿐이었거든요.

사람이 아무리 많아도 순서를 무시하지 않으면 세상은 그런 대로 잘 유

6. 어린왕자와 떠나는 가치 있는 삶을 찾는 지구여행

지돼요. 세상이란 이렇게 질서를 고집하는, 순서를 소중히 여기는 사람들에 의해 유지되어 간다고요. 그런 사람들은 자기가 하는 일을 그저 하고 있을 뿐이에요. 그게 그들이 사는 소명이고요. 하지만 그들은 그것이 소명이니, 대단한 일이니 그런 관념조차 갖지 않아요. 그냥 주어진 일이니까 하는 거예요. 그러니 자신을 내세울 일도 없고요. 그저 묵묵히 할 일만 하면 되는 거예요.

세상은 온통 시끄러운 사람들, 모여서 회의를 하는 사람들, 중요한 일을 하고 있다고 생각하는 사람들이 모든 일을 좌지우지하는 것 같지요. 그들은 실제로 자신들이 대단한 것 같고, 자신들이 없으면 세상이 끝장이라도 날 것처럼 우쭐대지요. 마치 왕처럼, 학자처럼, 사업가처럼, 연예인들처럼 자기 목소리를 보태려고 시끄럽게 하지요. 그것도 안 되면 무기력하게 모든 것을 잊으려고 중독에 취해 또 시끄럽게 굴지요. 그래요 그들은 마치 개구리가 연못에 흙탕물을 일으키는 것 같다고요. 그러니까 그런 어른들은 무엇보다 우선 겸손을 배워야 해요.

점등인은 적어도 그렇지는 않아요. 제 할 일만 하는 거지요. 이렇게 묵묵히 제 일만 하는 사람, 그저 자기를 내세우지 않고, 사회의 명령에 따라, 세상의 명령에 따라 움직이는 순리대로 사는 사람들 덕분에 세상이 유지되는 거예요. 그렇게 자기를 대단하게 여기지 않고 묵묵히 자기 일에 충실한 여러분, 그런 여러분이 멋진 거예요. 당신은 멋진 사람이에요. 겸손하게 소리 좀 줄이고 살아보자고요.

험한 세상을 살아가는 지혜

어린왕자는 드디어 지구별 여행을 시작했어요. 지구는 어린왕자에겐 상상할 수 없을 만큼 넓은 별이에요. 어디서부터 여행을 시작해야 할지 생각좀 해야 했어요. 작은 곳에선 속속들이 알 수 있었던 일들도 넓은 세상에서 뭔가를 알아내기란 참 어려워요. 그럼에도 보다 넓은 세상을 경험해야 견문을 넓힐 수 있고, 보다 생각을 크게 할 수 있어요. 일단 부딪쳐야 무엇이든 배울 수 있고, 그걸 해낼 수 있어요. 뭔가를 자꾸 하려고 몸을 움직이고, 생각을 움직여야 건강하게 살 수 있어요.

사람은 낯선 환경을 만날수록 긴장도 하고 생각도 해요. 때문에 긴장을 하거나 큰 세상에서 놀아야 해요. 그게 아니라면 큰 것들 사이, 큰 세상 사이에 끼어서라도 살아야 해요. 그런 어려움들이 성장에는 도움이 된다는 것이지요. 그러니까 어린왕자는 용기를 내어 지구까지 온 것이고요. 그건 중요한 일이에요. 그렇다고 해서 생존만을 위해 잔뜩 긴장한 채 정신없이 살라는 건 아니에요. 그건 개인적으론 오히려 불행한 거예요. 크게 다가오는 세상을 피하려고만 말고 부딪치며 배워야 한다는 걸, 어린왕자는 보여주고 싶었을 거예요.

보다 나은 삶을 위해서는 자극이 필요해요. 그 자극은 새로운 환경, 새로운 것을 접했을 때 일어나요. 이제껏 체험한 것보다 큰 세상, 낯선 세상을 만날 때 생기는 거예요. 자극을 받으면 좀 긴장을 하지요. 그 긴장이 우리를 성숙하게 하고 성장하도록 돕는 거예요. 그래야 분발하고 움직이는 게 우리의 본능이니까요.

사람들은 지구에서 아주 좁은 자리를 차지하고 있어요. 지구에 사는 20억의 주민이 똑바로 서서 좀 좁히기만 하면, 어떤 커다란 공적 회합에서처럼, 사방 이십 마일 넓이의 광장 하나에 쉽게 들어설 수 있을 거예요. 태평양의 작은 섬 하나에 인류를 빽빽이 채울 수도 있을 거고요.

물론 어른들은 여러분의 말을 믿지 않을 테지요. 자신들이 넓은 자리를 차지하고 있다고 생각하니까요. 바오밥나무처럼 커다랗다고 착각하는 거죠. 그러면 여러분은 그들에게 계산을 좀 해 보라고 조언을 하세요. 그들은 숫자를 숭배하는 사람들이니까 기뻐할 거예요. 그렇다고 여러분들까지 그 일에 시간을 낭비하지 말아요. 그건 쓸모없는 짓이니까요. 내 말을 믿으면 돼요.

조금은 배가 고프고 두려워야, 조금은 낯설어야 생각이 움직여요. 그게 궁해지는 거고, '궁하면 통한다'는 말처럼 궁하기 때문에 보다 나아지려 노력하는 거예요. 우리나라를 보라고요. 우리 국민들은 참 대단하잖아요. 좁은 땅덩어리에서 전자 시스템만 봐도 놀라워요. 대중교통 정보를 알려주는 거리의 기기들, 온갖 곳에 자리한 전자장치들 과연 아이티 강국이에요. 문화를 봐도 대단해요. K팝, 춤, 예술, 작은 나라에서 어쩜 그런 아이디어들이 나오느냐고요. 정말 우리 국민들은 대단한 거예요. 이 작은 땅, 자원도 많지 않은 나라가 세계에 영향을 미치는 걸 보면 우리 국민은 대단한 거 맞아요.

이런 힘이 어디서 나올까요? 우리나라는 지정학적으로 긴장하지 않고는 살 수 없기 때문이에요. 중국, 일본 사이에 낀 운명, 게다가 북한의 위협, 그러니 늘 긴장하면서 살아야 해요. 정신 차리지 않으면 언제 어떻게 될지 모르니까 아주 긴장할 수밖에 없잖아요. 살아남으려는 무의식의 발로가 우리를 이렇게 궁하게 하는 거예요. 사람은 어떤 환경에서도 살아남을 수 있는 잠재능력이 있거든요. 동서남북 어디든 퍼져서 사는 동물은 인간밖에 없다니까요. 우리는 그런 인간의 잠재력을 최대한 발휘하며 살아야 할 운명에 놓여 있고요. 그게 우리의 힘이에요.

지금의 우리나라를 이만큼 자라게 한 것은 그 환경에서 살아남으려는 살짝 긴장을 한 덕분이에요. 서울에 수많은 사람들을 보세요. 그 사이에 끼어 사는 서울 사람들 눈을 보세요. 아주 반짝거리지 않나요? 뭔가에 쫓기는 듯 살아요. 지방 사람들은 다소 여유가 있잖아요. 물론 그렇게 살벌하게 사는 서울이 꼭 좋다는 건 아니에요. 그런 긴장감들이 궁하면 통하게 한다, 그런 이야기지요. 그렇다고 해서 생존을 위해 정신없이 살라는 건 아니에요. 그건 개인적으론 오히려 불행한 거예요. 그런 어려움들이 성장에는 도움이 된다는 것일 뿐이에요. 성장과 성숙을 동일시하지는 말자고요.

그래도 일단 잘 살고 봐야 하니까, 조금은 긴장하며 살자고요. 다가오는 세상을 피하려고 하지만 말고 부딪치며 배워보자고요. 자신감을 가지고 용기를 내어 무슨 일이든 시작하자고요. 용기만이, 자신감만이 멋지게 그 무엇에 도전할 수 있게 하고, 멋진 결실들을 가져다 줄 거예요.

때와 장소에 맞는 삶을 사는 방법

'하필이면', 이 말은 운이 안 좋았을 때 쓰는 말이지요. 어린왕자는 여섯 별을 여행한 후 좀 더 폭넓은 삶을 체험하려고 지구에 왔어요. 그런데 하필이면 사막에 떨어지고 만 거예요. 얼마나 놀랐겠어요. 별을 여행하면서 학자에게 듣기로 지구엔 무척 많은 사람이 살고 있으며, 모든 규모로 봐도 아주 큰 별이라고 했는데, 사람 구경조차 할 수 없으니 말이지요. 놀라고 있던 어린왕자는 그 자리서 이상한 존재를 발견했어요. 바로 뱀이라는 놈이에요. 노란 뱀이에요. 그러고 보니 어린왕자의 머리 색깔을 닮았어요. 뱀을 보면 우리는 부정적인 생각을 갖고 있어요. 사람에게 해를 끼치는 존재니까요.

하지만 그것도 편견이라는 것이지요. 사람에게 해를 끼치는 뱀도 있지만 사람에게 도움을 주는 뱀도 있다는 말이지요. 달리 말하면 독이라도 제대로 쓰면 약이 된다니까요. 앞에 나온 보아 뱀은 아주 큰 뱀인데 그 뱀은 우리에게 해를 끼치는 존재지만 여기 작고 노란 뱀은 나중에 어린왕자를 고향으로 보내주는 고마운 존재예요. 하긴 세상 모든 것은 우리가 어떻게 대하고 다루느냐에 따라 약이 될 수도 있고 독이 될 수도 있어요. 그래서 선입견을 갖지 말고 세상 모든 것을 독으로 쓰려 말고 약으로 쓰려고 노력하란 말이지요.

게다가 어린왕자는 자기 별 바로 아래에 있었어요. 다행이지요. 하늘을 올려다보니 그 수많은 별 중에 자기 별이 머리 위에 있는 거예요. 나중에 돌아가려면 바로 그 자리로 돌아오면 되는 거예요. 날짜가 조금만 안 맞아도 그의 별은 너무 작아서 찾을 수가 없어요. 나중에 돌아가고 싶은데 자기 별이 어디에 있는지 모르면 어떻게 돌아가겠어요. 그러니까 같은 날 같은 시간에 그곳에 와야 자기 별로 돌아갈 수 있어요. 별들도 시간에 따라 자기 있는 곳을 옮기니까요. 물론 지구가 공전을 하기 때문이긴 하지만. 만일 일 년 후에 그 자리를 찾지 못하면 또 한 해를 기다려야 해요. 다시 돌아간다, 이건 윤회사상과 같은 말이지요. 누구에게나 떠나온 곳이 있으니, 온 곳으로 돌아가는 것이 삶이란 생각은 동서양 모두 같은 생각들이에요. 이렇게 생각할 수도 있겠지요. 돌아간다는 건 자신의 정체성을 제대로 알아야 한다는 의미라고요.

지구에 내려 선 어린왕자는 일단 아무도 보이지 않아 몹시 놀랐어요. 그는 혹시 별을 잘못 찾아온 게 아닌가. 무서워졌어요. 그때 달빛 같은 고리가 모래 속에서 움직였어요.

……

"내가 어느 별에 떨어진 거니?"

어린왕자가 물었어요.

"지구야, 아프리카야."

뱀이 대답했어요.

"아……! 그럼 지구엔 사람이 없단 말이니?"

"여긴 사막이야. 사막엔 사람이 살지 않아. 지구는 크단다."

뱀이 말했어요.

어린왕자는 돌 위에 앉아 눈을 들어 하늘을 바라보았어요.

"내 생각엔 별들이 빛나는 건 언젠가는 저마다 자기 별을 다시 찾을 수 있도록 하려는 걸 거야. 내 별을 봐. 바로 우리 위에 있어……. 하지만 얼마나 먼 곳인데!"

6. 어린왕자와 떠나는 가치 있는 삶을 찾는 지구여행

살아 있는 존재는 모두 시간과 공간의 지배 아래 있어요. 우리 역시 시간이라는 때와 공간이란 장소의 지배에서 벗어날 수 없어요. 그러니 때와 장소를 잘 가릴 줄 아는 지혜가 필요해요. 그래야 나중에 자신이 온 곳으로 돌아갈 수 있으니까요. 그런데 우리는 때로 때에 맞지 않는 고집을 부릴 때가 있어요. 세월이란 바람이 불어 우리 인생을 조금씩 갉아먹었으니 그만큼 야위어 있음에도 늘 젊은 것으로 착각하곤 해요. 장소가 바뀌면 모든 상황이 다른데도 늘 그 방식으로 행동하다 혼나기도 해요. 인간이란 참 어리석은 존재예요.

어린왕자는 자기 별의 별빛을 잘 기억하고 있었어요. 별들은 모두 노란 것 같지만 잘 보면 모두 고유한 빛이 있어요. 요컨대 자신의 상황을, 제대로 아는 게 중요해요. 자기가 떠나온 곳을 안다는 것은 자기의 정체성을 알아야 한다는 의미지요. 세상 모든 것은 자기 자신에 대해 냉정한 평가를 하고, 그 위에서 하나씩 차곡차곡 쌓아나가야 하거든요. 그러니까 자신을 제대로 알려는 노력이 필요해요. 가끔 잘나가는 일이 생길 때 우리는 자신의 진가를 잊어버릴 수가 있어요. 그렇게 입혀진 옷을 자기 옷으로 착각하는 거예요. 하지만 그렇게 덧입은 옷이란 언젠가는 벗겨지게 마련이에요. 그제야 자기 스스로에게 속았다는 것을 알게 돼요.

그때는 한참 늦은 거예요. 진정한 자신에게 돌아가기엔 그때는 너무 멀리 있어요. 자기 자신을 제대로 아는 건 아주 중요해요. 자신을 제대로 알면 그다지 무리하지 않을 테니까요. 다시 돌아올 여력도 있을 테고요. 돌아올 방법도 알 테고요. 지금의 기분이 어떻든, 지금의 상황이 어떻든 항상 자기 점검을 해야 해요. 너무 거창한 삶보다는 소박한 삶이 더 좋을 수도 있어요. 그러면서 늘 떠나온 곳을 돌아보듯 자기 능력이나 자기 품성을 돌아봐야 해요.

지금 뭔가 찜찜하다면 나는 지금 나다운 삶을 살지 못한다는 의미예요. 지금 참 잘나가면서도 뭔가 조바심 나고 불안하다면 지금의 나는 진정한 내가 아니에요. 그러니까 내가 진정 누구인지, 내가 있어야 할 자리가 어디인지를 잘 알아야 해요. 요즘 여러분은 어떤가요? 잘 나가는 편인가요. 그럴수록 자신을 돌아봐야 해요. 아니면 뭔가 풀리지 않나요? 그렇다면 본질이나 정체성, 자신의 진정한 능력을 다시 점검해 봐야 해요. 항상 자기 점검을 잘하면 세상에 두려울 것도 없고 안 될 일도 없어요. 그래서 때로 혼자 있어 보는 것도 좋아요.

사람과 사람 사이를 메우는 지혜

사람과 사람 사이, 사람은 아무리 가까운 사이라도 그 거리가 있어요. 그 거리가 비록 아무리 좁다 해도 많은 사연들이 그 사이에 이어져 있어요. 그 사연은 각자 다르고, 무엇이 있는지는 서로 몰라요. 아무리 가까운 사이라도 서로를 다 아는 그 사이란 존재하지 않으니까요. 때문에 지금은 아주 가까운 듯해도 여전히 사이의 거리는 있어요. 그 사이를 억지로 좁히려 한다고 해도 그 거리가 좁아지는 건 아니에요. 물론 겉으로 보기엔 가까워진 것 같기도 하고, 그 노력에 의해 가까워질 수도 있긴 해요.

그 사이는 쉽게 좁혀지지 않아요. 억지로 좁혔다면 그것은 겉보기에만 그럴 뿐이에요. 기다림이 필요해요. 서로가 서로에게 익숙해질 수 있는 시간만큼의 기다림이 필요해요. 그렇게 하여 아주 가까워졌다고 해도 방심하면 안 돼요. 사람과 사람 사이는 벽돌과 벽돌을 시멘트로 이어 붙인 벽이 더 이상 떨어지지 않는 것과는 달라요. 때론 쉽게 벌어질 수도 있는 게 사람 사이니까요. 사람과 사람 사이는 완전한 사이가 아니란 의미예요. 그러니까 사람은 때로 멀어질 수도 있고 가까워질 수도 있는 유동적인 사이를 가진 존재라는 것이에요.

그러니까 누군가와 멀어진다고 너무 슬퍼하지도 말아요. 그건 사람이라면 당연할 수도 있는 것이니까요. 멀어진들 실망할 필요 없어요. 다시 노력하면 서로의 진심이 통할 수 있고 다시 가까워질 수도 있으니까요. 누군가와 가까워진다고 너무 방심하지도 말아요. 가까움이란 그 어딘가에 지울 수 없도록 적혀지는 것이 아니니까요. 그만큼 인간과 인간 사이는 불안정해요. 서로의 노력이 필요해요. 아주 오래 좁은 거리를 두고, 가족이란 이름으로 살아온 이들도 때로는 그 거리를 확 넓혀서 완전히 끊어진 사이로 변할 수도 있어요. 그만큼 사람과 사람 사이엔 문제가 참 많이 숨어 있어요.

"아름답구나. 여긴 뭐 하러 왔니?"
뱀이 물었어요.
"어느 꽃하고 곤란한 일이 생겼거든."
어린왕자가 말했어요.
"아!"
뱀이 말했지요. 그리고 그들은 말이 없었어요. 마침내 어린왕자가 입을 열었어요.
"사람들은 어디 있니? 사막은 좀 쓸쓸하구나……."
"사람들이 사는 곳도 역시 쓸쓸해."

사람과 사람 사이의 문제는 아주 다양해요. 그 좁은 거리를 비집고 들어오는 문제란 아주 유치한 문제서부터 아주 대단한 문제까지 아주 다양해요. 그토록 유치한 문제라도 그것이 문제로 드러나면 당사자들 간에는 아주 심각해요. 남에겐 아주 사소하고 별것 아닌 문제지만 당사자들에겐 참으로 기막히고 해결하지 않으면 안 되는 문제란 말이에요. 그렇게 생긴 문제로 서로의 대화는 단절되죠. 그러면 뭔가 마음에 늘 찜찜함을 안고 살아야 해요.

그 때문에 마냥 쓸쓸하고 세상 살맛이 안 나기도 하고요. 아주 가까운 사이였다가 그런 문제가 생기면 그 상처는 더 클 수밖에 없어요.

어린왕자에게도 곤란한 일이 생겼어요. 하나밖에 없는 장미와 문제가 생겼으니 얼마나 쓸쓸하겠어요. 그렇게 익숙한, 길들인 그 관계를 끊는다는 건 차마 상상하기도 싫은 일이에요. 장미와의 문제로 장미를 떠나왔지만 장미는 늘 가슴에 남아 있던 것이지요. 그런데 문제는 장미는 그에겐 하나밖에 없는 존재라는 것이었어요. 어떻게든 그 문제를 해결해야 했어요. 어떻게든 벌어진 사이를 좁혀야 했어요. 그래서 어린왕자는 떠나온 것이고요. 그 관계를 복원할 수 있는 확신이 설 때 그는 돌아갈 수 있겠지요. 그때까지 그는 쓸쓸한 날들을 보내야 할 거예요. 그가 있는 곳이 어디든 늘 쓸쓸할 밖에요.

어린왕자가 여섯 별을 다 지나고, 지구에 오고도 그 쓸쓸함을 지우지 못한 것처럼, 좋은 곳에 가도, 험한 곳에 가도 늘 마음은 무겁고 쓸쓸해요. 그러니까 문제를 회피하려 하지 말고 부딪쳐 풀어야 해요. 사람과 사람 사이, 그 사이에 문제가 생기면 어떻게든 풀어야 해요. 그러면 쓸쓸함은, 찜찜함은 어디든 따라 다녀요. 그런 문제가 있다면 그걸 풀 생각을 해봐요. 마음이 무거우면 마이상 신호가 올 수 있을 테니까요. 먼저 가까이 다가가 보는 거예요.

삶의 의미와 가치를 찾는 방법

어린왕자는 지구에 왔지만 사막에 내려온 바람에 아무도 만나지 못했어요. 살아 있는 존재라고는 노란 뱀 한 마리를 만났을 뿐이에요. 이 뱀은 나중에 어린왕자를 장미가 기다리는 별로 보내주는 역할을 하지요. 어린왕자는 지구에 올 때의 모습으로는 돌아갈 수 없으니까요. 그 몸은 껍질에 불과하니까 몸은 내려놓고 영혼만 가야 해요. 어린왕자를 그런 식으로 보내주는 역할을 뱀이 맡았어요. 뱀은 허물을 벗는 존재로 부활, 영원한 생의 상징이거든요. 그러니까 어린왕자에게 이 작고 노란 뱀은 고마운 존재예요.

어린왕자는 지구에 오는 순간 이미 돌아갈 것을 전제로 하고 있어요. 떠나온 자신의 별을 그리워하게 될 거란 말이지요. 그러니까 어린왕자에게 지구란 태어나는 것을 의미하고, 자신의 별은 그가 떠나온 곳, 전생과도 같아요. 죽음이란 것, 일시적인 죽음을 경험하지 않고는 돌아갈 수 없다는 의미예요. 노란 뱀이 허물을 벗고 또 다시 새로운 삶을 살아가듯이 어린왕자는 지금의 몸을 벗고 새로운 모습으로 자신의 별로 돌아가는 것이지요. 그때쯤 되면 더는 어린왕자가 아니라 어른이 된 왕자, 의젓한 왕의 모습으로 돌아가겠지요. 여행은 성숙의 과정이니까요.

어린왕자가 의젓한 왕이 되듯이, 철부지 아이는 자라 의젓한 어른이 되지요. 그러려면 이렇게 저렇게 사람들과 부대끼고 울고 웃는 과정이 필요해요. 그래서 어린아이란 겉모습에 보다 두꺼운 어른의 모습이 입히지요. 그럼에도 여전히 철부지라면 그 사람은 어른애인 거예요. 아이는 아이답고 어른은 어른다워야 해요. 세월이 가도 아이 적에 사고로 살아가는 건 순수하다기보다는 유치하다는 말을 듣지요. 생각 없이 나이 들면 어른스러워지지 못하고 아집과 편견만 가득한 어른이 되는 거예요. 그러면 진실에서 멀어져서 오직 자신이 아는 것만으로 세상을 보려니까 더 이상의 것은 볼 수 없어요. 그렇게 되면 그의 세상은 점점 좁아지고요. 그래서 어른이 되어가면서 경계해야 할 일은 편견에 사로잡히지 말아야 해요.

어린왕자는 사막을 가로질러 갔어요. 그런데 어린왕자는 꽃 한 송이밖에는 만나지 못했어요. 꽃잎을 셋 가진 꽃 한 송이, 아무것도 아닌 꽃 한 송이를……

"안녕."

어린왕자가 인사했어요.

"안녕."

꽃이 인사했어요.

"사람들은 어디 있니?"

어린왕자는 예의를 갖춰서 물었어요.

꽃은 어느 날인가 사막의 대상이 지나가는 걸 보았었지요. 그래서 이렇게 대답했어요.

"사람들 말이니? 내가 보기엔 6~7명쯤 있어. 여러 해 전에 그들을 보았거든. 그런데 어디로 갔는지 전혀 알 길이 없어. 바람이 그들을 데려갔나 봐. 그들은 뿌리가 없거든. 그 때문에 그들은 무척이나 거북스럽거든."

어린왕자는 아주 작고 보잘것없는 꽃을 만났어요. 사막에 피었으니 삶의 조건도 좋지 않은 건 당연하겠지요. 그럼에도 그 꽃은 아주 밝은 모습이었어요. 꽃은 자신보다 사람들의 삶의 조건이 좋지 않은 걸로 생각하고 있었으니까요. 자신은 한곳에 뿌리를 내리고 편안하게 살고 있는데, 사람들은 뿌리가 없어서 떠돌아다니는 걸로 생각한 거예요. 우리는 오히려 그런 꽃을 보면 꽃이 참 안됐다, 불쌍하다고 생각할 거예요. 한 곳에 머물러서 더 이상 다른 세상은 보지 못하고 그 자리에 머물러서 평생을 보내야 하니까요. 하지만 꽃은 자기 신세를 부정적으로 보지 않았어요.

여러분도 그 꽃이 사람들보다 불쌍한가요? 이 세상에 존재하는 생명을 가진 모든 것들은 불행해요. 또 행복해요. 이를테면 불행할 수도 있고 행복할 수도 있다는 의미예요. 우리가 살아가는 삶의 조건은 딱 정해진 게 아니에요. 그 상황을 어떻게 받아들이느냐에 따른 마음에 달려 있어요. 지금의 상황이 좋으냐, 나쁘냐는 마음의 모습이지 피상적인 모습이 아니에요. 피상적으로 보면 꽃의 상황은 참 불행해요. 반면 인간의 조건은 행운이다 싶고요. 꽃은 제자리에 있어야 하는 구속으로 살고, 사람들은 자유롭게 움직이며 살고 있으니까요.

하지만 행복하냐, 불행하냐는 피상적인 조건이 아닌 것이지요. 마음의 문제예요. 그러니까 행복을 눈으로 보려고 하면 볼 수 없어요. 행복은 마음으로 보아야 해요. 우리가 행복하지 못한 건 행복을 눈으로 찾기 때문이에요. 지금이라도 마음으로 그걸 찾아야 해요. 그건 바로 우리 마음의 각도를 바꾸어야 해요. 지금의 내 삶은 충분히 가치가 있는 삶이며, 지금의 내 삶은 의미 있는 삶이라는 생각을 가져야 해요. 그래요, 행복은 마음의 각도로 정해져요. 우울한 세상을 즐겁게 건너가려면 이제 자신의 삶은 충분히 의미가 있으며 가치 있다는 확신을 가져야 해요. 여러분은 세상에 아주 쓸모 있는 존재니까요. 여러분이 지금 하고 있는 일은 지구라는 별에 아주 작게나마 이바지하는 일이니까요.

서로 소통하는 지혜

때로 사람이 그리운 날이 있지 않나요? 불러낼 사람이 없어서 외로움을 느껴본 적은 없나요? 사람은 사람들 틈에 있어도 때로 혼자임을 느낄 때가 많아요. 그래서 사람이 그리운데, 마음에 쌓인 이야기들을 다 털어내고 싶은데 상대가 없을 때가 많아요. 주변에 사람은 많지만, 친구는 많지만, 아는 사람은 많지만 내 속내를 다 털어낼 수 있는 상대는 그다지 많지 않아요. 이렇게 주변에 사람은 많은데, 나와 통할 수 있는 사람, 길들여진 사람이 없다면 그건 사람이 없는 사막과도 같아요. 그게 현대인의 사막이라고요.

우리는 누군가와 통하면서 살아야 해요. 사람은 사람과 더불어 살지 않으면 살 수가 없어요. 사람과 사람이 교류하면서 살아야 해요. 그래서 사람들은 아주 옛날부터 길을 만들어 왔어요. 들에도 산에도 바다에도 심지어 하늘에도요. 그 길을 따라 가면 거기엔 사람 사는 집이 있고, 마을이 있어요. 길이 있으면 사람이 살고 있다는 이야기고요. 그렇게 만나면 이러저러한 이야기를 나누고, 이러저러한 사연을 만들어 내곤 해요. 그렇게 우리는 공통의 사연들을 만들어 내요. 그게 쌓이면 하나의 문화로, 하나의 관습으로 자리 잡아요. 그러니까 우리는 서로 소통을 하려고, 통하려고 노력해야 해요. 너와 내가 없는 세상은 너무 쓸쓸하니까요.

어린왕자는 높은 산에 올랐어요. 하지만 그곳은 사막이라 그의 부름에 대답하는 이는 아무도 없었어요. 공허한 메아리뿐이었어요. 마음이 실리지 않은, 공허한 울림뿐이었어요. 그러니 어린왕자가 얼마나 쓸쓸하겠어요. 우리에겐 대화가 필요해요. 말을 나누기, 말을 섞기가 필요해요. 그런데 그런 대화를 나눌 사람을 찾기조차 힘든 게 현대인의 사막이에요. 지나치는 사람은 많아도 인사를 나눌 사람도 별로 없어요. 부대끼는 사람은 많은데 마음을 나눌 사람은 드물어요. 그러니 우리가 사는 이곳은 사막이에요. 길들여진 사람이 없는 곳 그곳은 사막이라고요. 그래서 우리는 때로 외로워요. 쓸쓸해요.

어린왕자는 높은 산에 올랐어요. 어린왕자가 알고 있었던 유일한 산들은 고작 어린왕자의 무릎 정도밖에 안 되는 화산 3개뿐이었대요. 그는 사화산을 의자로 사용했대요. 그래서 그는 '이렇게 높은 산에서라면 이 별 전체와 모든 사람들을 한눈에 알아볼 수 있겠어…….' 라고 생각한 거예요. 그러나 그에게는 삐죽삐죽한 바위의 뾰족한 꼭대기 외에는 아무것도 보이지 않았대요.

"안녕."

어쨌든 어린왕자가 인사했어요.

"안녕…… 안녕…… 안녕……."

메아리가 대답했어요.

"너희들은 누구니?"

어린왕자가 물었어요.

"너희들은 누구니…… 너희들은 누구니…… 너희들은……"

메아리가 응답했어요.

"내 친구들아, 난 외톨이야."

어린왕자가 말했어요.

"난 외톨이야…… 난 외톨이야…… 난 외톨이야……."

메아리가 대답했어요. 그때 그는 이렇게 생각했어요.

'참 이상한 별이로군! 모두가 메마르고 모두가 날카롭고 모든 것이 가혹한 별이야. 게다가 사람들은 상상력이 없어. 그들은 남의 말만 되풀이하고…… 내 별엔 꽃이 한 송이 있지. 그 꽃은 언제나 먼저 말을 걸었는데…….'

어린왕자가 올라간 높고 뾰족하고 깡마른 산, 이 산은 요즘의 고층 아파트와 같지 않나요. 높은 집을 짓고 살지만 이 아파트에 내가 알고 지내는 사람은 거의 없어요. 그러니 말을 할 이유가 없이 살지요. 아파트 문화는 마치 우리를 사막에 살고 있는 것처럼 만들었어요. 소통이 없는 사막이란 말이지요. 아파트 문화는 우리의 정서를 깡마르게 만들고, 서로가 마음의 거리가 멀어지게 만들었어요. 공허한 메아리처럼 혼자 독백이나 하기에 딱 좋은 메마른 숲처럼 만들었어요.

성서에도 있지요. 바벨탑을 쌓던 사람들을 봐요. 층별로 언어가 달라서 서로 싸우다가 공사는 중단되고 말았다지요. 서로 말은 하지만 그 말이 통하지 않았던 거예요. 우리도 그렇지 않나요. 누군가 말을 하면 듣는 척할 뿐 실제로는 듣지 않는 거예요. 대답은 하지만 마음에 둔 대답이 아니에요. 그냥 빈말이 오가고 빈 대답이 오가는 거예요. 아, 아아! 아주 메마른 감정의 사막이에요. 공허하게 빈 말과 빈 대답으로 소통 아닌 소통을 하는 척하는 메마른 사막이라고요. 그러니까 세상이 메마르고, 누구 하나 제대로 믿을 사람 없는 세상이 되어 가는 거예요.

여러분도 누군가의 말을 그냥 흘려들으면서 그저 빈 대답만 하지는 않는지요. 이제부터는 몇 마디를 나누더라도 마음을 담아 말하고 마음을 얹어 대답을 하자고요. 빈말은 인간의 사막을 만드는 건조한 바람이에요. 그러니까 기왕이면 몇 마디를 나누더라도 눈을 맞추며 하자고요. 그래야 우리가 사는 이곳은 사람이 사는 세상, 공허한 메아리가 아닌 진정한 말이 오가는 세상이 된다고요.

6. 어린왕자와 떠나는 가치 있는 삶을 찾는 지구여행

변하지 않는 사랑을 하는 방법

사랑을, 아주 열정적인 사랑을 해 본 적이 있나요? 아니면 그냥 사랑이라고 느껴 본 그런 사랑이라도? 사람의 마음은 참 변화가 많아요. 누군가를 사랑할 때 마음은 평소와 달라요. 사랑을 하면 상대가 다른 사람들과 구별되어 보이잖아요. 같은 사람인데도 달리 느껴지고, 특별한 뭔가가 있는 듯이 느껴지지요. 그게 사랑의 감정이에요. 달라진 것도 없는데 달리 보이는 것, 그게 사랑이라고요. 다 비슷한 사람인데도 그 사람은 특별한 존재로 마음에 자리 잡는 거예요. 그 마음이 아주 오래, 아니 세상 끝까지 갔으면 좋겠지요. 그러리라고 믿는 믿음, 그렇게 될 거라는 확실한 희망, 이렇게 사랑은 믿음이라는 한 잎과 소망이라는 다른 한 잎을 받침 삼아 피어나는 꽃이에요.

그런데 사람의 마음은 요상하여 가끔 변덕을 부려요. 그 특별했던 사람이 아주 진부한 사람으로 보인단 말예요. 특별하기를 바랐던 사람이 평범한 사람, 다른 사람과 아무 차이가 없는 사람으로 보이는 거예요. 그렇게 바라보았던 과거의 그 마음은 어디로 가고 이제는 평이한, 별 감정이 없는 눈으로 그를 바라보고 있는 거예요. 때로 그렇게 변하는 자신의 마음이 부끄럽거나 참 허망스럽지 않나요? 마음이 변하면 상대를 바라보는 눈도 변하고 말지요. 열정이 있을 때는 그토록 아름답던 목소리가 짜증스러운 목소리로 들리고, 애교스럽던 그 행동은 철딱서니 없는 행동으로 보이는 거예요.

때문에 사랑을 유지하기란 쉽지 않아요. 오직 한 존재만을 바라보았고, 그 한 존재만이 삶에 의미가 있으며, 삶의 가치를 주는 존재로 믿었는데, 그 생각은 무너지고, 그 특별했던 한 존재는 수많은 존재들과 다를 바 없는 그 저 그런 존재로 느껴지기 시작하는 순간이 올 수 있어요. 그렇게 특수한 그 와의 관계에서 보편적인 관계로, 개인적인 관계에서 일반적인 관계로 변하 는 순간 그 지난 사랑이 억울해지기도 해요. 그 특별한 존재를 위해 바쳤던 정성과 시간이 아깝기 때문이지요. 이렇게 사랑에는 정성과 시간이 필요해 요. 그 정성과 시간이 즐거워야 하고요. 그런데 그 정성과 시간이 아까워진 다면 그건 사랑에 금이 간다는 의미예요.

"너희들은 누구니?"
어린왕자는 어리둥절해서 물어 보았어요.
"우리는 장미꽃이란다."
장미꽃들이 대답했어요.
"아!"
어린왕자는 말을 잇지 못했어요. 어린왕자는 자기가 불행하다는 느낌이 들었어요. 그 의 꽃은 어린왕자에게 자기가 이 세상에서 같은 종류로는 단 한 송이의 꽃이라고 말 했었거든요. 그런데 단 하나의 정원에 아주 닮은 꽃이 5000송이나 있다니!
'그 꽃이 이걸 보면 몹시 화가 나겠지…… 창피한 꼴을 겪지 않으려면 큰 소리로 기 침을 하고 죽는 시늉을 하겠지. 그럼, 나는 할 수 없이 돌봐 주는 척해야겠지. 안 그랬 단 나까지 창피스럽게 만들려고 정말 죽을지도 모르니까…….'
어린왕자는 그렇게 생각했어요. 그리고 어린왕자는 이런 생각을 했어요.
'난 하나밖에 없는 꽃을 가졌으니까 나 자신이 부자라고 생각했지. 흔한 장미꽃인 줄 은 모르고, 그것하고 무릎밖에 안 차는 화산 세 개, 그것도 하나는 영원히 죽어 있을 지도 모르잖아. 그걸 가지고 어떻게 훌륭한 왕자가 되겠어…….'
그러고는 풀밭에 엎드려 울었어요.

어린왕자의 별엔 꽃이라곤 하나밖에 없었어요. 그런데 지구에 와서 어린 왕자는 한 정원에 가득한 장미들을 만났어요. 5,000송이나요. 자신의 별에

6. 어린왕자와 떠나는 가치 있는 삶을 찾는 지구여행

두고 온 장미와 닮은, 그 장미와 비슷한 꽃들을 발견했어요. 그러니 어린왕자는 얼마나 놀랐겠어요. 유일한 꽃으로만 여겼던 장미, 세상에서 가장 아름답다고 여긴 장미가 이토록 많다니요. 장미라곤 한 송이밖에 없는 것으로 알고 그 장미에게 할 수 있는 모든 걸 해 주었잖아요.

불평도, 자랑도 들어 주었어요. 심지어 침묵까지 들어 주었어요. 그뿐 아니라 장미의 허풍에도, 거짓말에도, 장미가 해 달라는 대로 장미를 위해 바람막이를 설치해 주었어요. 물도 뿌려 주었어요. 그때 어린왕자에겐 장미는 아주 특별한 존재였어요. 그런데 그 장미가 지금은 다른 꽃들과 다를 바 없는 존재로 변하고 만 거예요. 장미란 하나밖에 없다고 생각한 것이 얼마나 어리석었는지를 후회했어요. 그래서 억울했고요.

사랑에는 이렇게 위험한 순간이 오는 거예요. 때문에 사랑을 할 때 늘 어느 정도 긴장은 필요한 거예요. 그 긴장이 멈추면 사랑의 감정은 서서히 사그라지고, 사랑을 떠받치던 믿음도 소망도 함께 사라지고 말아요. 그러지 않으려면, 사랑을 온전히 유지하려면 사랑의 뿌리가 겉을 뚫고 내려가 마음에 뿌리를 박게 해야 해요. 피상적인 사랑은 모두 비슷하지만 그 안에 뿌리내린 진실은 다르니까요. 그래야 상대를 여전히 특별한 존재로 간직할 수 있어요. 그러니까 상대를 천천히 잘 알아가야 해요. 겉모습 속에 감추어진 진실을 발견해야 해요. 피상적인 모습을 넘어 그 내면까지 상대를 사랑하도록 해야 해요. 그러면 상대는 늘 특별한 존재로 남아 있을 거예요.

7.
어린왕자와 현자 여우의
아름다운 우정

때로는 어두운 숲을 지나는 것처럼, 때로는 아무도 없는

빈 들을 지나는 것처럼, 때로는 숨 막힐 듯 뜨거운 열사

의 사막을 지나는 것처럼, 외롭고, 두렵고 힘겨운 세상이

에요. 그러니 우리에겐 때로 위로 받고, 동행하고 싶은

친구, 필요해요. 하지만 우리에겐 그런 친구가 많지 않아

요. 세상엔 사람이 참 많은데 그런 친구는 많지 않아요.

그렇다고 정다운 친구란, 좋은 친구란 하루아침에 만들

수 있는 것도 아니잖아요.

서로 길들이기의 지혜

　때로는 어두운 숲을 지나는 것처럼, 때로는 아무도 없는 빈 들을 지나는 것처럼, 때로는 숨 막힐 듯 뜨거운 열사의 사막을 지나는 것처럼, 외롭고, 두렵고 힘겨운 세상이에요. 그러니 우리에겐 때로 위로 받고, 동행하고 싶은 친구, 필요해요. 하지만 우리에겐 그런 친구가 많지 않아요. 세상엔 사람이 참 많은데 그런 친구는 많지 않아요. 그렇다고 정다운 친구란, 좋은 친구란 하루아침에 만들 수 있는 것도 아니잖아요.

　사람과 사람이 관계를 맺으려면 시간이 필요해요. 좋은 관계를 맺기 위해선 더 많은 시간이 필요해요. 그리고 그 시간 사이엔 함께할 많은 일들이 있어야 하고요. 친구란 이렇게 함께하는 추억들, 공동의 사연과 이야기들을 잔뜩 쌓아가야 해요. 쉽게 가까워진 사이는 검증이 필요해요. 좋은 날엔 누구나 좋은 친구인 것 같아요. 하지만 기다려야 해요. 그리고 조금씩 알아가야 해요. 그래야 진실하고 언제나 잊지 않을, 기억에 두고두고 남을 친구를 사귈 수 있어요. 친구란 어느 상점에서 살 수 있는 물건이 아니니까 그만큼 인내를 가지고 기다려야 해요.

　저 들에 아무렇게나 버려져서 잘 자란 잡초가 보이지요. 저 잡초는 찬바람도, 비바람도 맞았어요. 뜨거운 햇살에 몸을 움츠리기도 하고, 메마른 대지 때문에 죽을 고비도 넘겼어요. 아무런 보호도 받지 못하고 잡초는 저리도 들을 차지하고 있어요. 그렇게 살아난 잡초, 그런 삭막하고 외로운 들, 어두운 들에서 비 내리면 비를 맞고, 거센 바람이 휘몰아치면 그 바람을 맞고, 뜨거운 햇살을 견디고야 자라는 잡초처럼, 우리들 가슴에 자라나는 우정도 그런 통과의례가 있어야 해요. 그러니까 우정이란 잘 익기를 기다려야 해요. 물론 그 전에 그럴 만한 친구를 먼저 선택해야지요. 그리고 그와 교류를 시작해야 하고요. 오랜 기간 관계를 맺지 않으면 그건 친구라 할 수 없으니까요.

"나랑 놀러 가자. 난 너무나 슬퍼……."
어린왕자가 여우에게 제안했어요.
"난 너하고 놀 수가 없어. 난 길들여지지 않았단 말이야."
여우가 말했어요.
"아! 미안해."
어린왕자가 말했어요. 그러나 어린왕자는 깊이 생각한 끝에 다시 물었어요.
"'길들인다'는 게 무슨 의미지?"
"넌 여기 아이가 아니구나. 넌 무얼 찾니?"
여우가 말했어요.
"난 사람들을 찾아. '길들인다'는 게 무슨 뜻인데?"
어린왕자가 물었어요.

"사람들은 총을 가지고 있어. 그리고 그 총으로 사냥을 해. 그래서 아주 거북해! 그들은 닭도 키우지. 그네들의 유일한 낙이야. 넌 닭을 찾니?"

"아니야. 나는 친구들을 찾고 있어. '길들인다는 게 무슨 뜻이야?'"

어린왕자가 물었어요.

"그건 너무나 잊혀져 있는 거야. 그건 '관계를 맺는다……'는 의미야."

　관계 맺기, 그 기간이 지속되면서 우리는 서로에게 길들여져요. 길들인다, 그 말이 마음에 거슬리긴 하죠. 그러면 친숙해진다, 이렇게 바꾸자고요. 아니면 순해진다, 이렇게 할까요. 이 말들은 동의어들이니까요. 영어나 불어로는 동음이의어니까 우리말은 선택할 나름이에요. 복잡하고 바쁜 세상에서 서로가 친숙해지기란 쉽지 않아요. 하지만 친구를 갖는 것만큼 중요한 일도 없으니 일단 관계를 맺으려 노력해야 해요. 정말 바쁘고 시급한 일은 친구를 갖는 일이라고요.

　관계를 맺는다, 그 말의 진정한 의미를 우리는 잊고 살아요. 바쁘다는 이유 때문이에요. 관계를 맺는다는 건 일회용이 아니에요. 그럼에도 우리는 서로의 사이를 아주 빨리 좁히려 해요. 그러니까 진정한 관계의 의미를 모르고 사는 거예요. 관계를 맺는다는 건 서로 어느 정도의 구속을 내포한 의미기도 해요. 그러니까 관계를 맺기 전에 서로 깊은 생각이 필요해요. 그래야 서로가 어느 정도 희생할 수 있어요. 부자유스러워도 자유롭다 느끼고, 희생을 해도 보탬이 된다고 생각할 수 있어요. 관계를 맺는다, 진정한 관계를 맺는다는 건 피상적인 손해, 심적인 손해를 생각하지 않는 거예요.

　남들이 보기엔 손해인 거 같아도 자신은 전혀 그렇지 않아요. 그런 긍정적이고 다정한 마음이 오히려 행동과 말을 생산적으로 할 수 있게 하니까 결국 진정한 관계는 자기 삶의 보탬이 돼요. 그러니까 우리는 서로 길들여져야 해요. 진정한 관계를 맺어야 해요. 관계를 맺는 것이 길들여지는 거니까요. 다소 귀찮고 번거롭더라도 관계 맺기를 시도해 보자고요. 세상이란 사막을 건너려면 혼자는 너무 외롭고 힘드니까요.

길들이면 좋은 이유

끌리는 사람 없나요? 좋은 사람, 어떻게 좋은 친구를 만날까요? 기왕이면 좋은 사람을 만나고 싶거나 좋은 친구를 만나고 싶지요. 그렇게 만나는 사람들은 우리 삶에 지대한 영향을 미쳐요. 누구나 좋은 사람을 만나고 싶어 하는 건 당연해요. 누구를 만나느냐에 따라 행복해질 수도 있고, 불행해질 수도 있으니까요. 좋은 사람을 만나는 건 당연해요. 그러면 어떻게 좋은 사람을 만날 수 있을까요? 정말 좋은 사람을 만나고 싶다면 먼저 나 자신이 상대에게 좋은 사람이 되어야 해요.

그래요. 먼저 자신을 희생할 각오를 해야 좋은 사람인지 자신과 안 맞는 사람인지를 구분할 수 있어요. 그렇게 가까이 지내보면 서서히 자기와 잘 맞는 사람과 도무지 안 맞는 사람이 구분되기 시작해요. 우선 '그 사람 그렇게 안 봤는데 알고 보니 참 좋은 사람이야.' 할 수 있는 그런 사람을 만날 수 있다면 참 다행이지요. 그런 사람을 찾으려면 이런 사람 저런 사람 일단 만나 봐야 알 수 있어요. 그러려면 경제적으로 시간적으로 어느 정도의 투자가 필요해요. 그렇게 해서 좋은 사람을 만날 수 있다면 그건 행복이에요.

반면 상대에 대해 '그 사람 그렇게 안 봤는데, 알고 보니 실망스러워'라거나, '그 인간 알고 보니 상종 못할 인간이라니까'란 판단이 선다면 그와의 관계를 오래 지속할 수는 없을 테죠. 그렇다고 낙심할 필요는 없어요. 그렇게 해야 사람을 알 수 있고 배울 수 있으니까요. 수많은 사람 중에 좋은 사람을 찾기란 쉽지 않아요. 그러려면 먼저 다가서야 해요. 그러면 그 사람에 대한 느낌이란 게 있어요. 물론 그 느낌이 항상 적중하는 건 아니에요. 그럼에도 느낌이라는 거, 끌림이라는 게 사람 사이에 있어요. 나중에 후회를 하든 다행이다 싶든 끌림은 있어야 시도라도 할 수 있어요. 관계의 시작은 거기까지예요.

"관계를 맺는다고?"
"물론이지. 넌 아직까지 나에겐 수십만의 아이들과 같은 어린아이일 뿐이야. 그리고 난 너를 필요로 하지 않고. 너도 물론 내가 필요 없을 거야. 너에게는 내가 수십만의 여우들과 같은 한 여우에 불과할 거야. 하지만 네가 나를 길들인다면 우리는 서로를 필요로 하게 될 거야. 너는 나에게 이 세상에 유일한 존재가 될 거야. 나는 너한테 세상에 단 하나밖에 없는 존재가 될 거구……."
여우가 말했어요.
"나는 이해하기 시작했어. 꽃이 하나 있는데…… 그 꽃이 날 길들인 것 같아……."
어린왕자가 말했어요.
"그럴 수 있지. 지구 위엔 온갖 것들이 다 보이니까……."
여우가 말했어요.
"아! 지구에서 그런 게 아냐."
어린왕자가 말했어요. 여우는 몹시 마음이 끌리는 것 같았어요.

어린왕자와 여우가 서로를 길들이기 시작하듯이 길들일 상대를 선택하는 일은 아주 중요해요. 그 선택은 우리를 기억이란 끈으로 잡아두니까요. 끌림이 있어 시작한 그 관계는 서로의 기억 속에 상대의 모두를 조금씩 채워가는 것이고요. 그렇게 쌓인 기억들은 그들을 질긴 유대의 끈으로 서로를 묶어 두거든요. 그렇게 되면 서로 멀리 할 수 없이 가까이 시낼 수밖에 없어요. 그것이 관계 맺기예요. 그렇게 서로에게 익숙해지면 정말로 서로를 필요로 하게 되는 것이지요. 그러면 너는 나에게, 나는 너에게 소중한 의미가 되는 것이에요.

누구에게나 기피대상인 사람, 어느 곳에서나 불화를 일으키는 사람, 남에게 항상 피해만 입히는 사람, 전혀 도움이 안 되는, 아무짝에도 소용없는 사람으로 산다면 참 서글픈 일이에요. 반면 단 한 사람에게라도 필요한 존재로 산다는 건 가치 있고 보람 있는 삶이에요. 세상을 살면서 누군가에게 필요한 사람이 된다는 건 다행스럽고 행복하며, 의미 있는 일는 일이에요. 그만큼 나는 누구에게든, 단 한사람에게라도 필요한 사람이에요. 따라서 우리는 소박한 마음으로 길들일 대상을 찾아야 해요.

그런 대상을 찾으려면 조금은 손해를 보는 셈치고 먼저 좋은 사람이 되어보는 거예요. 그러다 좋은 사람 찾고 그를 길들인다면 그걸로 족해야 해요. 세상에서 가장 소중한 건 사람이잖아요. 제일 필요한 것도 사람이고요. 서로를 필요로 하는 사람, 그런 사람을 적극적으로 찾아봐요. 그것이 행복한 삶을 사는 가장 좋은 방법이니까요. 그런 사람, 길들인 사람이 있다는 건 생각만으로도 세상이 환해지는 일이에요. 세상 어둡게 살지 말고, 그런 사람을 찾아봐요. 지금 당장 주변을 한 바퀴 휘 둘러보세요. 끌리는 사람 없나요?

권태로움을 벗는 방법

사람은 참 묘한 동물이에요. 하루하루 아무 탈 없이 살아내는 것이 감사하고 좋고 행복한 것 같다가도, 가끔은 삶이 참 무료하다는 생각이 들 때가 있어요. 별로 부족한 것이 없는 것 같으면서도 허전함을 느끼는 사람의 마음, 그거 참 알다가도 모를 일이지요. 사람이란 항상 불만이 없으면 그 불만거리를 찾으려 하기 때문이에요. 뭔가 충족이 됐다 싶으면 부족한 게 뭔가를 찾으려 애쓰는 동물이에요. 우리 마음 한 구석엔 늘 비어 있는 공간이 있어요. 그래서 인간에겐 늘 뭔가 새로운 자극이 필요해요.

인간은 태생이 단순한 동물이 아니라 복잡한 존재로 태어났기 때문에 단조롭게 살 수 없어요. 단순해지면 오히려 삶의 의욕을 상실하다가도, 복잡하게 꼬이거나 힘겨운 일을 만나면 삶의 의욕이 불끈 솟아나 힘을 내요. 따라서 아주 편안하게 살고 싶어 하고 무위도식하며 살고 싶어 하는 사람, 아무런 걱정 없이 살고 싶어 하는 사람, 아예 안전하게 아무 일도 않고 조용히 살고 싶어 하는 사람은 행복할 수 없어요. 남들 보기엔 행복하고 평화로운 것 같지만 혼자 고독을 씹는 사람들이에요.

인간은 에너지가 넘치는 동물이라서 정신적이든 육체적이든 늘 자극을 주고받으며 살아야 행복할 수 있어요. 그러니까 골치가 아플 것 같아도 일을 찾아나서야 해요. 번거로운 게 싫어도 사람들 속으로 들어가 관계를 맺으며 살아야 해요. 그렇게 사람들 속에서 일을 만들며 사람들과 관계를 맺으면 그들은 다른 사람들과 구분이 돼요. 그러면 아무런 관계가 없는 사람들에게 느끼지 못하는 새로운 자극이 올 거고요. 조금은 긴장이 되겠지요. 보다 관심도 늘어날 테고요. 그러니까 우리는 서로 길들여야 해요.

"완전한 건 아무것도 없어."
여우는 한숨을 내쉬었어요. 그러나 여우는 하던 이야기로 되돌아갔어요.
"내 생활은 단조로워. 나는 닭을 쫓고, 사람들은 나를 쫓지, 그리고 닭들은 모두 서로 비슷하고, 사람들도 모두 비슷해. 그래서 난 좀 권태로워. 그러나 네가 날 길들인다면 내 생활은 햇빛을 받은 깃처럼 밝아질 기야. 다른 발자국 소리와는 다르게 들릴 너의 발자국 소리를 나는 알게 될 거야. 다른 발자국 소리가 나면 나는 땅 속으로 숨을 거야. 네 발자국 소리는 음악소리처럼 나를 굴 밖으로 불러낼 거야. 그리고 저길 봐! 밀밭이 보이니? 나는 빵을 먹지 않아. 밀은 나한테 쓸모가 없어. 밀밭을 보아도 아무 생각도 떠오르지 않아! 그래서 슬퍼! 그러나 네 머리칼은 금빛이야. 그래서 네가 날 길들인다면 정말 신날 거야! 밀도 금빛이기 때문에 밀은 너를 기억하게 해줄 거야. 그래서 밀밭을 스치는 바람소리까지 사랑하게 될 거구……"

아주 훌륭한 누구라도 완전하리라는 기대는 접어요. 세상에 완전한 건 없어요. 우리들의 관계가 왜 꼬이겠어요. 자신이 사랑하고 좋아하는 사람은 완전하기를 바라니까 문제가 생기는 거예요. 그 사람은 불완전한 사람이다, 그러니까 그걸 채워주어야겠다는 이타심이 있어야 그 관계가 안전해져요. 그러므로 사랑이란 뭔가를 얻으려는 생각보다 뭔가를 희생하여 상대의 빈 곳을 채워 주려는 마음이에요.

자신에게 있는 그 뭔가로 상대의 불완전함을 채워주어야겠다는 생각으로 다가가야 해요. 그러면 상대는 다른 사람들과는 다른 존재로 보일 거예요. 물론 자신도 완전하다는 오만을 버리고 상대로 자신의 허전함을 채워야지요. 그게 사랑이에요. 그런 애틋한 마음으로 서로 다가서면 이제 상대는 이전과 다른 사람으로 다가와요. 어디에 섞여 있어도 상대를 느낄 수 있어요. 그의 눈빛, 발자국 소리, 그의 목소리, 그의 모든 모습이 다른 사람과 구별될 테죠. 그게 사랑이에요.

아! 그러면 그 순간부터 세상은 살맛 날 거예요. 전과 달리 살아갈 날들이 온통 희망으로 가득 찰 거고요. 보이는 것마다 정겨울 거예요. 그러면 어디에 있든, 언제든 그 사람이 마음에 한 자리를 다부지게 차지하겠지요. 그와 닮은 색깔만 봐도, 그와 함께 나눈 추억을 떠올리게 하는 그 무엇만 봐도, 그가 생각나겠지요. 그렇게 세상에도 그의 모습으로 넘쳐나겠지요. 그것이 신선한 자극이 되어 활기차게 살 수 있게 할 거예요. 많은 사람들 중에서 좋은 느낌으로 구별되는 사람을 우리는 가져야 해요. 그러면 우리 삶에 밝은 햇살이 비치겠지요.

사랑하는 사람이 필요한 이유

섭씨 90도, 목욕탕에 가면 고온 찜질방이 있어요. 거기에 모래시계가 있잖아요. 그놈을 시작으로 해 놓고 들여다보고 있으면, 모래가 밑으로 규칙적으로 쏟아져요. 뜨거움을 참으며 그것을 보노라면 아주 더디게 내려가요. 그러다 반이 넘으면 제법 빨리 쏟아져 내려요. 그게 빨라진 것은 아니잖아요. 이렇게 심리적인 시간과 물리적인 시간은 확연하게 차이가 나요. 이를테면 사랑하는 사람과 있을 때와 미운 사람과 있을 때에 느끼는 시간은 심리적 시간이에요. 아주 확연하게 시간이 빠르거나 더디지요. 우리는 때로 그런 자기 심리에 속곤 해요.

요즘 사람들은 아주 바빠요. 시간은 예나 지금이나 같은 속도로 흐르는데, 이전 사람들보다 현대인은 더 바빠요. 그러다 보니 할 수만 있다면 모든 것을 쉬운 방법으로 해결하려고 해요. 가능하다면 돈으로 해결하려고 해요. 그렇게 쉬운 것만 생각하니 자기 세계 외엔 관심을 두려 하지 않아요. 그래서 점점 이기적으로 바뀌는 거고요. 세상이란 자기 안에만 있는 것으로 알고, 자기가 알고 있는 것으로만 세상 모든 일을 판단하려고 해요. 그러니 다른 사람의 조언이나 충고가 귀에 들어올 리가 없지요. 그렇게 아집만 늘고, 알량한 지식으로 사기가 아는 것이 다인 양 우기는 것이에요.

바쁘다는 구실로 자기 안에 갇혀 있어서 그래요. 이렇게 현대인들은 겉으로는 아주 똑똑한데 실상은 점점 어리석어져 가요. 그래도 살아가는 데 지장은 없어요. 웬만한 건 자기 안에 있는 것들로, 자기가 길들인 것들로 그럭저럭 살 수 있으니까요. 그런데 우리에겐 언젠가 문득 사람이 그리운 날, 사람이 필요한 날이 와요. 다른 사람이 아닌 자기 속내를 터놓고 이야기를 나눌 수 있는 정말 친한 사람, 정말 친구라 칭할 수 있는 사람이 필요할 날이 오고야 말아요. 어린왕자와 여우도 친구란 존재의 필요를 느꼈어요. 서로가 서로에게 필요한 그런 만남은 참 좋은 거니까요. 그 다음에 서로를 맞춰보고, 맞추어 가야지요. 그래서 서로 친구가 되기로 했어요.

여우는 말없이 오랫동안 어린왕자를 바라보았어요.

"제발…… 나를 길들여 주렴!"

여우가 말했어요.

"나도 정말 그러고 싶어. 하지만 난 시간이 별로 없는 걸. 나는 친구들을 찾아야 해, 알아야 할 것도 많고."

어린왕자가 대답했어요.

"누구나 자기가 길들인 것밖에는 알 수 없어. 사람들은 이제 무얼 알 만한 시간조차 없어. 그들은 상점에서 만들어져 있는 모든 것을 사는 거야. 하지만 친구를 파는 상인은 전혀 없기 때문에 사람들은 친구가 없는 거야. 네가 친구를 갖고 싶다면 나를 길들이면 돼!"

여우가 말했어요.

"뭘 해야만 되니?"

어린왕자가 말했어요.

"아주 참을성이 있어야 돼. 우선 넌 나와 좀 떨어져서 그렇게 풀밭에 앉아 있는 거야. 난 곁눈질로 널 볼 거야. 그리고 넌 아무 말도 하지 마. 말은 오해의 씨앗이거든. 하지만 날마다 너는 조금씩 더 가까이 앉으면 돼……."

7. 어린왕자와 현자 여우의 아름다운 우정

참으로 좋은 친구가 필요한데, 그날엔 친구를 만들 수 없는 거예요. 친구란 돈으로 살 수 없잖아요. 길들여야 하는데, 길들인다는 건 제법 많은 시간을 필요로 해요. 상대에 대해 많이 알아야 하니까요. 겉모습만이 아니라 속모습을 제대로 알아야 하니까요. 겉모습은 잘 변하지만 진정한 속 모습은 변하지 않으니까요. 중요한 모든 것은 겉모습 뒤에, 말이나 행동이란 표현 뒤에, 겉으로 드러난 표정 뒤에 숨어 있으니까요. 그걸 알 만한 시간이 필요해요.

　좋은 사람을 내 곁에 두려면 그만큼 시간이 필요해요. 조급해선 안 돼요. 아무리 사람이 필요해도 진실한 관계를 위해선, 가까워지려면 기다림과 그에 따르는 참을성이 필요해요. 아무리 급해도 조금씩 가까워져야 하는 거예요. 그래야 상대를 제대로 알아요, 상대에게 나를 제대로 알려줄 수 있어요. 그럼에도 조급한 마음에 말을 앞세우면 그건 실수를 부르는 지름길이에요. 말은 오해의 씨앗이니까요. 말로 마음을 포장하려고도 말고, 표정이나 행동처럼 겉으로 드러낼 수 있는 것으로 마음을 포장하려고도 말아야 해요. 그래야 내가 상대에게 좋은 사람이 될 수 있어요. 물론 나도 상대를 그렇게 봐야 하고요.

　문명이 발달할수록, 진실한 사람이 필요해요. 사람이 사람인 것은 사람 없인 살 수 없는 존재이기 때문이에요. 귀여운 강아지가 사람에게 한동안은 마음의 위로를 줄 수 있어요. 하지만 강아지는 사람이 줄 수 있는 걸 다 줄 수 없기 때문에 결국 사람이 필요해요. 이제라도 바쁘다는 구실을 대지 말고, 뭐든 돈이나 명예나 힘으로 해결할 수 있다는 편견을 버리고, 억지로라도 여유를 만들어 사람을, 옆에 있는 사람들을 바라보자고요

약속과 의례의 원리

사람이 사람을 만나서 서로 편안한 관계가 된다는 것을 단순하게 생각해선 안 돼요. 거기엔 많은 통과의례가 필요해요. 서로를 잘 알고 서로에게 지켜야 할 일, 서로에게 양보하거나 배려해야 할 일 등 많은 일들이 있어요. 물론 어쩌다 가까워질 수도 있어요. 하지만 그건 진실을 향해 가는 관계, 진실이란 끈으로 엮는 관계는 아니에요. 서슴없이 좋은 관계라고 말할 수 있는 관계를 맺으려면 그만큼 시간과 의례가 필요해요.

사람을 만나는 일을 그렇게 복잡하게 생각하냐고요? 그건 당연한 거예요. 하다못해 집에 가구를 들여놓는 일에도, 그릇을 사거나 좀 비싼 옷을 사는 데에도 신경을 많이 쓰잖아요. 사람은 세상 그 무엇보다 소중한 존재잖아요. 물론 그 가치를 아무렇게나 떨어뜨려서 강아지만도 못한 존재로 취급할 수 있죠. 그럼에도 우리는 그런 생각일랑 접어야 해요. 사람은 무조건 소중하다, 그 무엇보다 비싼, 가치로 논할 수 없는 고귀한 존재다, 여기서 시작해야 해요.

자, 이렇게 사람에 관한 생각을 다져 가자고요. 그래야 살 만한 세상을 만들 수 있어요. 그렇지 않으면 우리는 주인이 아니라 노예로 살아가는 거예요. 세상 그 무엇보다 사람과 사람의 관계에 우위를 두고 살란 말이에요. 돈이, 명예가, 권력이, 물건이, 반려동물이 세상의 그 무엇이 우리를 진정으로 위로해줄 수는 없어요. 그것들은 어느 정도의 수위까지만 우리를 위로해줄 수 있고 기분을 좋게 만들어줄 거예요. 그리고 그 남은 날 우리 옆에는 여전히 그 사람이 남아 있을 테니까요.

그 다음날 어린왕자는 다시 왔어요. 여우가 말했어요.

"같은 시간에 오는 게 더 좋을 거야. 가령 오후 네 시에 네가 온다면 세 시부터 나는 행복해지기 시작할 거야. 시간이 가면 갈수록 그만큼 난 더 행복해질 거야. 네 시가 되면 이미 나는 불안해지고 안절부절못하게 될 거야. 난 행복의 대가가 무엇인지 알게 될 거야! 하지만 네가 아무 때나 온다면, 몇 시에 마음의 준비를 해야 할지 난 알 수 없을 거야……. 의례가 필요해."

"의례가 뭐야?"

어린왕자가 말했어요.

"그것도 너무 잊혀져 있는 것이지. 그건 어떤 날을 다른 날과 다르게, 어떤 시간을 다른 시간과 다르게 만드는 거야. 이를테면 나를 사랑하는 사냥꾼들에게도 의례가 있지. 그들은 목요일이면 마을 처녀들하고 춤을 춘다. 그러니까 나에게는 목요일이 아주 신나는 날이지! 나는 포도밭까지 산책을 나가지. 만일 사냥꾼들이 아무 때나 춤을 춘다면 날마다 같은 날들일 거야. 그러면 내겐 휴일이 없을 거야."

그래요. 좋은 만남은 사람을 즐겁게 해요. 잘만 하면 좋은 것이, 세상에서 가장 좋은 것이 사람과의 만남이에요. 그런 만남을 위한 통과의례 중 중요한 건 약속이에요. 서로의 약속은 상대를 당혹하게 하지 않고 마음의 준비를 할 여유를 주니까요. 그 약속이 잘 지켜지면 서로 오해를 하지 않을 수 있고, 믿을 수 있어요. 그리고 그것이 상대의 그 무엇을 잊지 않게 해줘요. 떨어져 있는 사이라도 그와의 약속이 다가오면 이미 준비하는 과정부터 행복해져요. 마음은 설레기 시작할 거예요.

바다 물결이 전에는 사정없이 바위를 부술 것처럼 다가왔는데, 그를 기다리면서는 마치 그 물결은 바위를 애무하고 있는 것처럼 느껴질 거예요. 사람을 기다리는 마음에도 모든 것은 위로의 노래로, 부드러운 접촉으로 다가오겠지요. 이런 감정은 사람을 만나는 일, 그 약속으로부터 탄생하는 것이라니까요. 그렇게 시작된 약속에서 의례는 탄생해요. 의례가 뭐냐고요, 그

무엇을 다른 것과 구분하는 일이에요. 이를테면 한 사람을 다른 사람들과는 다른 특별한 사람으로 기억의 바구니에 담는 거예요. 그와 만난 하루하루를 이제껏 살아온 날들과 구분하는 거예요. 그런 의례들을 함께 쌓아서 특별한 만남으로 자리 잡는 것이 좋은 만남이에요.

　매일이 특별한 날이 된다면. 그런 특별한 날을 만드는 것, 지속적으로 그런 의례를 만들어 구분된 날들을 늘려가는 것, 우리에겐 참 행복한 일이지요. 누군가와 만나는 날이 일주일에 한 번이라면 그날은 의례예요. 그날은 아주 특별한 기쁨을 주겠지요. 그런 날들이 매일이면 얼마나 좋을까요. 그러니까 우리 모두는 관계를 맺으려 노력해야 해요. 내가 누군가에게 길들여진다는 건 어감 상 기분이 안 좋지만 서로를 길들인다는 건 서로를 존중하고 배려한다는 의미니까 좋잖아요. 서로 긍정적인 약속을 정하고, 길들여지면 좋아요. 서로의 의례를 만들어 공유의 기쁨을 만들어 보자고요.

아름다운 관계의 비결

"떠나보면 알 거야"란 노래 가사가 있어요. 사람의 마음이란 참 이상하죠. 무엇이 중요하고, 소중한지 잘 알 것 같으면서도 사실은 몰라요. 사람은 망각을 즐기는 동물이라서 그런 것 같아요. 동물들 중 가장 기억력이 뛰어나다지만 인간은 선별적으로 기억하려는 효율적인 두뇌를 갖고 있어서 기억해야 할 것이다 싶으면 거기에 아주 집중하지만, 그냥 흘려도 되겠다 싶은 건 그냥 지나가요. 그런 선별력이 때로는 엉뚱하게 작동하니까 문제예요. 정작 기억할 건 놓치고 쓸데없는 것만 기억하는 어리석음을 범하지요. 그래서 소중한 걸 잃고 나서야, 곁에 소중한 사람이 떠나봐야 그제서 후회하는 거예요.

우리가 이렇게 정말 소중하고 중요한 것을 잊고 사는 이유는 왜일까요? 그건 자신도 알게 모르게 편견을 갖게 되어서 그래요. 이를테면 언제든 만날 수 있는 사람이라면 그다지 소중하지 않은 사람으로 생각하는 거예요. 언제나 옆에 있는 사람으로 생각하고 아무렇게나 대해도 되는 걸로 생각하기 때문이에요. 문제는 그런 사람이 언제나 옆에 있을 줄로 생각하는 건 어리석은 일이지요. 사람 일을 어떻게 알겠어요. 그런 것이 섭섭해서 돌아서거나, 원치 않게 떠날 수도 있는데 말이에요.

어느 날 옆에 있던 사람의 부재를 문득 느끼는 날이 올 거예요. 언제나 만날 수 있고 언제든 이야기를 나눌 수 있는 상대인 줄 알았는데 떠난 거예요. 그때 아쉬워한들 아무 소용없잖아요. 그러니까 우리는 그런 편견을 갖지 않으려 노력해야 해요. 일상으로 생각하는 사람들과의 만남, 그런 관계를 다시 짚어봐야 해요. 모든 것이 일상이 되면 우리는 그걸 가끔 잊고 살거든요. 정말 중요한 건 그런 일상 속에 숨어 있는 사랑, 그런 편한 사람이 중요한 사람이거든요. 단지 우리는 그것을 잊고 있을 뿐이에요.

"장미들을 보러 가렴. 너는 네 꽃이 이 세상에 단 하나란 걸 알게 될 거야. 그리고 나에게 이별의 인사를 하러 와. 그럼 비밀 하나를 선물로 줄게."

어린왕자는 장미들을 다시 보러 갔어요. 그는 꽃들에게 이렇게 말했어요.

"너희들은 내 장미와 조금도 닮은 데가 없어. 너희들은 아직 아무것도 아니야. 아무도 너희들을 길들이지 않았고 너희들도 누구 하나 길들이지 않았어. 옛날엔 내 여우가 꼭 너희들 같았지. 수많은 여우들과 같은 여우 한 마리에 지나지 않았지. 하지만 난 여우를 친구로 삼았고 그 여우는 이젠 이 세상에서 단 하나밖에 없는 여우가 됐어."

그러자 장미꽃들은 몹시 난처해졌어요. 어린왕자는 말을 계속했어요.

"너희들은 아름다워. 하지만 너희들은 비어 있는 거야. 아무도 너희들을 위해 죽을 수는 없을 거야. 물론 나의 꽃인 내 장미도 멋모르는 행인은 너희들과 비슷하다고 생각할 거야. 하지만 내겐 그 꽃 하나만으로도 너희들 전부보다 더 소중해. 내가 물을 준 것은 그 꽃이기 때문이야. 내가 유리덮개를 씌워 준 꽃이기 때문이야. 내가 바람막이로 바람을 막아 준 꽃이기 때문이야. 내가 벌레를 잡아 준 꽃이기 때문이야(나비가 되라고 두세 마리는 남겨 놓았지만). 내가 불평을 들어 주고, 허풍을 들어 주고, 때로는 심지어 침묵까지 들어 준 꽃이기 때문이야. 그건 나의 장미이기 때문이야."

눈을 즐겁게 하는 사람이 마음마저 즐겁게 해주는 건 아니에요. 때로 그런 사람은 애만 태우게 만들 뿐이에요. 마음을 즐겁게 해 주는 것과 마음을 편안하게 해 주는 건 달라요. 그럼에도 우리는 마음을 편안하게 해 주는 사람보다는 마음을 즐겁게 해 주는 사람, 멋있는 사람에 더 점수를 주려 하고, 더 중요하게 생각하곤 해요. 그게 우리 마음의 눈을 가리는 일이니까, 그걸 경계해야 해요. 결국 나중에야 그 안에 자신을 괴롭게 하는 가시가, 씨앗이

숨어 있을 수 있다는 것을 알게 되거든요.

이미 길들여진 사람은 우리에게 신선하지도 소중하게 여겨지지도 않고, 별다른 자극을 주지도 않아요. 그래서 우리는 언제든 만날 수 있는 사람은 신경조차 쓰지 않아요. 하지만 돌이켜 생각해 보자고요. 우리는 그렇게 편한 사람을 위해 얼마나 시간과 정성, 열정을 들였는지를 말이에요. 그 노력의 결과로 지금은 친숙해진 사람이 아니었나요. 우린 그걸 잊고 살아온 거예요. 우리의 시간과 정성이 깃들어 일상이 된 사람들을 소중히 여겨야 하는데도 말이에요.

우리는 서로 불평을 듣고 오해를 풀고, 말이 없으면 그 없는 말의 의미를, 침묵하는 그 마음을 헤아리려 노력했잖아요. 그렇게 특별한 존재를 일상의 존재로 만든다는 건 참 어려워요. 그러니까 눈과 마음을 즐겁게 해 주는 존재에 속지 말자고요. 그 대신 서로 잘 알아서 편하게 접근할 수 있는 존재들을 소중히 생각하자고요. 그게 행복의 비결이에요. 행복을 우리가 찾지 못하는 이유를 알겠지요.

어린왕자도 결국 장미를 멀리 떠나와서야 자신의 장미가 특별한 존재라는 것을 깨달았어요. 그제야 어린왕자는 길들여지지 않은 5000송이 장미는 자기가 길들인 장미 한 송이에 비할 수 없다는 것을 깨달았어요. 마찬가지로 우리가 길들인 그 한 사람은 아주 많은 사람보다 훨씬 가치 있고 소중한 존재예요. 눈을 즐겁게 하는 5000송이 장미 대신 한 송이 장미에 애정을 부여하는 어린왕자처럼 우리도 마음을 편안하게 하는 장미 한 사람을 바라보자고요. 그게 아름다운 인간관계를 맺는 비결이에요.

마음의 눈을 뜨는 방법

우리는 아주 많은 것을 보고 살아요. 우리는 순간순간 무수히 많은 것을 보고 살아요. 안과 의사가 종일 눈을 들여다보고 살아도 그 사람 속을 알 수는 없어요. 같은 것을 보는 것 같아도 기억하는 것은 다르고, 같은 것을 보아도 심지어 보는 건 달라요. 많은 것을 보아도 정작 중요한 걸 볼 수 없다면, 그건 애석한 일이에요. 누구나 중요한 걸 보려고 하지 않겠어요. 단지 우리는 중요한 걸 보는 눈을 잃어버렸거나, 중요한 걸 보려는 노력조차 하지 않으니까 슬픈 일이지요.

왜 중요한 걸 못 보는 걸까요? 바쁘다는 이유로 볼 시간이 없거나, 중요한 게 무슨 의미가 있을까 생각하거나, 중요한 걸 보고 싶은데 그 방법을 모르거나, 중요한 것 그 자체가 뭔지 모르거나, 그중 하나겠지요. 그 이상의 이유도 있을 테지만요.

중요한 것을 우리는 왜 못 보고 있을까요? 그건 근본적으로 육안으로만 보려고 해서 그렇다는 것이지요. 육안으로는 피상적인 것밖에 볼 수 없어요. 게다가 지식이 있으면 그 지식의 눈으로 보려고 하니 편견이요, 육안으로 보려니 옷이나 타는 차로 판단하니 편견이요, 사회의 눈으로 보려니 권력이나 유명세나 학벌로 보려니 편견이지요. 그러니까 그 사람의 다른 면은 전혀 볼 수가 없어요.

그러면 중요한 건 도대체 뭐란 말일까요? 그것도 사람에 따라 다를 수 있어요. 중요한 것이란 변하지 않는 우리의 본질이라고요. 그 본질은 다른 모든 것이 변해도 변하지 않는 그 무엇이에요. 그건 사람의 진실한 마음이에요. 마음이라고 다 중요한 게 아니라 그 사람이 가진 마음 중에 포장되지 않은 순수한 마음 말이지요. 그 마음을 제대로 보려면 마음의 눈으로 봐야지요. 마음의 눈으로 본다고 하면서도 실제로는 마음으로 보는 게 아닐 수도 있어요. 왜냐하면 편견으로 흐려진 눈이라면, 그건 순수한 마음의 눈, 진정한 마음의 눈은 아니니까요.

"잘 가, 내 비밀은 이거야. 아주 간단해. 마음으로 보는 게 아니면 잘 보이지 않는 거야. 중요한 것은 눈에 보이지 않아."
"중요한 것은 눈에 보이지 않아."
어린왕자는 기억해 두려고 따라서 말했어요.
"네 장미를 그토록 소중하게 만든 건 네가 너의 장미를 위해 소비한 시간이야."
"나의 장미에게 소비한 시간이야."
어린왕자는 기억해 두려고 따라 했어요.

여우는 어린왕자에게 마음으로 보는 것이 간단한 일이라고 해요. 순수한 마음의 눈으로, 단순한 마음의 눈으로 보면 되니까요. 비행기를 보자고요. 우리는 비행기를 보면 비행기가 어떻게 날 수 있는지는 생각하지 않아요.

비행기의 겉모습만 보고는 얼른 타지요. 비행기를 날아가게 하는 힘은 실제로는 겉으로 보이는 모습이 아니라 그 안에 감추어져 있는 기관인데 말이에요. 중요한 것이란 겉을 다 떼어 내고도 날아갈 수 있게 하는 힘, 그게 비행기에선 중요한 것처럼, 우리도 마찬가지예요. 우리에게 삶의 의미와 가치를 갖게 하는 힘, 그게 우리에게 중요한 거예요.

생텍쥐페리는 말했어요. "완전이란 덧붙일 것이 아무것도 없을 때가 아니라, 더 이상 떼어 낼 수 없을 때"라고요. 비행기가 날아갈 수 있는 것만 남기고 다 떼어 내면 그게 완전인 거고 나머지는 포장에 불과한 거예요. 우리가 입은 옷, 명예, 권력, 학력, 부, 그런 것을 다 떼어 내 봐요. 그리고 남은 것이 우리에게 중요한 것일 테니까요. 다른 사람을 볼 때도 마찬가지예요. 그런 포장을 다 떼어 내고 봐야 그 사람의 진실을 볼 수 있어요. 그러면 사람한테 속았다는 후회도 훨씬 줄어들 거예요. 그러니까 그 사람의 학력, 외모, 권력, 명예, 돈, 말솜씨 등과 같은 피상적인 것은 보지 말고 그 사람 자체로만 봐요. 그래야만 사람의 진실을 좀 더 잘 볼 수 있어요.

그런데 우리는 사실 자신의 진정한 모습도 못 보고 있다니까요. 어떻게나 자신의 진정한 모습을 볼 수 있을까 그걸 생각해 봐요.

책임이란 말의 숭고한 의미

생텍쥐페리의 친구 기요메가 안데스 산맥에서 조난당했다가 살아 나왔어요. 그 조난에서 그는 결국 죽을 수밖에 없다 생각하고 모든 걸 포기해요. 오직 그에게 남은 것은 자기의 시체가 빨리 발견되기를 바라는 일뿐, 그래

7. 어린왕자와 현자 여우의 아름다운 우정

서 그는 이제 산을 내려오기를 포기하고 그리 멀지 않은 언덕에 보이는 바위로 올라가려 해요. 그냥 바위가 아니라 목숨을 걸고 올라야 하는 바위지요. 왜 그렇게 했느냐고요?

"나는 내 아내를 생각했어. 보험에 들어두었으니 아내가 적어도 비참한 생활은 하지 않게 되겠지. 그래, 하지만 보험이라는 게……."

보험 대상자가 실종되었을 경우에는 4년이 지나야만 법정 사망으로 신고된다는 사실이 그제야 머릿속에 번개처럼 떠올린 그는 순간에 눈 덮인 가파른 언덕에 배를 깔고 엎어져 있었던 거예요. 그대로 눈사태에 계곡으로 휩쓸려 내려가면 그의 시체는 영원히 찾을 수 없어요. 그는 50여 미터 가까이에 있는 바위에 올라가 최후를 맞으려고 마음먹은 거예요. 그건 살아남기 위한 것이 아니라 오직 자기가 죽어도 남아 있을 가족의 생계를 염려한 결정이었어요. 그게 진정한 책임이 아니겠어요.

이틀 동안 정신없이 몰아치는 눈보라 속에서 꼼짝도 못하고 비행기 동체 밑에서 견뎠어요. 그러고는 한잠도 못 자고 사흘을 내리 걸었어요. 그게 인간으로서 할 수 있는 일일까. 아무나 할 수 있겠냐고요. 그는 그렇게 사흘 내내 걸을 수 있었던 건 자기를 믿고 있는 사람들을 배신하지 않기 위해서였다는 거예요.

"눈 속에서는 모든 생존본능을 잃게 돼. 나흘을 내리 걷고 나면 온통 자고 싶은 생각뿐이라네. 그래서 난 잠이 올 때마다 이런 생각을 했어. '만일 내가 살아 있다고 아내가 생각한다면 그녀는 내가 지금 걷고 있다고 믿고 있겠지? 아마 동료들도 내가 걷고 있다고 생각하고 있을 거야. 그들 모두는 나를 믿고 있어. 그러니 내가 걷지 않으면 나는 비열한 놈이 되는 거야.' 하고 말이지."

그렇게 그는 끊임없이 걸었어요. 주머니칼로 구두에 구멍을 조금씩 파내야 했어요. 발이 부풀어 구두를 삐져나오려고 애를 쓰니 아파서 선널 수 없으니까요.

"그 틈으로 비어져 나온 부어오른 발을 눈으로 문지르거나, 심장이 조금이나마 쉴 수 있도록 배려해야만 했지. 하지만 마지막 며칠 동안은 기억이 없어. 가끔씩 무언가 잊어버린 것들이 퍼뜩 생각날 때가 있었는데, 이미 휴식을 마치고 출발한 지 오래된 후였네. 잠시 쉬어갈 때마다 매번 나는 무언가를 잃어버렸던 거였어. 처음엔 장갑 한 짝을 놓고 왔는데, 혹독한 추위가 에워싸는 그곳에서 난 엄청난 실수를 저질렀던 거야. 장갑을 잠시 앞에 내려놓았다가 그걸 다시 집어 들지 않고 그냥 떠난 거였지. 그 다음에는 시계를 잃어버렸어. 그 다음은 나이프를, 그 다음은 주머니칼을, 그 다음은 나침반을, 이렇게 걸음을 멈출 때마다 나는 점점 더 가난해졌어.…."

생텍쥐페리는 그 상황을 이제는 이 세상에서 평화를 누리려면 눈을 감는 방법밖에 없다, 눈을 감으면 머릿속에서 지긋지긋한 바위와 얼음과 눈을 지워버릴 수 있을 테니까, 지금껏 기적적으로 버텨온 눈꺼풀을 감자마자 추락도, 찢어진 근육도, 타는 듯한 동상도 사라지고, 끌고 가야만 하는 그 삶의 짐도 없어질 것이라고 그를 대변하여 말했어요. 친구의 그 아린 경험을 들은 생텍쥐페리는 사랑이란 길들여진 것에 대한 책임이란 뼈아픈 말을 〈어린왕자〉를 통해 했던 것이지요.

"사람들은 이 진실을 잊어버렸어. 하지만 넌 그걸 잊으면 안 돼. 네가 길들인 것에 넌 언제나 책임이 있어. 넌 네 장미한테 책임이 있어……."
여우가 말했어요.
"나는 내 장미한테 책임이 있어……."
어린왕자는 기억해 두려고 되풀이했어요.

생텍쥐페리는 길들여진 자들에 대한 책임에 대해 "살아 있는 자들이 새로

7. 어린왕자와 현자 여우의 아름다운 우정

지어놓은 것에 대한 책임, 그 작업의 진행에 따른 사람들의 운명에 대한 약간의 책임 말이다. 넓은 지평선을 그들의 잎으로 덮는 것을 허락하는 너그러운 존재들 가운데 그가 속해 있다. 곧, 사람으로 존재한다는 것은 책임을 지는 일이다. 그것은 자신의 의지에 따르는 것으로, 동료들이 쟁취한 업적을 자랑스럽게 여길 줄 아는 마음, 하나의 돌을 쌓더라도 세상을 세우는 데에 이바지한다고 느끼는 그런 자세가 필요하다. 사람들은 이러한 사람들을 투우사나 노름꾼과 혼동하곤 한다. 그들은 자신들이 죽음을 경멸하는 것을 자랑스럽게 여긴다.”라고 말했어요.

책임은 그만큼 무거운 의미를 지니고 있는 말이에요. 그럼에도 우리는 그렇게 생각하지 않죠. 약속이란 절차를 통해서, 의례라는 과정을 통해서 단단히 그 의미들을 뭉쳐서 탄생한 이 단어, 그렇게 무거운 의미와 숭고한 의미가 담겨 있는데, 우리는 너무 쉽게 책임을 말하고, 책임을 논하는 건 아닌지 생각해 보자고요. 진정한 책임의 이행, 사랑이 담긴 책임의 이행, 그건 짐승이 할 수 없는 인간만이 가능한 것이에요. 기요메의 말, 그 말 속엔 책임의 숭고한 정신이 들어 있어요.

“내가 해 낸 일들은, 단언컨대 그 어떤 짐승도 결코 그 일을 한 적이 없을 거야.”

8.
어린왕자와 함께 생각하는
관계의 미학

:
:
:
:
:
:

얼마나 더 성찰하면 우리 삶의 진실을 알 수 있을까요?

맑은 날이 있으면 비 오는 날, 흐린 날도 있는 것처럼, 우

리 삶이란 것도 그래요. 늘 좋기만을 바라는 건 누구나

같을 거예요. 어떤 이는 늘 밝은 표정으로 살고, 어떤 이

는 어두운 표정으로 살고, 어떤 이는 맑고 흐리기를 반복

하며 살아요. 이렇게 한결같이 자기 삶을 조정하며 살아

간다는 건 어려워요. 그럼에도 우리는 보다 밝은 마음을

유지하며 살 수 있는 방법에 가까이 다가갈 수는 있어요.

자기 삶의 주인공으로 살기

얼마나 더 성찰하면 우리 삶의 진실을 알 수 있을까요? 맑은 날이 있으면 비 오는 날, 흐린 날도 있는 것처럼, 우리 삶이란 것도 그래요. 늘 좋기만을 바라는 건 누구나 같을 거예요. 어떤 이는 늘 밝은 표정으로 살고, 어떤 이는 어두운 표정으로 살고, 어떤 이는 맑고 흐리기를 반복하며 살아요. 이렇게 한결같이 자기 삶을 조정하며 살아간다는 건 어려워요. 그럼에도 우리는 보다 밝은 마음을 유지하며 살 수 있는 방법에 가까이 다가갈 수는 있어요.

생각이 필요해요. 건설적이고 지속적으로 이어갈 수 있고, 가급적 후회가 따르지 않는 이성이 담긴 생각이 필요해요. 그런 생각을 가지고 세상을 살면 우리의 삶엔 맑은 날이 많을 거예요. 그런 생각을 하려면 정말 우리 삶에, 나에게 중요한 것이 무엇인지를 바로 보려는 노력이 필요해요. 건설적이고 긍정적인 생각을 하며 살아야 해요. 시간이란 공간에 그저 흔적만 남기는 것이 아니라 제대로 자기 삶의 궤적을 그으며 살아야 해요. 그러려면 무엇보다 자신을 들여다볼 줄 알아야 해요.

누구나 자신을 잘 안다고 생각하지만 자신이 아는 자기를 잘못 판단하고 있을지도 몰라요. 스스로를 왜곡하고 있는지도 몰라요. 그러니까 우리는 우리 자신을 제대로 알지 못하는 거예요. 자신을 잘 알려면 혼자 명상에 잠기는 시간이 필요해요. 그렇게 자신에게 솔직해져보고, 그렇게 발견한 자신과 다른 사람을 비교해 봐야 해요. 세상에 존재하는 모든 사람들, 그리고 나와 가장 가까운 사람은 나 자신의 거울이에요. 그들의 단점은 나의 단점이고, 그들의 장점은 나의 장점이기도 해요. 거기서 키울 것과 키우지 말 것을 구분해야 해요. 바쁘다고 혼자 있는 시간을 갖지 못하면, 다른 사람들을 관찰하지 못하면 우리는 그저 달려만 갈 뿐이라고요.

"저 사람들은 무척 바쁘네요. 저 사람들은 뭘 찾고 있는 거예요?"

어린왕자가 물었어요.

"기관사도 모른다."

전철수가 말했어요. 그러자 이번에는 반대편에서 불을 환하게 켠 두 번째 급행열차가 우르릉거렸어요.

"그들이 벌써 되돌아오나요?"

어린왕자가 물었어요.

"아니, 같은 사람들이 아니란다. 서로 자릴 바꾸는 거야."

전철수가 대답했어요.

"살던 곳이 맘에 안 들었나 보죠?"

"사람들은 자기들 사는 곳에 만족하지 않는단다."

전철수가 말했어요. 그러자 세 번째 급행열차가 불을 환하게 켜고 천둥치는 소리를 냈어요.

"저건 먼젓번 여행자들을 쫓아가는 걸까요?"

어린왕자가 물었어요.

"그들은 아무것도 쫓지 않는단다. 그 안에서 잠을 자거나, 아니면 하품하는 거야. 어린애들만이 유리창에 코를 박고 있어."

전철수가 말했어요.

"어린애들만이 자기들이 뭘 찾는지 알고 있군요. 어린애들은 헝겊인형을 위해 시간을 소비하고, 그래서 인형은 아주 중요한 것이 되고요. 그걸 빼앗으면 소리 내어 울고 말이에요……."

생각해 봐요. 차라리 가던 길을 멈추고 말이에요. 그게 더 빨리 가는 길이에요. 진실에서 멀어졌다가 다시 돌아오기엔 너무 늦는 게 우리 삶이니까요. 차라리 멈춰요. 중요한 일을 하고 있는지를 먼저 생각해야 해요. 생각 없이 달려만 가지 말고 지금 무엇을 찾고 있는지 생각해 보자니까요. 남보다 늦으면 어때요. 너무 남과 자신을 비교하려고 하지 말라니까요. 남만 따라다니면 그건 삶이 아니에요. 자기 길을 가야지요. 적어도 자기 삶에서는 주인공으로 살아야지요.

아이들을 보라고요. 아이는 자기가 지금 무엇을 가져야 하는지를 알고 있어요. 그들은 남이 무엇을 하든 상관하지 않아요. 그러니까 지금 자신에게 필요한 것이 무엇인지를 먼저 생각해야지요. 남에게 필요한 것이 자기에게도 필요할 것이란 생각, 남이 가는 곳에 가지 않으면 낙오자가 될 거란 불안감, 남이 가진 것을 지금 갖지 않으면 손해 볼 것 같은 걱정, 그런 부정적인 생각부터 버려야 해요. 거기서 자유를 얻어야 해요. 지금 있는 이 마당이 영원한 자신의 마당이 아니듯이, 지금 한 곳에 있는 이들이 영원히 한 곳에 있을 사람도 아니잖아요. 지금부터 남과 견주어 생각하지 말고 자기에게 중요한 것만을 생각해 봐요. 그게 자신의 삶의 주인공으로 사는 지름길이에요.

죽 이어질 인간관계가 있고, 어디까지만 함께하다가 단절될 관계도 있어요. 무엇을 추구하느냐에 따라 인간관계의 연속성과 단절성이 나누어지니까요. 무조건 쫓으려 말고 정말 쫓아야 할 것과 그렇지 않은 것을 구분할 줄 알아야 해요. 그런 걸 잘 구분하면서 살아야 해요. 그것이 자기 앞가림을 제대로 하는 방법이에요. 삶은 보다 생산적으로 살아야 해요. 무한한 에너지가 샘솟는 게 삶이 아니니까요. 집중할 일, 지금 해야 할 일을 구분하며 살아요. 생각 없이 오락가락하지 말자고요.

가치 있는 시간 관리의 지혜

100년을 살든 500년을 살든 아무리 오랜 세월을 살아도 인간이 유한한 존재인 한, 삶에는 늘 아쉬움은 남겠지요. 근본적으로 인간은 무엇에든 끝없는 욕망을 가진 존재이기 때문이에요. 인간은 그 무엇이든 끝없는 욕망을 안고 살아가요. 그러니까 교통의 발달, 과학의 발달로 보다 많은 시간을 절약한들 한가해질 수 없어요.

사람들은 시간을 절약하려고 무엇이든 간편하게 만들고, 빠르게 만들고, 작게 만들어요. 그러면 보다 편리하게 쓸 수 있고, 간단하게 쓸 수 있고, 빨리 움직일 수 있고, 빨리 해결할 수 있으니까요. 그러면 시간을 많이 절약할 수 있으니까요. 하지만 그렇게 모아놓은 시간은 어디로 갔기에 오히려 점점 바쁘게 사는 걸까요.

시간은 절약할 수 없기 때문이에요. 단지 간편하게 하고, 빠르게 하는 것으로는 그 어떤 분야의 시간만 절약할 뿐이에요. 다른 곳에서는 그 이상의 시간을 필요로 하는 일이 또 일어나요. 그러니까 시간은 늘 모자라고 하고 싶은 일은 자꾸 쌓이기만 해요. 이런 행렬은 우리가 살아 있는 한 계속 이어질 거예요.

오늘이 마지막 날이라면 우리는 다만 몇 날이라도 더 달라고, 그러면 여한이 없을 거라고 신에게 간곡히 빌지도 몰라요. 하지만 다시 그 마지막 날이 오면 그때 마음도 지금과 다를 바 없어요. 우리가 얼마나 더 오래 살든 하고 싶은 일과 아쉬움은 여전히 남아 있을 거예요. 시간 여유가 생기면 할 거라고요? 여유가 있을 땐 다른 것부터 하느라 그 일을 못 하고 바쁠 땐 바빠서 못 하고, 정작 하고 싶은 일은 그저 미루다 말아요. 그러니까 시간을 어떻게 쓰는 게 좋을지 그걸 생각해야 해요. 시간은 늘 우리에겐 부족한 거니까 그 주어진 시간을 그저 즐거운 마음으로 써야 해요.

어린왕자가 만난 장사꾼은 목마름을 달래 주는 알약 장수였어요. 일주일에 한 알만 먹으면 다시 마실 욕구를 느끼지 않는대요.

"아저씨는 왜 이런 것을 팔아요?"

어린왕자가 물었어요.

"시간을 크게 절약할 수 있으니까. 전문가가 계산을 했어. 일주일에 53분이나 절약된대."

장사꾼이 대답했어요.

"그러면 그 53분으로 뭘 하는데요?"

"그 시간으로 자기가 하고 싶은 걸 하지……."

어린왕자는 '내게 53분이 있다면 아주 천천히 샘으로 걸어가겠다……'라고 생각했어요.

이 욕구를 잠재워 더 이상 욕구가 생기지 않는다면 좋을까요? 그렇다고 생각하는 사람이 있다면 그건 바보 같은 생각이에요. 뭔가 하고 싶은 욕구가 없다면 세상을 왜 살아요. 뭔가 하고 싶은 일이 있으니까, 먹고 싶은 거라도 있고, 마시고 싶은 술이라도 있고, 피우고 싶은 담배라도 있고, 하고 싶은 운동이나 취미라도 있고, 만나고 싶은 사람이라도 있으니까 살고 싶은 것이 사람이에요. 그러니까 욕망이 있다는 건 나쁜 것도 아니고 부끄러운 것도 아니에요. 오히려 그런 욕구가 없는 사람이 가련하고 불쌍하지요. 욕구가 우리에게 열정을 불러일으켜 주니까요.

그러니까 하고 싶은 일이 있다면 그 일을 해요. 그냥 어떻게 시간을 절약할까, 그런 생각할 시간에 차라리 즐거운 일을 하러 돌아다니는 게 나아요.

그렇게 시간을 아껴 두었다가 정말 쓸 일이 있는지 그걸 생각해 보라고요. 그렇지 않다면, 죽어라 돈만 벌 줄 알지 쓸 줄은 모르는 사람과 뭐가 다르냐고요. 아무리 많은 돈을 가지고 있어도 모을 줄만 알고 쓸 줄은 모르는 사람은 부자가 아니라 불쌍한 사람이지요. 마찬가지로 죽어라 일만 할 줄 알고 시간을 즐길 줄 모르는 사람은 불쌍한 거예요.

그래요. 무슨 일이든 그 일에 의미와 가치를 부여할 줄 알아야 해요. 시간을 절약하려면 그 절약하는 의미와 가치가 무엇인지를 먼저 생각해야 해요. 여기서 아끼는 시간을 저기서 쓰는 게 유용하고 가치가 있다면 당연히 그렇게 해야 해요. 절약하면서 바쁘게 산다는 건 불행한 일이에요. 얼마를 살든 시간의 노예가 되지는 말아요. 시간을 쓸 줄 아는 사람이 되란 말이에요. 그렇게 바쁘게 살다가 넘어지거나 아프지 말고요. 무엇이 정말 중요한지 생각해 보았으면 좋겠어요.

나에게 정말 중요한 것

세상을 살면서 중요한 게 뭘까요? 우리에게 중요한 것과 나에게 중요한 것, 당신에게 중요한 것은 같을까요? 같다면 더 없이 좋을 테지만 다르다고 나쁠 것도 없어요. 다만 중요한 것을 그저 피상적인 것으로만 삼지 말고, 마음에 있는 것으로 삼았으면 좋겠단 생각이에요. 어린왕자도 이 말엔 동의할 거고요. 중요한 것은 사람과 상황에 따라 다르다고 할 수 있어요. 지금 중요한 것이 내일도 중요하리란 보장은 없어요. 어려서 중요한 것과 어른이 되었을 때 중요한 것이 달라지듯이 말이에요.

그 중요한 것이 영원히 변하지 않을 진리일 거란 지나친 욕심은 버리자고요. 우리가 영원이란 단어를 무척 좋아하는 이유는 그 영원이란 것을 가질 수 없기 때문이잖아요. 거창하게 영원히 변하지 않는 것을 진리라고 한들 뭐하겠어요. 하루살이에겐 하루만큼의 진리만 있으면 되고, 우리에겐 우리에게 주어진 날만큼의 진리만 있으면 되니까, 그쯤 변하지 않으면 그걸 진리라고 하자고요. 그건 아니라고 고집하는 학자가 있다면 그냥 진실쯤으로 해두자고요. 그것도 안 된다면 그건 억지라니까요.

그래요. 일단 진실이 우리에게 중요한 것이라고 해두자고요. 그 진실은 겉에 있지 않고 마음에 있다고 해두고요. 마음에 있는 건 잘 변하지 않는다고 치고요. 그럼에도 중요한 건 범위에 따라 다를 수밖에 없어요. 사람에게 중요한 것, 사회에 중요한 것, 가정에 중요한 것, 개인에게 중요한 것은 각각 따로 있어요. 각자 시간에 따라, 상황에 따라 중요한 건 달라진단 말이에요. 그러니까 내가 중요하다고 여기는 걸 남도 그럴 것이라고 강요할 생각일랑 말아요. 그건 이기적인 일이라고요. 그냥 중요한 것을 피상적인 데서 찾지 말고 그래도 덜 변하는 마음에서 찾자, 이렇게 권고하는 것이 옳을 거예요.

사막에서 비행기 고장이 일어난 지 여드레째 되는 날이었어요. 나는 저장해 놓은 물의 마지막 한 방울을 마시면서 장사꾼 이야기를 듣고 있었어요. 나는 어린왕자에게 말했어요.

"아! 너의 그 추억들은 정말 아름다워. 하지만 난 비행기를 아직도 고치지 못했어. 난 이제 마실 물도 없고, 나도 천천히 샘터로 걸어갈 수만 있다면 정말 행복할 거야!"

"내 친구 여우는……"

그는 나에게 말했어요.

"정다운 꼬마 신사야, 지금은 여우 이야기가 중요한 게 아니야!"

"왜요?"

그는 내 추측을 이해하지 못하고 내게 이렇게 대답했어요.

"우리는 목말라 죽을지도 모르기 때문이야……."

"설령 죽는다 해도 친구를 갖게 된다면 좋은 일이에요. 난 말이에요. 내 친구 여우를 가져 정말 기뻐요……."

비행사가 중요하게 생각하는 것은 당연히 물이잖아요. 그에겐 죽느냐 사느냐를 좌우하는 것이 물이에요. 그는 그만큼 갈급한 거예요. 갈증이 이루 말할 수 없어요. 너무 근시안적이라고 비난할 수 있는 상황이 아니잖아요. 그럴 때 그에겐 물이 가장 중요하다는 걸 인정해 줘야 해요. 어린왕자는 그걸 이해하지 못해요. 그는 지금 그토록 갈증이 나지도 않고 물 때문에 생사를 걸 상황이 아니니까요. 상대의 상황을 모르니까 이해가 안 되는 거예요. 사람과 사람 사이엔 이해가 필요해요.

어린왕자에게 중요한 건 여우예요. 여우가 그에겐 유일한 친구니까요. 그의 외로움을 달래줄 수 있는 유일한 친구, 길들여진 친구니까요. 그러니까 어린왕자에겐 여우가 중요하겠지요. 어린왕자는 지금 외롭다는 거잖아요. 많이 외롭다는 거잖아요. 그래서 여우가 그리운 거고, 그러니까 여우가 중요하다고 하는 거고요. 그러면 비행사에게 중요한 것, 어린왕자에게 중요한 것은 다르다는 말이잖아요.

어린왕자의 편을 들고 싶다고요? 하지만 돌이켜 생각해 봐요. 어린왕자는 이전엔 장미가 가장 중요하다고 생각했잖아요. 그런데 지금은 아니잖아요. 그러니까 두 사람은 서로의 마음을 헤아려야 해요. 중요한 것은 시간과 상황에 따라 변하는 거예요. 따라서 중요한 것과 진리가 같은 것은 아니지요. 행복하게 살려면 너무 진리만 따지고 찾아선 안 돼요. 행복은 진리를 찾는 게 아니라 중요한 것을 찾는 것, 진실을 찾는 것이에요. 나는 지금 중요한 것을 찾고 있다, 중요한 일을 하고 있다, 중요한 사람을 만나고 있다, 이런 생각만으로도 충분히 행복한 거잖아요. 행복은 자기 가치를 매기는 일이고, 그 가치는 마음이 매겨 주니까 행복은 결국 마음에 있는 거라고요. 지금 중요한 게 뭔지 그것만 생각해 봐요.

사람다운 사람이 되는 방법

살아 있다는 건 참 기적인 것 같아요. 이 세상에서 가장 위대한 기적이란 살아 있다는 사실이에요. 살아 있으므로 우리는 중요한 무엇인가를 생각하고 가질 수 있으니까 생존을 위한 모든 행위는 참 중요한 일이 아니겠어요. 그러니까 생존에 필요한 그 무엇을 추구한다면 그건 당연히 중요한 일이지요.

그런데 어린왕자의 생각은 달랐어요. 어린왕자는 친구가 무엇보다 중요하다는 거예요. 그의 말도 맞긴 해요. 대부분의 사람들은 살기 위해 무엇을 할까, 거기에 초점을 맞추지요. 그런데 어린왕자는 그보다는 어떻게 사는 것이 가치 있는 일인가에 초점을 맞추니까 생존욕구와는 다른 것을 더 중요하게 생각하지요. 우리는 가장 근본적인 욕구, 어느 동물이든 가지고 있는 욕구에 방점을 찍고 있다면, 동물 이상의 욕구에 어린왕자는 방점을 찍고 있는 셈이지요. 어린왕자도 옳고 우리도 옳아요. 그러니까 무엇이 중요하냐의 관점에 대해 부끄러워할 필요는 없어요. 그저 서로 다름만 인정하면 돼요. 그리고 중요한 것이 무엇일까, 그 생각을 할 수 있다면, 그것만으로도 충분해요.

물론 동물 이상의 그 무엇을 가진 존재가 우리 인간이란 건 확실해요. 하지만 인간은 다른 동물보다 때로는 더 잔인하고, 더럽고, 추하고, 용서받을 수 없는 짓도 서슴지 않는 걸 보면 인간이 그다지 훌륭한 동물은 아니에요. 인간이 인간다우면 다른 동물보다 아름답고 훌륭하지만, 그렇지 않으면 인간은 짐승만도 못한 차라리 존재하지 말아야 할 존재일 수도 있다니까요. 적어도 우리는 짐승만도 못한 존재가 되지는 말자고요. 그걸 위해 중요한 게 뭔지 가끔 생각할 필요가 있어요.

"설령 죽는다 해도 친구를 갖게 된다면 좋은 일이에요. 난, 난 말이에요. 내 친구 여우를 가져 정말 기뻐요……."

나는 '이 꼬마는 위험이 얼마나 큰지 모를 거야. 배고픔도 목마름도 알 리가 없어. 그에겐 햇빛만 조금 있으면 충분할 테니까……'라고 생각했어요. 그러나 어린왕자는 나를 바라보더니 내 생각에 대답하듯 말했어요.

"나도 목이 말라요……. 우물을 찾으러 가요……."

나는 피곤하다는 몸짓을 했어요. 왜냐하면 이 거대한 사막에서 우연히 물을 찾는다는 건 말도 안 되는 짓이니까요. 그렇지만 우리는 걷기 시작했어요. 우리가 말없이 여러 시간을 걸었을 때 어둠이 깔리고 별이 빛나기 시작했어요. 나는 목이 말라서 좀 열에 들떠 꿈결인 듯 그 별들을 알아보았어요. 어린왕자의 말이 내 기억 속에서 춤을 추고 있었어요.

"그러니까 너도 목이 마르단 말이니?"

나는 그에게 그렇게 물어보았어요. 그러나 어린왕자는 내 질문에 대답하지 않았어요. 그는 단지 이렇게 말할 뿐이었어요.

"물은 마음에도 좋을 거예요……."

그의 대답을 이해하지 못했지만 난 말하지 않았어요……. 나는 그에게 그걸 물어서는 안 된다는 걸 잘 알고 있었거든요.

다른 사람을 이해하려면 역지사지, 요컨대 입장 바꿔 생각해 보면 돼요. 하지만 그게 말이 쉽지 입장 바꿔 생각하기가 쉽냐고요. 뼈를 깎아 본 사람만이 그 고통을 알고, 충치의 고통을 겪어 본 사람만이 그 고통을 알고, 애를 낳는 고통을 겪은 사람만이 그 고통을 알 수 있어요. 말로야 이해한다지만 실제로 자신이 그 상황에 처하면 다르다니까요. 그러니 입장 바꿔 생각하려 노력할 뿐이지 바꿀 수는 없어요. 그만큼 이해하려 노력을 하자, 그런 의미겠지요. 그런 노력은 반드시 필요하고요.

어린왕자는 늘 가치에 중심을 두고 있어요. 보이는 것이 아니라 보이지 않는 것, 이를테면 육안으로 보는 것이 아니라 심안으로 보는 것에 가치를 두고 있다는 말이지요. 그는 비행사의 갈급함을 이해 못 해요. 단지 그가 물을 찾아가려는 건 마음에도 좋으니까 물을 찾으러 가겠다는 것이에요. 그러니까 같은 것을 추구한다고 같은 건 아니에요. 목이 말라 물을 찾는 이가 있는가 하면 더러운 것을 씻기 위해 물을 찾는 사람도 있어요. 각자 목적에 따라 추구하는 대상은 같아도 심층적으론 다른 거예요. 그 모든 걸 결정하는 건 상황도 상황이지만 마음먹기에 달려 있고요. 그러니까 마음이 우리에겐 가장 중요해요.

가치를 어디다 두느냐, 어디다 둘 것이냐를 결정하는 건 육체의 조건이 아니라 마음에서 정하는 가치예요. 아무리 내가 목이 말라 죽을 지경이어도, 사랑하는 아이가 목마르다 하면 나는 죽어도 아이에게 먼저 물을 주는 어머니도 분명 있잖아요. 그런 걸 보면 몸이란 마음의 노예에 불과해요. 마음이 정하는 대로 따르는 것이에요. 그러니까 마음을 어떻게 가지느냐에 따라 그 사람의 삶은 빛날 수도 있고 어두움에 처할 수도 있고요. 따라서 우리는 마음을 잘 관리하는 게 무엇보다 중요해요. 마음 관리, 우리 삶에 가장 중요한 일은 마음을 관리하는 일이에요. 인간다운 인간이 되기 위해선 어떤 마음으로 살아가야 할까요. 마음먹은 대로 당신의 인생은 커져갈 거예요..

아름다운 사람이 되는 법

꿈이 아름다운 건 그 꿈을 이룰 수 없기 때문이라고, 무지개가 아름다운 건 잡으려 다가가면 이미 사라지고 없기 때문이라고, 그렇게 말들 하지요. 그 아름다움은 우리를 끝없이 유혹하곤 하고요. 하지만 만일 우리가 그 아름다운 것들을 잡을 수 없다면, 잡을 가능성이 전혀 없다면 그건 아름답지 않을 거예요. 비록 우리가 지금은 잡지 못하지만 언제간 잡을 수 있을 일말의 가능성, 가까이 다가갈 수 있는 조금, 아주 조금의 가능성이라도 있기 때문에 그건 아름다운 거예요. 비록 지금은 아니지만 미래의 어느 시간에는 이룰 수도 있을, 닿을 수도 있을, 잡을 수도 있을 그 무엇, 각자가 가진 그 무엇을 우리는 꿈이라고 하겠지요. 그 꿈은 내가 어떻게 하느냐에 따라 이룰 수도 있고 못 이룰 수도 있어요. 그게 꿈이에요. 그리고 그 꿈은 아름답고요.

그런 아름다움의 대상이 가끔은 우리로 하여금 넘어졌다가도 일어설 수 있게 해주고, 행복한 미소를 짓게 해주고, 때로 가슴의 설렘을 주고, 절망이 깃든 마음을 깨워 아름다운 희망을 채워주기도 하지요. 그 아름다움이란 지금 보이지 않지만, 지금 가질 수는 없지만 어디엔가 분명히 있는 것이에요. 꿈이 아름다우려면 일말의 가능성이 있어야 한다는 말이에요. 그렇지 않은 것이라면, 그건 허상이에요. 그런 허상을 아름답다고 생각하는 사람은 헛된 생각으로 살아가는 거예요. 그러니까 꿈과 허상을 구분할 줄 알아야 해요. 그걸 구분할 줄 안다는 건 아름다움과 아름답지 않음을 구분한다는 의미고요.

사막을 보라고요. 사막에서 지치고 힘들 때 나타나는 신기루를요. 신기루란 눈엔 분명 보이지만 실제로는 존재하지 않아요. 그건 허상에 불과해요. 그러니까 그걸 아름답게 여기고 잡으려 한다면 참 어리석은 일이에요. 우리 삶에서도 그런 허상을 따라 사는 사람들이 있긴 해요. 그건 아름다운 일이 아니에요. 반면 오아시스를 생각해 봐요. 오아시스는 지금은 눈에 보이지 않을 수 있어요. 하지만 그 넓은 사막 어딘가에는 분명 오아시스가 있어요. 잘만 찾으면 찾을 수 있단 말이지요. 우리 삶에서도 그런 오아시스를 찾는 일, 그게 참 아름다운 거예요. 어디서, 어떻게 찾을까 하는 생각으로, 그런 의지로 살아간다는 것만으로도 아름다운 일이에요.

"별들은 아름다워요. 누군가 보지 못한 꽃 한 송이 때문에 그런 거예요……".
나는 "물론"이라고 대답하고 달빛 아래 주름진 모래사장을 말없이 바라보았어요.
"사막이 아름다워요."
그가 덧붙여 말했어요. 맞는 말이에요. 나도 늘 사막을 사랑했어요. 모래언덕 위에 앉으면 아무것도 보이지 않고 아무 소리도 들리지 않지요. 그렇지만 무언가 조용한 가운데 빛나는 것이 있었어요.
"사막을 아름답게 하는 건, 그건 사막은 어디엔가 우물을 감추고 있어서예요……."
어린왕자가 말했어요. 나는 문득 모래밭의 신비로움을 이해하게 되어 놀랐어요. 내가 어린 소년이었을 때, 나는 고가(古家)에서 살았어요. 전해 오는 이야기로는 어떤 보물이 그 집에 묻혀 있다는 것이었어요. 물론 아무도 그 보물을 발견할 수 없었고, 어쩌면 찾지도 않았을 거예요. 그러나 그 이야기가 그 집을 매력이 있게 했던 것이지요. 우리 집은 그 깊숙한 곳에 비밀을 감추고 있었던 거예요.
"맞아, 정말로 집이나 별이나 사막이 중요하고 그걸 아름답게 하는 것은 보이지 않기 때문이야!"

어린왕자는 말해요. 별이 아름다운 건 누군가 보지 못한 꽃이 있기 때문이라고요. 누구나 볼 수 있는 건, 누구나 가지고 있는 건, 그건 아름다운 게 아니란 말이지요. 아무나 접근할 수 없는 것, 아무나 볼 수 없는 것, 아무나 가질 수 없는 것, 그게 아름답다는 거예요. 왜냐고요? 쉽게 아무렇게나, 누구나 취할 수 있는 거라면 그건 아무 노력 없이도 가질 수 있는 것이니까요. 그러니까 세상을 그냥 쉽게 살려고 하는 사람, 우연만 기다리며 사는 사람, 다행을 기대하는 사람은 아름다움을 발견할 수 없어요. 아름다움은 숨어 있으니까요. 그 아름다움이란 나만의 그 무엇이에요. 남들은 나만이 간직하고 있으니 볼 수 없고요. 그런 걸 마음에 간직하고 살아야 해요.

아름다움, 그건 숨어 있어요. 세상 어딘가에, 아니면 우리 눈길이 머무는 어딘가에, 아니면 우리의 마음속에 숨어 있어요. 그걸 발견하고 간직하려 노력해야 해요. 그러려면 남이 관심을 두지 않는 것에도 가끔 관심을 둬야 해요. 남이 하는 대로 대략 따라 사는 사람에게 아름다움이란 나타나지 않아요. 지금 '우리는 사막에 있다'고 생각해 봐요. 그런데 요행으로 물을 만나려는 게 아니라 부지런히 어딘가 숨어 있을 샘을 찾아다니고 있다고요. 아름다움이란 그런 사람이 발견할 수 있는 거예요.

아름다움은 남들이 가지고 있는 지식으로, 남들만큼 보려는 생각으로는 가질 수 없어요. 그 이상을 찾으려 노력해야 해요. 사람의 말이 아름다우려면 '한 말 또 하고'의 말이 아니라 늘 새로운 내용을 담고 있어야 해요. 그러니까 아름다움이란 저절로 찾아지는 게 아니고, 저절로 만들어지는 게 아니에요. 찾는 자에게 찾아지는 것이고, 꿈을 가지고 그 꿈을 향해 열심히 나아가는 자에게 깃드는 것이에요. 우리는 그런 사람이고, 또한 그런 사람을 찾는 사람이어야 해요. 그윽한 사람, 우리는 그런 신비로운 사람이나 그런 신비로움을 좋아해요. 우리는 모두 꿈을 꾸며 꿈을 찾으며, 꿈을 안고 사는 사람이니까요.

아름다움을 볼 수 있는 눈

아름다운 사람이란 어떤 사람일까요? 우리는 한눈에 아름다운 사람을 알아볼 수 있어요. 아름다운 눈, 아름다운 입술, 아름다운 몸, 그런 조건을 갖추었다면 우리는 그 사람을 '참 아름답구나', '참 아름다운 사람이로군'. 하고 생각하겠지요. 그러고는 그 아름다운 사람에게 가까이 가고 싶어 하겠지요. 이야기라도 나누고 싶어 할 거고요. 기왕이면 그런 사람을 길들여서 오래오래 함께하고 싶어 하겠지요. 우리는 모두 아름다운 것이나 아름다운 사람을 좋아하니까요.

그래요. 아름다운 것을 가질 수 있다면 그건 참 좋은 일이에요. 아름다운 사람을 길들여 친구로 삼을 수 있다면, 관계를 맺을 수 있다면 그건 두 말할 것도 없이 아주 신나고 즐겁고 좋은 일이에요. 아름다운 것을 좋아하는 건 우리의 본능이니까요. 그것을 추구하는 사람을 나쁘다고 하면, 그건 비정상적이에요. 그런데 문제는 정말 우리가 진정한 아름다움을 볼 수 있느냐예요. 우리가 그런 눈을 갖고 있느냐란 말이지요. 아름다운 건 좋지만 그걸 제대로 볼 수 있는 눈이 있어야 진정 아름다움을 발견할 수 있단 말이지요. 우리의 눈은 객관적이지 않고 주관적이니까요.

자! 아름다운 눈을 떠보려 노력하자고요. 어떤 사람이 아름다운 사람일까, 아름다운 사람의 속에는 무엇이 들어 있을까, 그렇게 질문해 보라고요. 결국 아름다운 사람이란 그 안에 아름다움이 담겨 있다는 의미에요. 따라서 겉으로는 아름다워도 속에는 아름다움을 담고 있지 못하다면 그건 진정으로 아름다운 사람이 아니에요. 그런 아름다움이란 오래지 않아 꽃이 시들듯이 이내 시들고 말 테니까요. 그건 껍질에 불과하니까요. 아름다운 사람이란 안에 아름다움을 간직하고 있는 사람이에요. 이를테면 아름다운 생각, 아름다운 영상, 아름다운 마음을 소유하고 있는 사람이에요. 그렇게 아름다운 사람을 만나면 당연히 아주 소중한 사람으로 생각하겠지요.

어린왕자가 잠이 들었기 때문에 나는 그를 팔로 감싸 안고 다시 길을 걸었어요. 난 가슴이 뭉클해졌어요. 난 부서지기 쉬운 보물을 안고 가는 것 같았어요. 이 지구 위에 그보다 더 부서지기 쉬운 것이 없을 것 같은 느낌마저 들었어요. 나는 달빛 아래 그 창백한 이마, 그 감긴 눈, 바람에 흩날리는 그 머리칼을 바라보았어요. 그리고 생각했어요.

'내가 여기 보고 있는 것은 껍질에 지나지 않을 거야. 가장 중요한 것은 보이지 않을 거야……'

어린왕자의 반쯤 벌린 입술에 어렴풋한 미소가 떠올랐을 때 나는 또 생각했어요.

'잠든 어린왕자가 나를 이렇듯 감동하게 만드는 것은, 한 송이 꽃에 바치는 그의 성실한 마음 때문이야. 비록 잠이 들었을 때에도 등불처럼 그의 가슴속에 밝게 빛나는 한 송이 장미꽃의 영상이 있기 때문이야……'

그러자 나는 그가 더욱 더 부서지기 쉬운 존재임을 알 수 있었어요.

'등불을 잘 지켜야만 해. 한 줄기 바람이 불어와 꺼트릴 수도 있으니까……'

그리고 나는 이렇게 걸어가면서 동이 틀 무렵 우물을 발견했어요.

우리는 모두 아름다운 사람을 원해요. 만일 우리가 아름다운 사람을 만났다고 생각해 봐요. 피상적인 아름다움을 간직한 사람 말고 진정으로 아름다움을 간직한 사람, 껍질이란 그릇 말고 그 그릇에 아름다움을 담고 있는 진정으로 아름다운 사람, 그 사람과 관계를 맺는다고 생각해봐요. 그 순간부터 우리는 그 사람이 무척 소중하겠지요. 소중하다는 생각이 들면 어떻게든 그 사람을 보호하고 싶고, 좋은 관계를 유지하고 싶어 하겠지요. 그럴수록

8. 어린왕자와 함께 생각하는 관계의 미학

그 사람은 정말 부서질까, 넘어질까, 아플까, 매순간 염려도 되고 온통 관심이 그 사람에게 가 있겠지요. 그만큼 아름다움이란, 아름다운 사람이란 우리에게 아주 소중한 것이란 의미에요.

비행사는 어린왕자를 만나는 순간 어린왕자를 아름답다고 느꼈어요. 어린왕자는 그 아름다움이란 감정의 깊이만큼 소중한 존재로 다가왔고요. 그렇게 생각하자 어린왕자가 부서질까 염려가 되었어요.

어린왕자가 그렇게 아름답게 보였던 것은 어린왕자 속에 아름다운 그 무엇이 담겨 있기 때문이에요. 그 아름다움은 어린왕자가 한 송이 장미에게 바치는 성실함, 그 장미를 사랑하는 마음, 아름다운 그 영상을 간직하고 있기 때문이에요. 어린왕자가 아름다운 이유는 그 안에 아름다움을 담고 있기 때문이에요.

결국 아름다운 사람이란 아름다움을 안에 감추고 있는 사람이에요. 겉이 중요한 것이 아니란 말이지요. 물론 잘 보면 진정 아름다운 마음을 간직한 사람은 겉으로도 그 아름다움이 풍겨 나와요. 타고난 외모를 말하는 건 아니에요. 무엇엔가에 대하여 늘 한결같은 마음으로 임하는 성실함, 그것이 아름다워요. 대부분의 사람들은 그런 한결같은 마음으로 살지 못하니까요. 그러니까 진정한 아름다움을 가진 사람의 기준 중 하나는 성실함이에요.

그 무엇을 위해 또는 그것을 향해 한결같은 자세를 늘 유지하고 산다는 건 어려운 일이에요. 그런 한결같은 사람은 늘 마음에 아름다운 꿈이나 고운 이미지, 아름다운 생각을 품고 있어요. 그 사람이 아름다워요. 아름다운 사람을 만나려면 그런 기준으로 볼 수 있어야 해요. 아름다워지려면 무엇보다 성실한 마음을 가져야 하고요. 그만큼 사람들은 변덕을 잘 부리니까요.

사랑의 눈을 뜨는 법

아름다운 세상을 보고 싶나요? 아름다운 세상, 아니 행복한 세상에 살고 싶나요? 사람은 누구나 아름다운 것을 좋아하고, 행복하게 사는 것을 좋아해요. 그래서 사람들은 미를 추구하고 행복을 추구하며 살지요. 그 좋은 것을 찾아서 열심히 움직이고, 여기 저기 기웃거리고, 애를 많이 쓰지요. 하지만 그 좋은 것을 발견하고, 그것을 취하고, 그것에 만족해하는 사람은 많지 않아요. 그런 이상들 또는 꿈들을 이룰 수 있는 세상을 만들려고도 하지요. 그 세상을 유토피아라고 하고요. 이상세계요. 현실과 이상은 다르니 그런 세상이 있을 리 없지요. 그런 세상을 Nowhere라고 하잖아요. 어디에도 없는 곳이란 의미예요. 그러니까 그런 세상을 찾으려 애쓰지 말라고요.

그럼에도 우리는 그런 세상을 원해요. 그런 세상을 원한다면 그에 유사한 세상이라도 발견하거나 만들어야겠지요. 그 세상은 멀리 있는 건 아니에요. 그 세상은 급행열차를 타고 아주 빨리 가야 하는 곳에 있는 건 더 더욱 아니에요. 서두르지 않으면 달아날 그런 곳도 아니에요. 그러니까 그렇게 급하게 움직일 필요 없어요. 오히려 멈추어 서서 주변을 잘 돌아봐요. 거기 아름다운 세상이, 행복한 세상이 있을 거예요. 아주 가까이 있을 수도 있어요. 그 세상은 사랑이 머무는 세상이에요. 사랑하는 시간이 머무는 곳이라고요.

아름답고 행복한 세상을 찾는다며 사람들은 아주 열심히 일하고 움직여요. 그렇게 열심히 찾는다고 행복한 건 아니에요. 그들은 급히 움직일 줄만 알았지, 열심히 살 줄만 알았지, 바쁠 줄만 알았지, 행복이 어디에 있는지, 어떻게 찾는지를 알려고도 않아요. 그러니 행복이나 아름다움을 발견할 수나 있겠어요.

이제는 잠시라도 멈추어서 그 방법을 생각해 봐요. 그러면 그 답이란 사랑이란 것이고, 사랑은 신기한 마음의 보물이란 것을 알게 될 거에요.

어린왕자가 "사람들은 급행열차에 숨어들지만 자신들이 무얼 찾는지도 모르고 있어요. 그래서 불안해하며 맴을 도는 거예요."라고 말하고는 이렇게 덧붙였어요.

"그럴 필요가 없는데……."

우리가 도달한 우물은 사하라 사막의 다른 우물들과는 달랐어요. 사하라 사막의 우물들은 단순히 모래 속에 뚫린 구멍일 뿐이었어요. 그 우물은 마을의 우물 같았어요. 그러나 거기에 마을이라고는 전혀 없었어요. 그래서 나는 꿈을 꾸는 거라고 생각했어요.

"이상한 일이야. 다 준비되어 있잖아. 도르래랑 두레박이랑 밧줄이랑……."

나는 어린왕자에게 말했지요. 어린왕자는 웃고 줄을 만지고 도르래를 잡아당겼어요. 그러자 바람이 오랫동안 자고 났을 때 낡은 바람개비가 삐걱거리듯 도르래가 삐걱거렸어요.

"아저씨, 들리지요? 우리가 우물을 깨웠더니 우물이 노래를 부르잖아요……."

중요한 건 눈으로 볼 수 없는 거니까요. 마음의 눈으로 봐야 하는 거래요. 그럼에도 우리는 일단 급하면 마음의 눈으로 볼 생각을 하지 않아요. 그저 눈으로만 보려고 하지요. 그런데 눈이란 것은 화려하고 굉장한 것만 좋은 것으로, 행복을 주는 것으로 판단하거든요. 그래서 덥석 그것을 잡고 보면 처음엔 만족스러운데 이내 뭔지 모를 불안감과 초조함이 찾아들지요. 그러니까 육안을 속이는 것은 일시적인 것에 불과해요.

차라리 움직이지 말고 서요. 그리고 눈을 감아 봐요. 육안이 아닌 심안으로 보란 말예요. 무엇이 우리를 행복하게 하는지, 무엇이 아름다운지 생각해 봐요. 그러면 알게 될 서에요. 우리의 마음을 편인하게 해주는 건 무언기를, 누군가를 사랑하는 마음이라는 것을. 세상을 아름답게 보이게 해 주는 건 바로 사랑이라는 것을.

사랑의 눈으로 세상을 보라고요. 그러면 세상은 아주 아름다운 모습으로, 행복한 분위기로 다가올 거예요. 사랑이야말로 세상을 아름답게 하고 행복하게 해 주는 에너지예요. 사랑의 마음이 찾아들면 그 순간 주위의 세상 모두가 아름다워질 테니까요. 세상은 그대로 있고 마음이 세상을 추하게도 아름답게도, 행복하게도 불행하게도 하는 거니까요. 그러니까 모두가 사랑이에요.

어린왕자와 비행사를 봐요. 도르래의 삐걱거리는 소리가 고운 음악으로 바뀌어 들리잖아요. 그들의 마음에 사랑이 없어 봐요. 그 도르래 소리는 짜증스럽게 들려왔을 거예요. 사랑의 힘이 그 짜증의 소리를 아름다운 음악으로 바꾸어준 거예요. 그러니까 행복하려면 사랑을 초대해야 해요. 그 사랑이란 진실한 마음으로 불러야 오는 거니까 좀 진지해져 봐요. 그렇게 바삐 서두르지 말고요. 그러면 세상은 짜증 대신 아름다운 노래를, 초조함 대신 편안한 마음을 선사해 줄 거예요. 그래요. 답은 사랑에 있어요.

물처럼 아름다운 사랑 법

진정한 사랑은 아파요. 아파서 아픈 게 아니라 아름다워서 아파요. 진정한 사랑은 말할 수 없을 만큼 아파요. 아주 좋아서 말을 할 수 없어요. 진정한 사랑은 그만큼 아름다워요. 말하지 않아도 말이 통하고, 접촉이 없어도 감촉을 느끼고, 아프지 않아도 가슴이 아릴 만큼 아련해요. 그게 진정한 사

랑이고, 그래서 그 사랑은 아름다워요. 갈증을 느낄 때 옹달샘을 마시면 목구멍으로 흘러 내려가면서 내장을 훑고 지나는 시원함처럼, 그 사랑은 너무 아름다워 아프게 만들어요.

사랑은 물을 닮았어요. 서로의 가슴을 시원하게 해 주잖아요. 아무런 색깔이 없으면서도 기분 좋게 해 주잖아요. 그저 병에 담기면 병 모양이 되고, 별 모양의 그릇에 담기면 별을 닮아요. 동그란 그릇에 담기면 동그란 모양이 되고요. 물은 그렇게 세상이 원하는 대로 따라주지요. 마치 사랑하면 상대를 위해 순한 양이 되는 것처럼 말이에요. 물은 아무런 색깔과 모양도 없어요. 아무런 맛도 없어요. 그저 세상이 원하는 모양과 색깔, 맛이 되기도 해요. 그러면서도 물은 모든 생명에 고마운 존재가 되지요. 죽어가는 모든 깃을 살리는 역할을 하지요. 그러니까 물은 마음에도 좋은 거예요.

물은 우리를 불편하게 하지 않아요. 그래서 물 가까이 가면 마음이 편해지는 거예요. 그래서 어린왕자는 말해요. 물은 마음에도 좋은 거라고요. 물을 대하면 그런 기가 우리에게 스며들거든요. 더구나 그 물 앞에 사랑하는 사람과 함께 있어 봐요. 그 사랑이 아주 감격스러워서 오히려 아프기까지 한 거라고요. 그 아리도록 아픈 사랑은 참 아름다운 사랑이고요. 그러니까 너무 독특한 사람이 되려고 하지 말아요. 나름의 개성을 가지려고 가식쟁이가 된다든가, 위선을 부리지 말란 말이에요. 어색한 모습을 하지 말라고요. 흘러가는 물처럼 말이에요.

천천히 나는 두레박을 우물의 둘레돌까지 들어 올렸어요. 그러고는 넘어지지 않게 올려놓았어요. 나의 귓전에서는 도로래의 노래가 계속되었고 여전히 출렁거리는 물속에서 해가 출렁거리는 것을 보았어요.

"나는 이 물이 마시고 싶어요. 물을 좀 줘요……."

그가 말했어요. 그 말에 나는 그가 무엇을 찾았었는지를 이해했어요.

나는 두레박을 그의 입술까지 들어올려 주었어요. 그는 눈을 감고 마셨어요. 그건 축제라도 되는 것처럼 즐거웠어요. 그 물은 보통 급수와는 아주 달랐어요. 그 물은, 별빛을 받으며 걸어와 도로래의 노래를 들으며 내 팔에 힘을 들여 얻어진 것이었어요. 그 물은 선물처럼 마음에 좋은 것이었어요. 내가 어린아이였을 때에 받은 크리스마스 선물이 이처럼 환하게 빛났던 것도 크리스마스트리의 불빛, 자정 미사의 음악, 다정한 미소들이 있었기 때문이었듯이 말이에요.

어린왕자와 비행사는 서로를 아끼고 동화되는 마음, 그 마음이 있어서 아픈 것처럼 느껴질 정도로 아름다운 순간을 느꼈어요. 지금의 그 마음은 좋은데, 그 순간은 그리 오래가지 않을 것을 예감한 때문이에요. 함께 길어 올린 물, 도로래의 노래, 두 사람은 아름다운 시 속의 한 구절로 머물고 있어요. 그러니 더 아름다운 것이고, 그 아름다움이 영원할 수 없으니 아픈 거고요. 진정 아름다운 사랑은 함께 있을 때 눈물이 날만큼 눈부신 설렘이 있어요. 그런 체험을 하며 사는 사람들이란 참 행복하겠지요.

진정한 사랑은 아프지 않아요. 기쁨만 있어요. 사랑하는 그들에겐 세상 모든 것이 노래가 되고 시가 되고 춤이 되지요. 무엇을 소유하겠다, 그 무엇을 성취하겠다, 그런 욕심도 사라져요. 그냥 기쁜 거예요. 그들에겐 서로가 소중하니까요. 그 소중한 사람을 위해 무언가를 할 수 있다는 것을 인생의 가치로 느끼겠지요. 이렇게 자기 삶에 의미와 가치를 부여할 일들이 있으니 우울할 리도 없고, 스트레스가 쌓일 일도 없고, 그저 기쁘겠지요.

세상이 어린왕자에게 노래를 불러주는 건, 사랑하는 마음 덕분이에요. 두 사람이 함께 듣는 자연의 노래들 모두 아름다워요. 거기엔 사랑하는 마음이 있어서예요. 모두에게 들리는 아름다운 노래, 그것을 우리는 추억의 공유라고 해요. 추억을 나누어 가지는 것, 그것이 사랑이에요. 살다가 힘든 일이 있어도 그 공유한 추억의 힘으로 다시 사랑할 수도 있고요. 그 추억은 함께 길어 올리고, 함께 마신 물처럼 상큼하고 시원한 모습으로 우리 안에 숨 쉴 테니까요. 지금 사랑하고 있다면 시원한 물을 닮은 고운 추억을 함께 만들어 봐요. 가슴이 찡하도록 울리는 사랑을 말이에요. 그 사랑이 세상을 살아가는 힘을 줄 거예요.

필요한 사람이 되는 방법

왜 사느냐 물으면 행복하기 위해 산다고 대답할래요. 이왕 사는 거면 행복하게 살아야지요. 어떻게 행복하게 사느냐 물으면 사랑하며 살겠다고 대답할래요. 어떻게 사랑하느냐 물으면 진정으로 중요한 것을 찾으면 된다고 말할래요.

누군가를 사랑하는 사람은, 행복해요. 행복의 조건은 사랑이에요. 그러니까 소중한 그 무엇을 만들어 봐요. 아니면 찾아 봐요. 어떻게 찾느냐고요. 무언가를 소중히 여기는 마음을 가지고 소중히 여기는 것을 만들어야 해요.

생각해 봐요. 어느 식물이든 소중히 여기는 식물 하나를 길러 봐요. 아침저녁으로 물도 주고 들여다봐요. 그러면 어느 순간부터 그 식물이 정겹고 보호해 주고 싶을 거예요. 아니면 어느 동물에게 정을 줘 봐요. 강아지든 고양이든 소중히 여겨 봐요. 그러면 그 동물에게 정이 갈 거예요. 그것이 사랑이에요. 그 누군가를 소중히 여기면 그는 남달리 보이겠지요. 그러면 그 사람을 사랑하는 거고요. 그와 관련한 모든 것이 특별하게 느껴지겠지요.

무엇을 사랑하느냐, 누구를 사랑하느냐, 그게 문제라면 멀리서 찾지 말아요. 가까이에서 보라고요. 대충 보지 말고, 자세히 봐요. 좀 더 가까이 다가서 봐요. 그래야 사랑할 사람을 찾을 수 있어요. 그러면 기쁠 거예요. 누군가에게, 그 무엇에 도움이 된다면 많이 기쁠 거예요. 아, 내가 누군가에게 쓸모가 있다, 그런 생각이 우리를 행복하게 해요. 많은 것이 필요한 건 아니에요. 그 무엇 하나, 단 한 사람에게라도 필요한 존재가 된다면 그건 기쁜 일이잖아요.

"아저씨 네 별의 사람들은 정원 하나에 장미를 5000송이나 가꾸죠. 그러고도 그들은 거기서 자기들이 구하는 걸 찾지 못해요……."

나는 "그들은 찾지 못하고 있지……."라고 대답했어요.

"그렇긴 하지만 그들이 찾는 것은 장미꽃 한 송이, 또는 물 한 모금에서도 찾을 수 있는데……."

"물론이야."

내가 대답했어요. 그러자 어린왕자는 이렇게 덧붙여 말하는 거예요.

"하지만 눈으로는 보지 못해요. 마음으로 찾아야만 해요."

나는 물을 마셨어요. 숨이 가벼워졌어요. 사막은 동이 틀 무렵이면 꿀과 같은 색깔이에요. 나는 또한 이 꿀 색깔 때문에 행복했어요. 왜 걱정할 필요가 있겠어요…….

거창하게 누군가에게 가치가 있는 존재가 되려는 생각을 하지 않아도 돼요. 아주 소박한 것에서도 중요한 것을 찾을 수 있어요. 신선한 자극을 주는 사람이 아니어도 돼요. 늘 바라볼 수 있는 가까이 있는 사람에게서도, 일상에서도 우리는 가치 있는 것을 찾을 수 있어요. 중요한 것은 많은 것 속에 있는 것도 아니고, 그렇다고 원대한 곳에 있는 것도 아니에요. 주변에 있을 수도 있어요. 단지 좀 더 자세히 보려고 하면, 거기에 있을 수도 있어요.

진정 행복하려면 나를 돕는 사람들이 참 많구나, 내 주변엔 참 좋은 사람이 많구나 하는 것이 아니라, 누군가 나를 필요로 하고 있구나, 나를 필요로 하는 무엇인가가 있구나 하는 것, 그게 진정 행복한 거예요. 누군가에게, 또는 세상에 필요한 존재라면 나는 참 살 만한 가치가 있는 것이니까요. 이를테면 "나는 너 없으면 못 살아"라든가, "이 일엔 네가 꼭 필요해"라는 말을 듣는다면 나는 의미 있는 삶, 가치 있는 삶을 살고 있다는 것이니까 행복한 일이에요.

반면 "너 때문에 못 살겠어" 또는 "너 때문에 이렇게 됐어"란 말을 듣는다면 나는 살 만한 가치가 없다는 말이겠지요. "너 때문에 못 살아"란 말과 "너 없으면 못 살아"란 문장은 길이는 비슷해도 그 의미는 아주 다른 것처럼, 자신의 삶을 가치가 있다거나 의미가 있다고 생각하면 세상살이는 살만하고 신이 나겠지요. 지금 있는 자리에서 누군가에게 필요한 사람이 되어 사랑을 받는 사람이 되어야 해요. 아주 사소한 일에라도 필요한 사람이 되란 말이에요. 거기에 이미 행복이 있어요.

카르페 디엠

받아들이기 싫은 일들이 있어요. 그건 누구에게나 마찬가지예요. 바로 나이 들어간다는 거요. 나이 들어간다는 건 돌아갈 시간이 다가오고 있다는 의미이기도 하고요. 그럼에도 우리는 그걸 받아들여야 해요.

우리는 그냥 여기 멈추어 있는데 시간이 바람처럼 우리를 스쳐가요. 보이지 않는 시간의 바람이 조금씩 우리의 삶을 말려요. 그렇게 말라가는 우리 삶, 그렇게 우리는 시간의 바람에 휘말려가요. 작고 어리다 싶을 때 시간은 우리를 강하게 해 주었지요. 그러곤 이내 시간은 다시 우리를 줄어들게 하고 약하게 해요.

시간이란 바람, 부드럽게 다가와 달콤하게 속삭여 꿈을 주고, 거칠게 다가와 그 꿈을 지우며 서글픔을 안겨 줘요. 그 시간이란 다양한 얼굴에 우리는 속으며 믿으며 살아요. 주었다 빼앗고, 달랬다가 울리고, 보약을 주었다가 병을 주는 야속한 시간이 우리를 조금씩 변하게 만들어요. 내가 원해서 변하는 것이 아니라 시간이 나를 변하게 만들어요. 내가 가는 것이 아니라 시간이 스쳐가며 나를 늙게 해요. 그냥 받아들여야지요. 세월이 가면 우리는 돌아가요. 우리가 떠나온 그곳으로 말이에요. 한 번도 경험한 적이 없는 곳이어서 두려움도 있겠지만 피할 수 없으니 즐겁게 받아들여야 해요.

어린왕자도 떠날 시간이 되었어요. 어린왕자가 온 지 일 년, 그 일 년이란 의미는 우리의 일생을 의미해요. 그날 그 자리로 돌아간다는 거예요. 낯설어지긴 했지만 우리의 삶이란 건 잊혔을 뿐이지 익숙한 그 무엇일 거예요. 그럼에도 떠나온 곳으로 돌아갈 때는 혼자 가야 하니까, 떠나는 이도, 남는 이도 뭔가 모를 슬픔은 찾아드는 거예요. 처음에 단 혼자서 왔듯이 떠날 때에도 단 혼자 떠날 뿐인데도 좀 슬퍼요. 우리는 모두 함께 있고 생활하는 것에 익숙해져 있기 때문이에요. 하지만 만나고 흩어지듯이, 흩어지면 다시 만날 거란 믿음을 갖자고요.

"있잖아요. 내가 지구 위에 떨어진 거…… 내일이면 1년이에요……."
그리고 잠시 말이 없더니 다시 이렇게 말했어요.
"바로 이 근처에 떨어졌었어요……."
그러곤 다시 얼굴을 붉혔어요. 나는 또다시 왠지 모를 이상한 슬픔을 느꼈어요. 그러면서도 한 가닥 의문이 떠올랐어요.
"그렇담 우연이 아니었구나. 여드레 전 너를 알게 된 그날 아침에 사람들이 사는 땅에서 수천 마일이나 떨어진 곳을 넌 단지 혼자서 그렇게 걸었단 말이냐! 너는 네가 떨어졌던 지점으로 돌아가는 길이었니?"
어린왕자는 다시 얼굴을 붉혔어요. 그래서 나는 주저하면서 덧붙여 물었어요.
"어쩌면 1년 때문이었단 말이니……?"
어린왕자는 또 다시 얼굴을 붉혔어요. 어린왕자는 묻는 말에 절대로 대답하지 않았어요. 그러나 얼굴을 붉히면 '그렇다'는 뜻이 아닐까요? 그렇지 않아요?

이별이란 참 슬퍼요. 어떤 형태이든 서글픈 일이지요. 예고된 이별 기간은 참 어려운 일이지요. 차라리 이별의 순간엔 버틸 만할 텐데, 이별을 참아내는 시간들이 우리를 더 어렵게 해요. 우리가 세상에 오면서, 이미 우리의 떠남은 조금씩 시작되고 있었던 것처럼, 우리의 만남이란 것도 어떤 형태로든 시작된 순간부터 이미 조금씩 이별은 숨 쉬고 있어요. 그러니까 어떤 상황에서든 너무 슬퍼만 할 일은 아니에요. 그저 우리가 할 수 있는 범위를 아는 게 중요해요.
떠나는 것이 아니라잖아요. 돌아가는 거라고요. 우리가 기억하지 못할 뿐이지 우리는 온 곳으로 돌아가는 것이라고요. 낯선 것 같지만 금방 익숙해질 거란 말이지요. 어린왕자는 떠나온 별로 돌아가기에 슬프지 않잖아요. 그 별엔 어린왕자를 손꼽아 기다리는 장미가 있으니까요. 오히려 설레겠지요. 그동안 짊어졌던 무거운 짐일랑 모두 내려놓고 가벼운 마음만 갖고 가는 거예요.

시간과의 싸움에서 우리가 할 수 있는 일과 준비란 달리 없어요. 이별을 미리 염려하거나 깊이 생각할 필요 없어요. 주어진 순간들에 함께 행복하고 즐겁게 보내면 되는 거예요. 함께 이야기하기를 즐기고, 함께 산책하는 것을 즐기고, 함께 무엇을 하든 즐기면 돼요. 그게 시간을 이기고 즐기는 일이고, 시간을 행복하게 보내는 일이에요. 지금이라는 시간, 여기라는 장소, 지금 여기에서 함께하는 사람들과 그 일들을 소중히 여기고 나머지는 내려놓으란 말이지요. 그러면 지금만, 여기만, 있는 거니까 행복할 거예요. 그래요. 카르페 디엠 Carpe Diem!

순수의 시절로 돌아가는 방법

카뮈는 시시포스 신화를 해석하면서 부조리 철학을 끄집어내요. 신들의 미움을 받아 지옥으로 간 시시포스는 영원한 벌을 받아요. 언덕 위로 커다란 돌을 굴려 올리는 벌을 받아요. 그가 애써 돌을 굴려 올리면 그 돌은 여지없이 다시 언덕 아래로 굴러떨어져요. 그러면 열 받아서 그냥 주저앉을 텐데 시시포스는 그렇지 않다는 거지요. 다시 내려가서 또 굴려 올려요. 다시 굴러떨어질 줄 알면서도 끊임없이 반복해야만 하는 숙명을 그대로 받아들이는 것이지요. 헛된 일인 줄 알면서도 그것을 반복하는 숙명, 인간은 그런 숙명을 타고났다는 것이 카뮈의 해석이에요. 그걸 인간의 근원적인 부조리라고 하고요.

시시포스는 언덕 위에 돌을 굴려 올리고 나면 그 커다랗고 무거운 짐에서 벗어나요. 몸놀림이 자유로워지면 시시포스는 생각을 하기 시작한다는 것이지요. 왜라는 질문을 던지는 것이지요. 짐과 동일시되어 짐에만 매달릴 때는 잊고 있었던 자신의 정체성에 대한 질문, 그 순간부터 머리에 쥐가 나는 것이지요. 시시포스를 닮은 우리는 시시포스처럼 가끔 자신의 정체성에 대한 의문을 가질 때가 있어요. 나는 어디서 왔을까, 왜 사는 걸까, 나중에 이 세상에서 할 일을 끝내고 나면 어디로 갈까, 이런 질문을 던지는 것이지요.

인간의 정체성, 그건 본질적으로 어디서 왔으며, 왜 살아야 하며, 어디로 갈 것인지에 대한 질문이에요. 그걸 안다면 어떻게 살아야 하는지를 확실히 알 수 있으니까요. 미래의 나를 알 수 있다면 그에 맞춰 오늘을 살 테니까요. 그래서 우리는 늘 우리의 정체성을 생각하곤 해요. 그건 필요한 일이고요. 하지만 우리 자신의 정체성을 잘 알지 못해요. 그러니까 그저 살아지는 대로 살아가는 거예요. 하지만 살아지는 대로 살아선 안 돼요. 미래가 어떠하든 자신이 무엇이든 일단 주도적으로 살아야 해요. 시시포스처럼 말이에요.

우물 옆에는 오래된 낡은 돌담이 있었어요. 그다음 날 저녁, 일을 마치고 돌아오던 나는 멀리 나의 어린왕자가 다리를 늘어뜨린 채 그 위에 걸터앉아 있는 것을 보았어요. 그리고 그가 이렇게 말하는 소리를 들었어요.

"그래, 너. 생각이 안 나니? 바로 이 자리는 아니야!"

틀림없이 그 말에 대답하는 다른 목소리가 있었어요. 어린왕자가 다시 이렇게 대답했으니까요.

"아냐, 아냐! 날짜는 맞아. 하지만 장소는 여기가 아니야……"

나는 돌담을 향해 가던 길을 갔어요. 아무것도 보이지 않고 아무 소리도 들리지 않았어요. 그렇지만 어린왕자는 다시 대꾸를 하는 것이었어요.

"……물론이야. 모래 속의 내 발자국이 어디서 시작됐는지 알게 될 거야. 거기서 나를 기다리기만 하면 돼. 난 오늘 밤 거기로 갈 거야."

어린왕자는 지구를 떠나야 할 시간을 알고 있어요. 그러면서 그가 처음 지구 생활을 시작한 장소를 찾으려 해요. 그건 무엇을 의미할까요? 자신이 온 곳을 정확히 알아야 어린왕자는 자기가 떠나온 곳으로 돌아갈 수 있으니까요. 멀리 떠나와서 그때는 익숙했던 자기 별이 오히려 지금은 낯설게 느껴지지만 그곳에 돌아가야 해요. 조금만 지나면 이미 정겹고 익숙해질 테니까요. 그곳엔 길들였던 장미가 기다리고 있으니까요. 오랜만에 만남이라 장미와 어린왕자는 서로 낯설겠지요. 그래도 조금만 지나면 이내 정들게 될 테니까요.

가끔 우리는 떠나온 우리 별에 대해 생각을 하곤 하죠. 그 별은 이젠 기억 속에만 남아 있지만요. 세상 모든 것이 낯설고 어색했던 어린 시절, 모든 것이 꿈만 같던 어린 시절들은 우리의 꿈이 숨 쉬었던 우리들의 별이에요. 우리는 이미 그 별을 잊고 살지만 가끔 그 추억들을 끄집어내어서 들여다보라고요. 그러면 그 시절은 어린왕자의 별 못지않게 아름답게 다가올 거예요. 그것이 순수의 시절로 돌아가는 일이고요.

어른들 모두 예전엔 아이였어요. 꿈도 많고 순수한 아이였어요. 거짓말을 밥 먹듯 하던 시절도 아니었고, 가식이란 가면을 쓰지 않았던 시절이었어요.

지금은 그 순수를 잃었어요. 별과 꿈을 잃었고, 아이를 잃었어요. 그때엔 아이답게 착하고 정직했어요. 지금의 자신을 온전히 자기라고 생각하지 말고 잃어버린 순수한 자신을 찾아보자고요. 그래야 마음이 편안해질 거예요.

지금은 자신의 진정한 정체를 감추고 살지만 가끔 자신을 돌아보면 서글퍼지잖아요. 그건 바로 지금의 우리 자신이 진정한 우리가 아니기 때문이에요. 순수했던 시절로 가끔 시간 여행을 떠나 봐요. 혼자만의 추억에 잠겨 보라고요. 그러면 입가에 살포시 미소가 살아날 수도 있을 테니까요.

불안과 두려움을 없애는 법

나쁜 것의 끝은 어디이고, 좋은 것의 끝은 어디일까요? 절대선과 절대악이 있는 것일까요? 세상에 존재하는 모든 것은 양면성이 있어요. 그러니까 절대악도 없고 절대선도 없다는 것이지요. 생명이 있는 존재는 생존의 욕구와 종족 보존의 욕구는 반드시 가지고 있어요. 그래서 우선 존재들은 탄생하면서부터 어떻게 살아남을지를 본능적으로 알지요. 이를테면 어떻게 살아남을 수 있을까, 어떻게 하면 자신을 방어할 수 있을까, 그걸 찾으려 무척 노력을 하는 거예요.

살아남기 위하여 식물들도 나름대로 각각 가시를 갖든, 독을 갖든, 보호색을 띠든, 동물이 닿지 못하는 곳에 숨든, 그렇게 살아요. 움직일 수 없으니 그런 방법으로 살아남기 위한 방법을 취해요. 그래서 그들은 어떤 동물에게는 독이 되고, 어떤 동물에겐 약이 돼요. 이렇게 식물도 양면성을 가지고 있어요. 그럼에도 움직일 수 있는 동물들은 그 식물들의 독을 피하면서 생존에 유리한 것을 고를 줄 아는 방법으로 생존을 이어가요. 그렇게 살다 동물은 자연의 일부로 돌아가면, 그 동물의 배설물이나 흔적으로 영양을 공급받은 식물은 또 생을 이어가요.

인간도 자연의 일부인 건 분명해요. 이런 인간 앞에 놓인 동물이나 식물은 인간에겐 해로운 존재도 있고 이로운 존재도 있어요. 하지만 이런 존재들 중 이로운 것과 해로운 것의 절대기준은 없어요. 인간은 때로는 독을 이용하여 자기 치료를 하기도 하고, 이로운 것을 너무 과하게 취하여 스스로 독으로 만들기도 해요. 그러니까 우리 앞에 절대악도, 절대선도, 완전한 독도, 완전한 약도 없다는 말이지요. 우리 인간은 악을 선으로 바꾸기도 하고, 선을 악으로 만들기도 하고, 약을 독으로 삼기도 하고, 독을 약으로 바꾸기도 하니까, 우리 인간은 지혜와 중용만 갖추면 돼요.

"네가 가진 독은 좋은 거니? 나를 오래 아프게 하지 않을 자신 있니?"
나는 가슴이 조여 걸음을 멈추었어요. 그러나 나는 여전히 무슨 영문인지 모르고 있었어요.
"이제 너는 가 봐……. 내려가야겠어!"
어린왕자가 말했어요. 그때서야 나는 담 밑을 내려다보곤 깜짝 놀랐어요! 거기에 순식간에 사람을 죽일 수 있는 노란 뱀들 중 한 마리가 어린왕자를 향해 대가리를 쳐들고 있지 않겠어요. 나는 권총을 꺼내려고 주머니를 뒤지며 뛰어갔어요. 그러나 내 발소리에 뱀은 스며드는 분수처럼 모래 속으로 천천히 기어가는 거예요. 그러면서도 별로 서두르지도 않고 가벼운 쇳소리를 내며 돌 틈으로 교묘히 사라졌어요.
나는 담 밑에 이르는 바로 그 순간 눈처럼 창백한 나의 꼬마 왕자를 품에 안을 수 있었어요.
"어떻게 된 거야! 이젠 뱀하고 이야길 하다니!"
나는 언제나 변함없는 그의 금빛 목도리를 풀어냈어요. 나는 그의 관자놀이를 적셔주고 물을 먹여 주었어요. 이젠 그에게 감히 아무것도 물을 수 없었어요.

노란 독사는 어린왕자를 죽게 만드는 무서운 존재임엔 틀림없어요. 그러니까 우리 기준으로 보면 노란 뱀은 악이지요. 하지만 어린왕자는 그런 노란 뱀과 스스럼없이 이야기를 나눠요. 어린왕자는 자신에게 일어날 일을 알고 있기 때문이에요. 자신에게 주어진 미래를 담담하게 받아들이기로 한 것이지요. 자신의 별로 돌아가려면, 자신을 기다리고 있을 장미에게 돌아가려면, 노란 뱀의 도움이 필요하기 때문이에요. 지금의 그 몸으로는 너무 무거워서 돌아갈 수 없으니까요.

어린왕자가 이제 지구와의 작별을 고할 시간이에요. 떠나야만 할 시간이 온 거예요. 무거운 몸은 여기에 두고 중요한 것만 떠나야 하는 거예요. 몸은 껍질에 불과하니까요. 그의 마음과 영혼만 돌아가면 되는 거예요. 그러려면 노란 뱀의 독이 필요했던 것이고요. 그래서 어린왕자는 노란 뱀을 두려워하지 않아요. 왜냐하면 어린왕자는 자신이 떠나온 곳을 확실히 기억하고 있기 때문이에요. 허물에 불과한 몸을 버리고 나면 돌아갈 수 있는 곳의 영상을 안고 있으니까요. 우리가 몸으로 갈 수 없는 세계에 대한 두려움을 갖고 있는 건 우리가 떠나온 그곳을 기억하지 못하기 때문이에요. 그래서 늘 독이 두렵고 삶이 두렵고 악이 두려운 거예요.

어렵긴 하지만 우리의 순수시대를 떠올려 보자고요. 그러면 어렴풋이 우리가 어떻게 살아야 덜 두려울지 알 수 있을 테니까요. 생존 욕구와 종족 보존 욕구, 게다가 온갖 욕구까지 안고 있는 우리는 그래서 다른 존재들보다 더 두려움과 불안을 느끼는 거예요. 그만큼 우리 안엔 악과 선이, 독과 약이 아주 다양하게 들끓고 있단 반증이에요. 그러니까 그런 두려움과 불안을 없애기 위해 지금부터는 악 대신 선을, 독 대신 약을 키워내려 노력하자고요. 그러면 우리는 불안과 두려움을 조금씩 벗을 수 있을 거예요.

9.
더는 슬프지 않은
아름다운 이별

· · · · · · ·

안녕! 만나며 하는 안녕은 즐거워요. 반면 헤어지면서 나

누는 안녕은 너무 슬퍼요. 하지만 만남도 있고 헤어짐도

있는 게 우리 삶이니 어쩌겠어요. 때로는 만나는 연습도,

헤어지는 연습도 하면서 살아야지요. 그토록 아주 그리

워하다가 어느 날 문득 꿈결처럼 뜻밖의 만남으로 이성

을 잃지 않도록 만남과 이별의 연습이 필요해요. 기쁨이

도가 넘치지 않도록, 슬픔이 너무 견디기 어렵지 않도록

말이에요.

아름답게 이별하는 방법

안녕! 만나며 하는 안녕은 즐거워요. 반면 헤어지면서 나누는 안녕은 너무 슬퍼요. 하지만 만남도 있고 헤어짐도 있는 게 우리 삶이니 어쩌겠어요. 때로는 만나는 연습도, 헤어지는 연습도 하면서 살아야지요. 그토록 아주 그리워하다가 어느 날 문득 꿈결처럼 뜻밖의 만남으로 이성을 잃지 않도록 만남과 이별의 연습이 필요해요. 기쁨이 도가 넘치지 않도록, 슬픔이 너무 견디기 어렵지 않도록 말이에요.

아무런 이유도 없이 이별이 올 수 있다는 걸, 서로가 원하지 않아도 이별은 올 수 있다는 걸, 아주 좋으면서도 이별해야 할 때도 있다는 걸 모르는 것도 아니면서 그걸 우리는 잊고 살아요. 아니, 잊은 척 살아요.

터부시하는 말들이 가끔 우리를 아리게 만들어요. 입에 되뇌고 싶지 않은 단어들을 말할 때면 아무리 마음을 다잡아도 조금은 슬퍼요. 종교는 때로 지금보다 더 좋은 먼 미래로 위로해요. 그 세계를 아름답게 묘사하면서 말이에요. 그걸 믿고 싶으면서도 그런 일이 닥치면 그 아름다움은 나중이고 일단 슬퍼지는 게 우리들이에요. 우리가 할 수 있는 데까지만 최선을 다해 즐겁게 살아야지요. 그리고 그걸로 보상을 받는다 생각해요. 언젠가 닥쳐올 이별에 대한 보상이라고. 지금 우리 만나고 있으니 그 만남을 기뻐하면 되는 거예요. 나중 일은 나중으로 치부하자고요.

어린왕자는 나를 엄숙하게 바라보더니 두 팔로 내 목을 끌어안았어요. 나는 그의 가슴이 총에 맞아 죽어 가는 새처럼 뛰는 걸 느꼈어요. 어린왕자는 내게 이렇게 말했어요.

"정말 기뻐요. 아저씨 비행기에 뭐가 고장 났는지 아저씨는 알아냈으니 말이에요. 아저씨는 집에 갈 수 있을 거예요……."

"어떻게 알지?"

나는 마침 그 말을 하려던 참이었거든요. 뜻밖에도 비행기 수리에 성공했다고 말이에요! 그는 내 물음에는 아무런 대답도 않고 이렇게 덧붙였어요.

"나도 오늘 내 집으로 돌아갈 거예요……."

그러고는 우울한 목소리로 말했어요.

"더 멀고…… 더 어려워……."

나는 무언가 심상찮은 일이 일어났다는 것을 느꼈어요. 나는 그를 어린애처럼 꼭 끌어안고 있었어요. 그렇지만 나는 내가 그를 붙잡아 두기 위해 아무것도 할 수 없고, 어린왕자는 심연 속으로, 수직으로 떨어져 내려가고 있는 것 같았어요……."

어린왕자가 떠나려 해요. 정들자 이별이에요. 길들여진 사람들이 헤어지려 해요. 서로가 원해서도 아니에요. 사실 그건 예정된 일이었어요. 원래는 만남이 낯설었으나 그 만남이 익숙해졌을 뿐인데, 이제는 만남이 낯설어질 시간이에요. 이별이 익숙해질 리는 없고요. 만남에는 서로라는 접점이 필요하지만 이별은 서로 분리된 것이니 접점이 필요하지 않으니까요.

어떻게 보면 우리 만남은 서로의 고장 난 마음을 치유하는 항구와도 같아요. 그 고장 난 마음이 치유되면 다시 떠나야 하는 거예요. 어린왕자도 비행사도 날아갈 수 있는 도구, 자기 집으로 돌아갈 수 있는 도구를 수리했잖아요. 그러니까 아쉬워도 이제는 헤어져야 할 시간이에요. 미련이 아무리 남아도 떠날 수밖에 없도록 창조된 존재들이니까요. 아무리 더 나은 세상으로 돌아간다 해도, 헤어짐은 정말 어려워요. 더구나 서로 사랑하는 사이라면요. 그 농도에 따라 너무 아리고 쓰려요.

만남도 헤어짐도 우리의 일정한 영역에 있어요. 그러니까 우리는 우리가 할 수 있는 한에서 그 만남을 즐겨야 해요. 그 만남으로, 그 이별로 자신의 모두를 포기하는 것은 어리석은 일이에요. 어린왕자가 제 몸을 벗기 위해 노란 뱀의 힘을 빌리듯이, 비행사가 집으로 돌아가기 위해 비행기 엔진을 수리하듯이, 우리도 역동적으로 살아가는 일을 게을리해서는 안 돼요. 우리에겐 만나며 일하고, 일하며 만나고, 일하며 사랑하는 권리밖에 없어요. 그러니 그걸 즐겨야 해요. 그러면 우리의 만남도, 이별도 아름다울 거예요.

가장 아름다운 미소 짓기

하루를 마치고 서산으로 넘어가는 붉디붉은 태양은 그 어느 순간보다 아름다워요. 발그스레한 노을을 길게 두르고 있는 모습이 참 고와요. 얼마 남지 않은 시간을 아름답게 장식하고 떠나는 그 모습엔 고상한 미가 있어요. 살그머니 산 그림자 드리워지면 이 세상은 저녁을 맞지요. 그리고 살아 있는 것들도 내일을 위해 휴식을 취하는지 조용해져요. 그 다음엔 그 곱던 모습을 잊은 만물은 별이며 달 이야기로 넘어가겠지요. 그래도 저녁에 산을 넘는 해는 참 아름다워요. 짧은 미소만 남기고 가기 때문일 거예요.

종일 무덤덤하게 있다가 살짝 미소만 남기고 떠나는 태양이 아름다운 것처럼, 평소엔 모르다가 막상 이별하는 순간이 오면 그 사람의 모든 것들이 왜 그리 소중하게 느껴지는지, 가슴이 아리도록 애타게 느껴지는지. 그때 가슴이 먹먹해지는 거예요. 그럴 때 슬픔을 억지로 감추고 살그머니 애써 미소를 지어준다면, 그 모습은 너무 아름다워 눈물이 날 지경일 거예요. 떠나고 보냄이 아쉬워서 그렇다고 눈물을 보이면 너 슬플 것 같아서 서로를 배려하여 애써 짓는 미소는 아름다우면서도 쓸쓸하지요.

왜 웃느냐고요? 웃을 수밖에 없잖아요. 돌아가야 할 줄은 알지만 처음으로 돌아가는 것이니 그 마음은 설렘과 두려움 반반이에요. 살면서 늘 설렘만 있으면 참 좋을 것 같지요. 하지만 설렘은 항상 두려움이 있어야 올 수 있어요. 설렘의 다른 이름은 두려움이고, 두려움의 다른 이름은 설렘이니까요. 또한 낯섦에서 이 두 가지가 나오는 것이니까요. 그러니까 두려움을 감추기 위해 웃어 봐요. 설렘을 살짝 가리고 미소를 지어 봐요. 낯섦 앞에 맞는 두려움과 설렘을 담은 미소, 그 미소가 마냥 아름다운 거예요.

어린왕자는 진지한 눈빛으로 먼 데를 바라보고 있었어요.
"나는 아저씨가 준 양이 있어요. 그리고 양을 넣어 둘 상자가 있고요, 또 망도 있고……"
그리고 그는 쓸쓸하게 웃었어요. 나는 오랫동안 기다렸어요. 나는 그의 몸이 조금씩 따뜻해지는 것을 느꼈어요.
"꼬마야, 무서웠지……?"
물론 그는 무서워했어요! 그러나 그는 부드럽게 웃으면서 말했어요.
"난 오늘 저녁이 훨씬 무서울 거예요……."
난 다시 이젠 돌이킬 수 없다는 감정으로 온몸이 얼어붙는 것 같았어요. 그리고 이제는 다시 이 웃음소리를 듣지 못하리라는 생각이 견딜 수 없는 일임을 깨달았어요. 그 웃음은 나에게 사막의 샘과도 같은 것이었어요.
"꼬마야, 네 웃음소리를 다시 듣고 싶어……."

어린왕자가 속내를 감추고 딴 말을 하네요. 마음에도 없는 말을 흘리고 있네요. 지금의 분위기와는 상관없는 말을 해요. 그만큼 어린왕자는 두려운 거예요. 두고 온 장미, 그 그리운 꽃을 다시 만난다는 설렘으로 가슴이 두근거리지만 그러면서도 처음 겪는 일이라 두려운 거예요. 그 마음을 감추기 위해 어린왕자는 지난 이야기를 비행사에게 하고 있는 것이지요.

그게 두려웠는데 막상 지난 이야기를 하다 보니까 문득 생생하게 장미의 모습이 떠오르겠죠. 자기가 두고 온 별의 구석구석의 모습도 떠오르고요. 그래서 절로 웃음이 나왔어요. 사랑하는 장미를 떠올리면서, 장미에게 돌아갈 때 가져 갈 조그만 양이며 양을 넣어둘 작고 예쁜 상자를 떠올리니, 기쁨이 찾아든 거예요. 그리고 화해를 한 장미와 함께 살 미래를 생각하니 즐거웠던 것이에요. 아름다운 미래를 향한 희망은 우리의 얼굴에 예쁜 미소를 피어나게 해요. 그러니 소박한 그런 희망을 가져 봐요.

설렘으로 고운 미소를 짓는 어린왕자의 마음, 그건 생텍쥐페리 자신의 마음이에요. 아내를 프랑스에 두고 미국으로 망명길에 나선 후 아내에 대한 그리움, 그걸 어린왕자에 대신 부었으니까요. 생텍쥐페리는 아내를 떠나온 후 다른 여자들과 교류를 나누었어요. 그녀들은 아주 아름답고 착했어요. 그래서 처음엔 아내에게 바친 모든 열정이 아까웠어요. 그런데 이상하게도 마음은 아내에게 늘 기울었어요. 아내를 사랑하는 자신의 마음이 여기 어린왕자에게 깃들여 있어요. 어린왕자가 장미를 그리워하듯, 그는 아내를 생각하며 미소를 지었겠지요. 그 미소가 자신이 생각해도 아름답게 느껴졌을 거예요.

언제 그런 아름다운 미소가 자신에게 있었던가를 말이지요. 아직 없다면 그리운 사람, 정말 그리운 사람, 진실로 사랑하는 사람을 이제 곧 만날 거라는 생각을 해 봐요. 상상이 아니라 현실이 곧 일어날 거라고요. 그러면 그 사랑하는 사람을 떠올리는 순간 자신도 모르게 미소가 피어날 거예요. 세상 그 어느 것에 비할 수 없을 만큼 아름다운 거예요. 어린왕자의 미소가 아름다운 건 그 미소 속엔 장미를 향한 사랑이 담겨 있어서예요. 겉으로 피어나는 미소엔 이미 마음이 우러나 있고, 마음이 담겨 있어서예요.

세상을 사랑하는 법

슬픔, 그 감정은 왜 생길까요? 슬픔은 그 무엇인가의 상실에서 오지요. 그 무엇을 상실하면 찾아드는 게 슬픔이지요. 그 슬픔의 결과로 우울해지는 것이지요. 그런 부정적인 결과에는 상실로 인한 슬픔이 자리 잡고 있는 거예요. 그러니까 화가 나거나 우울하거나 뭔가 슬픈 감정이 일면 그 원인이 뭔가 찾아봐요. 이 모두를 하나로 묶어 놓은 슬픔을 일으킨 뭔가의 상실이 있을 거예요. 상실로 인해 슬픔이 생기고 그 슬픔은 다양한 모습으로 우리를 괴롭힌단 말이지요.

상실, 때로 우리는 미리 상실을 생각해요. 가장 대표적인 게 자기 상실이잖아요. 언젠가는 올 일이지만 미리 그걸 생각하는 거예요. 죽음이란 거요. 그뿐 아니라 사랑하는 사람과 떨어져 있으면 왠지 허전하고 슬퍼지나요? 그것도 미리 오지 않은 그 사람에 대한 상실을 생각해서 그런 거예요. 때로 그리움이 지나치면 슬퍼진다고요. 아직 오지 않은 상실에 대한 슬픔의 감정은 왠지 모를 불안감을 가져다 줘요.

중요한 건 보이지 않아요. 그런데 우리는 보이는 것만을 생각하니까 더 슬픈 거예요. 내가 소중히 여기는 사람이 옆에 없다고 그 사람이 없는 건 아니에요. 그 사람이 없어도 마음은 안에 있잖아요. 불안하다면 그 사람을 믿지 못하는 것일 테고요. 너무 상실에 대해 두려워 말아요. 그 누군가를, 진정으로 사랑한다면 그가 있는 곳, 그를 닮은 그 무엇만 봐도 정겹고 미소가 피어날 테니까요.

"오늘 밤이면 꼭 일 년이에요. 지난해에 내가 떨어졌던 바로 그 자리 위에 내 별이 나타날 거예요……."

"꼬마야, 뱀 이야기니, 뱀하고의 약속이니, 별 이야기니 그런 건 나쁜 꿈이야. 그렇지 않니……?"

그러나 그는 내 물음에는 대답하지 않고 이렇게 말했어요.

"중요한 건 눈에 보이지 않아요……."

"물론이야……."

"꽃도 마찬가지예요. 아저씨가 어떤 별에 있는 꽃 하나를 사랑한다고 해 봐요. 그러면 밤에 하늘만 바라봐도 포근해지죠. 어느 별에나 다 꽃이 피어 있어요."

"물론이지……."

"물도 마찬가지예요. 아저씨가 마시라고 준 물은 어떤 음악 같았어요. 도르래랑 밧줄이랑…… 그것들 때문이에요…… 아저씨도 생각날 거예요…… 그 물은 좋았어요."

"물론이지……."

사랑이 필요해요. 아니, 사랑이 중요해요. 세상은 그대로 있어도 누군가를 사랑한다면, 그 무엇인가를 사랑한다면 세상은 바뀌어요. 어제는 의미 없는 것으로 바라보던 세상 모든 것이, 오늘 누군가를 사랑하기 시작한다면, 어제의 세상과 오늘의 세상은 아주 달라져 있을 거예요. 이렇게 사랑은 세상을 아주 아름답게 만들어요. 우울한 날을 정겨운 날로, 슬픈 날을 기쁜 날로 바꾸는 힘이 있어요. 때문에 우울한 세상을 건너기 위해 우리는 서로 사랑해야 해요.

지금 있는 곳이 우울하다면 그곳에 사랑하는 그 무엇이 없어서예요. 지금 누군가를 만나고 있는데 속으론 빨리 벗어나고 싶다면 그 사람이 싫어서예요. 그래요. 천국과 지옥이 따로 있는 것이 아니라 우리 마음에 사랑이 있느냐 미움이 있느냐의 문제일 뿐이에요. 우리가 가는 곳, 머무는 곳에서 만나는 사람과 보이는 것들을 사랑해야 해요. 그러면 그곳은 아주 정겹고 기쁨을 주고 살고 싶은 곳이 될 거예요. 그렇게 사랑으로 모인 곳에서는 무엇이든 즐거워요. 일은 놀이가 되고, 움직임은 춤이 되고, 말은 시가 되고 노래가 되고, 들려오는 소리는 음악이 돼요.

우리 사는 세상엔 사랑이 필요해요. 이 사랑은 보이지 않아요. 바로 우리들 마음에 꼭꼭 숨어 있기 때문이에요. 마음은 눈에 보이지 않으니까요. 그래서 우리 마음을 열어 그 사랑을 깨워야 해요. 그게 세상을 아름답게 하는 일이고, 살 만한 세상으로 만드는 일이에요. 사랑은 우리 삶에 무엇보다 아주 중요한 거예요.

사랑하면 하늘에서 별이 노래하며 여러분 가슴으로 내려올 거예요. 산들바람이 아름다운 음악으로 찾아줄 거예요. 물 한 모금이 감미로운 기쁨으로 목을 축여줄 거예요. 그러면 여러분이 있는 그 자리는 바로 낙원이고, 여러분이 바라보는 모든 것은 아름다울 거예요.

사랑하면 좋은 이유

사랑, 그건 의미 없던 것을 의미 있게 만들고, 가치라곤 없던 것을 가치 있게 만들어요. 사랑은 그렇게 생산력이 있어요. 없던 것을 있는 것으로 만들기도 하니까 참 힘도 세지요. 사랑은 아무런 관계가 없던 것을 유의미한 관계로 이어줘요. 이렇게 관계가 이어지면 새로운 세상이 열려요. 그러면서 그 새로운 세상에 관심을 갖는 것이지요. 그렇게 관심을 가지니까 보이지 않던 것이 보이고, 없던 세상이 새로 생겨요. 그러니까 사랑은 생산적이고 힘이 있으며 창조력이 있다는 것이에요.

사랑은 관심이에요. 관심을 가지니까 보이는 것이고, 그렇게 관심을 갖게 한 것은 사랑하는 사람과 관련이 있기 때문이에요. 사랑하는 사람이 생기면 그 사람과 관련이 있거나 그 사람이 좋아하는 그 무엇에 관심이 가는 거예요. 그러면 그 사람이 좋아한다는 이유만으로 나도 그것을 좋아하고, 그 사람과 관련이 있는 장소는 정겨워지고, 그 사람을 둘러싼 사람들 모두 좋아하게 돼요.

그뿐 아니라 그 사람을 연상하게 하는 모두가 좋아져요. 그와 관련된 모두가 좋아요. 멀리 떨어져 있다면 그가 있는 그 먼 하늘을 정겨운 눈으로 바라볼 테지요. 사랑은 이렇게 나를 둘러싼 세상을 다르게 만들어 줘요. 그래서 사랑은 아름답고, 위대하기까지 한 것이에요.

"아저씨는 밤에 별을 쳐다보겠지요. 내 별은 너무 작아서 아저씨한테 내 별이 어디 있는지 가르쳐줄 수가 없어요. 그게 더 잘된 건지 몰라요. 내 별은 아저씨에겐 여러 별 중 어느 한 별일 거예요. 그러면 어느 별을 바라봐도 다 좋을 거구요. 어느 별이나 다 아저씨 친구가 될 거예요. 그리고 난 아저씨한테 선물을 하나 줄게요……."
그는 다시 웃었어요.
"아! 꼬마, 꼬마야, 난 그 웃음소리가 듣고 싶어!"
"바로 그게 내 선물일 거예요……. 물도 마찬가지고……."
"무슨 의미니?"
"사람들에겐 별이라고 다 똑같은 별이 아녜요. 여행을 하는 사람들에겐 별들은 길잡이예요. 어떤 사람들에겐 작은 빛에 지나지 않고요. 학자들이라면 별들은 문젯거리겠지요. 내가 만난 상인한텐 별은 황금과 같아요. 그러나 별들은 말이 없어요. 아저씨가 보는 별들은 다른 사람들하곤 좀 다를 거예요……."

어린왕자의 별은 너무 작아요. 이를테면 어린왕자의 집은 아주 작아서 수많은 집들 속에 섞여 있으년 구분이 안 돼요. 반짝거리는 별이란 건 일겠는데 구별이 안돼요. 그런데 어린왕자가 그리우면 어떤 별을 쳐다봐야 할까요? 그 별이 그 별 같으니 구별은 안 되고요. 그럴 땐 그냥 어린왕자의 별과 비슷한 모든 별들이 정겨울 거예요. 단지 닮았다는 이유만으로도 그 모두를 사랑하게 해요. 그게 사랑의 힘이에요. 그러니까 아주 작은 사랑이 진실하다면, 그 진실한 사랑은 조금씩 확대되어 나중에는 세상 모든 사람을 사랑할 수 있게 커지는 거예요.

우리 속담에 "아내가 사랑스러우면 처갓집 말뚝에다 절한다."란 말이 있잖아요. 사랑은 주먹보다 강하고 법보다 강하고 돈이나 권력보다 힘이 있어요. 사랑은 이렇게 강한 힘을 발휘하기도 하지만 아주 부드럽기도 해요. 세상 그 무엇보다도 부드러워서 꼭 닫힌 마음의 문도 열어줘요. 진정한 사랑이 있으면 언젠가는 그 굳게 닫힌 마음의 문을 열 수 있어요. 사랑은 그래서 그 대상을 달리 보이게 만들어요. 남들이 보는 그 대상과 내가 보는 그 대상은 현격한 차이가 있어요.

시인이 아주 평범한 무엇을 보고 아름다운 시를 쓸 수 있는 건 그 대상에 시인의 사랑이 깃들어서예요. 그냥 진부한 물건을 시로 변하게 하는 것, 아주 평범한 일상을 글감이 되게 하는 것, 그건 사랑이에요. 수많은 사람 중에 한 사람이 달리 보였다면 나는 그 사람을 사랑하기 시작한 거란 말이에요. 대상이란 어떻게 보느냐에 따라, 누가 보느냐에 따라 다른 거예요. 사랑은 이렇게 그 무엇에 의미와 가치를 줘요. 그러니까 사랑은 창의력이 있고, 그만큼 생산적이에요. 그러니 사랑하세요.

9. 더는 슬프지 않은 아름다운 이별

좋은 이미지 남기기

누군가를 떠올려 봐요. 그 추억 속에서 불러낸 사람, 아니어도 상관없어요. 지금 어떤 관계를 맺은 사람이라도 괜찮아요. 그런 사람들을 떠올릴 때 당신의 표정은 어떤가요? 미소를 짓고 있나요, 아니면 상이 찡그려지나요? 누군가를 떠올릴 때 짓게 되는 표정, 그 표정이 그 사람에 대한 당신의 감정이에요.

누군가를 떠올리면 떠올릴수록 기분을 좋게 해 주는 사람이 있어요. 그 사람은 비록 옆에 없어도 그 사람을 좋아하고 있는 거예요. 생각만 해도 기분이 좋아지고 당장 만나고 싶어지는 사람, 그런 사람은 아주 좋은 이미지를 남겨준 사람이에요. 표정 하나 하나, 말 한 마디 한 마디 모두가 정겹고 좋아서 다시 보고 싶고, 늘 함께하고 싶은 사람이 있다면 얼마나 좋겠어요. 그 모습을 떠올리면서 저절로 짓게 되는 미소는 누가 봐도 아름다울 거예요. 그래서 행복한 얼굴 모습을 보는 사람들은 모두 자신에게 아름답게 볼 테지요. 그 사람의 마음이, 그 사람의 모습에 배어나오니까요.

반면 누군가를 생각하면 기분이 우울해지는 사람이 있지요. 상을 찡그리게 하고, 나타날까 봐 겁나게 하는 사람, 그런 사람은 없을수록 좋아요. 살면서 그런 사람을 어떻게 피할까, 어떻게 떼어버릴까, 그걸 잘 할 줄 알아야 행복해져요. 그만큼 사람과 사람과의 관계는 아주 중요해요. 그게 우리 삶, 아니 그 이상의 인생을 좌우하니까요. 당신에게 안 좋은 이미지를 남긴 사람, 그 사람 생각하는 그 얼굴엔 자신도 모르게 우울한 그림자가 드러나겠지요. 그런 사람의 얼굴을 보는 사람은 부담스러워 할 것이고요. 그러면 행

복할 수 없어요. 그러니 사람과 사람의 관계를 지혜롭게 처리할 줄 알아야
해요.

"아저씨가 밤에 하늘을 바라보게 되면, 내가 그 별들 중의 어느 별에서 살고 있고, 그
별들 중의 어느 별에서 내가 웃고 있을 것이기 때문이에요. 그러면 아저씨에겐 마치
모든 별들이 웃고 있는 것처럼 보일 거예요. 아저씨는 웃을 줄 아는 별을 가지게 될
거예요!"

그리고 그는 또 웃었어요.

"그리고 아저씨 마음이 달래지면(우리는 늘 마음을 달래죠) 나를 알았다는 게 기쁠 거예
요. 아저씨는 언제나 내 친구일 거고요. 그리고 아저씨는 나와 함께 웃고 싶을 거예
요. 그래서 가끔 이렇게 기쁨으로 창문을 열 거예요……. 그럼 아저씨 친구들은 아저
씨가 하늘을 쳐다보며 웃는 걸 보고 깜짝 놀랄 테고요. 그럼 아저씬 친구들에게 이렇
게 말하겠지요. '그래, 별들이 항상 나를 웃게 해주는군!' 그러면 친구들은 아저씨가
미쳤다고 생각할 거예요. 내가 아저씨한테 너무 심한 장난을 한 것 같은데……."

그는 또 웃었어요.

"별들 대신에 웃을 줄 아는 작은 방울을 한 아름 아저씨에게 준 것이나 마찬가지 거
예요……."

우리는 누군가를 만나요. 그리고 또 헤어져요. 어제 만나고 오늘 또 만날
수도 있어요. 자주 만나든 아주 오랜만에 만나든 우리는 누군가에게 좋은
모습, 아름다운 모습을 남겨주는 것이 좋아요. 아무리 좋은 모습을 보여주
다가도 헤어질 때 안 좋은 모습을 남겨주면 앞에 남겼던 모습은 모두 지워
지고 안 좋은 모습만 남는 거예요. 그러면 그 모습을 생각하는 그 누군가는
내 모습을 떠올리면서 상을 찡그리겠지요. 그러면 그의 기억 속에 들어가
있는 나도 슬픈 거잖아요. 그러니까 때에 따라, 상황에 따라 적절한 처신이
필요해요.

·

있는 그대로의 모습으로 다른 사람에게 좋은 이미지를 남길 수 있다면 그게 최상이에요. 그렇게 남겨진 나의 이미지는 그 누군가의 마음속에 살고 있는 셈이고요. 그렇게 살고 있는 나의 이미지가 그 누군가의 속에서 고운 미소를 짓고 있다면, 그 생각을 하는 것만으로도 나는 행복하겠지요. 그런 나를 생각하면서 미소 지을 거고요. 그렇게 자연스럽게, 흘러나오는 대로 좋은 이미지 관리가 되려면 어떻게 해야겠어요? 서로 사랑하는 마음, 이해하는 마음, 배려하는 마음이 있으면 되겠지요. 그러면 서로가 서로에게 좋은 모습만 보여주겠지요.

그 아름다운 미소는 서서히 전염될 거예요. 빙그레 미소 짓는 얼굴을 보는 사람은 기분이 좋아져서 또 다른 사람에게 좋은 표정으로 대하겠지요. 미소를 퍼뜨린다는 거 말이에요. 꽃처럼 아름다운 미소가 번져 가면 마치 이 세상은 행복한 정원이 될 테지요. 소리는 나지 않아도 빙그레 미소를 지어 봐요. 기왕이면 기분 좋아지는 사람, 기분 좋게 해 주는 사람을 만나야 해요. 그 반대인 경우라면 가급적 피해야 하고말고요. 우리는 어떤 상황에서든 사람을 안 만나고 살 수는 없어요. 만날 사람들을 잘 가려 만나는 지혜, 때로는 잘 정리하는 지혜가 필요해요.

행복한 이별

사람은 태어날 때는 모태로 오고 마지막엔 또 떠나요. 그 떠남이란 건 누구도 증명할 수 없는 세계로 가는 것이라 두려워하는 건 사실이에요. 개똥밭에 굴러도 이승이 낫다는 말처럼 저승에 대한 두려움은 누구나 가지고 있어요. 이 과정은 누구에게나 우연도 아니고 필연이기 때문에 거부할 수도 없어요. 그러니까 더 이상 떠남이란 말을 거부할 것이 아니라 받아들이는 연습을 해야 해요. 어떻게 죽을지 생각한다면 어떻게 살아갈지 결정할 수 있으니까요. 그 말을 지나치게 거부하려고도 말고, 좋지 않은 말로도 생각지도 말고 자연스러운 언어로 받아들여야 해요.

어린왕자는 그 이야기를 자연스럽게 받아들여요. 누구나 언젠가 떠나야 하니까요. 누구에게나 떠남은 필연이니 늘 받아들일 준비를 하자는 것이지요. 다만 우리가 할 수 있는 일은 우리에게 주어진 시간이 얼마이든 그 주어진 시간 안에 삶의 의미를 부여하며, 살아갈 가치를 발견하며 살면 되는 거예요. 아무리 소중한 사람이 먼저 떠나도 그럭저럭 보내줄 수 있을 거예요. 우리는 모두 인간이니까요.

웰빙이 있으면 웰다잉이 있는 건 당연한 거잖아요. 두 말은 어느 것이 더 질적으로 좋고 질적으로 떨어지고의 문제는 아니에요. 단지 살아 있는 존재들의 통과의례에 불과할 뿐이에요. 그러니까 우리에겐 어떻게 살아갈 것이냐 그 차이만 있을 뿐이에요. 그 나머지는 순수하게 받아들이면 되는 거예요. 살아 있는 존재라면 누구나 예외 없이 떠나야 한다는 게 두렵고 서럽고 쓸쓸하지만 고스란히 우리 몫으로 받아들여야지요. 어린왕자의 "하지만 그건 내버려둔 낡은 껍데기와 같을 거예요. 낡은 껍데기가 슬플 건 없잖아요……"란 예쁜 생각처럼 말이에요.

"아저씨도 알죠, 거긴 너무 멀어요. 이 몸을 가지고 갈 수는 없어요. 너무 무거워서요."

나는 아무 말도 하지 않았어요.

"하지만 그건 내버려 둔 낡은 껍데기와 같을 거예요. 낡은 껍데기가 슬플 건 없잖아요……"

9. 더는 슬프지 않은 아름다운 이별

나는 아무 말도 하지 않았어요. 어린왕자는 약간 기운을 잃었어요. 그러나 그는 다시 힘을 모았어요.

"저기요, 아저씨. 그건 예쁠 거예요. 나도 별들을 바라볼 거예요. 그러면 모든 별들이 녹슨 도르래를 달고 있는 우물이 될 거예요. 모든 별들이 내게 마실 물을 부어 줄 거고……"

나는 아무 말도 하지 않았어요.

"정말 재미있을 거야. 아저씨는 방울을 오억 개나 갖게 되고 난 샘을 오억 개나 갖게 될 테고……"

그리고 어린왕자도 말이 없었어요. 어린왕자는 울고 있기 때문이었어요…….

"여기예요, 혼자 한 걸음만 내딛게 내버려 둬요."

그리고 어린왕자는 무서웠는지 주저앉았어요.

우리는 세상을 살면서 제대로 한 번 변화하지 못해요. 그러다 예외 없이 제대로 변화할 수 있는 시간이 와요. 바로 이승에서의 모든 옷을 벗는 날이 지요. 이 옷으로는 입장이 불가능한 곳, 이 몸으로는 아무리 애를 써도 들어갈 수 없는 곳, 그 곳은 어떻게 생겼을까요? 그 세상을, 우리의 원초적 세상이란 생각으로 채우면 조금은 두려움이 덜하겠지요. 그 곳을 믿든 안 믿든 우리는 우리 몸을 벗어야 해요. 그 몸은 그때에 전혀 쓸모가 없으니까요. 그러니까 억지로라도 그 떠나온 원초적 고향을 믿으라니까요. 억지가 나중엔 자연스러운 것으로 믿어지는 신앙으로 자리 잡을 테니까요.

어린왕자, 어린왕자를 통해 작가는 저승이라는, 우리 삶 이후의 세상을 설정한 것이지요. 그건 바로 우리가 떠나온 곳이며, 우리의 원초적 고향이에요. 어린왕자의 별, 어린왕자가 돌아갈 별은 사랑하는 장미가 있는 곳이에요. 여전히 빈자리가 있어 돌아갈 자리가 있는 것이지요. 어린왕자는 말해요. 지금의 몸으로는 갈 수 없다고요. 단지 몸이란 껍질에 불과하다고요. 그건 마치 우리의 죽음과 같은 의미지요. 그 죽음이란 걸 긍정적으로 받아들이는 것이고요. 우리도 삶을 어린왕자처럼 받아들여야 해요. 억지를 부린들 거부할 수 없는 일이니까요.

우리가 살면서 할 수 있는 일이란 떠나갈 사람들이든 남아 있을 사람들이든 그들과 아름다운 추억들을 많이 공유하는 거예요. 그렇게 공유한 추억이 아름다울수록 남아 있는 이들에게 좋은 영향을 미치는 것이니 의미 있는 삶이라 할 수 있지요. 그러니까 마음을 다잡고 살아야 해요. 남아 있을 사람들에게 추한 추억을 공유하게 한다는 건 우리 사는 세상을, 그 추억이 어린 장소를 추하게 더럽게 만드는 일이니까요. 어떻게 살아가느냐에 따라 우리는 뒤에 남을 이들에게 좋은, 또는 아름다운 세상을 남겨줄 수 있고 추하고 나쁜 세상을 남겨줄 수도 있어요. 그만큼 함께 만들어가는 기억들은 중요하니까, 잘 살아야 해요. 모두를 위해서.

사랑하는 사람에 대한 책임감

소크라테스는 "너 자신을 알라"란 말로 많은 사람들에게 알려져 있지요. 사실 그 말은 그의 말이 아니라 델포이 신전 벽에 새겨져 있던 말이었어요. 그런데 그가 그 말을 주로 많이 쓴 것이지요. 그 말로 유명세를 가진 그가 사회에 해악을 끼친다는 죄목으로 재판을 받고 감옥에 갇혀요. 거기서 충분히 도망칠 수도 있었어요. 도망쳐서 이웃나라로 망명하면 그 시절에는 충분히 살아갈 수 있었음에도 그는 "악법도 법이다"란 말을 하며 순순히 죽기로 해요. 그가 감옥에서 독약을 먹기 전에 유언했어요. 아스클레피오스에게 닭 한 마리를 빚졌으니 그것을 대신 갚아 달라고요.

소크라테스가 정말 그런 빚을 진 것일까요? 그런 건 아니었어요. 아스클 레피오스는 그리스 신화에 등장하는 인물이에요. 아스클레피오스는 아폴론 신의 아들이에요. 죽은 사람도 살릴 만큼 유능한 의술을 갖고 있었어요. 그런데 문제는 이 의사가 의술을 펼치는 바람에 죽는 사람이 없어진 거예요. 태어나는 사람만 있고 죽는 사람이 없으니, 우주 질서의 문제가 생긴 거예요. 그러자 신들이 제우스에게 항의를 하는 것이지요. 우주의 질서를 깨뜨리는 아스클레피오스를 처벌해 달라고요. 신들의 요청을 받은 제우스는 그에게 벼락을 던져요. 해서 그는 그만 죽고 말았지요.

그가 죽은 다음에 의약의 신이 되었대요. 그 후 사람들은 병에 걸렸다가 나으면 아스클레피오스 신에게 닭 한 마리를 바치는 관습이 있었어요. 그걸 염두에 두고 소크라테스는 죽으면서 삶의 병을 이제는 다 고쳤으니 닭 한 마리를 그 신에게 바쳐 달라는 부탁을 한 것이지요. 그러니까 소크라테스가 그 유언을 한 것은 이제야 삶의 병을 모두 고쳤다는 그런 뜻으로 말한 것이었어요. 삶의 병을 고쳤으니 당연히 당시의 관습처럼 닭 한 마리를 잡아 의약의 신에게 제물을 바쳐야 한다는 말이었어요.

"알죠……. 내 꽃 말이에요……. 난 그 꽃에 대한 책임이 있어요! 게다가 그 꽃은 너무 약해요! 너무나도 순진하고, 세상과 맞서 제 몸을 지킨다는 게 네 개의 가시밖에는 없으니……"

나는 더 이상 서 있을 수가 없었어요. 그래서 나는 주저앉았어요. 어린왕자가 말했어요.

"이거야……. 이게 전부예요……"

그는 또 좀 망설이더니 몸을 일으켰어요. 그는 한 걸음을 내디뎠어요. 나, 나는 움직일 수가 없었어요. 그의 발목 부근에서 노란 빛이 반짝일 뿐이었어요. 그는 한순간 움직이지 않고 서 있었어요. 그는 비명을 지르지도 않았어요. 그리고 그는 나무가 쓰러지듯 천천히 쓰러졌어요. 모래밭이기 때문에 소리조차 없었어요……"

책임감, 그건 자신이 해야 할 그 무엇, 갚아야 할 그 무엇, 누군가에게 응당해 주거나 갚아야 할 그 무엇이에요. 소크라테스의 유언이 비록 상징적인 의미에 불과할지라도 빈말이 만연한 요즘, 이 일화는 우리 모두 되새김 해 볼만한 일 아니겠어요? 죽으면서도 자기가 빚진 것을 갚아야 한다는 책임감을 느꼈던 소크라테스처럼 어린왕자도 끝까지 자기 책임을 이야기해요. 끝까지 자기 책임을 다하려는 이 모습들은 참 아름답지요. 세상 사람들 모두 이런 책임감을 갖는다면 세상은 정말 평화롭고 늘 신나는 일들만 있겠지요.

　참 이상한 일이지요. 자신이 벌인 일에 책임을 져야 하는 건 상식이잖아요. 마찬가지로 자신이 길들인 사람에게 책임을 져야 하는 것도 당연하고요. 하지만 그런 당연한 책임을 지는 사람, 아니 책임감을 느끼는 사람도 별로 없어요. 당연히 책임을 느껴야 함에도 책임감 자체를 생각도 않는 사람이 많으니까 이 세상은 참 살기 어려운 것이에요. 진정으로 누군가를 사랑해 봐요. 사랑은 곧 그 사랑하는 사람을 책임지는 일이에요.

　어린왕자가 자기 별로 돌아가려는 것은 길들인 장미에 대한 책임감 때문이라잖아요. 사랑한다고 하면서 그때는 장미를 이해하지 못했어요. 그때는 사랑을 말해도 사랑이 아니었으니, 이제는 진정으로 사랑할 수 있게 된 것이지요. 그 진정한 사랑이 마음에 깃드니까 장미가 새롭게 보이는 것이에요. 장미의 짜증, 오만, 허영심, 위선을 이해할 수 있었어요. 그건 오만도, 짜증도, 위선도, 허용도 아니었음을. 그건 나약한 자기 보호를 위한 방어수단이었음을.

　그래서 어린왕자는 얼른 장미에게 돌아가고 싶어진 거예요. 길들여진 장미를 보호해 주어야 한다는 책임감을 느낀 거예요. 누군가에게 책임감을 느끼는 것이 사랑이에요. 그런 사랑이 아름다운 거예요. 당신은 어떤가요? 그냥 남의 눈을 의식한 책임감으로 사랑하는 척하지 않느냐고요. 기왕 사랑할 거면 아름다운 사랑, 어때요?

진실한 사랑으로 세상을 바꾸는 법

　사랑이란 뭘까요? 딱 꼬집어 사랑을 말할 수는 없어요. 사랑이란 정의는 사람에 따라 다를 수 있으니까요. 그래서 사랑이란 누군가를 내 마음 속에 살게 하는 것이라고 정의해 보려고 해요. 누군가를 사랑하고 있다면, 나는 그 사람을 눈으로 보고 눈으로 확인할 수 있어요. 그러면 그 사람은 내 앞에 살아 있어요. 사랑은 어떤 모습으로든 살아 있는 것이니까요. 함께 있으면 눈으로 살아 있음을 확인할 수 있고, 떨어져 있으면 마음으로 살아 있음을 느낄 수 있어요.

　때로는 눈으로 살아 있음을 확인할 수 없는 시간들이 올 수 있어요. 그럴 때에 사랑의 진가가 드러나는 거예요. 눈으로 서로를 확인할 수 없는 시간에도 그가 내 안에 살아 있다면 그것이 그를 향한 사랑의 깊이예요. 내가 그를 마음에 살게 하는 순간들엔 그가 내 안에 살고 있는 거예요. 사랑은 기억하는 일이에요. 누군가를 기억한다는 건 그 누군가가 내 안에 살고 있다는 의미고요. 그렇게 누군가를 내 안에 살게 하는 일이 사랑하는 일이에요.

　누군가를 기억하는 한 그는 내 안에 살고 있는 거예요. 물론 그 살아가는 모습은 다르지요. 좋은 모습으로 내 안에 살고 있는 이도 있고, 안 좋은 모습으로 내 안에 살고 있는 이도 있어요. 또한 나의 모습도 누군가의 기억 속에 안 좋은 모습으로 살아 있을 수도 있고요. 그러니 생각해 봐요. 내 모습이 누군가의 마음에 위선적인 모습으로 살아 있다고 생각해 보자고요. 그건 참 끔찍한 일이에요. 그 모습이 그 안에 살아 있다, 그건 오해로 인해서다, 그럴 수 있어요. 하지만 그게 무슨 상관이에요. 그러니까 이유를 막론하고 오해를 풀어야 해요. 먼저 다가가고 용기를 내란 말이에요.

나는 어린왕자가 자기 별로 돌아간 것을 잘 알고 있어요. 해 뜰 무렵에 그의 몸은 사라지고 없었기 때문이에요. 그렇게 무거운 몸은 아니었는지…… 그래서 난 밤이면 별들이 하는 이야기 듣기를 좋아해요. 별들은 오억 개의 방울과도 같으니까요…….

그래요. 우리가 누군가의 기억 속에 살아 있는 모습은 두 가지예요. 좋거나 나쁘거나요. 그리고 아예 기억 속에서 사라진 사람도 있어요. 어쩌면 나쁜 기억으로 다른 누군가의 속에서 살아 있느니보다는 아예 사라져 버리는 게 나을 수도 있어요. 생각해 봐요. 어떤 사람은 다시 보고 싶을 만큼, 자꾸 자꾸 보고 싶을 만큼 그리운 사람이 있을 거예요. 부르면 당장이라도 나타날 것 같은 사람, 꿈에라도 보았으면 하는 사람 말이지요. 그러면 당신은 그 사람을 아직도 사랑하는 거예요.

때로는 자꾸 떠올라서 괴롭게 하는 사람도 있겠지요. 다시 볼까, 나타날까 두렵고 불쾌해지는 사람도 있을 거예요. 그 사람을 당신은 미워하고 있는 거예요. 만일 누군가의 기억 속에 내가 그런 사람이라면 얼마나 슬프고 끔찍한 일이냐고요. 그러니까 사람과 사람의 관계는 중요해요. 만남으로 끝나는 게 아니라 이후에도 서로가 서로에게 어떤 잔영으로 남으니까요. 어떤 모습으로든 살아갈 테니까요. 괴로운 모습으로 또는 즐거운 모습으로 남아 있거나 누군가에게 그렇게 남기게 될 테니까요.

세상을 아름답게 하거나 추하게 하는 건 남기기에요. 어떤 모습으로 나를 남기느냐, 어떤 모습으로 다른 사람을 기억하느냐에 따라 우리가 사는 세상이 아름다울 수도 있고, 추할 수도 있어요. 그래서 우리의 마음가짐 몸가짐은 중요해요. 그런 몸가짐이나 마음가짐이 우리 사는 세상을 바꾸고 결정하니까요. 미

어린왕자에게 배우는 순수한 사랑

"저…… 양 한 마리만 그려줘요."

수줍어서 발그레한 얼굴로 그림을 그려 달라기에 빈 상자 그림을 그려 주고, 게다가 양을 매어둘 수 있는 끈과 말뚝까지 그려 준다고 하자, 펄쩍 뛰며 터무니없어 하던 어린왕자.

꽃이 아름다운 건 거기에 들인 시간과 정성 때문이야.

사막이 아름다운 건 어딘가에 우물을 감추고 있어서야.

길들인 것에 책임이 있어.

여우에게서 배운 말을 소중히 기억하던 어린왕자, 겉으로 드러난 것에만 관심을 갖는 어른들을 향해 참 이상하다며 귀엽게 말하던 어린왕자, 도르래의 삐걱거리는 소리를 노래로 바꾸어 들을 줄 알던 순수한 어린왕자는 이제 보이지 않아요.

만지면 부서질 것처럼 아주 사랑스러운 모습의 아이, 그런 어린왕자를 여러분이 직접 만났고 사랑했었다고 생각해 봐요. 다시 보고 싶지요. 그런데 그가 살고 있는 별, 그가 떠나간 별이 아주 작아서 저렇게 다른 별들하고 섞여 있어서 그 별을 구분할 수 없다고 생각해 봐요. 저 수많은 별들 중에 어린왕자는 어느 별에 살고 있을까, 어린왕자의 별은 어느 것일까 자못 궁금하겠지요. 그래서 이 별 저 별 바라보고 또 바라봐요.

찾다가 찾지 못하면 더는 찾지 않고 돌아서다가 다시 그리워지면요. 그러면 다시 하늘을 바라보겠지요. 그러면서 이미 마음의 여유를 찾을 수 있을 거예요. 그럴 때 이렇게 생각하지 않나요? 그래, 맞아. 어린왕자는 저 별들 중 한 별에 있을 테고, 그 많은 별들 모두에 어린왕자가 살고 있다고 생각하자, 그러면 그 모든 별들 하나하나가 어린왕자의 별처럼 보이고, 아름답게 보이고, 친근하게 보일 테니까. 그 별들 모두에 어린왕자가 살고 있을 걸, 이 별에도, 저 별에도. 그러면 그 모든 별들에 어린왕자가 살고 있다는 생각이 드는 거고요. 그 별들은 모두 어린왕자의 별이 되는 거예요.

어린왕자가 자기 별로 돌아간 것을 잘 알고 있어요. 해 뜰 무렵에 그의 몸은 사라지고 없었기 때문이에요. 그렇게 무거운 몸은 아니었는지……. 그래서 난 밤이면 별들이 하는 이야기 듣기를 좋아해요. 별들은 오억 개의 방울과도 같으니까요…….

그러면 바라볼 수 있는 별들, 구분이 안 되는 닮은 별들, 그 별들의 수만큼 어린왕자의 별이 되는 거예요. 사랑하는 사람의 별이 되는 거라고요. 그 많은 별들은 사랑하는 사람의 별이니, 그만큼 많은 별들은 여러분의 별이 되는 거예요.

마찬가지로 정말 아주 소중하게 여기는 사람이 있다고 해 봐요. 그런데 그 사람이 어디에 있는지 모른다고, 수많은 사람들 속에 섞여서 전혀 찾을 수 없다고 생각해 봐요. 그래서 찾기를 포기하려 해도 무척 그립다면요. 그때는 그와 유사한 사람들을 바라보기만 해도 그 사람을 떠올리고 그리워하겠지요.

그렇게 넋 놓고 있다가 그 사람을 닮은 사람이 문득 눈에 띈다면 흠칫 놀라겠지요. 사랑은 보이지 않는 곳에서 와요. 그래서 정말 사랑한다면 보이지 않아도 사랑할 수 있어요. 그러니까 처음엔 피상적인 모습을 보고 사랑했다고 해도 나중엔 그 사람의 보이지 않는 부분, 볼 수 없는 부분까지, 이를테면 그 사람의 생각, 이상, 마음을 사랑할 수 있게 되는 거예요.

이렇게 발전한 사랑은, 보이지 않는 것을 사랑할 수 있게 되고, 그 한 사람의 사랑으로 시작된 진실한 사랑은 더 많은 사람까지 사랑하게 되고 나중엔 온 인류를 사랑할 수 있게 되겠지요. 그렇게 세상 모두를 사랑할 수 있다면 참 좋겠지요. 물론 그건 가능한 일은 아닐 거예요. 하지만 그 시도만으로도 기쁜 거고, 가치 있는 일이니까, 그런 사랑을 시작해 보자고요.

어린왕자와 함께하는 진실이 그리워지는 날

분위기에 따라 가끔 떠오르는 사람들을 떠올리면서 어떤 생각을 하나요? 그들의 안부가 궁금한가요? 정말 그들이 아주 행복하게 살았으면 좋겠다, 무엇을 하든 그들에게 좋은 일만 있었으면 좋겠다! 그런 생각을 하게 만드는 사람들이 많다면 아주 행복할 거예요. 그러면 헤어져 있어도 서로 좋은 기억을 간직하고 있다는 증거니까요. 서로 멀리 있어도 서로를 염려하는 마음, 그게 그리움이고 사랑이에요.

사랑은 그런 거예요. 서로 아름다운 추억을 많이 공유하는 거예요. 그렇게 좋은 추억을 서로 간직하고 있으면 슬픈 날에도 서로에게 위로가 되고 힘이 될 수 있어요. 사랑은 이렇게 서로의 마음을 기쁘게 해 주는데도 왜 우리는 서로를 때로 미워할까요. 왜 미움의 구실을 찾아내려 하고, 좋은 점을 찾는 대신 나쁜 점만 사람들에게서 찾으려 하느냐고요. 그렇게 상대를 깎아내리면 상대도 물론 아프고 쓰리겠지만 내 마음이 더 무거워요. 그

안부가 궁금한 사람들을 떠올려 봐요. 그리고 연락이 닿을 수 있다면 그들에게 안부를 물어봐요. 무척 반가워할 거예요. 어떤 필요가 있어서 안부를 묻는 척 말고, 반대급부를 바라고 안부를 묻는 척 말고, 진심으로 우러나는 안부를 물어보라고요. 그렇게 안부를 묻고 싶은 사람이 많다면 당신은

마음의 부자예요. 그만큼 삶을 잘 살았다는 반증이기도 하고요.

이상한 일이 일어났어요. 어린왕자에게 그려준 망에다가 난 그만 잊어버리고 가죽 끈을 달아 주지 않았던 거예요! 어린왕자는 그걸 양에게 씌워 줄 수 없었을 거예요. 그래서 나는 이렇게 생각해 본답니다.

'그의 별에서 무슨 일이 생긴 것은 아닐까? 어쩌면 양이 꽃을 먹어 버리지나 않았는지……'

때로는 이렇게도 생각해 봐요.

'그럴 리가 없어! 어린왕자는 밤마다 꽃을 유리덮개 밑에 잘 넣어 두고 양을 잘 보살필 거야……'

그러면 나는 행복해요. 그리고 모든 별들은 조용히 웃어 주고요. 때로는 이렇게도 생각해 본답니다.

'어쩌다 방심을 할지도 몰라. 그럼 그만이야! 하루 저녁 유리덮개를 잊어버리거나, 아니면 밤에 양이 소리 없이 나가기라도 한다면…… 그러면 방울들은 모두 눈물로 변한다……!'

진실은 시간이 흘러봐야 알아요. 처음엔 살갑다가도 세월이 지나면 뜨악해지는 만남이 있어요. 그런 만남이라면 고집부리지 말아요. 그저 친절한 척, 염려해 주는 척, 위해 주는 척하면서 실제로 마음은 다른 거라면 그건 아주 비열하고 잔인한 거예요. 그런 만남은 헤어지고 나도 전혀 미련을 갖지 말아요. 그건 진정한 만남이 아니라 단지 비즈니스예요.

그 사람, 멀리 있는 사람을 떠올려 봐요. 참 아쉬움이 많이 남지요. 좀 더 친절하게 대해 줄 수 있었는데 그렇지 못했구나, 마음 써 줄 게 있었는데 못 해 주었구나, 위로해 줄 일도 있었는데, 이야기를 들어 줄 수도 있었는데, 그렇게 못 해 주었구나 그런 생각이 든다면 정말로 그 사람을 사랑한 거예요. 그 마음을 갖는 것만으로도 행복한 거예요. 한편으로는 염려스러우면서도,

안부가 궁금하면서도 그 사람 생각하면 마음이 편하고 그리운 사람, 보고 싶으면서 빙그레 미소 짓게 하는 사람, 그 사람을 나는 사랑하고 있는 거예요.

그런 만남을 위해서는 가면을 쓰면 안 돼요. 마음과 다른 얼굴의 표정, 마음에도 없는 위로, 마지못해 함께하는 시간들, 그건 비열해요. 차라리 일시적으로 그에게 서운한 감정을 갖게 하더라도 진실한 모습을 보여줘야 해요. 가까운 사람에게는 최소한 두어 번이라도 가면을 벗은 모습을 보여주어야지요. 그래야 서로가 서로의 진실을 알 수 있고 진실한 만남이 될 테지요. 아, 우리는 진실에 가까워지고 있나요. 어린왕자처럼요.

사랑하는 한 사람이 주는 삶의 의미

생각해 봐요. 만일 나에게 친구가 열 명이 있는데 그 중 한 친구가 사라졌다면요. 많이 슬플 거예요. 그런데 말이에요. 만일 나에게 친구라고는 단 한 명밖에 없는데 그 친구가 사라졌다면요. 그 슬픔이란 이루 말할 수 없겠지요. 친구란, 연인이란 모두 길들여졌다는 조건 아래 있어요. 그렇게 길들여졌다면 그 친구나 연인은 나에겐 삶의 의미가 있는 거잖아요. 그래서 그 한 사람 한 사람이 소중한 것이고요. 더구나 단 한 명뿐인데 문제가 생겼다면 그건 아주 큰 충격이잖아요.

한 사람이란 숫자는 아주 미미한 것 같아도 의미 부여가 된 한 사람, 길들여진 한 사람의 존재여부는 세상을 아주 다르게 바꿔 놓는 거예요. 그만큼 길들여진 사람들은 아주 중요한 위치를 점하고 있어요. 누군가에게 아주 대단한 의미를 부여하고 있는 거라니까요. 한 존재는 다른 존재의 세상을 완전히 바꿔 놓는 역할을 한다는 것이지요.

그래서 우리는 서로에게 배려를 해야 하고, 감싸 줘야 하고, 지켜 줘야 해요. 길들여진 한 존재, 의미 부여된 한 존재는 그만큼 한 사람의 삶에 아주 많은 영향을 미치니까요. 한 사람과 다른 한 사람이 관계를 맺고 있다가 그 관계가 끝나고 나면 두 사람만의 줄만 끊어지는 것이 아니라 그 상대의 주변 사람들 그리고 그 환경들과 완전히 분리되거나 끊기는 거니까, 그 결과는 아주 큰 것이지요.

나와 마찬가지로 어린왕자를 역시 사랑하는 여러분에게 있어 어디선가 우리가 알지 못하는 양이 장미 한 송이를 먹었느냐 안 먹었느냐에 따라 천지가 온통 달라지고 마니……

하늘을 보세요. 그리고 생각해 보세요. 양이 그 꽃을 먹었을까요, 안 먹었을까요? 그러면 모든 것이 얼마나 달라지는가 알게 될 거예요…….

그런데 이게 그토록 중요하다는 것을 어른들은 아무도 이해하지 못할 거예요!

어린왕자, 그의 별에는 장미 한 송이밖엔 없대요. 그런데 만일 그 장미를 양이 먹었다고 가정해 봐요. 어린왕자의 친구란 아무도 없잖아요. 그러면 어린왕자는 얼마나 슬프겠어요. 장미는 그에게 희망이었고, 삶의 의미였다면요. 그러면 어제까지는 그런 희망과 사랑과 삶의 의미를 안고 살았던 거잖아요. 그런데 양이 장미를 먹었다면 그 장미에게 걸었던 희망이 더는 없는 거잖아요. 그런 아름다운 것들이 있을 때와 그런 것들이 없을 때를 비교해 봐요. 그 전과 후를 바라보는 어린왕자의 세상은 그야말로 천국과 지옥의 차이만큼이에요.

길들여진 것은 그만큼 우리 삶을 지배하고 있어요. 우리에겐 사람이 그만큼 소중해요. 한 사람으로 인해 나는 절망과 희망을, 사랑과 미움을, 삶의 의미와 무의미를 경험하게 되는 거니까요. 그렇게 부정적인 세상을 맞지 않으려면 사람 관리를 잘해야 해요. 그 한 사람으로 내 세상은 넓어질 수도 있고, 좁아질 수도 있고, 행복할 수도 있고 불행할 수도 있으니까요. 그러니만큼 소중한 사람들을 소중히 여기고 진지하게 대하자고요. 사람이 사람을 행복하게 하고, 사람이 사람을 지옥으로 떨어지게 하는 것이니, 사람을 잘 대해야 해요. 그래서 어린왕자는 그렇게 말했던 거예요.

어린왕자에겐 장미의 존재여부가 아주 중요했어요. 장미란 어린왕자가 자기 별로 돌아가야 할 의미였으니까요. 만일 장미가 없다면 어린왕자는 자기 집으로 돌아가고 싶은 생각조차 하지 않았을 테니까요. 그만큼 한 존재는 다른 한 존재에게 아주 큰 영향을 미치는 거예요. 사람과 사람 사이엔 끌어당기는 힘, 중력이 있으니까요. 그 인력의 의미를 중요하게 생각해야 해요. 그 인력이 우리를 좌우하고 있으니까요.

어린왕자와 함께한 시간들이 가져다주는 아련한 감정들

순수의 의미를 알려 준, 수많은 상징들로 많은 상상을 하게 해 준, 많은 이야기를 들려 준 어린왕자를 떠나보내는 순간이 왔어요. 어린왕자를 따라 여기까지 왔어요. 뱀한테 물려서 사라진 어린왕자, 어린왕자는 사라졌어요.

그를 마지막으로 보았던 곳, 분명 그 자리는 맞는데, 장소는 변함이 없는데 그가 보이지 않는 거예요. 더 이상 보이지 않으니까 어린왕자가 보고 싶어지는 거예요. 가슴이 먹먹하고요. 그러면서 그와 지냈던 시간들이 아주 소중하게 느껴지고 되돌릴 수 없으니 부적 가슴이 아닌 거예요. 그세야 '아아, 어린왕자를 무척 사랑했었구나' 하는 생각이 들겠지요. 언제나 볼 수 있을 때 느끼는 마음과 이제 더는 볼 수 없을 때 느끼는 감정이 이렇게 다른 거군요.

　어린왕자가 사라진 자리를 한참 집중하여 바라보겠지요. 아무리 보고 있어도 어린왕자는 다시 돌아오지 않아요. 가슴이 뭉클하며 어린왕자가 이젠 정말 떠났구나 하는 것을 인정해야겠지요. 이게 슬픔이구나, 누군가를 떠나보내는 게 이렇게 힘든 거구나 하는 생각을 하겠지요. 그 슬픔으로 어린왕자를 얼마나 좋아했었는지를 가늠해 볼 수 있겠지요. 그렇게 사라진 어린왕자, 그 자리를 한참 바라보다가 저기 멀리 시선을 던져요. 그래도 안 보이면 이쪽에서 저쪽으로 둘러보아요. 그래도 안 보이면요. 멍하니 먼 하늘을 바라보아요. 그래도 안 보이면요. 그만 털썩 그 자리에 주저앉아요.

　　그림은 내게는 이 세상에서 가장 아름다우면서도 가장 슬픈 풍경이랍니다. 앞에서 소개했던 페이지의 풍경과 같은 그림이에요. 하지만 여러분에게 잘 보여주려고 다시 한 번 그린 거예요. 여기가 바로 어린왕자가 이 땅에 나타났다가 사라진 곳이에요.

　어린왕자, 이제는 그를 다시 볼 수 없는 걸까요? 자세히 보아 두세요. 그리고 이곳을 지나게 되거든 서두르지 말고 바로 별 아래서 잠시 기다려 주었으면 해요. 그때 한 아이가 여러분에게 다가와서 그 애가 웃고 있으며, 질문을 던져도 대답이 없으면 그 애가 누구인지 여러분은 아시겠지요. 그러면 그 애에게 친절하게 대해 주어요. 이토록 슬퍼하는 나를 그냥 버려두지 말고 말이에요. 그리고 내게 편지를 보내 주어요. 그 아이가 다시 돌아 왔노라고……

　많은 생각을 하게 만든 〈어린왕자〉, 그 말미에 두 그림이 있어요. 같은 그림인데 앞 그림은 어린왕자가 서 있는 그림이고, 나중 그림은 어린왕자만 없고 나머지는 그대로인 그림이요. 말미에 이 그림을 소개하는 의도는 무엇일까요? 그건 주인공인 어린왕자의 모습을 감춘다는 의미겠지요. 보이는 어린왕자, 다시 말하면 보였던 어린왕자가 이제는 보이지 않는 어린왕자로 바뀐 거예요. 그래서 어린왕자가 있던 바로 그 자리만 그려서 보여준 거예요. 그림은 전혀 변하지 않았는데, 있던 것이 사라졌어요. 바로 어린왕자의 모습이지요.

어린왕자, 이젠 그를 볼 수 없어요. 그가 있던 자리에 어린왕자는 더 이상 없으니까요. 하지만 그 자리에 있던 어린왕자를 본 사람에겐 어린왕자는 여전히 그 자리에 있어요. 그 자리에 서면 어린왕자의 모습이 보여요. 다른 사람의 눈에는 보이지 않지만 길들인 사람의 눈에는 보여요. 그러니까 눈으로 보는 게 아니라 마음으로 보는 것이지요. 참 이상하죠. 눈으로 보았던 어린왕자와 더는 눈으로 볼 수 없지만 그 자리에 서면 마음에 그려지는 어린왕자를 비교하면 마음에 남은 어린왕자가 훨씬 아름답고 중요하게 보이니 말이에요.

추억으로 만나는 어린왕자, 마음으로 보는 어린왕자는 더 많이 보여요. 직접 볼 때는 어린왕자의 모습만 보였는데, 추억 속의 어린왕자는 그와 지낸 모든 일들을 하나씩 떠오르게 하고, 어린왕자의 다른 모습들이며, 어린왕자의 마음까지 생각해 낼 수 있게 하거든요. 그래서 더 애잔하고 더 그립고 더 아름다워요.

마찬가지로 우리가 길들인 누군가의 빈자리가 우리에게 남아 있다면 그 빈자리는 더 많은 것을 안겨줄 거예요. 소중한 추억과 생각들을, 소중한 그리움들을요. 사랑이란 빈자리를 보고도 그를 소중히 여기고, 그리워하는 것이에요. 살면서 그렇게 미소를 줄 수 있고 미소를 받을 수 있는 사람들을 많이 만나는 건 좋은 거예요. 나이 들어가면서 어쩌면 그게 유일한 낙이 될 수도 있을 테니까요. 그러니까 추억의 보따리를 많이 준비해야 해요.

10.
어린왕자
엿보기

세상은 어디에서 보느냐에 따라 달리 보이니까요. 생텍

쥐페리는 항상 세상을 하늘에서 내려다보았으니까 우리

와는 시각이 다르지요. 그래서 그의 문학을 새가 하늘에

서 내려다 본 그림이란 의미의 조감도 문학이라 할 수 있

습니다. 이런 가정이 가능할까요? 생텍쥐페리가 가장 본

받고 싶었던 작가는 조셉 콘래드였거든요. 해군사관이었

던 그는 각지로 배를 타고 다니며 그곳의 풍물 등을 소재

로 글을 쓴 작가로 유명합니다.

─ ❶ ─
〈어린왕자〉에 꼭 물어야 할 질문과 대답
2012. 5. MBC 〈문화사색〉 "미술관 가는 길" 최복현 교수님 인터뷰

 어린왕자는 생텍쥐페리가 조종사였기 때문에 나올 수 있었던 작품이라고 하셨는데요?

그렇습니다. 세상은 어디에서 보느냐에 따라 달리 보이니까요. 생텍쥐페리는 항상 세상을 하늘에서 내려다보았으니까 우리와는 시각이 다르지요. 그래서 그의 문학을 새가 하늘에서 내려다 본 그림이란 의미의 조감도 문학이라 할 수 있습니다. 이런 가정이 가능할까요? 생텍쥐페리가 가장 본받고 싶었던 작가는 조셉 콘래드였거든요. 해군사관이었던 그는 각지로 배를 타고 다니며 그곳의 풍물 등을 소재로 글을 쓴 작가로 유명합니다. 그를 닮고 싶었던 그는 행동주의 작가가 되고 싶었고 그처럼 해군 사관이 되어 다양한 세계의 문화를 소재로 글을 쓰고 싶어 했지요. 그런데 그는 해군사관 시험에서 낙방합니다. 다른 시험은 제대로 봤는데 논술 시험에서 백지를 내고 나왔다고 합니다. "알자스의 병사가 전쟁터에서 고향으로 돌아오는 것에 대하여 쓰라"는 내용이었다는데 백지로 낸 거예요. 그만큼 고지식하고 정직하다고 할까요. 저 같으면 잘 모르면 길게 주저리주저리 썼을 텐데요. 그게 다행이었던지 그는 나중에 비행사가 되어 세상을 떠돌며 글의 소재를 찾은 셈이니까 우리에겐 다행이라 하겠지요. 〈어린왕자〉, 〈인간의 대지〉 등과 같은 작품을 만나게 했으니 말입니다.

사막에서의 경험이 어린왕자를 만드는 데 결정적 역할을 했다고 하셨어요?
그렇습니다. 어린왕자의 명문들 중 백미라 할 수 있고 주제라 할 수 있는 "사막이 아름다운 건 어딘가에 우물을 감추고 있기 때문이다."란 문장의 탄생이 이 사막의 경험에서 비롯된다고 할 수 있으니까요. 파리와 사이공 간 비행기록 경신을 위해 기관사 프레보와 함께 비행을 떠났다가 리비아 사막에 불시착하는 사고를 접합니다. 〈인간의 대지〉에서 그는 "사막에서는 18시간이면 수분이 모두 증발되어 죽고 만다"고 합니다. 그런데 이 두 사람이 사막에 떨어졌을 때 다행히도 덜 건조한 동북풍이 불었던 모양입니다. 72시간 만에 그들은 사막을 횡단하며 장사를 하는 대상들에게 구원을 받습니다. 그야말로 구사일생이죠. 신기루가 연이어 나타나 그들을 유혹하고 철저히 속이고 거의 미칠 지경으로 만듭니다. 그러다 구원을 받을 당시에 그들의 운명은 오직 대상들에 달려 있었습니다. 아주 기적적으로 나타난 대상들, 하지만 그들은 걸을 기력도 없고 너무 목이 마른 나머지 말도 나오지 않습니다. 침이 없으면 말이 안 나오잖아요. 말은 안 나오고 갈근거리는 소리밖에 안 나와요. 그런데 대상이 저기 사라집니다. 손을 흔들어 대죠. 저들이 90도만 돌아보면 살아남는 거고, 그 이하로 돌아보거나 그냥 가면 죽는 겁니다. 아, 그런데 기적이 일어납니다. 그들이 90도를 돌아보고 이 두 사람을 발견합니다. 그들이 주는 물은 생텍쥐페리와 프레보에겐 생명 그 자체였습니다. 그래서 어린왕자에 물의 중요성이 언급되지요. 뿐만 아니라 그들은 대상 앞에 엎드려 신처럼 받듭니다. 대상은 그들의 생명을 구원한 신이 되는 겁니다. 죽음 앞에까지 가게 되었던 사막 그리고 진정한 구원, 물, 고독, 그것이 어린왕자에 그대로 옮겨가게 되었으니 사막의 불시착이 어린왕자를 구상하는 직접적인 동기가 되었다고 할 수 있습니다. 그 불행으로 어린왕자를 만났으니. 어찌 보면 행운이었다고도 생각할 수 있겠네요. 독자의 입장으로는.

질문 3 어린왕자가 탄생된 직접적 배경을 말씀해 주세요.

사막에 불시착한 해가 1935년이에요. 그로부터 6년 후인 1941년 뉴욕의 한 식당에서 흰 냅킨에 장난삼아 그림을 끼적거리는 것을 본 출판사

사장이 있었어요. 알프레드 히치콕이죠. 그 그림에 관심을 가진 히치콕이 무엇을 그리느냐 물었더니, "별거 아녜요. 마음속에 담아가지고 다니는 한 어린 녀석이지요."라고 생텍쥐페리는 대답을 하죠. 히치콕은 그에게 연말 크리스마스 선물용 어린이 동화를 만들어보자는 제안을 하고 생텍쥐페리는 그 제안에 응했어요. 하지만 연말이 되도록 그 작품은 완성하지 못했어요. 그게 직접적인 동기가 되긴 했어요. 하지만 자신이 구상하는 어린왕자의 내용을 어린이용 동화로 담아내긴 무리였던 거죠. 그래서 결국 그 이듬해에야 성인용 동화로 쓸 수밖에 없었고요. 그래서 이처럼 아주 상징적인 수준 높고 아름다운 작품이 탄생하게 된 거죠. 책을 쓰기로 결심하죠.

질문 4

유일하게 보아 뱀 속의 코끼리를 알아 본 존재가 어린왕자였다고요?

좋은 질문이에요. 이 책의 주제가 바로 심안법이니까요. 이를테면 마음으로 세상을 보는 법이라고 할까요. "중요한 것은 눈으로 볼 수 없어. 마음으로 보아야 해."라는 대목이 있습니다. 그 말에 가기 위해 처음부터 복선을 깔기 시작하는데 그 시작이 모자처럼 생겼지만 코끼리를 삼키는 보아 뱀, 어린왕자가 등장하면서 상자 속의 양 그림이 나오지요. 나중에는 눈에 보이지 않지만 어딘가 분명 존재하는 오아시스, 피상적인 대상을 볼 것이 아니라 중요한 것을 보아야 하는데 그것은 마음으로 보는 것이라는 심안법에 이르게 되는데요. 중요한 것은 영어로 읽으면 what is essential is invisible to the eye, 불어로는 L'essentiel est invisible pour les yeux로 거의 비슷해요. 발음만 다르지요. 여기서 에센셜은 본질적인 것이라고 해석할수도 있는데, 그는 〈인간의 대지〉에서 이 본질을 이렇게 이야기해요. 완전이란 더 이상 덧붙일 것이 없는 것이 아니라 더 이상 떼어낼 것이 없는 것을 말한다고요. 그러니까 우리는 피상적인 것이 발전하면 할수록 본질에서 멀어진다는 것이지요. 비행기의 가장 중요한 부분이 기관이지만 비행기의 껍데기가 발달하다 보니까 기관은 안 보이고 동체의 화려함만 보잖아요. 사람을 보는 것도 그런 식으로 외모 지상주의로 가고 있고요. 중요한 건 그 인간이 가진 중심, 즉 본질인데 말이에요. 생텍쥐페리는 이 책을 통해 사람들이 이런 피상적인 세계만 보려 말고 인간의 본질, 인간의 마음, 중요한 그 무엇에 관심을 갖게 하고 싶었던 것이지요.

질문 5 조그마한 별에 사랑하는 꽃을 홀로 두고 온 어린왕자는 제7장에서 " 별들이 아름다운 건 눈에 보이지 않는 꽃 한 송이 때문이야."라고 하잖아요. 그 의미는?

그 무엇이 우리에게 아름다움을 가져다주는 건 그것을 어떻게 보느냐의 문제겠지요. 세상은 눈으로 보지만 실제 보는 것은 그 마음의 상태라 할 수 있으니까요. 사랑하는 사람, 좋아하는 것과 연관된 그 무엇은 나에게 좋은 의미로 다가오잖아요. 사랑하는 사람이 살고 있는 집, 사랑하는 사람이 있는 곳은 그 곳이 바로 낙원인 것처럼 말이지요. 사랑이, 혼자 두고 온 꽃에 대한 사랑이 그 별을 아름답게 하는 거죠. 그 별이 여러 별 속에 섞여 있어서 구분하기 어려우면 그 모든 별들 중 한 별에 살고 있을 것으로 생각되어 그 모든 별들이 아름다워 보이는 거고요. 어린왕자엔 별이 그런 의미로 담겨 있습니다.

질문 6 어린왕자가 살았던 B612호? 그 의미를 말씀해주세요.

어린왕자가 살았던 별은 혼자 살았던 별, 아무도 없는 곳에서 꽃을 벗하며 살았던 별, 그 별은 작가 자신의 우편기! 그가 타고 다녔던 우편기인지는 확실치 않지만 그의 소설 〈남방 우편기〉에서도 주인공이 타는 비행기는 612호로 기록되어 있습니다. 그렇게 보면 어린왕자가 살고 있었던 별은 자신이 타고 다니던 비행기라고 할 수도 있습니다. 밤하늘의 비행기를 보세요. 움직이는 별 그 자체잖아요.

질문
7
어린왕자에서 숫자 6은 특별한 의미가 있다고 하셨죠?

책에서 작가가 어린왕자를 만난 것이 "6년 전 불시착", "내가 여섯 살 때 한 번은"이라고 한 것을 연관시켜서 보면 의미의 다양성을 확인해 볼 수 있는데, 실제로 상상력으로 보이지 않는 것을 보는 아이의 나이는 6세까지라고 볼 수도 있습니다. 여섯 살까지가 순수를 상징하는 나이라 할 수 있으니까요. 종교적으로 봐도 기독교에서 6은 불완전한 숫자이고 7은 완전함을 의미합니다. 나중에 어린왕자는 6개의 작은 별을 방문한 뒤에 이 모든 별을 합친 것보다 더 크고 완전한 지구를 7번째로 방문하지요. 앞에 B라는 알파벳은 지구처럼 큰 행성을 A군이라고 두면 어린왕자의 작은 행성은 B라고 분류하고 612는 6의 배수이기도 하고요. 그리고 이 책에서 숫자는 참 중요하죠. 어른들은 숫자로 이야기해야 잘 믿으니까 그것을 비웃어주는 일이기도 하고요. 어린왕자에 제시된 숫자는 그래서 의도적으로 정확하게 1단위까지 기록되어 있어요. 하루에 석양을 마흔네 번이나 보았다고 썼듯이 말입니다. 그는 실제로 세상을 마흔네 해 동안 살았지요. 예지 능력이랄까요. 마치 자기 운명을 예언하듯이…….

질문
8
장미에 가시가 네 개인데, 거기에 담긴 의미가 다 따로 있다고 하셨어요.

본문을 보면 장미는 참 아름답고 사랑스럽지만 어린왕자를 곤란하게 하는 몇 가지 언행들을 하죠. 그걸 네 개의 가시에 담긴 상징으로 표현한다면 오만함, 허영심(기생성), 복잡성(모순성), 위선(뻔뻔스러움)이라고 정리를 할 수 있습니다. 장미가 사는 별에는 호랑이도 없는데 호랑이가 나타날까 봐 두렵다고 호들갑을 떠는 장미의 모습, 아침식사 시간이 되면 어린왕자에게 챙겨 달라고 하죠. 그럼 어린왕자는 시원한 물이 담긴 물뿌리개를 찾아다 꽃의 시중을 들고, 자신의 가시를 이야기하면서, 호랑이들이 덤벼들지도 모른다고 하면서 허영을 부리죠. 아침에 일어나면서 화장을 못 했다는 등 어린왕자에게 해대는 장미의 투덜거림이라고 할까요. 관심 끌기라고 할까요. 그런 모습들은 마치 여성의 모습을 그대로 닮아 있어요. 그럼에도 그 장미를 어떻게 사랑할 수 있을까, 그 문제가 〈어린왕자〉 속에 암시적으로 깔리고 있죠.

질문 9 장미가 작가의 아내를 상징한다고도 하고, 만났던 여성들의 모습을 담았다고도 하는데……?

네, 장미는 자신의 아내를 상징하기도 하고 넓은 의미에서는 조국을 상징한다고도 할 수 있습니다. 자기 별에 두고 온 아내 그리고 조국에 대한 사랑과 안타까움을 〈어린왕자〉 속에 녹여 놓았다고 할 수 있습니다. 어린왕자 그림을 보세요. 어울리지 않게 칼을 차고 있죠. 견장을 달고, 군청색 군복 같은 차림이잖아요. 침략자 독일에 지배당한 데 대한 분노로 싸우러 나가고 싶은 심정이 투사되어 있다고 볼 수 있어요. 바오밥나무를 보세요. 세 줄기잖아요. 마치 2차 대전 당시 삼국 동맹처럼요. 그렇게 아픔을 겪고 있는 조국은 612호 별에 두고 온 장미처럼 그를 안타깝게 만들었고요. 좁게 보면, 아내와의 불화로 집을 나왔는데 떨어져 있고 보니 그리워지는 마음의 표현을 상징적으로 보여준 것이라고 할 수 있습니다. 빌모랑이란 여인과 연애를 한 적도 있지만 그는 아주 털털해서 장인, 장모 감을 만나러 갈 때도 그냥 기름 투성이로 갈 정도였어요. 자동차 판매원으로 일하면서는 영업 실적이 형편 없었죠. 그의 무능력, 뭐 이런 걸로 결국 연애는 실패로 끝나고 나중에 기자의 미망인 콘수엘로를 만나 뜨거운 사랑에 빠져서 결혼을 하지만 순탄하지는 않았어요. 부인의 성격이 괴팍했거든요. 마치 어린왕자의 사랑하는 장미처럼 까다로웠죠. 그래서 결국 '사랑의 휴가'를 떠난 거고요.

질문 10 어린왕자가 방문하는 6개의 별에서 만나는 인간 군상들을 간단하게 설명해 주시고, 그들의 공통점을 말씀해 주신다면?

어린왕자가 방문한 여섯 개의 별에는 공통적으로 한 명만 살고 있는데, 이 것은 우리 인간 군상의 전형을 적나라하게 보여주죠. 각 분야의 유일한 최고 권위자들이지만 자기 사고에 깊이 빠져서 다른 세계를 전혀 모르는, 알려고도 하지 않는 편집증 환자라는 거죠. 또 자기 일에 깊이 빠진 일 중독자이며, 대표적인 군상들입니다. 별마다 각각 의미가 있어요. 왕 혼자 살고 있는 별인 정치인의 별, 술 중독자의 별, 허영을 따라가는 연예인의 별, 원칙에만 충실한 공무원의 별, 탁상공론만 하는 학자의 별, 자기 이익에만 집중하는 사업가의 별 등이죠. 이들 중에 그나마 공무원의 별에 있는 점등인은 자신을 위한 일이 아니라 타인을 위한 일을 하기 때문에 좀 나은 걸로 나옵니다. 물론 어린왕자는 이름 그대로 왕이 되기 위한 존재니까 세상 견문을 넓혀야 하는 존재이므로 여행을 떠난다고 보아야 합니다.

질문 11 지구에서 만난 여우에 대해서 말씀해 주신다면?

여우는 현자를 상징합니다. 여우는 왕자에게 사랑에 대한 다양한 화두를 던지죠. 예를 들어 사랑이란 길들여지는 것, 관계를 맺는 법, 약속을 지키고 의례를 만드는 것, 기억하고 책임을 지는 것까지. 결국 자기 별에 놔둔 장미를 얼마나 사랑하는지 알게 되고 돌아가는 계기를 만들게 되는 거죠. 여우가 현자의 상징으로 등장한 데는 생텍쥐페리의 사막에 추락한 경험 때문이기도 하고요. 여우가 사막에서 살아남는 법에 그는 실제로 감동을 받았으니까요.

 질문 12 생텍쥐페리는 어떤 사람이었나요?

생텍쥐페리는 상당히 덩치가 컸어요. 거구였죠. 키는 184에 넓은 어깨, 떡 벌어진 체구, 코가 뾰족해서 피노키오라는 별명도 있었대요. 얼핏 보면 둔해 보이는 곰을 닮았지만 감성은 여리고 아주 순수한 어린왕자였죠. 어린왕자 캐릭터의 옷과 장식과 칼을 보면, 자신을 상징하고 있다는 것을 알 수 있습니다. 잃어버린 조국을 되찾고 싶지만 자신의 힘이 미약하다는 것을 알고 있었던 생텍쥐페리, 마치 어린왕자가 칼을 차고 군복을 입고 견장을 달고 당장이라도 달려가고 싶어 하는 심정이 나타나 있잖아요. 실제로 그는 비행할 수 있는 연령이 넘어서도 사정사정하여 스스로 재입대한 후 비행기를 타고 나갑니다. 그랬다가 결국 행방불명이 되었지요. 1945년 7월 31일이었죠.

질문 13 어린왕자가 현대인에게 주는 의미가 있다면?

우리는 피상적인 것만을 중요하게 생각한다는 것이 어린왕자는 가장 불만이었다고 할 수 있지요. 좋은 차를 타고 다니는 사람, 돈이 많은 사람에 대한 우대와 특혜, 그렇지 못한 사람에 대한 편견과 멸시, 반성할 일들이죠. 중요한 것은 피상적인 것이 아니라 보이지 않는 그 사람의 본질인데 말입니다. 그런 편견을 버리자 그리고 소통하자고 합니다. 뾰족한 산에 올라간 어린왕자 그림 기억나시죠. 거기서 소리를 치지만 공허한 메아리만 돌아오잖아요. 소위 아파트 문화예요. 어린왕자를 집필할 당시 생텍쥐페리는 뉴욕의 센트럴파크 고층 아파트에 살고 있었답니다. 사람은 많이 살고 있었지만 자신과 말을 트고 사는 사람이 없으니 높이 솟은 사막 꼭대기와 다를 바가 없었던 것이지요. 이 뾰족 산은 아파트를 상징적으로 보여주는 것이라 할 수 있어요. 더 멀리는 성서의 바벨탑과도 이어지고요. 공통점은 소통의 부재가 이 세상을 사막화하고 있으니, 소통에 힘쓸 일입니다. 그 중심에는 중요한 것을 제대로 보려는 노력, 편견 없이 사람을 보려는 노력이 필요합니다.

— ❷ —
생텍쥐페리의 삶의 여정

 어린 시절

    1900년 6월 29일, 그날은 일요일이었다. 리옹페이라 8번지에서 앙투안 장 뱁티스트 마리 로제 드 생텍쥐페리가 태어났다. 어머니 이름은 마리 부와이에 드 퐁스콜롱브. 그녀는 보험회사에 근무하고 있었고, 생텍쥐페리 위로는 이미 두 명의 누이가 있었으니, 마리 막들렌과 시몬느였다.

    그가 태어난 지 2년 후에는 식구가 또 하나 늘었다. 그의 남동생 프랑수아가 태어났다. 다시 2년 터울로 그의 귀여운 여동생 가브리엘이 세상의 빛을 본다. 그러나 그해에 그의 아버지는 세상을 등지고 말았다. 이후 생텍쥐페리 가족은 할머니 댁 라몰 성에서 성장했다. 그 성은 고성이어서 구석구석 신비가 도사리고 있는 느낌을 주는 성이었다. 성안에는 갖가지 곤충이나 도마뱀류도 살고 있었으니 어린 그에게는 신비의 대상이었다. 성 구석구석에는 많은 이야기들도 숨어있었고, 어린 아이들에게는 더 없는 상상력과 신비를 감추고 있는 고성이었다.

    그가 태어난 20세기는 비행기의 세기였다. 1903년 라이트 형제가 첫 비행에 성공한 이후로 많은 젊은이들은 하늘을 나는 꿈에 열광하고 있었다. 그 희귀한 일에 종사한다는 것만으로도 그는 스타, 적어도 동리 처녀들의 눈에는 위대한 스타로 자리매김할 수 있었다. 게다가 1909년, 프랑스인 루이 블레리오는 비행기로 영불해협 횡단에 성공했다. 생텍쥐페리도 이때부터 비행기에 관심을 가졌고, 더구나 그가 르망에 있는 학교에 다니고 있을 때 라이트 형제가 그 곳을 방문하여 영웅 대접을 받은 일도 있었으니, 호기심 많은 그의 열정을 불러일으키기에 충분했다. 또한 그가 살고 있던 생 모리스에서 6킬로미터 떨어진 곳에는 비행장이 있었다. 비행기라는 그 신기한 보물을 직접 눈으로 볼 수 있다는 사실만으로도 기쁨은 이루 말할 수 없었다.

그의 학교 성적은 그다지 좋은 편은 아니었지만, 기복이 심한 반면에 대체로는 우수했던 것으로 알려지고 있다. 그는 이때 바이올린 공부를 시작했다. 그는 여름 방학이면 집으로 돌아가 누이동생을 자전거에 태우고는 날마다 그 비행장으로 비행기들을 보러가곤 했다. 이 어린이는 결국 1912년, 그 비행장의 정비사들의 눈에 띄어 비행기와 부품들을 직접 손으로 만져보는 행운을 얻었다.

1914년은 그에게는 색다른 해였다. 그가 생 모리스에서 방학을 보내던 중 전쟁이 일어났다. 그러자 그의 어머니는 르망으로의 귀환을 포기하고 앙베리유 역에서 간호사로 봉사하게 되었다. 그해 10월, 그의 형제는 몽트그레 중학교에 입학했다. 그러다 학교가 마음에 안 들어서 생 장 학교로 전학했다. 1915년, 그는 빌라 생 장 학원에서 기숙생으로 공부를 하면서 당대의 유명한 작가들인 발자크, 보들레르, 도스토예프스키의 작품 속으로 빠져들기 시작했다.

"세상에 아름다움이란 존재하지 않는다. 나는 아름답다는 것은 모두 찾아가 보았다. 하지만 어디에도 아름다움은 남아있지 않았다. 우리에겐 오직 죽음만이 아름다움으로 남아있을 뿐이다. 죽음이란 그 누가 전해줄 수도 없으며, 다녀올 수도 없으니 죽음만이 아름다운 것이다."라며, 죽음을 아름다운 여행이라고 묘사한 보들레르에게서 얻은 영감이 "중요한 것은 눈으로 볼 수 없다"는 생각을 갖게 하지 않았을까. 또한 보들레르는 '창문들'이란 시에서 "열린 창으로 안을 보는 사람은 결코 닫힌 창으로 안을 보는 사람만큼 많은 것을 보지 못한다."라는 시를 썼다. 아마도 생텍쥐페리는 이러한 보들레르의 사상에 영향을 받으며 성장한 것 같다.

그는 너무 어려서 죽음이란 것을 의식하지 못할 때 아버지를 여의고 난 후, 1917년에는 실감나게 죽음이란 것을 가까이서 접했다. 바로 그의 사랑하는 동생 프랑수아의 죽음이다. 그의 동생은 안타깝게도 심장병으로 갑자기 죽었다. 이때부터 그는 인간이 풀 수 없는 죽음이라는 영원한 테마를 생각하게 되었다. 그의 작품의 모든 완성은 결국 죽음으로 귀결되니 말이다. 하지만 그가 표현하는 죽음은 삶의 종점이 아니라 그 삶에서 다시 다른 것으로 화하는 가벼운 존재로의 환생이다. 어린왕자가 자신의 거푸집을 벗고, 가볍게 자기 별로 돌아갔듯이…….

2 비행기를 만나다

그해 10월 그는 파리로 가서 보쉬에 학교에 들어가 해군사관학교 진학 준비를 했다. 콘래드! 콘래드는 생텍쥐페리가 무척이나 흠모했던 작가였다. 그는 해병학교에 들어가려는 꿈이 있던 아이였다. 그 해병학교는 해군사관을 양성하는 곳으로 연령 제한이 있었다. 그는 콘래드를 존경했으므로, 해군사관의 꿈을 가졌다. 그는 콘래드처럼 행동주의 작가가 되고 싶었다. 그는 생 루이 고등학교 등에서 공부를 하면서, 말만 앞세우는 것이 아니라 행동하기를 원했다. 그래서 그는 콘래드처럼 자신이 묘사한 행동에 참여하기를 원했다. 콘래드는 19세기 말에서 20세기 초에 활동했던 영국 작가로 최초의 해양소설가가 아닌가 싶다. 그는 실제로 해군사관으로서 배를 타고 세계 각 국을 누비며 원시의 아름다움 즉 인간의 성품을 노래했으며, 문명에 의한 파괴를 고발하는 글, 그리고 각 국의 풍물들을 소설화했다.

그 작가에 심취한 생텍쥐페리도 해군사관이 되고 싶었다. 그래서 그는 이제 해군사관 시험에 응시했다. 그의 입학시험 성적은 수학의 경우 최고점을 받았다. 그런데 그가 받아본 논술 시험의 제목은 "한 알자스 병사가 전선에서 고향으로 돌아온다는 가정 하에 그의 인상들을 서술해 보라"는 것이었는데, 그는 무슨 이유에선지 몇 자 끼적거리다 제출하여, 20점 만점에 겨우

7점을 얻어 보기 좋게 시험에서 떨어지고 말았다. 그는 결국 해군사관이 되지 못했다. 이것이 비행사가 되는 운명이라 할 수 있다. 그해가 1919년, 해군사관학교 입시에서 낙방한 그는 10월부터 파리 미술학교 건축과에 입학했다. 그곳에서 15개월 동안 공부를 했다.

결국 그는 21세가 되어 병역 의무를 위해 스트라스부르의 제 2항공연대에 입대하는 것으로 비행기와의 본격적인 인연을 맺는다. 공군이라고 비행기 조종을 배우는 것이 아니듯이 그도 마찬가지였다. 그가 맡은 일이라고는 주로 비행기를 수리하는 일이었다. 그가 전시 조종사가 되려면 비행 자격증을 따야만 했다. 그는 비행기 조종의 길을 찾아 나섰다. 어머니를 졸라 주변에 아파트를 마련하고, 군대 생활 중에 남는 시간을 이용해 민간 유람비행회사에 돈을 내고 비행 조종을 배웠다.

그는 엉뚱한 점도 있었다. 어느 날은 교관의 허락 없이 혼자서 비행기를 조종하여 하늘로 날아올랐다. 그런데 조종 훈련을 받은 시간이 너무 짧았던 탓에, 이륙하는 것은 배웠지만 착륙하는 법을 배우지 않았다는 것을 이륙하고 난 한참 후에야 깨달았다. 그래서 결국 비행기를 망가트리는 사고를 저질렀으며, 여러 번의 사고를 일으키기도 했다.

그해 말 조종 면허를 딴 그는 1922년 1월, 남프랑스 이스틀에 있는 훈련소에 파견되어 훈련을 받고 군용 비행기 면허를 취득했다. 이제 그는 해군사관이 아닌 공군사관 후보생으로 순조로운 비행사의 길을 가는 듯 했지만, 부르제 비행장에서 비행 시행 도중 실수로 인해 지상에 충돌하는 사고를 당했다. 그 바람에 머리가 깨지는 부상으로 혼수상태에 빠졌다가 기적적으로 살아나는 불운을 겪은 후 제대했다. 아마도 그것이 그가 체험한 첫 번째 죽음의 고비였다.

하늘을 사랑하게 된 그로 인해 이제는 하늘을 여는 최초의 작품이 태동하게 되는 것을 예감하게 된다. 그 이후에 비행을 하면서 겪게 된 죽음의 고비, 그 경험들은 〈전시 조종사〉, 〈야간 비행〉 등의 작품을 남게 했고, 리비아 사막에의 불시착으로 인한 체험은 〈어린왕자〉의 모티브를 얻었으니, 결국 비행사라는 직업으로 인해 주옥같은 작품들이 탄생했다.

3 첫사랑을 만나다

그 무렵 그는 이성과의 사랑을 체험하게 된다. 한창 이성에 관해 호기심이 많을 나이였던 생 루이 고교 시절, 그의 동창이었던 친구가 파리 근교에 살고 있었다. 그는 항공연대에 근무하는 도중에 친구 네 집에 종종 놀러갔다. 그 친구에게는 아리따운 여동생이 있었으니 그녀의 이름은 루이즈 드 빌모랭이다. 후일 그녀가 작가로서 이름을 날리게 된 계기도 어쩌면 생텍쥐페리와의 만남으로 인한 일이었을지도 모를 일이다. 그는 센스 있고 명랑한 그녀에게 차츰 마음이 끌렸고, 그녀 또한 곰 같지만 듬직하고 유연한 감성을 가진 생텍쥐페리에게 마음이 끌렸다.

그렇게 시작된 만남은 더는 둘로 살 수 없을 만큼 가까워졌다. 그래서 그들은 평생의 반려자로 서로를 아끼며 살아가기로 약속한다. 하지만 그들의 아름다운 사랑에도 장애물은 있었다. 그녀의 집안에서는 그에게 별로 호감을 느끼지 못했다. 그는 너무 순수하다고나 할까 아니면 세상 물정을 모른다고나 할까, 일을 하다가 그녀의 집에 갈 때에도 일할 때의 작업복 차림 그대로 나타나곤 했고, 손에는 늘 비행기 정비로 기름때가 묻어 있곤 하여, 그녀의 집안에서는 기본적인 예의도 갖출 줄 모른다며 그를 좋아하지 않았다. 아마도 후일 어른들이 사람을 보는 기준이 겉모습에 한정돼 있음을 〈어린왕자〉에서 토로한 것도 그 일이 발단이었을지도 모른다. 그럼에도 그들의 사랑은 확고하여 1923년 그는 빌모랭과 약혼하였다.

하지만 그들의 사랑은 길지는 못했다. 그녀의 가족들은 늘 생텍쥐페리가 조종사라는 것이 마음에 들지 않았다. 빌모랭 또한 그가 위험한 항공 업무에 종사하는 것을 좋아하지 않았다. 다른 사람들이 멋진 비행사의 옷을 입고, 하늘을 난다면 호감이 갈 일이지만, 늘 위험에 처해야 하는 일에 내 소중한 사람이 나가게 한다는 것은 어려운 일이었다. 그런 연유로 그는 사랑을 위하여 조종사로서의 꿈을 접고 공군에서 제대했다.

1924년, 군에서 제대한 그는 소레 자동차 회사에 입사하여 자동차 외판원이 되었다. 이 당시에 앙드레 지드, 장 프레보 등의 작가들과 교분을 나누었으며, 발레리나 장 지로두 등의 작품을 즐겨 읽곤 했다. 문학적인 감수성은 훌륭했으나 자동차 외판원으로서는 성적이 좋지 않았던 생텍쥐페리, 그런 그를 바라보는 루이즈 드 빌모랑 가는 그가 늘 못마땅했다. 그는 18개월 동안 간신히 트럭 한 대만 팔았을 뿐이었고, 그보다는 오히려 문학에 대한 열정이 강했다.

결국 그런 일들이 중첩되어 그들 사이에도 금이 가기 시작했고, 순수하고 아름다웠던 생텍쥐페리의 첫사랑은 막을 내렸다. 아마도 그녀를 향한 사랑은 〈어린왕자〉에서는 아름다운 장미, 또는 늘 그리운 꽃으로 남을 것이다. 콘수엘로라는 여인이 어린왕자를 괴롭히는 오만한 장미로 그려진다면 말이다. 결국 어린왕자의 장미는 그가 사랑했던 여인들의 중첩된 산물이다. 그렇게 끝난 그녀와의 첫사랑은 그로부터 7년 후 오페라 극장의 무도회에서 우연한 만남으로 이어지지만 이미 끝나버린 사랑인 걸 어쩌랴! 그의 애련한 사랑의 기억은 그로부터 5~6년 후에 발표될 〈남방 우편기〉에서 쥬느비에브라는 이루지 못한 사랑의 여인으로 피어났다.

행동주의 작가로서의 길

1925년, 그는 여 사촌 이본 드 레스트랑쥬의 집에서 장 프레보를 만났다. 그 인연으로 장 프레보는 다음 해에 그의 작품 중 단편 한 편을 잡지에 소개했다. 제목은 〈은선〉이란 작품이었는데 지금은 자취를 찾을 수 없다고 한다. 그는 결국 자동차 외판 일을 그만두고는 민간 항공사에 취업을 시도했다. 그가 사랑하는 사람을 위해 비록 비행하는 일을 그만두었지만 그의 머릿속에는 늘 파란 하늘이 들어있었다. 어린 시절, 돌을 던지면 그 돌이 들어가 작은 동심원을 그리며 퍼져나가던 연못처럼 맑은 하늘, 그 연못의 신비에 취해 그 속을 알아보고 싶어서 뛰어들고 싶은 감정이 불현듯 일어나는 것처럼, 그는 아마도 하늘 연못을 향해 비행기를 타고 돌진하고 싶었을지도 모른다. 하늘이란 그 속을 알 수 없는 연못과도 같을 테니까.

언제나 하늘을 잊지 못하던 그는 방황 끝에 결국 1926년 지금의 에어 프랑스의 전신인 라테고에르 항공사에 입사한다. 이 항공사에 입사하면서 그는 메르모스와 기요메를 운명적으로 만났다. 당시에 이 항공사는 항로개척을 하던 시기였으므로 비행에는 늘 위험이 따랐다. 정기항공로가 완벽하게 개척된 것도 아닌 데다가 비행기의 성능도 시답잖은 시기였으므로, 죽음의 위험은 상존했다. 그는 선배 조종사들의 죽음을 여러 번 목격했지만 죽음의 위험이 따르는 만큼 삶의 희열도 강렬한 것일까! 그는 하늘에 대한 매력을 늘 기억하며 살았다. 보들레르가 알 수 없는 죽음을 아름다운 여행으로 보았듯이 그에게 하늘은 너무 맑아서 파란 호수, 그 속을 알 수 없어서 아름다운 것들이 많이 숨어있을 것 같은 신비를 가득 품은 하늘 호수였다.

그는 1927년 툴루즈 - 카사블랑카 - 다카르 간의 정기 우편비행에 종사하면서 〈남방 우편기〉 집필을 시작했다. 하늘을 날아오른다는 것은 참으로 상쾌한 일이지만 목숨에 위협이 따르는 절체절명의 순간들이다. 하지만 그 길에 서면 하늘을 맘껏 날아오르고 싶어진다. 선배들이 몇 명씩 죽어나갔지만 그럼에도 하늘을 날고 싶었다. 그는 신참이라 그 기회가 단번에 주어지지는 않았다.

첫 비행을 하루 앞둔 날, 그는 설렘으로 잠을 못 이루고 좋은 선배, 인생의 멘토인 기요메의 방을 찾는다. 그러고는 그에게 특별 수업을 받았다. 특히 그의 지리 수업은 아주 독특하고, 유용했다. 그는 생텍쥐페리에게 그야말로 '경험지도'를 전수해 주었다. 일반적인 지도에는 나와 있지 않은, 그야말로 '보이지 않지만 중요한 것'들을 항공지도에 표시하도록 조언을 받는다. 호젓한 농가, 초원에 우뚝 솟은 나무들, 거기에서 뛰노는 양떼, 지도에는 나올 수 없는 이것들이 비행사들에게는 중요한 것이다. 불시착을 하거나 그곳에 착륙할 때에 그것들은 뜻하지 않은 위험한 장애물로 돌변하기 때문이다.

그렇게 하늘을 날아오르며 높이 오를수록 보잘것없어 보이는 이 땅을 굽어본다. 아주 거대한 빌딩들도, 오만을 떨던 사람들도 오르면 오를수록 아주 작은 점 하나로 변해 간다. 나의 몸집, 나의 크기는 그대로인데 세상의 모든 것들, 아니 지상에 있는 모든 것은 아주 작아질 대로 작아져서 하잘것없는 것으로 보인다. 이렇게 내려다보는 나의 존재를 세상 사람들은 기억조차 하지 않을 것이다. 아마도 생텍쥐페리의 생각이 그렇지 않았을까.

하늘에서 보는 이 땅, 그것이 작가 생텍쥐페리가 본 세상이다. 그러한 각도의 그림이 어린왕자를 탄생시켰다. 기요메의 경험지도와 일반적인 지도에서 그는 보이지 않는 것의 중요성을 간파하고, 〈어린왕자〉에서 그 이론을 설파하고 있다. 하늘을 향하면 하늘 속으로 쭉 빨려 올라갈 듯한 기분이지만, 올라가고 나면 다시 내려와야만 하는 것이 인생 아니던가. 그럼에도 막상 지상으로 돌아오면 문득문득 그리워지는 하늘, 그래서 그는 하늘을 향해 떠났다.

5 〈남방 우편기〉의 탄생

남다른 열정의 소유자였던 그는 동료들보다 진급도 빨랐다. 자신이 좋아하는 일을 하면 일의 성과도 좋고, 다른 사람의 인정을 받는 법이다. 마침 카사블랑카와 다카르 간을 연결하는 비행 노선이 스페인의 리오데오르 상공 비행 금지령이 내려지면서 비행이 중단될 위기에 놓였다. 그래서 그는 그해 가을 10월 9일, 사하라 사막의 중간 기착지 쥐비 공항의 책임자로 부임하여 스페인 정부와의 교섭을 시작했다.

그는 그곳에서 18개월을 근무하며 〈남방 우편기〉를 집필하는 데 열중했다. 이 〈남방 우편기〉는 소설로 쓰였지만 당시의 그의 생활을 있는 그대로 적고 있다. 그 배경은 1920년대로, 지상에는 특급열차가 달리고, 바다에는 속도의 가속을 시작하는 배가 달리는 시대였다. 이 경쟁 구도에 뛰어든 것이 비행기라는 기구였다. 하지만 아직 비행기는 초기 단계라 성능이 빈약하여 늘 위험에 노출되어 있었다. 이 소설에서 '나'라는 화자는 그 자신이기도 하거니와 '나'의 동료인 베르니스 또한 자기 자신인 것 같다. 그리고 그의 어린 시절의 연인 쥬느비에브는 그의 첫사랑이었던 빌모랑이 아닐까.

그 배경도 그가 활동하던 곳, 프랑스 툴루즈의 본사 공항에서 북아프리카 지중해 연안을 거쳐서 남아메리카 부에노스아이레스까지 이어지는 항공로 중간에 위치한 북아프리카 쥐비 곳에 위치한 중개 공항이다. 생텍쥐페리가 실제로 18개월 근무한 곳이다.

그는 1929년 3월, 프랑스로 돌아와서 〈남방 우편기〉를 탈고하여 갈리마르 출판사와 계약하면서 계속해서 7편의 소설을 쓰겠다는 계약을 했다. 아게에서 며칠간의 휴가를 보낸 그는 브레스트에서 고급 항공 기술을 익히기 위해 강의를 듣고 시험을 치루지만 불합격한다. 그는 그해 9월, 메르모즈와 기요메의 초청으로 부에노스아이레스로 향했다. 그 당시 메르모즈와 기요메는 획기적으로 야간 비행에 성공한 참이었다. 아무런 영문도 모른 채 그곳에 도착한 생텍쥐페리는 졸지에 아르헨티나 항공사의 책임자가 되었다. 그해 10월 12일이었다. 그의 임무는 코모도로리바다비아와 푼타아레나스간의 노선을 개설하는 일이었다. 그 책임을 맡고는 직접 탐방 비행을 해보기도 했으며, 트레레우와 바이아블랑카 기지도 개척하는 성과를 거뒀다. 그야말로 길이 없는 하늘에 처음으로 길을 여는 역사적인 일을 하는 중요한 임무 앞에 그는 숙연한 사명감을 느꼈다. 그는 언제나 일하면서 글을 쓰는 작가이며, 글을 쓰면서 일을 하는 작가였다. 그의 생활은 곧 글이요, 임무였으니, 그는 참으로 열심히 살다간 행동주의 작가이면서 도덕적인 사람이었다. 그런 그의 기록들의 열매로 〈남방 우편기〉가 드디어 1930년에 발표되었다. 그야말로 하늘을 주제로 한 최초의 소설이었다.

6 〈야간 비행〉의 탄생과 장미와의 만남

처음 시작한 야간 비행의 일들은 그야말로 꿈의 실현이었고, 목숨을 내어놓고 하는 스릴 넘치는 모험이었던 시기, 그는 그때의 경험들을 그대로 버려둘 수가 없었다. 그래서 그는 〈야간 비행〉을 집필하기 시작했다.

그가 부에노스아이레스에서 아르헨티나 우편항공사에 영업주임으로 근무하게 되면서 메르모스와 기요메를 다시 만났다. 이때의 경험은 〈야간 비행〉을 쓰게 되는 계기가 되었다. 그는 그해 4월 7일, 프랑스 정부로부터 민간 항공 업무에 봉사한 공로로 레지용 도뇌르 훈장을 받았다. 그런데 그가 그곳에 주임으로 부임한 해, 절친한 동료 조종사 기요메가 안데스 산맥 횡단 비행 도중 실종되었다. 생텍쥐페리와 동료들은 5일 동안 샅샅이 인근을 수색했으나 실패하고 돌아왔지만, 기요메는 그로부터 약 2개월 후 기적적으로 살아 돌아왔다. 그 소식을 접한 그는 만사를 제쳐놓고 그곳으로 출발하여, 그를 태우고 멘도사를 거쳐 부에노스아이레스까지 데려왔다.

여인을 사랑하는 일이란 멀게만 느껴졌던 그에게 운명처럼 한 여인이 다가왔다. 그녀는 다름 아닌 〈어린왕자〉에 장미로 화하여 이야기를 발단시킨 그의 장미였다. 벤자맹 크레미오의 소개로 알게 된 그들의 만남은 처음부터 운명으로 이어졌다. 고메즈 카리요라는 신문기자의 미망인이었던 그녀는 산살바도르 출신이었는데, 지적인 미모를 갖추고 있었다. 그녀의 이름은 콘수엘로 순신이었다. 그렇게 만난 후 그녀는 수주일 후 프랑스로 향해 떠났고, 이어서 그다음 해 1월, 생텍쥐페리도 2개월간의 휴가를 얻어 프랑스로 떠났다.

그는 프랑스에 도착하여 앙드레 지드에게 〈야간 비행〉 원고를 보여준 후 가스통 갈리마르에게 원고를 넘겨줌으로써 위대한 〈야간 비행〉의 탄생을 예고했다. 그해 3월, 그는 아게에서 장미의 여인 콘수엘로 순신과 결혼했다.

1930년, 30세의 그해는 그의 생에 있어서 굵직한 일들이 제법 있었던 해였다. 콘수엘로와 결혼할 무렵 그가 속해 있던 항공사에는 무이우 라퐁의 스캔들이 터져서 항공사는 법의 심판을 받았다. 그 책임을 지고 회사의 책임자였던 베포 드 마시미와 디디에 도라는 사임을 하고 말았다. 생텍쥐페리, 그가 존경했던 도라, 그는 〈야간 비행〉에 리비에르라는 인물로 묘사되었던 사람이었다. 결국 생텍쥐페리는 그곳으로 돌아갈 이유를 찾지 못하고 프랑스에 머물다가, 5월이 되자 프랑스 항공사에 소속되어 프랑스와 남미 간 야간 비행을 통한 우편물 전달 업무를 맡았다. 그해가 저물어 갈 무렵 그에게는 좋은 일이 생긴다. 그는 〈야간 비행〉으로 여류기자협회에서 제정한 페미나상을 수상했던 것. 그는 이제 유명인사가 됐지만 그의 생활은 그다지 넉넉하지 않았다. 〈야간 비행〉이 영어로 번역되어 미국에도 소개되긴 했지만 샤날레유 5번가에서 소박한 삶을 살 수밖에 없었다.

그는 그다음 해 2월 18일, 경제적인 어려움에서 벗어나기 위해 항공사에 다시 취직했다. 그는 부조종사의 자격으로 마르세유와 알제리 간을 비행하다가 마리냔에서 수상비행 자격증을 땀으로써 정식 조종사가 되어 항로를 비행했다. 하지만 그의 생활은 나아지지 않았고, 인생의 쓴 맛을 체험하는 시기였다. 그는 견딜 수 없는 고민과 우울로 인해 6월에 다시 휴직했다. 그해 8월, 그는 다시 카사블랑카에 거주하면서 모르코로 돌아와 다카르 행 우편물 책임을 맡았다. 〈안느 마리〉라는 시나리오를 썼지만 그것이 영화가 되었을 때 그는 그 영화에 대해 많은 실망을 하며 좌절을 맛보았다.

고난의 시절 속에 태동하는 그의 작품들

모든 군소 항공사들이 에어프랑스사로 통합되면서 그는 그 항공사로 가려 했지만 질시하는 이들이 있어서 취업에 실패하고, 라테고에르항공사에 입사하여 시험 비행사가 되었다. 그는 그곳 툴루즈에서 일하는 동안 비행기의 모형을 고안해 냈고, 수신기를 제작하여 판매했다. 그해 11월, 그는 생 라파엘 만에서 수상비행기를 시험하는 도중 사고를 일으켜 바다에 빠졌다가 겨우 헤엄쳐 나와 구사일생으로 살아났다. 그러고도 파리에서 사이공까지의 장거리 비행계획을 세웠다. 그는 그 비행 도중 리비아 사막, 메콩강 하구에 추락하는 등 그야말로 목숨을 위협받는 모험의 시절을 보냈다. 그는 리비아 열사의 사막에서 기관사 프레보와 함께 불시착하여 죽음의 고비를 넘나들었다.

만일 그가 그런 사건들을 겪지 않았더라면 〈인간의 대지〉나 〈어린왕자〉는 탄생할 수 없었다. 그는 거기에서 사막의 아름다움은 오아시스가 있음이며, 눈에 보이지만 실재하지 않는 신기루를 체험했고, 눈에는 보이지 않지만 실제로는 어딘가에 존재하는 오아시스를 발견했다. 거기에서 아마도 그는 "중요한 것은 눈으로는 볼 수 없다"는 진리를 발견한 것은 아닐까. 그는 그 열사의 사막에서 무작정 200킬로미터를 걸어 베두인 상인에게 발견되어 기적적으로 생환할 수 있었다. 그러한 죽음의 고비들은 그의 인간관과 대지에 대한 생각을 변화시켰다. 그때가 1935년, 그로부터 6년 후에 그는 〈어린왕자〉를 집필하기 시작했으니 말이다.

곰처럼 덩치가 컸던 그는 어린왕자와는 이미지가 사뭇 달랐지만 마음만은 늘 순진무구했다. 떡 벌어진 어깨에 육중한 상체는 얼핏 보면 아주 둔해 보이는 곰을 닮은 모습이었다. 그렇게 미련스럽게 생긴 그에게서 어떻게 여린 여자 같은 감성이 흘러나왔을지 의아하다. 그의 신장은 184센티미터로 일반인보다 컸으며, 넓은 어깨와 떡 벌어진 체구의 육중한 사내였다. 얼굴은 둥글고 잘생겼으며, 유난히 새까만 눈썹은 그의 맑은 두 눈과 조화를 잘 이루고 있었다. 큰 코라서 피노키오라는 별명도 있었으며, 콧구멍들은 항상 넓게 열려져 벌렁거렸다. 그런 데다가 대머리였고, 입의 오른쪽 언저리에는 약간의 눈에 띄는 상처가 있었다. 양쪽 볼에는 움푹 파인 보조개들이 있었고, 그의 두 손은 마치 막노동자의 손처럼 억세고 마디가 굵었지만 그 억센 손으로 아주 섬세하고 아름다운 시와 같은 명문들은 줄줄 써냈다.

그는 남 앞에 나서기를 별로 좋아하지 않았으며, 어쩌다가 대중 앞에 나서기라도 하면 수줍어하는 내성적인 성격이었다. 반면 남이 자신에게 뭐라고 하든, 별로 신경 쓰지 않는 편이었다. 레옹 베르트 외에는 그의 내면을 별로 이야기하지 않았다. 그래서 〈어린왕자〉 헌사에서 그를 하나밖에 없는 친구라고 고백하고 있다. 하지만 일반적인 사상의 흐름이나 구체적인 제 문제들에 관해서는 밤이 새는 줄 모르고 이야기하기를 즐겨할 줄 아는 사람이었다.

 사막의 체험과 〈인간의 대지〉의 탄생

8 1935년 4월 29일, 그는 일간지 《파리 수아르》의 특파원으로 모스크바에 갔다. 그는 그곳에 한 달 남짓 머무르면서 에어프랑스를 위한 강연회를 개최했다. 카사블랑카, 알제리, 튀니지, 트리폴리 등을 돌아다니며 융숭한 대접을 받았다. 함께 간 콩티와는 에어프랑스의 노선에 관한 강연을 하고 생텍쥐페리는 최초로 항로를 개척할 당시의 난관을 회상하는 이야기로 강연을 했다. 하지만 알렉산드리아에 이르렀을 때, 생텍쥐페리가 기절하는 바람에 일행의 얼마 남지 않은 예산이 고갈되고 말았다. 그럼에도 그들은 다마스, 베이루트, 이스탄불을 순회하며 강연을 계속했다.

늘 비행에 관심이 있었던 그에게 호기심을 불러일으키는 일이 생겼으니, 그때까지 47시간의 파리와 사이공 간의 비행 기록을 가지고 있던 앙드레 자피의 기록을 깨는 사람에게 1만 5천 프랑의 상금을 주겠다는 것이었다. 그 기한은 1936년 1월 1일까지였으므로 그가 프랑스에 왔을 때는 불과 15일의 기간밖에 남아있지 않았다. 결국 도전을 결심한 그는 12월 29일 일요일 아침 7시 7분, 기관사 프레보를 동반하여 비행기 시몽을 타고 부르제 공항을 이륙했다. 22시 30분, 벵가지를 출발하여 비행을 하던 중 4시간 15분 만에 그들은 리비아 사막으로 추락하였다. 그것이 사막에의 불시착으로 그 당시의 혹독한 고생이 〈어린왕자〉의 위대한 탄생을 가져오는 계기가 되었다. 그는 이미 해가 바뀐 1936년, 리비아의 사막에서 사경을 헤매고 있었다. 거기에서 그는 사막에 있는 것이라곤 별, 바람, 모래뿐이라는 것을 실감하였으며, 신기루와 오아시스를 체험했다. 그리고 거기에서 죽음이란 것을 통감하며, 페네크라는 사막의 여우를 목격하며, 삶에 대한 진한 경험을 했다. 그런 그의 기록은 〈바람, 모래, 별〉에 잘 나타나 있으며, 〈어린왕자〉라는 작품으로 형상화되었다. 1936년 1월 1일, 그날은 수요일이었고 18시경, 갈증으로 사경을 헤매던 프레보와 함께 베두인 상인에 의해 구조된 후, 스위스 기사에 의해 알렉산드리아로 이송되었다.

구사일생으로 살아난 그는 그해 8월, 《렝트랑지장》이라는 신문의 특파원 자격으로 다시 바르셀로나를 향해 떠났다. 그곳에서 그는 레리다 전투에 관한 기사를 쓴다. 반면 그해 12월 8일에는 그의 정겨운 옛 동료 메르모즈가 남대서양을 향해서 출발했다. 1937년 2월 7일, 그는 카사블랑카, 탱두프, 통북투, 가오, 바마코, 다카르 등을 연결시키기 위한 항로 개척 준비를 위해 출발했다. 그해 6월, 그는 다시 《파리 수아르》지의 특파원으로 마드리드를 향하여 떠났다. 거기에서 그는 전쟁에 관한 기사를 썼다.

1938년, 그는 생각날 때마다 메모하곤 했던 수첩을 정리하며 〈성채〉로 태어날 글을 정리하기 시작했다. 그러면서도 그는 별난 호기심으로 과학적 연구를 계속하여 많은 특허를 획득했다. 그해 9월에는 다시 적극적인 비행을 시작함으로써 뉴욕과 테르 드 푀 간의 불시착 비행을 시도했다. 그는 1월, '릴 드 프랑스'를 타고 뉴욕으로 떠났다가 2월 15일 6시 30분, 프레보와 함께 브론스빌을 향해 떠났다. 이들의 행선지는 멕시코, 베라크루스, 과테말라 등이었다. 그런데 너무 많은 장비를 실은 탓에 과테말라를 출발한 후 비행기는 지상에서 폭발했다. 그는 두개골을 일곱 바늘이나 꿰매었고, 좌측 쇄골이 파손되고, 손목에 심한 부상을 입는 등의 중상을 당해 며칠간이나 혼수상태에 빠졌다. 그는 팔을 절단해야 살 수 있다는 의사의 충고에도 그것을 거부했다.

3월 28일, 뉴욕으로 돌아온 그는 리츠 칼튼에서 며칠을 보낸다. 그 후 그는 도노반 장군 집에 기거하며, 몸이 점차 회복되자 〈인간의 대지〉 집필을 시작했다. 그는 프레보의 소개로 히치콕 출판사와 인연을 맺고, 〈인간의 대지〉를 출판하겠다는 약속을 받았다. 그러고는 얼마 후 프랑스에 다시 돌아와 아게와 스위스에서 요양 생활을 했다. 그가 어린 시절을 보냈던 프리부르, 생 모리스 드 르맹과 에투알 앙 드롬을 방문한 후 파리로 다시 돌아와서 린드버그의 소설 〈바람은 일어난다〉에 서문을 써주었다.

그해 7월 1일, 드디어 노르망디 호를 타고 뉴욕으로 다시 온 그는 〈인간의 대지〉 첫 부분을 미국인 번역자에게 넘겨주고, 비쉬에서 요양을 했다. 사람의 생명이라는 것은 아주 미약하고 보잘것없으며, 약한 것이기도 하지만 한편으로는 강한 생명력을 지녀서 초인적인 힘이 발휘될 때도 있다. 이 〈인간의 대지〉는 그런 일면들을 잘 보여주는 생생한 기록이다.

파리 – 사이공 간 비행기록 경신을 위해 비행을 하다 리비아 사막에서의 비행기 추락으로 죽음을 넘나드는 고생을 했던 그는 사막에서의 인간을 그리고 인간으로서의 자신을 다시 돌아볼 수 있는 계기를 가지게 된 것이다. 인간이란 엄밀히 말해서 사막에서 오아시스를 찾기 위해 몸부림치며, 수없는 허상들을 만나며 신기루와 접하는 고독한 존재이다. 신기루란 분명 눈에 보이지만 잡으려 하면, 만나려 하면 결국 잡히지 않고 어느 사이엔가 사라져 버리는 허상들이다. 하지만 오아시스란 보이지는 않지만 어딘가에 분명히 존재하는 꿈과도 같다. 꿈이란 요원한 것 같지만 어떤 계기에 현실이 되기도 하니까. 인간이란 헛된 꿈을 꾸는 사는 사람들도 많지만 그 꿈을 현실로 만드는 사람들도 얼마든지 있다. 그의 〈인간의 대지〉는 그런 사상을 내포하고 있다. 그는 목숨을 앗아갈 듯한 갈증과의 대결 끝에 사람의 목숨이 얼마나 보잘것없는 것인지를 인식한다. 사막은 인간에게 교훈을 주고 미지의 세계에 대해 눈뜨게 해 주는 역할을 한다는 것이다.

이렇게 〈인간의 대지〉는 내 삶도 중요하지만 더불어 살아가야 하는 세상에서 개인의 책임감을 강조하고 있다. 때로는 공익을 위한 책임감도 있지만 순전히 가족 단위라는 사적인 책임감도 있다. 이렇게 비행기를 타고 하늘을 날면서 삶과 죽음에 대한 성찰은 결국 대지 위에 사는 인간의 왜소함이라고 할 수 있을 것 같다. 인간이란 티끌이라 부를 만큼 하찮은 존재일지도 모른다. 그러니 인간이 그 장대한 대지와 동등한 지위에 서려면 함께 지혜를 모아 하나가 되려는 노력을 해야만 한다는 것이다. 인간의 본질은 아무런 의미 없이 먹고 자고 배설하다 죽는 것이 아니라, 장엄한 대지와 동등한 어깨를 견준다. 그것이 대지에 대한 저항이다. 대지가 인간에게 저항하듯이……. 대지는 신으로부터 자립한 살아 있는 실체와 같다. 이러한 대지를 딛고 사는 인간들도 신에게서 자립하여 대지에 견줄 수 있는 존재 방식을 확립해야 한다. 4번의 조난 사고, 그중에서도 눈 덮인 안데스 산맥에 추락했던 기요메의 기적 같은 생환은 그에게 진한 인간 존재의 의미를 되새기게 했으며, 리비아 사막에 불시착하여 죽음을 넘나드는 그 고독감이 인간이란 존재를 재발견했다. 그러니 이 인간의 대지는 그 누구도 다시는 생각할 수도 없는 위대한 성찰이다.

9 화려한 서막의 열림과 〈전시 조종사〉의 태동

해가 바뀌어 1939년 1월, 그는 프랑스 정부로부터 민간 항로 개척에 공로를 인정받아 레지옹 도뇌르 훈장을 받았다. 그해 2월 16일, 그의 저서 〈인간의 대지〉가 세상에 나왔다. 그는 드디어 〈인간의 대지〉로 베스트셀러 작가가 되어 경제적으로도 윤택한 생활을 할 수 있는 계기를 마련했다. 이 책을 출판한 회사의 직원들은 기금을 모아 비행기용 가죽으로 된 책 한 권을 저자에게 기증했다. 그해 자동차 편으로 독일에 가게 된 그는 앙리 보르도를 만난다. 그는 오토아베츠의 안내로 베를린에 있는 사관학교를 방문하지만 군대식 교육에 염증을 느끼고, 괴링사관학교의 방문 초청을 완곡히 거절했다.

마침 전쟁으로 인해 국경 통과가 봉쇄될 것이라는 소식을 접하고 서둘러 프랑스로 돌아와 파리에서 미셸 앙주로 52번지에 거주했다. 그해 4월 〈인간의 대지〉로 아카데미 프랑세즈에서 선정한 소설 부문 상을 받았다. 5월 29일에는 그에게는 더 없는 비행의 스승이었던 기요메의 37세 생일을 기념하기 위하여 랑드 지방을 여행했다. 그해 6월, 프랑스에서 〈인간의 대지〉로 출판된 그의 작품은 미국에서는 〈바람, 모래, 별〉이란 제목으로 출판되어 '이달의 소설'로 선정되었다. 7월 7일 그는 기요메가 운전하는 비행기를 타고 뉴욕을 향해 떠나서 미국을 방문했다가 다시 프랑스로 돌아왔다. 8월 초, 미국 출판업자들의 요청으로 뉴욕을 재방문하지만 전쟁이 일어날지도 모른다는 소문에 '릴 드 프랑스' 호를 타고 르아브르 항으로 8월 26일에 돌아왔다.

결국 그해 9월 4일, 2차 대전이 발발하자 그는 공군 대위로 다시 동원되어 공군 지도자 양성책임을 맡았다. 그는 정보부에서 일해 달라는 지로두의 제의를 거절했다. 그는 11월 3일, 많은 노력 끝에 정찰 임무를 맡고 있는 33의 2중대에 들어가서, 쉰크 중위의 지휘 하에서 복무했다. 거기에서 그는 포테즈 63-7과 63-11을 타고 비행했다.

1940년 1월 27일, 쉰크 중위 대신에 알 리아스가 들어왔다. 3월 19일, 생텍쥐페리와 로, 즐레, 세 사람은 마리안느에 가서 3인승 비행기인 블로슈 174를 찾아오도록 명령을 받았다. 4월 1일, 도라로부터 새로운 임무를 부여받은 그는 민간 수상비행회사에 근무할 것을 종용받았지만 거절했다. 그리고 5월 9일, 파리에 있는 의사를 만나 보기 위해서 1박 2일간의 휴가를 얻었지만, 그 사이에 독일군이 침공했다는 뉴스를 듣고 부랴부랴 비행 중대로 복귀했다. 그는 아라스 상공의 정찰 임무를 수행하고 8월 22일, 군인 훈장을 수여받았다. 그해 6월 9일, 그는 최종적으로 임무를 무사히 수행했지만 33의 2중대는 보르도로 퇴각하고 말았다.

생텍쥐페리는 소집 영장을 받고는 상파뉴의 오르콩트에 있는 2-33 항공대에 장교로 복귀하여, 정찰 임무를 수행했다. 이제 독일은 더 박차를 가하여, 프랑스 국경을 넘어선다. 전쟁으로 인해 사람들은 집을 버리고, 피난을 시작했으며, 가족이 상해 당한 슬픈 군상들은 남으로 향하고 있었다. 1940년 6월 14일엔 파리마저도 독일의 수중으로 넘어가고 말았다.

이렇게 쓸쓸하게 퇴각한 33의 2중대를 알제리로 보내자는 결정이 내려진다. 6월 20일, 그는 4발기 '파르망'을 타고, 민간인들을 피난시키는 동시에 전쟁용 물자를 보르도에서 알제리로 옮기는 임무를 수행했다.

당시 프랑스의 공군 정찰대는 전군을 통틀어 50개 팀으로 되어 있었고, 생텍쥐페리가 속한 정찰대도 한 팀으로 조종사, 기관사, 항법사, 기관총사, 네 명이서 한 팀을 이루고 있었다. 이렇게 구성된 50팀으로 조국 프랑스를 방어해야만 했으니 비참한 일이었다. 하지만 그렇게 출격해 봐야 적과 부딪치면 여지없이 프랑스 정찰기만 격추당할 뿐이었다. 다행히 추락을 면하고 돌아온다 해도 전투 중에 사령부는 이미 후방으로 또 철수해 버리는 일도 벌어졌다.

그래도 출격해야만 하고, 격추당하지 않으려면 최고 고도까지 상승해야 하는데 프랑스기는 성능도 별로 좋지 않았다. 고도를 높이기라도 하면 추위로 인해 조종간이 금방 얼곤 했다. 그럼에도 출격해야만 하는 조종사들은 죽기 위해 출격하는 것임을 이미 알고 있었다. 그러다가 독일군 전투기에 걸려들면 여지없이 벌집이 되어 추락하였다. 다행히 낙하산을 타고 탈출을 한다 해도 비행기 뒷날개에 부딪혀 죽는 경우도 비일비재했다. 전쟁은 살인을 즐기는 게임과 같다. 처음엔 피를 보면 참혹함을 느끼지만 이내 익숙해지면 죽음마저도 무덤덤하게 받아들이는 것이다. 그가 속한 비행대 33의 2중대는 별 효과 없는 작전을 수행하다가 23명의 승무원 중 17명을 잃고 말았다. 귀환 즉시 생텍쥐페리와 그의 동료 뒤테르트르는 지휘관 알리아스에 의하여 소환당해 아라스 지방의 탱크 기지를 고도 700미터 상공으로 비행하라는 명령을 받았다. 알리아스도 불가능한 일임을 알지만 어쩔 도리가 없었다. 그것은 '신성한 작업'이라는 것이다. 그들은 마치 '종교 예식에 임하듯' 이 명령에 순종한다.

1940년 6월 14일, 마침내 파리가 함락 당하고 정부가 보르도로 옮겨졌다. 같은 상황이라도 받아들이는 사람에 따라 생각이 다르고 나라를 사랑하는 마음이 각기 다르듯이, 프랑스군 원수 페탱은 조국이 더 이상 전쟁으로 파괴되는 것을 원치 않았다. 3일 후인 6월 17일, 그는 프랑스의 중부 도시 비쉬에 정부를 수립하고 독일과 휴전 협정을 체결하였다. 반면 드골의 '자유 프랑스'는 결사 항전을 고집했다. 그러므로 프랑스는 드골의 '자유 프랑스'와 '비쉬 정부', 둘로 분열되고 말았다. 얼마 후 '자유 프랑스'는 알제리로 쫓겨 가고 말았다.

그런 와중에도 생텍쥐페리는 부대를 잃고 낙오되었거나 동원 해제되었던 40명가량의 조종사들을 보르도 공군기지에 끌어모았다. 그러고는 어렵게 수송기 한 대를 수소문하여, 기회를 틈 타 기지를 이륙했다. 그가 한 번도 다루어본 적이 없는 기종이었지만 그는 그 비행기를 조종하여 북아프리카 알제리로 향했다.

비행사로도, 작가로도 명성이 있었던 그는 두 정부에서 영입대상이었다. 그는 당시에 국민들에게 상당한 영향력을 갖고 있었기 때문에 두 정부는 그를 자기편으로 만드려고 무진 애를 썼다. 하지만 그는 어느 쪽에도 가담하려 하지 않았다. 프랑스는 이제 적국의 손아귀에 들어갔지만 그나마 비쉬 정권은 조그마한 기대가 남아 있었다. 그러나 '자유 프랑스'는 이미 프랑스를 통치할 수 있는 행정 조직이 없는 상태였다. 그런 면에서 비쉬 정부는 프랑스를 지키기 위한 어쩔 수 없는 마지막 선택이었다.

하지만 그 선택으로 인해 프랑스는 자유를 잃었고, 독일화 정책을 강요받게 되었다. 둘로 갈라진 프랑스 정부는 서로를 헐뜯으려고만 했다. 이제 생텍쥐페리의 생각에 남은 선택이라고는 미국을 참전시켜 전황을 역전시키는 방법밖에 없었다. 마음의 눈을 뜨지 못하는 프랑스 국민을 대신하여 아직 전쟁의 상처를 입지 않은 순백의 강대국, 미국의 여론을 격동시켜야 할 필요성을 느낀 그는 〈전시 조종사〉를 쓰게 되었다. 그는 프랑스군과 국민의 비참한 처지를 알리고 싶었다.

생텍쥐페리는 서로가 서로를 죽이는 이 무모한 전쟁이 싫었다. 그래서 총을 쏘지 않고도 참전할 수 있는 방안으로 정찰기 조종사를 자원했다. 스스로에 대해 솔직했던 생텍쥐페리는 그것이 기껏해야 자신을 위로하는 수단에 지나지 않음을 알고 있었다. 8월 5일, 군에서 제대한 그는 '라모르시에르'를 타고 마르세유로 돌아와서 〈성채〉를 다시 집필하면서 아게에 거주했다.

10 〈어린왕자〉의 탄생

1940년 8월, 동원 해제되자, 그는 군인 신분은 아니었지만 독일 점령 하에 있던 조국에 머물 수가 없었다. 그래서 미국으로 망명하는 길을 택한다. 그는 뉴욕에서도 유명한 작가였으므로 경제적인 어려움은 없었다. 그는 미국에 거주하면서 미국의 원조를 호소하는 운동을 전개하며, 집필활동을 했다. 그해 〈성채〉와 〈전시 조종사〉를 집필한다. 그 후 이 책들은 미국과 프랑스에 동시 출판된다. 독일군에 의해 판매금지 처분을 받았지만 비밀리에 유포되면서 많은 이들이 그 책을 접하였다. 〈어린왕자〉도 이 시기에 집필하는데, 아마도 그 작품 구상은 1941년 무렵이었다.

그해 10월, 리스본을 통과하여 미국으로 가기로 결심한 그는 미국 비자를 얻기 위하여 비쉬로 갔다. 거기에서 드리외 라 로셸과 함께 파리로 갔다. 라 로셸은 독일에 협력했다는 이유로 프랑스 문학사에서 제외되기도 했지만 근래에는 그의 작품성을 인정하여 몇몇 문학사에 소개되는 작가이다. 생텍쥐페리는 자유 지역에 오기는 했지만 그 곳은 스페인령이어서 스페인 정부의 허가를 받아야만 했다. 하지만 스페인 정부는 그의 통과를 허락하지 않았다. 그가 이전에 썼던 신문기사에 대해 스페인 정부는 불만이 있었기 때문이었다. 그는 어쩔 수 없이 생 아무르로 가서 레옹 베르트의 집에 이틀 간 기거했고, 거기에서 그에게 〈성채〉의 첫 부분을 그에게 읽어 주었다.

11월 5일, 그는 빌르 달제 편으로 알제리에 도착했다가 11월 16일에 리스본으로 갔다. 그로부터 얼마 후인 11월 27일, 그가 좋아했던 동료 기요메가 지중해에서 사고로 숨졌다는 비보를 접했다. 그는 그의 죽음에 대해 "기요메가 죽고 난 지금 난 이 세상에 친구라곤 없는 것 같다."며 슬픔을 토로했다. 그해 12월 4일, 그는 리스본의 프랑스인 학교에서 기요메에 대한 추모 강연을 하고는 얼마 후 뉴욕으로 건너갔다.

전쟁이 한창이던 시절에 미국에서의 생활을 시작한다. 1941년 1월, 그는 센트럴파크 사우스 아파트 21층에 거주하면서 〈어린왕자〉를 집필하기 시작했다. 아무도 그를 알지 못하고, 그도 주위의 그 누구도 알지 못하며, 알 필요도 느끼지 않는, 그곳에서의 생활은 그로 하여금 어린왕자 속에서 사막

한가운데 치솟은 뾰족하고 거친 산을 생각하게 했던 것 같다. 그는 고국을 떠나오긴 했지만 마음은 늘 고국에 있었다. 고국 프랑스는 이제 독일 점령 하에 들어가기 직전이었지만 프랑스인들은 서로가 반목하며 자중지란을 겪는 현실이었다. 한편 그 전쟁과는 무관할 수도 있는 미국은 그런 자신의 조국에 대해 무관심할 뿐이었다. 그런 그의 실망감에도 그가 할 수 있는 일이란 별로 없었으니 답답한 노릇이었다. 그해 봄, 그는 캘리포니아에 머무르면서 전에 입었던 상처를 치료하기 위해 외과 수술을 받는다. 그 후 그는 뉴욕으로 돌아와서 〈전시 조종사〉의 집필에 전념했다.

〈인간의 대지〉가 발표된 이후 생텍쥐페리의 삶은 이전과는 판이하게 달랐다. 여러 개의 상을 받기도 하여 이제는 유명 인사의 대열에 당당히 끼었다. 그는 이미 매스컴에서 화제를 몰고 다닐 만큼 유명 인사였다. 하지만 그의 개인적인 삶과는 달리 세계정세는 어수선했다. 이미 아시아에서는 일본이 중국을 침략하고 있었으며, 유럽에서도 독일이 강대해지면서 전쟁이 일어나기 일보직전이었다. 그렇게 하여 1942년 2월 20일, 뉴욕에서 〈전시 조종사〉가 출판되고 최고의 찬사를 받았다. 6개월 동안 베스트셀러의 자리를 유지한 덕분에 명예와 부를 누리게 된 그는 유명 작가로서 5월 2일, 순회강연도 할 겸해서 캐나다를 여행했다.

〈어린왕자〉가 출판될 무렵, 생텍쥐페리는 뉴욕에 머물고 있었는데, 이미 그의 조국 프랑스는 독일에 점령당한 처지에 놓였다. 조국을 잃은 사람들, 하지만 그럼에도 뜻있는 사람들은 조국을 되찾기 위해 무진 애를 썼다. 그 중에서도 드골은 북아프리카에서 본토 탈환을 모색하고 있었으며, 한편으로는 페탱의 비쉬 정권은 본토에 남아 점령군과 필사의 진퇴를 거듭했다. 그런 와중에 생텍쥐페리는 그 양쪽 진영 어디에도 가담하지 못하고, 고민하고 있었다. 그는 그 중간에 서서 보다 올바른 길을 모색했다. 하지만 그렇게 고민하는 그는 오히려 쌍방 모두에게 배신자로 낙인찍혀 갔다. 비록 조국을 떠나 뉴욕에 머무르고 있었지만 생텍쥐페리는 배신자라는 낙인이 찍혀 그곳에서까지 그를 괴롭혔다.

그가 믿고 있던 동료들, 동포들마저도 이제는 더 이상의 희생은 어리석은 짓이라는 생각이 들었던지 독일에게 빌붙어서 살아남기 위한 일로 자신들의 고귀한 영혼을 팔고 있는 것처럼 보였다. 그의 아내 콘수엘로도 이제는 지칠 대로 지쳐 있었다. 샌드위치의 신세처럼 되어버린 생텍쥐페리는 조국에서 아직도 고생하는 아내에게 이런 편지를 쓴다.

"여보, 이제는 아무래도 전쟁에 참여해야겠어요. 물론 전투에 참가하지 않아도 될 충분한 이유도 있으며, 군을 떠날 이유도 충분해요. 하지만 요즘은 너무나 마음이 괴로워 견딜 수가 없단 말이오. 이건 피할 수 없는 의무요. 전쟁터로 나서지 않을 수 없소. 내가 굶주린 동포들로부터 도망쳐 있다는 사실이 견딜 수 없을 만큼 괴롭기 때문이오. 죽기 위해 출전하겠다는 것이 아니라 함께 고통을 나누고, 그렇게 해서라도 동포와 같아지기 위해서란 말이오. 나도 죽고 싶지는 않지만, 전투 중에 죽는다 해도 난 그걸 기꺼이 받아들일 생각이오."

아마도 이 편지가 그가 아내에게 보낸 마지막 편지였다. 마흔셋, 조종사로 전선에 출격할 수 있는 나이의 한계를 훌쩍 넘겼으므로 굳이 전쟁에 참여하지 않는다 해도 하등의 도덕적이든 법적이든 꺼릴 것이 없었다. 하지만 그는 혼자만 조국을 떠나 안위하는 것 같은 심정이 죽기보다 더 괴로웠다.

물론 보잘것없는 한 개인의 힘의 한계를 잘 알고 있을 터이지만 그냥 그대로 망해가는 조국을 방관자의 입장으로 바라보는 자신을 견딜 수가 없었다. 그래서 결국 전선으로 향한다. 자신이 소속되었던 부대의 사령부가 기지를 옮겨 전쟁을 계속하고 있었던 북아프리카로 향했다. 그렇게 해서 다시 전쟁의 마당으로 돌아온 그해 4월 중순, 뉴욕을 출발하는 연합군 수송선단에 끼어 미국을 떠날 참이었다. 드디어 1943년 4월 6일, 그의 총 결산이라고 볼 수 있는 〈어린왕자〉가 세상에 빛을 보았다. 아직도 나치의 점령 하에 있는 모국 프랑스, 〈어린왕자〉에는 그래서 모국에 대한 그리움, 그곳의 사람들에 대한 그리움들이 배어 있다.

마침 그때에 생텍쥐페리에게 한 권의 책이 배달되었으니, 그의 온 영혼이 녹아 있는 〈어린왕자〉였다. 물론 정식으로 출판된 책이 아니었고, 생텍쥐페리가 정식으로 출판할 날보다 그 전에 미국을 떠난다는 소식을 전해 들은 출판사에서는 급히 가제본을 만들어 그에게 먼저 전해 주었다. 출판사에서는 그가 다시 돌아오지 않을 것을 예견이라도 한 것이었을까. 뉴욕을 출발한 배는 이제 대서양을 건너, 네덜란드를 경유하여 북아프리카 알제리에 도착한다. 그는 라구아에서 훈련을 받고, 그해 5월 미국인 지휘 하에 들어간 33의 2중대와 드디어 만났다. 엘리엇 루즈벨트의 덕분으로 그는 그가 원하던 옛 복무 중대였던 33의 2중대에 들어간다. 6월이 되자 그는 P-38을 타고 연습 비행을 계속했다. 6월 25일에는 지휘관으로 임명을 받았다. 7월 그의 비행 중대는 튀니스 부근 라마르사를 탈환하는 공을 세웠다. 생텍쥐페리는 지휘관 가브왈 집에서 생활했다. 7월 21일, 그는 론 계곡과 프로방스 지방, 아게의 상공을 날며 정찰 비행을 했다. 아게는 그의 장미이기도 한 콘수엘로 순신과 결혼한 도시이기도 하다. 그 상공을 날며 그는 어떤 추억에 잠겼을까.

당시 알제리에 주둔했던 2-33비행대대는 이제 미 공군 제3사진 정찰대에 편입되어 있었다. 생텍쥐페리는 그 대대에서 정찰비행사로 복귀하여 전쟁에 참여했다. 그는 이후 〈어린왕자〉의 초판본과 〈성채〉의 원고를 가방에 넣어 항상 조종석 곁에 두었다고 한다.

11 마지막 힘찬 비행을 위한 날들, 어린왕자가 된 영혼

그해 7월 31일, 그는 임무를 마치고 귀환하다가 대수롭지 않은 사고를 일으켰다. 묘하게도 이듬해에 그가 실종되는 날과 같은 날이다. 그 사건으로 복무를 해제당한 그는 이제 비행기를 다시 조종할 수 없는 처지가되었다. 8월 12일, 미국 정부 당국은 P-38을 조종할 수 있는 나이의 한계가 35세라는 이유를 들어 생텍쥐페리를 예편시켰다. 생텍쥐페리는 이미 조종할 수 있는 나이를 훨씬 넘은 중년의 나이였다. 그럼으로써 그의 비행 조종사로서의 일생은 마감되는 듯했다.

어쩔 수 없이 알제리로 돌아온 그는 당페르 로슈로에 있는 페리시에 집에 기거했다. 그는 그가 하려고 했던 비행, 어쩌면 자신의 생을 비행기와 함께하고 싶었던 열망을 접을 수가 없었다. 다시 비행업무에 종사하려고 온갖 노력을 다했다. 그러면서도 그는 글을 쓰는 일을 중단하지는 않았다. 그는 그런 와중에도 〈성채〉를 계속적으로 집필하였고, 유체 정역학의 연구도 계속했다. 하지만 비행기와 생활한 그 추억을 못 잊어서였는지 점차 우울증 증세를 느꼈다. 그의 기분은 점점 더 우울해지고, 그는 스스로 암에 걸렸다고까지 생각했다.

1944년 5월, 그는 끈질긴 노력 끝에 결국 비행 허가를 얻어냈다. 그 당시 폭격 중대를 이끌던 샤생 대령은 생텍쥐페리가 그의 중대에 편입되어도 좋다는 상부의 허가를 받아냈다. 그는 이 소식을 접하자 즉시 사르데뉴 지방의 빌라시드로 가서 그와 합류했다. 그는 지중해 연안 항공대장인 이케르 장군과의 면담 끝에 5회 이상을 비행하지 않는다는 조건으로 33의 2중대에 편입하도록 허가를 받았다. 그렇게 하여 그는 7월 4일, 사르데뉴의 알게로에 있는 33의 2중대로 간다.

7월 14일, 그는 복귀 후 첫 번째 임무를 수행하기 위한 비행을 한다. 7월 17일, 그의 비행 중대는 코르시카 지방의 보르고로 이전하고 7월 31일, 비행 중대장은 또 다른 미국인 참모와의 토의 끝에 생텍쥐페리를 남부 지역 공격에 참가시키는 것(8월 1일)을 끝으로 더 이상 비행을 하지 못하도록 할 것을 결정했다. 그가 마지막으로 수행할 임무는 그르노블과 아네시의 침공이었다. 그렇게 하여 7월 31일 8시 30분, 생텍쥐페리는 비행장을 이륙하여 하늘로 날아오른다. 그의 비행기에는 8시간을 비행할 만큼의 연료가 들어 있었다. 그러므로 그는 16시 30분까지는 돌아와야만 했다.

1944년 7월 31일, 그야말로 그날이 위대한 작가 생텍쥐페리의 운명의 날이 될 줄을 누가 알았으랴! 생텍쥐페리가 속한 부대는 코르시카로 기지를 전진 이동했다. 그런데 전날 밤, 그는 막사로 돌아가지 않았다. 코르시카에서 하룻밤, 그가 어디서 뭘 했는지 아무도 모른다. 이륙 예정 시각은 8시 45분이었다. 그런데 생텍쥐페리는 이륙 예정 시간 바로 직전에 숙소로 돌아왔다. 그는 젊은 사관의 도움을 받아 꼼꼼하게 비행 준비를 했다. 젊은 사관은 그를 지프에 태워 비행기로 데려다 주었고, 비행복 착용을 도와주었다. 생텍쥐페리는 평상시처럼 비행복 위에 구명조끼를 갖추어 입고, 주머니에는 비상식량과 탈출용 장비를 챙겨 넣는다. 그러고는 권총을 차고, 왼쪽 어깨에는 휴대용 산소통을 끼워 넣는다. 오늘의 목적지는 리옹시 동북쪽 33S176 상공, 즉 자신의 조국 프랑스의 상공을 정찰하는 임무를 맡은 것이다. 독일군 점령 지역인 그곳을 정찰 촬영하는 것이 그의 임무였다. 그가 오랜만에 부대에 복귀한 후로 11번째 출격이었으며, 리옹이라는 지역은 그야말로 그가 태어난 고향이었으니 어쩌면 어린왕자의 삶과 그리도 닮은꼴이란 말인가.

드디어 8시 45분, 생텍쥐페리는 비행모를 단단히 눌러쓰고, 조종석 해치를 닫는다. 물론 부대는 미국에 속해 있었으니 신호 사인은 영어였고, 그가 지상에 마지막 남긴 말은 모국어가 아닌 영어였을 수밖에는 없었다. 그렇게 하여 그는 P38 F5B 223호를 타고 하늘로 날아오른다. 그의 고향 리옹을 향한 시속 600킬로미터의 비행, 그의 비행기는 이제 지상에서 멀어져서 보이지 않는다.

그가 돌아와야 할 예정된 시각은 오후 1시, 하지만 그 시간이 이미 지났는데도 돌아오지 않는다. 물론 무선연락도 끊긴 상태였다. 오후 4시 30분이면, 이미 적재한 연료가 완전히 바닥났을 시간이었지만 결국 돌아오지 않았다. 그렇게 해서 생텍쥐페리의 행방은 묘연한 상태가 되고 말았다. 이후 그의 비행기의 잔해가 발견되었다는 소식도 들리고, 목격자들의 증언도 있지만 분명한 것은 없다. 단지 그 시간 이후 그를 지상에서 본 사람은 없다는 점이다. 마치 〈어린왕자〉의 마지막 풍경처럼 그도 떠났다.

결국 그의 신체도 그의 비행기 잔해도 찾지는 못했지만 그해 11월 3일, 군대 명부에 사망자로 기입됨으로써 법적으로는 이 세상 사람이 아니었다. 어쩌면 어린왕자처럼 자기 비행기를 타고 자기 별로 돌아갔는지도 모른다. 그는 전쟁의 종식을 보지 못한 채, 모국의 해방을 보지 못한 채, 어디론가 자취를 감추고 말았다. 그는 떠났어도 그의 아름다운 영혼의 말들, 그 아름다운 삶의 편린들은 맑음을 지향하는 사람들의 마음속에 면면히 살아 숨 쉬고 있으며, 길이 이어질 것이다.

그의 위대한 〈어린왕자〉는 미국에서는 그의 생전에 출간되었지만 그의 모국에서는 1946년에야 출간되었다. 그렇게 하여 2006년은 그의 모국 프랑스에서 어린왕자가 탄생한 지 60주년이 되었다. 프랑스에서는 이 해에 '어린왕자 탄생 60주년' 행사가 다채롭게 열렸다. 프랑스는 참으로 자랑스러운 작가를 가지고 있는 셈이다.

남방 우편기

이 소설에서 쥬느비에브라는 여인은 나의 애인이기도 했고, 나의 동료 베르니스의 애인이기도 했다. 베르니스는 나의 동료이기 이전에 같은 마을에서 함께 자란 친구이다. 그런데 쥬느비에브는 나도 아닌, 베르니스도 아닌 다른 사람의 아내가 되었다. 그랬으면 결혼해서 행복하기나 할 것이지 건달인 에를랭과 결혼하여 불행한 생활을 하고 있다. 그런 그녀가 첫 아이를 낳다가 그만 아이가 죽는다. 그러자 그녀는 사랑의 도피라는 핑계로 베르니스에게 접근한다. 여자란 함부로 믿을 것이 못 되는 존재이다. 하지만 이미 늦은 사랑, 그녀를 받아들일 수 없는 베르니스. 사랑에 목마른 탓일까, 결국 쥬느비에브는 시름시름 앓기 시작한다.

베르니스는 어느 날 쥐비 비행장을 이륙하여 하늘로 날아오른다. 그의 비행기는 다카르를 향하여 사막 위를 비행한다. 사하라 사막, 가도 가도 끝이 없는 모래사장, 그의 목덜미로 뜨거운 태양이 쏟아져 내리다가 느닷없는 난기류가 인다. 그의 비행기가 상승력을 잃는가 싶더니 점차 고도가 떨어지기 시작한다. 하지만 아무리 애를 써도 상승하지 않는다. 점점 지상으로 하강하고 있다. 좁쌀만 한 것들이 점점 커지더니 집채만 한 것들로 변해 가까이 다가오는 하강이다. 이제 지상 20미터에까지 이른다. 아직 프랑스가 지배하지 못한 무어족 마을에의 불시착이다. 죽이면 죽을 수밖에 없는 운명, 외로운 프랑스군 요새, 하사관 단 한 명이 지키는 요새를 찾아 그곳에서 도움을 받고 비행기의 정비를 마치고는 다음 목적지를 향한다. 그러나 다음 목적지 세네갈에 도착하지 않는다. 수색기에 동승한 나는 그를 찾기 위해 안간힘을 쓴다. 드디어 찾았다. 얼마 후 동부 티메리스에서 추락한 비행기 발견! 조종사는 두 팔을 늘어뜨린 채로, 양다리를 모은 채로 살해당했다. 조종 장치에는 이미 여러 발의 총탄이 박혀 있다. 근처에 숨어 있던 무어족의 무장 강도단에 당했나 보다. 베르니스! 바로 그의 죽음이었다. 불쌍하게도! 하지만 우리는 이런 무전 연락을 보낸다.

"다카르로부터 툴루즈에 알림. 우편물 무사히 도착."

목적 앞에서 인간은 한낱 도구에 지나지 않는단 말인가. 고도 3000미터를 날아가지만 그보다 더 높은 안데스 산맥의 우뚝 솟은 산기둥들, 늘 죽음 앞에 있는 인간이지만 때로는 죽음 앞에서 초연해질 수도 있다. 바다처럼 넓은, 아니 오르고 나면 바다보다 더 광활한 하늘이란 바다, 비행기를 뒤집어 보면 하늘이 바다가 되고, 바다가 하늘이 된다. 그 속으로 돌진하고 싶은 욕망이 인다. 올라갈수록 보잘것없어 보이는 세상을 내려다보면서 정상을 밟은 산악인보다 더한 쾌감을 느낀다.

하늘에서 보면 역사라는 것, 인간이라는 것, 지리라는 것, 그 모두가 완전히 달라 보인다. 모든 것들이 하찮게 보인다. 그토록 높은 로키 산맥, 안데스 산맥도 높이 올라갈 수만 있다면, 그래서 그 높은 곳에서 내려다보면 거뭇거뭇한 평면으로 보일 뿐이다. 그러면서 어떤 것이 진실인지 알 수 없다. 지상에서 보는 것이, 아니면 하늘에서 보는 것이 진실인지를 갈등하게 만든다.

저 좁은 지구라는 공간에서 사람들은 구더기처럼, 또는 번데기들처럼 우글거리고 있다. 번데기는 그 곳을 탈출할 수 있을 때 더 넓은 세상을 향한 날개를 달 수 있다. 그래서 이 지구를 찾아왔던 인간은 지구를 떠난다. 거푸집을 벗어버리고, 허물을 벗어버리고 가벼운 몸으로 자기 고향으로 돌아간다.

하지만 그렇게 허물을 아무렇게나 자유롭게 벗을 수 없는 인간은 맘껏 날아올라 보지만 다시 땅으로 내려온다. 희망으로 오르지만 슬픔을 안고 땅에 내려서는 것이다. 지상에 돌아옴은 결국 나의 그림자를 다시 발견하는 일이다. 그 그림자마저도 정겹게 다가온다. 지상에 오면 항상 나를 따라다니는 그 그림자, 내가 살았다는 것은 그림자와의 만남이며, 그림자는 내가 살아 있다는 표상이다. 나를 따라 다니는 그림자를 내려다보며 쓸쓸한 나의 어제를 기억한다.

실제로 그는 비행업무에 종사하면서, 책임자로 있으면서 조난당한 조종사들을 구조했고, 한 번은 무어인들에게 연금당한 동료들 렌느와 세르를 구조하려 했지만 실패한 적도 있었다. 〈남방 우편기〉는 사실 소설로 쓰이긴 했지만 그의 체험에서 우러나온 진솔한 기록이라고 할 수 있다. 수많은 사람들의 사연을 더 빨리 전달하려는 의무감으로 뭉친 그들의 노력으로 항로는 열리기 시작했다.

야간 비행

산에 올라가서 내려다보이는 세상은, 낮과 밤의 차이로 사뭇 다른 모습이다. 야간에 비행기를 타고 하늘로 오르면 그야말로 세상은 적막하다. 물론 도시를 보면 화려한 불빛들로 가득 찬다. 불이 켜지기 전에 내려다보이는 세상, 어두움이 세상을 짓누르면서 어둠 속에서 피어난 꽃들이 있다. 이들은 사람들이 살아 있다는 신호이다. 살아 있는 사람들은 밤이 되면 불을 밝힌다. 그러면 마치 그 모습들은 어두워짐에 따라 별이 하나둘씩 피어나듯이 지상의 별들로 피어난다. 이제는 지상이 아니라 하늘에서 내려다보는 다른 하늘이다.

〈야간 비행〉은 그런 시각에서 비롯되는 것일 게다. 그 불빛들, 별을 닮은 불빛, 시인의 불빛, 학자의 불빛, 농부의 불빛, 그렇게 살아 있는 불빛들이 많이 피어날수록 세상은 더욱 진보할 수 있다. 우편비행사라는 직업은 봉사하는 직업이다. 어쩌면 목숨을 내놓고 수많은 사연들을 주인들에게 빨리 전달해야 하며, 이는 사람과 사람을 이어주는 가교의 역할을 한다. 자칫 이 가교가 단절되면 그들의 관계도 고장 나고, 회복할 수 없을지도 모르는 일이므로 좀 더 빨리 그 주인을 찾아주어야 한다. 그래서 항공회사들은 서로 배달 시간을 단축하기 위해 위험하기 이를 데 없는 야간 비행까지도 감행한다. 용기 있는 조종사들, 젊음의 열정이 넘치는 그들은 목숨의 위험을 감수하면서도 그 묘한 매력에 빠져들어 야간 비행을 감행한다.

이 작품도 〈남방 우편기〉와 마찬가지로 같은 항로를 운행하는 비행사들의 이야기이다. 단지 야간에 비행하는 기록들을 적고 있다는 차이가 있을 뿐이다. 파타고니아에서 부에노스아이레스를 잇는 남미행로에서 일어나는 일들이다. 주요 인물들은 '개인은 전체를 위해 봉사할 때 비로소 존재가치가 있다고 믿고 있는 책임자 리비에르, 가정의 행복을 소중하게 여기는 아내를 둔 파비앵이라는 비행사와 그 아내, 간혹 실수를 저지르긴 하지만 인간적인 사람으로 정비를 맡고 있는 로비노이다.

파비앵의 비행은 가히 일상적인 일이다. 늘 일상적임 속에서도 특별한 일은 생기기 마련이다. 이 특별한 일이 없다면 인간은 무미건조하며 어느 작품 속에 주인공으로 등장할 수도 없다. 그래서 인간은 주인공이 되기 위하여 고독을 즐기기도 하고, 다른 한편으로는 일상이 늘 유지되기를 바라고 있을지도 모른다. 하지만 비행사에게 특별한 일이란 결국 위험천만한 일이며, 목숨을 위협받는 일이다. 그러므로 특별한 것이 마냥 좋은 일은 아니다.

평상시처럼 평온한 일몰이 시작된다. 하늘이 아름다운 노을로 가득 찬다. 파비앵은 야간 비행을 위해 총 중량 5톤에 달하는 비행기의 50마력 엔진을 탑재하고 파타고니아 상공을 유유히 날아간다. 같은 시간에 부에노스아이레스 공항에서 책임자인 리비에르는 3대의 우편기가 도착하기를 기다린다. 파비앵의 비행기도 그가 기다리는 우편기 중 한 대이다. 그날 밤 안으로 남미 각지에서 모인 우편물을 한데 모아 유럽행 비행기를 띄워야 한다. 당시에는 그다지 비행기의 성능이 좋지 않았기 때문에 시간을 맞추기가 어려운 때였다. 늘 사고가 꼬리처럼 따라다니기 일쑤였으므로 반발도 많이 따르기도 했다.

하지만 리비에르는 야간 비행에 강한 신념을 가지고 있었던 터였다. 그는 늘 "진보를 위하여 어떤 질서를 만들어 냈다면 그 질서는 제대로 작동될 수 있도록 최선을 다하는 것이 인간의 행복이다"라는 소신을 가지고 있었다. 사적인 일로 로비노라는 정비사가 사소한 실수를 저질렀지만 다행히 금세 발견되어 큰 사고는 면했으나 리비에르는 그를 가차 없이 해고시켰다. 그는 그럴 정도로 아주 엄격한 자기 신념을 가지고 있었다. 아마도 그것이 감독관으로서의 소명이라고 믿고 있었을 것이며, 그것이 생텍쥐페리 자신이 생각하는 행동 철학의 일부분이었다.

맑게 갠 밤하늘엔 별까지 떠 있어서 더 없는 아름다움을 뽐내고 있다. 하지만 고요한 바다에 갑자기 폭풍이 밀려오는 것처럼 하늘도 늘 어딘가에 위험이 도사리고 있다. 방금 전까지 평온하던 하늘이 돌변한다. 파비앵은 갑작스러운 폭풍의 징후를 예감한다. 갑자기 장벽처럼 시커먼 구름기둥들이 앞을 가로막는다. 이내 구름기둥을 동강낼 듯이 번갯불이 번쩍인다. 이제 1시간 40분의 연료밖에 남아있지 않으니, 돌아갈 여유도 없다. 멀리 안데스 산맥에서 불어오는 엄청난 태풍이 순식간에 몰려와 비행기를 집어 삼킨다. 기체가 심하게 요동치고, 이제 주위에는 아무것도 보이지 않는다. 칠흑처럼 어두운 어둠 속에서 그나마 형광색인 계기판만 초라하게 빛을 내고 있을 뿐이다.

반면 부에노스아이레스의 하늘은 맑다. 따라서 파비앵의 아내는 즐거운 마음으로 사랑하는 남편을 위해 그가 돌아올 시간에 맞추어 따뜻한 커피를 준비한다. 리비에르는 파비앵의 우편기와 연락을 수시로 취하며 불시착할 장소를 물색한다. 이제는 태풍의 가장 심한 소용돌이 속으로 들어가서 지금의 정확한 위치도, 속도도, 연료가 얼마나 남았는지도 확인할 수 없을 정도로 기체가 마구 흔들린다.

그는 하늘을 쳐다본다. 순간 소용돌이치는 비구름 사이로 별이 뜬 하늘이 언뜻 스친다. 그는 반가운 마음에 고도를 상승시킨다. 얼마쯤 올라가니 갑자기 두꺼운 구름층을 벗어나며 눈앞에 암회색 구름바다가 일대장관을 펼치며 나타난다. 하늘에는 별이 빛나고 있었고, 바람도 잦아들었는지 마냥 고요하다. 별빛 사이로 바다가 내려다보인다. 그래, 항로를 이탈한 것 같다. 육지로 돌아가야만 한다. 그는 서쪽으로 기수를 돌린다. 그러고는 폭풍 속으로 돌진한다. 그가 이제 헤쳐 나갈 만한 비상구라고는 육감밖에는 없다. 부에노스아이레스와는 이미 연락이 두절된 상태이다.

한편 파비앵의 아내는 돌아올 시간이 되었음에도 돌아오지 않는 남편을 기다리다 불안감에 휩싸인다. 언제나 위험을 감수해야만 하는 비행사, 돌아올 시간이 되었음에도 돌아오지 않고 있다면 우선 떠오르는 것은 죽음이란 단어일 것이다. 그러니 그 심정을 어찌 이해할 수 있으랴.

리비에르가 지키고 있는 지사는 침묵에 휩싸여 있을 뿐이다. 이미 파비앵의 비행기 연료는 바닥날 시간이 경과했다. 그럼에도 리비에르는 책임자답게 침착하게 하나씩 지시를 내린다. 아직 파비앵의 생사는 확인되지 않았지만 게시판 첫머리에는 'R. B 903호 추락'이라고 적혀 있다. 그리고 이미 도착한 두 대의 비행기에서 옮겨 실은 우편물만으로 유럽행 비행기를 출발시키도록 명령한다.

파비앵의 아내는 급기야 비행장으로 찾아와 거세게 항의하지만 어쩔 수 없는 일이다. 어쩌면 희생되지 않은 사연들만을 싣고 유럽행 비행기는 폭풍 속을 향해 이륙한다. 한 번이라도 결행을 한다면 야간 비행이란 더 이상의 의미가 없기 때문이다. 승리니 패배니 그런 말은 더 이상 아무런 의미가 없다. 이렇게 〈야간 비행〉은 마무리된다.

그는 여기에서 개인의 작은 행복보다는 개인은 전체를 위해 희생해야 한다는 것을 주장하고 있다. 그야말로 나를 깎아 주어도 아프지 않은 삶을 진정한 의미 있는 삶으로 치부하는 것이다.

인간의 대지

〈인간의 대지〉는 1937년까지 4건의 조난과 남미에서 추락해 숨진 동료 비행사 장 메르모스의 사고를 토대로 썼던 단편을 모은 산문집이다. 여기에 등장하는 인물들은 절친한 동료 비행사였던 기요메, 메르모즈, 바르크의 노예, 기관사 프레보, 프랑스 인 늙은 농부와 그의 아내 등이다.

우선 1930년에 있었던 그의 절친한 동료 기요메가 안데스 산맥에 추락했을 때의 생생한 기록을 사실적으로 적고 있다. 생텍쥐페리는 직접 비행기를 몰고 기요메를 찾으려고 1주일간이나 안데스 산맥을 누볐지만 결국 찾지 못한다. 그런데 2개월이라는 시간이 지났을 때, 기요메는 기적적으로 살아서 돌아왔다. 생텍쥐페리는 그 일로 인해 생명에 대한 경이로움을 느꼈다.

그로부터 3년 후 1933년, 이번에는 생텍쥐페리 자신이 생 라파엘 만에서 바다에 추락했다. 그가 직접 겪은 죽음에 가까이 갔던 기억이 될 것이다. 그 이듬해인 1934년에는 메콩 강 하구에 불시착하는 사고를 또 다시 겪었다. 비행이라는 것은 이렇게 언제 죽을지 모르는 연속이다. 그런 생활 속에서 그의 삶에 대한 성찰은 날로 깊어갔다. 하지만 그의 비행은 끝나지 않았다.

1935년 파리—사이공 간 비행시간 기록에 도전했다가 이집트 근방 리비아 사막 한가운데 불시착하는 사고를 당했다. 그는 기관사 프레보와 함께 그 구간 기록을 달성하려고 도전했다가 그야말로 죽음의 바로 앞에서 살아났다. 그는 프레보와 함께 사막을 헤매며, 신기루를 체험했다. 무작정 200킬로미터를 걸어 베두인 대상에게 발견됨으로써 기적적으로 살아서 돌아왔다. 이러한 그의 체험들이 그대로 녹아들어 참으로 깊이 있는 철학적 에세이가 이 책 속에 녹아 있다.

〈인간의 대지〉는 그의 삶의 생생한 기록을 담고 있다. 아니, 어쩌면 처절할 수도 있는 그의 삶의 기록들이다. 모두 8장으로 이루어진 〈인간의 대지〉는 어린왕자의 별과 마찬가지로 작가 자신이 살고 있는 별인 비행기와의 애환의 기록이다. 비행기는 그에게 있어서는 별이고, 애마이기도 했다. 이 책은 그의 비행기를 통한 생생하면서도 깊은 철학적 성찰이라 할 수 있다.

대지는 말이 없고, 죽어 있는 듯하지만 때로는 인간에게 반항한다. 그것은 무지한 인간을 깨우치기 위한 것이다. 생텍쥐페리, 그는 모든 것을 직업인의 눈으로 본다. 그렇게 그의 시선에 비쳐진 세상은 무엇이든 의미를 갖는다. 그것이 그의 글쟁이로서의 힘이며, 행동하는 직업인으로서의 힘이다. 그는 인간은 그의 직업을 통해서 자신의 능력을 측정할 수 있고 존재 의의를 발견할 수도 있다.

툴루즈와 카사블랑카 간을 왕복하던 젊은 조종사 생텍쥐페리는 지질학자들이 생각하는 것과는 전연 다른 각도에서 스페인을 관찰한다. 직업이 인간에게 가르쳐 주는 것은 실제적인 것이다. 메르모즈나 기요메 등 그의 동료들, 어쩌면 생사를 함께 나누었던 동료들, 기요메가 실종되었을 때 생텍쥐페리는 부모형제를 잃은 것보다 더 가슴 아파한다. 메르모즈의 마지막 무전이 두절됐을 땐 살과 피가 응결되는듯한 뼈저림을 느낀다. 친구를 가짐으로써 생기는 형제애, 이것은 위대하고도 가슴 벅찬 것이다. 세 사람이 사막에 불시착했을 때 생기는 연대감은 경험해 보지 못한 사람에게는 이해될 수 없는 고귀한 감정이다. 이렇게 함께 땀을 나누고, 함께 생명을 걸고 일할 수 있다는 동료애는 그 무엇으로도 표현할 수 없다. 형제애란 단순히 피를 이어받은 원죄만으로 생기는 것이 아니라 함께 나란히 같은 방향을 응시하며 걸어갈 수 있을 때 생기는 끈끈한 묘한 감정이다. 이러한 우정이야말로 그 어떤 진한 애정보다도 고귀하고 아름답다. 그래서 우정이 애정보다 견고한 건 아닐까.

메르모즈의 죽음은 그에게는 너무나 큰 충격이었다. 그의 옆에 있던 동료가 어느 날 갑자기 빈 공간을 남기고 나타나지 않을 때 그 허전함을 어떻게 표현할 것인가. 그의 동료 비행사인 메르모즈는 아끼는 비행기 남십자성 호와 함께 하늘로 사라졌다.

그리고 그는 또 한 번 죽음을 목격한다. '바르크'라는 노예의 죽음이다. 바르크는 작품 속에서 노예를 지칭하는 보통 명사이다. 실제로 생텍쥐페리가 해방시켜준 노예의 이름은 가브리엘 벤 라우센이었다. 그가 아프리카 쥐비 곳에 있을 때 샀던 노예였다. 그는 말라케시에 있는 어느 목장에서 소와 양을 치며 살아가던 평범한 사람으로 가족도 있었다. 그런데 어느 날 갑자기 노예 상인의 손에 붙들려 쥐비에 팔려오면서부터 암울한 삶을 살았다. 생텍쥐페리는 그 노예가 죽어가는 모습을 바라보며, 죽어가는 남자의 시선 깊은 곳으로 들어가 세상을 보았다. 그가 바라보는 행복이란 아무것에도 예속되지 않는 것이 아니라 뭔가에 길들여지는 것이라고 생각하는 것 같다. 흑인 노예를 구입하여 자유를 주는 일. 하지만 혼자의 힘으로 세상을 살아보지 않은 노예에게 주어진 자유, 졸지에 자유의 몸이 되어 버린 흑인 노예에게 그 자유는 기뻐서 깡충거릴 만큼 들뜬 행복은 아니다. 그러므로 우리가 살아 있는 한 갖게 되는 책임감이라는 것은 때로는 우리를 짓누르는 고독으로 다가오고, 때로는 우리를 구속하는 것이 아니라 해방시켜 주는 것이다.

그리고 프레보라는 인물의 등장이다. 그는 기관사로 생텍쥐페리와 함께 리비아 사막에 조난당했던 사람이다. 그는 생텍쥐페리와 함께 열사의 사막에서 죽음의 고비를 넘기며, 신기루란 실체를 체험하며, 죽음과 삶을 함께 나눈다.

생텍쥐페리, 그는 프로방스의 늙은 농부와 그의 아내를 목격하고 그 농부의 아내의 죽음을 바라본다. 임종을 맞은 그녀는 조용히, 하지만 이루 말할 수 없이 꺼칠한 얼굴로 숨을 몰아쉰다. 말이 없는 그녀는 안식을 취하는 듯하지만 이내 얼굴이 '돌'의 표면처럼 딱딱하게 굳어진다. 그리고 임종을 지켜보는 세 아들의 얼굴과 죽어가는 이의 얼굴이 오버랩된다. 이들을 지은 것은 바로 이 돌 거푸집, 즉 죽어서 딱딱하게 굳은 어머니의 얼굴이다. 정적 아래서 느꼈던 그녀의 거친 표정은 거푸집의 의무를 다하려는 긴장 때문이다. 하지만 거푸집으로서의 의무는 그녀에서 끝나지 않고, 가계라는 긴 여정은 그렇게 무덤과 세대라는 매듭을 늘여간다. 아이는 할아버지와 할머니에 대한 아름다운 기억을 그 여정에 묻으며 간다.

항로 개척 당시의 애환들, 비행기는 걸핏하면 추락하고 비행사들은 죽거나 실종되는 일이 일어난다. 생텍쥐페리, 그도 그 일행 중의 한 사람이다. 어쩌면 죽음을 담보로 한 인생 항로인지도 모른다. 그러면서도 구름의 끝, 저 높은 상고, 몇 천 킬로미터 밖의 아프리카와 남미 하늘을 생각하면, 언제라도 가슴이 두방망이질 치는 흥분이 앞선다.

첫 비행을 앞둔 그는 시종 그 설렘으로 잠을 못 이루고 선배 비행사 기요메의 방을 찾는다. 기요메는 생텍쥐페리에게 자신이 경험으로 얻은 지식들을 전수해 준다.

"로르카 근처에 농가가 한 채 있을 거야. 아주 평범하고 조용한 집이지. 농사꾼 부부가 살던 집일세. 아니……, 지금도 살고 있을 거야. 금방 찾을 수 있을 걸세. 반드시 눈에 띌 거야. 로르카 시는 처음 볼 테지만 별 흥미는 없을 거야. 하지만 그곳을 지난 다음부턴, 갑자기 외롭다 싶을 때면 늘 그 집이 머리에 떠오를 걸세……."

그 지점을 지도에 표시해 두라고 한다. 지도에는 보이지 않지만 실제로 비행하는 입장에서 아주 중요한 것이니까 말이다. 이어지는 2,000킬로미터 항로에는 30마리의 양을 방목하는 녹색의 평원이 펼쳐진다. 기요메는 "거긴 시냇물이 흐르고 있어서 불시착을 할 수가 없다네." 그러면서 그곳도 표시를 해 두라고 한다. 이렇게 생텍쥐페리는 기요메에게 특이한 수업을 받는다. 당시의 비행 시스템에는 유도장치도 없었고, 기체 성능도 미덥지 못했으니, 조종사들은 항상 비행기를 불시착시킬 장소를 염두에 두고 있어야 했다. 난기류가 빈번한 지역이나 하강 기류가 많은 산맥처럼 특별한 주의가 필요한 곳도 있었으므로, 신참 조종사들은 고참들이 오랜 시간에 걸쳐 얻은 '경험 지도' 위에 하나하나 새로운 장애물을 표시하곤 했다.

그리고 죽음을 넘어 살아 돌아온 기요메. 1930년 6월, 앙리 기요메는 만년설에 덮인 안데스의 깊은 산중에 추락했다. 그가 이륙하던 날은 서쪽에서 심한 폭풍우가 밀려오고 있었으므로 다른 비행사들은 비행을 포기했다. 하지만 기요메는 폭풍우가 잠시 잠잠한 틈을 타 이륙을 강행한다. 그는 고도 6,000미터 상공까지 올라갔다. 이어서 안데스 산맥의 높은 봉을 만나면서는 고도 6,500미터까지 올라가야 한다. 하지만 기체가 말을 듣지 않는다. 이제 고도는 3,500미터까지 떨어진다. 비행 고도보다 높이 하늘까지 치솟은 듯한 안데스 산맥의 봉우리들 한가운데에서 그는 죽음이라는 것을 문득 생각한다. 그런 데다가 이제 앞은 전혀 보이지 않는 폭풍우 속이다. 해발

6,900미터 마이푸 화산, 병풍처럼 절벽을 두른 화산 호수, 시커먼 구름 사이로 열린 대지의 푸른 눈처럼, 호수만이 유일하게 빛을 반사시키며 나타난다. 이제는 별 수 없이 연료를 모두 소진시켜 불시착으로 인한 폭발을 피하는 길뿐이다.

그렇게 그의 비행기는 불시착한다. 여기가 어딘지도 모른다. 하지만 살아 있으니 어디로든 가야 한다. 사람이 사는 곳으로 가야만 한다. 젖은 구두 안쪽으로 발이 점점 부어오른다. 구두를 칼로 째고 부기로 후끈대는 발을 눈으로 비비며, 몇 번이고 넘어지면서도 걸음을 멈추지 않는다. 그러면서도 피로에 지친 그에게 견디기 힘든 졸음이 한꺼번에 밀려온다. 이대로 잠들면 얼어 죽을 것이므로 그는 힘겹게 한 걸음, 또 한 걸음, 바닥을 끄는 발을 재촉하며 걸음을 옮긴다. 두 발은 벌써 피투성이, 얼어붙은 핏자국 위로 눈이 내려앉아 다시 발이 갈라지고, 새 피가 흘러나온다.

괴로우면서도, 아프면서도 밀려드는 졸음의 무게, 세상 그 무엇이 이다지도 무거울 것인가. 그러고는 한 번씩 멈춰 설 때마다 손에 들었던 귀중한 물건을 하나씩 잃어버린다. 장갑, 시계, 칼, 자석. 자신을 학대하듯, 생존을 위해서는 필수적인 물건 하나씩을 기억에서 지워간다. "잠들면 죽는다."는 의식만이 가녀리게 지탱하고 있을 뿐이다.

그때마다 아내를 떠올린다. "아내는 내가 행방불명이 된 걸 벌써 알고 있겠지. 그렇지만 내가 죽었으리라 생각하진 않을 거야. 틀림없이 아직 살아 있다고 믿고 있을 거야. 살아 있는 내 모습을 상상하고 있을 거야. 살아 있는 모습이라면 아마 그건 걷는 모습이겠지." 그는 쓰러지는 것은 그를 애타게 기다릴 아내에 대한 배신이라 생각하며 걷고 또 걷는다.

눈 쌓인 설원, 그야말로 하얀 사막이다. 자신 외에는 근처에 살아 움직이는 건 아무 것도 없다. 오직 그의 심장에서 뛰고 있는 고동소리만이 유일한 살아 있음이다. 눕고 싶다. 편안히 안식을 취할 수도 있지만 그것마저도 나의 것은 아니다. 내 몸이라고 해서 모두 내 것은 아니기 때문이다. 나는 내 생명을 지킬 책임이 있으며, 길들인 것에 대한 책임도 있으니까 말이다. 그래서 기요메는 걷고, 걷고, 걷고, 계속해서 걷는다.

이제 그마저도 걷지 않는다면 대지는 아무 것도 존재하지 않는 빈 공간이 될 것이기 때문이다. 그가 걸음을 옮기며 온 정신을 모아 쳐다보고 있음으로 해서 비로소 설원과 봉우리, 어둠이 존재할 수 있다. 내가 살아 있어야 세상도 살아 있고, 그 모든 것이 의미 있다.

그렇게 조난된 기요메를 찾아 생텍쥐페리 일행은 일주일간을 애타게 추적했다. 하지만 실패한다. 그런데 기적과도 같이 기요메는 2개월 만에 생환했다. 대지와 인간의 싸움은 이렇게 계속된다. 인간다움을 가지려면 주어진 책임을 다해야 한다. 물건을 그 금전적인 값어치만으로 환산해서는 안 되며, 그것이 내포하는 비밀스럽고도 눈에 보이지 않는 심층을 캐내도록 노력해야 한다. 그가 불시착했던 사하라는 그에게 비행기용 기름을 대어 주지는 못했지만, 잠자리 떼의 날아옴을 통해서 폭풍우가 도래하고 있음을 가르쳐 준다. 그리고 더 중요한 것은 인간에게 자신을 인식하도록 일깨워 준다.

그리고 이제는 생텍쥐페리 자신의 이야기이다. 그를 위대한 작가로 만들어 준 그런 조난이다. 기요메의 조난 사건이 있은 뒤 5년이 지난 1935년 12월 29일, 이번에는 생텍쥐페리가 비행기를 몰고 파리-사이공 간 비행기록 경신을 위해 이륙한다. 그날, 생텍쥐페리는 기관사 프레보와 함께 자신의 비행기 '시몽(Sea Moon)'에 올라, 파리를 이륙하여 벵가지로 향한다. 카이로가 가까워지면서 구름바다 아래로 도시를 확인하기 위해 고도를 낮춘다. 서서히 두터운 구름층을 비집고 들어가, 마침내 아래로 나온다. 그런데 때 아닌 하강 기류가 덮치면서 기체가 구름 아래로 화들짝 곤두박질친다. 위험하다는 생각에 하강 기류를 벗어나기 위해 서둘러 북북동으로 진로를 바꾼다. 바다로 나갈 수만 있다면 땅바닥에 처박히는 사태는 피할 수 있으련만…….

기체가 하강 기류에 맥없이 휘말리며, 비행기가 순식간에 땅을 향해 곤두박질친다. 가까스로 기체를 빠져 나와 뒤를 돌아본다. 비행기의 잔해가 사막에 거꾸로 처박힌 채, 단단한 나무에 박힌 단검처럼 아직도 심하게 위아래로 진동하고 있을 뿐이다.

어쩔 도리가 없으니 기요메처럼 걸어야만 한다. 어떻게든 사막을 빠져나가서 누군가의 도움을 받아야만 한다. 생텍쥐페리와 프레보, 두 사람은 동북동을 향하여 걷기 시작한다. 5년 전 기요메가 눈 덮인 안데스 산맥을 탈출할 때의 방향으로 그들도 걷는다.

구두를 신긴 했지만 모래라도 녹일 듯 한 드센 열기가 발바닥을 타고 올라, 당장이라도 두 어깨까지 익힐 것 같은 기세다. 모래 구덩이에 빠져가며 몇 차례 발을 옮기면, 그때마다 살갗에 들러붙은 모래는 떨어질 줄 모르고 점차 몸의 수분을 빼앗는다. 침도 거의 말랐다. 마른침이라도 삼킬라치면 목구멍 안쪽의 살점이 메마른 석회 가루처럼 바스러져 내린다. 숨쉬기도 버겁게 목구멍이 쓰라리다.

이렇듯 지옥 같은 한낮이 지나면 뜨거움의 정반대, 북극의 밤이 다가온다. "무작정 걸을 게 아니라 원래 있던 곳으로 돌아가, 가만히 앉아 구조를 기다리는 편이 낫지 않을까……? 그건 아니다. 그럼 죽는다. 걸어야 한다."

아랍인 구조대가 자동차에 몸을 기대고 미소를 짓는다. 프레보와 얘길 나눈다. 그 유혹의 신기루는 단순히 다른 세계의 환상을 보여주는 데 그치지 않고, 현실 세계에 녹아들어 인간의 분별력을 혼미하게 만든다. 느닷없이 보였다가 호수가 다시 작은 우물로 변하며 손에 잡힐 것 같은 세밀한 현실감을 부여한다. 우물의 환상을 향해 달려간다.

사람이 죽음을 담담히 수용하고 나면, 남는 것은 풍경이 전부다. 하지만 그 풍경이 존재하려면 그 풍경을 응시하는 인간의 시선이 있어야 한다. 마음에 품은 상상을 모아 눈동자에 온 힘을 집중한다. 그 눈으로 대상을 응시

한다. 그렇게 응고된 상상을 통해 대상의 존재 밀도를 차츰 증가시킴으로써 사막과 어둠, 심지어는 자기 자신까지도 세상에 모습을 드러낼 수 있다. 죽음, 그 경계를 넘어서면 인간은 결국 자기가 만들었던 그 풍경 속으로 되돌아가는 건 아닐까? 매미가 유충을 탈태하여 날개를 얻듯, 같은 풍경의 새로운 무대에서 새 생명을 얻는 건 아닐까?

두 사람은 사흘 동안 무려 200킬로미터를 걸은 끝에 베두인 대상의 손에 구출된다. 사막을 헤매던 중에 몇 번이고 거듭해서 보았던 환상과 신기루, 결국 생텍쥐페리는 그것이 대지에 발을 딛고 있는 물체가 아니었음을 깨닫는다.

그 사막에서 만난 여우 페네크는 귀가 아주 크고 역삼각형 모양의 작은 얼굴을 가졌으며, 몸집은 기껏해야 토끼에 비할 정도였다. 여우라는 동물의 한 종류라지만 여우다운 분위기라고는 좀체 찾아볼 수 없었다. 이국적이고 차분한 분위기의 작은 동물이었다. 페네크는 종종걸음으로, 사막을 헤매던 생텍쥐페리의 앞을 지나 관목 가지에 붙은 황금 달팽이를 잡아먹었다. 달팽이는 그리 많지 않았다. 사막 한 가운데, 그곳에는 비록 넓진 않았지만 사바나가 형성되어 있었다. 페네크는 나무마다 고작 두세 마리 남짓한 달팽이를 잡아먹고는 다른 나무로 옮겨 다녔다. 달팽이의 씨를 멸종시키지 않으려는 현명한 생각이었다. 눈앞의 죽음을 만난 작가에게 그런 지혜가 확연하게 눈에 띄었다.

바위와 별 그리고 모래뿐인 사막에 실종된 이 조종사에게 사막은 옛날 시골집처럼 아늑하게 느껴진다. 함께 있기 때문에 가끔 짜증스럽기도 하지만, 이 절박한 시간에는 못내 사랑스럽고 귀여운 여인의 그림자가 그를 무한한 고독으로부터 구해 준다. 오아시스를 찾아 인간은 끝없이 방황하고 여행하지만 그가 정착할 곳은 아무 데도 없고 지나가는 발자취마다 남는 것이라곤 어렴풋한 추억들뿐이다. 오아시스, 그것은 비단 물만을 나타내는 것이 아니라 간절히 그리운 것이면 오아시스이다. 사랑이 간절히 그리운 남자에게는 여인이 그의 오아시스요. 배고픈 사람에겐 한 조각의 빵이 오아시스가 아닐까.

그는 걸어야 한다. 가족을 위해서 걸어야 하고, 동료들을 위해서 걸어야 한다. 왜냐하면 그들이 나를 애써 찾고 있기 때문이며, 그만큼 그들과 내가 길들여져 있기 때문이며, 길들인 것에 대한 서로의 책임이 있기 때문이다. 그러니 걸어야 한다. 일단 정지하면 끝나는 것이고 모든 것을 잃는 것이다. 왜냐하면 인간은 앞으로 전진할 때만 살아 있는 것이다. 일정한 목표를 세우고 그쪽을 향해 전진하는 사람만이 위대한 것이지 지금의 자기에 만족해서 허풍을 떠는 사람은 세상에서 가장 못난 인간이다. 생텍쥐페리와 기관사 프레보는 사막을 그렇게 걷는다. 아름다운 신기루의 유혹 앞에 이번에는 진짜겠지 하고 따라 갔다가는 허탈해 하는 반복을 하면서도 장장 200킬로미터를 걸었다.

가족을 위해 무작정 언덕을 행해 걸어야 했던 기요메, 시체가 발견되지 않으면 그의 가족에게 주어지지 않을 보험금을 위해서라도 그리 해야 했던 것일까. 나는 죽더라도 길들여진 가족에게 책임을 다해야 한다. 그는 살기 위해 언덕을 향해 걸은 것이 아니라 남아 있을 가족들을 위해 언덕을 향한 것이다. 시체가 발견되어야만 죽은 사람으로 인정받는 것이니, 아무렇게나 아무 곳에서나 죽을 자유도 내게는 없다. 나는 길들였고, 내가 길들인 것에 책임이 있으니까 말이다.

생텍쥐페리는 직업을 통하여 타인과 사물에 연결된 개개인은 이러한 밑받침의 덕분으로 자연을 정복할 수 있고 근본적인 문제를 해결할 수도 있다고 설파한다. 조종사 뷔리와 메르모즈를 통해서 생텍쥐페리는 진정한 승리란 어떤 것인가를 터득한다. 일상적이고도 사소한, 그러면서도 세상 누구나가 매달리는 이 세상의 행복이란 것들은 마치 신기루와 같은 허망한 것일 수도 있다. 골치가 아프고 머리가 복잡할 때 무수한 별들 사이로 잠적해 버리는 것이 얼마나 통쾌한 행위인가를 그는 느껴본다.

사막에서의 고독으로 수많은 생각을 하였으며, 자신을 다시 한 번 돌아보게 되었다. 이 책에는 그의 슬프고, 고독하면서도, 때로는 외롭지만 그것을 아름다운 슬픔으로 승화하고, 드디어 아픔을 가지고도 행복할 수 있는 내면의 완성을 통해 자신을 다독거린 그의 아름다운 삶의 기록들이다. 30시간이면 온몸에 수분이 다 빠져나가서 죽게 되는 열사의 사막, 눈을 현란하게 하고, 미치도록 만드는 아름다운 신기루들의 유혹을 견뎌 내며 살기 위해 처절하도록 슬픈 걸음으로 무작정 200킬로미터를 걸었다. 그래서 3박 4일 만에 베두인 상인에게 발견되어 살아난 기록이 특히 압권을 이룬다. 죽음 앞에서 만난 베두인은 다름 아닌 그의 신이다. 그를 죽음 앞에서 구원해 주신 거룩한 신이다. 그렇게 애절하게 불러도 대답 없던 신이 베두인 화하여 그에게 나타난 것이다.

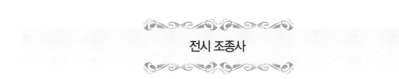

전시 조종사

죽는다고 해서 그 인간이 살아 있을 때의 본질이 바뀌는 것은 아니다. 죽음 앞에서, 어쩌다 만난 측은한 마음으로 제 모습을 치장한들 별반 달라질 게 없다는 것을 자각한 생텍쥐페리는 1940년 12월 31일, 뉴욕에 도착했다. 생텍쥐페리는 이제 그가 생각해 왔던 모든 것을 조국을 위해 〈전시 조종사〉 집필에 전념했다. 그런데 그가 알지도 못하는 사이에 그는 1941년 1월 31일, 비쉬 정권의 '국민평의회' 위원에 임명되었다. '국민평의회'라는 것은 비쉬 정권이 국민을 호도하기 위해 저명인사들을 모아 만든 어용단체였다. 이 소식을 접하자마자 생텍쥐페리는 《뉴욕 타임스》를 통해 거부 성명을 발표했다. 그 이듬해인 1942년 2월, 〈전시 조종사〉는 이런 배경과 이러한 내용으로 출간되었다. 이 책의 출간으로 인해 그는 "비참한 조국을 팔아, 이런 걸 소설 나부랭이라고 써서는…… 당신은 프랑스를 초라한 패배자로 만들 셈인가!"라는 거센 비난을 받았다. 그는 조국이 한목소리로 뭉치기를 염원하여 이 글을 썼지만 그의 이런 외침들은 공허한 메아리로 돌아오고 말았다.

7월이 오자 나름대로 생각한 바를 미국 정부에 전달하려고 했다. 그는 북아프리카로 상륙하는 것이 가장 이상적인 작전이라고 생각했다. 이 계획을 워싱턴의 고급 참모진에게 전달해 달라고 부탁했다. 이를 받아본 워싱턴 측은 처음에는 무시했지만 나중에는 그의 제안을 '토치 작전'이라는 명명 하에 채택했다. 그렇게 해서 연합군은 11월 6일, 북아프리카에 상륙한다. 어떻게든 조국 프랑스를 구해야만 한다는 소명감에 불탔던 그는 11월 29일, '프랑스 인들이여! 조국에 봉사하기 위하여 서로 뭉칩시다!' 라는 호소문을 《뉴욕 타임스》 매거진과 《캐나다 드 몬트리올》에 발표했다. 이 발표문을 계기로 그는 마리탱과 진지하고도 열띤 토론을 벌이기도 한다.

"전쟁에 나가서 죽는다 해도 나는 하나도 서러울 것이 없다"고 말하며, 그대로 조국의 멸망을 보고 있으니 직접 참전해야겠다는 생각을 굳혔다. 그래서 그는 알제리에 머물던 33의 2중대에 편입하기 위하여 갖가지 방책을 강구했다. 이 책은 그가 겪은 사실을 담아낸 책으로 그의 당시 생각과 일상을 들여다볼 수가 있다.

고도 10000미터 상공에서 지상을 내려다보면 사람은 하나도 보이지 않는다. 군용도로, 무미건조한 도시, 도시와 도시를 연결하는 철로와 운하, 눈에 뵈는 것은 인간들이 만들어 낸 온갖 사악한 것들뿐이다. 그는 비행사의 눈으로 그 세계를 찍어 낸다. 그야말로 조감도이다. 하지만 이 전쟁이 벌어지는 곳에서 조금만 벗어나면 평화로운 도시들, 전쟁과는 무관하게 사치를 즐기며, 향락에 빠진 도시들도 있다. 일반인의 시각으로는 한눈에 이 전쟁마당밖에 볼 수 없지만 높이 오를수록 그 다양한 면들이 한눈에 들어온다. 그렇게 세상은 한편에서는 전쟁놀이를 하고, 한쪽에서는 평화를 구가하며, 향락에 빠져 산다.

그런 광경들을 목격한 그는 적과 아군, 심지어 야만스러운 방관자까지도 모두 평등한 존재이며, 개인 각자는 '인간'이라는 큰 나무의 작은 잎에 지나지 않음을 자각해야 한다는 주장을 한다. 그러므로 '사람은 나무가 되어야 한다'는 것이다. 낮의 진보라는 이름 아래 인간들이 제멋대로 꿰어 맞추었던 온갖 껍데기를 벗고 사물들은 밤이 되면 원초의 자태로 돌아간다. 밤하늘에서 내려다보는 지상에는 깜빡거리는 평화로운 별빛들뿐이다. 기껏해야 폭탄이 터져도 그것은 불꽃놀이처럼 보일 뿐이다. 하지만 밤이 된다고 해서 본질이 바뀌는 것은 아니다. 단지 그 표현들은 문학적인 표현일 뿐이다.

전쟁이란 피한다고 해결되는 것이 아니라 적극적으로 참여하여 성전을 치러야 한다. 그러니 프랑스가 구구한 이론가들의 반대를 물리치고 전쟁을 받아들인 건 잘한 노릇이다. 각자는 모두 인류 전체에 대해 책임이 있으며, 개인의 역할은 어떤 희생을 치르고서라도 점점 소멸되어 가는 인류 문화의 재생을 위해서 안간힘을 써야 한다는 걸 똑똑히 인식해야 한다.

그는 또한 개인의 책임을 강조한다. 우리는 모두 세상의 운명을 양 어깨에 걸머진 인간들이다. 그러니 자기가 처한 상황에서 책임지려는 노력을 해야 한다. '인간'이라는 대의명분 앞에서 너와 나는 동등한 것이므로 자비심이 베풀어져야 할 것은 개개인에게가 아니라 '인간'이며, 우리가 두 손 모아 공경해야 하는 것 역시 '인간'이다. '인간'이기 때문에 우리는 절망도 말아야 하며, 이 인간들의 집단을 위해서 자기의 개성이나 이해관계를 헌신짝처럼 내던져야 하는 소명을 갖고 있다. 인간은 소중한 존재, 위대한 존재이기 때문이다.

그러므로 '국가는 한 개인을 존중하기 위해서는 어떠한 희생도 즐거이 용인해야 한다. 또한 인간의 평등이라는 것은 인간 각자에 내재하는 본성을 누구나가 가꾸고 키워나갈 권리가 있다는 것을 뜻한다. 인간은 이러한 것들에 위배되는 모든 적들과 용감하게 싸워 이겨야 하며 경우에 따라서는 자기 자신과도 팽팽한 줄다리기를 치러야 한다.'

어느 볼모에게 보내는 편지

그가 하늘에서 내려다본 세상은 다양하다. 한쪽에서 인간 도륙을 벌이는 현장이 목격되고, 한쪽에서 행락을 일삼으며 전쟁과는 무관한 삶들이 적나라하게 펼쳐진다. 하지만 그것을 바라볼 뿐 어찌할 수 없는 인간의 나약함이란 비애를 맛본다. 한쪽에서는 전쟁이 벌어진다. 반면 전쟁과는 무관하게 휘황찬란한 불빛이 명멸하고, 화려한 향락이 벌어지는 곳도 이 세상에는 얼마든 있다.

누구보다도 작가다운 감수성이 예민한 그는 그 상황을 그냥 넘길 리 없었다. '이렇게 사는 사람도 있는데 왜 유독 우리들만 피 흘리며 싸워야 하는가? 과연 우리들이 하는 일이 옳은 것인가? 무엇을, 누구를 위해서 우리는 싸워야 한단 말인가?'라는 본질적인 자문을 한다. 그러면서 그는 우리가 지켜야 할 그 무엇이 있는지도 모른다는 생각을 한다.

그는 인간의 진정한 가치에 대해 고민한다. 그가 찾아낸 인간다운 진정한 가치는 결국 보이지 않는 무형의 가치이다. 겉이 호사롭고 외형이 안락한들 그것은 중요하지 않다. 결국 이 진정한 가치란 어쩌면 이것은 어떤 언어도 끄집어내어 표현해 줄 수 없다. 그래도 인간의 표현 중에서 거기에 가장 버금가는 것은 '미소' 정도이다. 백 마디 천 마디의 말보다 인간의 얼굴 위에 슬쩍 스치고 지나가는 이 미소야말로 위대한 웅변이다. 미소는 인간과 인간을 결합시키고 맺어 준다.

모든 극단주의자들이 실패하는 근본 원인은 바로 여기에 있다. 그들은 미소의 중요성을 모르고 있다. 우리 문화의 기저에는 바로 이 미소가 있다. 인간 본연에 지닌 이 아름다운 미소를 전제군주와 독재자들이 칼날을 휘두르고 총을 쏘아대고 심지어는 감언이설로 설득해도 이 미소는 우리의 기저를 이루고 있다. 그것은 넘어지면 다시 일어서고 없애 버리면 또 살아나서 우리를 구제해 주고 오늘날까지 부지하도록 부추긴 것, 그것이야말로 보이진 않지만 강렬한 힘으로 작용하는 것이라는 생텍쥐페리의 생각이다. 그러므로 결국 인간이 종국적으로 돌아갈 길은 이러한 인간 존중의 세계라고 장담한다.

성채

생텍쥐페리의 작품 중 가장 방대한 양의 작품이다. 작가는 이 작품을 완성하지 못한 채 별나라로 떠나고 말았다. 하지만 여기에 담긴 그의 사상이나 내용은 그 어떤 작가의 완결된 작품보다도 더 많은 이야기를 담고 있다. 이 책은 물론 허구의 세계, 즉 가상의 세계를 다루고 있으며, 가상의 인물이 등장하기 때문에 소설의 형식을 취하고 있다. 하지만 이 책은 수많은 비유와 우화가 섞여 있는데, 그 사유의 깊이를 보면 명상록에 비견할 만하다. 이 책의 배경은 모두 사막에서 일어나고 있다. 생텍쥐페리의 일생에 있어서 사막에서 느낀 삶은 그 어떤 체험보다도 값진 일이었다. 죽도록 고생할 때에는 견디기 어려운 고통이지만 그 고통은 그만큼 많은 추억과 이야기, 생생한 삶의 이야기를 선사한다. 이 책에서 모든 영토가 위협당하는 원인은 사물이 변질되어 육체가 병들고 썩어 가기 때문이지만 세대 간의 유대의 끊김, 보초의 게으름에도 원인이 있다고 설파한다.

　주인공이라 할 수 있는 인물은 베르베르라는 영주이다. 그는 어릴 적부터 받아 온 교육과 성인이 된 후 나라를 통치하면서 획득한 경험을 바탕으로 인간과 인간의 왕국이 무엇인지를 깨닫는다. 아마도 어린왕자가 가야 할 여정은 바로 이러한 왕국의 건설이었을 것이다. 어린왕자로 남아 있는 것이 아니라 왕국을 다스리는 위대한 왕으로 말이다. 그래서 어린왕자는 자기 별로 돌아갔으니 〈성채〉에서 베르베르로 환생한 것은 아닐까.

　한편으로는 외부에서부터 침투해 오는 악영향이기도 하다는 것이다. 온갖 잡음들은 여자에게는 간통을 하도록 하고, 물건 만드는 사람에게는 조잡품을 만들어 내도록 권장하고 부추기는 합창을 한다. 가짜 점쟁이가 넘쳐나고, 거지임을 오히려 자랑스럽게 여기는 한심한 족속들이 있다. 그런가 하면 장군들의 무지에 의해 죽어가는 사병들, 공연히 박식한 척하는 이론가들에 의하여 병들어 가는 세상, 위선을 가장한 사랑들, 시를 읽는 척하는 가짜 시인들에 의해 세상은 퇴색해 간다.

　사막 위에 세워진 국가의 영주가 우선적으로 해결하여야 할 문제는 물질적인 충족감으로 인간의 행복을 추구하는 것이 아니다. 이 세상의 물질적 부는 다분히 일시적이고 덧없다. 그러므로 정신적인 영역에서만 행복을 찾도록 가르쳐 줘야 한다. 그러기 위해선 사물, 그 자체가 내포하는 심오한 의미를 간파하게 해 주어야 한다.

　우리가 살고 있는 이 대지는 자신의 집처럼 친근한 존재가 되어, 그가 내딛는 발자국 하나하나가 새롭고 의미심장한 것이 되어야 한다. 또한 모든 부정적인 것과 대항해서 싸우도록 해야 하고, 그렇게 함으로써 자아를 초월

한 위대한 세계가 창조될 수 있도록 노력해야 한다. 이렇게 이 땅을 다스려야 할 역할을 가진 것이 영주의 역할이다.

이러한 식견과 리더십을 가진 훌륭한 지도자로부터 가르침을 받으며, 인도를 받는 나라가 되어야 한다. 백성은 훌륭한 영도자를 위해 속인들의 틈바구니에서도 모든 것을 바칠 수 있어야 한다. 또한 자기 자신의 모두를 희생적으로 불사를 수 있어야 하며, 매일 주어지는 임무에 온 정력을 쏟아야 한다. 뿐만 아니라 백성들은 예술과 시와 문학을 위해서 일생을 노력해야 한다. 그렇게 해야만 인간은 값어치 있고 훌륭해질 수 있다는 사실을 터득할 것이다. 나를 주고 얻을 수 있는 것은 내가 신에게로 한 발자국 더 다가갔다는 엄청난 황홀감이다. 비록 신은 말이 없고 시종일관 침묵으로 우리를 대할지라도 위대한 침묵에 익숙해져야만 한다. 신의 침묵 속에서 무한한 의미를 찾을 줄 알고, 그를 찬미하는 가운데서 숭고한 가르침을 터득할 수 있어야 한다. 이처럼 인간이 걸어 올라가야 할 길은 높고도 험한 길이다. 하지만 백성들이 그 높고 험한 길을 잘 올라갈 수 있도록 영도해야 할 임무는 영주인 베르베르에게 주어진 사명이다. 그는 그래서 훌륭한 제왕으로 우뚝 서는 것이다. 아마도 어린왕자가 자기 별을 떠나 6개의 별을 여행하고, 지구를 여행하면서 얻은 지혜와 혜안 그리고 리더십의 발현은 이 책 〈성채〉에서 그 완성을 보는 것이다. 우리는 〈성채〉에서 어린왕자가 아닌 위대한 제왕을 만나야 한다.

사색노트

이 책은 제목 그대로 그가 틈틈이 적어 놓았던 그의 생각의 파편들이다. 작가란 순간순간의 생각들을 존중한다. 그렇게 모아 놓은 생각들이 한권 분량의 책이 되었다. 그의 나이 36세 때인 1936년부터 죽을 때까지 생각이 떠오를 때마다 적어 놓았던 사상이라든가 의견들의 모음집이다. 그 생각들은 4권의 노트에 기록되어 있다. 때로는 휘갈겨 쓰듯이 자기만이 알아볼 수 있을 정도로 흘려쓰기도 했고, 때로는 정확하게 또박또박 정성스럽게 쓴 글귀들도 있다.

이런 그의 사색들은 여러 책 속에서 다시 발견할 수 있다. 그는 이렇게 기록한 내용들을 다른 작품을 쓸 때 작품 속에 녹여 놓았다. 〈인간의 대지〉, 〈전시 조종사〉, 〈성채〉 등 그의 작품 속 곳곳에 그의 사색들이 담겨 있다.

도덕적, 철학적, 종교적 문제들은 〈인간의 대지〉, 〈전시 조종사〉, 〈성채〉에 많이 들어가 있다. 주로 위대한 인간이란 무엇이며, 교회나 종교가 인간에게 미치는 역할은 무엇이며, 국가란 무엇이며, 바람직한 국민이란 어떠해야 하는가에 대한 사색들이 위의 책들에 녹아 있다.

〈사색노트〉에는 이외에도 심오한 철학적 문제들, 즉 언어, 심리학, 교육, 과학, 예술 작품, 문체론, 인간관계, 역사 교육 등의 문제를 다양하게 다루고 있다. 사회와 경제적 문제들, 자본주의 내지는 사회주의가 개인, 국가, 예술에 미치는 영향에 관한 사색들도 들어있다. 생텍쥐페리가 얼마나 인간 삶에 관심을 가지고 있었으며, 세상의 모든 문제에 관심을 가지고 있는지를 알 수 있다. 아마도 하늘에서 지구 전체를 내려다보았던 그 영향으로 그의 사고의 폭도 다양하고 넓어졌을 것이다.

인생의 의미

이 책은 우리가 알고 있는 면과는 색다르게 알 수 있는 내용들이다. 1926년, 생텍쥐페리는 〈자크 베르니의 도주〉라는 단편을 하나 써서 《은의 배》라는 잡지에 실었다. 〈인생의 의미〉는 이 단편으로 장식한다. 이어서 1935년, 《파리 수아르》에 의해 모스크바에 특파원으로 파견되었을 당시에 쓴 기사들 6개가 실려 있다. 그중 두 번째 기사인 '어린 모차르트'는 〈인간의 대지〉에 다시 인용된다. 그다음 해, 생텍쥐페리는 또 다른 신문의 청탁으로 스페인으로 간다. 그는 8월에 바르셀로나와 레리다 싸움터를 목격하며, 5편의 기사를 발송한다. 그다음 해 6월과 7월에 걸쳐서 또 다른 3편의 기사를 《파리 수아르》지에 발송한다. 그 내용은 마드리드와 카라반셀 전쟁터를 배경으로 하고 있다.

1938년 《파리 수아르》지를 위해서 썼던 3개의 논설들은 '전쟁과 평화'라는 제목 하에 묶어 놓았는데, 어떠한 변화가 인간의 장래에 들이닥치건 견고한 형제애만이 인간의 살길을 제시해 준다고 주장한다. 인간이 살아남기 위해 언제나 잊지 말아야 할 것은 너와 나의 참된 사랑이라고 한다. 그 외에도 조종사와 자연의 힘의 문제 등, 그의 〈인생의 의미〉의 내용들은 주로 〈인간의 대지〉라는 작품에 많이 녹아들어가 있음을 발견할 수 있다. 물론 〈야간 비행〉에서의 파타고니아 선풍과 대항하여 싸우던 내용은 1939년 가을, 《마리 안느》지에 기고되었던 내용과 흡사하다.

'프랑스 인에게 보내는 편지'는 미국과 영국 군인들이 북아프리카에 상륙했을 때 프랑스 인들에게 단결을 촉구하며 쓴 글로, 1942년 11월 30일, 《캐나다 드 몬트리올》에 발표되었다. 'X장군에게 보내는 편지'라는 라마르사에서 1943년 7월에 썼던 기사이다. '평화를 위한 변론'은 1945년 4월 22일 《뉴욕 타임즈》에 실렸다. 이 외에도 모리스 부르데의 『비행술의 위대성과 그 역할』의 서문, 린드버그의 저서 『바람이 인다』를 위해서 쓴 서문 등도 실려 있다. 그의 작품은 어느 작품을 보든 그야말로 명언들이다. 그의 작품을 통해 인간이 얼마나 많은 것을 안에 감추고 있는지를 경탄하게 만든다.

1923년에서 1931년 사이에 기록된 편지들을 모은 것이다. 그 당시에 생텍쥐페리는 르네 드 소신느에게 20여 통의 길고 짧은 편지를 보냈다. 그 편지의 내용들은 개인에게 보낸 것이긴 하지만 젊은이들에게 권하는 사상들이다. 사상이 얼마나 중요한지를 기록한 편지들이 대부분이다. 군복무 이전에 쓴 것으로 보이는 편지에서 그는 '쓴다는 것은 많은 경험 후에 비롯된다.'고 적고 있다. 이 문장에서 제시한 대로 이것이 그의 문학의 이념이며, 전 생애를 통해 쉬지 않고 주장해 온 그의 근본 사상인 것 같다.

'할 일이 없는 지도자는 권태로워 못 산다'는 편지 글은 그로부터 20년 후에 쓰게 될 〈성채〉의 주제가 되었다. "사람들이 서로 쳐다보고 미소짓는 것은 그렇게 힘든 일은 아니다. 한 번 빙긋 웃기 위해서 스페인 어, 프랑스 어를 구태여 이해할 줄 알아야 하는 것도 아니지 않는가……?" 등 그의 재치 있는 글들을 그의 편지에서 만날 수 있다.

"나는 무엇보다도 아름다운 넥타이를 맨, 장난하기 좋아하는 청년이 되었으면 한다."

생텍쥐페리는 누구보다도 자신의 생각을 소중하게 여긴 사람이었다. 그래서 그의 편지글, 사색노트 등은 그의 사색의 파편들이다. 그리고 그 내용들은 다시 그의 작품 여기저기에 들어가서 생생한 빛을 발할 수 있었다. 자신의 생각을 소중히 여긴다는 것은 그 생각들을 다양하게 이용할 줄도 안다는 이야기이다.

어머니께 드리는 글

생텍쥐페리는 어머니를 무척 사랑했던 것 같다. 하긴 아버지를 철이 들기도 전에 이별했으니, 그 사랑이 어머니에게 더 쏠렸으리라고 볼 수 있다. 또한 동생을 잃은 슬픔을 맛보았던 그로서는 가족에 대한 애정이 남달랐던 것 같다. 그런 심정들이 그가 어머니에게 보낸 편지들, 그의 누이들과 매형에게 보낸 편지들을 보면 잘 나타난다.

이 편지들을 모아 낸 책이 바로 〈어머니에게 보낸 편지〉라는 책이다. 대략 1910년과 1944년 사이에 썼던 편지들이다. 그 중에서도 1918년에서 1930년 사이의 것들이 가장 많이 수록되어 있다. 이 편지들을 통해 그 당시의 생텍쥐페리가 겪었던 갖가지 수난들을 소상하게 알 수 있다. 학생 시절에 겪었던 물질적 고난, 파리에서 직장 생활을 하던 당시의 비참한 생활, 툴루즈-다카르 간을 비행할 때 사막에서 가졌던 투쟁과 그 외 문제들, 〈야간 비행〉을 출판하고 나서 동료들로부터 받은 시기와 몰이해, 전쟁 중에 보고 느낀 갖가지 사회 부조리 등이 적나라하게 표현되어 있다.

이 편지 글은 다른 어떤 작품보다도 개인의 진솔한 심정을 그대로 보여주는 글들이어서 그의 인간적인 면모를 정확히 들여다 볼 수 있다. 생텍쥐페리가 가진 어머니에 대한 깊은 애정과 존경은 우리에게 진한 감동을 준다.

에필로그

〈어린왕자〉와의 만남, 신선한 충격이었어요. 남들처럼 어린 나이에 만난 게 아니라 어른 흉내를 내는 서른이 가까운 나이에 〈어린왕자〉를 만났지요. 왜냐고요. 나름 곡절이, 아프다면 아프고, 슬프다면 슬프고, 어렵다면 어려운 일들이 있었지요. 그리고 느지막한 나이에 대학에 들어갔지요. 그때 처음으로 〈어린왕자〉를 만난 거예요. 어쩌면 느지막하게 만났기에, 좀 철이 들어서 만났기에 〈어린왕자〉를 대하는 기쁨이 더 컸을 거예요. 〈어린왕자〉는 나의 삶을 대변하고 있었고 모든 이들의 삶을 이야기하고 있었어요.

그때부터 틈나는 대로 〈어린왕자〉를 읽고 또 읽었어요. 아이들이 마음에 드는 책이 있으면 수십 번 반복해서 읽듯이 〈어린왕자〉를 만난 내가 그랬어요. 프랑스어 원서로 여러 번 읽고 우리말 번역으로 읽었어요. 그런데 원서로 읽을 때의 묘한 슬픔의 울림이, 신선한 충격이, 우리말 번역서로 읽을 때는 제대로 느껴지지 않았어요. 그 느낌 그대로 옮길 수는 없을까, 그 생각으로 나름 꼼꼼하게 번역을 시도했어요. 그렇게 해서 번역서를 출판했어요. 〈책이 있는 마을〉에서요.

그 다음에는 〈어린왕자〉에 관한 글을 썼어요. 쓰고 또 썼어요. 비록 〈어린왕자〉는 양이 얼마 안 되지만 〈어린왕자〉와 나눈 대화의 내용을 글로 담아 낸 양으로 따지면 아마 내가 이 세상에서 가장 많이 썼지 않을까 싶어요. 〈어린왕자〉에 관하여 여러 권을 썼어요.

그리고 이제 그 마무리를 하려는 것이지요. 30여 년간 수없이 나누었던 〈어린왕자〉와의 대화를 제대로 마무리하려는 거예요. 진정한 〈어린왕자〉의 친구로 그의 이야기를 들어 주고 내가 하고 싶은 이야기를 〈어린왕자〉와 나누고 싶었어요. 그렇게 해서 이 책이 탄생하게 된 것이지요.

〈어린왕자〉 그리고 생텍쥐페리에 관한 내가 알고 있는 모든 것을 담고 싶었어요. 그러면서도 가급적 자연스럽고 부드럽게 말이지요. 그래서 이 책을 읽는 이들은 나름 이 정도면 '나도 〈어린왕자〉에 관한 한 전문가야'라는 자부심을 갖게 하고 싶었어요. 그러니까 이 책은 〈어린왕자〉에 관한 완전 종합판이라고 말할 수 있어요.

이 책을 다 읽고 난 다음 독자들은 '이 작은 책 속에 이렇게 많은 아름다운 삶의 비밀들이 담겨 있다니' 하며 신선한 충격을 받았으면 하는 마음으로 이 책을 썼어요. 이를테면 〈어린왕자〉를 사랑한 30년의 완결판이라고 할 수 있어요.

누군가 당신이 쓴 책 중에서 가장 만족할 만하게 썼다고 생각하는 책이 있냐고 묻는다면 망설임 없이 바로 이 책이라고 말할 거예요. 그만큼 이 책에 정성을 기울였다는 의미고, 그만큼 애착이 많다는 말이지요.

이 원고를 미리 읽어 본 분 중에 "읽다가 눈물이 났어요. 슬퍼서가 아니라 너무 아름다워서요. 〈어린왕자〉 원작보다 더 아름다워요."라는 거예요. 해서 감히 〈어린왕자〉 원작보다 더 아름다운 글을 쓸 수 있으면 참 좋겠다는 욕심도 부려 보았어요.

백 번 이상 읽었어도 읽을 때마다 새로운 느낌, 언제 읽어도 감동을 주는 놀라운 책 〈어린왕자〉 원작처럼 이 책도 그랬으면 좋겠어요. 그래서 읽는 이들도 기뻤으면 좋겠어요. 글을 쓰는 내내 행복했던 나처럼……

어린왕자

어린왕자

2014년 11월 3일 초판 1쇄 인쇄
2014년 11월 7일 초판 1쇄 발행
지은이 | 생텍쥐페리
옮긴이 | 최복현
펴낸이 | 이춘원
펴낸곳 | 책이있는마을
편 집 | 이은주
디자인 | 고니
기획 마케팅 | 강영길
관 리 | 정영석
주 소 | 경기도 고양시 일산동구 장항2동 753 청원레이크빌 311호
전 화 | (031) 911-8017
팩 스 | (031) 911-8018
이메일 | bookvillage1@naver.com
등록일 | 1997년 12월 26일
등록번호 | 제10-1532호

어린왕자

책이있는마을

어린 왕자를 사랑하는 이들을 위하여

작가는 비행사였어요. 그는 하늘에서 이 땅을 내려다보았지요. 세상은 어디서 보느냐에 따라 의미가 달라 보이거든요. 그래서 그는 꿈을 가질 수 있었을 거예요. 그리고 밤 비행에서 하늘의 별은 그의 중요한 길잡이였을 거예요. 그래서 별의 아름다움과 소중함을 느꼈을 거예요.

그리고 사막에 불시착했을 때의 두려움과 공포, 인적 없는 곳에서의 인간에 대한 그리움, 그런 행운들이 그로 하여금 어린 왕자를 만나게 해주었을 거예요.

늘 떠돌아야 하는 직업 때문에 그는 가족에 대한 그리움이 있었을 테고요. 게다가 그의 직업의 어려움을 이해 못하는 아내를 통해 장미나무를 연상해냈을 테고요. 패전에 시달리는 조국을 바라보며 그는 말을 잃은 채 세상에 대해 '왜'라고 묻는 어린 왕자의 뒤로 숨어 버리고 싶었을 테고요.

어린 왕자가 아름다운 건 작가 자신의 삶이 어린 왕자의 언어 속에 용해되어 있기 때문일 거예요. 그래서 어린 왕자는 작가 자신이고, 작가 자신 또한 어린 왕자 그 자체예요. 그 또한 어린 왕자처럼 사막에서 뱀에게 물려 빈 껍데기는 놓아둔 채 이 땅을 떠나갔는지도 몰라요.

그러나 그는 어린 왕자를 통해 전 세계 아이들의 마음에 꿈을 심어주었어요. 별을 심어주었어요. 그리고 영원히 우리들의 마음속에 숨쉴 거예요. 우리 이후에 오게 될, 영혼이 아름다운 이들의 영혼 속에 또 숨쉬게 될 테고요.

『어린 왕자』는 읽을 때마다 다른 의미로 다가온다고 해요. 저도 가끔 『어린 왕자』를 읽곤 하는데, 그때마다 새롭게 느껴져요. 그래서 『어린 왕자』는 명작 중의 명작이라는 생각이 들어요. 『어린 왕자』 속에는 우리 인간들의 모습이 용해되어 있어요. 허풍쟁이도 있고, 과대망상증의 권력가도 있고, 주판만 두드리는 장사꾼, 약장수, 점등인 등, 이 땅에 존재하는 여러 부류의 군상들이 있어요. 사랑의 의미와 사랑하는 법이 있어요. 그뿐인가요. 죽음의 의미와 소중한 것의 의미가 무엇인지 우리에게 깊이 있는 대답을 주고 있어요.

그래요, 어린 왕자는 우리에게 삶을, 사랑을, 우정을, 미움을, 질투름, 죽음을 가르쳐주고 있어요. 어렸을 때 읽은 『어린 왕자』와 어른이 되어서 읽은 『어린 왕자』의 의미는 또 다르게 다가와요. 슬플 때 만나는 어린 왕자와 기쁠 때 만나는 어린 왕자는 또 다른 모습이에요. 누가 언제 어린 왕자와 만났느냐, 누가 어디서 어린 왕자와 만났느냐에 따라 그 의미는 사뭇 다르게 느껴져요. 그래서 어린 왕자는 신비하고 매력 있고, 예쁜 친구예요.

　나는 이런 소중한 어린 왕자를 친구로 삼게 된 것이 무척이나 기뻤어요. 그리고 여러분에게도 꼭 소개해주고 싶었고요. 그리고 이 친구, 나의 예쁘고 해맑은 친구를 여러분이 정확하고 올바르게 이해하기를 바라는 마음에서 이 글을 번역하게 되었어요.

　『어린 왕자』는 이미 많은 분들이 번역을 했어요. 그럼에도 불구하고 제가 새로 번역한 이유는 『어린 왕자』가 독자들에게 이렇게 읽히는 것이 작가의 원래 의도일 거라는 생각이 들어서였어요. 이 책은 기존의 번역서와 다소 다른 느낌을 갖게 할 거예요. 제 나름대로는 작가에 대해 학교에서 많은 공부를 했고, 독자들에게 제대로 번역해서 소개해야겠다는 열정으로 나름대로 최선을 다했어요. 언젠가는 제가 한 번역과는 또 다른 느낌의 번역이 나오길 기대해보고 싶어요.

　내가 그랬듯이 여러분도 어린 왕자의 진솔하고 소박한 친구가 되었으면 하는 마음이에요. 그래서 여러분의 삶이 날마다 기쁜 날들이 되기를 바라고요. 어린 왕자를 만나면 마냥 기쁘고 행복해질 거예요. 그리고 잃어버린 동심을 되찾게 될 거예요. 꿈을 되찾게 될 거예요. 아마도 이 순간부터 여러분은 어린 왕자가 살고 있을 하늘의 별을 쳐다보게 될 거예요. 그리고 무척이나 마음 설레고 기쁠 거예요.

(이 서문은 제가 쓴 글 『어린 왕자에게서 배우는 삶을 사랑하는 지혜』의 서문과 비슷한데요. 달리 서문을 쓰기보다 약간의 삭제와 가미로 독자들께 올리고 싶었어요. 고맙습니다.)

2014년 가을

최복현

레옹 베르트에게

 이 책을 한 어른에게 바친 데 대해 어린이들의 관용을 바래. 내겐 그럴 만한 중요한 이유가 있어. 이 어른이 내겐 이 세상에서 가장 좋은 친구라는 거야. 또 다른 이유가 있지. 이 어른은 모든 것을, 어린이를 위한 책들까지도 이해할 줄 안다는 것이야. 세 번째 이유는 이 어른은 프랑스에 살고 있는데 거기서 굶주리며 추위에 떨고 있다는 것이야. 이 어른에게 용기를 북돋워줄 필요가 있어. 이 모든 이유로도 충분하지 못하다면, 어른이 되기 전, 어린이였을 때의 그에게 이 책을 바치고 싶어. 그들 중 그걸 기억하는 사람은 없긴 하지만 모든 어른들도 처음엔 다 어린이였잖아. 그래서 나는 헌사를 이렇게 고치는 거야.

어린이였을 때의 레옹 베르트에게

To Leon Werth

I ask the indulgence of the children who may read this book for dedicating it to a grown-up. I have a serious reason: he is the best friend I have in the world. I have another reason: this grown-up understands everything, even books about children. I have a third reason: he lives in France where he is hungry and cold. He needs cheering up. If all these reasons are not enough, I will dedicate the book to the child from whom this grown-up grew. All grown-ups were once children—although few of them remember it. And so I correct my dedication:

To Leon Werth

when he was a little boy

　나는 여섯 살 때에, 한번은 『모험 이야기』라는 처녀림에 관한 책에서 굉장한 그림을 보았어요. 그 그림은 보아뱀 한 마리가 어떤 동물을 꿀꺽 삼키고 있는 그림이었어요. 그걸 옮겨놓은 그림이 위에 있어요.

　그 책에 이런 말이 있었어요. "보아뱀은 먹이를 씹지도 않고 통째로 삼킨다. 그런 후 보아뱀은 몸을 움직일 수 없어서 먹이가 소화될 때까지 여섯 달 내내 잠을 잔다"고 말예요.

　그때에 나는 밀림의 모험들에 대해 곰곰이 생각해봤어요. 그리고 이번에는 나도 색연필로 나의 첫 그림을 그리는 데 성공했어요. 나의 그림 제1호, 그건 다음과 같아요.

나는 내가 그린 걸작을 어른들에게 보여주면서 무섭지 않은지 물어보았어요. 그랬더니 어른들은 오히려 "모자가 뭐가 무섭다는 거니?"라고 반문하는 거예요.

내 그림은 모자를 그린 게 아니었어요. 그것은 코끼리를 소화시키고 있는 보아뱀을 그린 거였거든요. 그런데 어른들은 그것을 이해할 수 없었던 거예요. 그래서 나는 어른들이 확실하게 알아볼 수 있도록 보아뱀의 속을 그렸어요. 어른들은 항상 설명을 해주어야 한다니까요. 내 그림 제2호는 다음과 같아요.

어른들은 나에게 속이 보였다 안 보였다 하는 보아뱀 그림 같은 것 말고 차라리 지리나 역사·산수·문법에 흥미를 가져보라고 충고했어요. 그래서 나는 여섯 살 적에 화가라는 멋진 직업을 포기했지요. 내 그림 제1호와 제2호의 실패로 용기를 잃었던 거예요. 어른들은 스스로는 아무것도 이해하지 못해요. 그렇다고 그때마다 매번 설명을 해주어야 하니까 어린애인 나에겐 피곤한 일이에요.

나는 다른 직업을 골라야 했어요. 그래서 비행기 조종을 배웠지요. 나는 세계의 여기저기 꽤 많은 곳을 비행했어요. 사실 지리는 내게 아주 쓸모가 있었어요. 언뜻 보고도 중국과 애리조나를 구별할 수 있었으니까요. 밤에 길을 잃었을 때 그런 지식은 유용했어요.

나는 이렇게 살아오는 동안 수없이 많은 사람들과 수없이 많은 접촉을 했어요. 나는 어른들 속에서 오랫동안 살아왔어요. 나는 그들을 아주 가까이에서 면밀하게 보아왔어요. 그렇다고 해서 그들에 대한 내 생각이 크게 달라지지는 않았어요.

나는 좀 총명해 보이는 사람을 만날 때면, 항상 품고 다니던 내 그림 제1호를 보여주며 시험해보곤 했어요. 그가 정말 이해력 있는 사람인지 알고 싶었던 거예요. 그러나 항상 여자든 남자든 관계없이 이런 대답이었어요. "그건 모자로군." 그러면 나는 보아뱀 이야기도 처녀림 이야기도 별 이야기도 꺼내지 않았어요. 나는 그들의 수준에 맞추어서 브리지, 골프, 정치, 넥타이 따위에 대한 이야기를 했어요. 그러면 그 어른은 매우 분별 있는 사람을 알게 되었다고 아주 만족해하는 것이었어요.

2

나는 진심으로 이야기를 나눌 사람 하나 없이 혼자서 살아왔어요. 육 년 전, 사하라 사막에서 비행기 사고를 당하기 전까지 그렇게 살았던 거예요. 비행기 엔진에 있는 뭔가가 고장난 거였어요. 정비사도 승객도 없었기 때문에 나는 그 어려운 수리를 혼자서 해야

12

했어요. 나로서는 죽느냐 사느냐 하는 문제였어요. 나에겐 거우 일주일 동안 마실 물밖에는 남아 있지 않았으니까요.

첫날 저녁, 나는 사람이 사는 곳에서 수천 마일이나 떨어진 사막에 누워 잠이 들었어요. 나는 넓은 바다 한가운데서 뗏목을 타고 표류하는 난파선 선원보다 더 고립된 처지였어요. 그러니 해뜰 무렵 작고 이상한 목소리가 나를 깨웠을 때 내가 얼마나 놀랐겠는지 상상해보세요.

그 목소리는 이렇게 말했어요.

"저……, 양 한 마리만 그려줘요!"

"뭐라고!"

"양 한 마리만 그려줘……."

나는 마치 벼락이라도 맞은 것처럼 벌떡 일어섰지요. 눈을 비비고 주위를 두리번거렸어요. 아주 이상한 꼬마가 진지하게 나를 바라보고 있었어요. 여기 그의 초상화가 있어요. 나중에 내가 그린 그림 중 가장 잘된 거예요. 물론 내 그림이 그 모델만큼 멋은 없어요.

하지만 그건 내 잘못은 아니에요. 여섯 살 적에 나는 어른들 때문에 화가라는 직업에서 멀어졌고, 속이 안 보이는 보아뱀과 속이 보이는 보아뱀 외에는 한 번도 그림을 그린 적이 없었으니까요.

어쨌든 나는 놀라서 눈을 휘둥그레 뜨고 그 꼬마를 바라보았어요. 여러분은 내가 사람이 사는 곳에서 수천 마일 떨어져 있다는 걸 기억하고 있죠? 내가 보기에 이 꼬마는 길을 잃은 것 같지도 않았

여기 그의 초상화가 있어요. 나중에 내가 그린 그림 중에 가장 잘된 거예요

고, 피곤이나 굶주림이나 목마름이나 두려움으로 죽을 지경이 된 것 같지도 않았어요. 사람이 사는 곳에서 멀리 떨어진 사막 한가운데서 길을 잃은 어린아이 같은 모습도 전혀 아니었어요. 나는 겨우 말문을 열어 이렇게 물었어요.

"대체…… 너 여기서 뭘 하는 거니?"

그러자 그는 아주 중요한 일인 것처럼 천천히 같은 말을 되풀이했어요.

"저…… 양 한 마리만 그려줘요……."

수수께끼 같은 일에 압도당하게 되면, 누구도 그것에 감히 거역하지 못하게 되지요. 사람이 사는 곳에서 아주 멀리 떨어져 죽음의 위험에 처해 있는 나에게는 터무니없는 일이었지만, 나는 주머니에서 종이와 만년필을 꺼냈어요. 바로 그때에 내가 공부했던 것은 지리와 역사, 산수와 문법이라는 것이 생각났어요. 그래서(기분이 좀 언짢아서), 그 꼬마에게 나는 그림을 그릴 줄 모른다고 말했어요. 그러자 그가 대답했어요.

"그건 중요하지 않아요. 양 한 마리만 그려주세요."

나는 한 번도 양을 그려본 적이 없었어요. 나는 내가 그릴 수 있는 단 두 가지 그림 중에서 하나를 그려주었어요. 속이 보이지 않는 보아뱀의 그림 말예요. 그런데 그 꼬마가 나에게 이렇게 말하는 거였어요.

"아니, 아니에요! 난 보아뱀 뱃속에 있는 코끼리는 싫어요. 보아

뱀은 위험한 동물이에요. 또 코끼리는 거추장스럽고요. 내가 사는 곳은 아주 조그맣단 말예요. 내가 필요한 건 양이에요. 양 한 마리만 그려줘요."

그래서 나는 다시 그렸어요.

그는 조심스럽게 살펴보더니 이렇게 말하는 거예요.

"아니에요, 이 양은 벌써 병들었는데요. 다른 양으로 그려줘요."

나는 다시 그림을 그렸어요.

내 친구는 부드럽게 미소지으며 말했어요.

"아저씨도 알면서…… 그건 양이 아니잖아요. 이건 수양이에요. 뿔이 있잖아요……."

나는 다시 또 그림을 그렸지요.

그러나 그 그림 역시 거절당했어요.

"이 양은 너무 늙었어요. 나는 오래 살 수 있는 양을 원해요."

나는 조바심이 나기 시작했어요. 서둘러 엔진을 분해해야만 하니까요. 그래서 단숨에 아래의 그림을 그려 그에게 던져주며 말했어요.

"이건 상자야. 네가 갖고 싶어하는 양은 그 안에 들어 있단다."

그러자 놀랍게도 이 꼬마 심판관의 얼굴이 갑자기 환하게 밝아지

는 거였어요.

"내가 말한 게 바로 이거예요! 하지만 이 양을 먹이려면 풀이 많이 필요하겠지요!"

"왜?"

"내가 사는 곳은 너무 조그마니까……."

"그 정도면 충분할 거야. 내가 그린 건 아주 작은 양이거든."

그는 그림을 가만히 들여다봤어요.

"그렇게 작지도 않은데……. 이것 좀 봐요! 양이 잠들었어요……."

나는 이렇게 해서 어린 왕자를 알게 되었던 거예요.

·3·

그가 어디서 왔는지 알기까지는 오랜 시간이 걸렸어요. 어린 왕자는 내게 이것저것 물어보면서도 내 질문에는 귀를 기울이지 않았어요. 어쩌다 그가 한두 마디씩 툭툭 내뱉는 말을 통해서 나는 그에 대해 점차 알게 되었어요.

17

그가 처음 내 비행기(내 비행기는 그리지 않을 거예요. 내게는 너무 복잡한 그림이니까요)를 보았을 때, 이렇게 물었어요.

"이 물건은 뭐예요?"

"이건 물건이 아니란다. 날아다니는 거야. 비행기지, 내 비행기."

나는 내가 날아다닌다는 걸 그에게 자랑스럽게 말해주었어요. 그러자 그는 큰소리로 외쳤어요.

"뭐라구요! 그럼, 아저씨도 하늘에서 떨어진 건가요?"

"그래."

내가 겸손하게 대답했어요.

"아! 참 이상한 일이네……."

어린 왕자는 너무나도 예쁘게 웃음을 터뜨렸어요. 그 웃음은 나를 몹시 화나게 했어요. 나는 내 불행을 심각한 것으로 생각해주길 바랐거든요.

그가 덧붙여 말했어요.

"아저씨도 하늘에서 왔군요! 그럼 아저씨는 어느 별에서 왔는데요?"

순간 나는 수수께끼 같은 그의 존재에 대해 한 줄기 희미한 빛이 비치는 걸 알게 되었어요. 그래서 갑자기 이렇게 물어보았어요.

"넌 다른 별에서 왔단 말이니?"

그러나 그는 내 말에 아무런 대꾸도 하지 않았어요. 내 비행기를 바라보면서 그저 조용히 고개를 끄덕이는 것이었어요.

"그렇겠구나. 저것으론 아주 먼데서는 올 수는 없었겠다……."

그는 오랫동안 생각에 잠겨 있었어요. 이윽고 그는 호주머니에서 양 그림을 꺼내 들면서 그 보물을 들여다보는 데 빠져드는 것이었어요.

'다른 별들'에 관해 알듯 말듯 한 이야기에 난 얼마나 궁금했는지 몰라요. 그래서 나는 좀더 알아보려고 애를 썼어요.

"꼬마 신사야, 넌 어디서 온 거니? 네가 사는 곳이 어디니? 그 양을 어디로 데려가려고 하는 거니?"

그는 생각에 잠긴 듯 한동안 말이 없더니 이렇게 대답했어요.

"잘됐어. 아저씨가 그려준 상자는 밤이면 양의 집으로 쓸 수도 있겠어요."

"물론이지. 그리고 너만 좋다면 낮에 양을 매어둘 수 있는 끈도 줄게. 말뚝도 주고."

그 제안은 어린 왕자의 마음에 충격을 준 것 같았어요.

"묶어둔다고요? 참 이상한 생각이군요!"

"그렇지만 양을 묶어두지 않으면 아무 데나 돌아다니다가 길을 잃을 텐데……."

내 친구는 다시 한 번 웃음을 터뜨렸어요.

소행성 B612호에 있는 어린 왕자

"대체 양이 어디로 간다는 건가요?"

"어디든지, 앞으로 곧장……."

그러자 어린 왕자는 진지한 표정으로 말하는 것이었어요.

"상관없어요. 내가 사는 곳은 아주 좁은 곳이니까요."

그러고는 우수 어린 듯한 목소리로 덧붙였어요.

"앞으로 가봐야 그렇게 멀리 갈 수도 없고요……."

4

그리하여 나는 아주 중요한 두 번째 사실을 알게 되었어요. 어린 왕자가 온 별은 겨우 집 한 채보다 큰 정도라는 것을요.

하지만 난 그리 놀라지 않았어요. 지구·목성·화성·금성 같은 큰 행성들 외에도, 너무 작아서 망원경으로도 잘 보이지 않는 별들이 수백 개도 넘는다는 것을 알고 있었으니까요. 천문학자가 그 별들 중에서 하나를 발견하면 그는 이름 대신 번호를 부여해 주게 돼요. 예를 들면 '소행성 3251' 이렇게 말예요.

나는 어린 왕자가 소행성 B612에서 왔다고 생각하는데, 거기에는 그럴 만한 이유가 있어요. 이 소행성은 1909년 터키의 어느 천문학자의 망원경에 단 한

번 잡혔을 뿐이래요.

그때 이 천문학자는 국제천문학회에서 자기가 발견한 행성에 대해 떠들썩하게 발표를 했어요. 그러나 그가 입은 옷 때문에 아무도 그의 말을 믿지 않았어요. 어른들은 언제나 그렇다니까요.

다행히 터키의 한 독재자가 소행성 B612의 명예를 위해서 그의 백성들에게 유럽식으로 옷을 입으라고 명령하고, 그렇지 않으면 사형에 처한다고 했대요. 그 천문학자는 1920년에 아주 우아한 옷을 입고 다시 발표를 하게 되었어요. 그러자 이번에는 모두 그의 의견을 받아들였어요.

내가 소행성 B612에 대해 이처럼 자세하게 이야기를 늘어놓고, 그 번호까지 말해두는 것은 다 어른들 때문이에요. 어른들은 숫자를 좋아하거든요. 여러분이 새로운 친구에 관해 어른들에게 말하면, 어른들은 본질적인 것은 물어보지 않지요.

"그 애의 목소리는 어떻든? 그 애가 좋아하는 놀이는 뭐냐?

22

그 애도 나비를 채집하니?"

절대로 어른들은 이렇게 묻는 법이 없어요.

"그 앤 나이가 몇이냐? 형제들은 몇이나 되니?

몸무게는 얼마지? 그 애 아버진 돈을 얼마나 버니?"

어른들은 기껏 이런 식의 질문만으로 그 친구에 대해 죄다 알고 있다고 생각하지요.

만일 여러분들이 어른에게,

"나는 아주 아름다운 장밋빛 벽돌집을 보았어요. 창문에 제라늄이 있고, 지붕 위에 비둘기가 있는……."

라고 말한다면 어른들은 그 집을 상상해내지 못할 거예요. 그들에겐 차라리 이렇게 말하는 편이 나아요.

"나는 십만 프랑짜리 집을 보았어요."

그때야 비로소 그들은 탄성을 내지르지요.

"얼마나 멋진 집일까!"

여러분은 어른들에게 이렇게 말할 수도 있어요.

"어린 왕자가 존재했다는 증거는 그 애가 멋있었고, 그 애가 웃었고, 그 애가 양을 갖고 싶어했다는 것이에요. 누군가가 양을 갖고 싶어한다면, 그것은 누군가가 존재한다는 증거예요."

하지만 그런들 무슨 소용이 있겠어요. 어른들은 어깨를 으쓱하며 여러분을 어린아이 취급을 할 텐데요. 하지만 "그가 온 별은 소행성 B612예요"라고 말하면 어른들은 곧 알아들을 거예요. 질문 따위를 늘어놓으며 여러분들을 귀찮게 하지도 않을 거고요. 어른들은 언제나 이런 식이라니까요. 그들을 탓해서는 안 돼요. 어린이들은 어른들을 아주 너그럽게 대해야만 해요.

물론 인생을 이해할 줄 아는 우리들은 숫자 같은 것을 대수롭지 않게 여기지요. 나는 이 이야기를 동화 식으로 시작하고 싶었어요. 이렇게 말예요.

"옛날에 자기보다 조금 클까말까 한 별에 어린 왕자가 살고 있었어요. 그는 친구가 필요했어요. 그래서……."

인생을 이해하는 사람들에게는 이런 식의 이야기가 훨씬 더 진실하게 느껴질 거예요.

왜냐하면 나는 사람들이 내 책을 가볍게 읽어버리는 것을 원치 않기 때문이에요. 이제 그 추억을 이야기하려니 깊은 슬픔이 느껴져요. 내 친구가 그의 양과 함께 떠난 지도 벌써 육 년이 되었군요. 내가 여기에다 묘사하려는 것은 그를 잊어버리지 않기 위해서예요. 친구를 잊어버린다는 것은 슬픈 일이에요. 모든 사람들이 다 친구를 갖는 것은 아니잖아요. 그를 잊는다면 나도 이제는 숫자에만 관심이 있는 어른들처럼 되어버릴 수도 있어요.

내가 다시 그림물감과 연필을 사온 것은 바로 그런 이유 때문이에요. 여섯 살 적에 속이 보이는 보아뱀과 속이 보이지 않는 보아뱀의 그림 외에는 전혀 손대보지 못했던 내가 이 나이에 다시 그림을 시작하다니! 나는 물론 가능한 한 그의 모습과 가장 비슷한 초상화를 그리려고 노력할 거예요. 그러나 성공할 수 있을지는 확신이 없어요. 어떤 그림은 그런 대로 괜찮겠지요. 하지만 어떤 그림은 아주 다른 모습이 되겠지요. 어린 왕자의 키도 약간은 틀릴 거 같아요. 이쪽 어린 왕자는 너무 크고 저쪽은 너무 작고 말예요. 그의 옷 색깔도 망설여져요. 그래서 나는 가능한 한 기억을 더듬어 그려보았어요. 되건 안 되건 그저 이 정도로 만족할 수 있었으면 하고 바랄 뿐이에요.

아주 중요한 몇몇 부분에서는 잘못을 저지를지도 몰라요. 하지만 그것은 용서해야 해요. 내 친구는 내게 아무런 설명도 해주지 않았으니까요. 어쩌면 그는 내가 자기와 비슷하리라고 생각했는지도 몰라요. 그러나 불행히도 나는 상자 속에 있는 양을 볼 줄 몰라요. 어쩌면 나도 조금은 어른들을 닮아버렸는지도 몰라요. 아마 늙어버렸는지도요.

5

나는 어린 왕자의 별, 그 별을 떠나온 사연, 그의 여행 등에 대해 날마다 조금씩 알게 되었어요. 이것은 우연히 자연스럽게 흘러나온 이야기를 듣고 알게 된 것들이에요. 그래서 사흘째 되는 날 바오밥나무의 비극도 알게 되었던 거예요.

이번에도 역시 양의 도움 때문이었어요. 어린 왕자는 무슨 대단한 의심에 사로잡히기라도 한 듯 내게 질문을 던졌어요.

"양들이 작은 떨기나무를 먹는다는 게 사실인가요?"

"그럼, 사실이지."

"아, 그럼 잘됐어요!"

양이 작은 떨기나무를 먹는다는 게 왜 그리 중요한 일인지 나는 이해할 수 없었어요. 그러나 어린 왕자는 이렇게 덧붙이는 것이었어요.

"그렇다면 양들은 바오밥나무도 먹는단 말이군요?"

나는 어린 왕자에게, 바오밥나무는 작은 떨기나무가 아니라 교회처럼 커다란 나무이며, 한 떼의 코끼리를 몰고 간다 해도 바오밥나무 한 그루 해치우기는 힘들 거라고 일러주었어요.

어린 왕자는 한 떼의 코끼리라는 말이 우스웠던가봐요.

"아무래도 코끼리를 포개놓아야 하겠는걸요……."

그런데 어린 왕자가 총명스럽게 말했어요.

"바오밥나무도 크게 자라기 전에는 작은 나무잖아요."

"물론이지! 그런데 왜 양이 어린 바오밥나무를 먹어야 한다는 거니?"

그는 뻔한 걸 묻는다는 듯이 대답했어요.

"그야, 당연하죠!"

그러나 나는 이 문제를 혼자서 푸느라 온갖 궁리를 다 했어요.

사실은 어린 왕자의 별에는, 다른 별도 그렇듯이 좋은 풀과 나쁜 풀이 있었대요. 따라서 좋은 풀에 맺는 좋은 씨와 나쁜 풀에 맺는 나쁜 씨가 있는 거지요. 그러나 씨앗들은 보이지 않아요. 씨앗들은 땅 속 비밀스러운 곳에서 문득 깨어나고 싶을 때까지 잠을 자는 거예요. 그런 다음 씨앗은 기지개를 켜고는 태양을 향해 머뭇거리는 듯하다가 그 아름답고 연약한 새싹을 수줍은 듯이 내미는 거예요. 무나 장미나무의 어린 싹이라면 마음껏 자라도록 내버두어도 괜찮아요. 그러나 나쁜 식물의 싹이라면 발견한 즉시 뽑아버려야 해요.

그런데 어린 왕자의 별에는 무시운 씨가 있었대요. 바로 바오밥 나무의 씨었어요. 그 별의 흙엔 바오밥나무 씨 투성이였대요. 바오밥나무는 너무 늦게 손을 쓰면 그땐 정말 없애버릴 수 없잖아요. 나무가 온 별을 다 차지하고, 나무 뿌리는 별 깊숙이 구멍을 뚫는 거예요. 게다가 별은 너무 작은데 바오밥나무가 너무 많으면 산산조각이 날지도 몰라요.

어린 왕자는 나중에 이런 말을 했어요.

"그건 규율의 문제예요. 아침 몸단장이 끝나면, 별도 몸단장을 해줘야 해요. 바오밥나무도 규칙적으로 뽑아야 해요. 어렸을 때는 장미나무와 아주 비슷하지만, 구별할 수 있게 되면 즉시 뽑아버려야 해요. 귀찮은 일이지만 그게 쉬운 일이에요."

그리고 어느 날, 어린 왕자는 이 땅에 살고 있는 어린이들 머릿속에 깊이 새겨지도록 멋진 그림 하나를 그려보라고 권했어요.

"언젠가 그 아이들이 여행을 하게 되면 이게 도움이 될 거예요. 이따금 일을 뒤로 미뤄두어도 별일 없을 수도 있어요. 하지만 바오밥나무의 경우라면 반드시 큰 재난이 일어나고 말아요. 난 게으름뱅이가 살고 있는 별 하나를 본 적이 있어요. 그런데 그는 작은 나무 세 그루를 소홀히 내버려둔 거예요……."

그래서 나는 어린 왕자의 말대로 게으름뱅이의 별을 그렸어요. 나는 도덕선생 같은 말투는 별로 좋아하지 않아요. 그러나 바오밥나무의 위험을 사람들이 너무 모르고 있고, 누군가 길을 잘못 들어

바오밥 나무들

소행성에 닿게 된다면 그가 너무 큰 위험을 당할 것 같았어요. 그래서 나는 내 조심스런 태도에 한 번만 예외를 두어 도덕선생처럼 말하기로 한 것이지요.

"어린이들아! 바오밥나무를 조심해라!"

내가 이 그림을 이렇게 힘들여 그린 것은, 오래 전부터 나처럼 멋모르고 지나쳤던 그 위험을 내 친구들에게 알려주기 위해서예요. 내 교훈은 그만큼 값어치가 있어요.

어쩌면 여러분은 이렇게 생각할지도 몰라요. '왜 이 책의 다른 그림들은 바오밥나무처럼 웅장하지 못할까?'

그 대답은 간단해요. 다른 그림들도 그렇게 그리려 애썼지만 생각보단 잘 되지 않았던 거예요. 바오밥나무를 그릴 때는 절박한 나머지 너무 열중해서 그렸거든요.

6

아, 어린 왕자! 너의 짧고 쓸쓸한 생활을 이렇게 조금씩 알게 되었지. 너에게는 오랫동안 저 석양을 바라보는 기쁨만이 유일한 위안거리였지. 나흘째 되는 날 아침, 너는 이렇게 말했지.

"나는 해 지는 것이 정말 좋아요. 해 지는 걸 보러 가요……."

그때 난 그 새로운 사실을 알게 되었지.

"기다려야 하는데……."

30

"기다린다고요? 뭘요?"

"해가 지기를 기다려야지."

처음에는 너는 놀란 표정을 지었지. 그러더니 씩 웃고는
내게 이렇게 말했지.

"나는 항상 내 별에 있는 것으로만 생각한다니까요!"

실제로 그럴 수 있다. 모두 알고 있듯이 미국이
정오이면 프랑스에서는 해가 진다. 단숨에 프랑스로
갈 수만 있다면 해 지는 것을 볼 수도 있지만
불행히도 프랑스는 너무 멀리 떨어져 있다.

그러나 그처럼 작은 너의 별에서는 의자를 몇 걸음 당겨놓으면 되었지. 그래서 넌 네가 원할 때마다 해 지는 모습을 바라볼 수 있었을 테고……

"어느 날 난 마흔세 번이나 해 지는 것을 보았어요!"

그리고 조금 후에 넌 이렇게 덧붙였지.

"아저씨도 알 거예요……. 누구나 슬픔에 잠기면 석양을 좋아하게 된다는 걸……."

"그럼 마흔세 번 석양을 본 날은 몹시 슬펐겠구나?"

그러나 어린 왕자는 대답하지 않았어요.

7

닷새 째 되던 날, 역시 양 덕분에 어린 왕자에 대한 비밀을 알게 되었어요. 오랫동안 심사숙고한 끝에 어린 왕자는 불쑥 나에게 이렇게 물었어요.

"양이 작은 떨기나무를 먹는다면 꽃도 먹나요?"

"양은 닥치는 대로 다 먹는단다."

"가시가 있는 꽃도 먹는단 말예요?"

"물론, 가시가 있는 꽃도 먹지."

"그러면 가시는 뭐에 쓰는 건가요?"

나는 그것을 몰랐어요. 그때 나는 엔진에 꽉 조여 있는 나사를 푸느라 온 정신을 쏟고 있었어요. 비행기 고장이 아주 심각했기 때문에 몹시 걱정스러웠지요. 게다가 마실 물도 얼마 남지 않은 터라 나는 최악의 사태를 맞을까봐 두려웠어요.

"가시는 어디에 쓰는 거냐고요?"

어린 왕자는 한번 질문을 던지면 결코 포기하는 법이 없었어요. 나는 나사 때문에 화가 나 있었기 때문에 이런 식으로 아무렇게나 대답했어요.

"가시, 그건 아무 데도 쓸모 없는 거야. 그건 꽃들이 공연한 심술을 부리는 거라고!"

"아!"

어린 왕자는 잠자코 있더니 화가 난 듯이 나에게 이렇게 쏘아붙였어요.

"아저씨 말을 믿을 수 없어요! 꽃들은 약해요. 순진해요. 꽃들은 할 수 있는 데까지 자신들을 지키려는 거란 말예요. 꽃들은 자기 가시가 무서운 줄 알고 있는 거예요……."

나는 아무런 대꾸도 하지 않았어요. 그때 나는 이런 생각을 하고 있었어요.

'이 나사가 그래도 안 풀리면 망치로 두들겨서 튀어오르게 해야겠어.'

그런데 어린 왕자는 또다시 내 생각을 흩뜨려놓는 거예요.

"그러니까 아저씬 그렇게 믿는 거야. 꽃들이……."

"아니야! 난 아무것도 믿지 않아! 난 아무렇게나 대답한 거란 말야. 나는 지금 중요한 일에 몰두하고 있단 말야!"

그는 깜짝 놀라 나를 쳐다보았어요.

"중요한 일이라고요!"

어린 왕자는, 망치를 들고 손가락은 기름으로 범벅이 된 채, 그가 보기에는 매우 흉측해 보이는 물건에 엎드려 있는 내 모습을 지켜보고 있었어요.

"아저씨도 어른들처럼 말하는군요!"

그 말을 듣고 나는 좀 부끄러웠어요. 그러나 어린 왕자는 매정하게 이렇게 덧붙였어요.

"아저씨는 모든 걸 혼동하고 있는 거야. 모든 걸 혼동하고 있어……."

그는 정말 몹시 화가 나 있었어요. 그의 금빛 머리칼이 바람에 흩날리고 있었어요.

"나는 얼굴이 빨간 신사가 살고 있는 별을 알아요. 그 신사는 꽃 향기를 한 번도 맡아본 적이 없어요. 별 하나 바라본 적도 없고 말예요. 그는 어느 누구 하나 사랑해본 적도 없어요. 오직 계산 외에는 다른 아무것도 해본 적이 없어요. 하루 종일 아저씨처럼 이런 말만 되풀이하는 거예요. '나는 중요한 사람이야! 나는 중요한 사람이야!' 하고 오만을 떨면서요. 하지만 그건 사람이 아니에요. 버섯이에요!"

"뭐라고?"

"버섯이라고요!"

어린 왕자는 이제 화가 나서 얼굴이 창백해졌어요.

"수백만 년 전부터 꽃들은 가시를 만들어왔어요. 수백만 년 전부터 양도 그 꽃들을 먹어왔고 말예요. 그런데도 꽃들이 왜 아무 소용이 없는 가시를 만들려고 그토록 많은 고통을 겪는지 이해하는 것이 중요한 일이 아니란 말이에요? 양과 꽃들의 전쟁이 중요한 것이 아니란 말이지요? 그 뚱뚱하고 얼굴이 빨간 신사의 계산보다 더 중요하지 않단 말이지요? 그리고 내 별 외에는 어디에도 없는, 이 세상에 단 한 송이밖에 없는 꽃을 내가 알고 있다면, 그리고 어느 날 아침 조그만 양이 멋도 모르고 단숨에 그 꽃을 먹어버릴 수 있다는 게 중요한 일이 아니란 말이지요!"

어린 왕자는 얼굴이 빨개져 서 말을 이었어요.

"수백만이 넘는 수없이 많은 별들 속에 단 하나밖에 없는 꽃을 사랑하고 있는 사람은 그 별들을 바라보는 것만으로도 행복할 거예요. '저 하늘 어딘가에 내 꽃이 있겠지……' 하고 생각하면서. 그런데 양이 그 꽃을 먹어버리면

35

어떻게 되겠어요. 마치 모든 별들이 갑자기 사라져버리는 것과 같을 거예요! 그런데도 그게 중요한 일이 아니란 말이지요!"

어린 왕자는 더 이상 말을 잇지 못했어요. 어린 왕자는 별안간 흐느껴 울기 시작했어요.

이미 어둠이 드리워져 있었어요. 나는 연장들을 내려놓았어요. 망치도 나사도 복마름도 죽음도 정말로 중요하지 않았어요. 어떤 별, 어떤 떠돌이별 위에, 나의 별인 이 지구 위에 위로해주어야 할 어린 왕자가 있으니까요! 나는 그를 팔로 감싸 안고는 달래주었어요. 나는 그에게 말했어요.

"네가 사랑하는 꽃은 이제 위험하지 않아……. 양의 입에 씌우도록 내가 입마개를 하나 그려줄게……. 네 꽃을 위해 갑옷도 하나 그려줄게…… 내가……."

무슨 말을 어떻게 해야 할지 알 수 없었어요. 내 자신이 아주 서툴게 느껴졌어요. 어떻게 그를 달래줄 수 있을지, 어떻게 그의 마음을 다시 붙잡을 수 있을지 알 수 없었어요.

눈물의 나라는 그처럼 신비로웠어요!

8

나는 곧 그 꽃에 대해 더 많은 것을 알게 되었어요. 어린 왕자의 별에는 아주 소박한 꽃들, 요컨대 꽃잎이라곤 하나밖에 없는 꽃들이 있었어요. 이 꽃들은 그다지 자리를 차지하는 것도 아니고, 어느 누구에게도 방해가 되지 않았어요. 그것들은 어느 날 아침 풀밭에 나타났다가 저녁이 되면 조용히 사라지는 거예요. 그런데 어느 날, 어디서 날아왔는지 알 수 없는 씨앗 하나에서 싹이 텄던 거예요. 어린 왕자는 다른 싹들과는 닮지 않은 이 어린 나무를 아주 가까이서 살펴보았어요. 어쩌면 새로운 종류의 바오밥나무인지도 모를 일이거든요.

이 어린 나무는 곧 성장을 멈추고 꽃을 피울 준비를 하기 시작했지요. 어린 왕자는 커져가는 꽃망울을 지켜보며 곧 어떤 기적이 일어나리라고 예감했어요. 그러나 꽃은 초록빛 방에 숨어 계속 아름다움을 가꾸고 있었어요. 정성 들여 자신의 색깔을 고르고 있었어요. 꽃은 천천히 옷을 입고 꽃잎을 하나하나 가다듬었지요. 그 꽃은 개양귀비꽃처럼 구겨진 옷차림으로 외출하고 싶지 않았던 거예요. 아름다움이 가장 빛을 발할 때 모습을 드러내고 싶었던 거지요.

아, 정말! 멋들어진 꽃이었어요! 그 꽃의 신비로운 화장은 꽤 여러 날이 걸렸어요.

그리하여 어느 날 아침, 바로 해가 뜰 무렵 그 꽃은 제 모습을 드러냈어요.

그리고 그 꽃은 아주 꼼꼼하게 화장을 했음에도 불구하고 하품을 하며 이렇게 말했어요.

"아! 전 이제 겨우 잠에서 깨어났답니다……. 미안해요……. 아직 머리도 엉망이고……."

그러나 어린 왕자는 감탄을 억제할 수가 없었어요.

"당신은 정말 아름답군요."

꽃이 부드럽게 대답했어요.

"그렇죠? 그리고 전 해님과 함께 태어났어요……."

어린 왕자는 그 꽃이 그다지 겸손하지 않다는 걸 알아차렸어요. 하지만 그 꽃은 정말 마음을 설레게 했어요!

"아침식사 시간이 된 것 같은데, 내 생각 좀 해주셨으면 좋겠군요……."

꽃은 이내 말을 이었어요.

그러자 어린 왕자는 어쩔 줄 몰라하며 시원한 물이 담긴 물뿌리개를 찾아다가 꽃의 시중을 들었어요.

이렇게 그 꽃은 태어나자마자 약간은 심술궂은 허영심으로 어린 왕자를 괴롭혔어요. 어느 날은 자기의 몸에 달린 네 개의 가시에 대해 이야기하면서 어린 왕자에게 이런 말을 했어요.

"호랑이들이 발톱을 세우고 덤벼들지도 몰라요!"

어린 왕자가 반박했어요.

"내 별에는 호랑이가 없어요. 그리고 호

38

랑이들은 풀 따위는 먹지도 않아요."

꽃이 부드럽게 대답했어요.

"전 풀이 아니에요."

"미안해요……"

"호랑이는 무섭지 않지만 바람은 무서워
요. 바람막이를 갖고 있나요?"

'바람을 무서워하다니…… 식물로서는 참 안 된 일이야. 이 꽃은
정말 까다롭구나……' 하고 어린 왕자는 속으로 생각했어요.

"저녁엔 유리덮개를 씌워줘요. 당신 별은 너무 추워요. 설비도 엉
망이고요. 제가 떠나온 곳은……"

그러나 꽃은 거기서 말을 그만두었어요. 꽃은 씨의 모습으로 왔
던 거예요. 그러니 다른 세계에 대해서 결코 알 리가 없었지요. 그
런 뻔한 거짓말을 꾸며대다가 들킨 게 부끄러워 꽃은 어린 왕자에
게 잘못을 뒤집어씌우려고 두세 번 기침을 했어요.

"바람막이는요?"

"막 찾으려는 참이었는데 당신이 말을 걸었잖아요……."

그러자 꽃은 억지 기침을 하여 어찌 됐든 어린 왕자를 후회하도록 만들었어요.

이렇게 해서 어린 왕자는 사랑에서 우러나온 선의를 가지고 있으면서도 그 꽃을 의심하게 되었어요. 대수롭지 않은 말을 심각하게 받아들였어요. 그것은 그를 아주 불행하게 했어요.

어느 날 그는 내게 속마음을 털어놓았어요.

"꽃의 말을 듣지 말아야 했어요. 절대로 꽃들의 말을 들어서는 안 돼요. 그냥 바라보고 향기나 맡아야 해요. 내 꽃은 내 별을 향기롭게 해주었는데도 나는 그걸 즐길 줄 몰랐던 거예요. 그 발톱 이야기만 해도 그래요. 내가 그렇게 화를 낼 것이 아니라 가엾게 여겼어야 하는 건데……."

어린 왕자는 계속해서 자기의 속마음을 이야기했어요.

"그때 난 아무것도 알지 못했어요! 말이 아니라 행동을 보고 판단해야 했어요. 그 꽃은 나를 향기롭게 해주고 내 마음을 맑게 해주었어요. 거기서 도망쳐 나오는 것이 아니었어요! 그 가련한 속임수 뒤에 애정이 숨어 있는 걸 알아차려야 했어요. 꽃들은 아주 모

순덩어리예요! 하지만 난 너무 어려서 꽃을 사랑할 줄 몰랐던 거예요."

나는 어린 왕자가 철새 떼의 이동을 이용해서 별을 떠났으리라 생각해요. 떠나는 날 아침 그는 별을 잘 정돈해놓았어요. 그는 불 있는 화산을 정성스럽게 청소했지요. 그에겐 불 있는 화산이 둘 있었어요. 그런데 그것들은 아침밥을 데우기에 아주 편리했어요. 불 꺼진 화산도 하나 있었어요. 하지만 그의 말처럼 '아무도 모를 일이었어요!' 그래서 그는 그것도 똑같이 청소했어요. 청소만 잘 되어 있으면 화산들은 폭발하는 일 없이 조용히 규칙적으로 불타 오르게 마련이거든요. 화산 폭발은 굴뚝의 불길과 같은 거예요.

물론 지구 위에서는 화산을 청소하기에는 우리가 너무 작아요. 그래서 우리는 화산 폭발 때문에 곤란한 일을 많이 겪게 되는 것이고요.

어린 왕자는 좀 서글픈 마음으로 막 돋아난 바오밥나무의 싹들도 뽑았어요. 다시는 돌아올 수 없으리라 생각했던 거예요. 친숙한 그 모든 일들이 그날 아침엔 유난히도 정겹게 느껴졌어요. 그리고 마지막으로 꽃에 물을 주고, 유리덮개를 씌워주려는 순간 그만 울고 싶어졌던 거예요.

그는 불 있는 화산을 정성스럽게 청소 했지요

"안녕."

어린 왕자는 꽃에게 작별 인사를 했어요.

그러나 꽃은 대답이 없었어요.

"잘 있어."

그는 다시 말했어요.

꽃은 기침을 했어요. 하지만 그것은 감기 때문이 아니었어요.

마침내 꽃이 말했어요.

"내가 어리석었어요. 용서해줘요. 부디 행복해요."

어린 왕자는 꽃이 나무라지 않는 것이 놀라웠어요. 유리덮개를 든 채 그는 멍하니 서 있었어요. 이렇게 부드럽고 침착하다니, 도무지 이해할 수 없었어요.

"그래요, 난 당신을 사랑해요."

꽃이 말했어요.

"당신은 그걸 알아차리지 못했던 거예요. 내 잘못이에요. 그런 건 아무래도 괜찮아요. 하지만 당신도 나만큼이나 바보였어요. 부디 행복해요……. 그 유리덮개는 그냥 둬요. 이젠 필요 없어요."

"하지만 바람이……."

"감기가 그리 심하진 않아요. 시원한 밤바람이 내 기분을 좋게 해줄 거예요. 난 꽃이니까요."

"하지만 짐승들이……."

"나비를 만나려면 두세 마리 벌레쯤은 견뎌내야 해요. 나비는 무척 아름다운 것 같아요. 나비가 아니라면 누가 날 찾아오겠어요? 당신은 멀리 있을 테고요. 커다란 짐승은 무섭지 않아요. 나한텐 손톱이 있으니까요."

그러면서 꽃은 천진하게 가시 네 개를 보여주었어요. 그리고 덧붙여 말했어요.

"그렇게 꾸물거리지 말아요. 자꾸 신경이 쓰여요. 이미 떠나기로 마음먹었으니 어서 가란 말예요."

꽃은 우는 모습을 보이고 싶지 않았던 거예요. 그만큼 자존심이 강한 꽃이었어요…….

10

어린 왕자는 소행성 325, 326, 327, 328, 329, 330과 이웃하고 있었어요. 그래서 그는 견문을 넓히기 위해 그 별들을 방문하기로 했어요.

첫번째 별에는 왕이 살고 있었어요. 왕은 자줏빛 천과 흰 담비 털가죽으로 만든 옷을 입고서 소박하면서도 위엄 있는 왕좌에 앉아 있었어요.

왕은 어린 왕자를 보고는 이렇게 소리쳤어요.

"아! 신하가 하나 오는구나."

어린 왕자는 의아하게 생각했어요.

"한 번도 나를 본 적이 없는데 어떻게 알아볼까!"

왕에게는 이 세상이 아주 간단하다는 것을 어린 왕자는 몰랐던 거예요. 왕에겐 모든 사람이 다 신하이거든요.

"짐이 그대를 더 잘 볼 수 있도록 더 가까이 오너라."

왕은 왕 노릇을 할 수 있게 되자 뿌듯해서 말했어요.

어린 왕자는 앉을 자리를 찾아보았지만 별은 그 화려한 담비 털 가죽 망토로 온통 덮여 있었어요. 그래서 어린 왕자는 그냥 서 있었어요. 그러고는 피곤해서 하품을 했어요.

"왕 앞에서 하품을 하는 것은 예의에 어긋남이니라. 짐은 그대에게 이를 금하노라."

"어쩔 수 없어요. 오랫동안 여행을 하느라 잠을 못 잤거든요……."

어린 왕자는 당황해하며 대답했어요.

"그러면 짐은 그대에게 하품을 하도록 명하노라. 여러 해 전부터 하품하는 사람을 본 적이 없으니 짐으로서는 하품은 신기한 것이로다. 자, 다시 하품을 하여라. 명령이다."

왕이 말했어요.

"그렇게 말씀하시니 겁이 나요……. 더 이상 하품이 나오질 않아요……."

어린 왕자가 얼굴을 붉히며 말했어요.

"어흠! 어흠! 그러면 짐은……, 짐은 그대에게 명한다. 어떤 때에

는 하품을 하고 어떤 때에는……."

왕은 기분이 상한 듯 말을 얼버무렸어요.

왜냐고요? 왕은 본질적으로 자기 권위가 존중되는 걸 좋아하기 때문이에요. 불복종에 관용이란 있을 수 없어요. 그는 절대군주였던 거예요. 그러나 왕은 아주 선량했기 때문에

합리적인 명령을 내렸어요.

"짐이 만일 어느 장군에게 바다새로 변하라고 명령을 내렸는데 그 장군이 명령에 복종하지 않았다면, 그건 장군의 잘못이 아니라

짐의 잘못이니라."

그는 평상시에 이렇게 말하곤 했어요.

"앉아도 괜찮을까요?"

어린 왕자는 머뭇거리며 물었어요.

"짐은 그대에게 앉기를 명하노라."

왕은 담비 망토 한 자락을 위엄 있게 걷어올리면서 대답했어요.

하지만 어린 왕자는 궁금했어요. 그 별은 아주 작았거든요. 이 왕은 대체 무얼 다스리는 걸까?

"폐하……, 허락하신다면 여쭈어보고 싶은 게 있는데요……."

어린 왕자가 왕에게 말했어요.

"짐은 그대에게 질문하기를 명하노라."

왕은 서둘러 말했어요.

"폐하……, 폐하께선 무얼 다스리시나요?"

"모든 것을."

왕은 아주 간단하게 대답했어요.

"모든 것이라뇨?"

왕은 조심스럽게 그의 별과 다른 모든 별들과 그리고 떠돌이별들을 가리켰어요.

"저걸 전부요?"

어린 왕자가 물었어요.

"전부……."

그는 절대군주였을 뿐만 아니라 우주의 군주였던 거예요.

"별들도 폐하께 복종하나요?"

"물론이로다. 별들은 즉시 복종하느니라. 짐은 규율을 어기는 것을 용서치 아니하노라."

왕이 말했어요.

어린 왕자는 그런 권력에 감탄했어요. '내게 그런 권력이 있다면 얼마나 좋을까. 의자를 끌어당길 필요도 없이 하루에 마흔네 번이 아니라 일흔두 번, 아니 백 번이라도, 아니 이백 번이라도 석양을 구경할 수 있을 텐데!' 그러자 두고 온 작은 별이 떠올라서 어린 왕자는 조금 슬퍼졌어요. 그래서 용기를 내어 왕에게 부탁을 했어요.

"저는 해 지는 것을 보고 싶어요……. 저에게 관용을 베풀어주세요……. 해가 지도록 명령해주세요……."

"짐이 만일 어느 장군에게 나비처럼 이 꽃 저 꽃으로 날아다니라든지, 아니면 비극을 한 편 쓰라든지, 바다새로 변하라고 명령했을 때 그 장군이 내 명령을 수행하지 못했다면 짐과 장군 둘 중 누구의 잘못인가?"

"폐하의 잘못이에요."

어린 왕자는 단호하게 대답했어요.

"맞도다. 누구에게나 그가 할 수 있는 것을 요구해야만 하느니라. 권위란 우선 이성에 근거를 두는 법이니라. 만일 그대가 그대의 백성들에게 바다에 빠지라고 명령한다면 백성들은 혁명을 일으킬 것

이니라. 짐의 명령이 온당하기 때문에 짐은 복종을 요구할 권리가
있는 것이로다.”

“그럼 제가 부탁한 석양은요?”

한번 질문하면 절대로 잊어버리지 않는 어린 왕자는 다시 물었어
요.

“그대는 석양을 보게 될 것이니라. 짐이 그것을 요구하겠노라. 하
지만 짐의 통치관에 따라 조건이 마련될 때까지 기다릴 것이니라.”

“언제 그렇게 될까요?”

어린 왕자는 다시 물었어요.

“에헴! 에헴!”

왕은 우선 커다란 달력을 들추며 대답했어요.

“그것은…… 오늘 저녁…… 그것은 오늘 저녁 일곱 시 사십 분 경
이 될 것이니라! 그러면 그대는 짐이 내린 명령이 얼마나 잘 이행되
는지 알게 될 것이니라.”

어린 왕자는 하품을 했어요. 해 지는 것을 못 보게 되어 서운했어
요. 그는 벌써 좀 지루해졌어요.

어린 왕자는 왕에게 말했어요.

“저는 여기서 더 할 일이 없어졌어요. 이제 떠나겠어요.”

“떠나지 말라.”

신하를 갖게 되어 아주 뿌듯했던 왕이 대답했어요.

“떠나지 말라. 짐은 그대를 장관에 임명하노라!”

"무슨 장관인데요?"

"음…… 법무장관!"

"하지만 재판할 사람이 없는데요!"

"그건 모르는 일이로다!"

왕이 어린 왕자에게 대답했어요.

"짐은 아직까지 왕국을 돌아본 적이 없노라. 나는 너무 늙었는데, 수레를 놓을 자리는 없고, 걷는 일도 피곤한 일이로다."

"하지만 전 벌써 본걸요."

어린 왕자가 몸을 돌려 그 별의 다른 편을 힐끗 보고 나서 말했어요.

"저쪽에도 아무도 없어요……."

왕이 어린 왕자에게 대답했어요.

"그러면 그대 자신을 심판하라. 그것이 가장 어려운 일이로다. 다른 사람을 심판하는 것보다 자신을 심판하는 게 더 어려운 일이니라. 그대가 정말 자신을 잘 심판할 수 있게 된다면 그대는 참으로 지혜로운 사람이로다."

어린 왕자는 이렇게 말했어요.

"저는 어디서든 저를 심판할 수 있어요. 꼭 여기서 살아야 할 필요는 없어요."

왕이 말했어요.

"에헴! 에헴! 짐의 별 어딘가에 늙은 쥐 한 마리가 있음이 확실하다. 밤이면 쥐 소리가 들리노라. 그대는 그 늙은 쥐를 심판할 수 있으렷다. 어쩌면 그 쥐를 사형에 처해야 하리라. 그러므로 쥐의 생명은 그대의 심판에 달려 있도다. 그러나 그때마다 그 쥐를 특별 사면하도록 하라. 쥐는 한 마리밖에 없으니까."

어린 왕자가 왕에게 대답했어요.

"저는…… 사형선고를 좋아하지 않아요. 저는 가야 해요."

"안 된다."

어린 왕자는 떠날 채비를 끝냈지만 늙은 군주를 슬프게 하고 싶지 않았어요. 그래서 이렇게 말했어요.

"폐하의 명령이 지켜지길 원하신다면 제게 합당한 명령을 내려주셔야 해요. 이를테면 즉시 떠나라고 명령하셔야 한다고요. 제 생각엔 지금이 딱 좋은 조건인 듯한데요……."

왕이 아무런 대답도 하지 않았으므로 어린 왕자는 잠시 주저하다 곧 한숨을 쉬며 별을 떠났어요.

"짐은 그대를 대사로 임명하노라."

왕이 다급하게 외쳤어요. 왕은 아주 권위 있는 모습이었어요.

'어른들은 정말 이상도 하지.'

어린 왕자는 마음속으로 이렇게 생각했어요.

두 번째 별에는 허영쟁이가 살고 있었어요.

"오! 오! 찬미자의 방문이로군!"

그는 어린 왕자를 보자마자 멀리서부터 소리치는 거였어요.

허영쟁이에겐 다른 사람들은 모두 찬미자로 보이는 법이거든요.

"안녕하세요, 아저씨는 이상한 모자를 쓰셨네요."

어린 왕자가 말했어요.

"답례를 하기 위해서야. 사람들이 나에게 박수갈채를 보내면 답례를 해야 하거든. 그런데 불행히도 여기를 지나가는 사람이 아무도 없어."

허영쟁이가 대답했어요.

"아, 그래요?"

어린 왕자는 무슨 말인지 알아듣지도 못한 채 말했어요.

"두 손을 마주쳐보렴."

허영쟁이가 어린 왕자에게 지시했어요.

어린 왕자는 두 손을 마주쳤어요. 허영쟁이는 공손히 모자를 벗어 들고 답례를 했지요.

'왕을 만났을 때보다 훨씬 재미있는데.' 어린 왕자는 이렇게 생각했어요. 그래서 그는 다시 박수를 치기 시작했어요. 허영쟁이는 모자를 들어올려 다시 답례를 했고요.

오 분 동안 그 노릇을 하고 있자니 어린 왕자는 이 단조로운 놀이에 싫증이 났어요.

"그런데 모자가 떨어지면 어떻게 해야 하나요?"

어린 왕자가 물었어요.

그러나 허영쟁이는 그 말을 듣지 못했어요. 허영쟁이는 칭찬하는 말밖에는 듣지 못해요.

"너는 정말로 나를 찬미하니?"

그가 어린 왕자에게 물었어요.

"찬미한다는 게 무슨 뜻인데요?"

"찬미한다는 건 내가 이 별에서 가장 잘생기고, 옷을 잘 입고, 부자고, 지식이 많다는 걸 인정해준다는 뜻이지."

"하지만 이 별에는 아저씨 혼자뿐이잖아요!"

"내게 호의를 베풀어다오. 어서 나를 찬미해주렴!"

어린 왕자는 어깨를 약간 으쓱하며 말했어요.

"난 아저씨를 찬미해요. 하지만 그게 아저씨한테 무슨 소용이 있어요?"

어린 왕자는 그 별을 떠났어요.

'어른들은 정말 이상해.' 여행을 하면서 어린 왕자는 마음속으로 그렇게 생각했어요.

다음 별에는 주정뱅이가 살고 있었어요. 이 별에는 아주 잠깐 들렀을 뿐이지만 어린 왕자의 기분을 몹시 우울하게 했어요.

"거기서 뭘 하고 있나요?"

어린 왕자가 주정뱅이에게 말했어요. 그 주정뱅이는 빈 병 한 무더기와 술이 가득 찬 병 한 무더기를 앞에 놓고 말없이 앉아 있었어요.

"술을 마시고 있지."

주정뱅이가 침울한 표정으로 대답했어요.

"술을 왜 마셔요?"

"잊기 위해서야."

"무엇을요?"

어린 왕자는 어쩐지 측은한 생각이 들어서 물었어요.

"내가 부끄러운 놈이란 걸 잊기 위해서야."

주정뱅이가 고개를 떨어뜨리며 고백했어요.

"뭐가 부끄러운데요?"

어린 왕자는 그를 도와주고 싶었어요.

"술 마신다는 게 부끄러워!"

주정뱅이는 말을 끝내고 입을 꼭 다물어버렸어요.

어린 왕자는 당황해서 그 별을 떠났어요.
'어른들은 정말로 이상해.' 여행을 하는 동안
그는 마음속으로 그렇게 생각했어요.

13

네 번째 별은 상인의 별이었어요. 그 사람은 너무 바빠서 어린 왕자가 왔는데도 고개조차 들지 않았어요.

"안녕하세요? 담뱃불이 꺼졌네요."

어린 왕자가 그에게 말을 걸었어요.

"셋 더하기 둘은 다섯, 다섯 더하기 일곱은 열둘, 열둘에다 셋은 열다섯. 안녕, 열다섯에 일곱은 스물둘, 스물둘에다 여섯이면 스물여덟, 다시 불붙일 시간도 없구나. 스물여섯에 다섯은 서른하나. 휴우! 자 그러니까 오억 일백육십이만 이천칠백삼십일이로구나."

"뭐가 오억인데요?"

"어, 너 여태 거기 있니? 오억 일백만…… 그리고 뭐더라…… 난 이렇게 일이 많단다! 나는 중대한 일을 하는 사람이야. 난 말이야, 시시한 이야기 따위로 시간을 보내진 않아. 둘에 다섯은 일곱……."

"뭐가 오억 일백만인데요?"

한번 질문을 하면 절대로 포기하지 않는 어린 왕자가 다시 물었어요.

상인이 고개를 들었어요.

"나는 이 별에 오십사 년 동안 살면서 방해를 받은 적은 세 번밖에 없었어. 처음은 이십이 년 전이야. 어디서 날아들었는지 풍뎅이 한 마리가 떨어졌지. 그놈이 요란한 소리를 내지르는 통에 덧셈이

네 군데나 틀렸지. 두 번째는 십일 년 전인데 신경통이 도졌기 때문
이었어. 난 운동부족이야. 한가롭게 걸어다닐 시간이 없단다. 나는
말이야, 중대한 사람이야. 세 번째는…… 바로 너야. 그러니까 아까
뭐라고 했더라. 오억 일백만……."

"뭐가 억이고 백만이란 말예요?"

조용해지긴 틀렸다고 상인은 깨달았어요.

"이따금 하늘에서 볼 수 있는 조그만 것들 말이야."

"파리 떼들 말인가요?"

"천만에, 반짝반짝 빛나는 작은 것들 말이다."

"꿀벌들이요?"

"아니야, 금빛으로 반짝이는 조그만 것들 말이다. 게으름뱅이들
은 그걸 쳐다보며 부질없는 몽상에 잠기지. 그러나 난 중대한 사람

이야. 부질없는 몽상에 잠길 시간이 없단다."

"아! 별들 말이에요?"

"그래, 맞아, 별들 말이야."

"그럼 아저씬 별을 오억 개나 가지고 뭘 하는 거예요?"

"오억 일백육십이만 이천칠백삼십일이지. 나는 중대한 사람이야. 나는 정확해."

"그런데 그 별들로 뭘 하려는 건데요?"

"뭘 하려느냐고?"

"예."

"아무것도 안 해. 그것들을 소유하는 거지."

"아저씨가 별들을 소유해요?"

"그래."

"하지만 난 왕을 만난 적이 있는데, 그 왕이……."

"왕은 소유하는 게 아니지. '지배하는' 거야. 소유와 지배는 다른 거야."

"그럼 별을 소유하면 아저씨에게 무슨 소용이 있는데요?"

"내가 부자가 되는 데 소용 있지."

"그럼 부자가 되는 건 무슨 소용이 있어요?"

"다른 별을 발견하면 그걸 사는 데 쓰는 거야."

'아 이 사람도 이치를 따지는 품이 그 주정뱅이와 비슷하구나' 하고 어린 왕자는 속으로 생각했어요.

그럼에도 불구하고 그는 다시 이런 질문을 했어요.

"별들을 어떻게 소유하는데요?"

"그것들이 누구의 것이지?"

상인이 까다롭게 되물었어요.

"글쎄요, 누구의 것도 아니지요."

"그러니까 그것들은 내 거야. 그걸 맨 처음 생각한 사람은 나니까 말이야."

"그걸로 다 되는 거예요?"

"물론이지, 누구의 것도 아닌 다이아몬드를 네가 발견했다면 그건 네 거야. 아무도 소유하지 않은 섬 하나를 네가 봤다면 그건 네 섬이야. 어떤 아이디어를 네가 맨 처음 떠올렸다면 넌 특허를 낼 수 있어. 그 생각은 네 것이니까. 마찬가지야, 나보다 먼저 별을 갖겠다고 생각한 사람이 하나도 없으니까 별은 내 거야."

"그렇군요. 하지만 그걸로 뭘 할 건데요?"

어린 왕자가 물었어요.

"난 그것들을 관리하지. 별을 세고 또 세는 거야. 어려운 일이지. 그러나 난 중대한 일을 하고 있는 사람이야!"

상인이 말했어요.

어린 왕자는 아직 만족스럽지 못했어요.

"난, 머플러가 있으면 그걸 목에 감고 다닐 수가 있어요. 난, 꽃이 있으면 그걸 꺾어 가지고 다닐 수가 있어요. 그러나 아저씨는 별을 딸 수도 없잖아요."

"없지. 그러나 은행에 맡겨둘 수는 있어."

"그게 무슨 의미인데요?"

"작은 종이에 내가 가진 별들의 숫자를 적어서 서랍 속에 넣고 자물쇠를 채워두는 걸 의미하지."

"그것이 단가요?"

"그거면 충분하지!"

어린 왕자는 생각했어요. '그거 재미있네. 제법 시적이기도 하고. 하지만 중요한 일은 아니야.'

어린 왕자는 중요한 일이라는 것에 대해 어른들과는 다른 생각을 갖고 있었어요.

그는 다시 말했어요

"내겐 날마다 물을 주는 꽃이 한 송이 있어요. 매 주마다 청소를 하는 화산도 세 개 있고요. (내가 불꺼진 화산을 청소한다는 걸 아무도 모를 거예요.) 화산한테 이로운 거예요. 꽃한테도 이롭고요. 내가 그것들을 소유하고 있다는 것이요. 하지만 아저씨는 별한테 하나도 이로울 게 없네요."

상인은 입을 열었지만 대답할 말을 찾지 못했어요. 어린 왕자는 그 별을 떠났어요.

'정말 어른들은 아주 이상해.' 여행을 계속하는 동안 어린 왕자는 마음속으로 그렇게 생각했어요.

14

다섯 번째 별은 아주 신기했어요. 그 별은 별들 중에서도 아주 작은 별이었어요. 점등인 한 사람이 앉을 만한 자리밖에 없었어요. 어린 왕자는 하늘 어딘가에, 집도 없고 사람도 살지 않는 별 위에 가로등과 점등인이 무슨 소용이 있을까 이해할 수 없었어요. 그럼에도 불구하고 그는 속으로 이렇게 생각했어요.

'이 사람도 불합리한 사람일지 몰라. 하지만 왕이나 허영쟁이나 상인이나 술꾼 같은 엉터리보다는 낫겠지. 적어도 그가 하는 일은 어떤 의미가 있어. 그가 가로등에 불을 켜면 별을 하나 더, 또 꽃 한 송이를 새로 태어나게 하는 것이나 같으니까. 그가 가로등을 끄면 꽃이나 별을 잠재우는 거고. 아주 멋진 일이야. 그러니까 정말로 유익한 일이고.'

그는 별에 도착하자 점등인에게 공손히 인사를 했어요.

"안녕하세요. 왜 방금 가로등을 껐지요?"

"명령이야. 안녕?"

점등인이 대답했어요.

"명령이 뭔데요?"

"가로등을 끄라는 거야. 잘 자거라."

그러고는 그는 다시 불을 켰어요.

나는 너무 힘든 일을 하고 있단다

"그럼 왜 방금 불을 켰지요?"

"명령이야."

점등인이 대답했어요.

"전 이해가 안 돼요."

어린 왕자는 말했어요.

"이해 못할 것은 없단다. 명령은 명령이니까. 잘 잤니?"

그는 가로등을 다시 껐어요. 그러고 난 뒤 붉은 네모 무늬가 있는 손수건으로 이마의 땀을 닦았어요.

"나는 너무 힘든 일을 하고 있단다. 예전엔 이치에 맞는 일이었지. 아침에 불을 끄고 저녁에 불을 켰으니까. 낮엔 쉴 시간도 있었고 밤엔 잠잘 시간도 있었고……."

"그러면 그 뒤로 명령이 바뀌었나요?"

"명령이 바뀐 건 아니란다. 비극은 바로 그거야! 별은 해마다 점점 빨리 도는데 명령이 바뀌지 않는 거야!"

"그래서요?"

어린 왕자가 물었어요.

"그래서 지금은 별이 일 분에 한 바퀴씩 도니까 나는 단 일 초도 쉴 시간이 없는 거야. 일 분마다 한 번씩 가로등을 켰다 껐다 하는 거야!"

"정말 신기하군요! 아저씨 별은 하루가 일 분이라니!"

"전혀 신기할 게 없단다. 우리가 함께 이야기를 나누는 동안 벌써

한 달이 흘렀단다."

점등인이 말했어요.

"한 달이라고요?"

"그래, 한 달이지. 즉 삼십 분이고 삼십 일이지! 잘 자거라."

그리고 그는 다시 가로등에 불을 켰어요.

어린 왕자는 그를 바라보았어요. 그는 명령에 그토록 충실한 점등인이 좋아졌어요. 불현듯 의자를 끌어당겨 해 지는 것을 지켜보던 옛날이 떠올랐어요. 어린 왕자는 자기 친구, 점등인을 도와주고 싶었어요.

"저……, 아저씨가 원하면 쉴 수 있는 방법을 알려드릴게요……."

"나야 항상 쉬고 싶지."

점등인이 말했어요.

사람이란 충실하면서도 게으를 수 있는 법이지요. 어린 왕자는 하던 이야기를 계속했어요.

"아저씨 별은 너무 작아서 성큼성큼 걷는 걸음으로 세 걸음이면 한 바퀴를 돌 수 있어요. 아저씨가 계속 햇빛 아래 있으려면 그만큼 천천히 걷기만 하면 되는 거지요. 아저씨가 쉬고 싶으면, 걸으세요……. 그럼 아저씨가 원하는 만큼 낮이 길어질 거예요."

"그리 대단한 해결책은 아니구나. 내 평생에 하고 싶은 것은 잠을 자는 것이거든."

점등인이 말했어요.

"안됐군요."

"운이 없는거지. 잘 잤니?"

그리고 그는 가로등을 껐어요.

어린 왕자는 더 먼 여행을 떠나며 혼자 이렇게 생각했어요. '저 사람은 다른 사람들, 왕이나 허영쟁이나 술꾼이나 상인한테 업신여김을 받을 거야. 하지만 내가 보기엔 우스꽝스럽지 않은 사람은 저 사람뿐인 것 같아. 아마 다른 무언가에 열중하고 있기 때문일 거야.'

그는 아쉬운 마음에 한숨을 내쉬며 이렇게 생각했어요.

'내가 친구로 삼고 싶은 유일한 사람인데. 하지만 저 아저씨 별은 정말 너무 작아. 둘이 있을 자리가 없으니······.'

어린 왕자가 축복받은 그 별을 잊지 못하는 것은 스물네 시간 동안 천사백사십 번이나 해가 지기 때문이었어요. 어린 왕자는 차마 그 사실을 털어놓지 못했어요.

15

여섯 번째 별은 열 배나 더 큰 별이었어요. 그 별에는 여러 권의 책을 쓴 한 노신사가 살고 있었어요.

"저런, 탐험가가 오는군!"

그는 어린 왕자가 나타나자 이렇게 외쳤어요.

어린 왕자는 책상 위에 앉아 잠시 숨을 돌렸어요. 그는 이미 멀리 여행을 한 참이었어요!

"너는 어디서 오는 길이니?"

노신사가 그에게 말을 걸었어요.

"그 두꺼운 책은 뭐지요? 할아버진 여기서 뭘 하세요?"

어린 왕자가 물었어요.

"나는 지리학자란다."

"지리학자가 뭔데요?"

"그건 말야, 바다가 어디에 있고, 강이 어디에 있고, 도시가 어디에 있고, 산이 어디에 있고, 사막이 어디에 있는지를 알고 있는 학자를 말하지."

"그거 참 재미있네요. 이제야 직업다운 직업을 가진 분을 만났네요!"

그리고 어린 왕자는 지리학자의 별을 슬쩍 둘러보았어요. 그는 이토록 위엄 있는 별을 아직까지 본 적이 없었어요.

"참 아름다워요, 할아버지의 별은요. 이 별엔 대양도 있요?"

"나는 말해줄 수가 없구나."

지리학자가 말했어요.

"아, 그러면 산은요?"

어린 왕자는 실망했어요.

"나는 말해줄 수가 없구나."

"그럼 도시와 강과 사막은요?"

"역시 말해줄 수가 없구나."

"하지만 할아버진 지리학자라면서요!"

"그래 맞아. 하지만 난 탐험가는 아냐. 나는 이 별 탐험가를 하나도 못 만났어. 도시·강·산·바다·대양과 사막을 세러 다니는 사람이 지리학자가 아니거든. 지리학자는 너무나 중요한 사람이어서 돌아다닐 수가 없단다. 자기 책상을 떠나는 법이 없는 거야. 서재에서 탐험가를 맞아들이지. 지리학자는 그들에게 질문을 하고 그 탐험담을 기록하는 거야. 그러다가 탐험가들 중 어떤 한 사람의 이야기가 흥미 있으면, 지리학자는 그 탐험가의 도덕성을 조사하게끔 하는 거야."

"그건 왜요?"

"거짓말한 탐험가는 지리학자의 책에 재난을 불러올 수도 있기 때문이지. 술을 너무 많이 마시는 탐험가 역시 마찬가지야."

"그건 왜요?"

어린 왕자가 물었어요.

"주정뱅이는 모든 걸 둘로 보기 때문이야. 그러면 지리학자는 산이 하나밖에 없는 곳인데도 둘이 있다고 기록하게 되지."

"품행이 나쁜 탐험가를 저도 한 사람 알고 있어요."

어린 왕자가 말했어요.

"그럴 수 있지. 그래서 탐험가의 품행이 좋으면 우리는 그가 발견한 것들을 조사한다."

"가보나요?"

"아니, 그 일은 너무나 복잡하지. 하지만 탐험가에게 증거물을 내놓으라고 요구하지. 예를 들면 큰 산을 발견했다고 하면 우리는 그에게 그 산의 큰 돌을 가져오라고 하지."

지리학자는 갑자기 흥분해서 말했어요.

"그런데 넌, 멀리서 왔구나! 넌 탐험가로구나! 네 별에 대해 말해다오!"

그러더니 지리학자는 큰 등록부를 펼치더니 연필을 깎았어요. 우선 연필로 탐험가의 이야기를 적는 거예요. 잉크로 적으려면 탐험가가 증거물을 내놓을 때까지 기다려야 해요.

"자, 시작할까?"

지리학자가 기대에 가득 차서 물었어요.

"오! 내 별은 그다지 재미있진 못해요. 아주 작거든요. 화산이 셋 있는데, 불 있는 화산이 둘, 불꺼진 화산이 하나예요. 하지만 아무도 몰라요."

어린 왕자가 말했어요.

"아무도 모른다."

지리학자가 말했어요.

"꽃도 하나 있고요."

"우리는 꽃 따위는 기록하지 않는단다."

지리학자가 말했어요.

"왜요! 내 별에서 제일 예쁜 건데!"

"꽃은 덧없는 것이기 때문이야."

"'덧없다'는 게 무슨 뜻인데요?"

지리학자가 이렇게 대답했어요.

"지리학 책은 모든 책 중에서 가장 중요한 책이야. 절대로 유행에 뒤떨어져서는 안 돼. 산이 자리를 옮기는 건 아주 드문 일이야. 대양에 물이 마른다는 것도 아주 드문 일이고. 우리는 영원한 것들을 기록하는 거야."

어린 왕자가 말을 막았어요.

"하지만 꺼져 있던 화산이 다시 깨어날 수도 있잖아요? 그런데

'덧없다'는 게 무슨 뜻인가요?"

지리학자가 말했어요.

"화산이 죽었건 살았건 상관없어. 그건 우리에겐 똑같은 거야. 중요한 것은 산이야. 산은 변하지 않는 거니까."

"그런데 '덧없다'는 것은 무슨 뜻이에요?"

한번 질문을 던지면 절대 포기하지 않는 어린 왕자가 다시 물었어요.

"그건 '머지않아 사라질 위험이 있다'는 뜻이야."

"내 꽃이 머지않아 사라질 위험이 있다고요?"

"물론이지."

어린 왕자는 생각했어요. "내 꽃은 덧없는 거구나. 내 꽃은 세상에 대항하여 자신을 보호하기 위해 네 개의 가시밖에 가진 것이 없고. 그런 꽃을 내 별에 단 혼자 남겨두었다니!'

이것이 처음으로 그가 후회한 순간이었어요. 그러나 그는 다시금 용기를 내었어요.

"제가 어떤 곳을 방문하는 게 좋을지 조언 좀 해주실래요?"

"지구란 별이 있어. 그 별은 평판이 좋거든……."

지리학자가 대답했어요.

어린 왕자는 자기 꽃을 생각하며 길을 떠났어요.

그래서 일곱 번째 별은 지구였어요.

지구는 보통 별이 아니에요! 이 별엔 왕이 백십일 명(물론 흑인 왕도 포함해서), 지리학자가 칠천 명, 상인이 구십만 명, 술꾼이 칠

71

백오십만 명, 허영쟁이가 삼억 천백만 명, 이를테면 거의 이십억 가량의 어른들이 살고 있어요.

전기가 발명되기 전까지 육대주를 통틀어 사십육만 이천오백십일 명이나 되는 점등인들이 진짜 군대처럼 무리를 이루고 있었다고 이야기를 하면 여러분은 지구가 얼마나 큰 규모인지 상상이 될 거예요.

좀 멀리서 바라보면 정말 찬란했어요. 그 군대의 움직임은 오페라 발레단의 움직임 같았고요. 먼저 뉴질랜드와 오스트레일리아의 점등인들 차례였어요. 그들은 곧 등에 불을 붙이고 잠을 자러 갔어요. 그 다음에는 중국과 시베리아의 점등인들이 춤을 추며 들어왔어요. 그들 역시 무대 뒤로 사라졌어요. 그러자 이번엔 러시아와 인도의 점등인들 차례였어요. 이어서 아프리카와 유럽, 남아메리카와 북아메리카의 순서였어요. 그리고 그들은 무대에 들어서는 순서를 한 번도 헷갈리지 않았어요. 정말 굉장했어요.

단지 북극에 하나뿐인 점등인과 남극에 하나뿐인 점등인, 이 두 점등인만이 한가롭고 태평하게 살고 있었어요. 그들은 일 년에 두 번만 일을 할 뿐이었거든요.

17

재치를 부리려다 보면, 때때로 진실에서 벗어나는 일이 생기게 마련이지요. 여러분에게 점등인 이야기를 하면서 사실 나는 정직하지 못했어요. 모르는 사람들에게 이 별에 대한 잘못된 생각을 전해줄 위험도 있으니까요. 사람들은 지구에서 아주 작은 자리를 차지하고 있어요. 지구에 사는 이십 억의 주민이 똑바로 서서 좀 좁히기만 하면, 어떤 커다란 공적 회합에서처럼, 사방 이십 마일 넓이의 광장 하나에 쉽게 들어설 수 있을 거예요. 태평양의 작은 섬 하나에 인류를 빽빽이 채울 수도 있을 거구요.

물론 어른들은 여러분의 말을 믿지 않을 테지요. 자신들이 넓은 자리를 차지하고 있다고 생각하니까요. 마치 바오밥나무처럼 커다랗다고 착각하는 거죠. 그러면 여러분은 그들에게 계산을 좀 해보라고 조언을 하세요. 그들은 숫자를 숭배하는 사람들이니까 기뻐할 거예요. 그렇다고 여러분까지 그 일에 시간을 낭비하진 말아요. 그건 쓸모 없는 짓이니까요. 내 말을 믿으면 돼요.

지구에 도착한 어린 왕자는 아무도 보이지 않아 몹시 놀랐어요. 혹시 별을 잘못 찾아온 게 아닌가 두려워지기 시작했어요. 그때 달빛 같은 고리가 모래 속에서 움직였어요.

"좋은 밤이야!"

어린 왕자는 혹시나 하고 말을 걸었어요.

"좋은 밤!"

뱀이 인사를 받았어요.

"내가 어느 별에 도착한 거니?"

어린 왕자가 물었어요.

"지구야, 여긴 아프리카고."

뱀이 대답했어요.

"아······! 그럼 지구엔 사람이 없니?"

"여긴 사막이야. 사막엔 사람이 살지 않아. 지구는 넓단다."

뱀이 말했어요.

어린 왕자는 바위 위에 앉아 눈을 들어 하늘을 바라보았어요.

"하늘에서 별들이 빛나는 건 언젠가는 저마다 자기 별을 다시 찾을 수 있게 하려는 때문이야. 내 별을 봐. 바로 우리 위에 있어······. 하지만 얼마나 먼 곳인데!"

어린 왕자가 한 말이에요.

"아름답구나. 여긴 뭐 하러 왔니?"

뱀이 말했어요.

"꽃하고 문제가 생겼거든."

어린 왕자가 말했어요.

"그랬구나!"

그리고 그들은 말이 없었어요.

마침내 어린 왕자가 입을 열었어요.

"사람들은 어디 있니? 사막은 좀 쓸쓸하구나······."

"사람들이 사는 곳도 역시 쓸쓸해."

어린 왕자는 오랫동안 뱀을 물끄러미 바라보았어요.

너는 이상한 짐승이구나. 손가락처럼 가느다랗고……

"너는 이상한 짐승이구나. 손가락처럼 가느다랗고……."

마침내 어린 왕자가 말했어요.

"하지만 난 왕의 손가락보다도 더 강하단다."

뱀이 말했어요.

어린 왕자는 미소를 띠며 이렇게 말했어요.

"넌 그렇게 세지 않을 거야……. 넌 발도 없잖아……. 여행도 할 수 없을 텐데……."

"나는 배보다도 멀리 너를 데려갈 수 있어."

그러고는 뱀은 마치 금팔찌처럼 어린 왕자의 발목을 휘감았어요.

"내가 건드리는 사람, 나는 그 사람을 자기가 태어난 땅으로 되돌아가게 만들지. 그러나 넌 순수하고 다른 별에서 왔으니까……."

어린 왕자는 아무 대답이 없었어요.

"안돼 보이는구나. 이 바위투성이 지구에서 지내기엔 너는 아주 약해. 만일 네 별이 너무나 그리우면, 어느 날이고 내가 널 도와줄 수도 있어. 정말이야……."

뱀이 어린 왕자에게 말했어요.

"그래, 잘 알았어. 그런데 넌 왜 줄곧 수수께끼 같은 말만 하니?"

어린 왕자가 물었어요.

"나는 그걸 모두 풀지."

그리고 그들은 말이 없었어요.

18

어린 왕자는 사막을 가로질러 가다가 우연히 꽃 한 송이를 만났
어요. 꽃잎을 셋 가진 아무것도 아닌 꽃 한 송이를…….

"안녕."

어린 왕자가 인사했어요.

"안녕."

꽃이 인사했어요.

"사람들은 어디 있니?"

어린 왕자는 예의를 갖춰서 물었어요.

꽃은 예전에 대상(隊商)이 지나가는 걸 본 적이 있었어요.

"사람들 말이니? 내 생각엔 예닐곱 명쯤 있어. 여러 해 전에 그들을 보았거든. 그런데 어디로 갔는지 전혀 알 길이 없어. 바람이 그들을 데려갔나봐. 그들은 뿌리가 없거든. 그 때문에 그들은 무척이나 어렵거든."

"잘 있어."

어린 왕자가 이별을 고했어요.

"잘 가."

꽃이 말했어요.

19

어린 왕자는 높은 산에 올랐어요. 어린 왕자가 알고 있던 산이라곤 고작 어린 왕자의 무릎 정도밖에 안 되는 화산 세 개가 전부였어요. 그는 그중에서 불꺼진 화산을 의자로 사용했어요. 그래서 그는 '이렇게 높은 산에서라면 이 별 전체와 모든 사람들을 한눈에 알아볼 수 있겠어……' 라고 생각한 거예요.

그러나 그는 바늘처럼 뾰족한 바위 꼭대기 외에는 아무것도 볼 수 없었어요.

"안녕."

어쨌든 어린 왕자가 정중하게 인사했어요.

"안녕…… 안녕…… 안녕……."

참 이상한 별이로군! 모든 것이 메마르고 뾰족하고……

메아리가 대답했어요.

"너희들은 누구니?"

어린 왕자가 물었어요.

"너희들은 누구니…… 너희들은 누구니…… 너희들은…….'"

메아리가 대답했어요.

"내 친구가 되어줘, 난 외톨이야."

어린 왕자가 말했어요.

"난 외톨이야…… 난 외톨이야…… 난 외톨이야…….'"

메아리가 대답했어요.

그때 그는 이렇게 생각했어요.

'참 이상한 별이로군! 모든 것이 메마르고 뾰족하고 거칠고 무
서워 보여. 게다가 사람들은 상상력이 없어. 남의 말만 되풀이하
고……. 내 별엔 꽃 한 송이밖에 없지만, 그 꽃은 언제나 먼저 말을
걸었는데…….'

그러나 어린 왕자는 모래와 바위와 눈을 헤치고 오랫동안 걸은
뒤, 마침내 길을 하나 발견했어요. 그 길은 모두 사람들이 사는 곳
으로 이어지고 있었어요.

"안녕."

어린 왕자가 인사했어요.

그는 장미가 활짝 피어 있는 정원 앞에 서 있었어요.

"안녕."

장미꽃들이 말했어요.

어린 왕자는 꽃들을 바라보았어요. 꽃들은 모두 어린 왕자의 꽃
과 닮았어요.

"너희들은 누구니?"

어린 왕자는 어리둥절해서 물어보았어요.

"우리는 장미꽃이란다."

장미꽃들이 대답했어요.

어린 왕자는 갑자기 슬픔이 북받쳐 올랐어요. 그의 꽃은 자기가
이 세상에서 같은 종류로는 단 하나밖에 없다고 말했었거든요. 그
런데 이 정원 한 곳에 닮은 꽃이 오천 송이나 있다니!

그는 풀밭에 엎드려 울었어요

'내 꽃이 이걸 보면 몹시 화가 나겠지……. 창피한 꼴을 겪지 않으려면 큰소리로 기침을 하고 죽는 시늉을 하겠지. 그럼, 나는 할 수 없이 돌봐주는 척해야겠지. 안 그랬다간 정말 죽을지도 모르니까…….'

어린 왕자는 그렇게 중얼거렸어요.

그러고 나서 그는 이런 생각을 했어요. '세상에서 하나밖에 없는 꽃을 가졌으니까 난 부자라고 생각했지. 평범한 장미꽃인 줄은 모르고, 그것하고 무릎밖에 안 차는 화산 세 개, 게다가 그중 하나는 영원히 죽어 있을지도 모르잖아. 그걸 가지고 어떻게 훌륭한 왕자가 되겠어…….'

그는 풀밭에 엎드려 울었어요.

21

여우가 나타난 것은 바로 그때였어요.

"안녕."

여우가 인사했어요.

"안녕."

어린 왕자는 얌전히 인사하고 고개를 돌렸지만 아무것도 보이지 않았어요.

"난 여기 있어. 사과나무 밑에……."

그 목소리가 들려왔어요.

"넌 누구니? 정말 예쁘구나……."

어린 왕자가 말했어요.

"난 여우야."

여우가 말했어요.

"나랑 놀자. 난 너무나 슬퍼……."

어린 왕자가 여우에게 제안했어요.

"난 너하고 놀 수가 없어. 난 길들여지지 않았단 말야."

여우가 말했어요.

"아, 미안해."

어린 왕자가 말했어요. 그러나 어린 왕자는 깊이 생각한 끝에 다시 물었어요.

"'길들인다'는 게 무슨 의미지?"

"넌 여기 아이가 아니구나. 넌 무얼 찾고 있니?"

여우가 말했어요.

"난 사람들을 찾고 있어. '길들인다'는 게 무슨 뜻인데?"

어린 왕자가 물었어요.

"사람들은 총을 가지고 있어. 그 총으로 사냥을 하지. 그래서 아주 거북해! 그들은 닭도 키우는데 그게 유일한 낙이야. 넌 닭을 찾고 있니?"

"아니야, 나는 친구들을 찾고 있어. '길들인다'는 게 무슨 뜻이야?"

어린 왕자가 물었어요.

"그건 너무나 잊혀져 있는 거지. 그건 '관계를 맺는다……' 는 의미야."

여우가 말했어요.

"관계를 맺는다고?"

"물론이지. 내겐 넌 아직 수십 만의 아이들과 같은 어린아이일 뿐이야. 난 네가 필요하지 않고. 너 역시 내가 필요하지 않아. 너에게는 내가 수십 만의 여우들과 같은 여우에 불과하니까. 하지만 네가 나를 길들인다면 우리는 서로를 필요로 하게 될 거야. 너는 나에게이 세상에 유일한 존재가 될 거야. 나는 너한테 세상에 단 하나밖에 없는 존재가 될 거고……"

여우가 말했어요.

"무슨 말인지 알겠어. 내겐 꽃이 하나 있는데…… 그 꽃이 날 길들인 것 같아……"

어린 왕자가 말했어요.

"그럴 수 있지. 지구 위엔 온갖 생물들이 다 있으니까……"

여우가 말했어요.

"아! 지구에서 그런 게 아냐."

어린 왕자가 말했어요.

여우는 몹시 마음이 끌리는 것 같았어요.

"그럼 다른 별에서야?"

"그래."

"그 별에도 사냥꾼이 있니?"

"없어."

"재미있네! 그럼 닭은?"

"없어."

"완전한 건 아무것도 없구나."

여우는 한숨을 내쉬었어요.

그러나 여우는 하던 이야기로 되돌아갔어요.

"내 생활은 단조로워. 나는 닭을 쫓고, 사람들은 나를 쫓지. 닭들은 모두 서로 비슷하고, 사람들도 모두 비슷해. 그래서 난 좀 권태로워. 그러나 네가 날 길들인다면 내 생활은 햇빛을 받은 것처럼 밝

아질 거야. 다른 발자국 소리와는 다르게 들릴 너의 발자국 소리를
나는 알게 될 거야. 다른 발자국 소리가 나면 나는 땅 속으로 숨을
거야. 네 발자국 소리는 음악소리처럼 나를 굴 밖으로 불러낼 거야.
그리고 저길 봐! 밀밭이 보이니? 나는 빵을 먹지 않아. 밀은 나한테
쓸모가 없어. 밀밭을 보아도 아무 생각도 떠오르지 않아! 그래서 슬
퍼! 그러나 네 머리칼은 금빛이야. 그래서 네가 날 길들인다면 정말
신날 거야! 밀도 금빛이기 때문에 밀은 너를 기억하게 해줄 거야.
그래서 밀밭을 스치는 바람소리까지 사랑하게 될 거고……."

여우는 말없이 오랫동안 어린 왕자를 바라보았어요.

"제발…… 나를 길들여주렴!"

여우가 말했어요.

"나도 정말 그러고 싶어. 하지만 난 시간이 별로 없는걸. 나는 친
구들을 찾아야 해, 알아야 할 것도 많고."

어린 왕자가 대답했어요.

"누구나 자기가 길들인 것
밖에는 알 수 없는 거야. 사
람들은 이제 무얼 알 만한 시
간조차 없어. 그들은 상점에
서 이미 만들어져 있는 모든
것을 사면 돼. 하지만 친구를
파는 상점은 하나도 없지. 그

가령 오후 네 시에 네가 온다면 세 시부터 나는 행복해지기 시작할 거야

래서 사람들은 친구가 없는 거야. 네가 친구를 갖고 싶다면 나를 길들이면 돼!"

여우가 말했어요.

"널 길들이려면 어떻게 해야 하니?"

어린 왕자가 말했어요.

"아주 참을성이 많아야 돼. 우선 넌 나와 좀 떨어져서 그렇게 풀밭에 앉아 있는 거야. 난 곁눈질로 널 볼 거야. 넌 아무 말도 하지 마. 말은 오해의 씨앗이거든. 그러면서 날마다 너는 조금씩 더 가까이 앉으면 돼……."

여우가 대답했어요.

그 다음날 어린 왕자는 다시 왔어요.

여우가 말했어요.

"같은 시간에 오는 게 더 좋을 거야. 가령 오후 네 시에 네가 온다면 세 시부터 나는 행복해지기 시작할 거야. 시간이 가면 갈수록 그만큼 난 더 행복해질 거야. 네 시가 되면 이미 나는 불안해지고 안절부절못하게 될 거야. 난 행복의 대가가 무엇인지 알게 될 거야! 하지만 네가 아무 때나 온다면, 몇 시에 마음의 준비를 해야 할지 난 알 수 없을 거야……. 의례가 필요해."

"의례가 뭐야?"

어린 왕자가 말했어요.

"그것도 너무 잊혀져 있는 것이지. 그건 어떤 날을 다른 날과 다르게, 어떤 시간을 다른 시간과 다르게 만드는 거야. 이를테면 나를 사냥하는 사냥꾼들에게도 의례가 있지. 그들은 목요일이면 마을 처녀들하고 춤을 춘다. 그러니까 나에게는 목요일이 아주 신나는 날이지! 나는 포도밭까지 산책을 나가지. 만일 사냥꾼들이 아무 때나 춤을 춘다면 날마다 같은 날들일 거야. 그러면 내겐 휴일이 없게 될 거고."

여우가 말했어요.

그래서 어린 왕자는 여우를 길들였어요. 그리고 그가 떠날 시간이 다가왔을 때, 여우가 말했어요.

"아……, 난 울 것 같아."

"그건 네 잘못이야. 난 조금도 괴롭히고 싶지 않았는데 네가 길들여주길 원해서……."

어린 왕자가 말했어요.

"물론, 그랬지."

여우가 말했어요.

"그런데 넌 울려고 하잖아!"

어린 왕자가 말했어요.

"맞는 말이야."

여우가 말했어요

"그럼 넌 하나도 얻은 게 없잖아!"

"얻은 게 있어. 저 밀 색깔이 있으니까."

여우가 말했어요. 그러고는 덧붙였어요.

"장미들을 보러 가렴. 너는 네 꽃이 이 세상에 단 하나란 걸 알게 될 거야. 그리고 나에게 이별의 인사를 하러 와. 그럼 비밀 하나를 선물로 줄게."

어린 왕자는 장미들을 다시 보러 갔어요.

"너희들은 내 장미와 조금도 닮은 데가 없어. 너희들은 아직 아무것도 아니야. 아무도 너희들을 길들이지 않았고 너희들도 누구 하나 길들이지 않았어. 내 여우가 꼭 너희들 같았지. 내 여우는 수많은 여우들과 같은 여우 한 마리에 지나지 않았지. 하지만 난 여우를 친구로 삼았고 그 여우는 이젠 이 세상에서 단 하나밖에 없는 여우가 됐어."

그러자 장미꽃들은 몹시 당황스러워했어요.

어린 왕자는 말을 계속했어요.

"너희들은 아름다워. 하지만 너희들은 비어 있어. 아무도 너희들을 위해 죽을 수는 없을 테니까. 물론 나의 꽃인 내 장미도 멋모르는 행인은 너희들과 비슷하다고 생각할 거야. 하지만 내겐 그 꽃 하나만으로도 너희들 전부보다 더 소중해. 내가 물을 준 것은 그 꽃이기 때문이야. 내가 유리덮개를 씌워준 건 그 꽃이기 때문이야. 내가 바람막이로 바람을 막아준 건 그 꽃이기 때문이야. 내가 벌레를 잡아준 건 그 꽃이기 때문이야(나비가 되라고 두세 마리는 남겨놓았지만). 내가 불평을 들어주고, 허풍을 들어주고, 때로는 심지어 침묵까지 들어준 내 꽃이기 때문이야. 나의 장미이기 때문이야."

그리고 어린 왕자는 여우에게 다시 갔어요.

"잘 있어."

그가 말했어요.

"잘 가, 내 비밀은 이거야. 아주 간단해. 마음으로 보아야 잘 볼 수 있다는 거야. 중요한 것은 눈에 보이지 않아."

"중요한 것은 눈에 보이지 않아."

어린 왕자는 그 말을 기억해두려고 따라 말했어요.

"네 장미를 그토록 소중하게 만든 건 네가 그 장미를 위해 소비한 시간이야."

"내 장미를 위해 소비한 시간이야."

어린 왕자는 따라 말했어요.

"사람들은 이 진실을 잊어버렸어. 하지만 넌 그걸 잊으면 안 돼. 네가 길들인 것에 넌 언제나 책임이 있어. 넌 네 장미한테 책임이 있어……."

여우가 말했어요.

"나는 내 장미한테 책임이 있어……."

어린 왕자는 기억해두려고 따라 말했어요.

22

“안녕하세요?”

어린 왕자가 말했어요.

“안녕.”

철도 전철수가 말했어요.

“아저씨 여기서 무얼 하세요?”

어린 왕자가 물었어요.

“나는 손님들을 천 명 단위로 구분하고 있어. 그들을 싣고 가는 기차를 때로는 오른쪽으로 보내고 때로는 왼쪽으로 보내는 거지.”

철도 전철수가 말했어요.

그때 불을 환하게 컨 급행열차가 천둥치듯 우르릉거리면서 철도 전철수의 경비실을 뒤흔들었어요.

“저 사람들은 무척 바쁘네요. 뭘 찾고 있는 거예요?”

어린 왕자가 물었어요.

“그건 기관사도 모른단다.”

그러자 이번에는 반대편에서 불을 환하게 컨 두 번째 급행열차가 우르릉거렸어요.

“그들이 벌써 되돌아오는 건가요?”

어린 왕자가 물었어요.

"아니, 같은 사람들이 아니란다. 서로 자릴 바꾸는 거야."

철도 전철수가 대답했어요.

"살던 곳이 맘에 안 들었나보죠?"

"자기들 사는 곳에 만족하는 사람은 아무도 없단다."

그러자 세 번째 급행열차가 불을 환하게 켜고 천둥치는 소리를 냈어요.

"저건 먼젓번 손님들을 쫓아가는 걸까요?"

어린 왕자가 물었어요.

"그들은 아무것도 쫓지 않는단다. 그 안에서 잠을 자거나, 아니면 하품을 하고 있지. 어린애들만이 유리창에 코를 박고 있을 뿐이야."

철도 전철수가 말했어요.

"어린애들만이 자기들이 뭘 찾는지 알고 있어요. 그들은 헝겊인형 때문에 시간을 허비하고, 인형은 그들에게 아주 중요한 것이니까요. 그걸 빼앗기면 그들은 소리내어 울고 말예요……."

어린 왕자가 말했어요.

"어린애들은 운이 좋구나."

철도 전철수가 말했어요.

23

"안녕."

어린 왕자가 인사를 나누었어요.

"안녕."

장사꾼이 말했어요.

그는 목마름을 가라앉혀주는 알약을 파는 장수였어요. 일 주일에 한 알만 먹으면 마실 욕구를 느끼지 않는다는 약이에요.

"아저씨는 왜 이런 것을 팔아요?"

어린 왕자가 물었어요.

"시간을 크게 절약할 수 있으니까. 전문가가 계산을 했어. 매주 오십삼 분이나 절약된대."

장사꾼이 대답했어요.

"그러면 그 오십삼 분으로 뭘 하는데요?"

"그 시간으로 자기가 하고 싶은 걸 하지……."

'내게 오십삼 분이 있다면 천천히 샘으로 걸어갈 텐데……' 하고 어린 왕자는 그렇게 생각했어요.

24

사막에서 비행기가 고장난 지 여드레째 되는 날이었어요. 나는 저장해놓은 물의 마지막 한 방울을 마시면서 장사꾼 이야기를 듣고 있었어요.

나는 어린 왕자에게 말했어요.

"아! 너의 그 추억들은 정말 아름답구나. 하지만 난 비행기를 아직도 고치지 못했어. 이제 마실 물도 없고. 나도 천천히 샘터로 걸어갈 수만 있다면 정말 행복할 텐데!"

"내 친구 여우는⋯⋯."

그는 나에게 말했어요.

"정다운 꼬마 신사야, 지금은 여우 이야기가 중요한 게 아니야."

"왜요?"

"우리는 목말라 죽을지도 모르기 때문이야⋯⋯."

그는 내 말을 이해하지 못하고 이렇게 말했어요.

"설령 죽는다 해도 친구를 갖게 된다면 좋은 일이에요. 난, 난 말예요, 내 친구 여우를 가진 게 정말 참 기뻐요⋯⋯."

'이 꼬마는 위험이 어떤 건지 몰라. 배고픔도 목마름도 알 리가 없어. 그에겐 햇빛만 조금 있으면 충분할 테니까⋯⋯' 하고 나는 중얼거렸어요.

그러나 어린 왕자는 나를 바라보더니 내 생각에 대답하듯 말했어요.

"나도 목이 말라요……. 우물을 찾으러 가요……."

나는 피곤하다는 몸짓을 했어요. 왜냐하면 이 거대한 사막에서 물을 찾는다는 건 말도 안 되는 짓이니까요. 그렇지만 우리는 걷기 시작했어요.

우리가 말없이 몇 시간 동안 걸었을 때 어둠이 깔리고 별이 빛나기 시작했어요. 나는 목이 말라서 좀 열에 들떠 꿈결인 듯 그 별들을 올려다보았어요. 어린 왕자의 말이 내 기억 속에서 춤추고 있었어요.

"그럼 너도 목이 마르단 말이니?"

나는 그에게 그렇게 물어보았어요.

그러나 어린 왕자는 내 질문에 대답하지 않았어요. 그는 단지 이렇게 말할 뿐이었어요.

"물은 마음에도 좋을 거예요……."

그의 대답을 알아들을 순 없지만 난 아무 말도 하지 않았어요……. 나는 그에게 그걸 물어서는 안 된다는 걸 잘 알고 있었거든요.

그는 피곤해했어요. 그는 주저앉았어요. 나도 그의 곁에 앉았어요. 그는 잠시 말이 없더니 다시 이렇게 말했어요.

"별들은 아름다워요. 누군가 보지 못한 꽃 한 송이 때문에 그런 거예요……."

"아마 그럴 거야."

내가 그렇게 대답하고 달빛 아래 주름진 모래사장을 말없이 바라보았어요.

"사막이 아름다워요."

그가 덧붙여 말했어요.

그 말은 사실이에요. 나도 늘 사막을 사랑했어요. 모래언덕 위에 앉으면 아무것도 보이지 않고 아무 소리도 들리지 않지요. 그렇지만 무언가 조용한 가운데 빛나는 것이 있었어요⋯⋯.

"사막을 아름답게 하는 건, 사막이 어디엔가 우물을 감추고 있어서예요⋯⋯."

어린 왕자가 말했어요.

나는 문득 모래밭의 신비로움을 이해하고는 깜짝 놀랐어요. 내가 어린 소년이었을 때, 나는 고가(古家)에서 살았어요. 전해오는 이야기로는 어떤 보물이 그 집에 묻혀 있다는 것이었어요. 물론 아무도 그 보물을 발견할 수 없었고, 어쩌면 찾지도 않았을 거예요. 그러나 그 이야기가 그 집을 매력적으로 만들었던 것이지요. 우리 집은 그 깊숙한 곳에 비밀을 감추고 있었던 거예요⋯⋯.

"맞아, 집이나 별이나 사막이 아름다운 건 눈에 보이지 않기 때문이야!"

나는 어린 왕자에게 말했어요.

"아저씨가 내 여우와 의견이 같아서 기뻐요."

그가 말했어요.

어린 왕자가 잠이 들었기 때문에 나는 그를 감싸 안고 다시 길을 걸었어요. 난 가슴이 뭉클해졌어요. 난 부서지기 쉬운 보물을 안고 가는 것 같았어요. 이 지구 위에 이보다 더 부서지기 쉬운 존재는 없을 것 같은 느낌이 들었어요. 나는 달빛 아래 그의 창백한 이마, 그의 감긴 눈, 바람에 흩날리는 그의 머리칼을 바라보았어요. 그리고 나는 이렇게 중얼거렸어요. '내가 여기 보고 있는 존재는 조개 껍데기에 지나지 않을 거야. 가장 중요한 것은 보이지 않으니까……'

어린 왕자의 반쯤 벌린 입술에 어렴풋한 미소가 떠올랐어요.

'잠든 어린 왕자가 나를 이렇듯 감동하게 만드는 것은, 한 송이 꽃에 바치는 그의 성실한 마음 때문이야. 비록 잠이 들었다 해도 등불처럼 그의 가슴속에 밝게 빛나는 한 송이 장미꽃의 영상이 있기 때문이야……'

그러자 나는 그가 더욱 부서지기 쉬운 존재임을 알 수 있었어요. '등불을 잘 지켜야만 해. 한 줄기 바람이 불어와 꺼뜨릴 수도 있으니까……'

그렇게 걸어가다가, 동이 틀 무렵 나는 마침내 우물을 발견했어요.

25

"사람들은 급행열차에 숨어들지만 자신들이 무얼 찾는지도 모르고 있어요. 그래서 불안해하며 맴을 도는 거예요."

그러고는 어린 왕자가 이렇게 덧붙였어요.

"그럴 필요가 없는데……."

우리가 도착한 우물은 사하라 사막의 다른 우물들과는 달랐어요. 사하라 사막의 우물들은 단순히 모래 속에 뚫린 구멍일 뿐이었어요. 그 우물은 마을의 우물 같았어요. 그러나 거기에 마을이라고는 전혀 없었어요. 그래서 나는 꿈을 꾸고 있는 것이 아닌가 생각했어요.

"이상한 일이야. 다 준비되어 있잖아. 도르래랑 두레박이랑 밧줄이랑……."

내가 어린 왕자에게 말했어요.

그는 웃으며 밧줄을 잡아 도르래를 당겼어요. 그러자 바람이 오랫동안 자고 났을 때 낡은 바람개비가 삐걱거리듯 도르래가 삐걱거렸어요.

"아저씨, 들리지요? 우리가 우물을 깨웠더니 우물이 노래를 부르잖아요……."

어린 왕자가 내게 말했어요.

그는 웃으며 밧줄을 잡아 도르레를 당겼어요

나는 그를 피곤하게 하고 싶지 않아서 이렇게 말했어요.

"내가 할게. 너한텐 너무 무거워."

나는 천천히 두레박을 우물가 돌까지 당겨서 넘어지지 않게 올려 놓았어요. 나의 귓전에서는 도르래의 노래가 계속되었고, 나는 출렁거리는 물 속에서 해가 일렁이는 것을 보았어요.

"이 물을 마시고 싶어요. 물을 좀 줘요……."

그가 말했어요.

나는 그가 무엇을 찾는지 알았어요.

나는 두레박을 그의 입술까지 들어올려 주었어요. 그는 눈을 감고 마셨어요. 어떤 특별한 축제에서나 맛볼 수 있는 달콤한 기쁨이 있었어요. 그 물은 보통 물과 다른 것이었어요. 그 물은, 별빛을 받으며 걸어와 도르래의 노래를 들으며 내 팔에 힘을 들여 얻어진 것이었으니까요. 그 물은 선물처럼 마음에 좋은 것이었어요. 내가 어린 아이였을 때에 받은 크리스마스 선물이 환하게 빛났던 것도 크리스마스 트리의 불빛, 자정 미사의 음악, 다정한 미소들이 있었기 때문이듯 말예요.

"아저씨네 별의 사람들은 정원 하나에 장미를 오천 송이나 가꾸죠. 그러고도 그들은 거기서 자기들이 구하는 걸 찾지 못해요……."

어린 왕자가 말했어요.

"그래, 찾지 못하고 있지……."

"하지만 그들이 찾는 것은 장미꽃 한 송이, 또는 물 한 모금에서도 찾을 수 있는데……."

"물론이야."

그러자 어린 왕자는 이렇게 덧붙였어요.

"하지만 눈으로는 보지 못해요. 마음으로 보아야만 해요."

나는 물을 마셨어요. 숨이 한결 가뿐해졌어요. 동 틀 무렵이면 사막은 꿀과 같은 색이에요. 이 꿀색이 나를 행복하게 했어요. 그런데 내가 근심할 까닭이 무엇이 있겠어요?

"아저씨, 약속을 지켜줘요."

어린 왕자가 내 옆에 다시 앉으면서 부드럽게 말했어요.

"무슨 약속?"

"알잖아요……, 내 양에게 입마개를 씌워준다고……. 난 그 꽃에 책임이 있단 말예요!"

나는 주머니에서 대충 그려둔 그림들을 꺼냈어요. 어린 왕자는 그림들을 보더니 웃으며 이렇게 말했어요.

"아저씨가 그린 바오밥나무는 어쩐지 배추랑 비슷해요 ……."

"어!"

난 내가 그린 바오밥나무를 아주 자랑스럽게 여기고 있었는데!

"아저씨가 그린 여우는……, 이 귀를 봐……, 약간은 뿔 같기도 하고……. 너무 길잖아요!"

그리고 그는 또 웃었어요.

"꼬마 신사야, 너무하구나. 난 속이 보이는 보아뱀하고 속이 보이지 않는 보아뱀밖에는 그릴 줄 모른단 말야."

"아, 괜찮을 거예요. 어린애들은 알아볼 거예요……."

그래서 입마개 하나를 연필로 그려 어린 왕자에게 주었을 때 갑자기 가슴이 꽉 메었어요.

"내가 모르는 어떤 계획이 있구나……."

그러나 어린 왕자는 아무 대꾸도 하지 않았어요. 대신 그는 이렇게 말했어요.

"있잖아요, 내가 지구 위에 떨어진 게…… 내일이면 일 년이에요……."

그리고 잠시 동안 말이 없더니 다시 이렇게 말했어요.

"바로 이 근처에 떨어졌었어요……."

그는 얼굴을 붉혔어요.

나는 또다시 까닭 모를 묘한 슬픔을 느꼈어요. 그러면서도 한 가닥 의문이 떠올랐어요.

"그럼 여드레 전 너를 우연히 만나게 된 그날 아침에, 사람들이 사는 땅에서 수천 마일이나 떨어진 곳을 네가 혼자서 걷고 있었던 것은 우연이 아니었구나. 너는 네가 떨어졌던 지점으로 돌아갈 생각이니?"

어린 왕자는 다시 얼굴을 붉혔어요.

그래서 나는 주저하면서 덧붙였어요.

"어쩌면…… 일 년이 되어서 그런 거겠지?"

어린 왕자는 또다시 얼굴을 붉혔어요. 그는 묻는 말에 절대로 대답하지 않았어요. 그러나 얼굴을 붉히면 '그렇다' 는 뜻이 아닐까요?

"아! 난 두려워."

내가 어린 왕자에게 말했어요.

그러나 어린 왕자가 내 말을 끊고서 말했어요.

"아저씨는 이제 일을 해야 하니까 기계 있는 데로 돌아가세요. 난 여기서 아저씨를 기다릴게요. 내일 저녁에 오세요……."

그러나 나는 마음이 놓이지 않았어요. 여우가 떠올랐어요. 길들여놓으면 조금은 걱정 되게 마련이거든요.

26

우물 옆에는 오래 된 낡은 돌담이 있었어요. 그 다음날 저녁, 일을 마치고 돌아오던 나는 그 위에 어린 왕자가 다리를 늘어뜨린 채걸터앉아 있는 것을 보았어요. 그리고 그가 이렇게 말하는 소리를 들었어요.

"그럼 너는 생각이 안 나니? 바로 이 자리는 아니야!"

틀림없이 그 말에 대답하는 다른 목소리가 있었어요. 어린 왕자가 다시 이렇게 대꾸했으니까요.

"아냐! 날짜는 맞아. 하지만 장소는 여기가 아니야……."

나는 돌담을 향해 곧장 걸어갔어요. 분명 아무것도 보이지 않고 아무 소리도 들리지 않았어요. 하지만 어린 왕자는 뭐라고 다시 대꾸를 하는 것이었어요.

"……그래, 내 발자국이 사막 어디서 시작됐는지 넌 알 거야. 거기서 나를 기다리면 돼. 난 오늘 밤 거기로 갈 거야."

나는 담에서 이십 미터쯤 떨어져 있었는데, 여전히 아무것도 보이지 않았어요.

어린 왕자는 잠시 가만히 있더니 다시 이렇게 얘기했어요.

"네가 가진 독은 좋은 거니? 나를 오래 아프게 하지 않을 자신 있니?"

나는 가슴이 찢기는 듯하여 걸음을 멈추었어요. 하지만 여전히 무슨 영문인지 몰랐어요.

"이제 너는 가봐……. 내려가야겠어!"

어린 왕자가 말했어요.

그때서야 나는 담 밑을 내려다보았어요! 거기에는 순식간에 사람을 죽일 수 있는 노란 뱀 한 마리가 어린 왕자를 향해 머리를 쳐들고 있지 않겠어요. 나는 권총을 꺼내려고 주머니를 더듬으면서 그리로 뛰어갔어요. 그러나 내 발소리를 듣고 물줄기가 잦아들듯이 노란 뱀은 별로 서두르지도 않고 가벼운 쇳소리를 내며 천천히 기어 돌 틈으로 교묘히 사라졌어요.

나는 담 밑에 이르는 바로 그 순간 눈처럼 창백한 나의 꼬마 왕자

이제 너는 가봐······. 내려 가야겠어

를 품에 안을 수 있었어요.

"어떻게 된 일이니! 이젠 뱀하고 이야길 하다니!"

나는 그가 항상 두르고 있는 금빛 목도리를 풀어줬어요. 나는 그의 관자놀이에 물기를 적셔주고 물을 먹였어요. 이젠 그에게 감히 아무것도 물을 수 없었어요. 어린 왕자는 나를 진지하게 바라보더니 두 팔로 내 목을 끌어안았어요. 나는 그의 가슴이 총에 맞아 죽어가는 새처럼 뛰는 걸 느꼈어요. 어린 왕자는 내게 이렇게 말했어요.

"정말 기뻐요. 아저씨가 비행기를 수리했으니 말예요. 아저씨는 집에 갈 수 있을 거예요……."

"어떻게 알았지?"

나는 그 말을 하려던 참이었어요. 뜻밖에도 비행기 수리에 성공했다고 말예요!

그는 내 물음에는 아무런 대꾸도 않고 이렇게 덧붙였어요.

"나도 오늘 내 집으로 돌아갈 거예요……."

그러면서 슬픈 목소리로,

"훨씬 멀고…… 훨씬 어려워……."

나는 무언가 심상찮은 일이 일어났다는 것을 느꼈어요. 나는 그를 어린애처럼 꼭 끌어안고 있었어요. 하지만 그는 내가 아무것도 할 수 없는 심연 속으로 내려가고 있는 것 같았어요……

어린 왕자는 진지한 눈빛으로 먼 데를 바라보았어요.

"내겐 아저씨가 준 양이 있어요. 그리고 양을 넣어둘 상자가 있고요, 또 입마개도 있고……."

그러고는 쓸쓸하게 웃었어요.

나는 오랫동안 기다렸어요. 나는 그의 몸이 조금씩 따뜻해지는 것을 느꼈어요.

"꼬마야, 무서웠지……."

물론 그는 무서웠어요! 그러나 그는 부드럽게 웃으면서 말했어요.

"난 오늘 저녁이 훨씬 무서울 거예요……."

난 이젠 돌이킬 수 없다는 생각에 온몸이 얼어붙는 것 같았어요. 이제는 그 웃음소리를 다시 듣지 못하리라는 생각에 견딜 수 없었어요. 그 웃음은 나에게 사막의 샘과도 같은 것이었어요.

"꼬마야, 네 웃음소리를 다시 듣고 싶어……."

그러나 어린 왕자는 내게 말했어요.

"오늘 밤이면 꼭 일 년이에요. 지난해에 내가 떨어졌던 바로 그 자리 위에 내 별이 나타날 거예요……."

"꼬마야, 넌 나쁜 꿈을 꾼 거야. 뱀하고 있었던 일, 만날 장소, 그리고 별 같은 건……?"

그러나 그는 내 물음에는 대답하지 않고 이렇게 말했어요.

"중요한 건 눈에 보이지 않아요……."

"그래 알아……."

"꽃도 마찬가지예요. 아저씨가 어떤 별에 있는 꽃 하나를 사랑한다고 해봐요. 그러면 밤하늘만 바라보아도 포근해지죠. 어느 별에나 다 꽃이 피어 있어요."

"그래 알아……."

"물도 마찬가지예요. 아저씨가 마시라고 준 물은 어떤 음악 같았어요. 도르래랑 밧줄이랑…… 그것들 때문이에요……. 아저씨도 생각날 거예요……. 그 물은 좋았어요."

"그래 알아……."

"아저씨도 밤에 별을 쳐다보겠지요. 내 별은 너무 작아서 아저씨한테 가르쳐줄 수가 없어요. 어쩌면 더 잘된 건지 몰라요. 내 별은 아저씨에겐 여러 별 중 어느 한 별일 거예요. 그러면 어느 별을 바라보아도 다 좋을 거구요. 어느 별이나 다 아저씨 친구가 될 거예요. 그리고 아저씨한테 선물을 하나 줄게요……."

그는 다시 웃었어요.

"아! 꼬마, 꼬마야, 난 그 웃음소리가 듣고 싶어!"

"바로 그게 내 선물이에요……. 물도 마찬가지고……."

"무슨 말을 하려는 거니?"

"누구에게나 별은 있지요. 하지만 다 똑같은 별이 아녜요. 여행을 하는 사람에겐 별은 길잡이예요. 어떤 사람들에겐 작은 빛에 지나지 않고요. 학자에게 별은 문젯거리겠지요. 내가 만난 상인한텐 별은 돈이고요. 그러나 별은 말이 없어요. 아저씨는 그런 사람들하고

110

다른 별을 갖게 될 거예요……."

"무슨 말을 하려는 거니?"

"아저씨가 밤에 하늘을 바라보게 되면, 내가 그 별들 중의 한 별에서 살고 있고, 그 별들 중의 한 별에서 내가 웃고 있을 거라는 말이에요. 그러면 아저씨에겐 마치 모든 별들이 웃고 있는 것처럼 보일 거예요. 아저씨는 웃을 줄 아는 별을 가지게 될 거예요!"

그리고 그는 다시 웃었어요.

"그리고 아저씨의 슬픈 마음이 가라앉게 되면(시간은 슬픔을 가시게 하죠) 나를 알았다는 게 기쁠 거예요. 아저씨는 언제나 내 친구일 거고요. 아저씨는 나와 함께 웃고 싶을 거예요. 그래서 가끔 이렇게 기쁜 마음으로 창문을 열 거예요……. 그럼 아저씨 친구들

은 아저씨가 하늘을 처다보며 웃는 걸 보고 깜짝 놀랄 테고요. 그럼
아저씬 친구들에게 이렇게 말하겠지요. '그래, 별들이 항상 나를 웃
게 해주는군!' 그러면 친구들은 아저씨가 미쳤다고 생각할 거예요.
내가 아저씨한테 너무 심한 장난을 한 것 같은데……."

그리고 그는 다시 웃었어요.

"별들 대신에 웃을 줄 아는 작은 방울을 한 아름 아저씨에게 주고
싶은데……."

그리고 그는 다시 웃었어요. 하지만 그는 바로 진지해졌어요.

"오늘 밤은…… 알죠, 아저씨……, 오지 말아요……."

"나는 네 곁을 떠나지 않을 거야."

"나는 아픈 것처럼 보일 텐데요…… 어쩌면 죽은 것처럼 보일 거예요. 그러니 보러 오지 말아요. 그럴 필요가 없어요……."

"나는 네 곁을 떠나지 않을 거야."

그러나 그는 걱정스런 눈치였어요.

"내가 이런 말을 하는 것은…… 뱀 때문이기도 해요. 뱀이 아저씨를 물면 안 되니까……. 뱀은 심술쟁이란 말예요. 장난 삼아 물지도 몰라요……."

"나는 네 곁을 떠나지 않을 거야."

그러나 그는 무언가 안심이 되는 것 같았어요.

"뱀이 두 번째 물 땐 독이 없다는 건 사실이긴 해요……."

그날 밤 나는 그가 떠나는 것을 보지 못했어요. 그는 소리 없이 빠져나갔어요. 내가 그를 다시 보았을 때 그는 망설이지 않고 빠른 걸음으로 걷고 있었어요.

그는 다만 이렇게 말했어요.

"아! 아저씨 거기에 있었어요……?"

그리고 그는 내 손을 잡았어요. 그러나 그는 여전히 걱정하는 눈치였어요.

"아저씨가 잘못한 거예요. 무척 괴로울 거예요. 나는 죽은 것처럼 보일 거예요. 정말 그런 건 아니에요……."

나는 아무 말도 하지 않았어요.

"아저씨도 알죠, 거긴 너무 멀어요. 이 몸을 가지고 갈 수는 없어요. 너무 무거워서요."

나는 아무 말도 하지 않았어요.

"하지만 몸은 낡은 껍데기와 같아요. 낡은 껍데기 때문에 슬플 건 없잖아요……."

나는 아무 말도 하지 않았어요.

어린 왕자는 약간 기운을 잃었어요. 그러나 그는 다시 힘을 모았어요.

"저, 아주 좋을 거예요. 나도 별들을 바라볼 거니까요. 그러면 모든 별들이 녹슨 도르래를 달고 있는 우물이 될 거예요. 모든 별들이 내게 마실 물을 부어줄 거고……."

나는 아무 말도 하지 않았어요.

"정말 재미있을 거야. 아저씨는 방울을 오억 개나 갖게 되고 난 샘을 오억 개나 갖게 될 테고……."

그리고 어린 왕자도 말이 없었어요. 어린 왕자는 울고 있었던 거였어요…….

"여기예요, 혼자 한 걸음만 내딛게 내버려둬줘요."

그리고 어린 왕자는 무서웠는지 주저앉았어요.

어린 왕자가 다시 말했어요.

"알죠……, 내 꽃 말예요……. 난 그 꽃에 대한 책임이 있어요.

그는 나무가 쓰러지듯 천천히 쓰러졌어요. 소리조차 나지 않았어요

게다가 그 꽃은 너무 약해요. 너무나도 순진하고, 세상과 맞서 제 몸을 지키기 위해 고작 네 개의 가시가 전부니……."

나는 더 이상 서 있을 수가 없어서 주저앉았어요. 어린 왕자가 말했어요.

"지금이야…… 이게 전부예요……."

그는 좀 망설이더니 몸을 일으켰어요. 그는 한 걸음을 내디뎠어요. 나는 움직일 수가 없었어요.

그의 발목 부근에서 노란빛이 반짝일 뿐이었어요. 그는 한순간 움직이지 않고 서 있었어요. 그는 비명을 지르지도 않았고 나무가 쓰러지듯 천천히 쓰러졌어요. 모래밭이었기 때문에 소리조차 나지 않았어요.

·27·

그리고 지금은, 벌써 육 년이나 흘렀네요…….

나는 이 이야기를 아직까지 한 번도 해본 적이 없어요. 나를 다시 만난 친구들은 내가 살아서 돌아온 것을 보고 몹시 기뻐했어요. 나는 슬펐어요. 하지만 그들에겐 이렇게만 말했어요. "피곤해……."

지금은 슬픔이 다소 가라앉았어요. 하지만…… 완전히 가라앉은 것은 아니에요. 나는 어린 왕자가 자기 별로 돌아간 것을 잘 알고 있어요. 해뜰 무렵에 그의 몸은 사라지고 없었기 때문이에요. 그렇

116

게 무거운 몸은 아니었는지……. 그래서 난 밤이면 별들이 하는 이야기 듣기를 좋아해요. 별들은 오억 개의 작은 방울과도 같으니까요…….

그런데 이상한 일이 일어났어요. 어린 왕자에게 그려준 입마개에다가 그만 깜박하고 가죽끈을 달아주지 않았던 거예요! 어린 왕자는 그걸 양에게 씌워줄 수 없었을 거예요. 그래서 나는 이렇게 생각해본답니다. '그의 별에 무슨 일이 생긴 것은 아닐까? 어쩌면 양이 꽃을 먹어버리지나 않았는지…….'

때로는 이렇게도 생각해봐요. '그럴 리가 없어! 어린 왕자는 밤마다 꽃을 유리덮개 밑에 잘 넣어두고 양을 잘 보살필 거야…….' 그러면 나는 행복해져요. 모든 별들은 조용히 웃어주고요.

때로는 이렇게도 생각해본답니다. '어쩌다 방심을 할지도 몰라. 그럼 끝장이야! 하루 저녁 유리덮개 덮는 것을 잊어버리거나, 아니면 밤에 양이 소리 없이 나가기라도 한다면…….' 그러면 작은 방울들은 모두 눈물로 변하게 되겠지요……!

그러니 이 점이 커다란 수수께끼예요. 나와 마찬가지로 어린 왕자를 사랑하는 여러분에게 우리가 알지 못하는 어디선가 우리가 보지 못한 양이 장미 한 송이를 먹었느냐 안 먹었느냐에 따라 천지가 온통 달라지고 마니……

하늘을 보세요. 그리고 스스로 물어보세요. 양이 그 꽃을 먹었을까, 안 먹었을까? 그러면 여러분은 분명 모든 것이 얼마나 달라지는지 알게 될 거예요……

그런데 어른들은 이게 그토록 중요하다는 것을 아무도 이해하지 못할 거예요!

내게 이 그림은 이 세상에서 가장 아름다우면서도 가장 슬픈 풍경이랍니다. 앞 페이지의 그림과 같은 풍경이에요. 하지만 여러분의 기억에 확실히 심어주기 위해 다시 한 번 그린 거예요. 어린 왕자가 나타났다가 사라진 곳이 바로 여기예요.

언젠가 아프리카 사막을 여행하게 되면 이곳을 확실히 알아볼 수 있도록 이 풍경을 잘 보아두세요. 그리고 이곳을 지나게 되거든 서두르지 말고 그 별 아래서 잠시 기다려보세요. 만일 한 아이가 여러분에게 다가오면, 그 애가 웃고 있고, 금발의 아이라면, 또 질문을 던져도 대답이 없으면, 그 애가 누구인지 여러분은 아시겠지요. 그러면 내게 친절을 베풀어주시길! 내가 이처럼 마냥 슬퍼하지 않도록 말예요. 그리고 내게 편지를 보내주세요. 그 아이가 다시 돌아왔노라고……